我 读 与 读 我

发现的秘密

周闻道 著

SPM
南方传媒　广东人民出版社
·广州·

图书在版编目（CIP）数据

发现的秘密 / 周闻道著 . —广州：广东人民出版社，2023.4
（我读与读我）
ISBN 978-7-218-16472-4

Ⅰ.①发… Ⅱ.①周… Ⅲ.①散文集—中国—当代 ②中国文学—当代文学—文学评论 Ⅳ.①I267 ②I206.7

中国国家版本馆CIP数据核字（2023）第037560号

FAXIAN DE MIMI

发现的秘密

周闻道 著

出 版 人：肖风华

策　　划：李　敏
责任编辑：李　敏　罗　丹
封面设计：WONDERLAND Book design 仙境
责任技编：吴彦斌　周星奎

出版发行：广东人民出版社
地　　址：广州市越秀区大沙头四马路 10 号（邮政编码：510199）
电　　话：（020）85716809（总编室）
传　　真：（020）83289585
网　　址：http://www.gdpph.com
印　　刷：广东鹏腾宇文化创新有限公司
开　　本：787 毫米 ×1092 毫米　1/16
印　　张：15　　　字　　数：222 千
版　　次：2023 年 4 月第 1 版
印　　次：2023 年 4 月第 1 次印刷
定　　价：108.00 元（全两册）

如发现印装质量问题，影响阅读，请与出版社（020-85716849）联系调换。

序

唐小林 [1]

　　每次看到周闻道一脸严肃地表达关于文学、散文、"在场主义"的主张时，我总是对自己及自己的身份产生怀疑。

　　想来中国是这样，外国也是如此：被称为"学院派"的大学文学教授并非都爱文学，不少人是出于职业的需要、为"稻粱谋"，而缺乏对文学的热情。相反，在大学的高墙之外，却有一些人酷爱文学，把写作当生命，成绩斐然：被奉为"作家中的作家"的博尔赫斯，是一个图书馆员，卡夫卡也曾经是一位保险公司的职员。"无为而为""无目的的目的性"，这些话语，好像是对文学、艺术所说的。作为公务员，周闻道长期驰骋在经济主战场而非文化主战场。但他在本职工作之外，对散文写作有着宗教般的热忱与执着，这些我只在20世纪七八十年代的那批"行吟诗人"身上见过。可是那批"行吟诗人"如今早已走远，只剩下一个美丽的传说。而周闻道还在孜孜不倦地进行散文写作，追求在场写作，他的身边硝烟弥漫，而他似乎"独善其身"。

---

　　① 唐小林，四川大学文学与新闻学院教授、博士生导师，中国当代文学研究会常务理事。

周闻道是有显著辨识度的作家。众所周知，辨识度是一个成熟作家的标志。周闻道的辨识度来源于他的抱负，而他的抱负可谓业余作家的"非分之想"：他对散文怀有崇高的使命感。"朝闻道，夕死可矣"出自《论语》，"周闻道"这个笔名与"朝闻道"谐音，周闻道的雄心与执念已然昭昭。他要干一件不少职业作家不想干也不愿干的事情，将文以贯道、文以载道、文以明道、文以弘道的大旗重新捡起来，固执地扛在自己的肩上。

"五四"先驱所痛斥之"道"，大家心知肚明。其实关键不在于"文"是否载"道"，而在于载什么"道"。在周闻道那里，"道非道，非常道"，"道"只是一种文学伦理，即散文必须拥有的精神品格：介入。"介入"一词并不陌生，萨特二战后即倡导"介入文学"，认为文学应与单纯的想象和纯粹的艺术分道扬镳。在萨特看来，散文比起绘画、雕塑、音乐、诗歌等诸种艺术更具介入性，它应该穿越事物表象，越过客体事实，抵达主体价值，最终拥抱人的最高存在——自由。散文的语言岂止"符号"，乃是"行动"，是"上了子弹的手枪"，而由此而生成的散文，就"是一面批判性的镜子"了。文学对人类深陷其中的世界，起着命名、证明、显现与去蔽的作用，并以此解开所有系在人身上的可见与深藏的绳索，让人直接与真相照面，与自由拥抱。当然，萨特这里所说的"散文"，是指除诗歌以外的文学作品。

正是"文以载道"与"介入文学"的相遇碰撞、相激相生，2008年3月8日，在唐宋散文八大家"三苏"（苏洵、苏轼、苏辙）的故里眉山，一场以周闻道、周伦佑为旗手的、声势浩大的"在场主义"散文运动拉开了序幕，并以周伦佑担纲，构建了在场主义散文理论体系。他们标举"在场""去蔽""敞亮""本真"，以及"精神性""介入性""当下性""自由性""发现性"等旗号，向传统的散文界发起猛烈的冲击。2010年由周闻道、李玉祥发起，又连续举办了六届的"在场主义散文奖"，更是在汉语散文界刮起"在场主义"散文飓风。至今十余年过去了，这场飓风的风势依然强劲，未有停歇之意。在场主义散文，已然成为绕不过去的文学和文化现象。

"文以载道"这一跨越近千年的华夏文明与"介入文学"这一西方当代文学理论，在周闻道这里接榫铆合，绝非某人或某些人的突发奇想，而是时代使然。中国百年白话散文经历了六个阶段，即启蒙、救亡、革命、新启蒙、新人文、在场。正如我曾说的，从20世纪90年代到21世纪第一个十年，新人文面对四大背景，显得力量微弱。一是消费主义的兴起并日益占据时代中心，使各种事物，包括思想、文化、文学艺术等等都有"为消费""被消费"的倾向；二是虚拟世界即网络世界，使人们不断往返于线上、线下，或处在线上与线下之间的悬浮状态，与实在世界的关系，尤其是与周遭世界的关联日渐疏远和大幅弱化，人的脱域化倾向严重，处身性、具身性存在很大的问题。三是语言学转向到此一时期才真正落地中国，符号学中国学派的形成是其标志，写作的语言自指化倾向与消费主义紧密呼应，导致意义的离场，写作的及物性问题越来越尖锐，符号泡沫、符号异化表现突出。四是古典主义或拟古主义思想盛行，国学热、西方古典热、汉服热、古镇热等，都把人们的目光从现实带向以往，思想界、文化界、文学界出现现实的缺席。如此种种，导致符号对真实、真相、真理的遮蔽，符号极尽撒谎之能事：一个"后真实""后真相""后真理"的时代已然到来。散文在"符号经济"或"符号政治经济学"的包围下，出现了名目繁多、花样百出的"大散文"景象，貌似极尽繁荣，实则四面楚歌，亟须突围。在场主义散文正是在这样的背景下走到了历史的台前。

在场主义散文主张的"介入"，显然与萨特的"介入文学"有别。在场主义介入观更强调介入现实、关注当下、体察苦难，还因特殊的历史语境与话语体系，它更加强调"发现"，即对真实、真相、真理的发现。"发现性"，可以说是在场主义散文的"第一性"。但要以散文的方式"介入"与"发现"又谈何容易。语言并非澄明，文学符号更是涵义模糊、歧义纵横，甚至晦涩难懂，意象、象征、张力、悖论、隐喻等传统文学手法，与"去蔽""敞亮""本真"等在场主义要求背道而驰。更何况"无为而为""无目的的目的性"等观念，就与萨特的"介入文学"理论相冲突。如何戴着多种镣铐跳舞，无疑是摆在在场主义散文创始人周闻道面前最大的难题。

　　就本人观之，周闻道至少有两副笔墨。正是这两副笔墨，缓解了在场主义散文的上述难题。他以报告文学的形式直接"介入"现实生活中的重大问题，"发现"中国社会现代转型过程中深藏的隐情、隐忧、隐患，或者症结、症候、症状。这时，他作为经济学家的敏锐、敏感被充分调动起来，而人文主义者内心的悲悯与同情，又使这种敏锐、敏感变得特别深刻细腻，并通过文学语言，悄然越过经济社会的现象层面直达人心深处。他的《国企变法录》①《暂住中国》②《重装突围》③，全是这样的作品：用犀利的目光，扫视中国当代社会的巨大变迁，既具有历史的厚度也具有人性的深度，是20世纪80年代优秀报告文学在新世纪的回响与延伸。周闻道的另一副笔墨，是以《七城书》④为代表的作品，以寓言和魔幻的方式，企图更委婉也更深入地"介入"和"发现"当代社会人们的危机与精神异变。在这些作品里现实的忧虑化作绵长深邃的哲学幽思，当代人的精神"城堡"、心灵"围城"，以及危及生命存在的"鼠疫"，被一一解析成具体的物象、意象，被叙述成一个又一个迷宫般的故事。"报告""叙事"与"哲思"，"现象""价值"与"精神"，将周闻道的两副笔墨巧妙地融合在"在场主义"散文的旗帜下，既与散文世界的普遍关怀联结起来，又不乏个人特点与汉语散文的特色。

　　摆在读者面前的《我读与读我》是文论集，分为《发现的秘密》和《介入的力量》。前者是周闻道宣示自己的散文主张或者谈论别人的散文，后者是别人谈周闻道的散文。两者的关联点都是在场主义。有这书在手，关于在场主义散文是什么、人们又是如何评价周闻道的在场主义散文的，就不需我在此饶舌了。

　　周闻道的自我介绍显得有些谦虚了，他只提到自己是"作家"和"经济学家"，其实他还有一个重要的称谓尚未提及——文学活动家。周闻道以其

---

① 周闻道：《国企变法录》，广东人民出版社2014年版。
② 周闻道：《暂住中国》，广东人民出版社2014年版。
③ 周闻道：《重装突围》，广东人民出版社2020年版。
④ 周闻道：《七城书》，百花文艺出版社2010年版。

鲜明的文学主张、生动的写作实践、过人的人格感召力和社会活动能力，调动各种资源，运用现代传媒技术，线上线下结合，以散文、微散文等多种文体，创立"在场主义"散文流派，聚集起庞大的"在场主义"散文阵营。他为中国当代散文发展所带来的影响，历史岂会视而不见？尤其是连续六届的在场主义散文奖，把被"大散文"等泡沫所遮蔽的"在场精神"，或被主流有意无意"忽视"的一批海内外杰出散文作家作品，尽可能地纳入到在场主义散文之中，从而聚合起一个独特的"文化社群"和"公共空间"……从这个意义上说，在场主义散文运动已经超出了"散文"和"散文史的范畴"，成为一个文化先锋事件。由此，"周闻道"这个名字，或者说周闻道作为"文学活动家"的意义，也相应地超出周闻道作为一个作家的意义了。

之所以乐于作序，写下这些文字，是因为历史并非自明。

2023 年 2 月 15 日于蓉城之东

目 录

心灵物语

文道无边

微文微观

在场我说

在场的旗帜是介入

——"在场散文书系"总序

　　以存在意义的显现为指向的在场，其最鲜明的特征就是介入。或者说，在场主义的旗帜就是介入。

　　按照语词含义，介入，就是"插入两者之间进行干预"。它至少包含了三层含义：一是深入的，而不是表面的，是"插入其间"的。二是积极主动的，而不是消极被动的。"介入"本身，就是一种主动出击，而不是守株待兔。三是要"干预"。介入不仅仅是了解，也不是旁观，而是要以社会的公义，激浊扬清，匡正时弊。在场写作的介入，强调作家的使命和责任，强调散文的身份、地位和境界；提倡散文要扎入最深处的痛，要贴近灵魂，体贴底层，揭示真相，承担苦难。

　　介入是由在场的本质决定的。在场要求最充分地显现存在的意义，而现实又往往把意义遮蔽在重重迷雾之中。在获取真实、真相，抵达本真的途中，必然会遭遇许多不可避免的阻隔。面对这些阻隔，是回避、绕道、折中，还是迎头而上，破除它，越过它？这不仅是一个方法论问题，而且决定了是在场还是缺席。在场需要介入的勇敢和责任感、使命感、紧迫感；在场主义认为，介入就是"去蔽""揭示"和"展现"，是在作家的良知与责任感驱使下，抵达本真或真理、真相感的勇气。

　　介入的主体是作家。写作是作家的写作，存在首先是作家的存在。一位作家，并不是散文写好了就"在场"了。真正的勇士，要敢于直面惨淡的人生；真正的在场写作者，要正视苦难，敢于担当。作家的存在状态、社会意识、政治意识、悲悯意识，不仅反映了是否介入，怎样介入，而且反映出作家对社会的态度和立场。只有通过对社会的深度阅读，对生命的透彻了解，才能抓住社会的本质；只有抓住了社会的本质，才能抓住时代的核心；只有抓住了时代的核心，才能获得时代的人心；只有获得了时代的人心，作家及其作品才能获得永恒的生命。这既是生活的逻辑，也是写作的逻辑，更是在场的介入要求。

作家应有强烈的介入意识。然而，现实情况是，我们的不少作家，似乎更喜欢古典文人式的儒闲优雅，更接近庄子式的逍遥。这种看似出世、超然的精神状态，与时代严重疏离；而且，由于它对现实的逃避，对场的缺席，必然与本真的方向背道而驰，结果是走进精神的牢笼。有的作家虽写了现实与苦难，但从中看不出作家的主体意识，没有介入、悲悯与担当。他们要么与惨淡的现实和平共处，要么隔岸观火，要么以把玩、欣赏的心态对待苦难。显然，这不是介入，不是在场，也不是一个负责任的作家可取的。一个追求在场写作的作家，不能忽视介入的意义和责任，不应该逃避现实、逃避当下、逃避生命中的苦难与疼痛；要有自己坚定的信念、担当的责任感、介入的主体意识。正如《在场主义宣言》中写道：要"面向事物本身"，强调经验的直接性、无遮蔽性和敞开性；散文写作"在场"的唯一路径是介入。可以说，当下的介入观，是在场精神的核心之义。

介入的重点是当下现实。追求在场，那么最大的场是什么，在哪里？不在历史的陈迹碎片中，不在"不知有汉，无论魏晋"的桃花源里，也不在虚无缥缈的彼岸世界，而在当下，在身边，在我们身处其中的社会现实中。面对现实，作家要么介入，要么逃避，没有第三条路可走。要坚守对时代的在场，而不是缺席，你就必须积极介入、敢于介入、善于介入，在介入中实现人生的价值和写作的意义。这是在场主义介入观的根本要求。在场主义坚信，对民族、国家和人类当下现实的关怀，超过任何无病呻吟的个人情绪宣泄。这是在场写作的生命之源。

在场主义的介入是指向精神层面的。精神的在场提醒写作者：不要以为自己已获得全部的答案，永远是未知多于已知，缺席多于在场；要用灵魂贴近对象，而不是停留于表面；真正的在场，不是一知半解式的自以为是，而是精神对本真最大程度的接近、了解与呈现；而去蔽的力度、敞亮的程度、抵达本真的深度，决定了在场的状态。同样，在场写作要求作家不要高高在上，悬浮于云雾之间，而要俯下身子，贴近大地，贴近生命；不要热衷于浮华幻象，满足于浅表的真实，而要深入事物内里，窥测隐匿于深处的秘密；不要盲人摸象，囿于局部真实，而要眼观四面，耳听八方，统揽全部的真谛；不要游移于某个维度的界域，忽视了结构对本真的影响，让多维的、立体的真实被遮蔽。当做到了这一切，我们的精神境界，便抵达了接近本真的自由王国，也就真正地精神在场了；而精神的自由，也同时在这种在场中得到最好的实现。

在场主义的介入具有鲜明的意义指向。充分显现存在的意义，是在场的本身含义，也是在场主义追求的目标；或者说，在场主义的介入，核心是意义。而所谓意义，可以理解为世界存在的终极价值，而不是某个人随意的狭隘的精神赋予；它是对存在于特定的社会背景下综合价值的评判，具有公义性、积极性、普适性和鲜活性等特点。在场写作的价值，不能在背离现实、背离本真、忽视意义中去寻找，而要在介入现实中，在最大限度地、不受约束地对本真、真相或真理的接近中获得。背离本真、忽视意义，不仅不是积极的介入，而且是对介入价值的消解。还要明白，最真实有效、最有价值的意义，既不在绝对的"可"中，也不在绝对的"不可"中，而在"可"与"不可"的互相对抗、互相让步的良性结构中。越是接近本真的精神，越具有介入价值。反过来说，介入的价值和意义，只有在接近本真中才可验证。在场写作，就是通过介入，最大限度地把存在的终极价值显现出来。

介入是依靠语言来实现的。如何表现事物的本真面貌，揭示其存在意义，传达世界的终极价值，对一个作家来说，唯一的方式就是写作用语言来表现，"说出"或介入。正如维特根斯坦所说："语言的界限就是世界的界限，对语言的驱使有多大，世界就有多大。语言不是工具，而是我们的存在方式。"但是，语言真的能够完美表达吗？或者说，就算这个作家已洞察了世界的奥秘，达到精神自由的境界，想介入、敢介入了，但他的作品，真的能够完美地表达他内心的想法吗？并不尽然。

揭示存在意义的方式有很多种。写作是其一，还有一种方式是艺术语言，即音乐、绘画、舞蹈等。它们对世界本真的表达，或许更加形象、生动、准确。蒙娜丽莎的一个微笑、维纳斯的一只断臂，耗尽了多少文字也没说清楚。禅宗根本就不相信语言，它提出"教外别传，不立文字。直指人心，见性成佛"。禅宗实现精神自由的方式是"棒喝"，在"棒喝"中彻悟，"放下屠刀，立地成佛"。但是作家不能。作家对现实的介入，只能用语言。我们必须尊重语言，依靠语言，用好语言，敬畏语言；相信语言的力量能够全面地、彻底地"直指人心"；相信语言不仅仅是在场精神的一种表现形式，它甚至是全部的答案。苏轼对散文语言是有绝对自信的，他继承和创新孔子"辞达而已"说，提出了"求物之妙""了然于手于口"理论，认为语言的境界以"辞达"为止。因此，不是需不需要用语言表达、语言能不能表达的问题，而是我们应该怎样对待语言，或者用什么语言表达的问题。应当说，语言的在场，就是最有效的途径。

在场主义所说的语言介入，就是"追求语言的敞开、澄明与本真"。"敞开"就是开放，打破陈言熟语的约束，探索语言的多种可能，展现语言的多个侧面。这是一个破的过程。但是，探索不是目的。当我们把语言的多个侧面展示出来后，我们需要沉淀，达到语言"澄明"的效果。这就如同太阳光经过三棱镜后会呈现出七色彩虹一样。三棱镜不是将太阳光的色彩变异，而是将其还原，回归本真。还原的目的，是要实现语言的本真。雷蒙德·卡佛说："我曾无意听到作家沃尔夫对他的学生说'别耍廉价的花招'，这句话也该写在一张卡片上。我还要更进一步：'别耍花招'，句号。"（《雷蒙德·卡佛访谈录》）"别耍花招"，这就是追求语言的本真。语言的本真就是精神的自由，就是对世界的领悟。

在场的旗帜和使命是介入。介入让作家找到了精神的皈依，也让在场写作拥有了无穷魅力和多种可能。加上我们的包容、友善与责任感，我们的前景是无限开阔、光明的。

在场主义与中国现代散文的转型

  中国现代散文的产生，大体以"五四"为界。

  "五四"新文化运动，给古老而年轻的中国散文注入了一系列革命性元素：一是白话化，即白话散文的产生。相对于历史上的散体文、赋体文、骈体文和古典散文，这无疑是一场革命性的变革，让随物赋形、自由表达，成为散文的主要形式，给散文注入了无限活力。二是"小"（小品文）"美"（美文）观念的引入。三是抒情叙事。这是在对过去林林总总的散文思想激浊扬清后，对散文审美本位的一次重要定位，对散文文体特征的一个重要指向。

  以上诸多元素的融合，构成了"五四"新文化运动时期中国散文现代化转型的重要特征：由僵化的古体散文，转变为以抒情叙事、自由表达为主体的"小""美"散文，并因此而引发了散文流变史上的一次重要革命。

  这是周作人、郁达夫对散文的重要贡献。

  时间过去了100年，人们对散文文体变革的探索从来就没有停止过：从20世纪60年代，在《人民日报》的笔谈散文中，作家肖云儒提出的"形散神聚"，到90年代初兴起的新散文运动；从抒情散文、文化散文，到女性散文，甚至小女人散文；从散文的审美、审丑，到审智……可谓众声喧哗，气象万千。

  可是，在这种表面繁荣热闹，实则散乱苍白的乱象中，中国现当代散文的问题也表现得越来越明显：一是身份缺失。虽然作为文体的散文这个词，在南宋时就已出现，文学"四分法"更是确定了散文在文学中的独立地位，但是，由于散文性没有被发现，散文流变史中关于散文的定义莫衷一是，散文的真实身份在普遍的暧昧中被遮蔽，以至于许多人写散文、读散文、谈散文，却不知散文为何物。二是担当丢失。"小""美"散文泛滥的一个明显现象，就是散文的小格调、小品味、小境界，关注内心、自恋狭隘、无病呻吟，与时代脱节，在当下缺席，文学的担当精神丢失了，传统的文以载道，也随之消解。三是滥情滥文。滥情的核心是缺少真情，不仅表现为"为文而造情"，即"为赋新词强说愁"；还表现为因寡情而难免出现的虚情、假情、矫情；滥文的核心是对历史文化缺乏真知灼见的发现和当下观照，以空洞廉价的"高峰""辉煌""意义"代替理性的审美评判。

在场主义是站在散文的肩头，踏着散文的历史足迹，迎着时代的霞光应运而生的。它突破了现代散文单线抒情叙事的套路，让历史与现实的审视、文化人格的批判，成为共同的审美潮流，其深邃智性的宏大思绪，构成一种奇高的骨气。它的出现，标志着百年中国白话散文，在历经诸多磨难后，正在发生重要转型——由身份不明转向身份确认，由"小品"转向"大品"，由关注个人转向关注社会，由沉湎内心世界转向时代担当。散文的地位因此重获回归。

在场主义让散文寻找到自己的真实身份

实际上，寻找自己，从来就是一个生命哲学的命题：从哪里来，到哪里去，来做什么。泰戈尔说，你看不见你自己，你所看见的只是你的影子。其实，散文也一样。从人类开始说话，散文式的表达就已开始，人们对散文身份的寻找从未停止过，其中不乏闪光的思想，但也有不少舛误。"先秦散文"和"广义散文"说，就是最典型的例子，其谬种流传，影响深远，也对现代散文造成了巨大伤害。

先看"先秦散文"说。按照专家的说法，所谓"先秦散文"，即秦代以前、包括夏、商、周（春秋战国）时期的散文。据考，"先秦散文"说自唐以来就已存在，经宋、元、明、清，一直延续至今。据现存文献，虽然难以考证它最早是由谁、在何时、什么语境下提出的，但可以确定的是，它的形成不是一蹴而就的，有一个过程。著名文艺理论家周伦佑①先生研究发现，之所以产生这样的舛误，是因为三个误会：一是把韩愈的"古文文统"等同于"先秦散文"；二是把"古文"等同于"古代散文"；三是郁达夫、周作人的误论误导。我们不否认，先秦时期的有些文章符合散文特征，但这并不是"先秦散文"的概念所指。先秦时期的文章，无论是以"记事"为主的"史"，还是以"记言"为主的"辞"，大都是应用性的，不能简单地用现代散文概念概括。由于这样的误会，无论是过去的论者还是郁、周二人，其散文观都归结为一个根本之误：把不讲究对偶、排比、声律，由散行、散句行文的一种应用性语体，误当做文学门类的散文。这种误导，混沌了散文历史的天空，导致了散文概念的空泛虚妄，也助推了"先秦散文"说的传播。

再观"广义散文"说。此说与"先秦散文"说既有区别，也有关联，从内涵和外延中，都不难找到其关联的影子。当然，它作为一个与现代散文变革同在的散文观念，还与在传统散文观念影响下的一系列古文选本误导有关，如《文选》《古文辞类纂》《古文观止》《古文约选》等。此外，郁达夫在引进西方小品文时，同时引进的西方"广义散文"观影响很大。郁达夫在他冗长的《中国新文学大系·散文二集》导言中，说得断然明朗："散文既经由我们决定是与韵文对立的文体，那么第一个消极的条件，当然是没有韵的文章。"郁达夫的这种散文观，对中国"广义散文"说的形成与扩展，起到了决定性的作用。

以上两说的恶果，就是混淆散文视域，误导散文审美定位，让散文的真实身份，在一种内涵不清、外延宽泛、边际混沌的暧昧中丢失。如果要问，政府工作报告，机关、企事业单位公文，法律文书，学术论文等是不是散文？可能绝大多数人都会回答不是。但是，如果我们用郁达夫、周作人以"韵"为标准的广义散文观去衡量，就都该是。在中国新文学运动早期郁达

---

① 周伦佑，著名先锋诗人、文艺理论家，在场主义散文理论建构者。

夫等人引入西方"散文"（prose，源于拉丁语prosa oratio，"直接的语言"之意），用以区别"韵文"（verse），概指"与韵文对立的、没有韵的文章"，即谬种流传的"广义散文"说。

在场主义对散文性的发现，并以"散文性"的在场，作为散文的文体本体论，第一次解决了散文的身份识别问题，是对散文身份的一次正本清源。

"散文性"是在场主义的一个核心词，指散文的纯粹性或本质规定性，是散文区别于其他文体的身份识别标志。散文性的文体特征，具有鲜明的构建指向：非主题性指向随意性，非完整性指向片段经验和散漫性，非结构性指向发散性，非体制性指向自由表达。对散文性的认识，是一个不断深化的过程。但不可否认，从此，我们所有的探索，都将拥有一个正确的方向。

在场主义让散文寻找到自己的存在底线

在场主义的另一个核心词是在场精神。

在场，或"在场性"（Anwesenheit），是德语哲学中的一个重要概念，近年来，已逐渐为整个西方当代哲学所接受。在康德那里，它被理解为"物自体"；在黑格尔那里，指"绝对理念"；在海德格尔哲学中，指"在""存在"。到了法语中，则被笛卡儿翻译为"对象的客观性"。"在场"（Anwesen）即显现的存在，或存在意义的显现，或歌德所说的"原现象"。

作为一个文学观念，在场主义的在场，就是去蔽、敞亮、本真；在场散文就是无遮蔽的散文、敞亮的散文、本真的散文。抵达本真的唯一途径就是在场。在场精神强调介入现实、观照当下、勇于担当，关注国家、民族和人民，注重揭示存在的真相和终极价值，并以之作为作家必须坚守的存在底线。这不是创作方法论，而是哲学本体论。在场精神之所以成为现代散文转型的重要标志，是因为现代散文对存在底线的背离。

中国现代的散文自觉，可能要追溯到20世纪60年代初。"散文笔谈"之类广泛见诸报端，除肖云儒"形散神聚"说外，秦牧还提出了"一个中心"说和"一线串珠"论等。可散文的总体格局，并没有跳出郁达夫、周作人制式。时光倒溯三十几年，举国认同的散文旗帜，就是杨朔、刘白羽和秦牧。孙绍振教授认为：他们的作品所凝聚的成就，带着那个时代主流意识色彩，叙事中充满已经为历史所否决的政治理念的图解，抒情中失去理性和节制，坠落为"滥情"的标本。[①]"超越审美的、审智的散文在当代世界文学领域中比比皆是，如罗兰·巴特《埃菲尔铁塔》说的这个道理：即'伟大的无用'。"后来的余秋雨文化散文"在自然景观面前不像抒情叙事散文那样一味被动描述赞叹，而是精选文化的个性特征，结合关联的人文景观，进行双向互动的文化阐释，并因此创造了一种可贵的'人文山水'话语体系"[②]。但余秋雨仍没有逃出"滥文"的怪圈，除了一些文史知识的"硬伤"外，还有前面所说的"滥情"。特别是受到余秋雨成就的影响，许多不乏才华的作家，也成为文化散文的追随者。我们看到的是无谓的重复，并无多少文化的发现与文学的创新。一些作家笔下的历史人文，并未得到个体心灵的同化，缺乏鲜活厚实的体验，历史资料的堆积掩盖了主体精神的缺失。许多文化散文落入到"知识崇拜"和社会公论的老旧话语制度中（参见谢有顺对卞毓方的批评）。

到了20世纪90年代，散文却阴差阳错出现了转机，其突出标志是新散文运动的出现，还有昙花一现的"原散文""原生态散文"等。无疑，对因"滥情""滥文"而危机四伏的散文来说，"新散文"的出现，带来了一股清新之气。它从结构、语言到叙述方式，都对传统散文进行了颠覆，让人们似乎一下看见了散文的希望。可是，人们很快发现，"新散文"更像是一位仓促上阵的热血斗士，激情多过真正的革命，从命名、文学观念、作品创作等，都显出这种仓促中的先天不足。标榜为所谓"新散文"的散文，大致是追求创作的自由放任，语言的修饰、雕琢与诗意，个人情绪的宣泄与表达等。但结果往往是传统散文的美德丢了，新的东西又软弱无力。其表现为：自由有余，严谨不够；唯美有余，发现不够；表现有余，体验不够。华丽的

---

① 孙绍振、南帆等：《颠覆城堡：孙绍振、南帆、周伦佑、郭小东等散文理论合集》，广东人民出版社2014年版，第133页。

② 同上书，第140页。

语言与诗意，掩饰了思想的空泛苍白。

中国散文再次出现巨大的危机。

在场主义的意义在于，它以存在的显现为核心，以介入现实、关注当下、体察苦难为使命，让散文在立足大地、直面事物本身中，永离虚妄的矫情。它与传统现实主义的写实不同，强调写实中抵达真相；它与传统的浪漫主义也不同，在追求关于诗意的栖居的呈现中，不忘记时代的担当和责任。关注你身边一位留守儿童无助的眼光，一个小贩被追赶的惊惶，甚至一个商人沉舟商海的悲壮，等等，远比你面对"秋雨梧桐落花时"的忧伤更有意义。

在场主义让散文寻找到自己的艺术高线

在场主义强调，追求散文性与在场精神的完美融合，把这种融合，视为散文作家追求的艺术高线，并因此创立了一套属于自己的写作方法论：介入，然后在场。这是现代散文艺术路线和审美倾向转型的重要表现。

现代文学中的"介入"观，是由法国存在主义哲学家萨特提出的，且本身就是针对散文说的。"原型批评"的代表弗莱也直言："介入是文学的'大法典'。"在场主义从自己的审美本位出发，理直气壮地宣称：在场的旗帜就是介入。

在场主义强调作家的介入意识，反对作家古典文人式的儒闲优雅，或庄子式的逍遥；认为这种精神状态，不仅与时代疏离，而且是对现实的逃避，对场的缺席。介入的方向是"面向事物本身"，强调经验的直接性、无遮蔽性和敞开性。介入的重点是当下，不是从古尸里拔金牙。这是在场精神的核心要义。介入的唯一路径是"在场"。在场就要去除遮蔽，包括作家主体、写作客体和语言三个向度。文学的介入，是依靠语言来实现的。呈现存在的意义，传达世界的终极价值，都离不开语言。在场写作尊重语言、依靠语言、敬畏语言，相信语言的力量能够全面地、彻底地"直指人心"，语言甚至是全部的答案。在场主义还因此提出了"汉语回归"的主张，不是回归到语法修辞，也不是回归到什么名家经典，而是回归到语言本身，呼吁去除体制、习惯、网络等对母语的侵害，追求汉语表达的极致之美。

现代主义有句名言：相信自己没有获得全部的答案。在场主义探索出了一条认识散文真理的道路，但却没有穷尽真理。永远在路上，本着对文学、对散文的敬畏，用坦荡的胸怀拥抱世界，倾听不同声音，是我们坚守的姿态。

在场刍议八则

从场出发

在场主义当然离不开场。

其实，何止在场主义，作为物质存在的一种基本形态，场可以说无处不在。在自然界，事物之间的相互作用，只有依靠相关的场才能实现，如电场、磁场、引力场；在人类社会，从官场、商场，到各类形形色色的名利场，场都是一泓幽潭，叫人难测深浅。因此，要了解世界，最好是从场出发。

从场出发，首先要在场。这包括在场而不是缺席，在此场而不是彼场。在场指的是状态，即你的身和心，是悬浮于空中、若即若离，还是真正地贴近自然、贴近社会、贴近灵魂；是否抵达了康德所说的"物自体"，黑格尔的"绝对理念"，或尼采的"强力意志"。出发指的是方向，即你的精神指向，与你所要达到的终极目标，是一致的，还是背离的、偏离的。只有解决了贴近的问题、方向的问题，出发才"先天足够"而不是"先天不足"。

从场出发，要明白去向。显然不是旅游观光，也不是信马由缰、漫无目的。从场出发，是要抵达本真，获取场量。毋庸置疑，任何场都具有场量，包括能量、动量和质量。对在场主义而言，场量表现为存在的意义或曰价值。作为存在意义的显现，在场主义追求的终极价值，就是要通过去除遮蔽、呈现敞亮、展示本真，把自己所在之场、所关注之场、所要表达之场的场量，最大限度地激发出来，把"这个"存在的真实、真相、意义和价值，最充分地揭示出来，不能舍本逐末，更不能本末倒置。

从场出发，还要懂得怎样抵达。虽然条条道路通罗马，但总有一条所耗费的机会成本最少；显现存在的形式有多种多样，但总有一种最适合自己。作为散文写作者，既然我们选择了散文，就应该很好地珍重与热爱它，把握其津梁，把它作为我们圆梦的最佳途径。无疑，在这里，在场主义倡导的散文性和在场精神，为我们提供了正确的写作方向。

从场出发，以场结束，在场写作，是我们的理想。

注意场量

在场是存在的形式和依托，任何场都具有场量。作为显现的存在或存在意义的显现，在场写作的目标，就是要最大限度地发现存在的意义，揭示存在的价值，获取存在的最佳场量。

场量包括能量、动量和质量。

能量这个概念词，是托马斯·杨于1807年提出的。当时有人把质量与速度相乘之积，称为活力或上升力，托马斯·杨在伦敦国王学院讲学时，提出用能量这个词表示更妥。能量指物质运动的量化转换，也可表示为世界的终极转化力和最基本的组成位量与意识（精神力、灵魂）互补。在场主义的场量，正是在这个意义上说的。每一种存在的意义和价值，都具有多重性、多向度和复杂性。在场写作揭示的存在意义，不是表面的、暂时的、停滞的、单一的，而是深层的、永恒的、发展的、复合的，是存在的终极价值和意义。这里的终极转化力和最基本的组成位量与意识（精神力、灵魂），就是写作中的介入意识、对进入写作视野的"这个存在"的去除遮蔽、呈现敞亮、展示本真。对本真或真相的接近程度越大，对存在意义的揭示越深，获取的场量就越大，价值就越高；最高的位量是灵魂的贴近、精神的在场。

动量最早就是一个哲学概念，后来被引入经典力学，表示与物体的质量和速度相关的物理量，指物体在它运动方向上保持运动的趋势。16至17世纪西欧的哲学家们，在对宇宙运动的哲学思考中，发现了动量守恒定律。我们不是望文生义，而是注意到构成动量这个词的两个词素：动和量，也就是运动和质量。这可以说是在场写作的基本姿态取向。"动"就是变化发展，是所有存在的基本状态。"量"就是质量，即运动的主体。"动"与"量"互相依存，构成一个完整的系统，没有脱离量的动，也没有脱离动的量。在不受外力或所受合外力为零时，动量是平衡的。最鲜活的动量平衡显然在当下、在身边，而非过去和远处。所谓风景在远处，不过是站在近处的视角反差，而不是远香近臭。是否目光向下，关注身边的痛，紧盯变化发展中的最新状况，呈现最彻骨的切肤之感，而不是在沉沙里去淘朽木。这不仅是个写作方法论问题，更决定了是在场还是缺席，能否更有效地获取存在的动量。

质量有两重含义：一是物质的量，是度量物体惯性的物理量；二是产品或工作的优劣程度。在场写作获取场量中的质量，是两重含义的融合。运动中的存在，其质量有好坏优劣之别。在场写作的目标，应是指向最佳质量的存在，或存在的最佳质量的。这表现为在林林总总、纷纭复杂的存在中，写作者对题材的选取，即写什么，怎么写：是热衷于风花雪月、小桥流水式的小资情调，还是关注国家的、民族的、大众的当下之痛；是回避矛盾，逃避现实，还是积极介入，大胆干预，勇于担当。在场写作的指向，当然是后者，而非前者。

存在的意义和价值，靠场量来实现。场量在能量之中、动量之中、质量之中，更在我们的在场状态之中。

揭示意义

何谓意义？汉语词典的解释有两种：一是语言文字或其他信号所表现的内容；二是价值。应当说，这两种诠释都蕴含了在场写作的内涵，在存在意义显现的维度之内。

有部书叫《万物之要义》，作者是英国著名作家、记者西蒙·温切斯特。该书以倒叙的方式，从1928年《牛津英语词典》问世的庆典说起，切入《牛津英语词典》的编纂事件，通过描述英语民族与语言的发展历程，刻画了芸芸众生相，血肉丰满，引人入胜。窃以为，该书翻译成《万物皆有意义》更恰当。词典是权威语言的承载体。"万物皆有意义"的命题，不仅表明了世界的本真，更表明了存在的价值。这是在场主义对世界的判断，也是在场写作的指向。它告诉我们，不要忽略任何存在，"一沙一世界，一花一天堂"，从布莱克的诗中，不仅能体悟到浪漫情怀，还产生对世界的敬畏之情。

事实上，不仅万物皆有意义，而且这种意义是多维的、复杂的、变化的。在一次在场主义学术交流会上，我曾做过一个试验，请在场的志愿者用不超过两百字，描写当时的交流现场。翻阅十多人的"试卷"，我发现：文字虽有长有短，有好有差，竟没有一篇完全雷同。我接着又追问，一个五十来人参加、主题鲜明、程序单一的交流会，在场者对存在意义的理解和呈现尚且如此，那么更大、更复杂的存在呢？还有，这参与的十多人的书写，是否就穷尽了这个交流会的全部意义？如果再请一百多人、一千多人，甚至一万多人来书写，是否会出现枯竭，穷尽其意？没有任何人回答会。存在意义的丰富与奇妙，生动地展现在我们面前。可是，我们在缀字成文时，想到这一点了吗？

在场写作，是有鲜明自觉意识的。我们从来不回避目的，那目的就是揭示存在的意义。在场写作显然是自找其苦了，存在意义的多维性、复杂性、变化性，决定了这是一个历险的过程。一次游览青海塔尔寺，有人不理解那些僧众千里迢迢，三步一叩、五步一拜，来拜谒这座宗教圣地，甚至认为是愚昧。我不以为然，反问，你知道他们的内心吗，体悟得到他们完成几十万次的叩拜后，灵魂的轻松、释然与幸福吗？世间最大的不幸是什么，是丧失信念，胸无目标，浑浑噩噩地生活；最大的幸福是什么，是对神圣的目标而虔诚坚定前行，直至抵达。在场写作对存在意义的揭示，就要有这种朝圣般的心境。

万物皆有意义，下笔不忘意义。这就是在场。

抵达本真

去蔽、敞亮、本真，落脚点是本真。抵达本真，既是在场写作的出发点，又是其终极目标，或最高境界。

对世界真实性的求证，一直是哲学上的重要命题。我们每天生活在这个世界，对这个世界的认知却十分有限而肤浅。首先发现这个问题的是哲学。于是，笛卡儿以"我思故我在"，来证明世界的真实，"我"的真实。而萨特则认为"他人就是地狱"。萨特没有一般地求证，而是精心设计了一个"地狱"，通过《禁闭》展现人心和环境的真实。可是，早从苏格拉底开始，到如今，我们对世界真实性的了解，却远远没有完成——永远是未知多过已知。

事实上，我们在认识世界真实性中，首先面临的最大真实，就是世界本真的无穷性、多维性、复杂性、变化性。这就决定了在场写作的艰难性、曲折性、复杂性和多种可能性。那么，我们的方向和目标究竟在哪里？

抵达本真，应指向本原的真实。"真实性"一词，源于希腊语，原意是"最初的""自己做的"，在佛教中则叫"真如"，在测量中又称"效度"。不管本真被遮蔽在多么浓厚的阴霾里，它作为一种最本原、最真实、最深刻的存在，却不容我们怀疑。当我们破除了一些对于真相的遮蔽，就可以不带主观偏见，不受任何外力干扰地去看待事物，并不断接近本真。这既是在场的姿态，又是文学的开始。

抵达本真，应重视沿途风景。对本真的接近永无止境，但我们不能因此就望洋兴叹，裹足不前。佛家缘起法则认为，有果必有因。虽然，我们不能对每一件事，都溯其因，穷其果。但还有缘，贯穿于因果间，连接着每一个节点。只要用心，善于发现，途中处处是风景，也不乏价值；而且也许，所谓本真，就蕴含其间。《红楼梦》里有一句话，"假作真时真亦假"。把假变成真，是文学；把真变成假，也是文学——一种游离的文化发现。世界全部的真实，就是由所有人的发现组成。

抵达本真，不要忘了散文性。条条道路通罗马，也条条道路抵本真。

呈现本真的形式多种多样，散文当然靠散文性。这里既包含了大语境，即散文作为一种独立的文体语言，与其他文体的区别，又包含了小语境，即在具体写作中，语言的作用，是否是一种存在方式，从结构、遣词到叙述，如何最大限度地以本真的语言，去表达本真的发现。文学的终极关怀，就是真相及其与之关联的人和人性。马克思、恩格斯在《德意志意识形态》中，分析了"偶然的个人"与"有个性的个人"之间的对立，认为"有个性的个人与偶然的个人之间的差别，不是概念上的差别，而是历史的事实。在不同的时期，这种差别具有不同的含义"①。

抵达本真，让散文性和在场精神拥有了无尽的生命活力。

散文语言的"力"

散文语言是需要力的。在场主义强调去蔽、敞亮、本真，最大限度地呈现存在的意义，重要的一条，就是语言的力。"力拔山兮气盖世"的，不仅有西楚霸王，还有在场语言。

力，可以理解为一切事物的效能。在甲骨文中，"力"象形"耒"，表示执耒耕作，需要花费力气。在物理学中，力则指物体间的相互作用；在哲学上，力还可以诠释为有助于对规律的认知和目的实现的东西。这里谈的散文语言中的"力"，可以说包含了力的全部内涵，是在场语言所呈现出来的综合效能。维特根斯坦认为，哲学的本质就是语言，主张"凡能够说的，都能够说清楚；凡不能谈论的，就应该保持沉默"。在场写作也应有这种精神。

首先是张力。所谓张力，是指语言的扩散力、辐射力和想象力，是语言在表情达理时，留下的审美空间。在场语言的张力，是散文生命的依附。语言有张力的散文，不仅给人一种阅读的快感，而且令人百读不厌，每次阅读，都会从中发现新的东西。庄子的《逍遥游》，写得酣畅淋漓，畅怀神

---

① 马克思，恩格斯：《德意志意识形态》（节选本），中共中央马克思恩格斯列宁斯大林著作编译局编译，人民出版社 2018 年版，第 101 页。

驰。在叙述庖丁解牛时，他说刀刃"无厚"，如果换一种说法，就可能浅白。这就是张力。

其次是活力。活力就是生命力。据说，目前世界上存在的语言有6000余种，约97%的人使用着4%的语言，96%的语言仅3%的人在使用。但专家预计，到21世纪末，有90%的语言将被强势语言所取代。这既有外部原因，也有内部原因——活力不够。语言学家把濒危程度作为衡量语言生命力的标准，核心要件乃是语言的活力。在场散文的语言，应该是最具活力的语言。这不仅是一种叙述的要求，更是由在场的本质决定的语言姿态。有活力的散文语言，应当首先是语言本身在场，有一股清新之气、鲜活之色、亲历之近，似春天田野里的禾苗晨露，而不是秋天的枯叶、冬天的朽木。

还有穿透力。穿透力就是语言的暗示性、内敛性、情感性，把精神的呈现力达至极致。在此，语言已经超越了特定语境，成为由此及彼、由表及里的精神介质。它表现为语言的意味深长，言在此而意在彼，看似平常实则奇异等。这样的语言，不是写在纸上、印在纸上的，而是钉在纸上、浸在纸上、生长在纸上的。纸不是载体，而是土壤，语言是土壤里长出的花木，轻轻拂拂，就可以感受到强烈的生命气息。朱自清在为《文心》所作的序言中，有这样一段话："往往只注重思想的获得，而忽略语汇的扩展、字句的修饰、篇章的组织、声调的变化……所获得的思想必是浮光掠影。"这里说的就是语言在呈现思想中的不可或缺作用。

在场散文语言还应有重力、弹力、敛力等。

"当下"三问

当下，不仅是在场主义的一个核心词，也是在场写作的基本姿态之一。这里不可回避有三个问题：什么是当下？为什么要关注当下？怎样关注当下？

在汉语里，当下表示立即、马上；在佛经里，当下是最小的时间单位。佛经把1分钟分为60秒，1秒钟分为60个刹那，一刹那分为60个当下。因此，1秒钟有3600个当下；当下就是眼前"这一刻"，就是永恒。在场写作的当下性，是个状态名词，既有当下的一般词义，更有在场写作哲学本体论之义。其核心要旨，是倡导作家贴近时代、贴近现实，不只是身，更重要的是心，带着使命和感情；要有担当精神，把关注的重点，放在眼前的正在发生的事，体察国家、民族、人民当下正在经历的痛。总之，关注当下，就是要关注最贴近现实的本真存在。

把"在场"，即关注现实，关注当下，体察苦难放在哲学本体，而不仅仅是写作方法论层面，是在场主义的核心观点使然。

文学是人学，是通过语言艺术构筑的意象大厦，呈现人、人性和生命存在状态与价值的文体。因此可以说，文学是人类价值生长的标志，也是人类文明的镜子。它烛照着人类的灵魂，同时也影响着人类的行为；它既使人成为人，又使人成为不同的人。为了表达文学的人文关怀，海德格尔甚至创造了一个词——此在。他认为，此在是人在成长过程中呈现的生命价值。即便是历史题材的写作，在坚守审美本位之下，也应观照当下，介入现实。其实，关注当下并不是今天才提出来的，20世纪下半叶流行的"服务当前"，就有这样的意识。只是，一个"服务"，把文学的审美功能消解了，使文学沦陷为政治的附庸和工具。

在场，最真实、最生动、最值得关注的场在哪里？显然在当下，而不在古文字堆里，也不在对未来的虚构里。脱离当下的写作，再成功都难免有现实缺席的遗憾。在这方面，《史记》不仅提供了面对现实的态度和道德判断标尺，还提供了知识分子独立人格的样板。荷马史诗、希腊神话，还有中国的先秦诸子百家、屈原、杜甫，《史记》《西游记》《红楼梦》《聊斋志异》，唐诗宋词元曲和明清小说等等，不管是什么题材、体裁，实质上都在告诉人们世事万象和生活的意义。

怎样关注当下？首先，要有当下意识。把每一次写作，都作为一次神圣的使命之旅，出征前，就自觉意识到在场与缺席、担当与逃避、勇敢与懦弱的问题，叩问自己的社会良心。其次，要有在场姿态。当下环境纷繁而复杂，价值观混乱，秩序离析，一切都在洗牌。在场就应在关注当下中，坚守积极的人文立场，贴近灵魂，呈现真相，把握生命的终极价值。再次，要善意的取向。一切真相都是客观的。因此，在场写作关注当下，需要的是善意的呈现，而非恶意的揭露；是自然的浸润，而非强制教育；是作家与世界、与书写对象、矛盾的二元友好，对撞生成，让"近朱者赤"，而非二元对立式的服务和服从。在场不可能回避矛盾。在场批判的三原则是：真实，善意，构建；而非恶意和破坏。当然，关注当下，呈现真相，还有个语言的问题。要用本真的语言，呈现本真的当下，包括结构叙述、遣词造句等。

追问到底，在场写作关怀的重点在哪里？回答只有一个：当下。还是当下。

在场叙事

叙事性是一切文学的内在特征。在场主义的叙事特征，是在场叙事。

不同文学观念，可能有不同的叙事主张，或曰叙事风格。宏大叙事倡扬一种所谓"完整的叙事"，强调主题性、目的性、连贯性和统一性。这种"无所不包的叙述"（麦吉尔），很快被知识爆炸和多元化击碎。解放叙事源于基督教的末世说，指向终极事物或终极价值。可是，横跨十七八世纪的欧洲启蒙运动，至高无上的理性，击溃了基督教神学，解放叙事走向了它的悖论指向。紧随其后的现代主义、后现代主义，多样化、自我意识和诗性，成为叙事主流。不仅詹姆斯·乔伊斯的《尤利西斯》和艾略特的《荒原》提供了文本范例，柏林墙的倒塌，更提供了现实范例。解放叙事彻底支离破碎了。

在场叙事强调精神性、介入性、当下性，价值指向为发现、意义和真相。要达到叙事目的，有几点似乎是不可忽视的。

叙事主体的在场。叙事主体在叙事中起着关键性的作用。他不仅要有面对现实的积极态度，而且要有正确的价值判断和意义发现。叙事主体是否在场，决定着整个叙事是否在场。这里的在场，首先是自觉的，而非盲目的。叙事主体须知道在场的道义和责任，而不是"在场的缺席者"或"缺席的在场者"。其次是空间的，而非时间的。诚如古姆布莱希特所言："在场（presence）这个词，并非指（起码不主要指）与世界及其所包含客体的时间关系，而是指空间关系。当说某个事物在场（present）时，指的是这个事物可以被我们触摸到，也就是说，它对我们产生了直接作用。"其次，在场是贴近的，而非疏离的。强调对身边的、当下的现实，实现灵魂的贴近、主动的介入和积极干预，在抵达真相中呈现意义。

叙事流的在场。任何存在，都是一定时空下的存在，叙事也不例外。现实主义遵循形式逻辑设定的从概念、判断到推理的叙事规则，现代主义则依照心理逻辑演进的轨迹。叙事流为叙事的时间性、过程性、灵动性，是意义排列的载体。比如佛学中连接因果的缘，或认识中连接主客观的结构。叙事流的在场，表现为叙事过程的本真性：不仅叙事内容要真实可靠，叙事姿态、叙事形式和过程，也都要真实可靠。只有这样，整个叙事流才是可靠的，才能避免叙事中的真实危机，实现从"叙事"到"再现"、从"经验"到"意义"的升华，呈现"在场"与"意义"的张力，进而实现在"蒙太奇"式的叙事流中的意义永恒。

叙事语言的在场。在场叙事离不开语言。语言不是工具，而是叙事存在的方式，是"说出"和"照亮"的途径，是叙事自我指涉的文本呈现。雅克·拉康说，我们的语言形成了我们的精神。可是，现实往往是，我们的知识受限于语言，任何叙事方式都不可能完美无缺，都有自己的局限。2005年12月1至2日，荷兰的格罗宁根大学举办了一次有关"在场与语言"问题的研讨会，争论焦点是叙事与语言的障碍。即，过去的许多意义存留于文本和人工制品中，它们反而成了认识过去的屏障。有人试图逃离"语言的牢笼"，进入到一种与过去的"本真"直接照面的关系中去。结果，陷入一个更加迷离的世界。在场叙事，倡导用本真的语言，呈现本真的世界。这不仅解放了语言，也解放了叙事本身。

在场叙事让在场写作有了鲜活、可靠的叙事支撑，在场写作又让在场叙事有了坚实的叙事基础。这就是在场主义重要的魅力之源。

在场显现

将自己身边的、当下的存在付诸作品，显现意义，容易在场。这是常态化在场。但写历史的、异域的题材呢，能做到在场吗？回答是肯定的。这就引出了在场显现方式的问题。

在西方当代哲学和思想领域，有一个与在场关联的指涉历史的词——再现（representation）。按照安克施密特的解释，所谓再现，就是"让原来在场，当下不在场的东西重新出场（make something present again which is not present now）"。而现实中往往还有另一种情形，既不是历史，也不在身边，即在"别处"在场，而"此处"不在场。两种情况，作家都可能触及，两种情况的共同问题是距离，但与"场"的关系和在场姿态显然是不同的。前者的距离主要是时间，因此需要"再现"；而后者的距离主要是空间，需要"此现"，即在此处显现。

这就给在场写作提出了一个问题：既然两种情况下，实现在场的主要障碍都是距离，我们该如何消解距离，实现在场呢？解决方法大致包括两方面。

一是在场再现。安克施密特对再现的诠释，其实是矛盾的。一方面，他把"原来在场"作为再现的前提；另一方面，他又对再现的介质和途径——语言和文本产生怀疑。他认为，"语言总是要将经验理智化，并且就以此种方式将其减损为毫无趣味的范畴——纯然成为语言和知识的依附品"。这是个难题：语言和文本靠不住，又没有其他介质和途径，可以把我们带到过去。唯一的办法，就是想法救赎，摆脱尼采所说的"语言的牢笼"。

摆脱"语言的牢笼"，包括三个方面的去蔽：

语言。语言是构成文本的要件，分散于母语的海洋里，具有散碎性特点，通过作家的组装才能成文。在场再现中，语言自身当是本真的、零度的，没有任何污染的；在缀字成文中，语言的表情达意当是真实、准确、可靠、生动、活泼、深刻、厚重的，能最大限度地还原历史，防止叙事中的失真失浅，达到苏轼所说的"辞达"境界。

文本。文本有整体性的特点。整体的历史文本和综合性观点，是一个严密的语言体系，其真相与意义都在这个"整体"中。因此，借助文本进入历史，最关键的是把握整体性，而不是其中的具体情节、细节和内容。因为，

"叙事"的情节、细节和内容可以虚构，但"再现"对象的整体必定是真实存在的。这样，就可以实现鲁尼亚所说的"过去呈现于现在的那种非再现的方式（the unrepresented way the past is present in the present）"。

历史。当历史文本的语言和整体本身失真时，它就失去了真实、准确、可靠性，即便再生动、活泼、深刻、厚重，也是背离真相的、缺席的。此时再简单再现，只会再现缺席。这就要求作家具有双重使命：不仅要有作家的才气，还要有历史学家的求真精神、哲学家的思辨智性，在去蔽中还原历史真相，实现在场再现。

二是在场此现。这是针对异域存在意义的显现而言的。既然时间在当下，距离缘于空间，在场此现的目标，就是消除空间障碍，实现异域同场。这里的空间障碍，包括地理、语言、生活、习俗、宗教、文化等。它们中，有的可借助现代交通、通信、信息技术解决，更多的则靠自己的文化努力，包括文化创新和文化悟性。

在场写作中，在场此现的最高境界是，让叙事、经验和意义超越域界，实现异域同场的水乳交融和无缝对接，抵达真相，充分呈现存在的意义。

在场精神的流变及其当下意义

——从"文以载道"到"文以在场"

　　在场主义有两个关键词：散文性与在场精神。前者说的是散文的本质特征和身份识别，旨在把散文与其他文体区别开来；后者指的是在场主义的审美本位和写作追求，旨在把在场散文与其他散文区别开来。这两个区别，不仅让散文从此结束了身份不明、界限不清的混沌，成为与小说、诗歌、戏剧等量齐观、拥有独立文格的文体；而且让中国传统的以"文以载道"为核心的文学担当意识，获得了价值回归与精神重振，赋予了散文鲜活的时代意义。

　　如前文所言，"在场性"是一个重要的哲学概念，现已为整个西方当代哲学所接受。"在场"就是直接呈现在面前的事物，就是"面向事物本身"，就是经验的直接性、无遮蔽性和敞开性；而"澄明"是通往"在场性"的唯一可能之途，只有"澄明"才能使"在场性"本身的"在场"成为可能。而欲达致"无遮蔽状态"，只有通过"去蔽""揭示"和"展现"。

　　在场主义认为，在场精神主要有五个维度——精神性、介入性、当下性、发现性、自由性，其中，介入性是核心。因此，在场主义把在场精神作为作家的存在底线，把散文性与在场精神的完美融合，作为追求的艺术高线。

　　现代文学的介入（concern）观，是法国存在主义哲学家萨特针对散文，于1945年提出的。作为文学的介入，是依靠语言来实现的。呈现存在的意义，传达世界的终极价值，都离不开语言。在场写作尊重语言，依靠语言，敬畏语言。相信语言的力量能够全面地、彻底地"直指人心"，语言甚至是全部的答案。萨特说：词语高于一切。纯粹的介入肯定语言形而上的力量，是自由与约束、揭示、批判、否定，与真实、善意构建的统一。在场的介入观，要求作家不畏浮尘遮望眼，走出狭隘的小我和封闭的内心世界，介入现实、关注当下、体察苦难，把话语的力量指向国家的、民族的、人民的当下关切。其本质是文学的担当，在中国传统文化中有深厚的土壤。

担当意识、忧患思想，一直是中国传统文化的重要精神。司马迁记史，"述往事，思来者"，可以说是一种自觉承担。"前不见古人，后不见来者。念天地之悠悠，独怆然而涕下。"当我朗诵陈子昂的《登幽州台歌》时，体会到的无不是作者的担当豪气。可以说，从"文以载道"到"文以在场"，正是在场精神或文学的担当意识历史流变的水到渠成。

文以明道。中国的"文以载道"思想，早在战国时就已露端倪。《荀子》中的《解蔽》《儒效》《正名》等篇，就提出"文以明道"。用老子的《道德经》来解释，道就是天地万物的基本规律，德就是这些规律的表现和意义。汉代的扬雄，宋代的欧阳修、周敦颐、苏轼等，对此都有重大发展完善。刘勰的《文心雕龙》的第一篇《原道》对此说得很明白："心生而言立，言立而文明，自然之道也。"就是说，人看到了万物生发的表现，悟到了一些规律（道），自然会在心里产生反应，文就是把这些反应呈现出来。道与文，如影随形，自始难分。

文以贯道。这是中唐时期韩愈等古文运动家提出的。韩愈的门人李汉在《昌黎先生集》序中说："文者，贯道之器也。"贯，象形，从毌（guàn）、贝，像穿物之形。"贯"本义为穿钱的绳子，"都内之钱，贯朽而不可校"（《汉书》），后引申为"贯穿""贯彻""贯通"之意。《仓颉》会意曰："贯，穿也。""贯道"，意指文章应贯穿道的思想，是在"知"基础上的"行"，是对"明道"的进一步发展深化。"文以贯道"中的"贯"，兼具"彻""穿""通"之意，是韩愈等对文学功能的理解。

　　文以载道。这是由北宋理学家周敦颐首次明确提出来的，指文章是用来传播道的，能"载道"的"文"才是好"文"。周敦颐在《通书·文辞》中说："文所以载道也，轮辕饰而人弗庸，徒饰也，况虚车乎？文辞，艺也；道德，实也……美则爱，爱则传焉。贤者得以学而至之，是为教。故曰：'言之不文，行之不远。'"周敦颐认为，写作文章的目的，就是要宣扬儒家的仁义道德和伦理纲常，为封建统治的政治教化服务；评价文章好坏的首要标准是其内容的贤与不贤，如果仅仅是文辞漂亮，却没有道德内容，这样的文章是不会广为流传的。

　　在中国漫长的封建社会中，几乎实行的都是科举选才治国制度，在传统文化中把文章的社会功用和担当看得很重。无论是杜甫的"文章千古事"，还是曹丕的"盖文章，经国之大业，不朽之盛事"都是明证。文与道的思想贯穿始终，影响深远，尤以"文以载道"最甚。"道"是目的，是文的功能体现；而"明""贯""载"则是实现目的的途径，或语言的介入方式。这既体现了变的规律，也决定了其历史局限性。首先是"道"的局限。这里的"道"，主要是儒家的伦理道德；而儒家之"道"本身，主要是维护统治阶级利益的，离社会之责、百姓之苦、民族之难相去甚远。其次是介入方式的局限。"明""贯""载"，都缺乏明确的主体意识和发现性。朱熹的批评，也只是觉得它们颠倒了主次，并没有跳出传统"道"的框架。在场主义的出现，才从根本上解决了文学的担当问题。

　　文以在场。在场主义超越了历史的局限，让文学担当拥有了坚实而深厚的社会基础、人民根基和生命源泉。在场主义的贡献在于，在对传统"文以载道"思想的继承、超越的同时，以发现与呈现意义为出发点，不仅解决了现实主义所没有解决的"关注什么样的现实（现实是多样的、复杂的，并不是一切现实都有关注的价值）"和"怎样关注现实（在场性的介入）"的问题。正如罗兰·巴特讥诮的那样——那些现实主义作家从未将"现实"作为他们的话语起源。而他们所谓的话语起源，不过是一些"已被写过的真实，一种用于未来的符码"①，一串后继的摹本而已。它还解决了浪漫主义在抒发对理想世界的追求中，容易出现的粉饰太平、遮蔽真相、忽视苦难的问题。苦难才是世界最真实、最深刻、最值得文学关注的时代本质。

在场的精神性，让散文直抵心灵。在场包括身体的在场和精神的在场两个维度，在场主义的在场是指后者。精神是人类独有的存在，是人的理性与感性诸多因素的有机统一。散文更需要精神——内在的、本体的、貌似无用的、不断超越自身和功利的价值。精神是散文的灵魂，是散文的内核，同时也为散文提供强大的价值支撑。"在艺术作品中，存在着一些构成其价值的确定的特性，那就是艺术的精神价值的特性。"（德国美学家莫里茨·盖格尔语）也有学者认为，这是一种"超越意识形态"，或曰悖逆、摆脱和超越意识形态与现实之间的距离。

散文在本质上是一种存在方式、生活态度；生命内涵与价值，是艺术赖以支撑的骨骼。因此，在场写作又叫生命写作。正如尼采在《查拉图斯特拉如是说》中所言："凡一切已经写下的，我只爱其人用血书写的。用血写书，然后你将体会到，血便是精义。"《黑暗的声音》获得在场主义散文奖，作者夏榆在接受《文学报》记者采访时说："黑暗是我生命的一个深刻烙印。在某个时刻，我发现黑暗也是我积聚的财富。看见自己内心储存的浩瀚的黑暗、丰饶的疼痛之后，我开始新的书写和生活。我的心犹如储蓄的银行，我提取它们，结果是越取越多。随着我的深入，我发现黑暗不只是属于我，它也属于更广大的人群。黑暗是我们体验到的共同处境。我希望尽快走出我对世界的黑暗和疼痛的体验。因为看见而言说，因为在场而表达。这就是我的使命。"②这就是在场写作中精神的抵达。

追求精神性的在场写作，反对两种倾向：一是以标榜日常写作而津津乐道于琐碎的"个人经验""个人趣味"；二是企图追求所谓"宏大叙事"，实为图解某种政治需求。在场写作的精神，以作家"个人的立场"关注"共

---

① ［法］罗兰·巴特：《S/Z》，屠友祥译，上海人民出版社 2000 年版，第 274 页。
② 周闻道主编：《空谷传响》，广东人民出版社 2014 年版，第 179 页。

同的命运"为存在方式，是对真实人性的揭露，对终极价值的关怀，对存在意义的哲学思考，是作家个人的生命史，而结构、语言和叙述方式等，都只是外壳。

在场的当下性，让散文直击时代。当下是最直接、最现实、最生动的存在。在场写作的生命在于，主体始终"在场"或游离于"场的范围"，伴随时间和空间慢慢走下去，直到世界老去。世界却总是背离我们而去，现代化日趋激烈地摧毁着我们的意愿。后工业文明与城市文明的紧逼，新旧体制的交替和碰撞，财富和权力的失衡，中产阶级危机的到来，所有这些因素的重组，必然产生边缘钝化和"场"的断裂，让我们有意或无意地缺席。新的变化超越了我们既有的"现代性"经验视界。

文以在场的使命、作家的良知，敦促我们需随时保持对"物质欲"和"幸福感"的警惕，对未来的忧虑。在场主义关注的，是当下发生的亟待解决的问题，而不是过去尘埃落定的问题；是身边的疼痛，而不是流行的、华丽的、自己并不熟悉的别处风景；是国家的、民族的、人类的共同问题，而不是悬空的、高蹈的、虚浮的存在；是躬身触摸生命的生长状态，而不是在枯尸口里拔金牙。"问渠哪得清如许"，唯有当下活水来。

在场的介入性，让散文的担当获得能量。在场的唯一路径是"介入"，这不仅是方法论，甚至是本体论。散文的"介入"能让形式的感受与生存经验紧密联系。屈原是散文介入最早的先行者，他的《卜居》《渔父》等，其孤愤之声、求索之志、忠贞之心、报国之义溢于言表，振聋发聩，开创了散文介入现实的先河。鲁迅和王小波及在场主义散文奖众多获奖作家，如齐邦媛、高尔泰、王鼎钧、张承志、林贤治、金雁、夏榆、塞壬等，是当代汉语散文介入的代表和先锋。在他们的滋养下，汉语散文重新彰显了介入的优秀品格。介入不是为了重建某种秩序和规范，现实原本就是"无秩序的秩序"或"天然乱"。介入为散文提供了考察公共审美领域与公共交往领域中"无秩序的秩序"或"天然乱"的一种可能的视角。

文学是语言艺术。散文的介入，归根结底是语言的介入。因此，无论是现代主义还是后现代主义，许多思想家都把视线聚焦在语言上，"意义存在于语言之中""话语之外无意义",成为他们的共识。语言学转向甚至高喊"我们用自己的话语创造出众多的意义"①。当然,作为作家的"个性经验",介入公共话语会遇到很多障碍。但介入的使命,就是承受,就是担当,就是关怀,就是切入并打破话语体制的封闭性。它强调作家的使命和责任,反对把散文写成风花雪月的补白,权力意志的注解,歌功颂德的谄笑,痈疮疥癣的瘙痒等;强调的是散文对生活的干预,反对把散文边缘化,让散文成为"诗余""小说余""杂文";反对把散文软化、轻化、边缘化,提倡散文要锋利,要有硬度、接地气、揭示真相,扎入最深处的痛,承担苦难。在场写作的叙述手段,不是纠偏和规范,更不是抹杀,不是要一统天下,而是提供一种新的可能。叙述的力量就是尊重"场"或者"场的档案",因为它——不可"毁灭"。强调日常写作的"在场",抒写亲历和经验,为呈现存在的真相获得内在的能量。

在场的发现性,让散文获得了存在价值。所谓发现,就是人类对自然、社会、思维内在规律的认识或创造。任何一次真正意义上的创作,都是一次发现,是对既有的否定和对新极限的挑战,是一种叙事流的探险。发现具有初始性、唯一性和价值性特点,是陌生化写作的最高境界。发现的终极目标是真相或本真,发现的过程,就是求真的过程。西方哲学的精神实质,就是"爱智,求真"。德国逻辑学家和哲学家弗雷格认为,逻辑(哲学)要认识所有真实存在的规律。他这里所说的"存在",实际上就是"事实",并认为"一个事实是一个真的思想"②。

在场主义的发现,不是表象的,而是直指存在背后的意义。别人已经看见的、写过的,你再写,写得再好都不是发现;大家已看见了、表达过的,你再去看去表达,也不叫发现。在场写作的去蔽、敞亮、本真,就是发现的过程;每一次发现,都是向真相的一次抵近。发现的指向是意义,而不是表面的现象,或者虚妄的假象。没有发现就没有意义,就失去了价值。在场写

---

① [英]凯文·奥顿奈尔:《黄昏后的契机——后现代主义》,王萍丽译,北京大学出版社 2004 年版,第 17 页。

② 郑兴凤、程志敏:《梦断现代性》,上海书店出版社 2006 年版,第 67 页。

作的使命，就是要像威廉·布莱克在《天真的预言》中所说的那样："在一粒沙中看世界，在一朵花中看天堂，将无限握在手中，在片刻中寻求永恒。"①高尔泰的《寻找家园》获奖，他在接受《文学报》记者采访时说："寻找家园，无非就是寻找意义。人生短暂而渺小，它的意义只能植根于身外大的世界和长的历史中。我的漂泊感和无意义感，也就是一种世界没有秩序、历史没有逻辑、个人没有着落的感觉，似乎是宿命。我写作，无非就是对这种宿命的抗拒。宽容是强者的特权，弱者是没有资格谈宽容的。"②

发现既是一种态度，又是散文写作的起点、过程以及最终归属；发现是一种方法，用发现的眼光观照事物，用发现的刻刀解剖事物，用发现的心灵体察事物，我们才能传达出事物不为我们所熟悉的那一部分隐秘；发现是一种结果，是在场主义写作永恒的追求。意义存在于生活，我们只是参与者和"发现者"。在场写作在发现价值的同时，也让自己获得了有效的价值。

在场的自由性，让散文获得精神解放。中国现代美学重要奠基人之一的高尔泰有句美学名言："美是自由的象征。"把自由上升到审美的最高境界去观照，可见其重。自由是人性的最高尺度，也是写作的最高尺度。在所有文学体裁中，散文是最自由的，自由的题材、自由的发现、自由的表达。最高境界的自由是精神的自由，可以说，自由精神不仅是散文的灵魂，也是一切文学的灵魂。

在场写作的自由，是在对写作策略全面洞悉基础上的无策略，是在遵守写作基本规则基础上的大自由，是对写作无限可能性孜孜不倦的追求，是对散文边界的突破和维护。在场写作，凭借怀疑、否定、批判、矮小、暗面、冷质、凌乱、粗粝、驳杂、反向、非判断、无秩序和拒绝集中之手段"去蔽"。在场主义散文从民间立场出发，以貌似"清醒的""冷峻的"的写作情感，提倡个性化的小叙事，在叙述时代和人性的复杂上，表现出很大的自由向度。反之，一切让作家思维方式陷入"公共话语体系"的东西，都是在

① ［英］凯文·奥顿奈尔：《黄昏后的契机——后现代主义》，王萍南译，北京大学出版社2004年版，第19页。

② 周闻道主编：《空谷传响》，广东人民出版社2014年版，第204页。

场主义写作所不屑的和需要避免的。解构是自由的，构建也是自由的。自由的结果，是最好地表现本真。在场主义散文追求汉语回归，即语言的自由与在场。不是回归到体制和名家经典之中，而是回归到语言本身。用本真的语言表达根性真实，实现汉语本我表达的极致之美，让语言在自由的王国中，充分发挥其介入的力量。

从"文以在场"到"文以载道"，是中国传统文化中的担当思想走向成熟的标志和终极价值实现。这对改变当下散文边缘化、表面化、虚浮化、小品化、过度关注个人内心世界的文学生态，无疑具有重大意义。

散文的在场、思想、诗意和发现①

　　什么是散文，这是一个古老而充满活力的话题。散文和诗歌都是与人类的话语几乎同时产生的最早文体，但相对于诗歌的鲜明特色而言，散文的定义似乎要复杂得多。过去，文论家们曾将散文定义为"铺陈其事直言之"，大概是指直白的言说吧。这就说明，广义的散文，其实就是一种随意言说式的文体，无拘无束，恣意自在。即便没有读过书、不会写文章，甚至目不识丁的人，也可能在天天说散文。法国大剧作家莫里哀在他的喜剧《中产阶级的绅士》中，讲述了一个关于散文的有趣故事，就生动地说明了这个问题。中产阶级绅士嘉坦先生，是一位十分追求绅士内涵的人，他想让自己的家庭成员都很有文化修养。于是，他请来老师给他们讲诗歌和散文。听了老师长篇大论的讲课后，嘉坦先生激动万分。他发现，原来自己过去说过的话，竟然全都是散文。这虽然是个笑话，但也在一定程度上说明了散文的随意性。

　　综观古今中外，散文创作和散文研究颇有成就的大家们，他们对散文的自身体验都颇有成就，但在回答散文是什么的问题上，却也是形形色色，莫衷一是。概括起来，大致有如下一些说法：一是形散神不散说。认为散文应当是在形式上灵活多样、开阔舒展、不拘形式，但需有一个内在的精神贯

---

　　① 本文系周闻道为在场热身文本《镜像的妖娆》（中国青年出版社 2008 年版）所作的序，也是在场主义在散文写作中首次正式提出"在场"概念。

穿始终。"刻意的追求，无法抓住散文的灵魂"。二是心灵感应说。认为散文是作家长期生活体验在瞬间的爆发，是不可复现的灵光闪耀。萧风认为，"散文，应该是散文作者对人生的一种感悟，这种感悟不像小说，可以铺陈渲染、环环渐进，囿于散文的篇幅，它只能是浓缩的"。曾卓也认为，作家应"以诚恳、炽热的心感受生活，以亲切朴质的风格表达对生活的感受"。三是情感珍藏说。此说认为散文是作家情感的自然流露，"不是情感的一次宣泄，而是情感的一次珍藏"（章品生），"而心迹的表述就是情的表述"（王乐）。四是内心体验说。此说认为散文是作家对物象的内心体验，反映的是作家对外部事件的认识和情感。周伦佑主张散文应当反映作家对事物最真实独特的体验；作家王乐认为，"散文与歌唱十分接近，都是自我感悟，自我聆听，自我抒发的东西……是一种不拘一格的自我体验的表述"。旅法作家卢岚主张，写散文应当"站在一边，静静地观察……"。五是近几年出现的所谓"新散文"，尚未形成统一的散文理念。但是，从积极方面看，它反映了一种散文意识的觉醒和对既有文本意识的突破，表现出对传统载道观的释负，以及对传统叙述方式的解构；不足之处是，觉醒中的定位迷茫、文本的残缺不全、思想丢失的轻浮和叙述解构的支离。但"新散文"作为一种探索和改革，是应当给予肯定的。

那么，究竟应当怎样来认识散文呢？我们曾经在天涯社区的散文天下版块做了一个征文，投石问路式地提出了我的散文观：在场，思想，诗意，发现。虽不一定准确，却从一定程度反映了我们对散文的认识。虽然这种认识也许是一己的、不全面的、粗浅的，但作为一种探索，无疑是有益的。

在场。这里的在场，是一种哲学范畴的存在方式，是散文创作的一种姿态，而不是理性思维的时空概念，不仅仅是作家对对象的物理走近，更是心理走近。正如萨特所说："人们也可以意识到不在场，但这个不在场，必然是作为在场的先决条件显现的。"散文创作中的在场，就是作家在创作散文时，要最大限度地用心灵贴近自然，贴近社会，贴近生命，贴近灵魂，在贴近中与物象用灵魂沟通，以心灵对话，它体现的是散文的时代美。散文创作必须有在场的姿态，而不是疏离。一个作家若是高高在上、脱离物象，或是蜻蜓点水、若即若离，又或心猿意马，貌合神离，都是很难写出具有深刻社会现实意义作品的。

思想。思想是散文的灵魂。综观古今中外的散文，没有哪一个流传下来的散文名篇是苍白虚空、消解思想的。古人说的"道""文以载道"，其实就是思想。荀子最早提出的文章应表达"心"中之"道"，与《圣经》中的"太初有道"，都是指精神或思想。但是，长期以来，对道的理解却形形色色，时有失之偏颇。特别是在极左思潮泛滥时期，把文章中的思想，狭隘地归结为单一的政治承载，以致主题先行、"三突出"（在所有人物中突出正面人物，在正面人物中突出英雄人物，在英雄人物中突出主要英雄人物）；文学成了政治的另一种图解。

可是，在纠正极左中，却出现了另一种极端，即消解思想，消解价值，认为散文应当反映生活的无序、虚妄和无意义，主张"逃避知识，逃避思想，逃避意义"，还原语言原初的直接性，以"零度的语言"，作为价值创造的基点，实际上是无病呻吟地渲染作者内心的个人情绪。任何文学作品，包括散文，没有思想就没有了灵魂，无异于一具干尸。当然，我们所说的思想，是一个广义的词，不是简单的政治承载，它反映的是作家对自然、社会、灵魂等方面的根本的、本质的发现和感受，是一种贴近本原的生命认知，它体现的是散文的内涵美。可以说，一篇散文，只要有了深邃的思想，语言即便有些瑕疵，也是可以医治的"外伤"；而思想的空泛与欠缺，则是难以医治的"内伤"了。

诗意。所谓诗意，是指散文的结构、语言、叙述方式等，要有诗一般的意韵，体现的是散文的艺术美。诗意更侧重的是散文的表现形式，给人以美的享受。有了好的思想作为内涵，再有好的形式来表达，就做到了内容和形式的完美统一，就是好散文。有位外国作家曾说："我们的作品不是写给哑巴的。每句语法上的形式，同时也是音乐上的句子。我们写作，同时我们也想，也听。语调，这就是旋律。旋律不是诗的专有品。旋律是散文的基础。"这可以说是对散文诗意美的生动注脚。

在具体创作中，如何达到诗意的境界呢？窃以为，诗意不是华美辞藻的堆砌，不是游离于思想之外的虚妄之美，也不是过犹不及的语言构造，而是一种与思想水乳交融的、恰到好处的语言表达。诗意的最高境界是"辞达"。孔子的"辞，达而已矣"和苏轼的"言止于意达……求物之妙，如系风捕影，能使是物了然于心"，说的都是这种境界。在平淡中出奇，在辞达中实现思想与诗意的融合，才是散文的真正佳构。

发现。散文写作是一种创作，创作就不是走老路、炒陈饭、发旧叹。任何一次真正意义上的创作，都是一次新发现，包括对自然、社会、人生、灵魂，对生命本质的独特的发现。如果说被别人发现过了你再去写，就没有什么意义了。当然，既然是发现，就是痛苦的，就像在一片荆棘中，蹚出一条路，不可能一蹴而就。从这个意义上说，散文创作是一种痛苦的营生。我的这个观点的形成，主要是受益于周伦佑老师的教诲。周老师有一次在与棱子交流游记散文时说，你在写一个事物时，要用心灵贴近它，细细地加以体验，然后把你内心中最独特的发现和体验写出来。虽然这个话是说给棱子听的，我在侧面偷听到了，记住了，形成了我的一种创作自觉。这句话对我散文的创作影响很大。

散文是开放的，开阔的，自由的，不断推陈出新的。同时，散文又是有其自身内在规律，万变不离其宗的。散文就是散文，不是其他。在场，思想，诗意，发现，也只是相对的。任何绝对的范式，都是散文的大敌。

在散文性中发现意义

谈到散文，从不同角度，可以有不同的解读，比如思想、结构、叙述、语言等。但最重要的是意义。可以说，散文写作的真谛就是发现和呈现意义。所谓发现，就是对自然、社会和意识及其整体规律的新认识或再创造。因此，每一次真正意义上的发现，都是对既有极限的跨越与挑战，都是一次历险。所谓意义，就是价值；文学应当与国家、民族、时代命运紧密相连，而不应当只关于个人小情绪、小忧伤，或内心世界的某个小隐秘。

发现意义，就是发现真相，发现价值，发现时代。

"在场写作"中的"在场"，就是存在意义的显现。杜甫说"文章千古事，得失寸心知"。"千古事"是指文章关注的对象，应当是流传久远、关系重大的事，如同曹丕说的"盖文章，经国之大业，不朽之盛事"。"寸心知"是指对于文章，作者本人的介入、感知、发现最为重要。这两句文论对于文学创作，具有普遍意义。

在一次文学活动中，我曾做过一个小游戏。就是请在场的作者，围绕当天的活动写一篇微散文，两三百字，表达自己的发现。一会儿作品交过来了，一个一个当众念。念完后大家发现：三十多位作者的文章有好有差，但没有一篇完全相同。我又问，如果将这个游戏扩大范围，让三百多人、三千多人，甚至三万多人参与，会出现两篇完全相同的文章吗？大家毫无争议地认为不可能；可能会不断出现更好的，但永远不可能抵达最好的，或终极的本真或终极意义、价值。由此得出几个结论：任何一个存在，意义都是无限的；在无限的意义世界，每一次发现，都是向本真或终极价值的靠近，但永远不可能完全抵达，抵达就是意义的消解；存在意义的无限性，决定了发现的无止境及在场写作、散文写作的多种可能性。这不是写作的神秘主义、不可知论，更不是让我们面对无限的意义世界望而生畏，不知何为；而是让我们认识对象世界的丰富多彩和魅力无穷，及发现的艰难性、挑战性、无止境性和价值所在。

事实上，散文写作的多种可能性，本身就决定了发现意义的多种可能性。这里仅就在散文性中对意义的发现谈谈个人体会。

可以说，散文的几千年流变史，从说话开始，到散句、散体文、散文，就是发现意义、呈现意义的历史。《诗经》里收录最早的《弹歌》——"断竹，续竹，飞土，逐肉"，呈现的是古人伐竹制器的狩猎生活，又何尝不可作为散文来阅读。屈原的《渔父》，则呈现了奸佞当道、百姓艰辛、君王昏庸的彼时现实和作者"举世皆浊我独清，众人皆醉我独醒"的忧虑无奈。《古文观止》里面的散文，无论是先秦的《左传》、汉代的《史记》，还是唐宋韩愈、柳宗元、欧阳修、苏轼等的文章，或记史、记人、记事，或赋物、议论、寓言，无不以散文性的书写，从不同侧面发现、呈现了那个时代的本质。

所谓散文性，就是散文的本质属性，是散文区别于其他文体的身份识别标志。自散文诞生以来，人们对散文规律的探索从来就没有停止过。但在在场主义之前，这种探索多是盲目的，缺乏正确的方向指引。人们希望在散文与存在意义之间寻找到某种契合，但又不知门在哪里。在场主义不仅发现了散文性，而且在散文性与存在意义之间搭建起了连接的桥梁，让散文对存在意义的显现变得卓越有效。在场主义把散文性的文体特征概括为"四个非"，不仅以解构方式发现了散文，还发现了散文呈现意义的一般规律。

从非主题性中呈现。散文不需要预先设立什么确定的主题或中心意义，主张随意写来，让作者真性情、真文字、真发现自然流露。这个定义包括三层意思：其一，强调散文写作的随意性，主张用本真的语言，以随意而非刻意的姿态，呈现本真的世界。其二，强调不要"预先设立""确定的主题或中心意义"。这里要明白"有感而发"与"预先设立"的区别：前者包括在"有感"之后的下笔之前有基本设想，是应该的，不可少的，也可以说是散文写作的规律要求，是先"有感"而后"发"；后者实际上是俗套僵化的"主题先行"，有违散文写作规律。其三，也是最关键的，强调对意义发现的独特性、深刻性、广泛性、恒久性，让存在的意义更加充分地呈现，审美空间更加宽广。不同的读者，甚至同一读者从同一篇散文中，也会读出不同的意味。这绝不是靠"预先设立什么确定的主题或中心意义"所能够解决的问题。

从非完整性中呈现。所谓非完整性，指散文所具有的片段经验与散漫的特点，表现为对宏大叙事和元叙事的拒绝，对全景式和全知全能式描写的摒弃。宏大叙事和元叙事，都是后现代主义批判理论中的重要思想，前者是指一种"完整的叙事"，有人又称之为无所不包的叙述，具有主题性、目的性、连贯性和统一性；后者又叫"大叙事"，是指完整解释，即对历史的意义、经历和知识的叙述。两种叙事都不应该，也不可能是散文所能承担的。尽管20世纪90年代以来的"新散文"运动后，也出现了一些写宏大题材的长篇散文，如齐邦媛的《巨流河》，王鼎钧的回忆录系列，任林举的《粮道》，本人的《暂住中国》《国企变法录》《重装突围》等。但从文本和叙事方式而言，仍属于片段经验的范畴。

"片段经验"要求在题材选择或素材取舍上，应侧重于从"片段"切入，曲径通幽，深入挖掘，写深写透；而不是大而化之，大而浅薄，大而空洞，面面俱到。"克服'滥文''滥情''滥智'，做到片段而不偏颇、散漫而不泛滥"的关键，就是要注意发现和突破，不要追风赶浪，不要炒陈饭。在文字上"辞达"即可，既不要重复表达，也不要过度表达。即每一个书写的东西，都是具有自己独特发现性的、别人没有写过或达到过的高度的东西。从某种意义上说，写作的价值就在于发现，每一次真正意义上的发现，都是向极限的挑战。

从非结构性中呈现。所谓结构，是指组成整体的各部分的搭配和安排。

非结构性是指每一篇散文都是一个偶然，每一次写作都是一次未知的个人历险。非结构性不仅是散文区别于小说、戏剧、诗歌等文体的重要标志，也是散文区别于公文、论文的重要特征。散文写作的随意性、散漫性、自由性和写作过程中的或然性，拒绝了任何形式的固化和结构介入。但这并不是说在具体写作过程中，即用文字表达自己的发现时，不需要思考构筑一下谋篇布局、叙事流和遣词造句。一个好的题材，一个独特的发现，总需要一个好的语言形式来呈现。要做到在发散之中能放能收，就必须紧紧抓住你发现的"意义"来叙事和书写，让意义的深刻多维，蕴含于文字的自由、灵动、散漫之中。

从非体制性中呈现。这里的关键是自由表达，强调作者的亲历性、个人性、自由性；核心是精神的自由，当然也包括结构、叙述、语言等的自由。前面谈到的散文的前世今生和基因，已充分说明散文是一种非常个性化、随性而发的文体，拒绝任何体制因素的介入。这除了体制语言，还有体制思维、体制结构、体制叙事方式等。特别是体制思维，很容易让你对对象世界的发现视角存在偏差，妨碍了你对本质和真相的认识，让你的散文成为体制的文本标签。在拒绝体制介入中要"做到自由而不放任、主观而不偏激"，就是要"面向事物本身"，强调"经验的直接性、无遮蔽性"。这里要注意一个问题：非体制性和拒绝体制的介入，是针对散文性特点和写作规律而言的，而并非与体制作对。存在决定本质，存在决定意义。最好的效果，是在与体制二元友好中呈现真相，唤醒民智。

对散文而言，作为文体特征的散文性，还只是形式的东西。更重要的还是内容，即在散文的精神层面发现和呈现意义。对此，不同的文学主张有不同的取向。在场主义从中国几千年的文学担当意识中，从文以贯道、文以载道、文以明道的流变中，提出了自己的"文以在场"的思想，并从精神性、介入性、当下性、发现性、自由性等几个维度，赋予了在场精神明确的界域，让散文和在场写作对意义的发现具有了鲜活的指向、坚实的基础和永恒的时代生命力。

苏轼散文的在场精神

在场精神，是在场主义的一个核心词，旨在强调文学的担当意识，主张文学应当介入现实，关注当下，体察苦难，在融入时代血脉和生命价值中，实现自身价值。

在场主义诞生于"三苏"（苏洵、苏轼、苏辙）故里四川眉山，不能不说在一定程度上受到了东坡文化基因的浸润和影响。事实上，在场写作观在东坡文学思想中都可以找到影子。散文性强调散文的纯粹性，是散文的身份识别标志，把散文与诗歌、小说、戏剧、公文、论文等区别开来，让散文成为散文。苏轼的散文是纯粹的，具备散文性的各要素。在场精神强调散文的担当意识和社会责任，把在场散文与其他散文区别开来。苏轼的散文是在场的，无论阐论朝政时事、治国安邦，还是状写山川风物、天下景象，他都自觉地坚守介入姿态，高屋建瓴，洞幽烛微，发现表象背后的当下元素、人间真理、时代意义。

这里谈谈苏轼散文的在场精神。

无疑，苏轼是千古文学奇才。苏轼的散文，虽然没有诗词数量多（苏轼一生约写了四千多首诗，三百四十多首词，散文百余篇），但其散文成就和影响丝毫不比诗词逊色。特别是他主张的"文以明道"的"有为而作"，使得他的散文具有强烈的在场精神和介入意识，饱含时代的体温。用现代的评价标准看，他的可归入散文类的论、书、记、叙、跋，文、说、传、赋、策等作品，无一不在场。苏轼不仅是举世公认的"唐宋散文八大家"之一，更是北宋古文运动的重要参与者、推动者、总结定论者。他的文学思想与欧阳修一脉相承，并以其"一个不可救药的乐天派，一个伟大的人道主义者，一个百姓的朋友，一个大文豪、大书法家、创新的画家、造酒实验家，一个工程师，一个假道学的憎恨者，一个瑜伽术修行者、佛教徒、巨儒政治家，一个皇帝的秘书、酒仙、心肠慈悲的法官，一个政治上的坚持己见者，一个月夜的漫步者，一个诗人，一个生性诙谐爱开玩笑的人"（林语堂语）的丰富身份，让其对复杂的世界多了许多体验、洞察和在场基础。

担当意识、忧患思想、怜悯情怀，一直是中国文学重要的精神。早在战国时的《荀子》中，"文以载道"的思想就已露端倪，后来发展为"文以贯道""文以明道"，直到在场主义散文的"文以在场"。在历史的长河中，文学的担当精神不仅从未曾缺席过，而且逐步走向自觉和成熟。在这里，我们不难看到苏轼坚实的足迹。他在《上欧阳内翰书》中，批评五代以来"文教衰落，风俗靡靡"的文风，强调"明道""致用"，是在场；他以大量的散文佳作，为散文的在场提供了难得的经典文本。

苏轼散文的在场精神，主要体现在以下几方面：

第一，强烈的介入力度。介入性，是在场精神的首要维度，是在场的旗帜和唯一的实现途径；介入的重点是国家的、民族的、人民的当下的痛。介入包括了"深入其中"和"干预影响"两重含义。现代文学的介入（concern）观，由法国存在主义哲学家萨特首先提出来的，后来得到不断丰富和发展。法国新哲学派领袖人物贝尔纳·亨利·列维非常赞成萨特的介入观，认为"文学介入是自然而然的，自发的，而且从某种意义上说是不言而喻的"，因为"文学是用文字写成的，这一事实必然会导致文学的介入"。原型批评的主要代表、加拿大文学理论家弗莱甚至认为，"介入是文学的大法典"。在场主义以介入为旗帜，强调介入的重点是当下现实。

苏轼散文对现实的介入，与他刚正不阿的个人秉性有关，也与他长期为官地方、贴近现实、活在当下、了解百姓疾苦有关。他每到一处，都倾心解决百姓的危难。在任杭州、密州、徐州、惠州、湖州地方官期间，他灭蝗救灾、抗洪筑堤、捐资修桥。他四十四岁遭遇"乌台诗案"，险遭不测；晚年被一贬再贬，直到荒远的海南，仍与黎族人民一起食芋饮水，共渡艰辛。苏轼不是现实的旁观者，不是体察苦难，本身就长期生活在苦难之中。他的可贵之处在于，不仅对苦难没有麻木不仁，对加诸其身的迫害也不是逆来顺受，而是以一种开朗豁达的人生态度来对待不幸，消解苦难。甚至"不应有恨"，包括后来一些苏轼传中流露出来的"恨"，也是愤愤不平的作者无意间"加"上的。文学，就是苏轼消解苦难的精神秘籍。

苏轼主张文章当"有为而作"，推崇韩愈的"文起八代之衰，道济天下之溺"（《潮州韩文公庙碑》），其实现"为"与"济"途径就是介入。通过介入，他借助文字的力量，把自己亲历的、了解的官场黑暗、世间疾苦、百姓关切和忧国情怀等呈现出来。这既让他获得了精神的寄托，也让他的文字本身具有了生命的质感。在他青年时期写的《屈原庙赋》中，对屈原人格美的高度赞扬，对屈原横而不流、独立不倚的崇高气节的由衷敬佩，对屈原"路漫漫其修远兮，吾将上下而求索"的探索精神的崇敬，都标志着青年苏轼已经确立起独立的文化人格和坚定的介入信念。特别是他在贬谪黄州、惠州、儋州期间写的杂记、题跋、书简等，将生命的体验深刻融入，结合叙事、议论、抒情，不仅呈现了真实，还突现出了作者在磨难中的旷放豁达、情趣盎然的主体心灵和自然率真的个性，是作者文化人格的升华，是哲思的体现。无论是写自然的还是社会的，他都透过文字体现出对人与人性的关怀。这正充分印证了萨特所说的"'介入'首先意味着：意识到话语的力量"。

第二，深刻的精神高度。精神性或思想性是在场精神的重要维度，体现为散文的深刻性。要精神在场，而不仅限于身体在场，就要求作者去除表象世界的种种遮蔽，用灵魂贴近对象，与真相拥抱。苏轼丰富的人生履历、长期的宦海沉浮、强烈的忧国忧民情怀，及政治家的责任、思想家的才思、文学家的天赋，让其对生命的体验多了一分深刻。

《刑赏忠厚之论》，是苏轼的进士论文，也是他一举成名的处女作。文章以忠厚立论，旁征博引，并以古仁者"罪行轻重有可疑，可以从轻处置；

功劳大小有疑处，可以从重奖赏。与其错杀无辜的人，宁可犯执法失误的过失"为范例，深刻阐发了儒家的仁政思想。其中，既有以在场的姿态观照历史，映照当下的"历史在场"，又有开化民智的"现实在场"。怪不得当年的主考官欧阳修阅之也不禁大加赞赏，言"读轼书不觉汗出"。

同样，在《贾谊论》中，苏轼先批评贾谊虽有才能，却不懂得表现才能的方式与时机，让人觉得仿佛他的不幸缘于自身错误，然后却笔锋一转，指向仁君应当如何对待人才的问题，使文章意义更为深刻。文章前后珠联璧合，跌宕起伏，意旨深刻。苏轼喜爱山川景物、日月风光，也写了不少咏物抒怀散文。但他却没有停留于物象表面，而是由表及里、由物及人，每每直指人性深处。比如《在儋耳书》，写他自己初到海南岛时，环顾四面大海的心境。文章在表面的轻缓诙谐中，却隐含着深沉的悲哀；在深沉的悲哀中又有开朗的情怀，使人读后感慨万千。他一生还写了大量的人物传略、铭文、碑记等，在挖掘和弘扬人性的崇高品格方面，往往自成一体，以使人性的伟大绽放光芒。特别他晚年，在严酷的政治迫害和贫穷折磨下，创作的《雪堂记》《赤壁赋》《菜羹赋》《飓风赋》《桄榔庵铭》等千古名作，既是个体生命的悲歌，更是人性崇高美的赞歌。

《留侯论》是写西汉著名人物张良，重点写了他受书于圯上之老人的事。此事众说纷纭，莫衷一是。但在苏轼看来，只不过是圯上之老人对张良的考验：张良之所以得到兵书是因为他的"忍"；他辅助刘邦最终打败项羽，也是因为他教会了刘邦学会了"忍"。苏轼由此得出："古之所谓豪杰之士者，必有过人之节。人情有所不能忍者，匹夫见辱，拔剑而起，挺身而斗，此不足为勇也。天下有大勇者，卒然临之而不惊，无故加之而不怒。此其所挟持者甚大，而其志甚远也。"其观点也许片面，但不失深刻。

第三，独特的发现难度。发现性，是在场精神的又一重要维度，旨在知人所未知、达人所未达、写人所未写。文学"创作"与一般"写作"的区别，就在于有无发现，也从来没有人把写公文、新闻稿等称为创作。因此，每一次发现都是向既有高度的挑战，都是一次艰难的探险。

苏轼的散文非常注意发现性，强调文学的独创性、表现力和艺术含量。

他认为，文章并不仅仅是载道的工具，而贵在具有独立的价值，如"精金美玉，市有定价"。文章本身的表现功能，乃是人类精神活动的一种高级形态。"物固有是理，患不知之，知之患不能达之于口与手。"（《答虔倅俞括》）他在对文学担当意识的领悟中，发现传统"文以载道""文以贯道"中"道"的狭隘性和局限性；因此首先应"明道"。他认为文章所载之"道"，不能囿于传统儒家之道，而应该包含世界的普遍规律，例如"日与水居"的人"有得于水之道"（《日喻》），等等。

苏轼把发现的对象，确定为"意"。强调文章的"意"，可以理解为意义、意象、意境、观点、意图、情感等，是作者对对象世界的独特发现转化为的主体意识，再通过作者的文字呈现出来，体现为作品中的主体思想。苏轼说，"天下之事，散在经子史中，不可徒使，必得一物以摄之，然后为己用。所谓一物者，意是也"，"为文若能立意，则古今所有翕然并起，皆赴吾用"。

苏轼的散文往往在常见中出奇，在看似率性随意中蕴意深刻，从别人意想不到的角度切入，发现意想不到的意义和价值，特别是他的史论、政论类散文，如《上神宗皇帝书》《范增论》《留侯论》《韩非论》《贾谊论》《晁错论》《教战守策》等。在楚汉相争中，范增可谓一位悲剧人物。他才智过人，身为项羽智囊，本可大显身手，助其夺天下。但由于项羽的优柔寡断、刚愎自用，范增不得不拂袖而去，含恨而死。但在《范增论》中，苏轼不是一般泛泛谈论范增的功过得失，而是另辟蹊径，提出"增之去善矣""独恨其不早耳"。继而，他从项羽杀害义帝而推断，项羽对范增早就有疑心，因为在拥立义帝中范增是主谋，进一步把范增的悲剧根源推向了人性的深处。

在《石钟山记》中，对石钟山的响声，苏轼是这样发现的："事不目见耳闻，而臆断其有无，可乎？郦元之所见闻，殆与余同，而言之不详；士大夫终不肯以小舟夜泊绝壁之下，故莫能知；而渔工水师虽知而不能言。此世所以不传也。而陋者乃以斧斤考击而求之，自以为得其实。余是以记之，盖叹郦元之简，而笑李渤之陋也。"从文学的角度，这个发现让文章有了新意；从自然科学的角度，这个发现让石钟山的"钟声"得到科学的验证；而从思想的角度，这个发现又提供了一种哲学和精神的可能。

当然，文章价值也自然显现出来。

豪放的自由维度。在场精神的再一个维度是自由性，核心是精神自由，也包括题材、语言和叙事方式等。苏轼不仅有自由豪放、宽广豁达的个性性格，而且在文学观念上，也强调文章应洒脱自由，在意的支配下自由挥洒，变化无端。他在《文说》中评价自己的散文："吾文如万斛泉涌，不择地而出。在平地滔滔汩汩，虽一日千里难。及其与山石曲折，随物赋形而不可知也……如是而已矣，其他虽吾亦不能知也。"他提倡散文应"出新意于法度之中，寄妙理于豪放之外"，达到"如行云流水，初无定质，但常行于所当行，常止于所不可不止"。他崇尚文章应自然、自由、灵动、活泼，反对拘泥呆板、千篇一律，认为那样会造成文坛"弥望皆黄茅白苇"般的荒芜（《答张文潜书》），而且修炼越久越自然，就连黄庭坚也说他，"早年用笔精到，不及老大渐近自然"。释德洪在《跋东坡池录》中，则这样评价苏轼散文的自然如水风格："其文涣然如水之质，漫衍浩荡，则其波亦自然成文。"

事实上，苏轼在作文上，也多用空灵虚拟之笔，自由尽情挥洒，行文如行云，大道天成。他的许多散文，往往都是信手拈来，随口说出，漫笔写成。尤其是他的叙事写景散文，包括碑文、山水记、亭台记，如《石钟山记》《凌虚台记》《超然台记》《韩魏公醉白堂记》等，往往平易流畅，收放自如，将叙事、抒情、议论等功能结合得水乳交融，也更具高妙的自由精神和艺术价值。

在语言表达上，苏轼十分推崇孔子所说的"辞达"（《论语·卫灵公》）。这是语言自由表达的最高境界。

苏轼认为文章当言止于达、意圆活流转、错综变化和自然真率。在《答谢民师书》中，他对他所追求的"辞达"进行了阐释："求物之妙，如系风捕影；能使是物了然于心者，盖千万人而不一遇也，而况能使了然于口与手者乎，是谓辞达。"由于苏轼作文以"辞达"为准则，及形象的比喻、诗性的语言，所以其语言往往清丽脱俗，很少有芜词累句。这在他的笔记小品中表现得尤为突出，如《记承天寺夜游》，全文仅八十余字，但自由无拘，意境超然，韵味隽永，新鲜活泼。可以说，语言的精练生动、词简情真、自然本色、平易明畅，构成了苏轼散文的在场特质。

表现尤为明显的是写景散文。苏轼写景时，能像欧阳修一样，以寥寥数语，生趣盎然，就勾勒出景象特点，营造出诗意般的意境。例如《石钟山记》《前赤壁赋》《记承天寺夜游》等。以《前赤壁赋》第一段为例："壬戌之秋，七月既望，苏子与客泛舟游于赤壁之下。清风徐来，水波不兴。举酒属客，诵明月之诗，歌窈窕之章。少焉，月出于东山之上，徘徊于斗牛之间。白露横江，水光接天。纵一苇之所如，凌万顷之茫然。浩浩乎如冯虚御风，而不知其所止；飘飘乎如遗世独立，羽化而登仙。"又如《前赤壁赋》中，作者写自己与客泛舟赤壁之下，把酒言欢，豪放潇洒之情可谓溢于言表："客喜而笑，洗盏更酌。肴核既尽，杯盘狼藉。相与枕藉乎舟中，不知东方之既白。"

读这样的文，与其说在读文，不如说在享受天然诗意的语言盛宴，诗与远方都在其中，令人大快朵颐。

无疑，苏轼的散文是在场的。他以强烈的担当精神，把生命融入文字，介入他所处的那个时代，让文字和生命与时代融合共同存，获得永续的历史文化价值。同时，也让吾等对在场主义的坚守多了一份血缘的笃定和自信。

告慰故乡的苏轼，我写作，我在场。

『翰』海拾贝

房子散文中的人

　　房子的散文随笔集《被时间偷窥的秘地》，包括七个部分、六十三篇短章，印象最深的是人。这不仅因为文学是人学，人是哲学中的基本命题，更在于不同作家，对人的了解、认知、表现不同，透过作品中的人，可以更好地走近作家、作品的本意。

　　显然，房子找到了自己对人的表达方式。

　　从叙事方式看，房子是非理性的，更接近于现代主义中意识流的表现形式。意象纷呈，空灵洒脱，是房子作品的鲜明特质。这显现了作者卓越的灵气与才气。作者总是贴近对象，赋予对象鲜活的人格与生命，然后以灵魂与之对话。这样，各种生命形态的万物皆活了。不是什么宏大叙事，大都也不是什么新鲜题材，却以灵性的结构、诗意的叙述和真挚的情感打动人。房子关注的人，包括你、我、他，甚至人格化的物象，既抽象，又具象，审美空间很大；人的命运、人的情感、人的生活、人的迷惘，都一一被剥离，敞亮澄澈。而这一切，又以时间为隐线贯穿其中，记忆被幻想劫持，物象被感性还原，以一个个鲜活的意象呈现，赋予了作品浓郁的魔幻现实主义色彩和精神在场意义。"关于肉体的记忆，意味着对人性道德的忠诚。要毁灭这段记忆，就冒着压制上帝或他人的危险。"（露茜·艾瑞格瑞）但在魔幻中，房子又懂得节制，浪漫而不轻狂，诗意而不诗化，悲情而不悲伤；在散文与诗、婉约与豪放、阴郁与阳光之间穿行，始终以阳光的姿态发现意义。

从人出发，在人与对象世界的关系中，房子发现了人的真谛和人性之美，揭示人存在的意义。这让人想起法国两位思想家——吉尔·德勒兹和费利克斯·加塔利。他们摒弃了知识树形结构，认为存在的主体层和历史时代相互交织。他们试图寻找其根源，寻找人性中更深层次的结构和影响。

房子对人的发现正是这样，通过泥土、情感、死亡与时间等诸多意象表现出来，赋予人立体的质感。

泥土与人

在文学作品中，泥土是一个常见的意象。这不仅因为泥土是生命之本，人立足之地，更因为在人类文化中，泥土象征着生命。在中西创世神话中，由于地理、气候、民族心理的差异，对泥土和石头的崇拜有本质的区别，但它们却同为造人材料。这体现了古人对泥土和石头的崇拜。无论东方的"皇天后土"，还是西方的安泰与地母，泥土都是一种象征，是生命与生长的象征，是坚实、稳固、不可动摇的象征。

"土地为什么没有发出声音，因为它们老了，老到了无法对人说出真相。它们静静地化成灵魂潜伏到每一个人的心里。那一刻，你突然站住不动了，你怕一动脚步会踩痛匍匐在大地上的灵魂。"（《每一粒尘土都比人老》）这种土地的老，并不是对传统意义的地老天荒的精神重复，而是与"依偎于树根"相对应的。这就拂去了苍凉与迟暮之色，获得一种对生命的坚守、庇护与共存。于是，叙事围绕土地与植物、与建筑、与城市、与一扇门的依存共生关系展开。只是此时的土地，已不再是庸常的厚土，而是一种意象——土地的精灵——尘粒。"这些土地的颗粒一呼一吸之间，都包含了生长，也包含了疼痛。"（《每一粒尘土都比人老》）

"他"是种树的人，冬日之末，为来春种树。"他拿着一双（把）铁锨，一点点地挖着干草丛中一小片褐色泥土。……那些新鲜的泥土一点点堆成了土丘。小土丘出现在陈旧荒芜的风景之间，看上去让人产生惊奇之感。哦，到底要发生什么呢？"在《挂在苹果树上的眼睛》中，泥土与人的关系，通过一棵苹果树来展开。到底要发生什么呢？这一追问，就追问到了泥土、人与苹果树的关系。"你看到水进入小苹果树根部的泥土，被迅速吸收。你听到水进入泥土的汩汩响声，那仿佛一个人等待太久的饥渴。"之后是与灵魂的对话。从与灵魂的对话中，读者感受到世态的险峻悲凉，以及"木然的、忧愁的、冷漠的，还有凶狠的、茫然的、失落的"表情。那个种树的人怀抱哪些梦想，经历了什么风雨，写下多少多舛的命运，我们全然不知。知道的是他已死去，在一个不明不白的时间里，因不明不白的原因；还有怀想，生者对逝者的怀想，无时无刻不在折磨着人、纠缠着人、撕裂着人。情绪迷乱中，甚至出现许多匪夷所思的幻影，固化为情感的恒定，因为"那个呼喊你名字的声音，原来一直在你心底"。

在场叙事主张叙事流的在场，这种叙事流既可遵循形式逻辑的法则，也可遵循心理逻辑法则，关键是要合乎生活内在的逻辑。《永远都在流逝》中，泥土与人（你）的关系，以行走的姿态，围绕一个土堆展开，终结却是以跳跃的、迷幻般的、非理性的叙事姿态显现。"你从土堆上走下来，太阳已经落下。"行走抽象为人生履历，印证了苏轼的"人生如逆旅，我亦是行人"。人生是一场荒诞的游戏，充满太多变数。回望来路，一切都是模糊的影子。"这一生，你总在和世界擦肩而过，不知各自消失在何方"，而"这一刻，我只想流逝，不想未来"。流逝的过程更可怕，"一个长长的过道，有时是沉睡的，有时是醒着的"，"换过一个方向看，你仿佛自上而下沉，遥遥坠下，甚至听不到摩擦空气的声音，寂静地，几乎要在某一刻发生爆炸"。甚至在同行者、众人中，也常常"发现了这样绝望的美"。当历尽人生苦难之后，出发时的土堆，已堆幻化为一面厚实的墙，"你对着一面不动的墙，灯光把你的影子按倒在地面上"。

"这些白天，我恐慌一盏灯灭了。一个人以另一个人为命。仿佛火焰以灯为命。一棵树以它的根须握紧泥土。那些泥土变成我的肉身"（《隐藏在世界背后的》）。在这里，人、泥土、生命，成了一个不可分割的意象。可是，我们赖以生存的泥土，正在遭受前所未有的侵袭。"有人对那片土地发出了征集令，那张红色的纸张贴在小巷的入口处。"（《另一种遇见》）我们的皇天后土，我们的地母，还有什么比泥土的丢失更可怕呢？可是，作者和我们许多人一样，唯一可选择的，就是忧虑与无奈，甚至连呼唤也是苍白无力的，似侵袭者的梦呓。这就是真相对秩序的颠覆，我们无力拒绝。"一座山有多么大，在你那里它不是一个比喻。你弱小的肉身无法挺住"（《隐藏在世界背后的人》）。

情感与人

人是情感动物，人需要情感——友情、爱情、亲情，甚至最普通的人情——都是人不可或缺的精神构成。从初生婴孩的啼哭，到弥留老人的清泪，情感是人生命过程中最忠实的伴侣；从英雄豪杰的铁血豪情，到纤纤女子的似水柔情，情感是性格构成的重要元素。因此，房子选择情感这个载体去观照人，是智慧的。情感丰富了人，也改变了人。背后的魔法就是时间，包括情感的生成、波折、撕裂、折磨、钝化与风干。《为隐形人画像》写的是一个亲情故事，这种亲情围绕"他"的内心世界来铺陈。作为叙事主体的"他"，"不属于任何地方、任何时间、任何爱。他丢了自己的根，也不可能在别处生根，他常绞尽脑汁搜寻自己的记忆，但他的存在常常中断"[1]。在忧伤与孤独相伴中，时间与亲情，成了"他"难以割舍的隐忍。

文章中的"他"，又是一个意象，或者说符号，亲情与人的关系，通过"他"表达出来。一条朝夕相处，庸常无奇，甚至可被称为"老家"的街道，因为妹妹的突然走失，亲情突然割裂，而改变了存在的意义。时间定格在妹妹走失的"那个下午"，从此，牵挂、揪心、疼痛和期盼纠结在一起，让他不再安宁。"她从这里消失之后，表面上看起来安然无恙的街景，变得暧昧不明。甚至那些小狗的叫声，都让人隐隐不安。""他"常常在童年的追忆与期盼的纠结里，追忆过去妹妹在身边时的美好片段，又有希望和失望并存的新纠结。亲情如此折磨着人，甚至到了恍惚迷乱的地步，"店铺里出现的女子，说不出来哪里像失踪的女子。他知道不是，却又会常常从她身

---

① ［英］凯文·奥顿奈尔：《黄昏后的契机：后现代主义》，王萍丽译，北京大学出版社 2004 年版，第 80 页。

上，想到那个下午"。

文章紧接着写了一位路过的老人、一位身患绝症的青年，还有一棵树，以及他们在时间魔法中的情感状态。无论是悲凉、绝望，还是喟叹，关键是要找到重生。诗人说，鸟儿从天空飞过，没有留下翅膀；房子的散文中，世间万象，都在时间的魔法下生成、改变与消失。当然是意象呈现。人人都可能忘记，唯有情感是真实的。不信，你看房子笔下那些隐匿在时间背后的人间故事。"每个人面对时间的流逝都会无望的"，难得的是在自己营造的情感意象中找到希望。此时，情感已升华为一幅画像——保罗·奥斯特式的画像，它的背后是一个隐形的人，为另一种时间所见。

读到一位癌症死者写的歌，"他"的记忆被一下子激活，还原成平平常常的生活——有一个声音从角落里浮现出来："除了生活，还有什么呢？"在《躺在故纸堆里的人》中，情感表现为人情，即人之常情。它们被一方故纸堆唤醒，鲜活地涌现在我们眼前，包括一首诗、一部小说、一本书、一本纪念册、一张老照片等。还有什么呢？还有童真的无邪、爱情的萌动、欲望的燃烧。在时间的长河里，老人和少女，站在人生的两极，老人还活着，少女却不能醒来，究竟是人在捉弄时间，还是时间在捉弄人？通过一张张黑白照片，发现生命的无常——"任何人的笑声，在死亡的注释里"；甚至从自杀者的极端人生中，"他"也发现了自己与过去的关系。当赋予这些故纸堆里的生命以活力的时候，哪怕是那些死者，生命也获得自在与超越，抵达永恒的彼岸。"它们都有自己的翅膀，飞翔在他夜晚的梦中。"

她的情感寄托于"一座虚拟的城"，他隐居在她的梦境中，通过树、瓦、光、水、声音等意象呈现出来。借助情感的桥梁，"她把没有经验的物体印象，变成了过去记忆的移植，把年少时见过的场地和物品无形地移植过来"。那里有消失的那棵青色的树、一整座花园、一个梦想在花园里行走的人和他的"心"。这是《隐居者》中的爱情，凄美、悱恻、残忍，又略带几分浪漫。而记忆与情感让消失还原，"比如少年时四周围墙的家院，门外那条窄小而悠长的巷子。那条巷子通往远处一个巨大的隧道。隧道上方，两条绵延的铁轨上停着的巨大火车"。当然还有"那棵青色的树"。他只要站在树的一边，即便是在暗影里，也知道那棵树是活着的。"大团的叶子坠在枝子上，光也从叶缝里漏下来，还有温热的空气，在身体之外轻然流窜。那些绵软的声音也倾倒在这滑动的如丝绸的夜晚。"然而，俱往矣。一切都消失了，人、物、心、时光，还有"我们都去过的那里"，"已经从大地上遁迹，被回忆所窥视"，记忆和情感，是唯一找回的桥梁。

在《寻觅》里，意识则纠缠于一次列车际遇，情愫幽微而暧昧，对一个女人的怀想在想象中完成。

死亡与人

时间与死亡，是房子作品中的两个核心意象，在许多篇章中均有体现，几乎形成一个紧密关联的意象对子。人死不能复生，但记忆与文字却让生命永存。当然，这里的死亡具有广义性，不是简单的生物学上的生死，而是包含了哲学上的一切生成、改变与消失，是时间的另一种表现形式。《寻找失散的自己》《黑色的水晶石》几乎纯粹写时间与人，而《寻觅》的叙事，完全借助意识流动中记忆与想象完成，《身体里的草》表现的是人与一株虚拟的草的隐秘关系，背后的意义则是时间与生命。

"你是黑色的，伏在眼帘之内。"《从记忆中出走的人》一开始就抛出一个死亡意象，把人带入一个黑色之谷。但这不是死亡的全部意义，死亡在情感中复活，并还原真相。

过去也曾天真纯朴，阳光温暖。不仅"少女形体的美，是阳光和田野间，植物形态的一种恩赐"，而且"一个成人脸上，出现的童真，眼神里的光，和眼角里的纹路，将整个夏天留了下来，那么温和而又热烈"。残忍的是，她溺水而亡，你怀念的并不是她，"活着的这个人，是另外一个人"，可情感中又有一种幽怨的、惆怅的，说不清、道不明的牵扯。在这里，"我，这个我，恰是最幽隐的神秘"（路德维希·维特根斯坦）。纠结由此而生。"白天到夜晚的过渡中，你看着一把椅子，一个水桶，一个人发出的天籁的声音，都若有若无地躺在心底的某个地方。一转身，一挥手，那个人就能出现，也能迅速消失。她看不见这个空白的地方出现的光和色彩了。"

这种复杂而混沌的情感，幻化为一些流转的气息，萦绕于人的精神世界，让死亡复活，情感燃烧。

石头的死亡缘于一个投掷，本来可以击落一只鸟的，可瞬间的落地让所有的可能性消失；卷曲的竹叶，呈现的是一种植物的死亡意象，培土浇水是为了救赎，可还是有的舒展，有的死了。水是生命之源，或生命的拯救者，"水来了之后，土地上的万物都活了"，可当象征城市意象的小汽车出现之后，"这个再简单不过的现象"，只能"在梦里出现"——水死亡了。在《被移植的人》中，人是一些虚拟的物象，比如石头、植物、水、飞鸟和小汽车等，死亡也因此而以另一种形式呈现。更可怕的是，在城乡这堵有形或无形的"墙"的面前，一个乡下人乡情的死亡和人性的衰减。被移植的城市人，一方面是城市的异数，一方面是乡村的背叛者，疏离、相异和神秘，难以自我界定。这些成为自我关系的重要元素，"没有什么比自我更陌生"①。

在文学和哲学中，死亡往往具有终极价值。培根把死亡比喻为支付"罪孽的工资"，是虔诚且合乎宗教的；外斯巴芗（Vespasianus，一译"韦帕芗"）死时还在说笑话："我想我正在变神哪。"房子笔下的死亡正是这样。它是积极的，美丽的，是观照生的另一个角度。它没有《心跳光之美少女》中的瑞吉娜直面死亡时的孤独与绝望，而是在记忆与幻想中，赋予死亡生的意义。这令人想起一位老基督徒说过的话："死亡，不过是从上帝的一个花园，走向另一个花园。"

借助物象观照人，是房子创作散文的一大特点。作者由此创造了许多意象，提供了不少新奇的维度。从泥土（生成）、情感（过程）到死亡（终极），房子的散文构建起了独特的对人观照的意象框架；而房屋与人、植物与人、石头与人、灯火与人等等，则是这种框架的补充和丰富。至此，一个完整的意象体系基本形成。无论是自然的人、社会的人，还是对象之人、思

---

① 见［英］凯文·奥顿奈尔：《黄昏后的契机：后现代主义》，王萍丽译，北京大学出版社 2004 年版。

想之人，都是时间中的存在。人既不是天使，又不是野兽；人是"能思想的芦苇"。房子的散文对人的表现正是这样。

从文字风格看，房子显然是受了现代主义和后现代主义的影响，特别是萨特、海德格尔和德里达等人，作品许多地方透露着《存在与时间》的气息。而后现代主义的一个重要思想，就是认为自我是虚构的，不过是一个符号，一个幻象。人是世界上最复杂的存在，借助物象去观照人，难免受存在本身的局限，如不下功夫挖掘，容易失之浅显；注意叙事介质的选择，如果流于琐碎而庸常，最终影响的是文章的境界和意义的显现；意象切换中，内在的契合非常重要，弄不好就出现裂痕；诗意的语言增添了文章的灵动和质感，但不要忘了语言本身的本真和纯粹，才是最高境界。如此等等，相信房子先生早已注意到了。

项丽敏散文的指尖叙事之美

收到丽敏的《金色湖滩》已经有一段时间了，作为天涯社区的散文天下版块"同一个菜园里的园丁"，一直想该为丽敏的文字说几句什么，却总是未能启口。原因主要是懒，还有就是似乎没有找到感觉。阅读是断断续续的，没有任何刻意。每每于闲暇之时，携手清新而纯净的文字，与作者悠游于太平湖边，或赏花，或闻莺，或问柳，闲情与逸致，都恰到好处。我便想到最好就沿着这种状态往下走，不在远近，关键是不要碰碎了这难得的清新纯净。

的确，丽敏的文字是清新纯净的，尤其是那些在太平湖边与自然对话的文字。它如一泓清泉，从深山幽谷里溢出，滴滴答答，一尘不染，滴落在几片草叶上，或碎成珠玑，或遁入泥土；又似一叶小白菜，带着晨露和泥土的芳香。这种天生丽质的文字，不是娇媚的工坊制作，而是源于对自然和生命的天然亲近；文字只是信手拈来，为一种情感服务。这种叙述方式，我把它称之为指尖叙事。后现代主义非常看重肉体，看重触摸和感性交流的价值，认为除语言和思想外，身体也是基本的交流工具。按照《圣经》上的记载，上帝对生命的每一个表达，都是通过身体实现的：孕育、出生、成长、沉河、受审、受难、死亡、重生、升天后的筋疲力尽……指尖是身体的一个构成，或者说触觉，当一个作者的灵魂融入自然与生命时，他可以选择多种方式与之亲近："下半身写作"是一种，"宏大叙事""解放叙事""立体叙事"等又是其他种。但无论何种叙事，都离不开叙事主体。丽敏以她独特的生活环境和个体性格，选择了指尖叙事。这也许是一种偶然，也可能是那一片金色湖滩的成全。

不是么？在太平湖的某一处湖滩，长夏或者晚秋，踏着晨露或披着霞光，你总会看见一位美丽的女子踟蹰而行，湖光山色，映衬着她朦胧的影子。她时而看着一只蝴蝶，久久发愣；时而对着一方菜园，自言自语；时而又为一双交吻的虫子而伤情感怀。这时，她就会不知不觉地伸出纤柔的指尖，轻轻触摸与她亲密同行的湖滩伴侣，草叶，花瓣，蝴蝶，或晨露，以一种洁白的纯净之心，表达自己的在场与亲近；或者轻舞指尖，按动快门，定格这生命灵动的本真一瞬。在这里，生硬的文字和照片，都只是一种工具，记忆的工具；生命鲜活的存在，早已生成于心里，珍藏于灵魂。于是，才有了我们阅读时的感动。

指尖叙事的可贵在于，叙事主体与对象的距离，是最小化的。丽敏坚守于湖滩，游走于湖滩，湖滩成了与她共生共存的同一环境，又是她精神的家园。这种身体与精神的在场，使她成为湖滩风景的一部分。"鸟儿们就在菜园下的苇丛里，站着，唱着，偶尔飞起，也只是为了换一根苇竿，站稳了，再唱。我也站着，站在菜园里，鸟声里，晨雾中。"（《春天，十三个时光片段·早春》）按照丽敏自己的说法，就是"散步在金色湖滩，给万物写信，视写作与自然为情人"。许多时候，她与自然的对话，是通过指尖来完成的，从轻拍草叶，到托腮而思，再到敲击键盘，指尖成了她表达情怀的一种独特叙事方式。"现在是傍晚。其实我并没有特别想说的话——没有思念，没有痛苦，也没有不安。但我还是得说几句，因为现在天色尚早，而我又没有事情可做，无所事事。我需要说点什么来打发时间。"（《春天，十三个时光片段·傍晚的絮语》）傍晚的湖滩是宁静的，除了静谧的湖滩，就是主人公本人。但她希望倾诉，于是她假设了一些倾诉的对象，完全是随性而发。但正是这种随性而发，她找到了自己与自然和社会对话的最亲密对象。现实中任何真实的对象，与作者的对话，从形到神，都不可能达到如此融洽的程度。

指尖叙事的可贵还在于，叙事主体与对象的关系是平等的。在丽敏的作品中，我们看不到高蹈、俯视，也没有卑微、仰望，而处处可见的是平等、随和，人与自然的和谐融合。以指尖为代表的身体，充当了这种融合的介质，或曰结构和缘。她写早晨的蜘蛛："蜘蛛是昆虫中身手较为敏捷的，对外部的反应很迅速，在我拍摄它们的时候，它们常会吐出一根轻飘飘的细丝，乘丝而去，瞬间从我的眼前逃遁。也有把自己伪装成死物的蜘蛛，缩紧着四肢，悬在网上，真正的形如一枚绿豆了。"（《初夏湖滩：低处的小生命》）她写早晨的鸟儿："鸟儿站在一根细长的斑茅上，荡来荡去，练着轻功，嘴里发出快乐的呼唤，不一会儿，另一只鸟儿应声而来，站在同一根斑茅上，挤挨着，嘴喙相啄。那根斑茅看似纤细，却极有韧性，身体弯成半个括弧，待鸟儿一起飞走，又恢复了挺直，丝毫无损。"（同上）在这里，不能用简单的观察细致，或多愁善感来评价，反映的是人与环境友好的姿态。这种姿态不是造作，而是发乎内心的。有了这种姿态，我们走进了自然的灵魂，有一种知根知底、知面知心的亲切感、亲近感。

指尖叙事的再一可贵又在于，叙事主体与对象是在场的。在场主义认为，散文写作的生命，就是主体始终"在场"，或游离于"场的范围"，伴随时间和空间，慢慢走下去，直到世界老去。世界却总是背离我们而去。现代化日趋激烈地摧毁着我们的意愿，恐惧感源于我们一直"生活在别处"。后农业文明与前工业时代的差异，新旧体制的交替和碰撞，财富和权力的再分配失衡。所有这些因素的重组，必然产生边缘钝化和"场"的断裂，让我们有意或无意地缺席。但是，在丽敏文字里，我们更多地感受到的是一种此在、同在。在《初夏湖滩：夏天了》里，这种同在是这样呈现的："早晨的空气好，又凉爽，适合昆虫们谈恋爱。它们在日出的光线中亲吻，交尾。昆虫们的交尾很安静，一动不动，像庄严的礼仪。它们对我的存在仍是敏感的，当我把相机靠近，它们会保持着重叠姿态，笨拙地转移到叶子背面，我跟着把相机移过去，它们又转了过来，如此反复。"

在场包括身体的在场和精神的在场，而语言只是一种符号。生活在湖滩，将生命融入湖滩的丽敏正是这样。在她笔下，场是人与自然融合的存在，身体和精神是主体的，湖滩是对象世界，文字是情感的一种外化，而指尖则是在场的证明。在《春天，十三个时光片段·早春》里，身体和精神的同在，是这样显现的："几天没去菜园，里面又有了变化，豌豆地里插了密密的竹竿，豌豆苗此时已不叫豌豆苗，已经开始跑藤了；青菜地里种的是三月青，这种青菜身架小，叶子宽厚；菜苔已经开了花了，黄灿的，很像油菜花。'我也站着，站在菜园里，鸟声里，晨雾里，倾——听——着——'"不难看出，在这里，文字和它承载的精神，都是质朴而清新的，亦如那菜园中的豌豆苗，或小青菜，拂去了社会的浮华，回归于自然的本真。这种人与自然、对象与情感的融合，很难从文字中分得清彼此，只能从同一个场去把握了。

我想起了中世纪的一本神秘主义著作——《陌生的云彩》。书中有这么一段话，是形容一位精神回归者的："他如此幸福，爱使之然，而不是因为他常常思考。爱能带给他愉悦，思考不能。"对，因为爱。我想，丽敏于她的湖滩，也正是这样吧。

朴素的唯美与大方的简单

——读朴素大方散文

先识文，继识人，再识文，就这样，渐渐走进了朴素大方的世界。文字是心灵的符号，总以为通过文字，哪怕是一篇文章、一个跟帖，就能窥视一个人的某种内在。对朴素大方正是这样，从文开始，绕了一圈又回归文字，便自信对其人其文有了一些了解，当朴素大方叫我为她的文字说几句话的时候，我便不自量力地欣然应允，其他的也没多想了。

大约是2006年春，我发现自己服务的天涯社区的散文天下版块来了一个陌生的用户：朴素大方。正如这名字，既朴素，又大方，没有虚张声势和哗众取宠，也没有网络上常出现的标新与觅奇，却有一种朴素大方之力，一下穿透你的灵魂，让你带着一种纯粹关注她。因天涯已有位鼎鼎大名的朴素，大家就自然称之为大方了。大大方方地喊，大大方方地应，大大方方地交流文字。开始的阅读，并没有什么特别的惊异，甚至有一些失望。"心情不好，也可能是有关风花雪月，也可能是天气的原因。但愿一会儿就好了。"见鬼，又是一个多愁善感的！此刻，我不知道大方心情不好的原因，最多知道有一个心情不好的女子，在借助文字，发表心灵的一隅，又怕泄露心底的秘密。之后的阅读可能有些勉强，但出于对新朋友的尊重，我还是坚持了；如果今天要说，就应该是幸好我坚持了。就在这篇短文中，改变了我的一些印象。紧接着，大方写她"在早晨在地铁里，慢慢地悠悠地走着，想把自己走进一个旷野的幽灵。"然后，自己带着某种"阴谋"，躲在一个阴暗的角落，以一个旁观者的姿态，审视眼前的形形色色。"从他们身上的装扮、形色，来判断他们是在疲于奔命，还是怀揣理想斗志昂扬。"接着是作者近似苛刻的自省和追问。原来，作者的心情只是一种铺垫，走进地铁的铺垫，观察众生的铺垫，审判"理想"的铺垫。已超越名字的表象、抵达灵魂的大方，让我不禁想起卞之琳和他的桥上风景。心里有些发惴：幸好没乘那趟地铁！就这样，大方的文字不仅朴素，而且在朴素中有自己对生命的体验的独特发现。这不正是最生动的在场精神吗？

接下来的阅读是渐进的，陆陆续续的，几乎是随大方在"散文天下"的作品更新而跟进的，如《安静的夜晚》《且歌且行》《生活断章》《秋天，我在场》《哪片海比母亲更深》。当然，集中地、系统地阅读，还是这次。渐渐地，一种朴素的唯美，从大方的文字中跳跃而出，廓清着我的视线。工作、生活、爱情、旅游、琐事，无不被这种朴素的唯美浸润。

在《掬一把月光照亮爱情》中，这种朴素的唯美，在月光和海滩构筑的情景框架中呈现出来。先是月光："偶尔的夜半醒来，可以看到月的光华，洒满了整个阳台，角度合适的时候，还会看见它清丽的身姿。偶尔，它也是倾斜着钻进屋里，于是地上有霜了。这个时候，我是不敢轻举妄动的，生怕一不留神，抖落了散落在薄被上的月光，生怕惊醒了旁边的梦中人。我只敢用或是忧郁或是顽皮的眼神与它纠缠。"继而是大海。大方一次出差去大连，住在海滨的北大桥宾馆。她几年前到过这里，就曾想："如果能和心爱的人住在这里看日出、观潮落、赏月光，应该是件极其浪漫的事情吧！"没想到梦想成真，此刻，"虽然没有心爱的人在身边，但这片海，这片月色真实地属于我了"。心情、大海、月色，勾画出一幅唯美的画，灵魂取代了臆想中心爱的人，就在这间温馨小屋里、在画中栖息。于是，"夜里，舍不得睡。披着薄薄的春衫站在阳台上，贪婪地用眼睛一遍遍地抚摸着如丝绸般柔滑的海面，一遍遍向无边的月色传递着我的爱慕"。

这种朴素的唯美，还体现在作者日常的细节中。喝玫瑰花茶，"最好是用很素净的骨质瓷杯，那样才会更衬托出花瓣的娇艳，才不会夺去那几分春色。纯净的白色吧，相得益彰"（《内心深处的薰衣草》）。外出旅行，到一个完全陌生的地方，大方喜欢一个人呆坐在街边，看着来来往往的人。"这个时候，我是透明的、简单的、慵懒的。透明得像空气一样不复存在，简单得大脑里只有视觉印象，慵懒得觉得人生不过如此。""我不需要什么爱情，只是单纯地感受着别人的存在，而我正在消失。"（《一个人的旅途一个人的爱情》）可以说，这种朴素的唯美，构成了作者作品的鲜明特色。也许，朴素的唯美，本身就是作者的一种生命追求，一种生活方式，本真的文字，只是一种在场的呈现和生活的符号化。阅读大方的作品，似乎发现她总是常常在你耳边轻言细语："有一种场景，总让我憧憬：清冷的雨夜，柔和的灯光，应景的古曲，闲闲地捧一杯清茶，一卷蓝色线装书，有没有红袖添香已经不重要……"（《有一种喝茶总让人憧憬》）冬天来临，当街上的女孩子开始用或灰暗或艳丽的外套，包裹起曼妙身姿的时候，"我偏爱偷看那些柔弱的女子，如果颈间再恰到好处地配上一条丝巾，更会吸引我的眼球"（《一颗冬天的心》）。一个"偷看"、一个"如果"的假言判断，把作者审美意识中的那种朴素的唯美心理表现得淋漓尽致。

如果说，朴素的唯美是大方散文的形式特色，包括结构、叙述、语言和她撷取的生活片段；那么，她的内涵和精神，则蕴含在一种大方的简单中。这里的大，是大气、开阔、境界；方是"内方外圆"的方，是作者对当下生活的介入立场，是一种智巧圆润的是非认同和审美取向；而简单，则是一种返璞归真的生活态度和创作追求，是有所悟以后的坦然与洒脱。这种大方的简单，构成了大方作品的又一特色。

在《所谓生活，芬芳滚滚》中，朋友讲述了一个凄美爱情故事，以一种近似禅意的神秘开始。然而，到了作者，却三言两语，回归于大方的简单。"两个人在一起，时间长短，不是衡量一段感情好与坏的标准与追求的目标，能够很和气地、快乐地、相互愉悦地相处更重要。很别扭的天长地久，反而是一种束缚。"从经营惨淡的三味书屋中，大方不仅看到了商品大潮的汹涌、文化的式微，更看到了一种文化精神坚守的可贵与可敬。"坚守是一种美德！坚守自己的梦想，更是一件生命中比爱情还美好的情怀！"（《在花江吃火锅，在三味看闲书》）高中同学聚会，面对眼熟却叫不上名字的大帅哥伸过来的热情的手，她没有拘谨与尴尬，而是大方得体地说："你好。我看着你眼熟，但忘了你叫什么了。你不介意吧？"签名时，大方轻轻签上"悄悄躲在时光背后让它把我遗忘"。朋友立即提出异议："不好，快改掉，太感伤！"大方却轻松坦然地哈哈一笑，把一般人认为复杂深沉的问题，消解于一种大方的简单中："哪里有什么感伤？明明是一种赖皮，是一种游戏心态！就像我们小时候玩的捉迷藏。"同样，面对一位"黑是黑、白是白，要么对，要么错"的非常"理性的人"，作者一方面是包容，甚至"还有那么一点儿欣赏"，似乎渐渐"发现自己生命中很多地带，变成了灰色，没有强烈的是非观，没有明确的对与错"。但是，属于自己的大方的简单却没有改变，"我还是要告诉他，舌头与牙齿比，牙齿总是先脱落。爱怎么理解就怎么理解吧！言尽于此"（《八段锦》）。只要留心你会发现，其实在大大方方或大大咧咧的背后，大方对对象世界内在的体悟，是很深很到位的，充分显示了一位知性女子的审美优势。她说："穿几千元一套的时装跟上百元的套装，心理感受很大的不同；用二层皮的包跟拿LV的手袋感受也不同。当然，就算是拿着同样的LV手袋，你饿着肚子花几个月积蓄买，跟凭喜好根本不考虑价格显示出来的气质还是不同。"（《英雄、品味和影子》）细细体味，大方对对象内心的把握是很到位的。

我曾揣摩，大方作品中朴素的唯美和大方的简单，其精神根源究竟在哪里？就像许多人猜想达·芬奇和他的《蒙娜丽莎》背后的故事。是修成正果后大彻大悟式的超越，还是不知不问不想式的盲目的大大咧咧？我发现两者都不是。文学是人学，当联想到大方这个人的时候，似乎一切就迎刃而解了。她就是她，是朴素的唯美和大方的简单的统一体，而背后的精神支撑，则是内在的善——对事理的善，对朋友的善，对世界的善。朴素而不浅陋，唯美而不娇艳；虽不是大彻大悟，却是心里明亮，富有知性和智性；而大大咧咧，则是这种知性和智性的有节制的本真表现。文字只是道具，不经意间被大方邀来，伺候自己的心情。在《善种在心里》中，大方有这么一段内心独白，也许能对此进行诠释。"每个人对幸福的理解不同，我对它的理解很简单，拥有自己想要的生活、家人、朋友，就是一种极致的幸福！"善种在心里。对于大方，于文于人，这样的解读才是真实的，才是鲜活而富有生命意义的。

因此，读大方的文字，不要过分地往深沉处想，不要想从中去寻找深奥的哲学或精神，她本来就不是在布道；也不要望文生义，浮光掠影地撷其表面，大方不是个停留表面的人。而要从内在的善出发，在朴素的唯美和大方的简单中，去除遮蔽，发现生命朴素而大方的真实。虽然，这样的创作把握不好，可能出现朴素的拙朴及大方和简单的过渡，让作品的厚度和深度受到影响。但一篇或一部作品，不可能告诉我们世界的全部秘密；鲜活和生气，对我们已经疲劳的阅读似乎显得更为重要。

传说中的子青

连自己也感到意外，在提笔要为子青说几句话时，竟冒出这么个标题。不知是因为我们相识于网络，还是子青的性情与文字，原本就带着某种传说般的虚实相间和似梦如幻的色彩。

这里的传说，与蒲松龄和他的《答朱子青见过惠酒》无关。虽然，我曾与子青在乌鲁木齐机场把盏小饮；虽然，在吟咏"锦堂蕴藉诗千首，褐父叨沾酒一盛。公子风流能好士，不将僵寒笑狂生"时，我曾差点把子青，与那位生于清康熙九年（1670年）、著有《橡村诗集》五卷、吟古今体诗三百五十一首的朱子青混淆，但此子青确实不是彼子青。

有两三年了，大约也是在这个时候。谢了菜花，绿了原野，正是一个生长传说的季节。我在天涯社区的散文天下版块游弋，发些帖子，更多的时候是潜水，以敬畏和学习的心态，窥视着这藏龙卧虎之地。突然有一天，我被一个奇妙的标题所吸引——"月光下荒野里一块石头"，短短十个字，嵌入了诸多意象，月光、荒野、石头，一些看似风马牛不相及的概念，被邀约而来，融为一体，形成一幅立体的画。静美而苍凉，由天及地，由面到点，很容易令人联想起马致远和他的《天净沙·秋思》。散文是心灵的观照。我想，一定是作者心中早已有了这幅画，才会有如此静美的呈现的。于是，我怀着崇敬之心，记住了这个名字：朱子青。

在后来的关注、接触中，子青的名与人，文与行，似乎总是在虚与实的传说状态中交错。

先是生长的。我不相信心理学家华生和斯金纳的理论，不相信环境可以决定一切，但相信环境对人有重大影响。子青说，他出生在黄土高原的一个小山村，那里给他母爱般的骨肉情感；而他长期生活的新疆，则给了他的精神和信仰。两个故乡，两种文化，两种情感，既融合，又矛盾，形成了子青无意识中的传说式基因。这种特定的无意识常常撕扯着他，让他左右为难，令他陷入婆媳矛盾导致的情感纠缠中。

再是体验的。子青还年轻，尚处于而立与不惑之间，是人生之旅中一个带有边缘色彩的黄金地段。但他的经历，已不再单纯。他当过兵，做过编辑，当过文员，做过部门主管，现供职于乌鲁木齐的一家房地产公司。更重要的是，他不像一般的谋职者一样，工作的含义，仅仅在于挣钱、上班下班、养家糊口。作为文人，天性中，他的灵魂是不安分的；他总是自觉或不自觉地，用心贴着路面在行走，体验着自己触摸到的一切，让它融入血液，成为生命的一部分。这不仅使得子青众多的作品，小说、诗歌、散文等，登上《天涯》《美文》《诗选刊》《新疆日报》等诸多知名报刊版面，并出版作品集多部，还使得子青的生命历程，呈现出一种多维的、丰富的、矛盾的、鲜活的，现实与理想、形而下与形而上、高贵与世俗相互交织的本真特征。

贯穿这个历程的是情，亲情，友情，色情。

我想到子青和他的几篇关于亲情的文字。他写母亲："梦里母亲在玉米地，吃力地抱了一大捆玉米秸秆要给我烧炕，她无法想象也不相信城里的暖气是怎样的，有多暖，说再热的暖气也会凉消的，就像窑里头蒸馍馍关着门满窑的热气也会凉消的一样。""可是，我怎么也无法把母亲与一根枣木棍子联系在一起，也压根儿没有想到母亲会老的。""挂了电话，我的女同事见状一边安慰我，一边关了办公室的门出去了。她不想妨碍我的哭泣，不想面对一个满面泪水的男人的尊严，我似乎并没有清醒地意识到母亲会离我而去……"

他写父亲："爸爸，你好！外面下着雨，我在给你写信。你的视力不好了，我尽量字写大一点，这样方便你看；你认识的字不多，就叫邻居家上学的孩子读给你听吧……我早就想给你写信了，我知道自妈妈去世后没有人给你说话，你只能对着妈妈的相片说些心里的话。"在这里，我触摸到的子青，纯粹得像个孩子。因为，在这个世俗的年代，只有孩子的眸子里，才能读到这样的纯真。读到这样柔软的文字时，我眼睛里就会泛起一些潮湿；并且，我很难把它与英俊潇洒的子青联系在一起。

见到子青，是在去年深秋。天山顶上还挂满雪帐，地上一片清爽。应塔里木油田之邀，我们作家采风团一行七人，去塔里木采风。往返途中，都要经过乌鲁木齐，我们便顺便给子青发了个短信。原本是出于一种礼貌，不想影响朋友的工作。没想到子青非常认真，信息紧追不舍，希望无论如何，也要见上一面。其诚其情，溢于字里行间。真正的盛情难却，没有理由不应承。后来我们选择了在机场见面。刚步入候机大厅，就见远远的警戒线外，一个熟悉的身影在夸张地挥手，边挥边喊："闻道，闻道。"正是子青。我心里涌起一股热流，而后默念：哦，这就是传说中的子青！便盘算着，从库尔勒乘机至乌鲁木齐四十分钟；子青从单位乘车至机场，也需近一个小时。这老兄比飞机还出发得早！转机时间只有三个多小时，本想见个面，寒暄几句即可，子青却执意要表表心意。于是，我、同机的亮程、子青，就着机场一角的快餐店，点了几个小炒，便杯觥交错，相饮甚欢。三杯两盏淡酒，早已推心置腹。临别，子青把我叫至一侧，摸摸索索，从包里摸出一画一刀，羞涩地说："闻道兄，初次见面，做个纪念。画是一位画家朋友送的，可裱了置于书房；小刀是新疆特产，可给嫂子削水果。"其情真意切，令人不得不为之动容。

子青的许多文字，都涉及情与色。《脱衣舞女的快感》《突然想到了少妇这个美好的词》《哈，多么色情》，如果仅仅是看这些标题，也许要么把他划入标题党行列，要么干脆就是个情色写手。然而且慢。请耐心一些，走进子青的文字和他文字呈现的带情带色的世界。这时，你看到的是一种生活的本真、人性的本真、性爱的本真。见面后，你更会感到，这老兄只够情，不够色。是真实的子青，把真实的情感世界呈现在我们面前，让情色打上传说的色彩；恰恰是我们羞羞答答，不敢面对，把事情弄复杂。以《世界，美好的只是乳沟而非乳房》为例，写的不过是我们许多人天天都在经历的一种庸常生活。公共汽车，男男女女，拥挤，肌体相触，一个正常男人或女人的自然感觉或性意识萌动。但他写情而不滥情、不媚俗，且注意节制。在行文中，看不到泛滥的色情与低俗。通过文章，我们感受到的是生命，生活的真实、美好和鲜活。并且，子青没有把笔停留于自然状态的体验上。除了阅读中，"这些性格活泼、玩世不恭者、这些滑稽之流，总能给人带来会心的微笑"（《哈，多么色情》）外，它还通过一种具象的呈现，带领我们去追问生命的普遍意义。"一切都是短暂的，一晃而过。只这辆车是长存的，会一遍遍地沿着既定的线路跑下去。而我们谁也无法在这辆车上留下什么，浓烈的香水味、酒精味、狐臭味……鲜血、眼泪、痰，等等，都不可能。我想，关于这个世界以及人生的想象，仅仅就是瞬间的，一晃而过的面孔而已，至于世界或人生的希望，正如前面我所看到的，美好的只是乳沟而非乳房。"

许多朋友都谈到子青的文字。的确，子青的文字是有特色的，拥有一种贴近本真、呈现敞亮、富有生命质感的在场品质。他不是靠故事取胜，而是靠体验和语言。读他的文章，会被一种纯美的自然质朴所牵引；然后，不知不觉地与他同行，进入他所营造的情景框内。你会感到，作者和读者，都在同一个情景框内游弋，没有距离，生活就发生在你身边。此时，一切都不再是传说，你就是情景框内的哈姆雷特。

栖居迷城的精神还乡

——读李兴义（西北劲风）散文①

    读兴义的文字，最深刻的感触是，他的灵魂始终栖居于故乡——陇东那个叫漱包头村的地方。虽然身居城市，但他的心，总是游离于城乡之间，徘徊于一座虚幻的现代迷城，总有一根灵魂的脐带，系在乡村的那头，才让自己获得踏实。逃离与回归时时纠结着自己。他借助文字，让精神还乡；或者说，他的幸福与欣慰，只有在精神还乡中才真正得以实现。文字只是一种符号，以记忆的方式，让这种精神还乡具象化、可感知、可传递，并显现在我们面前。

    我知道，要在粗浅的阅读中，对一个人的作品梳理出比较明晰的头绪，事实上是很难的。更何况，好的作品，本身就应具有宽广的审美空间，容许不同的解读并存。我承认，我这样的阅读，不仅是借助了传统的形式逻辑原理，从量上入手，因为兴义对故乡的书写，占了这部《咀嚼岁月》的大半；我还采用了心理逻辑方式，即从非理性主义的精神入手。我发现，即便写城市百态，如《城市中的村庄》《被驱逐的麦田》《女儿今天去西安》《百态世相》等，兴义也是以乡村的角度去观照的。从"二月二油搅团，三月三细擀面"，到左邻右舍的叔叔、老梁、刘四奶、剡积德、黄干桃，再到故乡的

---

①   本文为周闻道为李兴义的《咀嚼岁月》（敦煌文艺出版社 2011 年版）所作的序。

原、峁、梁、窑洞，黄土、大风、故乡的种种存在，早已幻化成一种精神符号，隐匿于灵魂深处，常常被记忆唤醒，涌入作家笔底，或以梦的方式呈现于眼前。"已经记不清楚，从哪年哪月哪周开始，每遇周六，我总要回老家，回农村老家的弟弟家去看望我的老母亲。"（《周六晚上总有梦》）其实，从兴义作品中我们不难发现，他念悠着的不仅仅是母亲，还有一切属于故乡的风物人情。正是从这种似梦非梦，常常出现的镜像中，我们窥视到了一位精神还乡者的心路历程。

先走进。让我们随兴义，走进他记忆还原的乡村。可以说，《咀嚼岁月》中的多数篇目是写乡村的，那个生他养他，留着他的脐带和灵魂，永远逃不出、割舍不了的地方。然而，人已在城市，栖居于某一幢高楼、某一方草坪、某一间优雅的写字楼，重复着朝九晚五的工作。这就决定了兴义笔下的生活，是靠记忆还原的。平实而质朴的叙述，犹如陇东的窑洞和黄土。同样简单而质朴的生活，在高原重复，日复一日，年复一年，枯燥、粗糙、清贫、琐碎、劳累，却踏实而幸福。放羊、掏鸟巢、采蜂蜜、打柴、运土、垫圈、养蚕、喂驴。"每当父亲开始收割蜂蜜，我们便都抢着上手帮忙，点火绳的点火绳，打灯笼的打灯笼，端盆子的端盆子，搞运输的搞运输，手忙脚乱，屁颠屁颠，不亦乐乎。""每当听到父亲的羊鞭响，我们兄妹几个便会抢着跑出门去，站在门前的沟边等着从父亲的背上接过柴捆，抬回家，放在院子里，小心翼翼地解开，一层一层地翻寻，直到找到那个让我们欣喜若狂的宝物，然后捧回屋里，让母亲蒸了煮了炒了吃。"（《记忆在枝头绽放》）琐碎而零乱的记忆，似枝头绽开的繁花，还原的不仅是真实的日子，还是陇东人的忠厚、淳朴、善良。

再走出。随乡人进城，以不同的方式，去看看那从乡村走出来的冲突。"公路铁路们从一座城市铺展出来，延伸到另一座城市。柏油和铁轨压过村庄，压过田野，压过庄稼，飞驰的客车货车震得地皮子微微颤抖。""扬一扬手，花几块钱就到城里了。人到了城里，神还在乡下，凭着衣衫上的黄土，鞋袜上的泥巴，城里人一眼就看得出。"（《从乡村出来》）乡下人来城里，不是为了逛。他们到城里来，是为了生计。因为没钱花，而机耕要钱，用电要钱，种子要钱，化肥要钱，农药要钱，地膜要钱。他们带上鲜活的土特产进城换钱，没有什么等价不等价，城市与乡村，本来就不在一个天平上。因此，从乡村出来，并不是向往奢侈，从来就是无奈。无论是从塬上来的，还是岭上来的，都是乡下来的。他们带来的，只是城里人喜欢的新鲜蔬菜，而不是人的尊严和生命的价值。

然后追问。随着追问的步步深入，我们发现，与过去单纯的有和无、贫和富相比，此时的城乡冲突，正发生着微妙的变化，带上了明显的现代病、文明病、城市病的色彩。"还是春天，他们并没有很多的蔬菜，有的只有新长出的羊角葱，刚出圃的韭菜，麦地里剜回的荠儿菜，刚露头儿的苜蓿芽，刚长秧儿的小蒜，早晨才从香椿树上折下来的蜷蜷皱皱的香椿叶，再有，就是刚从鸡屁股下面拿出来的还带血丝的鸡蛋。"（《从乡村出来》）问题是，乡亲们将这些鲜货带进城的理由，并不是因为城里缺少这些。事实上，随着市场经济的发展，价值规律的驱动，城里并不缺这些。三九天都有西红柿，嫩黄瓜，鲜蘑菇，大茄子，大辣椒。可是城里人不爱吃这些。这些"大棚产品"没有晒过太阳，"黄瓜没有黄瓜味儿，蘑菇没有蘑菇味儿，茄子没有茄子味儿，一句话，所有蔬菜都没有阳光味儿。西红柿不甜，辣椒不辣，而且，那红色，那紫色，红得令人生疑，紫得令人生疑。"（《从乡村出来》）

兴义注意到，尽管乡亲们为城市提供着源源不断的无公害农产品，为城里人消解着城市病，但这并不意味着他们的地位有所改变。他们还是不敢"把带来的特产摆到菜市场卖，也不敢摆到大街上去。他们只能挑着担儿，背着筐儿，提着篮儿，在那些小巷道里转悠，在那些门卫不很厉害的家属区里用羞涩的喊声叫卖。"（《从乡村出来》）"卖完了特产的乡下人找一个角落，看看四下无人，便把那钱一卷一卷儿掏出来，数上一遍又一遍，心里甜滋滋的。然后找一个低级饭馆，要一碗炒面或者烩面，有滋有味地吃着。旁边的城里人看看他们的吃相，互相挤挤眼，悄声说，你看，乡村出来的。"（《从乡村出来》）在这里，城市与乡村、城里人与乡下人、城市文明与乡村文明的反差与纠葛，已超越了物质层面，具有了精神的意义。在这里，我们看见一个残酷的现实，那就是因城乡差别而带来的人的地位和尊严的差别。作为生于乡村、长于乡村，对乡村怀有深厚感情的精神还乡者，兴义的审美取向是清晰明了的。他没有回避惨淡的现实，而是富有积极的介入批判意识。

还要去吃。随兴义去领略"吃"出来的乡村生存意义。吃，是生命的基本体征。无论是居庙堂之高的肉食者啧称的民以食为天，还是普罗大众离不开的吃喝拉撒，吃都是生命的起始。兴义的《吃春》，写的正是吃；而在吃之后贯以春，则显然超越了一般吃的定义，而拥有了陕北独有的生命在场的精神意义。陇东乡村的生活，是属于自然的，或曰野性的。荠儿菜、苜蓿、小蒜、香椿、榆钱儿、洋槐花，既是陇东乡野的春之精灵，也是陇东乡亲的生命伴侣。《吃春》正是把这种独具陇东特征的生命景象，通过吃，鲜活地展示在我们面前。他写小蒜，"照着那丛秧苗一镢头挖下去，便提起一嘟噜白生生的小拇指蛋儿大小的蒜样根块，抖掉上面的土，露出白刷刷一段儿胡须，那便是小蒜的根。拿回家去，摘了胡须，洗净了，切碎了，加些盐醋生调了，蘸（或夹）蒸馍吃，那味儿绝顶的新鲜，绝对胜过大蒜大葱"。

还是吃，他写荠儿菜。"雪已融化的地块，麦苗还没返青，麦叶还枯黄着，麦垄中便有顶着黄梢干叶的荠儿菜紧贴地皮醒活过来，露出一簇儿新绿。女人们在家里和好了面团，用擀杖擀薄了，切成细长的面条或者四边形的'斜子'，晾在案板上，这才出去找菜。很方便，提只篮儿，拿把刀儿，出了门，便是麦地，走进田垄，三下五除二，便是半篮子荠儿菜。"同样，他写苜蓿。仿佛是一种生命的接力，亦步亦趋，苜蓿紧跟在荠儿菜之后。不管是地邻乡亲，还是母亲，剜苜蓿芽儿都是一道风景。"一只，两只，三五百只……半天工夫，剜下的苜蓿芽儿足够一顿吃了，便回家。其实，那也只能打个牙祭儿，给纯白的面条增加一些绿色，给单调的面食添加一些菜味。那菜味却不一般，它是一种混合着的春的味道，有春风的味道，春雨的味道，春阳的味道，春苗的味道。"（《吃春》）兴义说，陇东的乡野有句大实话，叫黄土养人。"春天，就在这个青黄不接的季节里，黄土把最最新鲜、最最纯朴、最最鲜嫩，也最最营养的菜肴，给了这些成年累月侍弄黄土的人们，让他们吃到了春天的风的味道，雨的味道，阳光的味道，泥土的味道，还有绿的味道，嫩的味道，鲜的味道，生命的味道。"（《吃春》）其实，何止土生土长的城里人，从乡下进城的兴义，又何曾忘记这些乡村味道。

精神还乡的根在人。精神回不去，割舍不了的是母亲家园。如果你要真正了解陇东，了解小蒜、茅儿菜和苜蓿，了解它们与整个陇东的血脉、命运、情感，最好是走近陇东人。在兴义这里，母亲成了陇东人的具象。在《母亲的时光》《吃春》等篇目里，他多次写道，母亲跪着剜苜蓿芽儿的情景，那么真切，那么亲切，又蕴含着隐隐的痛。我相信，这幅苍老的母亲剜苜蓿芽儿的图景，已深刻烙在兴义乡村灵魂的家园里，成为他精神还乡的重要目的地。"那天有风，母亲的白发被风吹在空中飘着，她的脸上扑满了尘土。她跪得很规整，左边放着藤条编的篮子，右边放着拐杖，右手握一只小刀，前倾着身子，很费劲地在地上寻找着刚刚露头的幼芽。"（《吃春》）读到这里，我很容易想到罗中立的油画《父亲》，那种沧桑、坚韧、慈爱、勤劳、伟大，一切形容词都因之失色。没想到，时隔一年，跪在门前邻居家的苜蓿地里剜苜蓿芽儿的母亲，已成了黄土堆里的亡灵。春天了，苜蓿芽儿依时长出，兴义与母亲却已是阴阳两界。"母亲是清明节前七天去世的。那天早晨，九点多，我们要吃早饭了，问母亲，母亲说她不想吃。弟弟端来小半碗苜蓿芽儿做的面条，躺着的母亲偏过头看了一眼，眼神中似乎有要吃的意思。我从弟弟手中接过碗，用汤匙一点一点地喂给她，她吃了。吃完那些面条，还要喝那些饭汤。"（《吃春》）

也许是一种宿命，母亲的宿命，陇东人的宿命，故乡的宿命。来于黄土，回归于黄土；从吃苜蓿始，以吃苜蓿终。苜蓿成了陇东的生命符号。就在喂食母亲苜蓿芽儿做的面条的当晚，母亲就永远离开了，带着那最后的苜蓿味儿。对于即将到来的死亡，告别苜蓿味儿，冥冥之中，母亲似乎早有预感。"那天，趁弟弟一家不在，她拄着拐杖去了弟弟家的上房。那三间上房，因为年久失修，已经不能住人了，里面放着粮食和农具，还有母亲的棺木，还有母亲的柜子。母亲颤颤地来到弟弟家的上房，把苫在棺木上的几层纸拿掉，用鸡毛掸子把敷在棺木上的尘土掸掉，扶着它转了一圈，细细地看了一遍，又用那些纸把它苫上。再打开柜子，将十几年前她亲手做好的那些寿衣一件件拿出来，左端详右端详，再拿到身上比试比试，然后先内衣，后棉衣，再外衣，一层一层地套好了，再折叠整齐，放回柜里。"

"晚上，弟弟回来，她给弟弟说，我死了之后，你们不要买那些纸人纸马。现在的人都游手好闲，整天等着吃现成，等着别人伺候，阳间阴间都一样。我这辈子辛苦了一辈子，下辈子再也不愿伺候人。还有那些牲口，你们买下送到阴间去，全都要我喂养，我不愿受那份罪。还有，你们给我买的寿衣中有一套线衣，是紧身的，我不能穿，穿了它，后辈儿孙会受紧的。弟弟一一答应了。"（《母亲的时光》）

陇东的冬天是寒冷的，常常零下二十多摄氏度。记得那年冬天我去哈尔滨看冰灯，也是零下二十多摄氏度，我一走出机场，就冻得头皮发胀，脸发红，满面麻木。我赶紧买了厚厚的毛线帽和手套，才解了围。但是，兴义的陇东乡村不行，没有这条件。于是，"村子里冻死了好多动物。叔叔家的猫，堂兄家的猪，邻居老杨家的两只老母鸡，都被冻死了。最先冻死的是我家的狗。我家的狗冻死了我不知道"（《母亲的叮咛》）。知道自家的狗也冻死了的母亲，从此就多了一份担忧，担忧他的儿孙们一不小心，也会像那些被冻死的猫呀猪呀狗呀一样；就有了母亲的叮咛陪伴一生。从自己儿时到儿子的儿时，母亲的叮咛从来就没有停止过。回家时叮咛，出门时叮咛，见面时叮咛，电话里叮咛，自己叮咛，叫弟弟叮咛。就这样一次又一次、一年又一年，那叮咛不断垒砌，垒成了故乡的塬。如今，人进城了，那塬还在那里，灵魂还在塬上。不知是兴义在牵挂那塬，还是那塬在牵挂着兴义。兴义以自己的文字，为这种牵挂作证，让自己的灵魂回归。

母亲的遗物，包括一盆辣椒花、三个拼花小枕头、四千四百六十四块钱、一根拐杖和一只银镯。它们与故乡、与家、与一段抹不掉的生命历程融合在一起，无论人往哪里，身居何处，它们都是作者灵魂的重要栖息地。就说三个拼花小枕头吧。母亲先是精心选料，将那些捡回来的布渣子分门别类，摆成几摊儿，再进行比试搭配，直到满意为止；接着是构图，根据她心中勾画的图案，左端详右端详，直到合意为止；再是剪裁，剪出长方形、正方形、三角形，还有圆的、椭圆的；最后才是缝制，将无数个很小很小的布料连成大块。就这样，那些乱七八糟的布渣子，在母亲精巧的手下、拳拳的心下，拼凑成了一幅幅精美的图案，做成三个枕头套子，分别送给她的三个重孙。如今，母亲人已离去，她的这些遗物，也终有一天会消失。花会枯死，钱会花完，枕头会烂，拐杖会朽，即便是那只银镯，也不会永存。永存的是情感。它们已抽象为家园的精神符号，镌刻在陇东故乡的黄土地上。

当然，兴义的文字，也还有值得打磨之处。在精神回乡途中，似乎应该更加注意精神的在场，用灵魂贴近所写的对象，去体悟、去发现它内在的精神和意义。无节制的乡村叙事，可能让精神支离。一些篇章，表面看是散和浅的，实际却是精神的缺席，这无疑影响了作品的审美空间。比如，在读《二月二》时，我曾为作者引入"龙抬头"的意象而连连叫好。可是，令人遗憾的是，作者没有紧紧抓住这个意象，去挖掘、发现，从乡村的命运、人的生存状态、生命的苦难与价值的关联中，呈现"这个"存在的"意义"，而是很快跳向了二月二等乡村习俗的叙述，让文章陷于表象的琐碎展示，"龙抬头"的真正意义却被遮蔽了。《地软软》和写邻居的一些篇目，也有同样的问题。语言本身的在场，也是十分重要的，它也许可以增强文章的灵性和质感，让疲惫的还乡精神，进入一种诗意的栖居。

市场经济和工业文明带来的现代都市病，其重要特征就是精神走失。从兴义散文中透析出来的那种割不断理还乱的故乡情怀中，我们看见了一位精神还乡者的坚韧与艰难。好在文学还在，为兴义提供了一方精神家园，让他在迷城中坚守住一方净土。我想起一句诗，却忘记了它的作者："我们走得太远，以至于忘记了为什么出发。"从乡村走出来，置身迷城的兴义，在精神还乡的旅途中，可否正是在思考这样的问题？

渔舟晚唱散文的情感意象

——何新军《回声》[①]序

　　也许大海是催生情感的最好酵酶，阅读渔舟晚唱（何新军）的文字，总是被一种深深的情感所牵引。北戴河之滨，一间安静优雅的小屋，成了我心情的驿站。窗户是唯一的路径，窗外的碧海青天，是最佳的去处。灵魂是忠诚的行李，而情感便是难逃的宿命。点点杨花飞絮，被轻风带起，飞呀飞，飘落于地，没有碾作成泥，却看见稀落的洁白花点。游走于渔舟晚唱的文字之间，心是被动的，似杨花或风铃，常常被情所拨动，身不由己。深处是痛，浪漫是表面的。真情、亲情、乡情、悲情、大风之情、窑洞之情，接踵而来；感动、感伤、愤懑、幽怨，都是情的意思。

　　无情未必真豪杰，何况散文，本身就以真情实感的抒发为生命。无论是片段经验和散漫性的展示，真性情随意性的书写，情感与文字的自由表达，还是存在意义的显现，如果离开了情，都可能沦落为形容枯槁的行尸走肉。当然，有情也未必真豪杰。这里的情，不是谦谦君子的虚情假意，不是浅表虚妄的廉价之情，也不是独居阁楼、与世无关的所谓小资情调，而应当是植根灵魂，发乎内心的真情、实情、深情。这样的情，不是通过枯燥的文字、浅薄的感叹、苍白的情绪渲染能够表达出来的，而要通过植根土地的、有血

---

① 何新军：《回声》，大众文艺出版社 2011 年版。

有肉的生活情节，以及富有地域特色和生命质感的生动意象来呈现。正是在这里，我感受到了渔舟晚唱散文叙述的情感力量，那就是他的散文呈现出来的亲情、乡情、窑洞之情等意象。

亲情意象。父母之情、兄妹之爱等，都是亲情的重要元素，也是渔舟晚唱散文的重要落笔处。翻阅渔舟晚唱的散文，涉及最多的是亲情。母亲、父亲、舅舅、堂伯、兄妹等，都是亲情寄托的载体，特别是对母亲的那种拳拳之情，每每总有令人动容之处。他写母亲喊魂："当我从外面回来生病时，我总认为是因为我的魂还迷失，在我放羊或者割猪草的地方没有回来，而这时母亲总会想起为我去喊魂。也许在母亲看来，她在夜色里一呼喊，我那迷失了方向的魂就会顺着她的声音乖乖走回家。"（《有一种声音喊疼了我》）母亲不仅为我喊魂，还为重病的父亲、为一切生病的人喊魂。作者用了较多的笔墨，叙述了母亲为父亲喊魂时的情景，从精心准备，到倾情诉说，再到声声呼喊，夜深人静时仍站在山梁上喊。"母亲无数次告诉我，魂是身体的一部分，是与生命相连的隐秘东西。母亲还说，你可要看好了它，否则，就会生病的。因此，我知道我的魂不回来，我就会生病。"这里的喊魂，已经不仅仅是一种习俗、一种乡村式的祈祷，而且是一种关于爱的独特表达，对生命的敬畏与虔诚，具有广义的大海般的母仪精神。

在这样的母仪精神之下，爱无处不在，就像一种无声的气息。母亲在哪里，它就会从哪里抖落；只要你用灵魂去感受，母亲的气息就无处不在。"我知道，母亲在院子里为一些生活琐事奔波的时候，或者她什么也不干，一个人在院子里走动的时候，她身边的微风就会把她身上的气息一点一点地吹落下来，就像有一些花瓣在风中掉落一样，缓慢的无声无息。等她身边的微风停下来的时候，她的气息就沉落在院子里的角落里，被雨淋被日晒。许多年里，我感觉风不停地吹打着母亲，母亲身上的气息就不停地沉落着，以至于她留在院子里的气息越来越厚实也越来越浓郁。"（《满院都是母亲的气息》）

作者对奶奶的情，则通过一只被掠夺的艾草香包表现出来。端午采艾草制香包驱虫避邪，是一种乡村习俗、一个生茧的故事，也可说各地都大同小异。于是，当我在《有一些香侧身而去》中，再次读到这个故事，再次看见艾草、香包时，真有点为渔舟晚唱担心，担心他这故事究竟应该怎样讲下去，才富有新意。可以说，在读了一半后，这样的担心都还没有解除，并因此而差点动摇了我继续阅读下去的勇气。转折出现在一些晨香露和一堂刻骨铭心的课上。据说，端午艾草上的晨露，可以清心明眼，自己便做了精心的采集，制成包，希望能给年迈的奶奶尽孝心。谁知，自己精心怀揣的梦，却没有逃得过老师那只自私贪婪的手。香包被掠走了，对奶奶的孝敬成了一个隐隐的痛。这令人想起中国有句俗语，予人玫瑰，手留余香。那么，掠人玫瑰呢？何况，掠夺者是本该为人师表的老师。艾草的清香和晨露的晶莹，都在掠夺中丢失了。我相信这都是隐喻，真正丢失的不是这些具象的东西，而是更珍贵的师道伦理。当然，作者在这里用的不是掠夺、丧失，而是侧身。转身看见的是背影，侧身看见的是侧面——社会的侧面、人性的侧面、师道的侧面。古老的故事在作者独特的发现中富有了鲜活之气。同样，在《穷年》中，作者对舅父、舅母、表弟的忧伤命运，表现出来的是怜悯之情。这些，都是亲情的多侧面呈现。

　　大风意象。从文字看，渔舟晚唱兄当是出生于乡村、生长于乡村的，而黄土、窑洞、大风，又是陇东乡村的重要表征。这种血脉里的高原基因，铸就了作者割舍不了的乡村情感。尽管作者现在早已远离了乡村，置身于城市的众声喧哗中，但精神仍是飘的。"有时希望借助酒精的迷醉，找到自己的根，品尝到的却总是泥土的气息。"（《我在寻找一个路口》）血脉里的乡村情感，仍然牢固地浸润于生命的节律里，无法找到通往现实的路口。相反，乡村的山水、沟壑、窑洞、院墙、黄土、牛羊，甚至风，都成为情感抒发的触媒，成为作者笔下流光溢彩的世界。作者不仅写乡村生活，甚至在一些写城市内容的文字里，也常常不经意间就走神，突然飞来一些乡村元素，比如泥土气息、窑洞情怀、牛羊瞳影。即便人在江南，写大海，写江南的雨，心也在陇东高原。"我想，肯定有一滴水能落在我的身上，肯定有一滴水能将我洗得干净和透明。那样以后，当我再次出现在北方的田野里的时候，我不再觉得沉重和污浊。"（《那随风而舞的就是我》）这不仅让城市生活因乡村的介入而更加鲜活，富有了城乡观照的立体感，而且让渔舟晚唱的乡村叙事拥有了个性。

这里说风，渔舟晚唱散文中作为乡村符号之一的风。

吹打不尽的风，既是陇东高原的个性，也是渔舟晚唱散文乡村意象的重要内容。在渔舟晚唱的乡村中，风总是常常被召唤而来，充当情感的道具。在《父亲的羊群》《翻过院墙的风以及其他》《打捞》等作品中，都写到风，高原上那形形色色、没完没了、吹打不尽的风。"有一天，一股小小的风，悄悄地溜进一只窑洞里去。"风中的母亲，"曾在多年前走进这个窑洞，然后就住下来。她常常在窑洞里的镜子前梳妆打扮，有时看见镜子里的人，她就会莞尔一笑，两朵红晕就会爬上墙壁上的镜子里，她曾经望着镜子里的红晕出过一会儿神"（《翻过院墙的风以及其他》）。仍然是这风，这一小股子风，吹到了今天，吹走的不仅是岁月，还有母亲的美丽容颜。梳妆镜里曾经映现的母亲，那玉貌花容，如今早已凋零，轮廓分明地投射到对面的墙壁上，成了一个空幻的世界。唯一留下的，就是乡村的黄土、窑洞和风，还有艰辛。

问题是，这样的艰辛，似乎仍是一种奢侈，正面临着走失的危险。于是我们看到了挣扎和《打捞》。

在阅读《打捞》时，无论是形而上还是形而下，我压根就没有想到风，而是想到历史、记忆，或者某件乡村往事。然而，他确实在写风，在写陇东高原那裹挟着苍茫黄沙、周年吹打的风。"我常常听到一些呼呼的风声从我的耳边刮起来，我感觉它刮过了我居住的一座小城，刮过了远处的一大片田野，然后刮进一座村庄，在我家那座低矮的小院周围停下来。"（《打捞》）

这便是文章的开头。作为生活在成都平原的我，阅读这样意象错位的文字，自然会好奇地想到，这渔舟晚唱究竟要在故乡陇东高原的风中打捞什么？读罢全文，才知道作者要打捞的，竟是家的沉没。"我家的那座小院就在这风雨中渐渐陷落在了时间的深渊里，并且在那永不停息的风雨的笼罩中渐渐沉没着。以至于现在，整个院子看上去粗糙而又破败，灰暗而又单调。"（《打捞》）显然，风中沉没的家，不仅仅是物理意义上的沉没，而是精神意义上的走失。母亲，不，应当是生活在这里的人们，并不甘心这样的沉没。于是，他们要挣扎、打捞，哪怕注定会失败。每次大风过后，母亲总是不辞辛劳地打捞，打捞沉没的乡村和日子。"她从厚厚的灰尘中，一会儿打捞出一只只精致的饭碗，一会儿又抢救出一只快要被尘土淹没的碟子。""她年老的双手因为扫帚握得太久，抹布拧的时间太长，手指痉挛着舒展不开。"从母亲的坚韧中，与其说看见的是大风中打捞的希望，不如说是失望，甚至绝望。在写下这样的文字的时候，渔舟晚唱的叙述是冷静的，但我们却可以触摸到他内心的颤抖。

"我在风中不停地走，走了很久，我也没有停下来。风也没有停下来，因此，我没有在任何地方做短暂的停留。我要随风一起走，一直走到风的尽头。"（《侧身走过这个早晨》）看来，风要跟随渔舟晚唱一辈子。想起一首歌，唱遍大江南北的《黄土高坡》："我家住在黄土高坡，大风从坡上刮过，不管是西北风还是东南风，都是我的歌……"是的，这些风，都是陇东高原的歌、渔舟晚唱灵魂里的歌。它不一定是欢歌，有时，悲歌、哀歌、忧郁之歌，也许更具生命的意义。

窑洞意象。窑洞不是处处都有的，大概属于陇东高原的独特风景，具有鲜明的地域文化特点。对于生于斯、长于斯的渔舟晚唱来说，窑洞不仅是曾经栖息的物质形态的家，而且是灵魂里的精神家园。树高千丈，叶脉连根。根在哪里？在乡村，在窑洞。"从第三到第四，或者从第四到第三。我家的两只旧窑洞，在我一个人的时候，会时不时地从某个地方出来，在我的大脑里盘桓着，它们缠绕着我、诱惑着我。"（《第三只窑洞更温暖一些》）也许，那眼曾经栖息童年梦幻、快乐、艰辛的窑洞，早已坍塌破败，遗失于某条干涸的沟壑边，或某个荒凉的山头，风化为一段遥远而苍凉的历史，永远不再回去，甚至不再有人居住。然而，精神意义上的窑洞，却是永远的家园，早已演化为一种文化形态的情感积淀，即便翻过院墙的风经年吹打，吹闭了窑洞的门，也吹不走它的坚守。割舍不开的风，像陈年老酒，时间越久，香醇越浓烈。我想，这是渔舟晚唱散文情感意象中，绕不过窑洞的重要原因。

"我总会与一些窑洞不期而遇，那些散落在沟畔塬边的窑洞就像谁失神的眼睛，空洞而没有灵性。我在远远地看见它们的时候，总会想起我曾居住过的那些旧窑洞，它们会从远方一路而来聚拢在我周围，然后在我的眼前不停地浮现着。"（《回家吧，窑洞》）谁能否认，这样的不期而遇，已超越了一般的记忆范畴，是一种集体无意识下的文化钩沉。"没有了窑洞，家的概念就成了一个抽象的符号。"（《回家吧，窑洞》）可是，当现实中遭遇某种触媒，生活就会瞬间还原，情感就会被点燃。情感世界的窑洞，不再是物化的，而是人性化的，甚至拟人化的，就是自己的父母兄妹，再破败凋零，在它们的眼里，"我也只是个孩子，无论离它们多远……孩子就得回家"（《回家吧，窑洞》）。

收入《回声》中，写窑洞的并不很多，《回家吧，窑洞》和《第三只窑洞会更温暖一些》，加上一些涉及窑洞的篇目，不过几篇。但综观全书，这丝毫不影响窑洞意象在渔舟晚唱作品中的情感位置。这不取决于文字的多少，而取决于情感的分量。在渔舟晚唱笔下，窑洞意象在整个情感系统中，不仅很真切，很厚重，很鲜活，而且有时还充当着核心元素的作用。"一到掌灯时分，母亲就会站在自家的窑洞前，扯着声音叫我的乳名。母亲一叫我，我的乳名就从她的嘴里奔出来，在黄昏的风里满世界乱跑，然后沟畔塬边的到处去找我。找得我烦了，我就会顺着乳名来时的方向，一步一步跟着它往回走。可是，我的乳名不听话，它领着我在黄昏的坎里、洼里奔跑……快到家门了，我远远地看见母亲的影子在窑洞前微弱的灯光下摇曳，她身后的那只窑洞就是我要回去的家……家里的灯光虽然微弱，却让我在风里的身体有了一些温暖。有了温暖，我不再觉得满世界乱跑的乳名是多么的烦人，也不再觉得那些张着的黑色的大口有多么害怕。我悄悄把手伸进口袋里，把我的乳名放在一个安全的角落里，我要把它带回我的窑洞我的家。我希望下次在我忘了回家的时候，我的乳名还在，还能被母亲指派着从窑洞里出来，然后满世界地去找我。"（《回家吧，窑洞》）在这里，窑洞是家，是归宿，是温暖和安全；乳名是羸弱、飘摇、命运莫测的童年；母亲的呼喊是呵护、爱怜、担忧、企盼；而口袋，则是童年的我内心珍藏的灵魂皈依。一段短短的文字，以窑洞为核心，把这一连串的情感元素融为一体，意象纷呈，形成一幅生动鲜活、情意浓浓的情景框架图。没有深厚的情感积淀，是不可能写出这样的文字的。

在渔舟晚唱的作品中，我们还看到了现代文明与窑洞文明的情感冲突。按理说，搬出窑洞，住进新房，或走进城市，是社会发展进步的表现。可是，在母亲的眼里，在作者的情感世界里，却是一种丢失、怅然与遗憾，不仅高兴不起来，而且有一种隐忍的伤感。当作者把现在的家当家时，却发现灵魂里的窑洞漂泊在外，像漂泊在外的作者一样，没有精神的归宿。"冬日的风又刮了起来，它们刮过了沟畔，又刮过了塬边，从那些没有回家的窑洞里出来又进去。我看见风们在一个个窑顶黑乎乎的窑洞里停下来，传着我的口信，它们在说：回家吧，窑洞；窑洞，回家吧。"（《回家吧，窑洞》）一个巧妙的角色转换，把在文明冲突中，现代人背离精神家园的无奈、失落、痛苦，表现得淋漓尽致。

阅读渔舟晚唱的文字，是要带着感情，带着真诚的。只有这样，你才能更好地走进他的文字所承载的情感世界，实现主客体之间的情感耦合。在表现手法上，以第一人称为主的叙述方式，无疑增强文章的在场感、真实感、亲切感。渔舟晚唱笔下的乡村，更多是记忆中的、传统意义上的乡村。许是个人阅读的偏好，或与在场主义倡导的在场精神有关，对这种记忆还原的乡村，总有一种当下的疏离感。我联想到前不久读到梁鸿的《中国在梁庄》，更多地呈现的是乡村的逃亡、走失、凋零、躁动不安、疼痛呻吟。虽然残酷，却更令人感到真实可靠。应当说，这才是当下的乡村。因其真实，贴近生活，强烈地介入现实，因而具有更大的审美力量。此外，一些篇目在情感的拓展，特别是家庭的、个人的"小我"之情，与时代的、社会的宏大叙事的融合上，似乎仍有值得深化之处；一些文字也还可以进一步打磨。

但这并不影响我对渔舟晚唱文字的喜欢。

诗意在不经意的隐秘间①

大约在去年盛夏，满天下都在谈论迎接奥运。突然有一天，天涯社区的散文天下版块冒出了一个叫伍汉的用户，贴出了一篇颇为吸引眼球的文章——《隐秘日记：我家的夫妻生活》（下称《隐秘》）。

我开始并没有多加注意。作为这里的首席版主，这并不是对新手的忽视，而是觉得这样的文字，有标题党玩弄噱头的感觉，没什么新鲜的。于是，简单看了几段，没什么特别印象，也没回帖，就看别的文字去了。毫不隐讳地说，吸引我再次阅读的，是版主职责的敏感和直线飙升的点击率：几万，十几万，几十万！我相信那句话——凡是存在的都是合理的；我更相信，在网络文学铺天盖地，文化消费多元化的今天，伍汉的文字，能够吸引那么多人，一定有他的名堂。当我重新认真走近伍汉，走近《隐秘》时，证明了这一点。

我开始注意的是，作品标榜的隐秘，即夫妻的隐秘。也许，自从私有制诞生以来，隐秘就成为一种特殊文化。有了隐秘，社会才有了暧昧之美、含蓄之美；有了隐秘，才产生窥秘。无须否认，"隐秘""夫妻"这样的字眼，在一定程度上吸引了读者的眼球。但是，我不相信，几十万的点击，都是靠这样的字眼吸引来的。倒是在认真阅读伍汉的文字的时候，我想到了另

---

① 本文是周闻道为伍汉的《隐秘日记》（中国青年出版社 2009 年版）作的序。

外一个问题，那就是隐秘文化的魅力所在。从伍汉的文字中，我们看见的是这样一种生活情景：平常，烦琐，真实，幸福。有四方城下，也有××聊天和网上冲浪；有传统油盐酱醋的纠缠，也有现代股市的喜怒哀乐；有真爱的坚守，也有瞬间爱情走失的诡谲与自责；有看破红尘的随遇而安、心静如水，也有陷入红尘的浮躁不定、迷惘彷徨。没有遮蔽，没有修饰，平常并幸福着，烦恼并快乐着。这就是伍汉的《隐秘》。它呈现的现代夫妻的"隐秘"生活，是平常的，琐碎的，真实的，富有时代气息，因而也就具有了诗意化的鲜活魅力。

诗意之所以是一种永恒的魅力，是因为有了人，世间才有了诗意。但是，人群中总不断要冒出些"聪明人"（如哲学家等），他们在离人很远的地方去寻找诗意，有的甚至找到九天之外，找到个谁都看不懂的理念，说"人间的诗意，就是它的投影"什么的。其实，诗意永远跟人同居一室，它常在不经意之间袭击你，给你一股温热，一片慰藉。有个电视剧，叫《贫嘴张大民的幸福生活》，热播一时，观众看得如痴如醉。该剧吸引人的地方，就是能够在张大民庸常的生活中感受到生活的诗意。这样的诗意让平庸的生活也可以放在口头咀嚼一番，而且越嚼味越深。异曲同工的是，伍汉所记叙的夫妻隐秘生活、家长里短，生活的诗意自然流淌，也是温热可人的，他成功地赢得了大家的好评和支持。他的成功同样说明，诗意离我们不远，它就在我们的身边，伍汉用文字捕捉到了它，他的文字就有了动人的魅力。

伍汉的这一组文字，如果从写作方式上来说，可以归入自然主义一脉。看起来，他的写作，就是忠实地记录正在经历的生活。有人说，好的文学作品就是要写出"人人心中有，人人笔下无"。伍汉所写的日常夫妻生活，我没有考证是否"人人笔下无"，但"人人心中有"，他是做到了。他写的儿女情趣、恩爱盘算、拌嘴斗智、花房隐私，其实也是我们的身边事，自然真切。跟一般人不同的是，伍汉多一个心眼、多一分细致，他能够从日常事件中，发现生活固有的诗情，唠叨之间，总有一种美意在你的体内流动。文学源于生活，其意就应该如此，在还原生活本相的同时，传递人间的温情和美感，使不经意的诗意之美，贴近我们的心灵。

　　琐碎、真实，这是"散文天下"版主长沙艾敏评价伍汉用的两个词，可谓掷地有声。琐碎，是生活的真情实况，也是伍汉这组散文内容的呈现形式。但是，伍汉的琐碎中有匠心运作，随意中寓刻意，它不是零散混乱，而是秩序井然。他选材取料讲究"质地"，挑选的都是夫妻生活中蕴含恩爱和机趣的情事；他写出来，作品就有了亮色，琐碎之中，有一种光彩溢于言表，构成了文章的底蕴和秩序。真实，是对作品更高的褒扬。伍汉在客观的叙事中，始终专注于自己的情感体验，在生活的本来面貌之上，就罩了一层内心真实的艺术之光，将生活的真实与艺术的真实统一在一起，就把作品提升到了应有的高度，因而也更加真切感人。

　　在艺术表现上，《隐秘》沿着时间这根主线，围绕不安分的"我"，与安分的"她"来展开。这样"矛盾"的一对，生活在这样一个充满浮躁、物欲、诱惑的时代，人性的冲突似乎是一种必然。但是，与传统小说比较，《隐秘》的情节显得若隐若现，令人更多感到的是一种镜像的切换，以蒙太奇的手法重构生活元素，进而形成独自的意象；冲突也是柔性的，富有若即若离的色彩。这种陌生化的叙述方式，通过引进散文甚至诗歌元素，无疑增添了作品的暧昧之美和诗化意象。这是现在许多网络文学的创新，伍汉用了，且有自己明显的特点。那就是在故事、叙事、暧昧、诗化的融合中，把握好分寸，使作品既显得机俏活泼，又避免了取宠之嫌，让人在阅读中有一种归于平常的亲切感。伍汉赢得了读者，靠的是质朴和天分。他的文笔，没有雕琢的痕迹，自然贴切。然而，他的行文似乎于随心所欲中却又往往能够恰到火候，显然有天然去修饰、朴拙见工巧的文字功力，读起来轻松自如，又具有轻击心弦的力道。伍汉这一组美妙的文字即将出版，将让更多的读者分享他从生活中感受到的诗意。那就让我们穿越他的文字，品味自己习以为常的生活，诗意地栖居于情意缠绵的生活现场，悉心感受弥漫在身边的情意。

　　当然，《隐秘》似乎也还有值得进一步打磨之处。也许是网络写作的特点，理出一根主线，信马由缰，信手拈来，对情节的铺排也就没有那么精心地设计；叙述方式上多元素的引入，兼顾不好，也就容易削弱了人物的个性；有些地方的行文也稍显仓促；等等这些，在出版时不妨再整理修饰一下。不管怎么说，在这么短的时间内，能够写出这样的文字，亦属难能可贵了。

落叶不是无情物

——飘逝的落叶散文浅读①

在天涯社区的散文天下版块看见"飘逝的落叶"（下文简称"落叶"）这个名字时，我记忆犹新的是当时的第一反应。我判断，这一定又是一位女子，当是多愁善感而充满了忧郁的那一类。我想，之所以产生这样的判断，大概是这名字中的"落叶""飘逝"这些充满凋零、衰败、伤感的词，使我联想到古诗词中"春风桃李花开日，秋雨梧桐叶落时"之类的句子，而忽略了秋天还有"碧云天，黄叶地"。待到多看了一些落叶的文章，才发现，除了作者性别外，这判断其实多有偏颇。要说落叶的文字，借用龚自珍《己亥杂诗》中的"落红不是无情物，化作春泥更护花"，稍作修改，叫做落叶不是无情物，也许更为确切。

阅读落叶的作品不多，但走进落叶的文字，总会处处触摸到一种情感的力量。这种情，既不是狭义的男女情爱，也不是一些所谓的小女人散文的那种造作矫情，而是性情，对散文的酷爱与痴痴追求；是对生活的深情和热爱，犹如艾青眼里饱含的泪水；是对亲人、朋友，甚至邂逅的路人的坦荡真情。这种情，发乎心底，溢于日常，凝于笔端，构成了落叶散文的真情之美、人性之美、生活之美。落叶自己也说："我总是喜欢把自己比喻成在落

---

① 本文是周闻道为屈瑛华的《飘逝的落叶》（作家出版社 2005 年版）所作的序。

叶上写诗的女子。其实，不仅仅是喜欢，而且，我对落叶确实情有独钟，有些偏爱。尽管落叶给人的感觉好像有些无奈，有些荒凉，甚至有些凄美，但落叶对我来说却书写着一段刻骨铭心的爱。这爱就像那片飘逝的落叶，随风飘散，飘得很远很远……"在落叶的心灵里，落叶的意象是一种深深的情、悠远的爱和无形的力量。

从落叶的文字中判断，落叶当是个事业有成、家庭幸福、人缘颇好、生活优雅的成功女人。她完全可以悠然自得地过着优雅生活。然而，她却没有。她的"贪"心很重，仿佛要把一个女人应当追求的一切美好都据为己有。她选择了文学，这条崎岖曲折、磨人心志，而又往往不一定为人理解的路。不知落叶是否认为，这才是一个女人美丽的最好完成。落叶的作品，涉猎面非常广泛，从内蒙古草原的广阔壮美、阿斯哈图花岗岩石林的诡秘灵异，到大海纵情、登山畅想、快乐农家，以及夫妻情爱、婆媳深情、母女亲昵，甚至鬼怪狐狸，都入其笔下。阅读落叶的作品，几乎就走进了她生活的圈子，她的人生际遇，爱恨情仇，喜怒哀乐，都可从作品中找到。

在落叶小心翼翼地向我推荐她那组现代聊斋文字后，我着实感到有点惊讶。倒不是被她营造的玄异恐怖意境吓住，而是觉得一位纤纤女子，也许手无缚鸡之力，连老鼠、毛毛虫都不敢碰，怎会想到玩这样的文字。当看了一些落叶写自己的生活的文字后，我终于理解了，这是落叶热爱生活的天性使然。落叶生活在一个幸福的家庭，一路踏着阳光走来。她说："我是属于那种喜欢浪漫而又充满情趣的女子。尤其喜欢'无病乱呻吟'的那种。时不时地来上几句诗不诗、文不文的。"在大学里，她又是一位众人艳羡、多才多艺的活跃分子，绘画，摄影，弹吉他，跳舞，体育。许是生活的宠爱，使她尝到了生活的无限美好，更懂得热爱生活的意义，更富真情。我突然感到，有时，对"无病呻吟"这个词应当有新的认识；特别是女人，多愁善感也许本身就是一种美的表现形式。

就这样，生活像润物细无声的春雨，时时处处都在催生落叶创作的灵性。特别是在走进天涯社区后，落叶对散文的酷爱几乎到了痴迷的程度，为了上网创作，甚至希望心爱的老公多外出活动、多在外面待一会儿。曾经沧海，我相信这是真实的内心表白。此时，写得怎样已是其次，重要的是文学为一个热爱生活的人提供了一个宣泄的载体，让一颗美丽的心灵更加丰润美丽。这种发乎生活的文字，在落叶作品中随处可见。《向往草原》是我喜欢的文字。这并不仅仅是因为对草原的陌生与好奇，更在于它是以一个既开朗又善感的女子的独特视角，在观照草原、体验草原，让我们从广阔的草原中，感受到爱与母仪。《爱情谎言》写了一个现代网络爱情故事。文中没有空洞无物的说理，而几乎是以白描的手法，向我们展示了这出爱情悲剧的发生、发展和必然结局。在这里，我们又不难感受到，作者作为一个成熟女性，在情感问题上的理性与智慧。在《散步》中，作者走出小区，走出城市，到郊外散步。本来是要去寻找一种田园之美，却被一个物象牵引到了一方愁绪的田野，那物象就是麦子。"尽管这里充满着无限的生机，我的心绪如黄蜂蜇了一下，我因麦子想起了海子，想起了他不幸的一生，想起了他苦涩的爱情，想起了他超前的文学意识……唉！"这种意象的切换，显得自然、贴切，又在预料之外。它们之间情感链接的纽带，就是作者多愁善感的内心——麦子、海子、悲剧；如果换一个人，可能看见的便是田野里的生机盎然。读《优雅女人》，使我想起维吉利亚·伍尔夫的《墙上的斑点》。文章写了一天的生活，做饭、阅读、上网、弄博客、雨中行走、上班，像是生活跟着意识流动。不同的是，伍尔夫只表达了一个贵妇人的百无聊赖，而落叶一天的生活，却是有率性、优雅、充实，也有无聊、枯燥、无奈。这是真正的日常生活，我们许多人不正是这样生活着吗？正如朱兄千华在落叶的《天涯我的梦》跟帖说的那样，"写作，是我们情感表达的一种方式，与一切功利无关。在这个世俗的社会里，看到你这样热爱天涯、喜欢写作的朋友，我感到非常的高兴"。作为一个写作者，有此足矣，夫复何求！

在落叶作品中，处处流露出真情、善良、宽厚。如许多女子一样，落叶也是一个多愁善感之人，也有儿女情长，初恋的不知所措，独处的孤独。不同的是，她的情不仅仅于此，而是更广泛的人性之美的表露。《婆媳情》《把老公放在心里》《世上唯有孝顺是不可等待的》《妈妈的目光》《家有贤夫妻子不做错事》等篇目，都是与亲情、爱情、母女之情相关的。这些庸常生活，是每一个女人不可回避的。文章反映的都是日常生活琐事，看似平常简单，要处理好并非易事。特别是《婆媳情》，平实叙述中表现出的那种大度、知理、关爱，有一种震撼人心的力量。在这里，文字并不重要，重要的是通过这些文字，让我们了解到生活中一个真实知礼、富有涵养的落叶。《思绪短章·闪雷划过》分为三段，第一段写自然之象，沉闷，阴沉，营造出一种氛围；第二段写好友红妹遭遇的不幸，尽管作者在劝说红妹，其实她自己心里也非常难过痛苦；第三段写对朋友的安慰与祝福。从情绪看，作者内心充满矛盾，这是一个多愁善感的女子此时此刻、此情此景下的必然心情，从这种矛盾痛苦中，我们看到了作者善良的内心。《我要活下去》同样写的是一种人性的关怀。这使我想起那首感动人心的歌，如果每人都献出一点真情和爱，这世界将会是多么美丽精彩。

在叙述方式上，扩散式的内心独白，平实淡定，是落叶散文的一大特点，特别是她的思想随笔文字。许多人写散文，往往采用内敛的方式，用自己独特的视角观照世界，再将对外在事物的观照结果聚集起来，形成自己情感寄托的载体。传统散文创作中的托物言志、借景抒情、形散神聚，大都属于这种类型。这种在场式的叙述方式，好处是增强了作品的现场感，拉近读者与作者亲历的物象的距离。事实上，读者更多的是站在物象的客体位置，离世界近，离作者远。落叶的许多散文，采取的是相反的方式。特别是她的思绪短章类的文字，这种特征尤为明显。仿佛在她心中，本来就蕴含了许多情感因子，真的、善的、美的、丑的、喜的、悲的。它们像生活的试剂，随时可以对世间物象作出灵敏的反应；而作者对世界的观照，反而成了一种触媒。人在世界行走，时时都在生成着这样的触媒，便处处闪烁着作者思想的火花。在文学史上，这种扩散式的叙述方式，也不乏名篇佳作，如《培根随笔集》，尼采晚年的《善恶的彼岸》和《道德的谱系》等，都属于这类散文。读这样的散文，不应以阅读的心态，而应以品茶闲聊的方式，与作者一道与世界交流。

这种直白扩散式的叙述方式，好处是读者、作者都站在同一个位置——主体的位置，这就拉近了读者与作者间的距离；局限性是，一般说来，要求作者有丰富的社会人生阅历，有敏锐的观察能力，情感的生发应有睿智的哲性，发别人所未发。否则，就可能流于浅薄空泛，既失感性之美，又缺理性之光。我想落叶有时应当感受到了这种困难和不足。

张钰散文的在场叙事风格

　　读张钰的散文，每每有一种身临其境的亲切感。阅读是一次牵手，似挚友，如同道，没有设防和距离，沿着文字铺就的小径，踯躅而行，不知不觉中，步入作者设定的情景框架，情绪随物赋形，成了文字的俘虏。这是文字的力量，它借助张钰的叙述方式——在场叙事表现出来，让我们心由境生。

　　张钰散文的在场叙事，有几个较明显的特征。

　　一是行走叙事。行走是每一个正常人的常态，为赶路，或游玩，或闲庭信步。作家却多了一分细心，赋予行走书写的责任，甚至几乎成为习惯。张钰正是这样。于是，行走叙事，成了张钰散文在场叙事的一个特点。张钰的叙事往往以行走为经，以思绪为纬，在经纬交织中，呈现对象的意义。"回故乡阿坝州，路过红原草地多次，都是匆匆忙忙"，《朝圣者》的叙事是这样开始的。同样，《对视》的叙事，也是在行走中展开，在行走中完成的。"随主持，与同伴们一起跨入了经堂。行走在清净之地，纵然凡胎俗骨的你，听到梵音经声时，即使没有参禅悟道的心，也自有一种力量，让心灵沉浸在庄严肃穆的氛围，静默地体味佛陀世界的静谧与超然。"《朝圣者》则是用行走中的"看见"（而非"发现"），开启叙事流，思随步行，一路铺陈下来，展现作者对生命的理解，对灵魂的追问。不仅解读朝觐者，张钰还在行走中约会夕阳，踏进山坳里的土楼，走进故乡的春天，在行走中观赏峡谷红叶，发现菜园的小路埂上蜷缩的灰白的蛇，在行走中观照生活，透视人生，呈现真相，挥洒文字，解构对象世界，发现生命的意义。

二是问答叙事。张钰散文在场叙事的另一个特点是问答叙事。怀疑的切入是常法。从怀疑开始，以哲学终结，是一切认识的哲学路径，也是问答叙事的重要切入点。在《朝圣者》中，通过一个存在（朝觐者）与作者间的问答，来完成叙事内容。在《对视》中，作者简单交代去阿坝县，每次都去寺庙的背景后，通过怀疑下的多层次的设问和答问，并在这种问答叙事中，一步一步把意义引向深入，最终完成自己对世界的观照，对灵魂的拷问，对意义的呈现。"月的残缺、月的残忍究竟带给了人类怎样的启示？"（《残缺》）在这里，作者通过残缺的月的"残忍"，提出人类的问题。什么问题，作者没有明说，让人去想，让不同的人；而回答更是巧妙的，没有直言，没有具象，"似乎听到从广袤而深邃的夜空传来月幽幽的声音"，似回答，更像是更深的设问，以意象的方式，让问答新颖而具有一种魅惑之力。

三是联想叙事。联想是拓展叙事空间的翅膀，也是思想飞翔的空域。张钰的许多作品，都巧妙地利用了联想，穿插了联想，让作品的容量加大，审美空间得以拓展。"尼采那句'所有的精神都成为飞鸟，那就是我的全部'的诗句在我耳边响起，似乎让我明白那些朝圣者的精神，可能凝成了一只飞鸟。"（《朝圣者》）"那一刻，我想到了六世达赖喇嘛仓央嘉措，入了佛门，也未必能全断了尘世的念想"（《对视》）。在《穿越与逃逸》中，"伫立"的张钰，联想是从对视开始的，"与湛蓝天空上那轮火球似的太阳对视"。然后由刺眼的阳光对眼睛的"灼伤"，联想到爱情的"灼伤"———一位叫"容尼"的汉族姑娘，爱上一位英俊潇洒的藏族小伙子，因受传统习俗的阻碍，结果"情孝两难全"。在《际遇》里，联想从"和一只瓷杯相遇"开始，然后由瓷杯的"承载"，联想到自己人生中关于生命意义的若干细节和"生命个体承载的家庭、社会的义务与责任"。意义在联想中丰富和升华，具有了现代社会的生活方式——社区式的命题。在审美空间方面，《对视》显然要比《朝圣者》更宽广，开始一句"步入一道门槛就是一个天地，大地上的所有事物，都能给眼睛和心灵双重对视"，就抛给人许多想象；在接下来的叙述中，不断把这种想象拓展，给人营造了一个扑朔迷离的意象。

当然，张钰散文也还有一些值得注意之处。如在叙事中应当更加注意发现，让自己睿智的眼光，带给人更多清新和价值；更加注意审美空间的拓展，让作品意蕴悠长，难以"读透"，一万次的阅读，都能让人看见一万个哈姆雷特（如一些篇章的问答叙事，问和答，似乎都是生活的常理，独特发现并不多，留给读者的想象空间也不大）；更加注意语言的张力，用本真的语言，表达本真对象，给作品中的每一个叙述、每一个句子，甚至每一个字，都赋予更多的承载；更加注意叙事的多维性、立体性。线形的行走叙事，好处是心随步行，文随景移，有一种身体在场的亲近和动感，形成真实的力量。难处在于，把握不好，容易陷入"边走边看边说"的俗套；怀疑式的切入，不要忘了横向的、纵深的拓展，注意结构在叙述中的作用，也许途中才是最好的风景；注意说明式的叙述，那会影响作品的文学性、散文性，《山坳里的土楼》《酱肉情意》《峡谷红叶》《腊八粥》等篇章里，这种说明式叙述的痕迹都较明显，削弱了作品的艺术品位。

以上仅为一己之见，仅供参考。时间仓促，阅读肤浅，舛误难免，得罪之处，还望海涵。

在陌生化中书写与发现

——若若《风从东面来》序

原以为，自己对若若散文还是比较了解的。从多年前眉山资深美女作家棱子引荐她时的介绍，到后来对她不少作品的阅读，若若散文给我诗性优雅、安静沉稳的印象，大体可以归入"小女人散文"范畴。这种风格正如她的第一部散文集名一样——《一直很安静》，其人也大致可以用"人如其文"来解释。

但她的《风从东面来》一下颠覆了我的三观，或者说我突然发现了若若散文的陌生，包括风格、环境、叙事、结构等。

德国心理学家奥斯瓦尔德·屈尔佩所著《心理学纲要》认为，人们对外界的刺激有"趋新""好奇"的特点，新奇的东西才能唤起人们的兴趣。俄国文艺理论家什克洛夫斯基把这个心理学原理引入文学批评，创立了陌生化理论。所谓"陌生化"，就是采用对时间、空间、场景、情绪等错位的独特方式，使人们对熟视无睹、习以为常的事物产生新奇感、兴趣感和异乎寻常的发现。因此陌生化是化熟悉为新奇的利器，而那些"完全确实的情境（无新奇、无惊奇、无挑战），是极少引起兴趣或维持兴趣的"。

叙事风格的陌生化，构成了若若散文的双重人格。

翻开《风从东面来》，进入《丹棱别色》的叙事流，一股涌动的奔放文气和肆意洒脱扑面而来：

"丹棱——齿——齿轮咬得紧,读书——要像齿轮一样使劲。"村支书的话在撸不直的舌头上磕绊,我的眼前出现了橘子被齿轮辗得汁水飞溅的画面。就在几天前,我刚从课文里学会"丹"这个字。语文老师说:"红色,很艳,很正的红。"……去年遇到耀翔,聊到我对冻粑的痴迷,她用大张嘴眼珠子不动夸张地表示佩服,一定要我分享百吃不厌的精髓。(《丹棱别色》)

她好像置身事外,安静地接纳这个动态十足的场景。这种极具张力的动静结合,让人对她文字的"两态和平转换"极为惊讶。

这种肆意奔放、幽默传神和文字深处涌动的激情,带着的几分调皮,一下颠覆了我对若若散文人格与审美的既有认知。

刚开始,我还试图说服自己,也许是偶然吧。可当我一路看下去,看了《罗平往事》《雅湖有歌》《水流边上》《一潭风景》《非常好走的路》等,才感觉变了,若若散文的风格真的变了,或者说若若的文和人对我而言,都陷入了一种熟悉的陌生。

不信,你看《济南风月》:"晚饭照例有酒,几杯下肚,豪气生发。索性出门,沿了林间的小路往上走。老朋友早就说过,会当凌绝顶嘛,登上最高处,才好享受一览众山小的痛快。"还有这本书中的许多文章。

于是,当我想象着若若三杯浊酒下肚,豪气生发,在林间道路上悠走的样子,就禁不住发问:这是我熟悉的若若吗?不是怀疑,而是注意从若若散文风格的陌生及其所透析出的深层次个性特点中寻找作家的主体真相。很快,我从文学"形象大于思维"规律和弗洛伊德对"我"的解析及存在秘密中找到了答案:

心理动力能决定人格。

弗洛伊德的心理动力论与文艺规律中的"形象大于思维"是相通的。作家在用物质手段(语言)塑造艺术形象、传达思想时,往往出现多义、宽广、模糊等情况,因而也为读者提供了怀想、生发、再创造的生长点和思维空间。作家塑造的艺术形象不仅大于作家自己的主观思想,也大于读者、批评家所开掘出来的思想。正因为如此，我们才说《红楼梦》是封建社会的百科全书；也正因如此，吟咏"寻寻觅觅，冷冷清清，凄凄惨惨戚戚"的李清照，才高歌出了豪情万丈的"生当作人杰，死亦为鬼雄"，豪放的东坡吟唱出令人肝肠寸断的"十年生死两茫茫"，也不难理解了。

由此观之，就不难理解若若散文的双重人格了。显然，《风从东面来》更接近她的本我。原来，她内藏火焰，平实沉静只是她一种内敛的超我表象。换句话说，奔放洒脱才是她的本真。这不是对文如其人的否定，而是更深层次的抵达。

环境视角的陌生化，提升了若若散文的意义指数。

生活环境的错位，是陌生化最好的物质基础。人在一个地方生活久了，不变的环境就会在同质重复中令人产生审美疲劳，让人"不识庐山真面目"。因此，要令人产生陌生化和新鲜感、惊奇感、新发现，最简单有效的办法，就是让环境和时空错位，让刘姥姥进大观园，让陈奂生进城。环境错位包含两层意思。一是作家主体的时空错位，即作家通过到一个陌生化的环境，接触、体验、感悟不同的对象世界，包括人物、事件、自然人文环境等，在陌生化中发现生命新的价值和意义。二是对书写对象的时空错位，即作家在写作时，刻意把书写对象放置到一个陌生化的环境中，让习以为常变成不同寻常，新奇在错位陌生中产生。在《风从东面来》中，不仅这两种情况都存在，而且每每有奇效。

写三州（四川的甘孜、阿坝、凉山）交流的一组文字，是典型的主体错位陌生化书写文字。记得我得知若若可能去三州时，就立即提醒她要好好利用这个难得机遇，用心用情贴近，以陌生化的视角发现别人没有发现的那一方地域文化价值，解读生命的不同意义。若若微笑，连连点头，并且说这也是她这次破例去三州交流的重要原因。没想到刚去不久，她便佳作连连。

《陌生化的下沉》写了到凉山支边中的一次特殊任务——宣传森林防火。去的地方是一个叫"娃洛普村"的村落，不仅陌生，而且偏僻。作者负责的地段是一段两公里长的小路，任务是不停地来回走动，不厌其烦地给陌生路人宣传森林防火知识和法律，即"五个主动五个不准"。作者没有停留于过程的记述，而是把一位爱美女性置身其中，从环境的陌生、任务的陌生、人际的陌生中，发现工作之美、生命的鲜活与意义。

> 我刚拿出防晒霜往脸上抹，几辆越野车嗖地停在面前——县委书记来了。我站直身体，严阵以待，准备接受讯问，虽然是第一次，但下沉人员的工作职责、注意事宜我已经背得滚瓜烂熟。书记下了车，眼神先是落在我手臂上的红袖章上，那上面印着"党员突击队"的字样，这是下沉人员的标志。然后，目光上移，在我的脸上停留了至少两秒，我清楚感受到，笑意在书记平静无波的表情下炸开，比星星点点的野火更难控——白白的防晒霜，刚在额头、鼻梁、脸颊各点了一坨，还没来得及涂开。当他转身往山里走的时候，我看见他的肩膀抽得此起彼伏。好在我这人心理素质过硬，如此洋相之下，还能镇定自若地在群里给大家提示了书记的行踪，才慢慢涂抹要干透了的防晒霜。（《陌生化的下沉》）

《水流边上》写的是作者1996年在云南漾濞县一线工作的经历。陌生中的悬崖历险，彝区见闻、民族习俗、野外艰辛、工地爆破、老鼠猖獗，道山习功等，构成了文章的主叙事场，建设者的艰辛，生命的不易，人性的善与恶都一一呈现。

《雅湖有歌》写的是四川洪雅的雅女湖，因为第一次前往，所以陌生；因为陌生，一切都充满新鲜感、新奇感。文章一开始就以潇洒肆意的文字，把人带入一种欲往难拒的向往中："是个毛孔涨水的伏天，避暑的欲望在急骤的蝉声里疯长。朋友推门而入，太热了，走，去雅女湖边住几天。边说边递了手机过来，看看，喜欢不。"

然后写"嗨——啰——山歌从天而降"，以为是要照应题目，写雅女湖的山歌——虽然也写了歌，《薅秧歌》《贪花歌》《劝嫁歌》《首饰歌》等，但作者显然无心诗歌，甚或说写歌只是耍出的迷中拳，实际上是在写雅女湖的清丽净美，上善斯水，如诗如歌。不是安静的静。"雅女湖写满了惊喜"，落生在尘世之中，"天光云影，日出瑰丽，一卷接一卷铺呈，斜晖雾岚，细风阔浪"，都充满动感；加之慕者不绝，我等游客"搔首弄姿地顾影自怜和疯狂拍照"，虽谈不上喧嚣，显然也难静看云舒；是洁净，是"瓦屋寒堆春后雪"呈现出的一种从形到神拒绝浮尘的内在质地。

《罗平往事》写的是作者所在的一个古镇，当然熟悉。但作者却没有写其熟悉，而是采取在场再现的方式写它的往事，让熟悉陌生化：通过这里曾经的水码头的繁华，发现罗平不凡的历史及其背后隐藏的世间万象、人性冷暖；通过曾为朱德总司令做过绝活"甜蛋黄"的王矮子的故事，呈现这里民俗的丰厚；通过对这里土生土长的名家克非的追忆，呈现这里文化的不俗。

结构的陌生化，增强了作品的散漫之美。

在场主义发现了散文性，并以"四个非"（非主题性、非体制性、非结构性、非完整性）表达其维度。但是，在散文写作中，散文性的尺度如何把握，并体现在具体文本中？其实是一个不断探索丰富完善的过程，永无止境，永远在路上。不能不说，若若作了积极而有益的探索。我试图用逆向思维，在《风从东面来》的31篇文章中找到反面求证，但不仅无果而终，反而似乎发现了散文性要素的鲜活例子。显然，若若的散文是非体制的。虽然她工作的税务部门具有鲜明的体制色彩，整天与体制思维、体制规则、体制公文、体制行为、体制语言等打交道，但她的散文里确实很难找到体制的痕迹。唯一一句带有明显体制色彩的"五个主动五个不准"，也不是以体制姿势出现的，而是一种"下沉"语境。而另外"三个非"，更是非常鲜明的。

非主题指不预设主题，指向精神自由。主题即思想，与在场所说的意义既有联系又有区别。思想更接近政治，而意义更趋于价值。读遍《风从东面来》你会发现，意义处处有，且具有多重性，不同的人，不同的阅读，都可以有不同的发现和理解。但如要说文章表达了什么明确的"主题"，就很难了。

以最结实，也是我较喜欢的两篇为例。

《丹棱别色》从丹棱的县名故事开始，写了丹棱的花（桃花、李花、梨花、油菜花等）、丹棱的粑（冻粑）、丹棱的水（梅湾）、丹棱的果（各种柑橘、桃、李）和贯穿始终的丹棱的人。其意义在于通过对丹棱一方风物特色的列数，呈现其形神及现代乡村精神的风貌。这能从中表达什么主题呢？

《故乡，似是而非》，则以一个故乡的梦开头。谈不上噩梦，也不是什么黄粱美梦，而是一个弗洛伊德式的梦。它"并不是空穴来风，不是毫无意义的，不是荒谬的"，是"由无意识的欲望到它化妆了的面目出现"。若若梦境里的"庄稼统统不见了。只有草，田里的，地里的，路上的，它们向我露出锋利的牙齿"。谁说仅仅是梦呢？接着，母亲介绍的乡村现实，"哪些人挣了钱，谁家接了媳妇打发了女，哪个人生了怪病……哪些人在外打工在城里买了房搬了家"。过去的乡村已不复存在，现在的乡村非常陌生，我只有借助月光，把自己安放进过去的时光"跑进各种梦境"。从梦开头，到梦结束。前一个是真梦，后一个是假梦。真梦是无意识的欲望的化装，那么假梦呢，是不是有意识的欲望的寄托？这里没有主题，只有意义——对走失的美丽乡村精神回归，对正在建设，尚在梦境的希望乡村的期盼，指向当下的乡村振兴。

非结构性和非完整性，可以从一个维度去理解。传统的文章，是很讲究结构和完整的，"四六特拘对耳"，讲的是骈四俪六的规则；凤头猪肚豹尾，讲的是文章的结构要旨。结构与完整的极端便是八股，而骈四俪六的极端更是僵化迂腐，早已淘汰不议。

在场主义认为，散文应当是非结构、非完整的，指向片段经验和散漫，是自由表达在形式上的体现。如果要用传统的结构、完整标准去度量若若的散文，是很难找到答案的，甚至是不入流、不合格的陌生——从《白日黑夜》《大哥是农民》《城南有市场》，到《送别》《光阴里的飞翔》《红河谷里的家园》，莫不如此。但是，若若的文章又堂堂正正地摆在了我们面前，让人喜欢，赏玩她在信手拈来，看似信马由缰中让叙事串起一片片贝壳。

更重要的是，仔细琢磨那贝壳包裹的不是沉沙，而是珍珠；你会发现它的光泽，它的成色，它生命的质感——意义。文学的审美、审丑与审智功能，在散漫与片段经验中，得以实现。

走近《济南风月》，你不仅会发现那些文字拼成的碎片后面，有一种

"风从东面来"的感觉。既是宋时的东，也是当下的风，扑面而来，吹彻心骨，一纸的凉爽："出发前，我在地图上拉线，从成都，到济南。手指划过四川、陕西、河南的版块，停留在山东的上空。"你还会发现余秋雨笔下的宋朝文化，"一个全才，两个高官，三个战乱诗人"。然后感叹，感叹红颜薄命，身处乱世的易安居士，"背着丈夫的名誉和沉重的古董文物，跟在朝廷的后面，一路南逃。路太长了，凄惶的尘土飞起，落下，扑在她的头上。很快，乌丝就裹上了泥色，然后成了花白。国破家亡的寒风，终于把快意明皓的少女，刮成了沉郁凝重的易安。国愁，家恨，在诗词的缝隙里，喘息"。

同时，也感叹现时的浮华、虚妄与无奈："这样清新广阔的大明湖，这样风华绝代的李清照，曾几何时，已抵不过琼瑶虚构的儿女情长。"

《圣地拜谒风乍起》写拜谒陌生的孔庙。并不是一般意义上的朝圣与敬意，更是灵魂贴近中显现出的"一花一世界，一树一菩提"禅意："在孔庙，风是沉淀而带着历史质感的，草木亦散发出深厚的古韵。站在孔庙里望天，湛蓝的天空被古枝剪成奇特的形状。那些树，沟壑丛生，枯干无叶，却又屹立不倒，每一棵都站得气势巍然，每一枝都伸得遒劲逼人。"

在《登州风阔》中，作者从苏轼的《乞罢登州榷盐状》说起，谈打破官盐垄断，惠及百姓的盐制改革，最后以"顺便说一句"的方式，阐明了鲜明的制度立场及当下观照，主张"民间要有一定程度的贸易自由"，既说古，也论今，既赞美，又忧虑，化陌生于现实。

陌生的人，陌生的文，陌生的发现与意义，构成了《风从东面来》的基本格调，也让我们对若若刮目相看。但也要明白，陌生是走别人没有走过的路，本来就是一种历险，既有无限风光和意外惊喜，也有荆棘和险象。在陌生的路上行走，要把控好探险的风险系数；片段经验和散漫可以彰显散文性之美，但不要忘了"精神"的边界和"经验"的价值，过分的散可能散落成沙；更重要的是，不要忘了在场与文学的使命是发现意义，而意义往往隐藏在深处，需在"散"中找准矿点，进行精神钻探，抵达真相。

因为陌生，世界才充满新奇，文学才富有魅力。

蓝是生命的更深刻形式

——廖维《西藏之蓝》序

　　廖维的散文集《西藏之蓝》有52篇作品，叙事界域主要包括了爱情、生命和生活三大板块，贯穿其间的魂是蓝，西藏之蓝。可以说，蓝，既是这本书的核心意象，更是廖维西藏书写的生命底色。

　　阅读这本书，不得不先阅读蓝，西藏之蓝。

　　大家知道，世间的色彩均由红、黄、蓝三种颜色组合形成，比如，红+黄=橙、红+蓝=紫、黄+蓝=绿；各种颜色的组合比例不同，结果也不同，可以根据你自己的想象，形成五彩缤纷的世界。当一种颜色与另一种颜色混合后，产生无彩系颜色时，称为对冲抵消。因此，红、黄、蓝被称为三原色。三原色的分子量是不同的，其中最大的蓝，分子量是红色的两倍、黄色的四倍。可以说，蓝色是三色原之王。

　　蓝色的属性，被人们赋予了多重象征意义，比如纯洁、宁静、永恒、神秘、忧郁……明度高的蓝象征宁静、明度低的蓝象征庄重、明度极低的蓝象征孤独与悲伤，甚至让人产生寒冷消极的联想。一根根蓝丝带送给相爱的人，希望这根蓝丝带会带给她美好的一切。

　　平时，当我们谈到蓝色时，首先想到的可能就是大海。2007年6月1日在三亚成立的蓝丝带海洋保护协会（Blue Ribbon Ocean Conservation Society，简称"蓝丝带协会"），是以海洋环境保护为使命的社团，便以"蓝丝带"

作为组织的命名。说来也怪，那天廖维通过微信把这本书稿发给我的时候，我正在山东日照，流连于黄海之滨的金色海滩，面对一片广袤深邃的蓝色大海。大海是生命的摇篮。据说，地球上最早的生命，就是诞生于海洋中的藻类。于是我就想这也许不是巧合，而是大海之蓝与西藏之蓝本来就有某种神性关联，廖维的书写和我此刻的流连，都是在为它们续缘。这甚至令我想起韩磊的一首歌"天蓝蓝海蓝蓝，拉起锚，开起船……"

《西藏之蓝》中的爱情叙事，占了很大分量。粗略计了一下，《爱是永远的守护》《情比石坚》《来西藏，遇见你才是我今生最美》《分开也是另一种明白》《想一个人》《四月，让我换种方式想你》《女人的心》《前世的缘，今世的情》《网恋的体质》《最远的你是我最近的爱》《聊聊女人》《生命里那颗流星》《长在心里的那棵树》《情劫》等篇目，都与爱情有关，包括爱的独悟、爱的追问、爱的交流、爱的论道、爱的抒发、爱的忧郁、爱的伤害、爱的想象和爱的沦陷等。这似乎并不难理解，俗话说，哪个女子不怀春，何况像廖维这样正值芳华、智性优雅、美丽万方、回头率极高的女子。

但是，阅读廖维的作品后会发现，她的爱情书写与传统的或当下的许多爱情书写，既有共同之处，似又有某种微妙区别。共同之处当然源于人性的共点。弗洛伊德在对人的性与爱困惑最关键的心理因素进行长期深入探索中发现，健康的爱应该是情爱与肉欲的完美结合。可是，弗洛伊德的结论只是个抽象的概念，怎么把它具象化？正是在这里，我发现了廖维书写的可贵之处，我把它定义为"蓝色之爱——西藏式的爱情叙事"。在这种爱里，没有李清照式的"寻寻觅觅，冷冷清清，凄凄惨惨戚戚"，也没有小女人散文式的自怜矫情，过度观照于个人的内心。它是阳光的、澄澈的、宽广的，不仅代表了爱的欣赏、笃定、忠诚，也代表了爱的付出、忧郁和放手。它是"不知时辰的黄昏，我看见你的吻"（《把思念刻上你的名字》）；它是"秋天的地里能长出油菜花，石头缝里能长出苍翠耀眼的桃树，需要的是时间，需要的是等待，需要的是考验，需要的是理解，需要的是信心，需要的是忠贞，需要的是真爱，需要的是坚守，需要的是呵护，需要的是……"（《情比石坚》）；它甚至超越了族群、年龄、性别、人际，属于一切生命形式，成为雪域高原生长的世间博爱宝典。

在《爱是永远的守护》中，作者以网络聊天的"对话"方式，不仅阐明了自己的爱情观，还表达了对一位爱情错位者、痴迷者、沦陷者的救赎。这种集审美、审丑、审智于一体的爱情叙事，我们可以把它理解为廖维式的"蓝色爱情观"，与西藏的蓝同出一色。特别是在人的对话中又引入"佛"的对话，神性与人性交织，让蓝色的爱富有了圣洁、神圣的色彩，也增加了梦幻与虚无。这正是，"当你真正明白了爱的真谛，是无求。默默付出，真心相守过，是何等的高洁"。

《艳遇，并非风花雪月》，则写了一场与西藏有关，却又发生在与西藏无关的四川老家的"艳遇"。作者的妹妹与在新加坡的Boss本来计划到西藏旅游，顺道也见见久违的姐姐。却因一场突如其来的疫情，使他们与西藏擦肩，反而在姐妹俩的四川老家相遇。没有想到的是，也许是"我"的美丽、性格、谈吐、气质或别的什么，触动了Boss神经，抑或这个Boss本身就是一位情播四方的之人，总之，相处几天下来，大家发现Boss好像"爱"上了"我"。可"我"是已婚之人，决定了爱的壁垒与不可能。可，爱又好像发生了，从Boss的眼神、举止、言谈等细微之处一点点溢出来，可意会而不可言传。这是一种什么爱呢？我们可以称之为朦胧的爱或曰蓝色之爱，西藏的那种蓝。作者将这样的"艳遇"，定义为"并非风花雪月，或许就是一次开启你人生奇迹的钥匙"。我想，这也许就是"蓝色之爱"的魅力吧。

在场主义认为，人的写作以其发展轨迹，可分为经验写作、发现写作与生命写作等层次。一个成熟作家最可贵的是，实现由阅读经典到阅读生命的跨越。当文本具有了生命的意义，也就超越了文本本身，成为时代的标本。廖维的《西藏之蓝》中的生命叙事，各层次的书写皆容，呈现了生命的多重色彩，但我更欣赏其中的生命书写。

在《西藏之蓝》里，可归结为生命叙事的作品，主要有《生命是一张不可更换的单程票》《善待生命》《把思念刻上你的名字》《算命》《面朝雪山》《生命里那颗流星》《我不敢说我来过西藏》《面朝雪山》《丢了自己的人》等。这些作品无论写人还是叙事都有一个鲜明特点，就是以生存环境书写为主体的生命追问。更重要的是，由于叙事主体浸润于西藏之蓝，让这种生命书写不可避免地富有了蓝色底蕴，我们可以称之为蓝色的生命叙事。

作为世界屋脊的西藏，海拔高度在4000米以上，许多地方被称为生命禁区。作为一个出生于四川内地的纤纤女子，一下落入西藏，无异于冰火两重天。环境的陌生化既带来生命的挑战，也赋予了写作的宝贵资源。不知道廖维是否学习过陌生化理论，但她的作品中陌生化的错位、新奇、困惑、痛苦等随处可见。陌生化理论试将传统叙事中"众所周知""理所当然""显而易见"的东西从叙事流中剥离，创造一种让"累积不可理解的东西，直到理解出现的过程"。廖维的生命叙事注意从自己的体验出发，发现生命的意义，不一定就完全达到了这一目标，但这样的倾向是明显的。

比如一次意外的手术，让她发现了"生命是一张不可更换的单程票"，以至发出现实而尖锐的追问："亲爱的朋友，如果你还在为感情成天哭闹，请你来医院走走；如果你还在为金钱太少，请你来医院走走；如果你还在为升职不成而烦恼，请来医院走走……如果你不开心，请您来医院走走……"读来发聋振聩。又如《善待生命》，表面上看书写的是作者对生命之重的看法，好像与西藏无关。但是，联系到作者生命叙事的整个语境就不难发现，这实际上是作者在西藏特殊的生存环境下发出的生命呐喊。否则，一位正值青春年华的女子，当是吟唱"青春做伴好还乡"的时候，怎可能反复谈论这样沉重的生命话题。

《遗失的美好》和《你是人间四月天》，都是廖维写离世妹妹的，也是用墨用情最深的。这似乎也与西藏有关，但如前所述，由于叙事主体的西藏基因太强大，已经形成廖维独特的个体无意识，让她的任何生命叙事都具有了蓝色染色体。

人所共知，蓝丝带正代表了感恩、鼓励、关怀、自由和爱。罪恶已经受到惩罚，无须深究廖维妹妹英年而逝的原因和过程，从作者鲜活美丽的生命表征，就不难想象妹妹的突然遇害，给姐姐造成了怎样刻骨铭心、难以治愈的伤痛；何况，妹妹是因为姐姐才到西藏的啊。自己初到西藏四年没有回家，妹妹在电话中说的话，仿佛还在耳边："不管怎么样，我要来看看你，看看你当新娘子美丽的样儿，看看你幸福表情，我必须来参加你的婚礼……"而在自己婚礼举行之时，却没有了妹妹，却没有了妹妹的祝福……

"我结婚那天，亲人朋友都在场，我心里暗暗地告诉自己，今天是我人生最幸福的日子，不可以哭，不可以想妹妹！随着朋友们的祝福声中，我是幸福的，快乐的！居然当着众人说了一句，谢谢妹妹的祝福！我才发现，我最需要的是妹妹的祝福！"（《遗失的美好》）

抬头，蓝色还在，可一切都物是人非。

廖维用自己的蓝色书写，把这种痛传递出来，让"蓝丝带"的所有意义得以呈现，让悲剧与痛，因她的书写而升华为文学意象，也打上了黑岛传治文学中的"美丽死亡"色彩与温馨："思念葱茏着所有的细节，不能掩饰内心的脆弱，致命的刺痛。重温以往，滴滴穿透我心，刺透我骨，没有一天不是与你相连。"

蓝色的对比色是橙色和黄色，邻近色是绿色和紫色，那么，生活色是什么色呢？廖维用她对生活的参与与书写做出了的回答。

那就是多色，或者说由蓝色原生成的多色。

我们每个人都是现实中的一员，都有上班、下班、休息、行走、读书、旅游、发呆和吃喝玩乐或悲欢离合等生活常态。多数人过去了就过去了，快乐与忧伤都留给记忆。作家的不同之处在于脑子要思考，要去捕捉意象、发现意义；手中有笔，常常用文字还原生活本色。廖维正是这样。她是一位有情怀、有梦想的人；她虽写诗，却不愿像诗歌那样"鸟儿飞过，天空没有留下翅膀"。她正从西藏蓝色的天空飞过，希望留下翅膀。于是就有了生活叙事《在路上》《凤眼蓝》《琼结，呈现在灵魂里的地方》《象雄美朵的秋色》《雪的莲花》《雪落无声》《怀揣梦想的人》《简单生活快乐工作》《莲无心事》《十全九美》《观后感》《拉萨的声音》《高原的风》《放生》《遗失的美好》……

生活叙事的难点在于，生活多半是琐碎的，庸常的，而文学需要发现意义，呈现真相。看得出，廖维在努力，也每每有斩获。

比如通过《途中》的偶遇，她发现了热忱与真诚，瞬间的微妙并不影响信任，仍然"相信缘分，相信世界上有好心人"；在世间《遇见》的也不只是风景和路人，还有书籍、画、诗与远方和"秋天的童话"。在《网恋的体质》她发现要"如核桃把自己包裹起来，不让邪恶滋生"。又如作为一个自然的人，作者也离不开庸常——当车子被盗贼砸了也会发怒，也会拍桌子甚至骂人；在流年不利，烦恼加身时，也会想到"算命大师"；在加班频仍、疲惫不堪时，也会大发牢骚，愤愤不平；在电影中悟出"十全九美"已算十全十美，"不要盲目崇拜明星，不盲目交友，不盲目做事，不盲目决定"……

当这一切生活琐碎进入文字，便让廖维的文字不仅有了体温，脱离了贵族式的高高在上，显得真实可信，富有了蓝色的韵味。

当然，作为文学书写，廖维还在路上，一如她在西藏的行走。未来的路还长，风景美丽，但要发现表象背后的意义和深刻，抵达真相的彼岸，还需要努力，再努力；文字是一个奇妙的东西，同样的字词句，可以组合成瑰丽大厦，也可以组合成丑陋茅屋，缀字成文是个大学问。好在热爱，有西藏之蓝，无须"问渠哪得清如许"……

西藏之蓝，是文学与生命的最佳原色。

野墨一滴品精神

——何永康《野墨集》[1]品读

典型的随笔性小品文。

这是何永康《野墨集》给我的鲜明印象。

在中国，"小品"不仅有悠久的历史渊源，而且有深刻的思想文化背景。"小品"一词出自佛门，始于晋代，但不知怎么，到后来小品在中国文体中却悄然消失了。无论西晋陆机《文赋》列文体九类——赋、碑、诔、铭、箴、颂、论、奏、说，还是挚虞《文章流别论》中文分九类——诗、颂、赋、七、箴、铭、诔、哀、碑，或南北朝刘勰《文心雕龙》中提出的文、笔说，及后梁昭明太子《文选》的诗文三十八类、散文分二十一种，均无小品。明吴讷的《文章辨体》和徐师曾《文体明辨》，入选文体更为广泛，分类更细密，但均没有提及小品文文体。

反而西方的"小品文"后来居上。

在西方，英语"essay"译作"随笔"或"小品文"，是一种颇为流行的文体，比较有代表性的作家有蒙田、培根、雨果；带有记叙性、艺术性的又叫"美文"，而获得"散文"含义始于蒙田。1580年，蒙田出版了一本表达生命思考、兼带论说性质的随笔《尝试集》，很快风靡欧洲。"五四"新

---

① 何永康：《野墨集》，四川民族出版社 2019 年版。

文化运动期间，周作人、郁达夫等，将西方式小品文观引入中国，与中国传统的散文、小品融合，形成了现代以抒情叙事为特征的"小"（小品文）"美"（美文）散文，影响百年。

但这主要是散文一脉，而非小品文。

真正传统意义的随笔性小品文，主要在报纸副刊上；而永康的《野墨集》，显然是对这种传统文体的很好传承发展，且达相当高度。因此，永康有"报纸副刊之王"之称。不管这种说法是否妥帖，但其表达的意思我是认同的，《野墨集》就是明证。

我希望从破解这本书的书名入手，走进它的精神。

我理解，"野"当是视角。永康是在刻意以一位乡野闲士的姿态，阅世品物，表达自己对世界的发现。为什么，因为他是体制中人，还身负一官半职，怕稍不留神体制的眼光会看走了眼；"墨"自然是闲适，既是一种雅士姿态，又是一种品世的样子；而将众多的"野""墨""集"于一体，形成集合概念，无疑就构成了作者对世界的看法。这就不是简单的随笔性小品了，是纵笔"大品"。在场主义在谈到在场与中国现代散文的转型时，其中具体而重要的转型姿态之一，就是由"小品"转向"大品"。

小品之文，大品气象，构成《野墨集》的价值品相。

这里的"大"，是格局。这是个人化抒情叙事写作与在场写作的根本区别。单看《野墨集》的文章，大都以品文品事入手，层层递进，丝分缕析，直达根处。跳出单篇，综观整体，见出于闲适中以审智的眼光看世界、看时代、看历史、品日常生活的宏阔高远，于审美、审丑与审智的融合中，发现中华优秀传统文化的永续光芒、日常中的奇崛及时代精神品质。在综观整体后，再以整体格局反观单篇，你又会有一种"一花一世界，一树一菩提"，或"众里寻他千百度，蓦然回首，那人却在，灯火阑珊处"的感觉。这正诠释了逻辑学的集合概念本质。

这样的大品之相，在《野墨集》中俯拾皆是。

《丘园养素》纯粹写的是人的情趣，从古代文人雅士到今人，从李商隐的"世间荣落重逡巡，我独丘园坐四春"，到城里人的怀旧思古、寻找乡愁；从冯子振写苏轼的"任他桃李争欢赏，不为繁华易素心"，到面对繁杂尘世，不少人对独善其身、修行悟道、素养纯真的追求。《选择性看破》从品文——读《红楼梦》入手，引入诗人李白的"看"、僧人弘一法师的"看"、俗人谬解宗教的"看"；从古人的"勘破"到今人的"看破"；从弘一法师的"悲欣交集"、杜甫的"寂寞身后事"，到李清照的"凄凄惨惨戚戚"和"生当为人杰，死亦为鬼雄"、片面的"清静无为"，等等。最后以罗曼·罗兰的话，诠释自己的"选择性看破"——"世界上只有一种真正的英雄主义，就是认清了生活的真相后，还依然执着地热爱着它"。可谓豪气磅礴。当然，要真正做到"选择性看破"并非易事。在现实中我们更多地看到的往往是自称看破，并跌入看破的深谷不可自拔者的异象：要么愤世嫉俗，要么消沉厌世。这不是看破，而是"破看"。真正的智者是身在凡尘处变不惊，笑看云卷云舒；面对尘世繁乱既看得破，又跳得出。

如永康。

于闲适中品世相，构成了《野墨集》鲜明的艺术风格。

在中国传统的"小品"中，有论语派和太白派之分。20世纪30年代的小品文之争，虽然存在不同政治立场和文学观念的分歧，但无论哪派在表现自身观点中，都具有明显的"闲适"话语特征；在对中华优秀传统文化的继承发展，对西方小品文、自由主义、黑色幽默、表现主义等的借鉴消化吸收中，都展现出在思想、内容、形式、风格上的闲适雅思特点。我们是否可以因此而判断，闲适是随笔性小品文在艺术上的共性特点？

永康显然是深谙随笔性小品艺术之道的。

总体看，永康的随笔性小品文，更接近林语堂等人推崇的晚明幽默闲适风格，是独抒性灵、闲适自娱的形式；而疏于鲁迅等人强调的对现实的介入，"战斗性和审美愉悦的统一"，及生活速写、讽刺幽默、科学随笔和历史文化小品的犀利。

阅读永康的文章，你甚至会很快由文字的闲适，被带入作者书写时的怡然闲适，进而不知不觉中进入这样一种闲适的情景框架：某个晨早、午后或者夜晚，洗漱完或者吃过饭，太阳是升起、当顶或落下都不重要，永康的太阳是文字，文字时时在他心里；重要的是他有了闲，来了书写的雅兴，经过一定的观察思考或阅读，对某事某物某人有了体悟，有了一种如鲠在喉、不吐不快的感觉。但又不能一气呵出，那样吐出来的东西是生吞活剥的残物，没有咀嚼消化，骨头是骨头肉是肉。这样的吐不是享受，而是痛苦。这不是永康的性格，也不是永康书写和品味世界的目的。文如其人。阅尽红尘，坐看云起。闲适是永康"选择性看破"中的选择，而闲适的书写与书写的闲适，不过是他个性人格的文字外化，也是他对随笔性小品文艺术风格的在场个性实验，在闲适的中发现不寻常的意义，则让他的大品具有了人文价值。

《打开青苔喝山泉》，写的是一种常年生长在古墙、老井、僻径及阴暗潮湿处的植物，自生自灭，卑微渺小。苛刻于文的永康，却不惜花时耗墨于青苔。这不只是他一时的闲适雅趣，更是他有了发现。他发现了"青苔是岁月的痕迹，是沧桑的证物""青苔的美学价值在于给凡俗以精致的点缀"；还发现"人与植物一样，生存环境总会制约、决定、改变性格与命运"，进而从这"突然在网络走红的植物青苔"中想到当下，联想到清代袁枚的"苔花如米小，也学牡丹开"，面对浮尘呼唤"打开青苔喝山泉"的励志精神。这不是闲来无事，而是闲而得道。《独酌与对饮》，可谓"三闲聚集"——人的闲（设想古人喝酒），生活的闲（独酌与对饮）和文章的闲（闲适怡情的风格）。然而，作者并没有停留于这种闲适的酌与饮中，而是从酌与饮的方式、对象、情景、状态等中，观察人情世故、时世风云、生命汁液。

最令人难忘的是孙犁捐房助教的故事。《故居，故居》，品的是两位作家——孙犁和贾大山共同的人文精神。那就是耕牛般的勤勉，大山般的笃定，及对名利的淡泊，彰显了闲适精神。

品而不居，品而有味，构成《野墨集》的审美本位。

永康的文看似闲适，其实一点也不闲，处处都在慢咀细品中观照当下、体悟生命、追求品事品文与阅人阅世的统一；在有体温、有质地的地域文化人、事、物中，品出其中的人间况味。就像我们品茶、品酒一样。再强调一下，是品，而非喝或饮。品的是文化和精神，饮的是饮料和食物，感觉和意义相去甚远。

品饮食味道。《礼记·礼运》说"饮食男女，人之大欲存焉"，指食性乃人之本能。可以说饮食味道是人间不可或缺的基本味道，品饮食味道不仅是人之本性，更能从中体味人间风雨冷暖、辨识人之品味情趣和价值取向。永康的许多文章正是这样。《东坡味道》品的是与东坡文化相关的人文元素，在品遍了美食的味道、诗文的味道、丹青的味道、花木的味道后，作者将"抽象味道与具象味道"相融合，从"历史性和现实性的结合"中立体化地领悟到了"东坡味道"。这无疑是味道的升华。《阆中食味》，在将富庶阆中的水稻、小麦、玉米、干牛肉、腌牛肉、卤牛肉及春分笋、清明花、芒种梅、小暑藕、谷雨茶、冬至羊，及张飞牛肉、白糖蒸馍、锭子锅盔、多味油茶、保宇酒、保宁醋等一一列举后，一下把目光聚焦到中国传统文化的"民以食为天"和"食安天下"上；而阆中又曾叫"保宁"——保一方安宁。这样，从作者品阆中之味中，我们品出的就不仅仅是食味了。

还有《左手玫瑰，右手青菜》《蘑菇，蘑菇》《清风入室》《肢体语言》《养民间之真气》《说真话的负效应》和《孤清》等文章，都有以食物为对象的品位之作，从具象的到抽象的。这就不只是品食物之味了，而是广义的人间烟火、时事风云。

品人事风物。这类作品在《野墨集》中占了三分之二以上。这既与体裁有关（人事风物更适合于随笔小品文式的书写），也与报纸副刊及其读者趋向有关。但要在见惯不鲜的人事风物中品出别味和不同价值意义，得看各人功夫。永康无疑是成功的。

此类文章一个共同的特点是，直抵对象根性。

品人事的直抵人性的本质。《春池洗砚》写的是眉山三苏祠东坡书房"快雨亭"外的东坡洗砚池。作者在检阅砚在中国传统文化中的独特作用和文化价值后，直接把笔触指向砚与人的关系，"古人洗砚不是一个孤立的行为，同时也是在洗心，洗去眼中的污秽，洗去心中的杂质"。《非人磨墨墨磨人》同样写的是文人与墨的那些事，或者说是"墨、砚和磨墨人三者的关系"。永康从小时候跟着一位国画家习画写起，徒弟当然是从磨墨开始，直到墨锭磨灭，墨砚磨薄，画可能还没有学成，磨中之道却已悟透三分："磨与被磨是一对矛盾……认真当好一个磨墨的人，也坦然当好一个被磨的人，这样的人生或许才是完整的。"《向阳与背阴》写因学山水画养成的积习，每到一处，都要"习惯性地打量一番山形水态"。长此以往，不仅学会了绘画，更悟出了山水间蕴藏的生命哲学，那就是"高者抑之，下者举之，有余者损之，不足者补之"，只要心中有一片阳光，总会走出低谷。

集子中的《质疑》《中级趣味》《忍冬》《向往花甲》《性本爱秋山》《一抹粉黛入秋来》等，也有异曲同工之妙。

品知识文化。这类文字大都是阅读或与阅读有关的，读书读画读生命，永康以他独特的方式，品味知识，也创造文化。

可以说，阅读是文人雅士的共习，也是一种闲适方式。写作者的不同之处在于，不仅从阅读中获取知识、认识世界，还融入自己的生命体验，发现文本之内和之外的意义。仅从《野墨集》看，永康的阅读面非常广，从历史、人文、自然，到诗文、哲学、绘画、生活等几乎无所不涉猎。读得多了，当知识沉淀为文化，融入自己血液，就成为写作中的酵母，每有触发就生长开来，形成新的文化生命。这是永康文章富有生命质感的重要原因。

《两只布谷在园子里游荡》中的园子，是北京清华园。这一游，就游进了永康知识的海洋，就有了朱自清《荷塘月色》里"树上的蝉声与水里的蛙声"，及他《背影》里的父爱如山；有了闻一多阳刚传神的塑像，及其富有个性的肢体语言的张力；有了毛泽东主席在《别了，司徒雷登》中对闻一多、朱自清崇高精神的盛赞。《玩转一个春天》写的是春天，更写了一个文人在这个"让人无所适从的季节"里独特的玩法——读书。不仅增知悟道消闲，居然与大教育家陶行知的《春天不是读书天》唱起了反调。把读书作为春天"玩"的方式，是一种雅趣；而从美育教育家林风眠"画不出来就不要画，出去玩"的教诲中，也为自己的读玩找到理据，让玩天经地义、开心安心，更是一种玩的境界。

用"野墨一滴"写《野墨集》，既表示对永康惜墨如金的为文治学精神的敬佩，也是对他文章风格——不同品法之闲适、雅兴、雅思的赞赏。在特殊语境下，家墨已腻，野墨难求，要在野墨中挥洒性情，呈现灵魂，表达发现，更需要智慧与勇气。

感谢永康，不仅给我们带来了一场小品之道、大品之象的文化盛宴，还带来了难得的"选择性看破"的野墨精神。

·······

心灵物语

我们有义务为散文正名

——《乐山广播电视报》访问周闻道及周伦佑[①]

对散文热爱了几十年，观照了几千年，觉得自己有责任和义务为散文正名，让散文的身份明白，从暧昧当中走出来，使散文成为散文，成为与诗歌、小说、戏剧并驾齐驱的，有独立人格和文格的文体。

《乐山广播电视报》：你所认为的散文为何物？为什么要为散文正名？

周闻道：简单来说，散文是一种自由言说的文体。进一步说，即：散文是一种具有散文性，即随意性、散漫性、发散性和自由性，与小说、诗歌、戏剧相并列的文学体裁。

对散文观念的变革，是我对文学执着追求几十年的使命感的驱使。对散文热爱了几十年，我觉得自己有责任和义务为散文正名，去除对散文的遮蔽，让散文的身份明白，从暧昧当中走出来，使散文成为散文，成为与诗歌、小说、戏剧并驾齐驱的，有独立"文格"的文体。

《乐山广播电视报》：在场主义所倡导的散文精神是怎样的？

周闻道：我们理解的散文精神，是散文通过其去蔽、敞亮、本真的语言，完美显现出来的去蔽、敞亮、本真的世界，及其所整体呈现出来的社会思想价值。

---

① 载《乐山广播电视报》2015 年 8 月 15 日。有改动。

首先，散文精神是散文对世界的完美表达。这里的完美，是一种境界，一种追求，是散文表达中一种永无止境的、抵达真理的过程。其次，散文精神是通过作品整体呈现出来的。再次，散文精神是一种社会思想价值。这是散文精神的根本属性，它不是简单的政治承载，不是空洞无物的说教，而是作家对自然、社会、生命、灵魂的独特体验和发现，通过散文的语言显现出来，反映的是作家认识世界的终极成果，具有社会审美价值和认知价值。

《乐山广播电视报》：接下来，在场主义如何继续实践？

周闻道：对于散文而言，在场主义开辟了一个认识真理的途径，提供了一种具有更大科学性的创作方法。但它绝对没有穷尽真理。因此，无论是理论建设，还是创作实践，未来的路还很长，面临的问题还很多。继续变革，不断接近散文性，对我们来说，是一个永恒的主题。

具体而言，一是不断丰富和完善在场主义的理论体系；二是致力于创作实践，用作品说话，最终形成丰富的与在场主义理论相一致的散文作品。

《乐山广播电视报》：你认为在场主义对散文及文学有什么贡献？

周伦佑：我觉得，一个文学现象对文学的贡献，主要取决于它为当下的文学提供了什么新的东西。首先，就在场主义而言，到目前为止，产生影响最大的是其理论。我认为，在场主义的理论领先了中国散文理论界20年。一是它理清和还原了散文历史的本来面貌；二是通过揭示出散文的本质特性——散文性（包括非主题性、非完整性、非结构性、非体制性四种文体特征），明确了散文的身份，并以自成一体的话语表述系统，建构起一个包括本体论和方法论的宏大的散文理论系统。其次，在场主义流派的影响。我们在宣言和小词典中表述为：在场主义是当代汉语文学中第一个自觉的散文写作流派。那么，这"第一个"肯定就是一个贡献。再次，在场主义才创立不久，其作品的呈现需要一个过程。随着时间的推移，在场主义的作品将会为当代散文写作提供一些崭新的文本。

《乐山广播电视报》：还原散文的目的是什么？

周伦佑：散文的身份至今是暧昧的。现在有不少写散文的人还在问：什么是散文？而没有人能够正面回答。之所以这样，是因为长时间来我们缺乏确立散文文体的标准和尺度。如果继续这样下去，散文就有可能在其他文体的"侵略"下丧失自己的本质特性。在场主义还原散文的目的，就是要去除遮蔽——去除广义散文对散文本体的遮蔽，去除先秦散文对散文历史的遮蔽，将散文的本来面目呈现出来，从文体特征上加以确立，使其更好地区别于其他文体。

《乐山广播电视报》：在场主义能否进入主流，改写散文史或文学史？

周伦佑：这是在场主义一直努力的方向。依我看来，这包含两个方面的问题。一位美学家说过："在艺术中，异端就是正统。"在艺术中，只有是异端的，才能成为主流。在场主义能否成为主流，要看它的异端性有多少。先锋文学从来都是异端的。一个新的流派，它首先是作为先锋文学现象而出现的。按照艺术规律，离现实功利越远，离历史就越近。在场主义理论，无疑将改写散文史和中国当代文学史，这一点我认为毋庸置疑。但另一方面，在场主义在几年之后能否产生有说服力的经典作品，并和理论合璧，形成一个完整的系统，进入文学史，尚有待时间的检验。如果没有更多具备经典性的代表作品，进入文学史就会是不完整的，或者是有保留的。所以，在场主义的真正成功，将取决于它的作品的呈现程度。

寻找散文的本质特性

——与《文艺报》副刊部冯秋子对谈①

冯秋子：你认为的散文是怎样的？为什么说要为散文正名？

周闻道：简单来说，散文是一种自由言说的文体。进一步说，散文是一种具有散文性——精神性、介入性、当下性、发现性和自由性，与小说、诗歌、戏剧相并列的文学体裁。对散文观念的变革，来自对文学执着追求的使命感。在场主义去除历史对散文的遮蔽，让散文性得到确认，并从暧昧当中走出来，使散文成为散文，成为与诗歌、小说、戏剧并驾齐驱的、有独立"文格"的文体。

冯秋子：什么是在场？你们提出在场主义的目的是什么，或者说有什么意义？

周闻道：在场这个概念，来源于西方哲学，主要是海德格尔和德里达，但并不是照搬，而是借鉴和发展。海德格尔的"在"，是指存在意义的形而上的在；而在场主义的在场，是指显现的存在或存在意义的显现，实际上是散文写作在存在的结构、状态、关系中，抵达对世界的本真表达、获取存在场量的状态。

提出在场主义的目的，绝不是为一部分人的写作寻求总结，也不仅仅是

---

① 载《文艺报》2009 年 5 月 21 日第三版。有改动。

满足于创建一个散文流派，而是为了廓清散文的天空，为白话散文立论和立法（价值、法则、尺度）。大家知道，散文是一种古老的文体。但是，很久以来，由于散文本体论的缺失、本质特性——"散文性"的隐匿，致使散文的身份不明、历史不清、定义模糊、批评失范、命名混乱。白话散文作为一种独立文体的价值，在普遍的暧昧中不确定地动摇着。解决这个问题，既是我们提出在场主义的目的，也是意义所在。正如露西·艾瑞格瑞所言"这种精神走出黑洞洞的洞穴，像一个光源，把它周围的胸膛照亮。"

冯秋子：说到照亮，我想起你们在《散文：在场主义宣言》中的一句话，"命名即是创世，说出就是照亮"——它表达的是什么意思？

周闻道：表达一种存在方式，或者说存在现实。按照亚里士多德的逻辑，概念是揭示事物本质属性的思维方式。有价值的命名，就是一个真实概念的诞生。从这个意义上说，任何命名，就是一次创世；对这种命名的说出，就是对它指向领域的照亮。在场主义也不例外。

冯秋子：在场主义想重建什么？先秦散文、广义散文，以及当下的"大散文"，与你们倡导的"在场主义"有什么不同？

周闻道：长时期以来，中国散文的种种乱象，是因为"先秦散文"概念对中国散文造成史的遮蔽，以及漫无边际的"广义散文"概念对散文本体的遮蔽造成的。

我们认为，"先秦散文"说是一个虚假命名，是对中国散文历史的最大遮蔽。按照学者们的定义，所谓"先秦散文"概指"中国秦代以前，包括夏、商、周（春秋战国）历史阶段"的所有文化典籍。以郁达夫的说法，就是"六经之中，除诗经外，全系散文"（《中国新文学大系·散文二集·导言》）。按照这个分类，古代文典中，身份清楚的卜辞体、箴言体、历史记言体、历史记事体、对话论辩体等等，都被学者们强指为"散文"，使中国散文的历史从此迷雾重重。

再说"广义散文"。"广义散文"的概念，也是从郁达夫开始的。他明确提出以"韵"作为划分散文的标准，认为散文即是"与韵文对立的、没有韵的文章"（《中国新文学大系·散文二集·导言》）。我认为，这既是他的贡献，也是他的谬误。按照目前国内的划分法，在白话文中，包括报告文学、杂文、特写、随笔、游记、文论、书评小品文、回忆录等；在古文中，一直往前覆盖到中国古代的二十四史，以及二十四史以外的应用文和文史哲。这些，即是所谓的"广义散文"，显然是庞杂混乱的，叫人难以把握津梁。这造成了对散文本体的巨大遮蔽。

冯秋子：那么，什么是在场主义散文呢？

周闻道：简单说，在场主义散文，就是以散文性为基本取向，追求本真的散文。现实情况是，世界的真实性往往存在遮蔽。这种遮蔽包括三个向度：主体、客体和语言。主体是指人的认识限度，客体是对象世界，语言是显现载体。每个向度的遮蔽，都具有多重性。这决定了去蔽、敞亮、本真的多维性及散文创作的丰富性和多种可能性。因此，在场主义主张，要揭示世界的真实，就必须去除遮蔽，呈现敞亮，展示本真。换句话说，在场主义散文就是无遮蔽的散文，就是敞亮的散文，就是本真的散文。

冯秋子：怎样理解散文中的去蔽？

周闻道：去蔽就是去除遮蔽，去蔽是还原世界真实性的一种途径。以语言的去蔽为例，在散文创作中，无论是主体去蔽还是客体去蔽，其结果都要通过语言和具体的作品呈现。这时，在主体、客体和作品之间，出现了一种介质——语言。本真的主体世界和客体世界，只有通过本真的语言，才能够实现本真的呈现。但是，现实中我们看到的往往是体制化词语、公共用语、习惯性用语、网络语言和外来语，以及看似生动形象的成语、典故等，对本真世界的遮蔽。此外，作者的语言能力、叙述习惯等，也是形成语言遮蔽的重要原因。语言去蔽，追求的就是婴儿的第一声啼哭，是原始森林里的空谷山泉，是汉语的极致之美。

冯秋子：在场主义是否能解决真实性的问题呢？

周闻道：我们相信能够解决而且正在得到解决。在场主义以"在场性"的在场作为流派的哲学本体论建构；以"散文性"的在场作为流派的散文本体论建构；以介入——然后在场作为流派的写作方法论建构。散文性的揭示、散文精神的发现、散文本体论和方法论的确立，表明散文在追求本真上，形成了属于自己的相对完整的世界观、价值观和方法论体系。当然，在场主义只是开辟了一条认识本真的途径，而未有穷尽。我们以宽广的胸怀拥抱世界。

冯秋子：在场主义认为，散文或散文性被历史、哲学、神话、政治、传记、小说、诗歌、文学特写、报告文学等文体遮蔽了，主张文体还原。那么，如果实现了文体还原，散文还剩下什么？

周闻道：剩下散文，纯粹的散文。在场主义所说的文体遮蔽，是就本质特征而言的。为此，我们提出了"散文性"这个具有身份确认性质的命题。无论是小说的故事性、情节性，戏剧的表演性、对话性和场景感，还是诗歌的格律化、象征性和抒情性，都是本质属性的界定，而不是文化元素的划分。从这个意义上说，任何经身份确认的文体都具有排他性，散文也不例外。这里的排他性，不是指散文的一无所有，而是指散文性的回归，使散文回到散文。

冯秋子：在场主义提出后，没有像其他许多散文观点一样昙花一现，而是引起了较大反响，你认为这是为什么？

周闻道：我想，主要有三个原因：一是在场主义理论本身的颠覆性。它是一块石头，投向散文沉闷已久的湖心。二是它的相对完整性。在场主义从散文性这个本质特征入手，进行了相对完整的理论构建，建立了包括哲学本体论、文体本体论和写作方法论在内的相对完整体系。这是过去从来没有过的。具有学术意识的人，都会把目光聚集于最前沿的发现。三是它的创作实践。在场主义作家，大都是具有较长时间散文写作实践的人，很多人已小有名气，具有较丰富的创作体验，对散文规律有较深的探索与认知。此外，在传统媒体与现代网络媒体、作家与评论家、学院与社会之间，找到了良好的契合点，也是重要原因。

冯秋子：那么，你认为，在场主义作品有何特征呢？

周闻道：首先要说明的一点是，理论与实践并不完全等同，一般来说，也不一定完全同步。在场主义理论来自实践，又高于实践，具有一定超前性。从目前已选编入"在场主义开端卷"的《从天空打开缺口》、"在场主义2008年年选"《从灵魂的方向看》，以及百花文艺出版社即将出版的"在场主义散文丛书"收入的六位作家作品看，其散文性趋于明显，艺术特征主要表现为：它观照世界的方法，是内外珠联的；它追求的世界真实，是根性真（即最本质的真实）实的；它的在场使命，是介入当下的；它的艺术追求，是表现本真的。

冯秋子： 据说在场主义的创建还进入了政府立项，你能介绍一下情况吗？

周闻道： 是的。我们眉山市委、市政府非常开明。市委书记和市长专门听取了在场主义散文理论与创作情况汇报，并作出了重要批示；市委常委主抓；市委还专门发了在场主义工作通报；市委决定每年安排专门经费，扶持文化体育事业。市发改委根据市委、市政府领导批准，并经过专家组评审通过，于2008年9月18日发布。以文化软项目名义，对在场主义散文流派立项。地方政府对一个文学流派立项扶持，这可以说是史无前例的。

冯秋子： 接下来，在场主义如何继续实践呢？

周闻道： 对于散文而言，在场主义只是开辟了一个认识真理的途径，提供了一种更为科学的创作方法，但它绝对没有穷尽真理。因此，无论是理论建设，还是创作实践，未来的路还很长，面临的问题还很多。继续变革，不断接近散文性，对我们来说，是一个永恒的主题。

具体而言，一是不断丰富和完善在场主义的理论体系；二是致力于创作实践，用作品说话，最终形成丰富的与在场主义理论相一致的散文作品。

人生的路与文学的路

——答四川大学曾绍义教授问

在过去的一年里，诞生于三苏故里眉山的在场主义散文流派，一石击起千层浪，使沉寂多时的散文再度引起人们关注。这是否意味着散文又一个春天到来？为此，四川大学中文系教授曾绍义专赴眉山，与在场主义创始人和旗手周闻道进行了一次深入的对谈交流。

曾绍义：你是怎样走上文学创作道路的，你认为其间最重要的因素是什么？

周闻道：我走上文学道路，既有偶然，也有必然。

偶然，发生在1972年的秋季。那时，我正在青神中学读高二。从"文革"开始，"停课闹革命"已经5年，在"旧的教育路线回潮"下，学校开办了我们这届高中班。前后被停下来的5届初中生一起考高中，全县招收了4个班、200人，我在2班。入学时我不足15岁，全班最小。也许是运气好，初中毕业正赶上"回潮"，中间没有中断和耽搁。我的学习成绩一直很好。数理化史地英等，考试几乎没下过90分，且学习感到轻松自然，似乎没有任何压力。我唯有语文稍差，于是想到该花一点精力突击一下语文。除了认真领会老师在课堂上的"传道，授业，解惑"，还千方百计寻找有限的课外参考书。学校没有图书馆，只是听同学们私下传，学校食堂对面的那间上了大锁的旧房子里堆了很多书，都是"反封资修"时查禁的。于是，在求知欲加好奇心驱使下，几个怀同样心理的同学，趁夜深人静时偷偷摸去那里，有的放哨、有的做人梯，翻窗户进去偷出了一些书和杂志，私下传阅。就是从那时起，我如饥似渴地阅读了《青春之歌》《红岩》《林海雪原》《钢铁是怎样炼成的》，还有中国的四大名著等。这些文学精品，带给我的不仅是对语文的敏感和润物细无声的变化，更是对文学无法割舍的热爱和如醉如痴的渴求。我知道，这一生将被文学俘虏了。

转折发生于那年的暑假。老师布置的假期作业，是以暑期所见所闻为内容写一篇作文。我写的题目是《放水》，写的是暑期发生在乡下的一个小故事：大概是一个雷雨交加的夜晚，为了防止洪水冲毁正在灌浆的稻谷，父亲冒险放水排涝的故事。也许是阅读名著的缘故，我对文章做了一些构思立意和谋篇布局，从开始的铺垫到结尾的照应，以及中间的环境烘托，景物状写，都融入了一些自觉的文学元素；许多表达是模仿的，但作为中学生作文，无疑也增添了不少文采。开学后只是作为例行的暑期作业，把作文交了，没有想到会出现什么奇迹。没想到，几天后老师竟把《放水》作为范文，讲了整整半堂课。时隔30年，在一次同学会上，一位叫涂翠华的女同学，还提起那堂影响我一生的课，并一口说出了那个作文的标题。就是从那堂课起，我与文学结下了不解之缘。

必然，则是缘于骨子里对文学的亲近。俗话说，江山易改，秉性难移。我一直认为，人的一些性格、爱好，是与基因有关的；一个人如果几十年坚持钟情于某事，决不能用普通的爱好二字去解释。包括坚守与境界两个方面。文学是一种语言艺术，而艺术的最高境界则应是出神入化。因此我还认为，真正达到艺术境界的文学，是要靠天赋的；后天的努力，永远只能属于技术的范畴。艺术与技术，是两种具有本质差异的境界。我感觉，自己至今仍在这两种境界间徘徊，苦于质的突破与提升。

我对文学的酷爱与坚守正是这样。

就是喜欢，就是痴迷，文学成了我生命中不可分割的一部分，不需要理由，没有理由。这既是最深层次的原因，也是最重要的原因。在这种原动力下，如果硬要寻找所谓"重要的因素"，也许就要数"香港写作"体验的影响了。

1991到1993年，我受组织上派遣去香港工作，任乐山市政府驻香港办事处负责人兼香港蜀山企业有限公司经理，主要任务是给市里提供经贸信息，同时兼营转口贸易，自己挣钱养活自己。我发现香港的报刊很多，版面也很丰富，阵地很大；而那些涉及内地改革开放的财经、时评文章，不是隔靴搔痒，就是多为主观臆断。天性里的写作激情被激活。我先是尝试性地，心中怯怯，写了个稿子发给《大公报》，第三天就在评论版头条发了；心中窃喜，兴致大增。之后，我又写了几篇财经评论和散文杂文，分别发给《文汇报》《商报》《新晚报》《紫金》杂志，以及《明报》《信报》《星岛日报》《经济日报》等，几乎全都登了。稿酬单雪片般纷纷飞来，三百、六百、八百，甚至千元。我在家一个月工资才三四百元哩！嗨哟，两个小时，一篇文章，就相当于我在单位近两个月的工资。尽管，此时的写作也许已不再那么单纯，但趁着年轻气盛，思维敏捷，拼命写，疯狂写，大量发，由散手变成专栏，却是一个不容忽视的事实。常常出现同一天香港多家报刊登载我的文章，一个月发表几十篇的情况，这种状况甚至延续到我离港后相当长一段时间。几年下来，我在香港发表各类作品竟达六七百篇、150余万字，许多文章被海内外著名传媒广泛转载外，香港太平洋世纪等出版社还精选了部分财经、时评文章，推出了三本共逾百万字的作品集；西南交通大学出版社集结部分文章出版。

香港写作的最大收获，除了文章、书、稿酬和练笔，还极大增强了我驾驭文字的能力，让我骨子里热爱文字的天性，得到极大激发和张扬，让我这一生再也离不开文字了。

曾绍义：你一直从事行政工作，而且是当今社会为人"眼热"的工作，为什么还能积极从事散文创作，并取得很大成绩呢？

周闻道：是的，自1975年参加工作以来，我一直从事行政工作，无论是最早工作的青神县委办、县府办，到后来的乐山市计经委、外经贸委，以及到眉山以后的市经贸委、发改委，都可以说得上是所谓的"眼热"部门。有这么好的工作，为什么还要积极从事散文创作呢？我个人认为，这个提问就有一些问题。它把"眼热"的工作与散文创作对立，而事实并非如此。

首先，拥有"眼热"的工作，与热爱散文并不矛盾。人生的价值取向应当是多维的，立体的，而不是单一的。古人所说的"三不朽"，就包括了立德、立功和立言。立德，是道德的成功，需要治心修身；立功，即事业的成功，需要努力和时势机遇；立言，就是学问成功，需要禀赋才能。就具体的人而言，很难做到"三立"齐全，往往是鱼与熊掌不可皆得：立德者或许没有机遇或者天赋，难于立功、立言；立功者可以立德，可能难立言，或不着重立德。将"三立"作为人生重要的价值追求，是有积极意义的。在坚持道德修炼的同时，如果说，既拥有一份好的工作，并把它做好，又热爱散文，并有所建树，当是人生的进一步丰富和完善，我们会更加感到人生的意义和美好。

其次，工作和创作，在我事业的坐标上，都有明确的定位。于我而言，行政工作是我的职业，或曰谋生的形式。当然同时，深度介入现实的工作，也给我的创作提供了丰富的源泉。世上的路千万条，为什么就选择了这样的工作，这样的单位，只能说是机缘和阴差阳错。回想起来，"眼热"与否，确实都没有什么刻意。至于干一行爱一行干好一行，主要还是出于一种职业道德，而非一开始就有什么立功的凌云壮志。散文写作则是我的热爱，超出职业、功利和道德约束的热爱。保持高尚的道德修养，做到工作和创作双成功，是我追求的事业成功的完整内涵。

再次，特别要说明的是，我并非在散文创作上"取得很大成绩"。对神圣的缪斯，我是始终心怀敬畏的。我一直以一种"业余"和学习的姿态，对待我热爱的散文。要说偶有收获，也是生活的友好馈赠。我曾写过篇散文，题目叫《心存感恩，陶醉于一种莫名的幸福里》，这是我面对生活，面对散文，最真实的心态。

曾绍义：据我所知，作为官员，你的口碑很好：作为作家，你的思维活跃。你是如何处理好两者关系的？

答：首先，要说明的是，我这点小小职务，算不了什么官，这是我的本职工作和职责。我认为，领了人民的俸禄，就该尽心尽责为民做事。这天经地义。否则，就有违官德。

其次，无论做人、做事还是为官，应该说我个人的口碑尚可。我所领导的部门，每年目标考核都是优秀，且在多年来市纪检监察部门组织的经济社会发展软环境测评中，都名列前茅；我本人除几乎每年被评为优秀外，2008年还被市委、市政府评为二等功公务员，全市一万多名公务员只评了12名。

再次，我理解，口碑好首先是组织和群众对我的信任，我只是做了一些该做的事。比如，我牢记一位老领导的教诲，坚持"做官降一格，思考问题升一格"，不要"把官当官来当"。我注意发现每个部下的长处，然后尽力创造条件让他发挥，让每个在我手下工作的人，都有价值感。我公开对同事承诺：凡是在我手下工作的人，都不要担心怀才不遇，只需担心自己的知识、经验、能力、精力不够。我注意以公义和正气凝聚人心，要求把同事的优点多给组织说，缺点多给本人说。等等这些，营造了一个宽松、和谐、团结的良好氛围。我既是这种氛围的倡导者、培育者、守护者，又是受益者。

创作只是我的业余爱好，取得的成就不大——前后出了13本书、360余万字。其中财经类3本，有百余万字；其余多为散文，也有杂文和评论。由于始终把自己的创作定位为业余，就少了许多人为的压力和刻意，创作成了我繁忙工作的一种调节和休闲；而深度介入当下的在场工作和火热生活，又为我的创作提供了丰富的源泉。目前为止，先后获得中国新散文奖、中国报告文学奖、四川文学奖、四川散文奖、孙犁散文奖、首届中国西部散文奖项、四川日报文学奖、夜周庄全球华语散文征文一等奖等。

总之，工作和创作，对我来说是相辅相成、相得益彰的事。我真诚地感谢命运，感谢生活，感谢朋友。

曾绍义：你是怎么看待在场主义诞生的呢？

周闻道：在场主义的诞生，有其历史的必然。这种必然性包含在主观和客观之中。

主观上讲，是我和我的同仁们对散文热爱的结果。由于热爱，我们对散文就更加关注。时间长了，就产生了一些迷惑：比如，什么是散文，什么是比较好的散文和比较差的散文。我们发现，在传统的散文观念中，没有一个令人心悦诚服的说法，许多人写散文、评散文、读散文，却没有自觉地关注散文为何物。这种现象，在所有文学种类中，是绝无仅有的。因此，我们强烈地感到，为散文正名，是我们责无旁贷的使命。

客观上讲，则是中国散文的乱象催生的结果。这种乱象持续了两千多年，特别是20世纪80年代以来，更是非常明显。其标志是所谓的"新散文"的出现，以及后来林林总总的散文说法，比如"原生态散文""原散文""散散文"等。不可否认，新散文运动对散文文体变革的贡献是巨大的，影响是深远的，但它的主要问题是，并没有发现、抓住和解决散文的根本性问题，即什么是散文和散文的身份确认问题。

和许多新思想的诞生一样，在主观上，在场产生于怀疑：对散文身份的怀疑，对既有散文观念的怀疑，对传统和权威的怀疑。基于这种怀疑，我们开始更自觉地关注散文、思考散文。2005年，我们在眉山举行了"中国新散文批判"研讨会。不过，我们当时的思考，还处于否定的阶段，其意义也局限在批判和解构层面；在解构以后，该怎么构建，当时还是比较朦胧的，理论上的梳理也显难处。2007年，我们邀请著名文艺理论家周伦佑先生加盟后，对这个问题，才有了更完整、系统、深入的突破。

曾绍义：请结合你自己的散文创作，谈谈"在场"对于当今散文发展的特殊意义。

周闻道：在场主义的在场，是显现的存在或存在意义的显现。这体现在散文创作上，要求作家对存在意义的呈现，应当是去除遮蔽的，呈现敞亮的，展示本真的，应当具有鲜明的散文性。我们每个生活在现实中的人，每天都要亲历许多生活；这些生活，都是客观存在。不同的人，以不同的形式，反应或呈现自己经历的生活；散文作家则以散文的形式呈现生活。但是，由于世界的存在意义具有多维性、复杂性、遮蔽性，加之作家主体受观念、知识、方法、经验等的局限，去除遮蔽的能力有限，且个体之间差异也很大，并不是每个人对生活的呈现，都能充分反映生活的本真，都是客观的、真实的、深刻的、有意义的，都真正做到了在场。更为重要的是，在在场主义之前，由于散文性——这一具有散文身份确认性质特征的隐匿，许多人并没有认识到这一点，更谈不上有自觉的、正确的努力方向。人们对散文的认知，在一种背离散文本质的混沌状态下进行。

在场主义的意义在于，它从散文性——散文的纯粹性或唯一本质特性入手，去认识散文，观照散文，使我们关于散文的一切认知，都从此走出混沌，在一种明了、正确的向度下进行。无论从哲学本体论层面，文本本体论层面，还是创作方法论层面，都开辟了认识散文特性的正确途径。也许，我们对散文性的完全把握，还有一个漫长而曲折的过程。但是，我们可以自信而从容地说：从此，我们的探索和努力的方向是正确的；我们前进的步子，哪怕是小小的一步，都是向正确目标的靠近，而不是背离。

从我自身实践看，这方面的感触是很明显的。我从事散文创作已有30多年，但长期以来，写作基本上都是在朦胧状态下进行的，根本没有去思考究竟什么是散文，什么是比较好和比较差的散文。零星的感性认识，大都来自于教科书上的说法，或对感觉中的一些所谓好散文的认知，没有独立鲜明的散文意识。这种凭某种朦胧感觉下的自发写作，有时也许也会写出好作品，但显然，我们不能把追求寄托于偶然当中。在场主义揭示散文性后，我和我的同仁们最大的感觉是，方向明了了，方法清楚了，使命知道了，我们的努力是踏实的。

但是，就像一个医生，知道了病理，并不意味着就可以包治百病一样，并不是说，把握了散文性，从此我们就能写出散文佳作。在场主义只揭示了认识真理的途径，而没有穷尽真理。因为，主体和对象世界的去蔽，都是没有止境的。

曾绍义：我认为，在场不只是作者身体在，关键是作者的立场、观念、责任在；在用一双寻求真相的眼睛观察一切、思考一切，然后不顾一切地说出真话。你认为这种理解符合在场主义的本意吗？

周闻道：符合。或者说基本精神一致，只是表述不同。

你的提问包含了三层意思：一是在场的姿态。存在意义包括了三个维度的融合：身体、精神和结构。身体是形式，精神是内涵，结构是连接形式和内涵的介质，它使存在的整体价值得以实现。二是在场的途径。我们的说法是"去蔽、敞亮"，你的说法是"用一双寻求真相的眼睛观察一切、思考一切"。三是在场的目标。我们说的是呈现"本真"，你们说的是"不顾一切地说出真话"。这些，都可从在场主义中找到完整而明确的答案。

当然，要"不顾一切地说出真话"，除了要有追求真理的自明意识，发现真理的本领外，还要有坚持真理的胆识。在具体的散文创作中，则还有一个语言能力问题。只有本真的语言，才能更好呈现本真的世界；而语言同样存在一个去蔽的问题。

曾绍义："求真相，寻真理，说真话"，是需要勇气和胆识的。巴金已为我们做出了榜样。作为"在场主义"的创立者、传播者和组织者，你认为有哪些方面值得重视？

周闻道：我认为，"求真相，寻真理，说真话"的核心，是如何发现真理与坚持真理问题。这与在场主义在本质上是相通的。

发现真理，即所谓"求真理，寻真理"是前提，如果没有这个前提，就会在谬误的路上越走越远，你的坚守也许就成了一种与社会前进反向的力。在场主义的"去蔽，敞亮，本真"，其实质就是发现真理；在场主义也坚持把"在场"与"发现"，作为散文性的重要内容。发现真理，在本质上是一个方法论的问题。

坚持真理，包括了说真话、办真事、交真心等。这就不仅仅是一个方法论的问题，更是世界观的问题，与人的道德操守、胆识、勇气和良心相关。正是在这里，我们看到了巴金的人格力量。现实生活中的情况往往是，有的人不敢坚持真理，不是因为他不知道谁是谁非，而是要么出于某种私心考虑，要么没有胆量和勇气。特别是当坚持真理会遭遇危险，甚至生命的危险时，有多少人能真正做到像谭嗣同、刘胡兰、张志新那样大义凛然。

我深刻明白，在场主义的使命和力量，或者说"去蔽，敞亮，本真"的使命和力量，就是要在散文写作和研究中，在坚持高举散文性的旗帜下，不仅善于发现真理，更要敢于坚持真理，弘扬真理。否则，就违背了在场精神本身，在场主义就会沦落为空洞无物、软弱无力、毫无用处的说教。

曾绍义：你曾写过几本经济方面的书，你认为熟悉经济工作对从事文学创作有矛盾还是有裨益呢，可否举例说明？

周闻道：我认为，熟悉经济工作，对我的文学创作是大有裨益的。事实上，任何文学都是以生活为源泉的，生活的视野、广度和深度，决定了作品的视野、广度和深度。我们倡导的在场主义散文，以追求本真为目标，以介入当下为己任，尤其看重生活的重要性。在社会生活结构中，经济生活占着极其重要的位置，甚至可以说是社会进步最重要、最活跃的推动力量。因此，可以说，对经济工作的熟悉，奠定了我创作的良好生活基础。这方面的例子很多。从宏观层面看，我的许多作品，都自然地融入了经济的元素，从而使作品更贴近当下最主体深刻的叙事流，散发着浓郁的时代气息，也增加了作品的知性、容量和厚度。从微观层面看，我的不少作品本身，就是写经济生活的。比如发表在《美文》2008年第6期头条的散文《企业病，阵痛史》，写的就是我经历、设计、实施的国企改革，呈现了那场刚刚过去的中国国企转制中，面对诸多深层次的矛盾、观念、体制、机制和利益的调整和冲击。也许在若干年后，人们读到这样的文章中的一些叙事，会真真切切那些是我们这代人的经历，不仅是国企改革史，而且是一代人的心灵史、阵痛史。

曾绍义：作为作家，请你结合在场主义，谈谈如何处理在场与作品美学追求的关系。

答：按照黑格尔对美学的定义，美学即美的艺术哲学。散文的在场精神与美学追求是一致的。在场主义在处理在场与作品美学追求的关系中，主要注重了以下几点。

首先，坚守散文的真实之美。无论是希腊神话中的米涅瓦神、黑格尔的伊斯特惕克，还是后来许多关于美学的主张，真实都是美的基础。作为美的艺术哲学，美学的最高境界也是真实。这体现在在场主义中，就是追求本真下的在场精神。因此，在散文创作中，坚持了在场精神，就坚持了正确的美学主张。

其次，赋予散文的艺术之美，或美的艺术。仅仅有真实，或仅仅有"去蔽，敞亮，本真"是不够的，还不是美，或者说不是大美。生活的真实，只有通过作家在创作中的艺术赋予，上升为艺术的真实，才真正拥有了大美的品质和审美价值。

再次，赋予散文的哲学之美，或美的哲学。美有层级之分，这与在场主义说的遮蔽和去蔽的多维性、多重性、复杂性是相对应的。在散文创作中，只有实现对自己发现真实的哲学美的赋予，才能实现真实之美的境界提升，拓宽散文的审美空间，让作品上升为具有"美的艺术哲学"品质的上乘之作。在场主义认为，散文性的重要内涵之一，是散文的"精神性"，指的就是散文应具有的哲学美。

最后，赋予散文的语言之美。其实，在前面"坚守散文的真实之美"中，已包含了这个内容，我之所以把它另列出来，是因为我认为，语言在散文的美学追求中具有特殊的意义。文学本身就是语言艺术，在场主义的"去蔽，敞亮，本真"，语言是重要的方面。因此，我们还提出了"汉语回归"的主张。在散文创作中，无论是本真的发现，艺术美、哲学美的赋予，最终都必须通过语言这个载体呈现出来；只有本真的语言，才能呈现本真的世界。事实上，一个优秀的散文作品，必然是真实之美、艺术之美、哲学之美、语言之美的水乳交融。

曾绍义：你还在扶持培养眉山散文作家方面做了许多工作，且不计任何回报得失，能否谈一下这方面的情况？

周闻道：在这方面，我只是做了一些力所能及的事，微不足道，不足挂齿。究其原因，也许是热爱散文，爱屋及乌吧。

在我看来，文学创作是一个特殊的精神活动，有其自身的规律性。长期以来，文学道路上非常拥挤，但出头者寥寥。一般说来，文学的成功，需要天赋、勤奋和环境等。具备天赋和勤奋条件者，就是难得的人才。我作为从乡村走进城市、天生热爱散文的人，对文学方面的人才，我有一种天然的爱。给他们创造更好的写作环境，是我义不容辞的职责。

正是基于这样的情况，我主动把眉山几位这方面的人才调进了城里；尽量为他们发表、出版作品创造条件；把零散的力量整合起来，以团队的力量冲锋；经常组织一些文学创作交流活动，互相促进提高；在机关倡扬尊重文学、尊重文学人才的文化氛围；甚至以老大哥身份，帮他们协调解决工作、生活和家庭中的一些矛盾纠纷等等。我也说不清这是为什么，也许是爱，对散文的爱，就是唯一理由。因此，我对散文作家的扶持帮助，实质上是对散文和散文人才的尊重。既然是我要做，而不是要我做，就不存在什么回报得失的问题。

事实上，不止眉山，这几年来我们选编出版天涯社区的散文天下版块的作家文集《镜像的妖娆》、"在场主义开端卷"《从天空打开缺口》、"在场主义2008年年选"《从灵魂的方向看》、"在场主义2009年年选"《九十九极》，以及"在场主义散文丛书"……涉及作家作品数以百计，都是同一理由。从2010年起，我们还创办了在场主义散文流派刊物《在场》，除了弘扬散文性和在场精神外，主要就是为那些热爱在场主义，积极参与在场主义，而作品又还暂时得不到入选年选标准的作者提供一个阵地。

曾绍义：你们认为在场主义散文与其他散文在文本上有什么区别，在场主义是否已形成自己的文本识别标志？

答：我理解，你所说的是在场主义散文的根本属性和艺术特征。的确，任何独立的有生命力的文学流派，都必须拥有自己独立的身份，让自己成为自己，在场主义也不例外。我认为，在场主义与过去散文的根本区别，就在于在场主义一开始就从散文的本质特性——散文性入手，去观照散文；同时，在场主义散文旗帜鲜明地倡导在场精神。因此，散文性与在场精神，就是在场主义散文与其他散文的基本区别。关于散文性，我们在宣言中已经有明确的表述，那就是"四个非"。这是就文体特征而言的；关于在场精神，我们已有初步探讨，提出了五个向度，即"精神性，介入性，当下性，自由性，发现性"，其中，核心是精神性、介入性、当下性，自由性更侧重于文体，发现性是价值取向。在场主义的艺术特征，主要表现为：它观照世界的方法，是内外珠联的；它追求的世界真实，是根性真实的；它的在场使命，是介入当下的；它的艺术追求，是表现本真的。值得指出的是，我们是一个团队，这些成果都是大家共同努力的结果。同时，对散文性和在场精神的探索，是一个没有止境的过程。我们只开辟了一条认识真理的道路，而没有穷尽真理。欢迎参与，感谢批评，是我们一贯的态度。

要说明的一点是，理论与实践并不完全等同，一般说来，也不一定完全同步。在场主义理论来自实践，又高于实践，具有一定超前性。从目前已选编入在场主义各类选集的100多位作家的作品看，其散文作和在场精神及其艺术特征都趋于明显。我们有理由相信，随着理论和实践的推进，在场主义一定能够诞生一批具有鲜明流派特征的优秀作家和作品。

曾绍义：你的散文中不少写哲学、哲学家的，你认为写这种题材怎样才能避免枯燥的"说教"之嫌，这样的散文就一定是"哲理散文"吗？

答：是的，写哲学、哲学家是我散文的重要组成。这缘于我对哲学和思想的尊重与热爱。哲学总是以思想的方式呈现，思想作为人类认识自然、社会和思维的最高维度，总是闪耀着智性的光芒。这既是我爱的根源。同时，这种爱本身，又使我的在场写获得照耀，让我在追求本真的途中，不仅有了更加科学有效的方法论支持，而且让我拥有了一个更高的起点和境界。

一谈到哲学和思想，就联想到枯燥和"说教"，拿一句哲学术语来说，这似乎有点形而上学。就像不能以地区、种族判定一个人的好坏优劣一样，也不能以写的对象和题性，来判断是否枯燥和"说教"。在我看来，是否枯燥和"说教"，主要不在写什么，而在怎么写。有些写青春爱情的题材，也可能枯燥无味，或充满说教色彩；即便是学术论文或写哲学、哲学家的文章，也有可能柔情似水。比如我看过史蒂芬·霍金的《时间简史》和《果壳中的宇宙》，还有让-玛丽·佩尔特的《植物之美》，是以智性的眼光审视生命源流的。这些作品蕴涵着丰富的宇宙之理，但读起来却轻松自然，富有语言的磁性和美感。只是，也许写哲学和哲学家的题材，更容易出现枯燥和"说教"，这提醒我在写这类题材时，应多一些注意。

思想或精神是散文的魂。按照我们在场主义的观点，散文应当具有散文性和在场精神；而在场精神的重要向度，就是精神性、介入性、当下性、自由性和发现性。从这个意义上说，任何有价值的散文，都是有思想的。这里的思想，并不是指政治承载和政治说教，而是作家在贴近自然，贴近社会，贴近灵魂，贴近生命中的发现。这里就出现了一个问题：蕴含什么样的思想以及蕴含到什么程度，才能叫"哲理散文"？如果没有一个大家公认的合乎学理的标准，"哲理散文"之说就应当属于姑妄言之、姑妄听之的话题了。

曾绍义：你在语言的运用方面有个显著特点，就是写哪种题材就与哪种题材相谐和，因而无论哪种散文都感到十分自然，请谈谈你的成功之道是什么？

周闻道：谢谢！过奖了。我的散文创作只是一种探索，包括语言的运用，既谈不上成功，离真正的谐和之境也还有很大距离。但听了这样的话我还是十分高兴，因为有人看到了我对语言的追求和努力。这于我，就像走过的路留下了足迹，是值得欣慰的。

在场主义十分重视散文写作中语言的作用，在去蔽、敞亮、本真中，语言是重要的方面。针对各种因素对语言的侵袭，我们提出了汉语回归的主张。所谓回归，不是要回归到哪种成功范式，更不是要回归到某个权威的某个标本，而是回归到汉语本我表达的极致之美，让汉语表形、表音、表意的审美优势得到极大发挥。

基于对语言的尊重和认识，我在写作中有比较自觉的语言意识，注意调动汉语言的综合审美优势，用尽量本真的语言，更加贴近所表达的对象，用语言为文章营造整体的诗意谐和，追求苏轼所说的"辞达"境界。

曾绍义：最后想问问，对在场主义散文下一步的发展有何打算，会不会像其他一些文学现象一样，自我狂欢后便销声匿迹了？

周闻道：我已多次谈到，在场主义的作用，只是通过对散文性的发现，在认识散文上开辟了一条认识真理的正确道路，而不是穷尽真理。从这个意义上说，在场主义无论是理论建设，还是创作实践，都是没有止境的。但这并不是说，我们在具体工作上没有计划。我们的初步打算是：在散文性和在场精神的旗帜下，用八年左右时间，分三个阶段，基本完成在场主义散文流派的基础理论体系的建设。

第一阶段为探索思考，梳理构建。时间上是从2005至2007年。这一阶段的主要工作，是从对三千多年来散文流变实践的研究总结中，发现散文的根本属性，为散文找到正确的审美方向。以《散文：在场主义宣言》发表为标志，表明在场主义基本理论框架的形成。

第二阶段为充实完善，理论与创作互动共进。我们计划用2008、2009年两年时间，基本完成这一阶段的任务。从目前情况看，一切都在顺利推进。我们完成了在场主义散文文化软项目的政府立项，成立了散文学会，初步形成了流派建设的机制条件。从目前已经出版的三部年选看，前进的足迹是非常清晰的。《从天空打开缺口》侧重于理论的推出和讨论，具有开天辟地意义；《从灵魂的方向看》重点转向作品与理论的互动，主要是在场主义一些核心观念的争论和明晰化，并着重从作品与理论的相互观照上把理论融合于创作实践，其标志为对在场主义散文艺术特征的初步揭示梳理；"在场主义散文丛书"不仅是对在场主义骨干作家的一次初步检阅，而且进一步丰富和发展了散文性的思想，其标志为"五性"说的提出；《九十九极》则是创作引领下的理论的细化、深化和条理化，其标志为一批从在场性出发、围绕散文性的相关问题展开的广泛对话。

第三阶段为体系的健全定型。计划从2010至2012年，用三年时间，在总结前两阶段发展基础上，对在场主义散文基本的理论和创作进一步梳理定型，形成较完整完善的独立体系。在这个阶段，我们至少还要推出一本作品为主的《在场主义散文年选》，一本《在场主义理论评论集》。如果条件许可，不排除编第二套"在场主义散文丛书"，再重点推出一批代表作家。

再下一步，就是深化发展提高的问题了，那是永无止境的。

谢谢曾教授！秋安！

只要在场　就是阳光

——《乐山广播电视报》记者谭莉与周闻道对谈

备受关注的在场主义散文奖已评选六届①，前五届都在北京、上海、广州等地举行，本届将第一次还乡。作为曾经的"一家"和今日的"近邻"，乐山人对诞生于眉山的在场主义展现出更多的关心。在第六届在场主义散文奖颁发前夕，记者谭莉专访了在场主义创始人、在场主义散文奖发起人和评委会主席周闻道。

谭莉： 在场主义散文奖已成功评选六届，所产生的影响、建立的社会公信力有口皆碑，可以说已成为当代华语散文的一个重要风向标。能否介绍一下前六届评选的总体情况？

周闻道： 在场主义散文奖从设立到现在，已经成功评选六届，有80位作家的22部散文专著、60篇散文、超过千万字的作品获奖。广东人民出版社独具慧眼，在编辑出版重大文学规划选题"中国散文百年精华"中，将在场主义理论成果、学界争鸣、获奖作家作品和深度对话，列入唯一的散文流派选题，以"在场主义散文奖获奖作家作品选"为题，编辑出版了一套系列丛书。前六届已出版10部、共350余万字，颇受读者青睐。这套丛书从本届开始每年出一本，一直出下去。

---

①　2015年8月20日，第六届（2014）在场主义散文奖在四川眉山颁出。

谭莉：是的，在场主义的成功是有目共睹的，但也伴随一些质疑和争议。比如第四届的获奖作品《倒转"红轮"：俄国知识分子的心路回溯》、第五届获奖作品《时代的稻草人》等，有人就认为思想性过于强，以至于遮蔽了文学性，甚至引发对在场主义价值尺度的怀疑。作为创始人和评委会主席，你怎么看待这些质疑和争议？

周闻道：我们首先要正视分歧，重视质疑，欢迎争鸣。争鸣既是活力的表现，也是发展的动力。其次，要以宽广的胸怀对待不同的声音：好的择善而从，不断完善自我；误解的予以澄清，团结更多同道共进；建设性地广纳善意，丰富自己。

你谈到的两部具体作品，是有不同的声音，我们也听见了，并做出了回应。这实际上涉及在场主义的核心观点，即散文和在场精神，及其在创作实践中、在评奖过程中如何把握。我的看法是：这说明了大家对在场主义散文奖、在场主义核心观点的关心，以及对散文纯粹性的关心。这是件好事。

什么是散文性？从理论上讲，散文性就是散文的本质规定性，是散文区别于小说、诗歌、戏剧等其他文体的身份识别标志；散文性的文体特征主要表现为"四个非"。

在这里，我们采用了解构式构建方式，即在表明否定什么的同时，表明了构建什么。"四个非"都有明确的构建指向：非主题性指向随意性，非完整性指向片段经验和散漫性，非结构性指向发散性，非体制性指向自由表达。在场，是在场主义作家存在的价值底线；坚持散文性与在场精神的完美融合，是在场主义作家追求的艺术高线。在场写作就是在这两条线上寻找交叉点。

值得指出的是，以上只表明了我们现在对散文性和在场精神的初步认识，随着理论研究和创作实践的深化，也许发现会更加深刻丰富。与人类对许多真理的探索一样，在场主义只有开头，没有终结，我们永远在路上。

谭莉：在实际评选中，你们是如何掌握这两者关系的呢？

周闻道：这既是个理论问题，又是个实践问题。本奖旗帜鲜明地提出，以散文性和在场精神，作为评判作品的价值标准。但由于散文本身过去长期身份不明，界限模糊，主体理论缺失，虽然在场主义发现了散文性，抓住了根本和正确方向，但仍还有许多问题有待研究和确认。在这种背景下，不同的人，包括评委，有不同的认知、不同的把握，这很正常。

评选结果是评委整体评判的汇合，是一种集体认知，而非个体。从已评选的六届作品看，毫无疑问，整体上散文性是鲜明的，没有发现完全不具有散文性的作品获奖的情况。评委的整体评判结果毋庸置疑。当然，有的作品可能散文性相对薄弱些，思想性强些，或反之，都属正常。在2013年海南的学术讨论中，还因此引发了一个学术问题：有没有超越文本的作品存在？我认为是有的；当作品的社会价值与文本价值发生矛盾时，如何取舍？我个人更倾向于社会价值。因为文本价值可以慢慢探索，永无止境，而社会价值也许属于这个时代所独有的，丢失了就难以找回。

谭莉：在场主义散文流派创立之初，你们将其称为是"一次否定之否定的革命性事件"。如今，在场主义散文奖已成功举办了六届，在你看来，这次"革命"是否算是成功的？它对21世纪汉语散文的走向又有哪些影响？

周闻道：我认为是成功的。在场主义的革命性贡献，主要表现在三个方面：

一是发现了散文性。解决了几千年来散文身份不明、界限不清、批评失范的问题，为散文找到了文学归属。

二是找准了散文的位置。主要是在场精神的确立，强调散文以介入现实、关注当下、体察苦难为己任，让散文摆脱"小摆饰"的藩篱，成为时代的洪钟大吕。

三是促进了现代散文的转型。前两者是因，后者是果。对此，著名文艺理论家孙绍振老师在2013年的一个学术会上的观点，说得很清楚。他说："周作人的局限性也是很大的，一味强调抒情叙事，忽略了散文的智性，导致了散文和小品文混为一谈——散文就是小品文，散文小品化。鲁迅所不屑的'小摆饰'比比皆是，甚至被当成正统。时间过去了近一个世纪，历史的检验是无情的。从在场主义散文奖评选结果看，单纯的小品文、以叙事和抒情为主的美文，几乎在第一轮、第二轮评选中就被淘汰掉。这反映出在场写作体现了一种突破单线抒情叙事的套路，历史和现实的审视和文化人格的批判成为共同的潮流，深邃智性的宏大思绪构成一种奇高的骨气，散文审美趋向正在发生改变——由'小品'转向'大品'，由个人转向社会，由内心世界转向时代担当。"

谭莉：你曾在接受媒体采访中提出了"坚守比发起更具挑战性"。请问，挑战具体指什么？它们来自哪里？在在场主义散文成长的这七年时间里，最艰难的是什么？

周闻道：一是核心观点的挑战。这来自整个散文界，乃至文学界。在场主义散文奖，是华语文学中第一个以鲜明文学观念为价值尺度的奖项。俗话说，树大招风。观念就是旗帜，观念本身能否经得起历史的检验，在创作中如何实践，在评选中如何把握，都是极富挑战性的问题。如果经受不起挑战，不能坚守住自己的审美本位和艺术底线，都可能是乌龙。

二是社会公信力的挑战。这来自社会。应当承认，我们的评奖生态并不好。听一位朋友讲，有位企业家受在场主义散文奖启发，兴致勃勃地准备拿出200万元，给作协设立一个文学奖。可评选方案还在酝酿中，各路人马就剑拔弩张，拳脚相向，导致评奖被迫中止。一些很有名的文学奖项，初衷和规则都无可厚非，可每届评选，却总是充满各种传言，质疑声不断；有人甚至不以得奖为荣，反而为耻，问题都是出在没有坚守公正。

三是坚持的挑战。这来自自己。十年树木，百年树人，千年树文化。文化是一项长期的工程，不可春华秋实，而需拣尽寒枝；评奖还涉及浩繁的评选、足够的资金、大量的工作，以及操作机制等，没有长期的坚守精神很难坚持下去。要耐得住寂寞，经受得起诱惑，克服得了艰辛。

谭莉：那么，在场主义散文奖是如何坚守的呢？

周闻道：首先是靠科学的精神。在场主义创立六年来，没有被淘汰，特别是许多核心观念，如流派"三论"，散文性和在场精神，包括散文性的文体特征、在场精神的维度等，经历了众多的质疑和挑战，不仅没有被击倒，反而站立得更坚挺。这不能靠口号，而应当靠科学精神。其次，要有开放的胸襟。比如以抒情和叙事为主体的小品文、美文，或其他形式的散文主张，我们都尊重其存在。在场写作本身，也有多种可能性。我们主张与其他一切善意文化"二元友好"，与不同观点，不同文学主张在基于"真实、善意、建构"的原则下和解并共生共荣，而非零和游戏，有你无我。再次，要有道德底线和良知。每位评委，特别是评选工作的主导者，在投自己神圣的一票时，要扪心自问，是否对得起文学，对得起作者，对得起出资人，对得起良知。在这点上，我们的每位评委都做得很好，让我钦敬，也令我感动。最后，还要有一个好的评选规则和执行机制。我们有大家熟悉的评选"三不原则"，及其相配套的程序机制，为各种社会不良风气的可能侵袭，设置了一道道坚实的防火墙。

记者：按照常规思维，评选工作应当充分发扬民主。可是，你刚才提到的评选工作的"三不原则"似乎恰好相反，比如"不集中讨论、不沟通商量"。对此，你有何看法？

周闻道：毫无疑问，要保证评选的客观公正，必须充分发扬民主，吸纳各方意见，择善而从。任何评选，都是一个民主集中的过程；关键是怎样民主，怎样集中，怎样有效实现民主。民主的要旨在于，保证每个人的独立意志能够得到充分尊重，核心是科学、有效的规则和程序。

在场主义散文奖评选的"三不原则"，不仅不与发扬民主相悖，而且正是民主实现的有效保障，或者说创新，被视为客观公正的重要法宝。虽然我们的每位评委都很优秀，都有很高专业素养和评选操守，但他们对每个问题、每个作品的评判，绝不可能是完全一致的。我们需要的是每个人独立、真实、客观的评判；我们更坚信，每位评委独立、真实、客观的评判结果的科学汇集，就是最真实、最理想的评选结果。传统体制性"集中讨论""沟通商量"的弊端在于，在这个过程中，评委之间可能碍于情感、面子、权威等，让独立评判受到干扰，甚至真实意思被遮蔽。其结果看似民主，实质上可能民主已在深层次被伤害。

谭莉：下一步，在场主义散文将走向何方？

周闻道：无疑，在场主义已成为中国当代文学中一个绕不开的现象。今后的任务，就是坚持下去，包括坚持自己的散文观念，即散文性和在场精神，并不断探索创新，丰富完善。坚持把理论认知和实际评判更好地结合起来，努力接近和刷新在场写作的艺术高线；坚持评审的"三不原则"。在此基础上，不断总结完善，发展提高，争取牢固坚守名副其实的华语散文"第一奖"高地。

文学切忌浮躁，也不可缺席。在场既是获得真相的利器，也是抵达艺术高线的唯一途径。

网络文学要让作品说话

——在无锡"中国网络文学研讨会"上的发言①

无锡"中国网络文学研讨会"结束了。"会议是有限的，交流是无限的"。这里的无限，当是指一种大。大天地，大众化，大视野，大境界，大发展，大交流。

大只有开始，没有止境。网络文学也是。

的确，网络为文学开辟的天地是开阔的、无限的、壮美的。文学本来就属于大众，属于劳动，属于日常生活，而不是少数精神贵族把玩的奢侈品。一页薄纸，怎能承载得起亿万人的热忱。大众化参与，话语被解放，藩篱被拆除，文学走出象牙塔。形而下的视野是打开了，但形而上的视野突破，似还须假以时日。网络之于文学，不应成为皇帝的新衣，不能被所谓的传统、纯正"强奸"；应致力于在缩短"新婚"的磨合中，变得融洽与适应，直至创造出属于自己的新生儿。

作品境界是关键。古今中外公认的文学名著，都是靠作品本身，而不是靠发表传播的载体。文学的身份，只有靠文学证明，而不能靠竹简、纸张、网络或者其他。将文学的高下归咎于网络，与将酒的优劣归咎于酒碗一样可笑。网络文学要让作品说话。

---

① 该发言作于 2009 年 5 月 12 日。

　　"中国网络文学研讨会"的意义在于，江苏省和无锡市作协敏锐地站在时代的潮头，将网络催生、促大、放飞的文学，适时召回于太湖之滨，让八方网络文学弄潮儿，相聚于斗室之小，在小中见大的交流交锋中，为网络文学这个新生儿的健康发育成长庄重洗礼。这对于网络和文学，无疑都是一件功德无量的事。在此，谈几个观点。

　　其一，网络文学的命名。

　　一个命名，就是一个新概念的诞生。按照亚里士多德创立的逻辑法则，概念是揭示事物本质属性的思维方式。但是，目前为止，我们看见的关于"网络文学"的命名，是失范的、混乱的、充满暧昧的，几乎没有一个命名能科学表达其恰当的内涵和外延。从形式与内容看，比较一致的意见是网络如同口语、竹简、纸张等，只是文学作品的一个载体，或文学呈现的一种形式，而不是一种独立的文学样式，与文学本身的好坏优劣没有关系；有人甚至因此而认定"网络文学"是个伪命题。我赞成前一种判断，却不敢苟同后一种认定。我的观点是：内容决定形式，但形式也可反作用于内容，有时甚至改变内容；当某一种载体或者形式，已经足够影响它所承载对象的内容和发展时，我们就不可再等闲视之。网络文学正是这样。

　　因此，网络文学的命名难免陷入一些暧昧与尴尬。

　　基于上述认识，我对网络文学的定义是：网络文学是指以网络为载体发表、传播、阅读的，具有公开性、广泛性、自由性、文学性的语言艺术作品，包括网络小说、网络散文、网络诗歌、网络戏剧和其他网络文学样式。

　　其二，网络在文学中究竟充当了什么角色？

　　窃以为，网络之于文学，至少起到了三个作用：首先是精神敞亮作用。网络是虚拟的，作者可以让自己的真实面目遮蔽于马甲里；身份的遮蔽与精神的敞亮往往是成正比的，网络让作者写作时少了许多顾虑，精神的去蔽和敞亮达到极大可能。其次是客体呈现作用。网络让文学从少数精神贵族的象牙塔里解放出来，让更多的人拥有了展示自己对世界本真发现的机会。这种近似于全民创作的状态，不仅促进了文学的繁荣，而且让世界的本真得到空前广度和深度的呈现。最后是语言的回归作用。许多网络写手，不一定经历过刻意的语言历练，也不一定刻意修辞，往往是率性而为、信手拈来，用生活中本真的语言，表现自己发现的世界本真。这不能不说令文学语言得到极大丰富。

其三，网络的特点。

那么，给文学带来重大影响的网络，有什么特点呢？本人认为，相对于其他载体，网络至少有以下几个特点：一是公开性。"互联网"的含义，就是公开的，相互联结的，拒绝围墙和遮蔽。二是广泛性。它的受众和参与者十分广泛；三是快捷性。在互联网下，世界也只是个"地球村"。四是民间性。因公开广泛，形成网络与体制的分野，让网络具有了鲜明的民间色彩。五是隐匿性。这主要是针对进入网络的个体或写手，往往以虚拟身份出现。事实上，网络的这些特点不仅影响了文学，也影响了我们的整个生活方式。

其四，网络文学的发展。

总的看是不可阻挡的。网络文学作为信息时代的产物，与信息时代本身一样，具有客观性、必然性、不可阻挡性。正确的态度，是面对和正视，研究和引导，不是反对和拒绝。简单的反对和拒绝，无异于当初国人拒绝剪掉长辫子。

其五，网络文学的特点。

民间叙事。从总体上看，网络文学的叙事性质，具有民间性的特点。这是由它的载体的公开性、广泛性、民间性和作者的隐匿性等特点决定的。

当下介入。也是由于传播载体的特点，特别是民间性写作特点，决定了网络文学在介入当下方面，具有空前的广度和深度；即便是那些写历史题材的作品，也具有强烈的当下意识，包括眼光、折射、解读等。可以说，整个网络文学，就是一幅生动的当下浮世绘。

自由表达。网络使写作得到充分解放，从内容到形式，从结构到语言，从题材到叙事，从写作到发表，作者都享有充分的自由。

多维发现。从精神性上讲，文学是一种发现的表达。由于网络对写作的解放，文学在表达发现上，拥有了空前广泛的主体基础，发现的维度空前增加，具有无限可能性。

其六，网络文学的作用。

发展文化。毋庸赘言，全民参与，写作解放，必将极大推动文学乃至整个文化的发展、繁荣。

解放话语。在传统传播方式下，话语被体制约束，话语权并不平等。一个作品，从写作到投稿、编辑、审查、发表、阅读、批评等，要经过很多环节。作者、编辑、刊物、读者、批评者之间，话语权都是不平等的。这个问题，只有在网络文学中才得到解决。

成就人才。任何写作高手，都是从低处起步的，社会营造的"起步机制"，是促进还是促退，往往决定一个人的最终选择和成就。民间有许多文学人才，在传统体制下，往往没有表达的机会，在遭遇一两次冷遇后，他们创作的激情，也许就被扼杀在了文学梦中。网络的作用在于，它营造了一个良好的"起步机制"，让人人都拥有了表达的机会，并在表达中不断获得动力和活力，让潜在的创作天赋得到极大激发。

精神回归。文学源于生活，产生于劳动。但是，曾几何时，体制下的文学成了少数精神贵族的奢侈品。网络让文学精神重新回归民间，回归生活，文学也因此而重获更大活力。

此外，网络文学还有敞亮批评，推动介入与交流的作用。网络让文学更贴近世界本真。在场主义主张文学应当呈现世界的本真，而现实情况是，世界的本真往往存在遮蔽。这种遮蔽包括作家主体、对象世界和语言三个维度，其中，作家主体是关键。可喜的是，网络文学为作家呈现本真在很大程度上扫除了精神障碍。其实，我们通常说的网络文学，实际上是指通过网络传播，或以网络为平台发表的文学作品。因此，网络文学本身不是一种独立的文学样式，而只是一种传播方式。

其七，网络文学的问题。

语言侵袭。表音、表意、表形功能皆具的汉语，是最适宜文学表达的语言。从历史文献中我们不难看出，早在先秦甚至更早时期，我们的母语就已发展成熟，拥有了确定的表达；语言的发展是有规律的，随时代的进步，新词语的不断出现也属正常，比如"互联网"本身就是一个新词。这里的侵袭不是指正常的发展，而是指脱离母语本意的无端变异，比如将"东西"说成"东东"，还有"斑竹""菜鸟""大虾"等等。

品质稀释。无疑，网络文学带来了文学品质的稀释，但不是下降；稀释的原因，是量的激增，分母的加大，是品质相对的稀释。许多狭隘坚守所谓传统文学的人，因此而对网络文学予以诟病，指责其粗制滥造，在制造文字垃圾。其实，这里有几个误区：一是把网络文字当成了网络文学。严格意义上的网络文学，应当是指网络上发表的那些具有文学品质的文字，而不是全部文字。二是把载体当成了本体。纸质与网络，都是载体，而不是本体。就像一个碗，盛什么酒及酒的品质，与碗无关，只与酒有关。事实上，即便经过层层把关的平面媒体，其发表的作品中，也并非皆为"纯文学"，文字垃圾也不是绝无仅有；而网络上发表的作品，也不乏精品力作。网络与其承载作品的"纯"或"不纯"无关。三是把相对当成了绝对。就绝对值而言，网络时代文学作品无论是数还是质，都是发展了，提高了。

批评失范。网络批评又称为"砸砖头"，往往想说就说，想说就可以说，具有随意性，作者身份的隐匿，也就难免缺乏严肃性，使许多批评失之规范。

侵权泛滥。从网络特性看，不仅网络文学，网络上发表的一切东西，都很难真正做到维权。只要在网络上发表作品，就要有被侵权的心理准备。要减少侵权，除提高公民素质外，根本有效之策，还是应加强法制。

坚守比发起更富挑战

——《文学报》访在场主义散文奖评委会主席周闻道[①]

在场主义散文奖自2010年5月5日在北京宣布设立至今，已成功评选5届，建立了良好的社会公信力。铅华荡涤，当初的惊喜、热烈、期望，甚至怀疑，更多地已沉淀为赞誉、关注、思考、建议和更高的期盼。这是压力，也是动力。过去五届是怎么走过来的，未来的路将怎么走，在世俗的浮尘中如何独善其身，坚守立场，真正实现"重构文学价值，捍卫文学尊严，引领21世纪汉语散文发展趋向"的宏大目标？

在第五届（2013年）在场主义散文奖颁奖前夕，《文学报》记者带着这些问题，采访了在场主义创始人、代表作家，在场主义散文奖发起人和评委会主席周闻道。

《文学报》：周老师，在场主义散文奖已成功评选五届，所产生的影响，建立的社会公信力有口皆碑，可以说是已成为当代散文的一个重要风向标。您能否将五届评选情况给我们作介绍吗？

周闻道：好的。在场主义散文奖于2010年设立，从2009年起评，每年评选，下一年度评上年度。目前为止已评选五届，共评出在场主义散文奖六部，包括林贤治的《旷代的忧伤》、齐邦媛的《巨流河》、高尔泰的《寻

---

① 载《文学报》2014年6月12日。有删减。

找家园》、金雁的《倒转"红轮"：俄国知识分子的心路回溯》，王鼎钧"回忆录四部曲"和许知远的《时代的稻草人》；在场主义散文奖提名奖13部，包括龙应台的《目送》、周晓枫的《雕花马鞍》、张承志的《匈奴的谶歌》、李娟的《阿勒泰的角落》、筱敏的《成年礼》、夏榆的《黑暗的声音》、冯秋子的《朝向流水》、资中筠的《不尽之思》、刘亮程的《在新疆》、章诒和的《伶人往事》、阎连科的《北京：最后的纪念——我和711号园》、毕飞宇的《苏北少年"堂吉诃德"》、塞壬的《匿名者》等；在场主义散文奖新锐奖49篇，包括刘醒龙、詹谷丰、王开岭、野夫、蒋方舟、马小淘、郑小琼等作家的单篇散文作品。广东人民出版社将在场主义理论建设和创作、评奖成果进行编辑整理，出版了"在场主义散文奖五年"丛书，计9部、220余万字，在这次颁奖大会上将举行首发式。

《文学报》：从前五届评选情况，或者说从获奖作家作品看，在场主义散文奖有什么特点呢？

周闻道：有四个主要特点：一是参与度不断提高。每年申报、推荐的散文专著，由开始的400余部，增加到600多部；单篇散文由800余篇，增加到1000多篇；作家作品涵盖了海内外华语散文界。参与是认同的重要标尺，我们因此而备受鼓舞，也深感责任重大。二是作品风格日趋鲜明。无论散文专著还是单篇，都更加鲜明地体现出散文性特点和在场品质，并涌现了一大批高端笔意之作。如高尔泰的《寻找家园》、林贤治的《旷代的忧伤》、夏榆的《黑暗的声音》、冯秋子的《朝向流水》、李娟的《阿勒泰的角落》、塞壬的《匿名者》等，以及一大批新锐之作。这些作品，不仅从文本上为我们提供了散文性的生动诠释，而且以他们对当下的认知，如精神自由、环境污染、生活状态，工业化、城镇化对乡村的影响，知识分子的使命与风骨、个人情怀与家国命运等的强烈关切，彰显了在场精神的鲜明指向。三是艺术境界日渐高涨。机制的力量是强大的，因评选客观公正，无论是知名作家，还是名不见经传的散文新秀，都在一个规范统一的平台和价值尺度下，用作品说话，促进了获奖作品在艺术境界上不断呈现高端指向，挑战既有高线。这些，都彰显了在场写作的强大生命力和多种可能，让我们既感欣慰，又坚定信念。四是评选规则不断成熟完善。评审的"三不原则"深得各方认同，被誉为坚守公义、抵御时弊、治理评审顽疾的一剂有效良方。

《文学报》：关于评选的价值尺度，即散文性和在场精神，在实际评选中，你们是怎么掌握的，或者说坚守了吗？以散文性为例，且不说在场主义理论对此只作了外延的、文体特征的有限阐述，即"四个非"，而没有进行内涵的诠释。从传统认知中对散文的概念性判断看，你们评选的一些获奖作品，就存在较大质疑——比如获得第四届大奖的金雁的《倒转"红轮"：俄国知识分子的心路回溯》，有人甚至认为它只是一部优秀的学术理论著作，而不是散文。对此，您是怎么看待的？

周闻道：这个问题提得很好，我们也注意到了这种质疑。我的看法是：首先，这说明了大家对在场主义散文奖、在场主义核心观点的关心，对散文纯粹性的关心。这是件好事。

其次，什么是散文性？按照形式逻辑的定义，概念是反映事物本质属性的思维形式。因此，从理论上讲，散文性就是散文的本质规定性，是散文区别于小说、诗歌、戏剧等其他文体的身份识别标志；散文性的文体特征主要表现为"四个非"。在这里，我们采用了解构式构建方式，既表明了否定什么，又表明了要构建什么。换句话说，"四个非"都有明确的构建指向，即非主题性指向随意性、非完整性指向片段经验和散漫性、非结构性指向发散性、非体制性指向自由表达。值得指出的是，以上只表明了我们现在对散文性的认识，随着理论研究和创作实践的发展深化，也许对散文性的揭示会更加深刻丰富。在场主义是一个开放的体系，我们期待那一天。

最后，在评选中如何掌握。这既是个理论问题，又是个实践问题。本奖旗帜鲜明地提出以散文性和在场精神作为评判作品的价值标准，但由于散文本身长期身份不明、界限模糊、主体理论缺失，虽然在场主义发现了散文性，抓住了根本和正确方向，但仍还有许多问题有待研究和确认。在这种背景下，不同的人，包括评委，有不同的认知，很正常。我们一直坚持认为，自己没有获得全部的答案，永远在路上，有争鸣才能更好发展。在评审中，对具体作品的评判，体现了评委对这个问题的认知和实际把握。评选结果是评委整体评判的汇合，是一种集体认知，而非个体。从已评选的五届作品整体看，毫无疑问，散文性是鲜明的，评委的整体评判结果是值得肯定的。我没有发现完全不具有散文性的作品获奖。当然，有的作品可能散文性相对薄弱些，思想性强些，或反之，都是正常的。

《文学报》：从前几届评选结果看，获奖作家年龄似乎都偏大，且台湾地区及海外作家居多，给人缺少新锐之气的感觉。对此，您是怎么看的？

周闻道：首先，要说明的一点是，前几届评选中的获奖作家，并非都年龄偏大，而是老、中、青皆有，有些甚至是二十几岁、初露头角的新秀，比如李娟、蒋方舟、马小陶、周齐林、纳兰妙殊等；在47位获奖作家中，台湾地区及海外作家占的比例，也不到10%。其次，如果此话是针对大奖，也讲不通，因为在我们的评选标准和价值尺度中，并没有年龄和地域，只看作品。如果说获大奖的作家平均年龄偏大，也许正好反映了文学的某种规律：优秀的作家，首先是优秀的思想家，而思想的沉淀和丰厚，必然有个过程。最后，作品是新锐还是陈腐，并不与年龄有必然联系，要看作品的思想内涵、艺术表现、现实介入及语言、叙事与最终文本等是否有新发现、新气象、新境界。从前几届评选作品看，不能说每部、每篇都富新锐之气，但也绝无陈腐之篇。

《文学报》：参与了五届评选，您最深刻的感受是什么？

周闻道：坚守比发起更富挑战。有了李玉祥先生的文化情怀和高瞻远瞩，有海南领时房地产公司的坚强后盾，有在场主义严密新锐的理论基础和强大的创作呼应，我们发起、设立在场主义散文奖，并没有费多大周折和精力。但是，坚守就不那么简单了，包括坚守宗旨、坚守评判标准和价值尺度、坚守民间立场和公正原则、坚守审美本位和艺术底线等。听一位朋友讲，他们那里有位企业家受在场主义散文奖启发鼓舞，兴致勃勃地准备拿出200万元，给作协设立一个文学奖。可是，评选方案还在酝酿中，各方就剑拔弩张，拳脚相向，评奖被迫中止。一些很有名的文学奖项，初衷和规则都毫无争议，可每届评选，却总是充满灰色传言，质疑声不断；有人甚至不以得奖为荣，反以为耻，问题就是出在没有成功坚守上。

《文学报》：那么，在场主义散文奖是如何坚守的呢？

周闻道：首先，要有道德底线和良知。每位评委，特别是评选工作的主导者，在投自己神圣的一票时，要扪心自问，是否对得起文学、对得起作者、对得起出资人、对得起良知。在这点上，我们的每位评委都做得很好，让我钦敬，也令我感动。其次，上级不干预。我们是民间文学奖，没有体制上的上级，出资人就是"上级"。没有出资人，奖项就不可能设立。但出资只解决经费问题，不干涉评审。在这方面，在场主义散文奖出资人李玉祥做出了非常好的表率作用。他不仅不以任何形式干预评选，而且时时关注社会评价，不以个人主观，而以社会公信力作为评选工作评判，让评委既有评审自由，也有压力。最后，有一个好的评选规则和执行机制。就是大家熟悉的评选"三不原则"及其相配套的程序机制，为各种社会不良风气的可能侵袭，设置了一道道坚实的防火墙，让我们有了有效坚守的工事。

《文学报》：在场主义散文奖，被称为华语散文第一民间大奖。这里的"第一"，是指奖额，还是品质？

周闻道：应该说，开始主要是指奖金。因为还没有评，没有拿出令人信服的"第一"结果，品质只是努力方向。包括"重构文学价值，捍卫文学尊严"，也有这个因素。随着评选的开展，一届一届的评选作品呈现在公众面前，你在评，大家在看；你在评作品，大家在评你。是不是"第一"，不是自我标榜，要大家说了算。令人欣慰的是，在场主义散文奖的"第一"，正在明显由奖金向品质、特色、公信力转换。

《文学报》：作为评委会主席、组委会副主席和秘书长，您负责评选工作的具体组织协调和实施，您对评委会工作有何评价；换句话说，您对评委会工作满意吗？

周闻道：很满意。可以说，无论个体还是整体，无论学养还是评选操守，无论做事还是做人，我们的评委和评委会都是NO.1的。没有评委们的专业、敬业和坚守，就没有在场主义散文奖的今天。正因为如此，我们研究增设了"在场主义散文奖伯乐奖"，五年评选一次，每次评选2～3人，由组委会奖励在评选工作中表现突出的评委。获得首次伯乐奖的有孙绍振、丁帆、周伦佑三位评委。借此机会，我要代表组委会，向评委们说声谢谢！

《文学报》：最后，谈谈今后的打算吧。

周闻道：今后的打算，主要是"三个坚持"。第一，坚持评下去。至少连续评选15年，可能更长时间。李玉祥先生讲，只要评得好，就没有理由停下来。第二，坚持散文性和在场精神的价值尺度，重点是不断探索创新，更好地把理论认知和实际评判结合起来，努力接近和刷新在场写作的艺术高线。第三，坚持"三不"评审原则。在此基础上，不断总结完善，发展提高，争取牢固坚守于名副其实的散文"第一"高地。

在场的意义在于批判与唤醒

——《文学报》专访《国企变法录》《暂住中国》作者周闻道（节录）①

　　周闻道的两部作品《国企变法录》和《暂住中国》，由广东人民出版社出版后，无论从文学，还是经济、时政角度，都好评如潮。两书分别入围2014年中国影响力图书、全国首届读友读品节指定书目、文化部②国家数字文化网推荐重点图书，以及百道网、大公网、新华网等推荐"重磅图书""金榜图书""十优图书"等。由于作者特殊的身份——在场主义散文流派创始人，且集作家、经济专家和政府官员于一身，以及作品强烈的介入意识和深刻的批判精神，引起广泛的社会关注：这两部书有什么鲜为人知的创作背景？作者的写作动机和目的何在？在长达三十多年的时间跨度中，作者是如何看待与把握中国历史上这一影响深远的社会大转型的？在场写作如何处理好当下关怀与文学性的关系？带着这些问题，记者走访了两书作者周闻道先生。

　　《文学报》：《国企变法录》和《暂住中国》都充分展示了您一直以来坚持的写作理念：在场。这两部作品都触及中国当下社会的不能直言之痛。但是，以散文写经济、写民生，有时会难以避免地损失些文学性。在写作

---

　　①　载《文学报》2014年8月19日。有改动。

　　②　2018年3月，组建文化和旅游部，不再保留文化部。

中，您是如何看待和处理这两者之间关系的？写问题、写社会之痛，并不是一件讨好的事情，您的写作初衷是什么？

周闻道：在场写作有两个基本点：一是作家坚守的存在底线，二是作品追求的艺术高线。前者强调的是作家的存在价值和社会担当，即介入性或在场精神。在场的旗帜是介入。只有介入，才能存在；只有存在，才有意义。在一个巨大变革的时代，世象纷呈，可以歌颂的和应当批判的事都很多，如果作家沉湎于桃源，逃避现实，疏离当下，在时代中缺席，还有什么存在价值呢？

当然，存在意义的大小，取决于作家对现实的认知程度、介入深度、发现维度和呈现亮度；换句话说，取决于作家的去蔽能力，包括主体的、对象的和文字的。后者强调的是文学性，于散文，就是在场主义所说的散文性。二者互为关联，不可或缺。我们把在场精神与散文性的完美融合，作为作家追求的艺术高线。所谓"追求"和"高线"，是一种终极价值目标，我们可以不断接近，但永远不可抵达。在一个文本中，或在一次写作实践中，当两者不能完美融合，甚至不能较好融合时，究竟孰重孰轻，该怎么取舍？这是在场写作需要探讨的问题，也是2013年6月在海口举行的第五届在场主义散文奖颁奖大会学术讨论会上，大家交锋的热点问题。我个人的观点是，作品的社会意义，应当大于文本意义。对此，本人在创作体会中专有论及，在此不赘述。

从中国现代散文文统看，散文创作受西方"小品文"及周作人、郁达夫美文观影响，大都秉承了"小"与"美"的特点，侧重于叙事与抒情，忽略了当下关怀和社会担当，散文成了鲁迅所说的"小摆饰"。显然，这种趋向正因在场主义而在发生改变，或者说在场主义正引领着百年散文观念的转型。从在场主义散文奖评选结果看，单纯的小品文、以叙事和抒情为主的美文，几乎在第一轮、第二轮评选中就被淘汰掉。拿孙绍振老师的话说："这反映出在场写作体现了一种突破单线抒情叙事的套路，历史和现实的审视和文化人格的批判成为共同的潮流，深邃智性的宏大思绪构成一种奇高的骨气，散文审美趋向正在发生改变——由'小品'转向'大品'，由个人转向社会，由内心世界转向时代担当。"

写社会之痛，肯定不是一件讨好的事情。但作家写作，不是为了去讨好谁，也不应该有"为了"之类功利意识。硬要说目的，就是不负时代，不负存在的价值。西方文学界在20世纪五六十年代有一个十分流行的批评流派，叫原型批评，其主创人是诺思洛普·弗莱。弗莱把神话称为文学的原型，认为从文学的视角看圣经，它不再是基督教的至圣经典和引用教义的源泉，而是以神话的方式讲述着人类生存的全部历程：从创世，到末世，到救赎。它以文学方式、隐喻的语言，对人类基本生存状态进行全方位观照：从物质层面的温饱、性焦虑、财产分配等，到精神层面的人的价值诉求、行动自由，包括从哪里来，到哪里去，最后归宿何在，如何才能更好地实现理想等。换句话说，关心人类的生存状态和命运，就是文学的使命；批判意识，是文学重要的存在方式和精神品质。

值得说明的是，在场写作有多种可能性，我们永远在路上，永远不可能获得全部的答案。《国企变法录》和《暂住中国》，只是我个人的一次在场写作尝试，不一定成功，可以探讨、批评，但不可引以为例。

《文学报》：眉山是文化名城，又属于西南小城。它的经济、民生、风物，带着时代的普遍特征，又与处于变革第一线的大城市有所区别。在我们的文学作品中，对这种普遍又特殊的小城描写并不多见。而您的写作，为读者描绘了这样一个变革中小城的经济、社会、民生，这是十分难得的。能否简要描述一下眉山现在的状态，以及您对家乡的感情？

周闻道：已有1500多年州级治所的眉山，历史上就有"山川灵秀，物产丰富，甲于西蜀"的评价。在海南苏东坡流寓处建立的苏公祠有一副名联，"此地能开眼界，何人可配眉山"，是对眉山魅力的生动写照。在苏东坡唯一一篇记述家乡的文字《眉州远景楼记》中，是这样描述眉山风土人情的："吾州之俗，有近古者三。其士大夫贵经术而重氏族，其民尊吏而畏法，其农夫合耦以相助。盖有三代、汉、唐之遗风，而他郡之所莫及也。"唐宋散文八大家、北宋书法四大家，眉山都独占鳌头。两宋时期，眉山有880名进士，连皇帝都赞叹，天下读书人为何都在眉山。现在的眉山，很大程度上承袭了历史的辉煌，既是中国西部重要的历史文化名城，又是朝气蓬勃的现代工业新城，还是环境优雅的宜居城。

值得一提的是眉山工业。

《国企变法录》中的许多个案，都是以眉山企业改革为叙事对象的，大家难免会问：这些企业改制后的效果究竟如何？我不妨先用两组数字对比说明：改制前的1997年，眉山全地区（市）规模以上工业销售收入约40亿元，净亏损1.90亿元，上缴税金1.98亿元；2013年同口径为工业销售收入1029亿元，利润58亿元，上缴税金24.2亿元。为什么原来的工业基础那么薄弱？因为眉山在20世纪50年代并入乐山后，在乐山的整个经济布局中，眉山片区因位居成都平原，一马平川，沃野百里，属于粮食主产区，没有布局工业。"大三线"时的工业，大都布局在乐山以南的"四区一市"（市中区、五通桥区、沙湾区、金口河区，峨眉山市）。因此，1997年乐山、眉山行政区划调整，眉山重新独立设地建市时，仍处于农业型经济。经过三年（1998—2000年）国企改革攻坚破难后，为眉山工业化奠定了基础，扫清了障碍。在此后的15年中，通过坚定不移实施投资拉动、工业强市战略，眉山经济顺利实现由农业型向工业型的华丽转身，并形成了19个工业产业特色园区和机械、化工、建材、食品、饲料等主导产业。按照国际通行标准（人均GDP、工业增加值在三次产业中的比重、非农业劳动力比重）衡量，眉山目前已进入工业化中后期，正向着现代化迈进。

"为什么我的眼里常含泪水？因为我对这土地爱得深沉。"著名诗人艾青的《我爱这土地》中的这两句诗词，也许能代表我对家乡的感情。这种爱，超越了一般的"谁不说咱家乡好"的念乡情结，已融入我的血液，升华为一种精神元素，具有原乡意义，灵魂皈依。我作品中的许多意象，都与家乡的山水人情相关，比如岷江、思蒙河、白虎岩、川西坝子、中岩寺。看见家乡蒸蒸日上心里就有说不出的高兴，看见家乡存在的问题、目睹父老乡亲经历的苦难（也许是文学意义的，如挫折、不公、落后等），心里就莫名地难受。

《文学报》：国企变革是中国经济发展中绕不过去的一个话题，它改变了许许多多人的命运。但这同时也是一个很难把握的话题。在这一题材的写作中，往深里说，很容易触及一些难以言说的问题，只说表面，又容易浮光掠影。在写作中，您是如何处理这两者之间矛盾的。您写作这一题材，与一般人相比有什么优势？通过这次写作，您又希望展现出怎样一幅图景？

周闻道：是的。国企改革是国家基本生产关系的调整，对上涉及上层建筑和意识形态，对下涉及劳动者个人切身利益，可以说是整个城市经济体制改革的重点和核心，牵动着整个国家神经，可谓矛盾重重，关隘处处。其中，比较尖锐的有三大问题：体制、机制和人，即工人阶级地位及命运问题。这样的问题该放到什么层面去认识，其实国家的政策早已是明确的，经济组织就该按经济规律办，公司就该遵循《中华人民共和国公司法》。又比如机制问题。没有活力的机制在任何组织中都是短命的，而活力的源泉是人，国企养懒人的"铁饭碗""大锅饭"机制该不该改革，国企职工身份该不该转变，该怎样改革和转变？这些矛盾再尖锐，你回避得了吗？朱总理都敢"上刀山下火海在所不辞"，我们还怕什么？

事情本身是这样，写这一题材，既不可能回避矛盾，也不可能浅尝辄止。文学本身的功能就是这样，来于生活，要高于生活，艺术的真实既是现实的真实，更是精神的真实。在场写作的去蔽、敞亮、本真，指向的是真实、真相和终极价值。在这点上，既然选择了这个题材，就没有其他选择。在处理这个关系上，在场批判有个原则：真实、善意、构建。坚持了这个原则，就不难做到在批判中与体制的和解。改革和写改革，目的都一样。

我在写这类题材上的比较优势在于：首先，我从事经济工作，热爱企业，对企业和职工都有感情。热爱与情感，是做好事情的动力源泉。其次，作为政府主管工业综合部门的工作人员，不管是了解上情，还是知晓下情，不管是决策层面，还是操作层面，我都拥有更好的条件。这让我更加深刻、全面地悉知中国改革、国企改革的全过程和微观企业的病灶，写作起来就拥有了一般人不具备的资源优势。最后，我有跨学科的知识结构，文学和经济，加上在香港写财经专栏期间的长期关注、研究和探索奠定的良好基础，写作起来更是得心应手。

写作从来都不是孤立的个人行为。《国企变法录》写的是经济，说的是时代。该书内容的时间跨度长达30年，实际上书写的是这个大发展、大嬗变、大转型的时代。通过这次写作，我就是希望从政治、经济和人文角度，呈现一个大转型的时代，它的伟大，它的疼痛，它的纠结，它的希望。

《文学报》：《暂住中国》揭示了当下中国社会一个普遍存在的大问题。是什么契机让您开始对这一话题产生创作冲动？在接触的形形色色"暂住"人员中，您觉得他们在物质和精神层面，最困扰的分别是什么？在展示痛苦的同时，文学作品又似乎是无力的，因为它无法改变现实。从这个层面来说，文学有什么用？

周闻道：《暂住中国》呈现的是中国工业化、城镇化过程中，几代农民工转型的艰难辛酸历程。这本书的写作冲动主要有三：

一是疼痛。时代的疼痛，暂住制度的疼痛，暂住人口的疼痛。我所在的这个城市、我管辖的企业、我的身边，就有许多这样的暂住者，天天都在发生形形色色暂住中的矛盾与艰难，居住、就业、读书、高考、看病、选举、恋爱、结婚、治安、空虚、迷茫、死亡。每一件事，都不同程度地触动着我，刺痛着我。开始，并没有引起我太多的注意，现实生活中，难道我们经历的矛盾和苦难还少吗？可是，当接触这样的事越来越多了，就觉得不对劲了，开始有意识地关注这些事。这一关注，令我大吃一惊：原来，我国"暂住"制度已经存在30多年，全国现在这样不工不农，不城不乡，留不下回不去的"暂住"人口达2.62亿人（2011年数据，2013年为2.68亿人），加上与他们关联的留守老人、留守儿童、留守妇女，以及因为他们的进城务工而影响着、关联着、改变着的城市人，"暂住"现象牵动着超过半数中国人的生活、生存状态。

二是责任。在场主义不是强调介入现实，观照当下，勇于担当，把关注的重点，放在国家的、民族的、人民的当下疾苦吗？我问自己，面对暂住，你到哪里去了，怎么缺席了，你能一直这样麻木不仁，心安理得吗？我感到汗颜。

三是鼓励。主要是《美文》执行副主编穆涛兄的鼓励。2011年10月，穆涛兄来眉山考察，闲聊中我谈到上述疼痛，他立即鼓励我写出来，一定写出来，并在2012年度的《美文》连载。穆兄回去后，仍不断敦促我。我知道，这事拖不过了，于是仓促上阵，边写边连载，凡12期，终了心愿。

的确，面对各种顽固的陈旧观念，面对体制的力量，面对严酷的现实，文学似乎显得软弱无力。文学既解决不了国企的许多顽疾，也解决不了暂住人口的入户、工作、生活、就医、读书、迷惘、苦恼等问题，甚至不能给炼狱中的挣扎者带来些微的安慰。但是，这并不是意味着文学的可有可无，更不意味着我们可以心安理得地缺席。在场的意义在于批判与唤醒。文学的力量可以滋润心灵，培育文化，教化德性，开启民智，激浊扬清，为一个时代昭显良知。

《文学报》：请问您下一步写作是否已有计划，关注另一种中国之痛？

周闻道：具体计划还没有，但总体方向是明确的，那就是坚持在场写作理念，坚持介入现实，关注当下，体察国家的、民族的、人民的关切。

编按：目前，中国已全面实施居住证制度。

写作是我的精神原乡

——天涯江湖63期接受朴素专访[①]

    朴素：闻道兄好，目前你是"散文天下"的版主，还记得什么时候开始担任版主的？刚做版主的时候，"散文天下"是怎样一番风景？

    周闻道：回答这个问题，得先说说我是什么时候、怎么到天涯的。大约是2005年春暖花开的时候，在眉山丹棱县的老峨山召开我的作品研讨会。会间闲聊，聊到当下新媒体的后起之势，与会的《当代文坛》副主席、文学评论家夏述贵举例说，天涯社区，每天几十万人在线，不乏高人隐士。他还建议我去天涯交流交流，那里有个版块叫"散文天下"，主要发散文和散文评论，许多文章很好。当时我只知道有互联网，但从未上过，对网上的神奇一无所知；于是我抱住好奇之心，立即买了电脑，直奔天涯。

    我大约是2005年担任"散文天下"版主的，2009年担任首席版主。在这个过程中，天涯社区管理、共事的版主及广大网友，都给了我很大的支持和帮助，这是不能忘记的。

    刚到"散文天下"，我的感觉是繁荣、新鲜、生机勃勃。正如朋友所说，这里文章多、高手多，交流形式更让人耳目一新。因为没有门槛，让每一个人都有"发表"的机会，仅"散文天下"，每天发出新帖逾千，不仅带

---

    ①   该专访作于 2014 年 9 月 28 日。朴素，天涯社区文学主编。

来空前的繁荣，直抒胸臆下，还让许多颇具真情实感的文字得以面世，让人感受到久违的文学本真，也促进了散文形式的不断创新；天地无边，交流直接，反馈迅捷，使作者、读者、写作、点评间几乎消除了距离，写作与阅读，都可享受到思想对撞的快感；马甲遮掩了面孔，却敞开了心扉，批评也好，赞扬也好，都直截了当，让人听见了难得的真话。这种状态在我们传统纸媒中，几乎是不可能的。

朴素：在"散文天下"也很久了，怎么评价这个版块的创作情况，它与当下主流的散文写作有什么异同？

周闻道：我爱游泳，首先联想到游泳池。我觉得"散文天下"就像文学的游泳池，或者说散文的游泳池。游泳池有几个特点：一是游客众多。既有教练，也有高手，更多的是新手。二是形式多样。有蛙泳、蝶泳、仰泳，也有自由泳；有浮在表面的，也有潜水的。三是流动性大。既包括作品，也包括作者、读者，这是活力的源泉。无论经营者，还是游泳者，可能共同要面对的一个问题是：既要游得好——生手要成熟手，熟手要成高手，又要游出去，游得远，不能仅守住一方小池，要面向大江大海。

以我在"散文天下"的九年看，上述特点似乎都具备，这些问题也存在。总体看，"散文天下"前期无论人气、作品质量，还是交流状况，似乎更好些，也出了一大批好的作家作品。在纪念"散文天下"创建10周年的时候，我们选编了一本散文集《稻草人的信仰》，由百花文艺出版社出版。但该版块写作交流状况后来有渐弱趋势，特别是一些实力派作家，似乎不怎么来了。究其原因，既与整个网络普及、选择多样化，作者兴趣转移、新鲜感减弱等有关，也与经营管理有关。特别是作为首席版主的我，因琐事缠身，对版块投入的精力不够。

当下网络写作与主流写作（纸媒写作），既有相同点，又有不同点。相同为：都是写作，区别只是载体，而不是写作主体——作者；都既有好作品，又有差作品。区别是：载体不同，管理体制不同，并因此而决定呈现在读者面前的作品状态不同——纸媒作品是经过体制过滤的，带有明显体制的痕迹，也更僵化，网络作品相对有更低的门槛和更大的自由空间；同时，纸媒中大量质量较差的作品已被过滤掉，呈现出来的作品显得总体质量更好。

值得注意的是，网络写作与主流写作，有明显融合趋向。许多纸媒写作都正在与网络结缘，借助网络力量扩大传播；而许多网络写手也走向主流。比如天涯的许多写手，在主流写作中也很活跃。我本人自与天涯结缘以来，大约出版了九本散文集，其中绝大部分作品，都是先在天涯发，然后再结集出版的。

朴素：作为资深的散文作家，对散文新手有什么提醒或忠告？

周闻道：我不算什么资深散文作家，只是年龄大些，经历的事情相对多些，写的时间长些。以个人不成熟的体会，散文是一种自由的文体，自由最重要。首先是精神的自由，既要拒绝功利，又要挣脱枷锁；其次是叙述的自由，不要迷信所谓名家经典，找到最适合你书写内容的叙述方式；最后是语言的自由，既要善于用本真的语言表达本真的世界，做到苏轼所说的"辞达"，又要去除一切语言的遮蔽，回归汉语本我表达的极致之美。

朴素：你在天涯这么久，对天涯文学有怎样的看法，天涯文学还会有辉煌的未来吗？

周闻道：天涯文学，是一个盛大的文学百花园，不仅在中国当下网络文学，就是在整个当代中国文学中，都具有不可忽视的地位。新媒体的生命力是强大的，天涯文学也应有辉煌的未来，关键看如何把握。我个人觉得，整个网络文学面临的一个共同问题，就是转型，即如何克服消费多样化及快餐文化带来的浮躁、粗糙、随意，让作家和文学都沉静下来、沉淀下来，把网络的快捷、宽广、直接，变成一种传播优势，而不是文学的"催长剂"。

朴素：你的写作一直保持着旺盛的势头，出过文学专著10多部、380余万字，还主编了不少书。关于写作，有什么样的见解与梦想？

周闻道：写作是我的精神原乡。这既有人的共同属性，即精神性的原因，也有我本人的爱好原因。就共性而言，我崇尚布莱瑟·帕斯卡关于"思想的人"的观点。他认为："人是一根能思想的苇草，人全部的尊严就在于思想。"正是由于思想，我们才拥有一个无法填充的空间和时间，我们才必须不断提高自己。能思想的芦苇告诉我们——应该追求自己的思想丰盈，而不是求之于外在的空间。没有思想，占有多少空间都不会有用。就像霍金的"果壳之王"，由于空间，宇宙囊括并吞没了我们；由于思想，我们却囊括了宇宙。

写作又是我"平凡的神圣"。托马斯·摩尔把古今贤哲关涉灵魂的思想汇集起来，编成了一本《心灵书》，认为教育的任务是唤醒灵魂，让灵魂在场。什么叫灵魂？费西诺认为，灵魂是连接肉体与精神的中介。我倒认为，把精神视为连接肉体与灵魂的中介更贴切。因为这样更符合现实，也印证了荣格关于"精神试图超越人性，灵魂则试图进入人性"的思想。周国平认为，灵魂是普遍的精神在人的日常生活中的存在。一个人无论是平凡世俗的还是超凡脱俗的，总是要过日常生活的；灵魂在场未必表现为隐居修道等形式，在绝大多数情况下，往往表现为日常生活中的精神追求和精神享受，即所谓"平凡的神圣"。

不同的人，日常生活中对精神原乡或精神享受的追求是不同的。但丁、薄伽丘、达·芬奇、拉斐尔和米开朗琪罗等，掀起了欧洲文艺复兴，他们的精神原乡，是古希腊和罗马文化的经典。愤世嫉俗的马奈，曾是卢浮宫里最虔诚的临摹者；英国泰特现代美术馆的涡轮大厅，是装置艺术家的圣地。大师们仙逝了，博物馆成了经典审美的原乡。艺术家和艺术粉丝们，都能在那里找到故乡。我尽管几十年来一直从事经济工作，也曾长期在香港主流媒体写财经评论，但那基本上是基于职业和功利。我的精神原乡或者说精神享受，是文学，特别是散文。写作既是我灵魂在场的形式，也是我平凡而神圣的日常生活。

我希望写得更多更好，但那不是根本目的，根本目的在于写作本身中的享受。

朴素：你一直主要从事散文写作，有没有想过以虚构的形式表现这个世界，譬如小说。

周闻道：我的写作很杂，公文最多，散文、杂文、报告文学和小说都曾有涉猎，但找不到感觉，特别是小说。因此，至少近期没有虚构写作的打算。

朴素：中国散文源远流长，但在当下，散文的境地非常不好。散文专著的出版也很成问题，你怎么看待？

周闻道：中国散文源远流长是真，但要说散文的"境地非常不好"似不切实际，特别是当下。无论从散文流变史看，还是与文学"四分法"中的小说、诗歌、戏剧比，散文都是作者最多、受众最广的。历史上用今人观点可被称为"散文"的东西，大都局限于体制内和文人圈，如古代的散体文、《文心雕龙·论文》中的"笔""文"之分、明公安派的"独抒性灵，求趣求真"，直至周作人、郁达夫引进西方的"小"（小品文）"美"（美文）观，等等。体制中的散文侧重于应用，文人圈的散文侧重于把玩，成为一种奢侈品。因此，历史上相当长时期，散文与大众是有距离的。散文走向大众，经历了两次大解放：一次是"五四"白话文运动，一次是当代网络。可以说，当下散文已真正成为一种大众化精神食粮，包括生产和消费。网络上、微博中、微信中、报刊副刊上，何处不是散文；在车站、码头、飞机上，许多旅客手里捧读的，有多少散文？

据不完全统计，全国现在每年出版的散文集（不含自费未上架部分）有600～800部。相对于其他文学类型，散文专著出版较少。少的原因是难，这也是事实。难主要有三方面原因：一是作品质量。事实上，真正的好作品是不愁销量的。二是市场取向。非文学类读者更喜欢有故事情节的小说，文学类读者又往往盯住名家，大量中间类作品成了被忽略的过渡带。三是阅读习惯。许多读者习惯阅读网络上、报刊上的小块性情文字，即所谓快餐文化，却不一定喜欢捧着一本书。

朴素：以前我们一起做过对新散文的批判，现在观点有变化吗，散文的方向到底在哪里？

周闻道：没有变化。在场批判有个鲜明特点，即真实、善意、建构。在场主义与新散文，出发点和目的都是一致的，那就是促进散文的变革和发展。新散文有两大贡献是不可抹杀的：一是促进散文意识的觉醒。让更多人更自觉地关心散文、质疑传统散文、探讨散文存在的问题。二是促进文体变革。包括题材、语言和叙述方式等。但是，由于仓促上阵，准备不充分，缺乏系统性、深入性、全面性，新散文也确实存在诸多问题：首先是命名失范。什么是新？新是时间概念，还是内容、语言和叙述方式？显然，这是一个临时起意的东西，根本就没有认真思考过，缺乏科学性。其次是缺乏系统理论支持。既无与之相适应的哲学本体论，又缺乏与之相对应的文体本体论和写作方法论，几乎就是几位散文"革命者"随兴而发的几声呐喊。最后是文本试验不彻底。新散文写作者对散文文体创新进行了大胆探索，也不乏成功之作，如周晓枫、张锐锋、祝勇等人的散文，是值得我学习的。但遗憾的是，整体看这种探索没有很好坚持下去，没有形成自己独特的文体风格。甚至还出现了一些越写越长、越写越空、越写越飘的剑走偏锋倾向，因而昙花一现。

散文的方向究竟在哪里，这是个复杂的问题，也许一百个人就有一百个哈姆雷特。要我说，就是有多种可能性。今年6月在海口召开的第五届（2013）在场主义散文奖颁奖典礼学术讨论会上，著名文艺理论家孙绍振的一席话，也许对我们是个启发。他说：

20世纪90年代以来，诗歌和散文都有很大的变化，包括思想含量、历史深度、表现方式等。据我的观察，"五四"时期的散文，周作人把它规定为叙事和抒情，产生了巨大的影响，周作人的功劳是不小的，他解放了散文的生产力，讲究性灵和个性，反对"文以载道"，以至于"五四"时期第一个十年，散文的成就，按鲁迅的总结，是超过了小说和诗歌的，这个功劳不可磨灭。但现在回过头来看，周作人的局限性也是很大的，一味强调抒情叙事，忽略了散文的智性，导致了散文和小品文混为一谈——散文就是小品文，散文小品化。鲁迅所不屑的"小摆饰"比比皆是，甚至被当成正统。时间过去了近一个世纪，历史的检验是无情的，从在场主义散文奖评选结果看，单纯的小品文、以叙事和抒情为主的美文，几乎在第一轮、第二轮评选中就被淘汰掉。这反映出在场写作体现了一种突破单线抒情叙事的套路，历史和现实的审视和文化人格的批判成为共同的潮流，深邃智性的宏大思绪构成一种奇高的骨气，散文审美趋向正在发生改变——由"小品"转向"大品"，由个人转向社会，由内心世界转向时代担当。我们现在评选的散文，拿出去的，就分量、视野的广度、历史深度、思想容量以及表现手法而言比之"五四"时期，可谓有过之而无不及，如林贤治、齐邦媛、高尔泰、龙应台、夏榆、资中筠、金雁、王鼎钧、许知远。就是周晓枫、刘亮程等似有抒情，实际上充满了冷峻的哲理，至于一些新锐的单篇，往往也是情智交融，其历史的深度、思想的容量，都是大大地超越了抒情与叙事的局限的。

我理解，在场主义之所以是方向之一，主要有两点：其一，它发现了散文性，第一次解决了散文的身份问题，让散文从此在自己的界域生长壮大，富有了独有的形式美；其二，它强调在场精神，明确了散文的精神定位、时代责任和社会担当，让散文从狭义的"小"与"美"中解放出来，成为时代的黄钟大吕，富有了厚重的内容美。

朴素：现在的网络文学，以穿越、言情、奇幻、仙侠、修真、官场为主，对这些作品有过关注吗？散文的网络化特色一直不强，是否跟散文的写作类型有关系？

周闻道：对官场小说关注过一些，也曾用散文形式写过一篇《官场词语》，这可能与自己的工作环境有关。对其他的不怎么感兴趣。我不知道朴素兄"散文的网络化特色一直不强"是基于什么判断。前面已谈到，网络与纸媒，都只是载体，而非写作本身。我认为，除戏剧外，小说、诗歌、散文，可能都适合网络写作与传播，不存在所谓散文写作的"类型障碍"。

朴素：2008年3月8日，作为创始人、发起人，你在"散文天下"创立了在场主义散文，六年过去了，形成了很大的影响力。现在回想起来，有什么感触？

周闻道：感触很多。首先，要坚守文学精神。现实很残酷，也很公正，谁都会遭遇大浪淘沙的考验。唯一的救赎途径，就是坚守文学精神。在场主义创立六年来，没有被淘汰，特别是许多核心观念，如流派"三论"、散文性和在场精神，包括散文性的文体特征、在场精神的维度等，经历了众多的质疑和挑战，不仅没有被击倒，反而站立得更坚挺。这不能靠口号，而应当靠科学精神。其次，要有开放的胸襟。在场主义只是我们的一种散文写作追求或主张，而不代表全部散文，更不能以此否定其他散文。比如以抒情和叙事为主体的小品文、美文，或其他形式散文，相信在未来都会合理存在发展。同时，就是在场写作本身，也有多种可能性。我们坚信自己永远在路上，永远没有获得全部答案，以宽广的胸怀拥抱世界。主张与其他一切善意文化二元友好，与不同观点，在基于"真实、善意、建构"的原则下和解。只有百花齐放，百家争鸣，才是健康的文化生态。最后，要有大家的支持。比如在场主义，从创立到发展，都得到了包括天涯社区，"散文天下"网友、广大文学界专家、学者、作家的大力支持；在场主义取得的成绩，是属于大家的，我常怀感恩之心。

朴素： 在场主义散文大奖已经评选了五届，获奖者皆为国内的大家。今后，大奖还会继续办下去吗？如何更好地服务于中国散文的创作，有什么新想法与思路？

周闻道： 在场主义散文大奖的评选，只坚守自己的价值尺度，即散文性和在场精神。是否大家，是否有名气，是年长还是年轻、海内还是海外，都不是标准，不在考虑之内。从实际评选结果看，如果说大家的作品入围相对较多，也许正好反映了文学创作的某种规律，即优秀的作家作品，需要思想文化的长期积淀。事实上，我们评选的散文新秀并不少，他们不仅名不见经传，而且有的才二十几岁，有的只有初中文凭，有的作品还是被我们从自然来稿中发现的处女作。

在场主义散文大奖将继续办下去。办好就是标尺，坚守评选规则，评出具有广泛社会公信力的好作品，就是为中国散文最好的服务。

朴素： 我个人觉得，在场主义的参与度还是有所欠缺，如何把散文作家汇聚到在场主义的写作之中，还有更多的工作要做。

周闻道： 任何事物都不可能是十全十美的，在场主义和在场主义散文奖，都处于发展之中，尚有许多不足。我们在不断地探索、完善、创新，同时也希望听到不同的声音，择善而从。特别是在在场主义理论建设、创作呼应、评论跟进等方面，都还有不少工作要做。在场写作是一项只有开始，没有结束的事业，我们期待更多志同道合的散文作家参与到这一事业之中；也希望借助天涯平台，倾听朋友们的声音，一切批评、建议和意见，都是对我们的关心、支持和帮助。

人是城市中有思想的芦苇

——答天涯社区文学主编朴素问

朴素: 当初是什么原因离开家乡?

周闻道: 离开家乡的直接原因,是因为参加工作。

那时,正值"文革"期间,教育秩序尚未恢复。五年以来的初中毕业生都集中在一起,拥挤在同一个回潮的点上,几乎是1%的比例,全县招了200人。本来是两年学制,校方考虑生源水平参差不齐,增加了半年,为学生恶补基础。就这样钻了个空子,认真读了两年半书。待到快要毕业的时候,中国又出了个"白卷英雄",可怜我们的下一个年级,学了一半又停了下来。这样,前后七八年,我们几乎就成了全县唯一完成了高中学历的学生。但也只是到此为止,不可能直接升大学的,必须补一门必修课,接受贫下中农再教育。农村学生叫"回乡",城里学生叫"下乡",至少要历练两年,才有资格被推荐上大学或中专,谓之跳出农门。我是幸运的,回乡半年,就被招收"自然减员"招进了县委办公室,给县委书记当秘书。那一年我18岁,一切都发生在懵懵懂懂之中。只有跳出农门的欣喜,并无斩不断、理还乱的乡愁。思乡,是后来生出来的"病"。

当然是一种命运的归属。不是具象的,而是抽象的,关乎整个人。细细想想,离家确实是个沉重的话题,要回答,我们面临很多困难。比如,什么是家乡;或者说,该怎么定义家乡。父辈,祖辈,祖辈的祖辈,还是你的出生地，或你从小生活了若干年的地方？上帝在创世时，先开辟的是伊甸乐园，而不是家；然后再创造人。伊甸乐园是整个人类共有的，家是个人拥有的，家乡是一部分长期居住在同一个地方的人，又称为乡亲们的人，共同拥有的。我们心灵的归属，该嫁予谁呢？可能要创立一门地缘伦理学来研究这个问题，建立一种关于人类、祖国、家乡、家的自觉意识和价值体系。其实，我们从李普曼的"公共哲学"，贝尔的"公共家庭"，哈贝马斯的"话语伦理"里，都可以看到这种探索。

我家有本祖传的家谱，上面就明白无误地写着，我们最早的先祖，是生活在一个叫湖北麻城孝感乡的地方，因为大规模的迁徙，来到了这里。虽然那是个遥远而陌生之地，但每当我翻开那本家谱时，幽幽之中，便会生出一种身在异乡为异客的感觉。但是，反过来想，假如再回到那里，就可完全找到心灵的归属吗？难！再进一步问，一个人是死守家乡一辈子好，还是离开好呢？因此，不管是否，或什么原因离开家乡，那并不重要，重要的是怎样，或是否找到心灵的归属。有的人足不出户，也许并不属于家乡的一部分；有的人常年漂泊在外，但他永远是家乡的魂。

想起在《家的前世今生》中写过的一位老师。他云游一生，居无定所，对家乡的理解却是："处处是家，处处不家；不家是家，家是不家。"我相信，那位老师不管走到哪里，身在何处，心中永远拥有自己精神的家园。这样，离家的原因倒不重要了。如果要问：一个留乡者，是否比一个离乡者更幸福，该怎么回答？

朴素：提起家乡，记忆中最深刻的印象是什么？

周闻道：记忆最深刻的，是"一人一事，一山一河"。

人，当然是父母。在我生命的历程中，父母是一部永远读不透的大书，三言两语，怎能说清。不仅仅是养育，呵护、牵挂、奉献，这些几乎都是父母的天职。我理解，父母是你生命中永远不可缺少的元素，是家的根，情的源，爱的巅，是人性中全部意义的世界。

山，是白虎岩。白虎岩在家的右面，所谓"左青龙，右白虎"，这山处得正是位置。当然，这是后来风水先生说的，我记忆中的白虎岩与风水无关，只与放牛割草有关；还有，就是站在白虎岩上，可以俯视山下的村庄、田园、近处的思蒙河、远处的岷江和岷江里的白帆。东山要更远些，总是与天边堆积的云混淆在一起。于是就有了梦，奇形怪状的，飞得不高，只希望与白帆一起远航。

河，自然是思蒙河了，也就是风水先生说的"左青龙"。不过，思蒙河不仅仅在左，准确地说，是从家乡的左面流来，围绕家乡绕了一个弯，汇集于白虎岩下，再蜿蜒而去。传说，本来，思蒙河是拉直走的，是成都平原与西山的一条分界线。为了让家乡的父老乡亲丰衣足食，才刻意改了道。这一改，就从成都平原划出了一块肥沃之地，留给了乡亲。于是，乡亲们叫思蒙河为母亲河，绝不是附庸风雅，而是一种植根于血液的信念。

朴素：最近一次回家乡是什么时候，对家乡的印象如何？

周闻道：最近一次回家乡，是在阳春三月。我和家乡青神县的几位领导，来到家乡，来到思蒙河河畔。面对一带清流和对岸的白虎岩，我们规划争取一部分资金，修一座漫水桥。在我的情感深处，这不是普通的桥，而是一根丢失了的脐带。修复它，是让因河流而分隔的那一块飞地和飞地上的家乡，回归成都平原的怀抱。

印象最深的，是家乡的美，那一种乡土的色，本真的美。正值菜花盛开的季节，铺天盖地的菜花，蔓延成海。白虎岩成了花海中的孤岛，巍然屹立，却摆脱不了那花的沾染；林盘成了大海中的一叶孤舟，被海浪簇拥着，欲静不能，欲进不行。当目光触及家乡的幢幢新楼时，我的心情是矛盾的。一方面，为家乡的发展、乡亲们的富足而高兴、鼓舞。家乡之舟，不能永远停留于农耕文明的口岸。另一方面，又为乡土的丢失、家乡的边缘化而担忧。深深感到，文明与进步，是要付出代价的，就像我们当初的离乡与留守。但是，我们还是要选择进步。

朴素：在现在生活的城市，有人在异乡的疏离感吗？如果有，往往是什么因素引发的？

周闻道：没有人在异乡的疏离感。因为，我现在生活的城市，是1997年才诞生的，作为新区的第一批建设者，我们是这座城市的一个有机组成，与这座城市一道成长。

但是，疏离感是有的。只是，不是人在异乡的疏离感，而是身在现代和城市的疏离感。也许，人创造城市，进入城市，创造物质文明，享受物质文明，就是一种错误，或者异化。我们越来越发现，自己的灵魂，离人性的本原，离这座生活的城市越来越远。为此，我写了《喧哗的孤独》和《七城书》，表达对城市的理解。

引发这种疏离感的，既有物质，又有精神。

城市、工业与文明本身就是一个悖论。人类文明的进步离不开城市和工业，但城市化和工业化又破坏了生态环境，破坏了文明，一天天把生命逼向更加狭小的空间和与生命本质要求相背离的方向；物质主义和消费至上，带来的不是幸福指数的提高和更好满足，而是越来越难以填平的欲壑；理性的胜利，导致了想象力、诗意、象征性、真诚和伦理的沦落。人与社会、人与环境、自然的人与社会的人的疏离感，常常让我们感到丢失，找不到自己。这种更高维度的精神疏离，与是否背井离乡无关。

在《喧哗的孤独》中，我是这样描述这种疏离的生存状态的："回想起来，进入这座城市，成为喧哗城市的一员好几年了。整日来也匆匆去也匆匆，在繁杂忙碌中度过。不经意的某一天，想盘点一下这段人生黄金时段的岁月，想弄清楚自己在这些岁月中，究竟做了些什么，付出了多少，收获几何，竟是一脸的无奈与茫然。突然感到，自己对这座城市的许多细节，竟是如此陌生，甚至怀疑自己是否置身于这座城市，是否属于这城市的一员了。"当然，《七城书》对人与城市的观照，要更系统、全面、深刻些。

因此，我很认同帕斯卡对人的理解。他说："人不过是一根芦苇，一根会思考的芦苇。"

为什么说人是芦苇，不是一片，而是一根？芦苇往往生于水泽之滨，注定了一生命运多舛，饱受风雨。芦苇繁衍力极强，喜欢群居，一根，则表明现实与本性，总是背离的，许多人往往生存于内心的孤独之中。芦苇枝节分明，傲骨铮铮。这也是人的本性。再卑微的人，人性深处，都会有孤傲的天性，即便如阿Q，也会跟赵太爷家较劲；要被杀头了，还强撑着说，20年后又是一条好汉。可是，正是这样的节，这样的杆，这样的傲骨，又铸成了芦苇的致命弱点，那就是空心，面对风雨，枝和叶都是飘的。透过枝节的孤傲表象，深入内里，人生的、宿命的，再大的风云际会，到头来都是空的。空地来，空地去，一切都是虚无。当然，人不是一般的芦苇，不是植物，而是有思想的芦苇。我们曾为这思想自豪。可是，可曾想到，这思想在给我们带来发现、喜悦的同时，也给我们带来了多少烦恼和痛苦！喜悦和痛苦，一个正，一个负，两者相加，和是什么？也许有的仍是正，有的是负，更多的则为零。从零出发，再到零结束，较之于没有思想的芦苇，我们并不是实，而是存在于一个更大的空。

朴素： 空和飘，是芦苇的本质，城市人的本质。将来有回家乡发展或生活的打算吗？为什么？

周闻道： 回家乡发展可能性小，生活有可能。家乡在成都平原西南的一个村庄，父母和小弟保留了两亩田。节假日回家，能到田里拔些青菜萝卜回城尝鲜，是一种幸福；偶尔兴之所至，参与一下播种除草之类，也是一种幸福。这些，都很难与发展联系。几兄弟凑钱，在老家的宅基地上盖了一幢房，500多平方米，一户一套。准备将来退休后，常回家住住。家被竹林簇拥着，有思蒙河环绕，白虎岩相护，空气清新，情感代入，在这样的环境生活，谁能不说是福中之福？

文道无边

经济学视角下的散文

散文写作中的机会成本

一篇散文，就是一个产品，拥有一个物化产品具备的各种要素：生产者（作者）、消费者（读者）、价值和使用价值。

机会成本是经济学中的一个常用概念，指任何决策，必须作出一定的选择，被舍弃掉的选项中的最高价值者，即是这次决策的机会成本。比如，你的手里有一笔钱，你要选择投资。摆在你面前的投资机会很多，炒股、置业、存银行、做小生意等，选择这部分，就意味着必须放弃另一部分。在你放弃的选择中，那个最高回报者，就是你付出的机会成本。一个精明的决策者，无论做什么，都应该是最佳机会成本的追求者。散文写作也不例外。

然而，现实中这个问题却被许多作者忽略。

首先，写什么就是一个选择。人是社会的人，任何一种生存状态，高贵与卑微，富足与贫困，顺利与不顺，都是生命本质的呈现，都可入笔。世象纷繁，唯"自己的"难觅。"自己的"生活，"自己的"生命，"自己的"体验，"自己的"发现，"自己的"别人所没有的唯一。事实上，越是属于"自己的"，越是典型的，越是社会的。用一句哲学术语，就是共性存在于个性之中。当你对视野里的某人、某事、某物产生了兴趣，欣然动笔之时，不妨以一种机会成本的眼光，审视一下落笔之处，看看是否点中了"自己的"了；你捕捉到了什么，舍弃了什么，付出了多大的机会成本。写什么选准了，至少不至于出方向性错误。忘了"自己的"，带着某种目的，急功近利，或"为赋新词强说愁"，只能是一个心灵的缺席者，也就丢掉了成功的基础。

其次，怎么写又是一个选择。从本质上讲，"写什么"是内容，而"怎么写"则属于形式的范畴。文无定法，谁都不敢对别人说，这篇文章该怎么写，不该怎么写。但是，在动笔之前，自己却不应该不对自己问一声，这篇文章该怎么写。事实上，任何一个确定的、具体的题材，可选择的表达方式，包括结构、语言、叙述方式等，都有无限可能性。但我更相信，最优的表达方式只有一个。因此，我总是顽固地认为，一切所谓的"同题写作"，都不过是一种文字游戏，而不是严肃意义上的创作。当题材选定，也许条条道路通罗马，但最佳的道路却只有一条。这里选择的重要标准，应当是机会成本。即在诸多结构、语言、叙述方式中，哪种最能表现这个题材。当然，在实际写作中，任何选择都只能是相对的，谁也不敢保证，自己每一次的选择，都是最佳机会成本。但是，如果我们有了机会成本意识，把盲目变成一种自觉，让形式在场，最终的结果一定会是更好的。

还有，就是要紧紧把灵感抓住。散文写作，是一种特殊的个体创造活动，比经济决策中的其他选择，要复杂得多。写作中的一个重要特征，就是灵感的介入。可以说，任何好的作品，都是灵感的产物。当然，这里的灵感，不是什么深不可测的玄妙之物，而是一种生活的长期积累，偶然得之。作家萧风说，散文"是作者几十年或者十几年的生活经验，在刹那间的爆发……灵光一闪，不可复现"。在散文写作中，要获得最佳机会成本，不妨做一个生活的有心人，注意抓住灵魂发现的刹那间。

散文写作应"枪打出头鸟"

"枪打出头鸟"，是市场经济下产品进入市场的制胜法则。这一法则，对散文写作也十分必要。

散文写作，甚至所有文学写作，都是一种具有创造意义的活动，都是一次发现和创造，是对既有文学市场的一次进入，而不是时下的一些纯商业动机下的文字"制作"工场。按商品的市场进入原则，任何进入，都必须"枪打出头鸟"，才可能抢占制高点，获得制胜权，才能获得成功。否则，必将是"大树之下无大树"，难有出头之日。

这一原理，产生于市场法则。任何新产品，面对的市场都是既定的，封闭的，有一个利益团体；任何形式的进入，都是对既有利益格局的打破，意味着市场将重新洗牌。无疑，这对格局中的成员，都是一种威胁。于是，他们会结成利益联盟，千方百计阻挠。这时，如何进入，不仅仅关系到你的机会成本，甚至还关系到你的成败。所谓"枪打出头鸟"，就是指在市场进入时，应当瞄准本行业的制高点，吃透对手，找准薄弱，知己知彼，出其不意，克敌制胜。这样的胜利，就是制高点上的胜利，就可能是"会当凌绝顶，一览众山小"，就可以获得市场的接受与认同，从而阅尽自己的一方风景。20世纪70年代，百事可乐公司，正是凭着"枪打出头鸟"战略，胜利击败了可口可乐公司，占据了当时的印度市场，成为市场进入的经典案例。

散文写作也是一样。任何一次具有创作意义的写作，都是一次对既有的超越，一种发现，也是一次挑战。否则，就是拾人牙慧，是审美价值的先天不足。因此，必须要有"枪打出头鸟"的姿态，瞄准既有的制高点，发起冲刺。这是艰难的，但我们不得不这样做。

首先要瞄准题材的制高点。题材是构成散文的基本要素，就像人的血肉骨骼。可以说，题材选好了，选准了，就成功了大半。题材的制高点，有多种表现，选好了任何一个，都可通向成功的彼岸。一般说来，在题材选择上，"枪打出头鸟"的形式，主要有以下几种：一是发现。就是发现别人没有写过，没有涉及的题材。这样，就可收到人无我有之效。二是出新。几千年的文化积淀，真正没有被发现的、没人写过的题材很少，新发现的难度是很大的。这并不可怕。即使别人写过的题材，你可以见人之所未见。就像新闻写作，狗咬人不是新闻，而人咬狗就是新闻了。我们要善于寻找散文题材中的"人咬狗"。

其次是瞄准表达的制高点。题材更多的是内容的东西，表达则主要是形式的。没有完美的形式，再好的题材，也不可能有好散文。事实上，事物本质的呈现，是多样性、多维度的，随时间、地点、条件而转移。常温下液态的水，随温度的变化，可以为固体或气体，在一定条件下还可分解为氢和氧。同样的题材，同样的向度，表达也是可以多种多样的，关键是要找到别人没有写过的、真正属于你自己的表达方式。人人都有背影，朱自清却能从父亲的背影中，感受到了父爱的真诚与艰辛；许多人都去过地坛，史铁生却从中表达出了生命的坚韧与无奈。在表达中，语言和技巧充当着重要角色。"枪打出头鸟"的语言，是去掉遮蔽的根性语言，接近事物的本真状态；同样，"枪打出头鸟"的技巧，既不是东施效颦，也不是玩弄花样，而是最能表达此时此事的艺术真实。

再次是瞄准思想的制高点。显然，这里说的思想，不是狭隘的政治承载，更不是某种政治观点、政治说教，而是人们对世界，包括自然、社会、灵魂、生命的认知。由于客观世界的遮蔽性，以及作家个体差异性，散文中的思想，往往表现出多维性、多层性，并不是一切思想，都能抵达事物的本真。作为散文创作，思想性的追求，应当是瞄准同一对象的"出头鸟"。然后，站在巨人的肩上，观照世界的方圆大小。当然，并不是每个人想这么做就都可以做到。往往是作家自身的高度，决定其思想的高度，思想的高度，又决定作品的高度。创作实践中的"形象大于思维"，只不过是虚构技巧下的虚假现象。就像商品市场的假冒产品，由于本质上的虚假，决定了其精神上的虚弱，必然缺少精神真实的力量。

此外，在结构、叙述、文本等各方面，都有瞄准制高点的问题。只有各点都高了，作品才可能整体高。散文写作中的"枪打出头鸟"，其精神本质，就是在散文诸要素中，向制高点看齐，然后超越它。显然，这是个无止境的过程。

语文是伴随一生的风景

回想起来，生命中最忠实的伴侣，当是语文。

来路如烟，相随的语文，淡出浩渺的记忆。从咿呀学语，到涂鸦文字，从童真时缠着妈妈的追问，到后来日复一日，年复一年，写得眼青眉黑的机关公文，或生动鲜活的日常趣事，直至挑战无尽的文学创作，几十年来，语文如影随形，何曾离开过自己半步。当透过岁月的尘烟，发现这一路相伴、不离不舍的语文时，我竟有些感动。

风景，未曾须臾离开我的最好风景。

这是我对语文发自内心的感叹。这风景不仅很美，变幻无限，从不重复自己，而且是我生命中唯一的始终如一，找不到第二。我知道，这是触动了我情感的根系。当然，我所理解的语文，是语言和文字，而不是有的工具书上所说的语言和文学。文学作为一种语言艺术，只是语文的一种境界，或者说高端延伸。两者的属种关系，似乎不能并列。

正是从这个理解出发，我发现，在相当长一段时间内，语文对我而言，首先是一个工具，就像母亲做饭时需要的锅碗瓢盆，或父亲种地时需要的锄头犁耙。这与语言学的定义无关，就是我个人的体会。我用语文与人交流思想，表达感情，把自己融入这个陌生的世界。

说的是童年，我从语言的魅力出发，书写着个人史。

与所有人一样，我的童年是从语言开始的。我第一次向这个世界的宣言，当然是啼哭，然后就有许多有趣的故事。那些故事虽然发生在我身上，却没有让我记住。记住它，反复讲给我听，并在记忆中回味幸福的，是父亲母亲。让我有几分心酸，几分感慨的是，我最早的话语，竟然不是"父亲""母亲"，而是"出工了"和"豆腐"。

"出工了"，来自生产队长的吆喝。那时还是人民公社，集体化劳作。每天早上天刚蒙蒙亮，生产队长就吹着哨子，挨家挨户喊出工了，出工了。然后社员们就揉着惺忪的睡眼，懒洋洋地起床出工，栽秧打谷，挑粪翻地，夏天晒脱层皮，冬天披身雪。一天十多个小时，父亲母亲挣来八分钱一个的劳动工分，可以为读书的姐姐买两本作业本。

"豆腐"，则出自张二娃的叫卖。张二娃的母亲脚部有残疾，父亲是泥水匠。为了养活一家老小五口，他父亲跟着包工头走乡串户，帮人修房造屋。虽收入微薄，日子还勉强能过。读书的张二娃也争气，从小学到中学，学习成绩一直在班上名列前茅，成了全家的希望。可在一次施工中，他父亲从屋脊上摔了下来，摔断了腰椎，成了个植物人。一个本来就风雨飘摇的家，一下天崩地裂。张二娃打算辍学回家，帮助妈妈支撑这个家，妈妈坚决不肯。后来母子俩商量，决定母亲利用唯一的手艺——磨豆腐补贴家用。母亲做好豆腐后，张二娃一早挑去卖，然后再去上学。于是，不管春夏秋冬，还是刮风下雨，村里一早就有了一个略带稚气的叫卖声，"豆腐，豆腐，卖豆腐呀"。这声音与生产队长的"出工了"交织在一起，压过了晨早的鸡鸣。

母亲说，我还不到一岁的时候，有一天早晨，天还没亮，我突然醒了，也没哭闹，也没要吃奶，而是自个自地喊出一声"出工了"。没过几天，同样的情况，又叫"豆腐"。后来，还多次反复地叫这两个词，口气声调，都极像生产队长和张二娃。就这样，"出工了"和"豆腐"，成了我与这个世界对话交流的开始。

从对语言的学习掌握和运用中，我缩短了与世界的距离，让自己成为这个世界的一部分，还从中收获不少智慧和乐趣。

记得，我刚到县政府办工作的时候，老主任在传帮带时，就给我讲了一个因语言表达不妥，而给工作惹麻烦的故事。他说，有一次在县人代会前，县府办召开民主人士座谈会，征求对县政府工作报告的意见。因秘书随县长外出调研去了，他就叫办公室通信员小宋顺便招呼签到，并特别叮嘱，县委研究室的胡主任和县农委的门主任，是特邀参会领导，要重点招呼，一旦到了就马上报告。小宋文化不高，平时只负责茶水卫生，一下接受如此重任，既感到领导信任的光荣，又有几分紧张。他一直坚守在会议室门口，注视着到会的每一个人。虽然那些民主党派人士他不是很熟悉，但领导特别交代的两位大主任，他是熟悉的。只要把参会主要对象招呼照顾好了，一般就不会出现大问题。小宋在政府办工作多年，见了那么多，这点经验还是有的。

眼看开会时间快到了，开会的人已到得差不多了，只有县委研究室胡主任还没到。小宋有点着急了，站在会议室门口嘀咕，怎么该来的还没有来呢。谁知，这话被一位刚到会的人听见。只见那人脸一沉，狠狠盯了小宋一眼，转身就愤然离去。小宋正丈二和尚摸不着头脑时，县府办主任到了，问签到情况。小宋如实报告，在场的县农委门主任说："刚才我不是看见县委研究室刘副主任来了吗，怎么又走了？"小宋这才知道刚才走的那人是刘副主任，紧张加条件反射，几乎是脱口而出："哦，不该走的，他怎么走了呢？"这下轮到先来的门主任生气了，半开玩笑半认真地反问："你的意思是，我们该走的没有走？"县政府办主任赶紧解释："哪是这个意思呢，大家见谅，见谅。小宋不会说话，大家都是我们请来的贵客哩！"县政府办主任又马上给县委研究室打电话解释半天，事情才平息。

从语言到文字，即语文进入我的生活，不仅是读书的开始，更是我对语言认识的升华。随着学习的深入，我逐渐发现，语文在很多时候，是一种意义表达和修辞；它的实际存在，比语文这个词的出现，不知要早多少年，只是没有人说出和命名而已。在这里，我体悟到了语言的魅力、文字的魅力、汉语的魅力、语文的魅力，更感受到了符号学的意义。

我发现，符号学不仅是意义研究之学，还是人类有关意义与理解的所有思索的综合提升；而语文，就是其中最重要的家族成员。

几乎是伴随我对文字的走近，符号学鼻祖、瑞士语言学家索绪尔走近了我。他在开创现代语言学先河的同时，也铸就了自己的价值。他发现，世界上几乎所有的语言，在演变为文字时，都是从符号开始的。例如英文的"tree"，其发声及串字组合，便约定俗成而被指涉为"一种以木质枝杆为主体的叶本植物"。而汉语中的人，就是一个人的站立姿势；家，则是众人共栖于一个屋檐之下，相携相惜。前不久到云南丽江采风，我发现纳西族的文字，至今仍保留了象形体系，类似于汉语中的甲骨文。因此，在语言学家皮尔斯看来，文字更是图像、标志和象征的东西，它的背后，是语言承载的意义。语文就是一部活着的历史。"概念无内容则空，内容无概念则盲"，翻开语文的历史，我们看到的是康德的哲学命题。正是在这里，语言哲学奠基人维特根斯坦也不得不感叹，用汉语写作是幸福的。

我在汉语的幸福中走进语文。从点、撇、捺开始，由声母到韵母，再到它们变化万端的组合中，进入语文的奇妙王国；从小学、中学、大学，到汉语言文学研究生，从字、词素、词，再到词组和句子，然后是缀字成文。形形色色的文章，最后落脚到了表达、意义和修辞，我既感受到风光无限，其乐无穷，又体味到跋涉的艰辛。

艰难在文章。当语言与文字融合，承载表达、意义和修辞，就成为语文的高地。

据说，"语文"一词最早的含义，就是"中国古今书面语言作品"，即"文章"。这个说法我是认同的，因为感同身受，它见证了我生命中无数的酸甜苦辣。

一直到高中前期，我的读书历史中，语文是最差的；一说到作文，我就头脑发懵。读书使我逐步掌握了语言和文字，却没有破解语文的奥秘，不能写出好的文章。其他各科常常都在90分以上，唯语文像长不出头的矮子，我甚至产生对语文厌学的情绪。班主任杨炳书老师偏偏又是教语文的，多次提醒我解决偏科问题。我不得不硬着头皮往语文里钻，看名著、抄精彩句子、背成语，不是生吞活剥，而是注意去悟、去思、去练，从汉语的表形、表意、表音中，揣摩表达、意义和修辞的关系，直至形成了一种语文洁癖，语文成绩得到了提高。

因为作文好，高中刚毕业，我就被选调到大队、公社当施工员、农技员；一年后，就直接被招干到县委办，给县委书记当秘书。那一年，我19岁。

从此，我开始了长达20多年的公文之旅，大到党代会、人代会工作报告，领导讲话、请示、报告，小到决定、决议、议案、合同、纪要、简报、命令、公告、批复、通知和新闻稿，直到相关文件规定的15种公文种类，一个个弄得滚瓜烂熟，运用自如。一万多字的政府工作报告，我可以熬个夜写出初稿；一般性的领导讲话、工作简报、工作总结之类，我可以叫来打字员，以一分钟180个字的速度，口授而文，边说边打，二三十分钟搞定。在香港当《信报》《商报》等主流媒体财经专栏作家时，一篇两三千字的财经评论，我可以在下班之后斜倚床头，铺上A4纸，提笔而就，两小时完成，保证第二天见报，从头到尾几乎不改一个字（那时还不会电脑输入，也无法修改）。

我越来越注意表达、意义和修辞的融合，力求在语文之美中，最好地去呈现意义。甚至某一个遣词造句，我都会注意该用什么结构的词更合适，是主谓、定心、状心，还是动补、状补；我会自觉分析判断，在什么语境下，该用人名、地名、单位名，还是方位名、时间名词做句子的主语更恰当，而其他的定语排列，该依什么次序。我会因结构或时态助词的使用不当，耐心地修改下属送来的稿子。

我曾经以为自己行了，语文的表达、意义和修辞。其实不然，我还差得远。一个合同文件，就让我汗颜至今，往事如刺，不堪回想。

一位办厂的同学，文化不高，冲着我在机关工作，懂政策法律，是小有名气的笔杆子，叫我给他起草一份项目施工合同，他是甲方。没有理由推辞，加了一个小时的班，我就自信地交了稿，还开玩笑说要办招待啊。可是，收到文稿的同学，似乎没有我想象的感激不尽和惊喜，如石沉大海。过了几天，同学说请我吃饭，我还赶紧说"开玩笑的，你也当真"。同学回答："不，不是那个意思。这合同还有些问题，需要向你讨教哩。"见面后，同学直言："俺把你当哥们，才如实告诉你，千万不要跟别人说啊。俺这项目的投资不够，施完工后，工程款肯定要拖欠。为了防止施工方追究责任，赔偿损失，这合同有两个地方必须要修改下：一是在付款时间那里，加个后字；二是把'项目验收后30日内结付'，改为'结账'。这样，可防止到时被动。"我上下打量着这位昔日老实本分的初中同学，怔怔了半天。

这件事对我的触动很大。我突然感到，自己学的那些修辞是多么苍白与肤浅。语文的真谛，或理想的表达、意义的呈现，是在思想和智慧里。这样的境界，不仅是在语文的无限可能里，更在词语和文本之外，在丰富的生活里。文学写作尤其如此。

是的，文学是语文的更高境界，是语言对意义的艺术表达。

在对文学的研究、散文的探索中，我发现了语言的遮蔽。这种遮蔽，既体现在我们习以为常的体制语言、习惯用语、成语俗语里，也体现在现实的网络语言、外来语、随意的生造乱造之词，对母语的肆意侵害之中。汉语独特的表形、表意、表音优势，被遮蔽在污秽的陋衣里。于是，面对古老而年轻的语文，我们发出了强烈的呐喊：汉语回归，以在场主义的名义。不是回归到哪个权威的定义，也不是回归到所谓名家的经典里，而是回归到汉语本身，回归到语言的本真里，追求汉语本我表达的极致之美。当然汉语是不断发展的，不会停步不前，但汉语的发展演进，必须遵循汉语表形、表意、表音的基本规律，以捍卫语言和语文的纯洁。

在文学的圣地，作为语言艺术，在场写作中的语文，已不是简单的工具，而是一种存在方式。而任何存在，都具有无限的意义。我把语文的表达，指向了艺术的境界。在叙事时，不仅关注意义的发现，也关注意义的呈现。追求"汉语回归"，力求用本真语言，表达本真的世界，让存在的意义最好地显现。主张元叙事，或零度叙事，对主观的抒情、形容词和叙事过程中主体的意识附加存疑。因为所有的意义，都是客观存在的，作家的作用只能是发现和呈现；抒情和形容，说明你没有找到最恰当的语文表达。我甚至对汉语表音的功能也不放过，注意叙事语言的本真之美、韵律之美。比如，除了拒绝形容词、成语、生茧的语词，从福克纳、卡夫卡、詹姆斯·乔伊斯的文本中我还发现，在表达极度悲愤、忧伤、压抑内容的时候，使用长句子有奇特的效果，而明朗轻快的短句，会更好地表达美丽的心情。

　　语文表达的最高境界，无疑是苏东坡所说的"辞达"。我理解，所谓"辞达"，除了对意义的发现，就是用最恰当的语言，表达恰当的对象，呈现最充分的意义。

　　风景依然，语文的修辞与技巧，只是雕虫小技。

浅谈散文的情感审美

——读李淑珍的《简单爱》

还是在鸡年早春，李淑珍寄来她的随笔集《简单爱》，并嘱咐"提点意见"。我回答不敢不敢。一来琐事缠身，断断续续地读，并未静下心来；二来先入为主，一见那书名和目录，脑子里便闪现出"小女人散文""心情文字""心灵鸡汤"，甚至"无病呻吟"之类与在场主义格格不入之词。

把书一丢，不知不觉两年多过去了。

当某个闲暇之夜，偶然发现那本仍静待于床头柜上的书，竟突然涌起一种少有的内疚。再轻轻翻开，竟有了一种别样的感觉。审美，审丑，审智；爱的哲学，哲学的爱；简单的崇高，睿智的简单。我搜索所有与书的内容相关的词，试图从中找到一个，来恰如其分地为这本书的精神命名，都不尽如人意。最后还是床头那本非文学的黑格尔的《美学》让我眼前一亮，为我解了围。

我从中发现了一个词：情感审美。

是的，从情感审美的角度去解读李淑珍的《简单爱》是恰当的。至少我是这样认为的。这个判断包含三层意思：其一，它是情感的。从书名到内容，这都是一本彻头彻尾的情感书，爱情、亲情、友情、人情等，都一一被作者邀约而来，娓娓而谈，如不二闺密，又似知心大姐。所有情感烦恼，都豁朗，心静神宁。其二，它是温暖的。这不仅是一位步入中年、在情世间曾经沧海的"过来人",对"情为何物"的经验问答,更是一位贴心大姐的心灵物语。其三,它是睿智的。从某种意义上说,这种睿智既具有审美的艺术品质,又富有鲜明的个体的生命色彩,是一种个性化的情感审美的"艺术哲学"。

黑格尔的情感审美观,首先是针对音乐提出的。他认为音乐是浪漫型艺术,是精神或心灵凝视内心的呈现,"情感是音乐特别要据为己有的领域"。亚里士多德也认为,审美情感由习惯和艺术熏陶养成,并可影响他人。悲剧、喜剧可唤起人的怜悯、恐惧、悲欣、狂喜等情绪,使人的情感得到陶冶和净化,获得精神享受。但审美的本质是认识。因此,情感评判"既受对象的制约,又受知和意的制约",具有局限性。有人将造型、诗歌、艺术与音乐,在情感审美中的差异进行了比较,认为音乐是通过富于精神性的音调和音乐语言刺激听觉感官,引发某种相对应的心理活动,"传达"或"交流"情感;造型、艺术通过空间形态的描绘传达情感;诗歌则是通过语言中的语义、韵律表现情感。

那么,散文呢?或者说,散文的情感审美怎样体现?亚里士多德没有说,黑格尔也没有说。令人欣喜的是,李淑珍的《简单爱》至少为我们提供了一种参考可能,即便它也许还难免还有点稚气,甚至不成熟,却是难能可贵的。

《简单爱》的情感审美首先是日常的。按照审美规律,情感审美当以日常情感为基础。刘勰在《文心雕龙》中说,"人禀七情,应物斯感"。即人是有七情六欲的,人们在日常生活中,接触各样人事物,必然会产生内心的价值评判和情绪波动。这既是情感产生的基础,又是情感审美的出发点和朴实呈现。《简单爱》从书名,到整体情感基调,都建基于此。其中的许多篇章,如《爱在今生》《淡然行走》《人到中年》《父亲母亲》《童心》《在路上》等,都是从日常起笔,在日常工作、生活、家庭、交往中审视情感,抒发情感,探索情感的可能,发现情感的秘密。正是在这里,我们从《简单爱》中既看到了日常情感的质朴无华,又看到了一种净化和提升了的、具有审美价值的情感光华。

比如，从日常中抒发爱生活的情感，呈现生活美学："鸟儿以甜美的歌唱，迎接春暖花开的时节。花儿以最美的姿态，绽放春暖花开的模样。冷寂了整整一个冬天的大地，焕发出青春的活力。"（《春暖花开》）又比如，从日常琐碎中呈现生活的真实和质感："因为鸡毛蒜皮的小事吵得面红耳赤，又因为锅碗瓢盆的奏乐重归于好。"（《爱在今生》）最后，回归到人类爱的本质："简单爱。用你的真心换我的真情，用你的付出回报我的给予。"（《简单爱》）

《简单爱》的情感审美历程是渐进的、无止境的。它像登一座高山，只有在不断攀升中，才能领略到更美风景。区别在于，再高的山也有顶，也会有"会当凌绝顶，一览众山小"的绝美一刻。情感审美却没有顶。因为世界是复杂的，情感也是复杂的，人对世界包括对人、人性、人的情感的认知，也永无止境。真正的风景就在途中，就在遇见和遇见中的感悟，并从中发现情、领略情，审视情感，在情感审美中获得身心的愉悦和情感的释放。

情感审美渐进的过程，就是情感在审美范畴中净化和提升的过程。这个过程的一个重要特点，就是情感由日常自发的、接近于人的生理快感和个人功利的身体愉悦，逐步上升到接近人精神层面的、超越狭隘个人功利的、具有审美意义的精神愉悦。这种转化，有时需要一个漫长的过程，有时可以是长期积淀，顿悟。"青春已是梦，唤也唤不回。美丽已减分，华发已生出。唯有成熟与睿智是四十岁女人独有的。生活的磨难已将少女的娇羞，幻化为中年女人的典雅。高贵的气质，透着一分洒脱。"（《四十》）此时，爱的意义、爱的价值、爱的标准，都发生了情感审美转变。就像《简单爱》中所言："年轻时，不懂得爱，以为爱就是最浪漫的过程，就是朝夕相处，情意绵绵。成年后才明白，爱原来就是相互理解、相互包容、相互给予、相互付出。"

如果说，初始的情感审美具有稚涩的特点，那么，成长过程的情感审美，则具有了生长之美、成熟之美、理想之美。这样的情感，去除了许多浮躁、虚妄、虚假的遮蔽，闪耀着成熟的审智光芒，不仅更可靠、更笃实，也更真实美丽。

情感审美的最高境界是审智，即用睿智的眼光，发现爱的真谛、爱的经典，让情感在审美中升华为崇高的、美的精神哲学。不能说李淑珍的《简单爱》达到了这个境界，但也无可否认，书中的不少文章中的一些观点，确实闪烁着审智的光芒。在《雪落无声》中，作者是这样辨析爱与生命的关系的："生命是一趟有去无回的列车，只知起点不知终点。没有多少时间留给我们浪费，更没有重生的机会留给我们逍遥。"这里的每一个判断，都不是假言的，而是实言的，且审美空间很大，每个人都可以从中寻找自己。既然如此，我们还有什么理由与自己过意不去？无论是工作、生活、事业，还是感情，都不要太苛求自己。"说不定在我们羡慕嫉妒恨的时候，别人也在暗暗羡慕我们呢。"这不是阿Q精神，而是情感审美达到一定境界后，内心的淡然、超然，是精神对世俗的超越。

在李淑珍的《简单爱》中，对崇高情感返璞归真式的"简单"呈现比比皆是。比如，"感情的事，不必过于执着。怦然心动，有时会是一种错误。唯美的画面背后，也许会隐藏着深深的伤害"（《学会原谅》）。又如，"真爱无言，不问结果，只为此生千金一诺的期许"（《真爱无言》）。再如，"怒放的生命是一团火，燃烧了我们的世界，为谁辛苦？为谁忙？老人开心我们才会快乐，孩子健康成长我们才会安心"（《怒放》）。又回到中年的日常。"曾经渴望拥有一对像鸟儿一样的翅膀，可以自由地飞翔，实现心中的梦想。现实击碎了梦幻，还原了真实。于是，不再想飞。"如此等等，不一而足。

宽容是性别差异、缺点、外表和年龄的格言。这里说的是当情感审美达到一定的境界时，它会有一种融化一切差异的力量。鲍德里亚在《致命攻略》中，则从反面说明了同一道理："当我们认为自己完全正确，他人完全错误时，愤怒和急躁便会滋长，不宽容会以最极端的方式撕毁一切意义。"这里实际上说明了情感审美中的包容问题。世界不完美，别人不完美，自己也不完美，但包容让这一切都可以实现完美。这是审智状态下，情感审美的一种境界之美。

我们看见，李淑珍作品的情感审美，从原初的简单出发，经过岁月漫长的磨砺和从日常的身体到精神的升华，最后又回归为简单。这不是简单的重复，而是哲学上的螺旋式上升，是否定之否定。在这个过程中，情感实现嬗变，岁月中积聚下来的一切差异、分歧、积怨、仇恨等，都得到和解。这正好应验了英国现代哲学家罗杰·斯古特所说的"和解和宽恕是道德成熟的标志"。

大爱如简。简而不浅，简而不俗，简而不庸。"简单地生活，简单地思考。注定不能改变什么，就去顺应什么。"《简单爱》，其实饱含了爱的秘籍。

对象，意象，气象

——袁瑞珍散文"三观"浅观

坦白说，平时文友赠书及购书较多，许多书我并没有认真阅读，便收藏在书架上，需要时可随手而得。

包括袁瑞珍的《穿越生命》。

是要参加这本书的研讨会，我总得在会上说几句，也不能信口开河，才不得不临阵磨刀，花了点时间，把这本书从书架上抽出，从序、附录和后记开始读。这是我的阅读习惯，可省时省事，因为从别人的阅读感知中可寻找捷径。可这次我错了。不仅没有省时省事，还出现了近来阅读中少有的欲罢不能的情况。

我快快阅读，从占据全书近一半的《穿越生命》开始，从袁瑞珍散文的对象、意象和气象"三观"入手，走近她的审美世界；再从她的文本，思考文学的介入与在场写作的多种可能性。

对象。任何作品都有一个对象世界，这个世界是你关注的目标，也是你写作的动因所在。对象世界不完全是题材，还包括题材背后的整个意义存在，是文字指向的意象世界。

袁瑞珍的这本书由三辑构成，第一辑《穿越生命》是全书的重点，也可以说是灵魂。作品通过作者一家人救治患血液病的璐璐的过程，呈现了人性之美好、道德之崇高及爱的伟大。这是作者所要表达的思想内涵，也是作品奉献给社会的精神资源。

第二辑《悠悠心曲》，可视为作者的心灵简史，它通过庸常的琐碎呈现出来。其中，既有对飘落在田野中的青春的追忆，也有与女儿闺蜜般的凭海对白；既有地震中的惊魂一刻，又有徜徉书海的精神放逐；既有高原秋韵的灿烂瞬间，也有墓前独语的肝肠寸断，或者自然山川的行走思考，感物抒情。在这些生命留痕中，作者或直观，或静思，或感悟，以文字让思想外化，每每让人看见电石火光般的精神火花，哪怕照亮一段路，一方天，也觉得拥有笃定的自信，或怡然。文学的审美功能，在不知不觉中已经实现。

第三辑《山水行吟》，实际上是作者的足旅履迹。在中国传统的进德修业中，行万里路与读万卷书具有同样的意义。作家的纵情山水，与一般人的游山玩水区别在于，作家是在场的，不是停留于风景表面的美丽。而是用灵魂贴近对象，用心与自然事物沟通，深刻地了解对象，然后从中发现背后的人文意义。当作家把这种发现付诸文本，山水就成了一个审美标本，具有普遍的精神价值。事实上，在这一辑中，无论是喀纳斯湖、摩崖佛龛、大漠戈壁，还是黄河、丽江，在作者文字里，都富有了很强的主观色彩。

三辑内容虽大异其趣，但在精神层面，又是融会贯通的。它们的共同特点，都是作者亲力亲为、用心感知的对象世界；而且，内容大都是日常生活，甚至有些琐碎，没有所谓"宏大叙事"。作者的书写，让客观的对象具有了精神的意义，让人们在阅读作品时，能够感受到一个有别于原貌的形而上的世界。这样的场写作，让人感到格外亲切。

意象。所谓意象，就是意义形象。散文作为一种抒情叙事文体，在表达意义时，既不是像小说那样以故事和人物，也不是像诗歌那样用韵律与格律等，而是用形象。特别是篇幅较短的精美散文，如果寻找到了一个好的意象，必将大大增强审美表达效果。在阅读《穿越生命》时，我先曾为意象的缺失而遗憾。但当我一篇篇往下读时，逐渐发现了个中秘密：袁瑞珍采用的是"意在象外"的手法，用一个贯穿始终的"情"，来表达对对象世界的发现。再用这个"情"去品读她的作品就会发现，无论是数万字的长篇，还是几百字的短章，无不触摸到那个"情"的涌动：亲情、友情、爱情、人情。

在这个"情"下，从全书到单篇，文脉一下打通了。

气象。文学作品的气象，是通过作品叙事流和意象所呈现出来的境界、格调和气势。无疑，《穿越生命》的气象是开阔的、大气的、高尚的，呈现一种情到深处见崇高的浩然之气。包括：

情的气象。无论在撕心裂肺地书写抢救小孙女生命的漫长过程中，还是与已经成人的女儿"面朝大海，春暖花开"式的礁石对谈中，或者艰难而充满激情的知青岁月，袁瑞珍都悲喜自若，从容淡定，把深深的情受控于一种笃定的隐忍，"不为物喜，不为己悲"，看不出任何"小女人"散文中常见的矫情、狭隘与小气。哪怕是璐璐确诊时的晴天霹雳、四处求医无效的焦急、生命垂危时的绝望，以及安葬时的肝肠寸断等，面对这样许多人的难以承受之痛，作者对情的把控，也表现出了极大的节制与隐忍，仿佛这些灾难不是发生在她的身上，她只是一位冷静的旁观者，在给你讲述一个悲剧怎样毁灭世间美好的故事。这种抒情的节制与隐忍，不是对情的扼杀与压抑，而是升华。这与其说是一种散文的气象，不如说是一种做人的气象和教养的力量。

爱的气象。爱是人类最珍贵的精神现象。文学作为人学，当然离不开爱。但不同的爱，往往呈现出人的不同境界与格调。《穿越生命》书写了复杂的爱，包括祖孙之爱、母女之爱、夫妻之爱、父女之爱、同学之爱、师生之爱、社会之爱等。通过这些错综复杂的爱，让我们看到一种与众不同的、令人生敬的爱的崇高气象。

最令人崇敬的是忻诚、张冀、紫影与璐璐之间的情感纠葛。

这是一个重组的特殊家庭，忻诚与紫影是现任夫妻，张冀与紫影是离异夫妻；紫影是璐璐的生母，张冀与忻诚分别是璐璐的生父、养父。小璐璐一场突如其来的大病，把两个本已各立门户的家庭又扯到了一起。面对灾难，我们没有看到"大难临头各自飞"的丑陋，没有看到许多离异家庭中常出现的仇恨、狭隘、怨艾、尴尬、纠缠、推诿、躲避，而是关爱、救治、尊重、付出、责任与大爱，及对他人的着想、体谅。人性的美、爱情的美和亲情的美，都在一场特殊的生命灾难与人生际遇中登场。

文的气象。作为文学的介入，是依靠语言来实现的。呈现存在的意义，传达世界的终极价值，都离不开语言。文贵质朴自然，语言的最高境界是苏东坡说的"辞达"。散文尤其如此。散文对语言有很高的要求。袁瑞珍散文语言的最大特色，就是质朴自然，并因此而构成了《穿越生命》的文字气象，主要通过三方面表现出：

一是叙事的质朴。书中的文章，包括洋洋六万字的压轴篇章，都没有大开大合的"宏大叙事"的痕迹。甚至叙述手法，也大都是采用传统的顺序、插叙、倒叙之类，没有花样翻新的创新。读她的文章，犹如在秋日的午后，抬两只木凳坐在阳台，沐一身阳光，听邻家大姐唠家常；或者怀着一身的好奇，步入春天的原野，踏着未苏醒的朝露，与一些刚刚发芽的青草相携而行，追逐梦的远方。

二是文字的质朴。海德格尔提出的"语言是存在的家"，表明了语言与存在的不可分割，语言与存在"同在"。哲学要求的语言不是日常的语言工具，而是更具体、更实在的语言，是"在""同在"的"语言"。追求汉语回归和语言表达的极致之美，学会最具感染力的表达、最让人无法抗拒的言说，是一切尊重并敬畏语言的作家所追求的目标。显然，袁瑞珍也在为此努力。在她的散文中，我们看不到华丽的辞藻、夸张的形容、过度的修辞，所有语言都是文字原生态的，就像从生活中信手拈来，带着自己的指纹。可是，她通过自己营造的语言王国，又把自己想要表达的都表达了。

三是抒情的隐忍。《穿越生命》中，各种复杂关系的情都娓娓道来，既以真动人，不肆虚假，又有一种于无声处听惊雷的震撼，让人在不知不觉中，顺着她的叙事流，进入她的情景框架，直到被她俘虏。这种隐忍的抒情，谓之冷抒情，是散文"拒绝抒情"后，情感表达在更高境界层面的回归，是在场写作追求的抒情气象。

更重要的是，我们在这种隐忍的抒情中，似乎只看见"痛"，而没有看见"恨"。"不应有恨，何事长向别时圆"。这是苏东坡的痛，也是袁瑞珍的痛。心肝宝贝似的小孙女遭遇如此不测，各方的大爱叠加于身，却又无可奈何，目睹一个美丽生命的一步步被毁灭。现代医学、医疗体制及其背后的社会病灶，难道就没有让袁瑞珍及其亲人有"恨"的东西吗？不可能。但作者对此好像"视而不见"，把全部的痛概由自己承担。在《穿越生命》中，对刚得知璐璐可能患血液病时的震惊与无措，她是这样叙述的：

"戴一副黑框眼镜的男医生面无表情地对我和女儿说：'这小女孩的血常规不正常，血小板只有17，正常人应该在100～400之间，太低了……恐怕是血液出现病变。'我和女儿瞬间似从云端跌入低谷，傻了般目瞪口呆。一种不祥的预感袭来，'莫非是白血病？我的孙女得了白血病？'女儿跌坐在椅子上，早已哭成个泪人。我的嘴唇颤抖着，想对女儿说什么，却吐不出一个字。"

是的，只有痛，没有"恨"，就像一再受挫，有满腔的痛，而从未曾有恨的苏东坡一样。我想，也许是作者长期接受正统教育，囿于思维，或碍于身份，不愿去触及这个当下的痛。也许是作者故意隐忍，怕放逐的情感难于收拾。罗杰·斯古特在《现代哲学导论和概览》中说："报复社会未尝不可。因为，这个上帝创造的社会让你感到被驱逐。和解和宽恕是道德成熟的标志。但当你进入批判状态，无法向前并超越批判，解放者的诱惑就难以抗拒。那么，就毁坏神圣的真理'。"①我们从中看见的不仅道德成熟，还有崇高与大象。

袁瑞珍散文无论在对象的把握、叙事的风格、意义的发现，还是文字表现等，都有不俗的表现。当然，如果能以更加在场与介入的姿态，把书写放置于更广泛、深刻、复杂的社会环境，去除现象的遮蔽，从源头上追索与发现悲剧的成因，把个人的痛与社会的痛的脉络打通，并寻求疗治之策，文章会有更加宏阔的气象与意义。叙述的简洁也会更加增添文章的艺术美感。这是需要我们共同努力的。

---

① ［英］凯文·奥顿奈尔：《黄昏后的契机——后现代主义》，王萍丽译，北京大学出版社2004年版，第148页。

蚂蚁的内心地图

——陈立《静待繁花》[①]序

读陈立的散文，有如解读她的笔名——乡下蚂蚁，并因此而走近她的生活，走近她的心灵世界，在她的内心地图上，感受世间的爱与幸福快乐，寻找生命的意义。

我在既有的思维定式中蚂蚁是渺小的、萎缩的，甚至丑陋的；与蚂蚁有关的成语也大都是负面的、贬义的，诸如"热锅上的蚂蚁""蚍蜉（大蚂蚁）撼树""千里之堤，溃于蚁穴""蝼蚁偷生"等。这是多么大的无知与误解。原来，蚂蚁是一种少有的具有社会性生活习性的昆虫，从蚁卵、幼蚁、蚁蛹到成蚁的各个发育成长阶段，都体现了一种责任与分工的社会性精神，在工蚁身上尤为充分：工蚁刚发育为成蚁，就自动担负起照顾幼蚁和蚁后的责任；稍微成熟便开始挖洞、筑巢、寻食、储粮；遭遇外侵时，它又义不容辞地充当兵蚁，迎战保家……

我想，陈立以"乡下蚂蚁"作为笔名，是有考虑的；这种蚂蚁精神似的柔弱、大爱与责任，体现在她的作品中，成为她内心地图的光亮。陈立以此落笔，点化生命。

《静待繁花》所写的不是社会热点、国家大事、大众关怀，不是所谓

---

① 陈立：《静待繁花》，四川民族出版社 2019 年版。

的宏大叙事。因此，陈立的散文没有麦吉尔所说的"无所不包，具有主题性、目的性、连贯性和统一性"，也不是罗斯所说的是一种神话的结构、政治结构、历史的希望或恐惧的投影。当然，也不是所谓"小女人散文"。陈立虽然也是位"小女人"，但她的作品并没有通常所说的"小女人散文"中的风花雪月、儿女情长、梧桐细雨，没有"寻寻觅觅，冷冷清清，凄凄惨惨戚戚"。

陈立就是陈立，陈立只是陈立。

陈立的散文，写的大都是凡人琐事，包括亲情类的，比如写父亲、母亲、姑婆、表嫂、女儿等；闲适类的，诸如小酒馆听歌、聚乐城聚会、追忆城南旧事，聆听张贵全诵诗、"女巫师"棱子传道、张生全讲小说、一个人看电影，夜晚悦读遐想；游历类的，比如幸福古村漫步、玉湖岚山观景、山东览胜、日本之行思考等；职场类的，比如三任校长关爱、课堂历练、领导对谈、工作乐趣等。

值得欣赏的是，陈立写凡人琐事，并不是对一些凡人琐事的罗列，不是家长里短的唠嗑，而是用她乡下蚂蚁式的独特审美视角，发现并品尝凡人琐事中的真善美，进而呈现生命和生活的意义，爱的珍贵与真实。

凡人不凡，琐事不杂，构成了陈立散文的重要特点。

亲情是陈立内心地图上的重要坐标，也是她爱的重要寄托。《我的父亲》写的是父爱，陈立用欲扬先抑的手法，写她与父亲的情感经历；是在那个特定年代（计划生育），一个乡村教师与超生女儿在特殊环境下形成的"怨"。

父亲的怨，源于求子不得，此女却来；陈立的怨，源于对父亲怨的表露与敏感。两怨交织，构成了陈立相当长的童年记忆。甚至在叙述这段往事时，陈立都没有用"父亲"一词，而是用带疏离感的第三人称"他"："出生前，他大概希望我是男孩，名字都取好了，可我偏不是，一落地就伤了他的心。为了躲避小分队的检查，他把我丢进尿桶。我哪敢吱声，小小的躯体浸泡在酸臭的液体里，在黑暗里漫游。小分队的人走远了，我大哭起来，他才一把把我捞起，叫我'臭丫头'。"一切由此注定，似难改变。

　　父女之情当是世间最真实、最可靠的情，为什么在陈立父女这里就成了一种怨？表面上看，这种怨的根源在她父亲，实际上是在时代、在中国千年的封建文化积习。这就让这种怨超越了个人情感的范畴，具有了历史时代的意义。莫言在《蛙》中，以魔幻现实主义手法，揭露了这种怨的不合理性，陈立用父女之怨，异曲同工。

　　当然，陈立没有停留于怨，当她也长大成人，为人妻母时，当父亲以一次次"冷淡的爱""无声的爱"冰释旧怨时，父女俩都多了许多理解。爱回归到了人性的真实。在《母亲来看我》《仙女姑婆》《表嫂》《亲爱的宝贝》等关于亲情的文字中，陈立也从不同的侧面，诠释了自己对爱与亲情的渴望、珍惜、纠结与理解，既呈现了爱的真实，也折射出了爱的时代烙印，是一种个性化的社会大爱。

　　闲适优雅，是陈立内心地图上的又一个坐标。这种闲适，不是闲来无事，作为新型女性，陈立有自己的工作，承担着"传道、授业、解惑"使命；也不是附庸风雅，"为赋新词强说愁"，而是一种生活方式。这种生活方式包括《一个人看电影》，看谈宜之导演的《忠爱无言》。"一个人"看，并非孤独而为，而是一种生活样式。看这个电影也是有原因的，因为她尊敬的张贵全老师喜欢狗，可为一只狗的去世忧郁数日，填一首肝肠寸断的词。而"今天要看的电影跟狗有关"，或者说就是讲述一个老人与狗的故事，拷问的是人与狗的忠诚。

　　看就看了吧，许多人都是这样。可陈立不是这样，她要思，她在想，看电影也看世界。"座位旁挨着对情侣，那瘦猴满脸堆笑，油嘴滑舌的样子"。她为主人翁老于的命运纠结，"老于躺在床上，碎花被子盖住了脚，上半身露在外面，一张痛苦纠结的脸。他说，三十多年了，一直是老母亲照顾他，现在她先走了，往后可怎么活？"当看到"他（老于）衰老得可怕，眼袋疲软地耷拉着，花白的头发蓬乱不堪。它（狗）已经没有力气了，静静地卧下，守在老于身边""我噙满泪水的双眼像决堤的河，倾泻不止"。这种哭，"不仅哭二货，还哭儿时的一个玩伴"。

　　闲适优雅，还有听文学讲座、闲暇阅读、小酒馆听歌或一个人发呆，追忆似水流年等。听讲悟道，追忆怀旧，而阅读则察世界、看人生，也映照作者自己。《一路书香似春雨》写的是她的一次阅读体验。"随手翻开了一本小说《永不放弃自己》"。"这个弱柳扶风的女子，曾经离婚失业、抱着脑瘫的女儿走投无路，她不放弃自己的理想，从公共汽车售票员到洛杉矶文化艺术界知名节目主持人，再到成功的旅美作家，因书结缘，还获得了美满爱情，被美国媒体誉为'有着传奇奋斗经历的极品女人'。"

陈立的《我的女巫师》《蒿蒿杷》《一口气读完〈与尔并肩〉》，都是写一个人——棱子，并称"喜欢她的文风，自然、真挚，诗更是空灵"。都是圈中人，我知道喜欢棱子的远不止陈立，喜欢的也不止她的诗文，还有人。只是像陈立这样读遍一个作家的全部书籍，从《走不出这片蝉声》《夏日午后》《我用整个夏天和你告别》，到《与尔并肩》，不仅是"读过很多遍"，还"从中学到很多"；每读一本，就写一篇感悟文的，我相信并不多。陈立说，"她教我写作，教我做母亲，教我与世界和平相处"。确实有点令人汗颜，当然包括吾等。既为棱子幸福，也为陈立幸福。但有一点我们的感受是一样的："她（棱子）的好是说不出的。"同样，陈立从《十年不敢重读的一本书》《生命的留言——死亡日记》中，阅读生命的意义和价值，给自己的正能量充电。

有人说，旅游是有钱有闲的人的活动，古人则把"读万卷书，行万里路"，视为人生修炼的最高境界。陈立似乎两者都有，又有所不同。她文旅融合，丰富生命。可以说，文旅散文构成了陈立内心地图上的又一个亮点。

《日本之行漫谈》中，她不仅发现了日本的"小"：国土面积只是中国的二十六分之一，谁在大城市有五十平方米的住房就是富翁了；酒店更是房间小、床小，桌子小、凳子小，浴缸小，"卫生间小得只能勉强放下双脚，牙刷毛的长度不到一厘米，像国内的幼儿牙刷"；垃圾桶小得可爱，像饼干盒。可"在日本的几天里，我们没有看见一个小偷和乞丐，高高低低的房屋没有防盗窗。虽然风景不怎么耀眼，但留给我的思考却不少"。原来，小是一种精神。"国家真正的强大，不是靠物，而是靠人。"

王国维认为，一切景语即情语；毕加索谈到，情感与色彩之间有某种默契、协和。①阿恩海姆在《艺术与视知觉》中说："一个心情十分悲哀的人，其心理过程也是十分缓慢的……他的一切思想追求都是软弱无力的，既缺乏能量，又缺乏决心，他的一切看上去也都好像是由外力控制着。"写景散文中，这个特征表现得尤为突出。

玉湖岚山过去叫槽渔滩，就在眉山洪雅县境内。因为在青衣江上拦江筑坝修建水电站，形成了一汪堰塞湖。两山静好，一湖明鉴，这里的美是天然的，就像洪雅"三雅"（雅雨、雅女、雅鱼）一样。本人曾参加过槽渔滩电站的规划选址、项目论证，也到过工程建设现场。电站建成后我司作为行业主管部门，也常有往来，直到最后帮助企业争取"债转股"政策，卸掉包袱，轻装而行，现在已成为洪雅县的一个纳税大户。罗列这些不为什么，只是想说明此处我接触更远、更深、更多，却没有写成一个字，而陈立只去一次就写下了《玉湖岚山印象》。吾等之懒可见一斑。除了懒，就是用心不够。陈立游历山川风物，每到一处都没有停留于表面的玩，而是用心贴近，让灵魂在场。吾等却是身体在场，灵魂缺席。在玉湖岚山，陈立悟到了什么？她悟到了"湖光静山林，芳菲凝朝露，薄雾知秋凉，朦胧似披襟。鸡鸣赛山歌，野鸭划清波，山谷满芬芳，玉湖岚山处"。

据说，人在喧闹的时候、寂寞的时候、孤独的时候、愤怒的时候、快乐的时候、幸福的时候、得意忘形的时候，总觉得体内有一只奔跑的蚂蚁、一只飞翔的蝴蝶、一只采蜜的蜜蜂，在骨头里、血管里、筋脉里奔跑，寻觅灵魂的穴位，撕咬人最敏感、脆弱的那根神经。有位诗人写过这样的诗句："我想描述一束光，它来自我的内心。"这束光就诞生自诗人的内心，是诗人内心地图上的那只蚂蚁、蝴蝶，或者蜜蜂的灵光闪现。诗人借助缪斯，把它幻化为文字，让文字承载生命。同时，文字也就富有了生命。

散文和诗，具有相同的道理。

这位诗人的诗和体验，正好印证了陈立散文的艺术特点，或文学创作的一般规律：用心贴近所要写的对象世界，让内心产生情感的冲动，创造内心

---

① 参见周宪：《美学是什么》，北京大学出版社 2002 年版。

地图中的闪光的亮点；然后用恰到好处的文字记录下来，达到德谟克利特的《著作残篇》中所说的境界："言辞是行动的影子。"

陈立对文学的热爱是执着的，一分努力，一分收获也在情理之中。每一次文学创作都是发现之旅，都是一次向极限的挑战，只有开始，没有终结，永无止境。山外有山，任何既有的成绩都是往事，未来风景更好。不要停留于事物的表面，让叙事流进行精神钻探，用心贴近再贴近，发现别人所未知的，并用本真的语言呈现出来，当再努力。

让灵魂贴近对象世界

——读黄彩梅《石头开花》①

在场写作的使命是发现存在的意义。在海德格尔看来，现实世界中的"存在"是虚无缥缈、自由飘荡的，近似一种虚无。作家的责任或价值在于，从这种虚无缥缈中寻找、发现其是所是，非所非。这就需要去除种种遮蔽，让自己的灵魂贴近对象的本真，用自己独特的慧眼发现与众不同的意义。

这只是一般的在场写作道理，怎样实现这种发现呢？也许一百个人就有一百个哈姆雷特，不同的作家自然有不同的写作经验，并且可能都取得成功。黄彩梅的《石头开花》，则以灵魂贴近的方式，实现了自己对书写对象的认知与发现。

《石头开花》分五辑、共七十三篇文章，都没有所谓宏大叙事，也不属于包罗生命、宇宙和万物的超越知识和理性极限的故事。她写的都是所访、所看、所交、所读，即便对象是名家大师，如著名诗人贺敬之、李发模，国学大师文怀沙等，他们在黄彩梅作品里，也是以普通人的日常姿态出现的，让我们看到的是平常中的出奇，大道从简式的精神美学。

李斯托威尔说："没有灵魂的高尚伟大，最高贵的艺术作品和自然，都

---

① 黄彩梅：《石头开花》，云南人民出版社 2021 年版。

必定会永远暗淡无光。"黄彩梅贴近书写对象的方式是多样的,有走访、观赏,也有相交和阅读。它们都基于日常,没有刻意,这是业余作者的局限,也恰恰是优势;关键是贴近的姿态,既不是居高临下,也不是浮光掠影,一知半解,而是灵魂的贴近,在贴近中发现。

这样的写作姿态,与知识、经验、身份、目的等无关,只与真诚有关。换句话说,灵魂的贴近是需要真诚的,需要摒弃一切功利,以平等姿态,甚至怀抱对书写对象的虔诚和敬畏之心,即便知识、经验不足,也不一定一下全部发现并呈现了世界的全部答案(事实上也不可能)。但因为真诚,不是刻意,或者说有了真诚,以灵魂贴近对象,在平等低调的"以心换心"的东方传统美学中,黄彩梅散文获得了对象本身在精神层面同样平等、真诚的价值回馈。它犹如米芾的行书,追求平淡自然,讲究洒脱不拘。他的座右铭是"无刻意做作乃佳""心既贮之,随意落笔,皆得自然"。

黄彩梅散文中第一人称的叙事方式,无疑在"身体在场"的同时,增强了"精神在场"的介入性,让双方在一种平等、信任、贴近的情感基础上,建立起真诚互信的叙事语境。而作者个人价值观、审美观的介入,又使作品具有了灵魂拷问、精神共鸣和主客融会的特点,让意义超越自我,具有了社会性。我想,作者之所以用《石头开花》为书命名,也许也包含了这层意思吧?民间不是有这样的说法:精诚所至,金石为开。

因为真诚,哪怕点滴回答,也会打动人心。

这就足矣。

在走访中贴近。《石头开花》第一辑,大都是走访类文字,包括《杜鹃花开别样红》《"一根筋"的陈长吟》《拜访国学大师文怀沙先生》《绿叶对根的深情》等。从作者身份、走访对象和书写姿态看,更应该视为拜访。之所以用走访,也是为了彰显一种真诚的平等。事实上,从走访场景和书写语境看,这种真诚的平等无处不在,构成了本辑的情感基调。

《杜鹃花开别样红》写了作者一行数十人,在著名诗人李发模带领下,从北京驱车拜访著名诗人贺敬之的经历。这里的语境包括:北京、数十人、带领的是著名诗人李发模、去拜访的是更加著名的诗人贺敬之。这些叙事元素集合在一起，构成一个逻辑学上所说的"集合概念"，其包含的"平等的真诚"便彰显无遗了。再看内容。作者捕捉了一系列的细节，将这种"平等的真诚"步步深入地呈现出来。比如初见。"行几分钟小径后，轻叩（贺敬之）老先生的房门，一位学者模样的老人出现在我们的眼前，他身穿浅灰色毛背心，朴素淡雅，慈眉善目，平易近人，斑白的头发和额头上几道皱纹，道出了历经90载岁月沧桑的诗意人生。"又如行为。"刚刚坐定，当贺老接过贵州著名诗人杨杰所著的《没有退路是路》诗集时，贺老的眼神突然深邃明亮起来，翻阅着点评着，为贵州有如此优秀的诗作而赞叹。并朗诵了其中的一段诗：'贵州要飞/回答之铿锵胜过/惊雷/因为——/差距在工业/潜力在工业/希望在工业……声音铿锵有力，充满激情，如喷薄而出的朝阳。'"这个细节，既呈现了宾主双方"平等的真诚"情感，又呈现了贺老"平等的真诚"的崇高。

同样，访文怀沙先生，也有这样的情景。当李发模老师拿出他的诗集送给文老时，文老"捧起诗集，认真翻看、阅读。只见他目光炯炯，脸上溢出兴奋的光彩，还时不时地进行点评并分析、打比方，而且语出惊人"。作者写道："文老的声音高亢，抑扬顿挫，只见他手舞足蹈，不时地抚摸下巴上蓄着的长长白胡，他讲话时胡须也随着他嘴巴的嚅动翘动起来，好像在跟他一起和大家互动。""平等的真诚"溢于言表。

在观看中贴近。《石头开花》第二辑"石头开花（游记）"和第三辑"核桃之恋（特写）"的大部分篇目，都是写观看的，包括动态式的观赏和静态式的观察，行走山水，看天，看地，看世界，并融入自己的审美情趣。这令人想起唐代禅宗大师青原行思以看山为例提出的参禅三重境界：即看山是山，看山不是山，看山还是山。禅有悟时，写作亦然。这似乎正验证了温克尔曼的美学观点。温克尔曼认为，对艺术作品的观赏，应从直观感受出发，经过批评的中介，而达到美学的理论高度，即艺术作品——直观感觉——分析批评——美学理论。他在其著名的希腊艺术研究中发现，艺术家天天耳闻目睹，深受熏陶，甚至把表现美被视为一种功勋。因此，在真诚用心的艺术家面前，"凡是可以提高美的东西没有一点被隐藏起来"。

书写观看的还有《醉美的相遇》《三星堆游记》《走进合川》《茶尖上的舞蹈》《寨沙恋歌》《喊水》《仰望家乡的杜鹃花》《果园深处飘来的笑声》《核桃之恋》《石头开花》等，这些作品虽题材各异，内容相异，时间跨度也较大，叙述方式也不尽相同，但有一个共同特点，就是用真诚贴近对象，让个性价值在与对象的沟通交融中，寻找审美本位，进而实现作家、对象与作品的审美归一。

在相交中贴近。人是社会的动物，少不了人际交往。《石头开花》第四辑，正是写这种交往及其观照的，如《这个冬天不会冷》《冬日暖阳》《幸福》《我和我的姐姐们》《女人的味道》《红颜·知己·红颜知己》《心境》等。在这些作品中，交往既是一种生活方式，也是一个观察世界的窗口。作者通过这个窗口，实现与世界的对接、沟通，分歧或者和解都不重要，重要的是从中发现了意义，成全了自我与世界的一种相处方式。当作者把自己的这种发现付诸文字，就具有了某种精神层面的普遍价值，文学的功能因此而实现。

《这个冬天不会冷》，写的是作者受朋友之邀参加捐赠助学的事。作者先写到寒冬的冷。助学地点在黔南布依族苗族自治州长顺县摆塘乡板沟村。当大家经过3个小时左右的车马劳顿抵达目的地时，作者写了三个画面：一是环境。这所建在一个偏僻村庄的学校，交通条件很差，"真不敢想象这里的人们是怎么生活的，更不敢想象没有任何新生事物冲击时的沉寂（贫穷沉寂）"。二是欢迎。只见身穿五颜六色、手捧小野花的孩子们和乡亲们站在校门口，犹如两条五彩长龙，"孩子们灿烂的笑脸，挥动着冻得通红的小手，欢迎我们的到来（纯朴真诚）"。三是期盼。一张张天真稚嫩的面孔，一双双清纯天真的眼。当孩子们手捧着电脑、书包、书本和服装、鞋子等捐赠物品时，一个个的小脸上都乐开了花。从那清纯得一眼就能看到底的眼睛里，不仅看到了感激与幸福，更看到了他们对访客的期盼，照应了主题。

《我和我的姐姐们》写的是家庭故事，也是一部艰辛多舛的家族苦难史。全家五朵金花，各得其趣：二姐就像百合花，清纯、天真、温柔、善良，还有一些小气，"最拿手的杀手锏就是爱掉眼泪，每次不管是和谁生气，话没说出来，眼泪就哗啦啦流下来了，一见眼泪大家都逃了"。三姐是个完美主义者，不仅心灵手巧，心地善良，还"诡计多端"哩！四姐就是一朵向日葵，好学上进，有坚定的信念。"我"是老么，妈妈走时才五岁。于是，照顾一家大小的使命，就落在了本身也还未成年的大姐身上。而大姐夫在三十多岁时就撒手人寰，抛下大姐母子俩，直到今天年逾花甲的大姐也是单身一人。大姐一方面很爱四个妹妹，熬夜做鞋垫，也是一做就是五双；"另一方面，对我们的管教也很严厉"。如今，大姐已经有了一个男孙，听说媳妇又怀上了，大姐别提有多高兴了。

看完全文我们会发现，一个如此不幸的家庭，从头至尾却看不到一丝悲伤、怨恨、失望，甚至在字里行间，还不时地流露出一种轻松、活泼、调皮。不是所谓的"黑色幽默"或"苦恼人的笑"，而是对苦难战胜后的超然，是在命运、姐妹、亲情、苦难等特殊语境下，"平等的真诚"的崇高实现。这样的书写，就具有了一种"美丽苦难"的艺术审美境界。

本辑的其他作品，作者也都秉持了基本的创作风格，在与形形色色的人的交往中用心贴近，在照人照己中呈现意义。

在阅读中贴近。《石头开花》第五辑及其他辑的部分作品的主题是阅读。实际上，对每个人来说，生命都有限，世界的许多事物，我们都不可能通过亲历去认知，更多的是借助其他形式。其中，阅读便是最重要的一种形式。书或文章，是别人认识世界的成果，借助阅读，不仅可以拓宽视野，而且可以踏上别人努力的肩膀，获得"会当凌绝顶"的捷径。因此，古人把"读万卷书"与"行万里路"相提并论，将其视为实现人生"三不朽"（立德、立功、立言）不可缺少的必修功课。

显然，黄彩梅没有忘记这样的捷径。她收入《石头开花》中的《在阅读中认识的白衣天使》《在场写作的介入意义——以〈边际的红〉为例》《为李春梅的作品写序"中国酒都"的春梅》《独特的人格魅力完整的艺术形象》《关于采风散文创作的几点思考》《心境在写作中的重要性——散文创作谈》等，大都属于这类文字。其中，又分为阅评与理论两部分。与前面的作品类文字的一个共同点是，都是作者对对象世界的贴近，并且在贴近中寻找个人的发现和与对象世界的契合点，进而实现价值共振，达到许多作家都曾有过的体验："在某个瞬间，灵魂被某个东西击中，让你惊异，感同身受，有一种忽然贴近的动容"。不同点是，一个是作品，一个是评论或理论。

《在阅读中认识的白衣天使》，写的是一位当时已年逾古稀、仍坚守在临床与文学创作一线的老专家、老作家的故事。书写对象叫张有楷，一个男性化的名字，一位不逊于男人风采的"半边天"老大姐。因此，读书与读人，读人与阅读生命，不可分割地联系在了一起。在灵魂的贴近中作者不仅发现，"有楷大姐是一个对生活充满激情和追求的人，她是一个内心特别强大的女性"。而且，在她的内心世界里，富有诗意的栖居。虽然，"他们的人生，他们的青春，他们的无奈与叹息，都随着那段历史慢慢老去"，但当我回过头来，揭开所有的记忆，就会"看见那些若隐若现的划痕，那些深深浅浅的脚窝，早盛满了青春与热情"。而她对待病人，又是如此用心用情，她不嫌病人脏，和病人共用一个碗一个勺，她先吃一口，然后喂病人一口。就这样一口一口地将饭菜吃完，直到病人像正常人一样端起碗大口吃，让病人慢慢适应自己单独吃饭。

读到这里，谁还能怀疑，作者写的虽是白衣天使张有楷，映照的却是作者的价值取向和审美倾向。

《在场写作的介入意义——以〈边际的红〉为例》，是一篇评论本人在场写作实验文本《边际的红》的文章。令人惊讶的是，作者在短暂的阅读中，一下就抓住了在场写作的命门——介入，并以此为切入点，文章的解读与理论的感悟相结合，缕分细析，一一道来，在理论与文本的融合中，呈现了在场写作的津梁、意义、魅力和方法途径。这实在难能可贵。

生活美学有"三道"：茶道、花道、香道，被称为贴近灵魂的美学之道。在音响世界，原木音响被称为"有灵魂的声音"。我想，它的灵魂就在于一个"原"字，元初，质朴，单纯，是"平等的真诚"的一种状态。

以此来观照黄彩梅的散文，也是有益的。无疑，再神圣的"美与崇高"，都离不开"平等的真诚"。而在"平等的真诚"下的灵魂贴近，摆渡的既是作者，也是对象世界。作品则是渡船，它让维特根斯坦关于"意义只能在语言中寻找，语言之外无意义"的定律，得以如期实现。因此，我们有理由相信，黄彩梅的写作不是常说的一般的文学雅兴，也不是化解枯燥生活的一种消遣形式，而是一种生命仪式，是在场的生命写作。

当然，对象世界是复杂多变的，它的意义不是浮于表面，往往存在种种遮蔽，更何况自我的贴近本身就带有难以避免的局限，并不能因为我们的用心、真诚与贴近，就可尽得。我们永远不可能获得全部的答案，永在路上。就黄彩梅的这本书而言，是否足够注意了对象的新意、深度和广度，在此是否还存在更大空间；结构与叙事流是否得到最佳契合，让发现的意义尽显其中；语言不只是工具，还是存在方式，我们的语言是不是把要表达的恰如其分表达了，汉语的表形、表音、表意优势是否得到充分发挥，达到了苏轼所说的"辞达"境界？

这些，都是黄彩梅和我们在今后的写作中需要注意的。

微文微观

浅谈散文的张力

——以林中蔓青《昨夜无寄》为例

最近在场主义散文群里有朋友谈到文学的张力，顺便续个貂。

张力，本是一个物理学名词，指物体受到拉力作用时，内部产生的相互牵引力。自20世纪30年代，美国现代文学批评家艾伦·退特首次将张力理论引入文学批评后，文学张力便成为英美新文学批评的重要范畴，一直受到西方文艺理论界的关注。

什么是文学的张力？按照艾伦·退特的定义，是指在文学中"所能发现的全部外展和内包的有机整体"。这里的"外展和内包"可以理解为外延和内涵或整体容量。无疑，优秀的文学作品，往往是各个层面文学张力的平衡体，包括意象、意境、内容、叙事、布局、语言等。《红楼梦》包含了对当时社会制度的批判，对人生的追求与超脱；海勒的《出了毛病》，则是当时社会痛苦与欢笑、荒谬、残忍及柔情的结合体。

文学是叙事类文体，叙事是通过语言来实现的。因此，文学的张力主要表现为叙事张力和语言张力。窃以为，散文的张力，可理解为散文作品通过叙事所表现出来的对社会和生命的穿透力、扩展力和审美力。这里以在场主义散文群九月征文中林中蔓青的《昨夜无寄》（下称"林文"）等文为例，站在在场写作审美本位的角度，从叙事和语言两个层面，谈谈对散文张力的看法。

穿透力。即作品的内包力，主要是指作品对现实的介入深度。介入是文学的担当道义，也是在场的旗帜。介入有深浅之分，优秀作品的介入，应是整个社会当下最深处的痛。林文写的是生育问题，不仅仅是计划生育时期的"多生一个"，而且是在国家全面放开二胎后，传统生育观念的最新呈现——"儿女双全"。这就使得她的书写具有了强烈的当下性。

可是，作品主人公凯的这个本来无可厚非的想法，却演变成一个惊天悲剧：妻子死了，儿子被抓了，新添的女儿命运无寄。在这个悲剧中，大家都没有错，但悲剧却发生了，或者说正是这种社会综合病征与凯的求子之心的结合，铸就了这个大悲剧。按照王国维的对悲剧的划分，这种"无罪之罪"正是"悲剧中之悲剧"。

扩展力。指作品的外展力，主要是指作品对社会的容量、宽度。林文在短短的五百余字中，以凯的家庭悲剧为主线，在叙事与语言上都表现出了较大的张力。在叙事方式上，作品以多线叙事方式，构建了一幅社会网络图。这些线包括：二胎政策、凯家生育、儿女双全、家破人亡；医疗体制、民办医院、庸医害命；户籍养老制度、空巢老人、养儿防老、希望破灭；政治体制、企业制度、职工命运；虚假广告、公共信息混乱、陷阱处处、消费者迷茫；社会管理、食品安全、问题奶粉；等等。这些线，巧妙地被作者引入作品，有些明，有些暗，有的彼此勾连，以叙事对象凯的家庭悲剧为主线，相互交织，构建了一幅震撼人心的情景框架图，让作品对意义的表达得到巨大的扩张。

同时，作品在语言张力上，也颇具特色。比如在谈到失去母亲的小女儿朵朵因营养不良被医生护士"折腾"时，我们又会想到前面所说的私立医院、庸医，年轻健康的母亲都被医死，生命脆弱的婴儿又会怎样；因刚出生就失去母乳、营养不良的朵朵，"喝奶粉又提心吊胆"，又会让人联想到食品安全问题，仿佛被推入一座生命的危城；而紧接着的一句，更令人回味无穷，想到的问题更多，"接受……吧，可又……"。表达这里的纠结，可选择"可是""却""可"等词，"可又"无疑是最好的。它表明，朵朵的母乳问题，已是这个家庭必须面对的一个迫切而艰难的现实问题，并且已经纠结许久也没解决，接受与不接受，都面临许多矛盾。苏轼所说的"辞达"，大概就是这种境界吧。这样的语言，像蒙娜丽莎的微笑，蕴含着丰富的"言外之意"。不同的人，不同的语境，会有不同的解读。

审美力。就是作品带给人的欣赏、品味或领会的美学感受，与作品的审美空间直接相关。完整的审美范畴，当是审美、审丑和审智的有机融合；优秀的文学作品，是福斯特的"带风景的房间"，可阅尽人间无数。中国古典美学中，老子就提出了意象说、意境说和审美心理理论。文学作品的美学蕴含，是对心灵状态的考察和陈述对象的评价。因此，柏拉图认为，"美是难的"。

林文的审美力，除了体现在前面所说的深刻之美、外展之美外，还有审丑之美、审智之美、结构之美、叙事之美。在该作品中，作为美学范畴的丑，是在叙事中展现的，诸如私立医院庸医致人之死、空巢老人的悲哀、凯不为领导挡酒的降职降薪、问题奶粉的恐惧等。它正如伯克相对于崇高所说的"与美无关，它更接近于丑"。作品通过叙事呈现出来的对当下现实的深刻思考，直至结尾处巧妙的"凯含着泪，望着黑夜"，既是结构性审智，又拓展了作品的审美空间，真正实现了文微意宏的审美效果。

从在场写作审美本位看，林文是值得肯定的文本。但用更高的标准衡量，也还存在一些可以提升的空间。比如，由于篇幅所限，"硬压"之下，语言的圆润度和诗意美会受到一定影响；将高密度的社会信息压入一个小小文本之中，让人难免有点压抑的感觉，有人甚至因此怀疑它的真实性。短短小文，有几处使用了成语。须知，任何成语，或者形容词，都是一种转意式表达，难免产生被本意所掩盖的遮蔽；更高标准的在场写作，主张"汉语回归"，即用本真的语言表达本真的世界，反对使用成语、习惯用语和形容词。

在在场主义散文群几期参赛作品中，在叙事、语言和审美中具有张力的作品还多，比如雪夫、东珠、哭之笑之、韩冬红、清雅、小河、薄暮、六六、小四、糌巴卓卓等的作品，他们有的甚至没有得过奖，但文字的张力是显而易见的。

以上也是一家之言，欢迎砸砖。

浅谈散文中的意象

——以糌巴卓卓《世界》等为例

　　"意象"是文论中的一个古老概念，是客观物象经过创作主体独特的情感活动而创作出来的一种艺术形象。意象在诗歌中尤为突出，在散文等其他文学形式中也十分重要。

　　作为语言艺术的文学，是通过形象表达意义的。古人认为，意是内在的抽象的心意，象是外在的具体物象；意源于内心并借助象来表达，象是意的寄托物。美国现代主义诗人庞德认为，意象为"一种在一刹那间表现出来的理性与感性的集合体"，"准确的意象"能使怀疑找到它的"对应物"。

　　意象在文学创作中具有重要作用，可以说，意象营造的成败，是作品成败的重要标志，也是衡量作品审美价值的重要标尺。本文试结合在场微散文十月征文中糌巴卓卓等的作品，谈谈散文中的意象问题。

　　糌巴卓卓《世界》里的核心意象是"鞋"，象征了几位生命卑微的老人。文章一起语就不同凡响，不仅一下托出、反复呈现"鞋"这个核心意象，而且把它置于"他和老伴生活的全部希望"的地位。一个以鞋、擦鞋为生活的"全部希望"的风烛残年老人，其命运如何，还用得着解释吗？

　　十月征文中意象营造成功的作品还很多。薄暮的《有风吹来》，以一个"风"意象，呈现了政策多变、房地产市场风雨飘摇及房地产商面对检查的惶惶不安；王语轩的《老屋门前的母亲》，以"老屋门前"为意象，表达了母爱的伟大，"我"情感的疏离及情感回归后的思母心切；秦新法的《走丢的家》中的"家"，寄托了作者对家的向往及其孤苦人生；林中蔓青的《欲说还休——骨伤》中的"骨伤"意象，更蕴含了社会人生、身体精神的多重隐喻。

按照形象表意的方式，意象一般分为直接（意在象内）和间接（意在象外）两种。

意在象内。即营造的意象，直接呈现了作品所要表达的意义。王语轩的《老屋门前的母亲》中的"老屋门前"，秦新法的《走丢的家》中的"家"，都属于这一类。在王语轩作品中，"老屋门前"作为母亲呼唤、等待孩子归家的地点，已经物化为一个形象符号，成为母爱的标志。秦新法作品中的"家"，既是自己具象的家，包括老屋、父亲、母亲和兄弟姐妹，也包含了精神的原乡。这些意象，是作品所要表达的意义的"对应物"。

意在象外。即营造的形象，不是以直接的方式，而是以象征、隐喻、转换等方式，呈现作品所要表达的意义或"另一世界的真实"（马拉美）。糌巴卓卓、林中蔓青、薄暮等作品中的意象就属于此类。糌巴卓卓的《世界》中的"鞋"，不再是具象的、穿在脚上的鞋，指向几位生存在生命低处的卑微的老人；他们的真情关爱闪耀出的精神之光，与这种卑微形成强烈对比，赋予了作品巨大的人性力量。薄暮作品中的"风"，也不是自然的大气流动，而是变幻莫测的发展环境和在这种环境下精神脆弱的房地产开发商。张立新的《小巷深处》的"小巷"意象，表达了一种自私、狭隘和没有出路"草根"心理。他们共同的特点是，意象与表意并不对应。

十月征文中在营造意象上存在的主要问题：一是缺乏意象意识，核心意象不明确。小河的《归来》，发现性相当不错，是继田园乡村、破碎乡村之后，对乡村叙事的突破，呈现了在现代文明之下的、希望的乡村愿景。可惜缺少一个核心意象来形象地表达自己的发现，影响了文章的审美效果。陈卓的《这叫什么事啊？》，介入性强，因缺少核心意象，难以给人留下印象。二是意象混乱。在一个作品中出现多个意象，冲淡了核心意象，损害了形象和意义的表达。三是意象不贯通，有头无尾，或有尾无头。残缺的意象，必然是残缺的表达。

在场写作中的呈现

——以在场微散文第七期征文为例

在场的定义，就是存在意义的显现。

显现就是呈现。在场主义的哲学本体论、文体本体论和写作方法论，都包含在其中，或者说，没有抽象的"三论"。"三论"及其承载的意义，都要通过文本化的叙事呈现出来。这是在场写作与其他写作的重要区别。

按照词语定义，呈现即显露。因此，呈现不同于现实主义的写实，或细密观察，据实摹写事物的外表，呈现是"直指内心"，即通过存在展现对象世界的真相；也不同于浪漫主义的从主观内心世界出发，通过热情奔放的语言、瑰丽的想象和夸张的手法，抒发对理想世界的追求。呈现更不是论说文的"论证"、说明文的"说出"，或科研论文的"揭示"。正如《散文：在场主义宣言》所言，在场写作的呈现是"面向事物本身"，通过客观指向真相。

萨特说"存在先于本质"，意思是只有当一种东西存在了，它的本质、特性和意义，才能在存在中显现出来。散文对意义的呈现，是通过作品来实现的，茅盾通过《色盲》，呈现了一幅官僚家庭黑暗而冷酷的生活画卷；而曹雪芹的《红楼梦》，则呈现了没落封建社会的世态百相。

本文以在场微散文2016年12月征文为例，谈谈呈现式表达的几种形式：

以叙事来呈现。散文作为一种叙事性文体，以叙事呈现意义是基本形式。鸣谦的《霄霰》，表达了当时教育体制的积弊——人心的浮躁、治学的偏颇和文学精神（可理解为广义的学问）的丢失。这种表达，是通过叙事构建的"带风景的房间"实现的，包括恩师魏老对文学精神的执着、渐行渐近的清冷，及魏老的"热"（热情）、就业培训的热、《丰乳肥臀》的热，与文学精神的"冷"的强烈对比。在草原，英雄是诞生在马背上的，从部落厮杀、抗御外侮，到赛马射箭。但是，这种传统的草原英雄正在发生变化，离开草原进城搏击，开着宝马回乡的土豪，正在改变着人们的视线。英雄观念的异化、草原文明的断裂及其现代性冲突，成为不可回避的事实。焦元玲敏锐地发现了这种变化，通过她的《断弦的冬不拉》中的叙事呈现出来。常晓军的《记忆中的树》、润雨的《寒木春华》、祁云枝的《沙漠玫瑰》等，基本上都是以叙事来呈现。

以意象来呈现。袁志英的《一枚红宝石戒指》中的"红宝石戒指"，既是一个叙事载体，又是一个核心意象，隐含价值之意，包括在母亲那里的价值，对"锋"这个调皮学生、有个性的青少年乃至教师的价值评判等。文章通过这个核心意象，呈现了人性中习惯思维的荒谬与可怕，其意义已超越教育本身，具有人性的普遍性。不足之处是，欧·亨利式的欲扬先抑手法略显老套，语言的圆润度再好点，也更理想。詹晓明的《衣兜》，以父亲的衣兜为核心意象展开叙事，从儿时他衣兜里的"小玩意"、后来衣兜里"带水果味的口香糖"、上学时到学校来看我时从衣兜里"拿出几张毛爷爷"或者"银行卡"，再到我结婚时从衣兜里"掏出手绢"，直至晚年送我时"从衣兜里摸出一颗白色药片""两手在衣兜里搜索了许久，也没拿出什么来"。衣兜，不仅成了父亲一生的生命轨迹的缩影，表达了人性的复杂与父爱的笃定。值得一提的是，作者明明写的是父亲，可在作品中始终没有出现父亲二字，而是"他"。这种刻意的叙事疏离，应当在一定程度上强化了"复杂"的表达。

以语言来呈现。维特根斯坦说，语言不是工具，是存在方式。在文学叙事中，语言的这种特征更为明显。当然，这里说的语言更狭义，主要是指作品中对象的直接的说话。鸣谦的《霄霰》对意义的呈现，许多时候是用叙事主体直接的语言来实现的，比如魏老在讲文学精神时的"文学根植于生活，但不是寄生于生活"，学生一边听魏老讲课，一边手里却拿着《丰乳肥臀》，在被"我"发现后不好意思地笑了一下："魏教授的课是好，可是考研必考莫言啊！"北京了了的《"骑"太阳》、袁志英的《一枚红宝石戒指》、张保华的《命运》等，其叙事流的推进，主要靠的是对话。许多成功的实践表明，精彩的个性语言，对表达意义可以起到画龙点睛的作用。

在场写作对意义的呈现有多种可能性，没有统一的模式；而且，在一个文本中，也不一定采用某种单一的呈现方式，不会囿于一种。不管采用什么形式，与写作本身一样，呈现也贵在发现与创新。再好的呈现方式，如果重复，落入俗套，就会形成表达的负能量，这种方式并不可取。

想起审美中的一句话：打开窗子是否看得见风景不重要，重要的是你心中有风景，栖居于一个"带风景的房间"。在场写作中的呈现也一样。

散文写作的陌生化

——兼谈在场微散文第11期征文

2018年5月27日在眉山举行的"中国散文高端论坛"的一个论题，就是散文写作的陌生化问题。时隔百年后，陌生化写作这个古老的话题，再次成为中国散文界的热词，这本身就值得我们深思。

陌生化写作理论是20世纪初俄国文学批评家、形式主义学派创始人和领袖之一的什克洛夫斯基于1917年提出的。其后，这一理论被广泛使用，被许多人视为摆脱写作困境的有效方法。"陌生化"最早是指写作中的一种技巧：把与人太切近、太熟悉的事物或现象，当成是第一次看见的、无法命名、无法称呼的东西，以重新认识、描述它的姿态去写作。其目的是让作者重建对生活的新鲜感，从而对司空见惯的事物产生生疏感、奇特感、新鲜感；进而增加作品阅读感受的强度，增加审美的快感。

随着写作的发展，陌生化已逐步超越单纯写作技巧的范畴，成为越来越多人追求创新的一种写作理念。如果用逆向思维理解：散文重提陌生化，是否意味着陈旧化、俗套化、老面孔已成为散文面临的突出问题？

个人理解，作为一种写作理念，散文陌生化写作至少有几点值得注意。

内容的陌生化。司空见惯的内容，如何想方设法，让它以陌生化的面孔出现？我想起20世纪初，在工业革命和城镇化快速发展期产生的西方现代主义。现代主义表达人的危机意识、异化观念和自我表现，在卡夫卡的《变形记》中的人变成了甲虫，《城堡》中的城变成了清晰可见却不可接近的怪物，《地洞》中的居所处处是通道却处处令人惶惶不安。本期获奖作品中林中蔓青的《摇晃》，写的是人生的不安稳、不确定和惶恐，但作者没有直接表现出来，而是通过三个具象表现出来：地震（自然的）、腿伤（身体的）、工作（社会的）。加上意识流的暗线、片段式的经验呈现，一改作者过去引入小说元素中故事式的多线叙事风格，达到了散文性与在场精神的较好结合。

叙事的陌生化。散文无疑是要叙事的，但同一件事，怎么叙述才令人有"陌生感"，却大有文章可做。在著名作家刘亮程的乡村叙事中，水在山上是站着走的，到了平原则匍匐而行。我昨天在乐山散文群里看到一篇文章，写恋情的，有这么两句印象很深："如果有一千个人从我身边经过，我也能听出你的脚步声。因为九百九十九个人都是踏在地上，只有你踏在我心上。"脚步踏在地上很正常，而踏在心上就陌生了，只有刻骨铭心，才能有这样的体验。本期获奖作品中赵华刚的《梦呓》，在写一位地位低微、充满惊惧的农民父亲对儿子的大爱时，选取了一个与众不同的叙述角度——梦呓，让爱上升到生命哲学的境界。因担心而惊悸、因悸而梦、因梦而呓，惊惶的梦呓几乎贯穿父亲的全部的生命过程。略显不足的是，在表达梦的内容与自觉时，似乎忽视了度的把握。当梦呓成为表达生活的主要形式时，生活的真实性就受到了挑战。

语言的陌生化。它指相同语境下语言的错位表达。比如写人与火车，我们常常看见的要么是遥想型（延伸的铁轨触发），要么是怀旧型（火车的古老触发），要么是惜别型（火车的离站触发），等等。马尔克斯的《百年孤独》写一个在农村生活、第一次看到火车的人的反应却是奇特的惊讶："那，那边来了一个可怕的东西。"她好不容易才解说清楚她眼中的火车，"好像一个厨房拖着一个村庄"。同样写火车上的感受，前几年我看过一篇农村孩子第一次乘火车的散文。孩子紧紧靠在车窗口，盯着窗外的景物，一切都陌生，一切都感到好奇。突然，他诧异地惊呼："爸爸爸爸，为什么外面的树与家里的树不一样，家里的树站着不动，外面的树在退着走？"这种陌生的真实语言，一下子让文章生活气息跃然纸上。

　　陌生化写作不只是方法论，甚至可以从哲学本体论角度去理解，是在场写作"发现性"的重要内容，也是文学写作值得借鉴的创作思想。

谈谈散文的细节叙事

——以邓文静散文为例

在场微散文同主题征文已进行到第20期。我记不清是从哪期开始，无论是以前的评委初推模式，还是近几期的读者初推模式，每期评选，都有一个名字跳入视线：邓文静。

由陌生到熟悉，由反复到引起注意。

见仁见智当属正常，这个平台评选的公正性也毋庸置疑，只能从文本本身寻找答案。于是，调来邓文静在场主义散文群在网上发表的所有微文，逐一细读。就这样，一个鲜明的概念在脑子里形成：细节叙事。

散文作为一种叙事性文体，表现或呈现，当由叙事构筑的叙事流去完成，而不是说明、介绍、论述、抒情、形容、修辞等等。评判表现状态有一个词，叫张力；张力主要分叙事张力和语言张力。正是在这里，我们看到了邓文静细节叙事的力量。

所谓细节叙事，就是通过富有个性特色的叙事细节，生动、具象地呈现自己对书写对象的发现和存在的意义。

邓文静的细节叙事，有几个鲜明的特点。

在细节中表达发现。在《那些花儿》中，邓文静发现了什么？发现了日常生活中的花和用花做的荷包，这不仅是一种生活方式，更是这方地域文化的一个灵魂。从外婆、母亲，到"我"和女儿，花事不断，荷包不断。荷包里有细碎温情、生离死别，也有人间大爱、生命哲学。一方习俗，只有上升为文化，才有如此强大的力量。

在表达这种发现中，邓文静用了许多细节。比如表现外婆爱花："闲暇时，外婆拎着桶，拿着瓢，在花团间随意行走，给每一株花浇水；偶尔驻足，与一朵花相遇。外婆笑眯眯地看着花儿，花儿也笑眯眯地看着外婆，时光静寂缓慢。"又比如表现外婆爱荷包："外婆轻叹，拾起一片片花瓣，做了许多荷包，赠予左邻右舍。留一个最漂亮的给我戴上，说，花儿会老，香气不老。"再如表现荷包与生命的关系："我怕这些面目可憎的虫子，慌忙丢掉荷包，躲到外婆怀里。外婆笑了，不怕，虫儿是土里生的，它寻花来了。人老了，也得钻进泥土里呢……"

在细节中呈现意义。邓文静的《留一盏灯》，通过一盏不知来路的灯，照亮了人性阴暗的一角，也点燃了日渐迷茫的现世之光。而《蛇影》，则在蛇与人、蛇毒与农药毒、伤蛇与被蛇伤、蛇影与伤蛇阴影的多重纠结中，呈现了饥饿时代生命与人性的挣扎，而从关注生活、生命现象，到关心人性深处的疼痛。从审美，到审丑，邓文静对生活的体验在深化，对意义的发现在深化，文本的审美价值在深化，对叙事技巧的把握也在深化。

在《留一盏灯》中，路灯和那盏来路不明的灯，是灯的明线，母亲是灯的暗线。两线交织，照亮了人性的美与丑。"薄而凉的路灯，把她的身影拉得很长。见到我，母亲快步迎上来，推过自行车，拉着我的手，絮絮叨叨地说着话。握着母亲微凉的手，我知道她已等我多时了。"而《蛇影》中，蛇是一个阴毒、丑陋与恐怖的意象。但文中真正的蛇影，不是那个特殊年代蛇与人的尴尬关系，而是饥饿时代生命与人性的挣扎：明明知道地方习俗里有这样的价值观念："每个葬在山上的先人，都有蛇庇佑……"而在饥饿之下，又不得不"祖父骨节咔嚓作响，闭着眼抢下镐头……""翌日，祖父家炊烟很旺，缭绕了半个村子。全家人饱餐了蛇肉。"

在细节中抵达深刻。邓文静的《庇护》，表面上看是写一家几辈人的关爱，实际上是人类对生命庇护的伟大天性和生命的美丽存在、生生不息。从这个意义上讲，《庇护》呈现了人类生命与其他生命的本质区别。同样，

《那只消失在秋深处的猫》和《囚鸟》，也是写生命的，动物的生命。一个"表达了人猫共存的爱对世俗的挑战，及对世间生命的尊重"。一个"呈现了社会与人性的复杂，以及一位单身母亲多舛的命运和坚强的形象"。三个作品相互关联，层层递进，从不同角度呈现了人性、动物性、人的生命与动物生命的关联性，形成立体多维的大生命审视格局，具有较大的生命审视深度。

邓文静对生命意义的审视，是通过细节叙事来完成的。在审视人的生命时，我们看到这样的细节："外婆闭上眼，过了好半天才慢慢睁开，泪如雨下，她一遍遍地抚摸着二姨冰冷的身子，哽咽地哼唱着：天黑黑，落雨了，小娃娃，睡觉了……""二姨出殡时，外婆双手死死地把住棺材，不让盖棺。她就那样直直地盯着二姨，喃喃地说，我不哭，哭了就看不清闺女了……外公和母亲用力掰开了外婆的手，才发现外婆的指甲已嵌进肉里，渗出了血。"在审视动物（猫）的生命时，她写道："'有猫自来不吉利。'父亲不喜欢它，见它过来就一脚踢开。它知趣地躲到一边，舔着自己的毛发，低低地叫了一声，声音几不可闻。"动物生命的卑微，被人格化了。在审视动物（鸟）与人生命关系时，她写道："她愣了几秒，倏地敞开窗，打开鸟笼。黄嘴试探着走出来，左看看，右瞧瞧，'啾啾'叫了几声，箭一般冲出去。"

邓文静是富有写作天赋的，对文学叙事的特点有一种天生的敏感，尤善以细节呈现，以形象取胜。无疑，这是一条正确的路子。但邓文静毕竟还年轻，无论是文学还是人生，都才刚刚起步，难免有稚拙之处。比如，关注的重点，不要仅仅停留于家里琐碎，视野可以放得更开阔些，与时代的脉搏贴得更近些；在注意呈现的隐约性、增强叙事张力时，不要忽略了生活的逻辑性，过分的隐忍与跳跃，会损伤叙事流的流畅与完整，出现晦涩断裂，最终影响意义的表达；叙事的张弛契合上，也还有值得探讨的地方。

但瑕不掩瑜，邓文静无疑是在场主义散文群中一位值得肯定的优秀作家！

我读与读我

介入的力量

周闻道 编

SPM 南方传媒 | 广东人民出版社

· 广 州 ·

图书在版编目（CIP）数据

介入的力量 / 周闻道编 . —广州：广东人民出版社，2023.4

（我读与读我）

ISBN 978-7-218-16472-4

Ⅰ . ①介⋯　Ⅱ . ①周⋯　Ⅲ . ①散文评论—中国—当代　②纪
实文学—文学评论—中国—当代　Ⅳ . ①I207.67　②I207.5

中国国家版本馆CIP数据核字（2023）第037559号

JIERU DE LILIANG

介入的力量

周闻道　编

出 版 人：肖风华

策　　划：李　敏

责任编辑：李　敏　罗　丹

封面设计：WONDERLAND Book design 仙境

责任技编：吴彦斌　周星奎

出版发行：广东人民出版社

地　　址：广州市越秀区大沙头四马路 10 号（邮政编码：510199）

电　　话：（020）85716809（总编室）

传　　真：（020）83289585

网　　址：http://www.gdpph.com

印　　刷：广东鹏腾宇文化创新有限公司

开　　本：787 毫米 ×1092 毫米　1/16

印　　张：15.75　字　　数：231 千

版　　次：2023 年 4 月第 1 版

印　　次：2023 年 4 月第 1 次印刷

定　　价：108.00 元（全两册）

如发现印装质量问题，影响阅读，请与出版社（020-85716849）联系调换。

目 录

在场

在场主义辐射下的存在之思

——周闻道散文论

□　陈剑晖[①]

　　散文作为一种自由灵动、率性，且特别注重个人体验的文体，最可贵的是创作主体思维方式的独特和对于存在及诗性之思的不懈探求；或者说，是散文家精神世界的日趋成熟与辩证，以及心灵的丰满与强大。而在这个演化的过程中，又必然离不开散文家对时代与生活、历史与现实、文化与人性、存在与诗性等多个维度的深刻理解和真切把握。

　　周闻道的散文正是这样。

　　周闻道的散文创作，从最初的写故乡童年，写"家"的物质和情感构成，到写"官场词语"、国企变法，再到"七城书"、思想智慧、"暂住"人口，题材越来越多样和开阔。其中既有对日常生活的诗性感悟，更有对民众生存困境的当下性展示；既有对"经秋植物"的生命探究，还有对西方哲学和哲人的追问，等等。难得的是，在不断拓展题材的同时，作者对当下的介入越来越自觉和坚定，对社会、人生的剖析和生命的思考越来越成熟深刻。其散文文体风格，也正朝着正确健康的方向自由延伸，而且呈现出一种

---

　　①　除剑晖，中国现当代散文研究中心主任，华南师范大学文学院教授。

思辨的力度和阔大的气度。显而易见，周闻道如他所倡导的在场主义一样，自始至终在探索一条理想的散文精神与现实生活紧密结合的艺术之路。而他在散文创作上所取得的成就，除了自身的禀性与天分，后天的修为、勤奋、善思和丰富的人生阅历等因素外，更主要的是源于他对散文的痴爱与投入，源于他对散文性、在场精神和现实生活的深刻理解，此外还有对于散文理论的自觉，以及对散文艺术变革的执着追求。

从现代散文的创作类型来看，散文大体上可以分为两类：一类以周作人、丰子恺等人为代表。此类散文文字浅白，自由随意，像老朋友聊天般娓娓道来。一般来说，这一类散文只适合于阅读和体味，并不需要太多阐释。另一类散文以鲁迅的《野草》、史铁生的《我与地坛》为代表。这类散文往往有较丰富的思想内涵，其文字富于象征和隐喻，因此给读者和批评家留下了许多阐释的空间。很难说这两类散文哪一类更优秀，因它们各有所长也各有所短。周作人式的聊天散文似乎是散文的"正宗"，但读者倘若没有与周作人相近似的人生阅历、审美趣味、心境和文学造诣，则很难真正感受体味到个中的"苦味"和"涩味"，至少我从来就没有进入过周作人的散文世界。相较而言，我更偏爱《野草》这一类，尤其是《我与地坛》，读了不下15遍，可以说是常读常新，每次阅读都有新的人生体会和生命感悟。周闻道的散文创作，似乎更接近鲁迅、史铁生这一路。虽然他也写过一些轻松浅白的文字，但因他本质上是一个发现者和思想者，所以更倾向于怀疑、追问和思考事物的本真，指向终极价值。如此一来，就产生了《七城书》《庄园里的距离》《边际的红》等几本颇具智性与深度的散文集。在我看来，这是周闻道散文中最有价值的部分，也是他在在场主义精神的辐射下，对当代散文创作的拓展和推进。

米兰·昆德拉说过，小说是关于存在的思考。我认为这一论断同样适用于散文创作。如果说小说主要是通过丰富曲折的故事情节、各种各样的人物塑造和独特的叙事方式，诉说其对人类存在状况的了解，那么，散文创作则是通过对日常生活片段的真切描述，捕捉时代风潮之变迁，揭示现实生活中人的精神流向，探索现代人的心灵秘密。从这一角度看，在今天这样一个商品经济高度发展的时代，在哲学和科学对人的存在日益淡忘、现代社会对存在的遮蔽日益严重的背景下，散文更应张扬其自身灵动快捷、长于思考、适于抒情、关注心灵以及自由表达的认识和审美功能，义无反顾地担当起探索存在、敞亮存在的重任。也许正是意识到这一点，早在2005年，以周闻道为代表的一批眉山散文家，就高举"中国新散文批判"的旗帜，表现出了对当时喧嚣一时的"新散文"的强烈质疑；继而，他们又于2008年鲜明地亮出了"在场主义"旗帜，创立了汉语写作中第一个自觉的散文流派。"在场"这一富于存在主义色彩的提法，意味着散文对人的存在处境的一种探索和反思，同时意味着散文从过去只关注浅表的生活现象、风花雪月、个人经验，只关注外部的世界，到关注事物的根部，关注存在的价值和意义，以及人的心灵世界、精神状态和生命内涵。因此，在本质上，我认为散文的终极目标不是展示现实，而是探索存在，发现意义，是"存在之思"。这是散文真正有意义和有深度的写作之所在。而关于"存在之思"的散文写作，必然是从怀疑和反叛出发，展示人类生活的焦灼、悲苦和荒谬，同时体现出散文审美内涵和形式的相对性和复杂性：崇尚怀疑，追求多元，认同模糊。

周闻道近年来的散文创作，在我看来正是对"存在之思"写作的最好阐释；而以城命名的系列散文《七城书》，更是"存在之思"的范本，同时也是在场主义散文流派的标志性作品。《七城书》写了七座城，即迷城、空城、蛊城、玻璃城、危城、欲城、皇城。让我们先来看《迷城》。作品中的"我"从乡村来到城市，但在城市中，却完全迷失了自我，搞不清自己是主人、居民、过客，抑或旁观者。甚至怀疑自己就是一个电话号码、一个汽车牌号。而更为可怕的是，当"我"进入"迷城"，竟仿佛"走进了一个身体的迷宫，声与光的交响，钢铁与水泥的重量，很快便让我们感到了危险与压力"。而街道的宽度，同样使"我"感到"一种生命中不能承受之宽"。这种由"宽"造成的看不见、摸不着的压抑，包括那座"泛着黯然而诡秘的光，令人捉摸不透"的政府大楼，都是对人的存在感的消解；或者说是对于人性、自由和温情的嘲讽。正是在这种无处不在的压抑和嘲讽中，人的视野变得模糊、价值变得混乱，人成了城市的迷失者。应该说，在《迷城》中，周闻道对现代中国城市的体验是独特的、新鲜的，也是深刻的。《空城》展示的是另一种生存境况。这座古怪城市的一切都是格式化、机械化和空心化的。市民大会的会场竟然空空荡荡，主席台上的讲话者只是一个道具。图书馆的书全都没有署名，没有章节，没有页码，没有图文，每一本都是空的。而夜总会的舞台上，没有演员，没有乐师，没有报幕员，只有一块大大的长框，镶嵌在舞台正中的位置。显然，周闻道给我们讲述的是一个寓言式城市的故事。他从现代哲学中发掘了一些象征与隐喻的元素，以此揭示现代人主体的缺席、灵魂的丢失，并时时让读者感受到一种既抽象，又是权威的控制力量的无处不在。而作为寻梦者的我们，将在这样"一座没有名称，没有地址，没有灵魂，没有历史，也没有未来的城市"慢慢耗尽生命，最后"像广场中央那尊镂空的雕像一样，变成一个空心人"。

如果说《迷城》是城市的"迷失者"对于人性压抑的真切体验，《空城》是对于空心化城市和空心人的精神探测，则《欲城》是人类欲望膨胀和变异的集中展示，它是一幅幅活色生香的"欲望化时代"的浮世绘。《危城》更为吊诡：因城市中心一块悬石移位，威胁着城中人的生命，于是，这座城市的平静生活被打破了。市政机关没完没了地开会却没有结果，最后将责任推给文物管理所，文物管理所长从京城请来专家鉴定悬石上的图案和符号，却在高速路上出了车祸。这样悬石依然悬在人们头上，随时有滚下的危险，而人们的神经从此更为紧张，生存境况更为恐怖了。《危城》讲述的其实是一个发生在当下的现代性寓言，即在一个权力至上、物欲横流、人性扭曲、生态遭到严重破坏的社会环境中，人的生存状态随时随地都处于一种不可知的危机和恐惧中；而真正的、更大的危机，还不是那个高悬的巨石，而是由悬石折射出来的社会反思的缺失。

在《玻璃城》中，周闻道要告诉读者的是另一个残酷的事实：在权力控制和科技控制结盟的时代，城市其实已被格式化、玻璃化和凹镜化了："在这座城市里，每一个人（包括一切物象），都被预先置于一个透明的容器中，既身不由己地透视别人，也毫无保留地被别人透视。"这有点像福柯在《规训与惩罚》中所描述的境况：在一个规训林立，惩罚无处不在，人被置于全景监视和控制的社会中，人还有什么资格奢谈个人的自由、价值和尊严？《玻璃城》正是涉及这样一个现代哲学命题，并通过具象进行深入阐释，其立意高远、构思独特、想象力亦十分超拔。《蛊城》和《皇城》则有异于上述5篇作品。《蛊城》写的是作者到湘西寻访放蛊者的故事，中间穿插关于蛊的各种新老传说，作品有点怪异，有点神秘，却与现实紧密相连。透过弥漫于作品中的神秘氛围，我们不难感受到作者对于民间文化的向往和邪恶力量的抗拒，而这同样是一种存在，一种真实；特别是对灵魂蛊的发现，意味隽永而辛辣，具有非常深刻的现实性。《皇城》中，这样的描写同样耐人寻味："置身于这座皇城里，再灿烂的阳光，也驱散不了那一种彻骨的阴冷。""在一片迷茫的壮丽中，第三座山峰从远处的迷蒙中浮现出来，两峰夹持，一把龙椅的形状在视野里清晰地出现，空荡荡的两峰之间，落日正从第三峰的肩部一点点下坠，就像一个人，在一把巨大的龙椅上慢慢入座……"这是一个什么意象？皇权意象。它植根于我们几千年的封建厚土，具有顽固的思想惯性，让一切虚妄的现代标榜显得苍白无力。像这样的描写，虽没有前述那些作品的后现代意味和尖锐犀利的批判性，但因其深刻的存在之思，已深深嵌入历史的追怀中，因而作品显得厚实而真实，有一种历史厚重感。

综上所析，可见《七城书》的确是一种存在之思的写作。当我们进一步研究比较会发现，这种写作与传统散文相比，有诸多不同的可资借鉴之处；它不仅为在场写作提供了成功的经验文本，而且可以说为整个当代散文写作提供了积极有益的探索。

首先，它从怀疑和思辨出发，全方位呈现了现实生活的困境和人类存在的荒诞性。人类一切知识，都是从怀疑开始，以哲学终结的。存在之思的妙处在于：它巧妙地将认识的起点和终点熔于一炉，追问存在的根据，揭示存在的本真，发现存在的意义。比如在《空城》中市民大会的会场竟然空空荡荡，没有一个与会者。这样的场景，对读者来说并不陌生，因为它每时每刻都在我们身边上演。只不过周闻道将其略为变形夸张，并将其抽象化和符号化。于是，这些我们司空见惯的日常生活场景，便具有荒诞性和反讽性的艺术效果。

而《欲城》更是将这种荒诞性和反讽性推到极致。应该说，像周闻道这样集中深刻、别开生面地描写现代人欲望膨胀和变异，而且将日常生活上升到哲学的层面，在叙事结构中提炼出新的寓意，我们在以往的散文中还从未见到过。就如上面的"市民大会"一样，周闻道在《欲城》中所描绘的那些荒诞的欲望化场面，我们同样是司空见惯、习以为常的。因为它们是消费时代的一种伴生物，在许多时候，我们不仅对其麻木，对其视而不见，而且还会认为这是社会进步的标志。其实，这就是现代性的遮蔽。它以其"欲望机器"的疯狂旋转，摧毁了人的善良纯真，摧毁了传统社会的从容淡定与优雅，同时也摧毁了正常的社会秩序。

不仅如此，这种遮蔽还使人的价值混乱，使人感受到一种生命中不可承受之重。周闻道正是警觉到这一点，所以他沿着"去蔽、敞亮、本真"的在场主义创作理念，以荒诞与反讽的手法，展示了现代城市中种种欲望化场景，并力图探求欲望化的根源，这样他的散文便具有一种强大的艺术张力和抵达本真的穿透力。

其次，它从存在的多样性、复杂性和变化性出发，呈现存在的模糊性、不确定性和多义性。如上文所说，存在之思的散文崇尚质疑，追求多元。这一点，在周闻道的散文创作中有着十分明确的表征。比如说，你可以将《迷城》理解为一个乡村寻梦者，或现代城市人本身在城市中的迷失，可以理解为迷宫一样的城市，也可以解读为权力和现代性对人性的压抑，对自然与纯真的破坏。此外，周闻道还通过"小肠""大肠""胃脏""虫子"等意象，赋予城市人格化的属性，让作品的叙述触角扩展到乡村，在城市与乡村的多重联系中，揭示城市无情吞噬乡村这一残酷的现实。《空城》所表达的意义也是模糊和多样的。它既是现代城市空洞化、空心化的表征，又是人的灵魂空虚、精神麻木和荒芜的隐喻，同时它还暗含着作者对于同质化、格式化现代生活的忧虑。而《危城》中的那块悬石，更具有复杂的多义性指向。至于《玻璃城》，它不仅仅是对于权力、等级制度乃至现代性的批判，不仅仅表达了一个现代人在"全景监控"下的恐惧心理，而且通过对"未来镜"

的特殊功能和神秘色彩的描写，嘲讽了某些所谓科技创新的荒谬，及人性复杂性、多重性的滑稽，具有鲜明的在场批判精神。

周闻道的《七城书》不同于传统散文之处在于：在传统散文中，一般首先都有一个确定性的立意，再根据这一立意组织材料、设篇布局。这种散文的好处是"率彰显其志"，易于理解和分析，即使一般读者在阅读时也不会碰到太多障碍。这一类散文的缺点是主题过于单一，意蕴过于显浅，审美空间窄小，一目以见底。而现在，周闻道勇敢地颠覆了这种创作模式。他在洞察社会世情、体味人生百味的基础上，将个人体验、生命情调和理性思考置于同一调色板上，再将日常生活图像、生活细节与意象和象征深度交融，创造出多维的审美空间。如此一来，周闻道的《七城书》自然呈现出了一种全新的、独特的美学风采。

再次，它从作家强烈的主体意识出发，积极介入现实、关注当下，给散文提供了丰厚的现实土壤和社会担当，让散文富有了更坚实的美学价值。关于散文创作的主体性问题，我曾有专文论及。我认为，创作主体主要是指散文作家的主观能动性和独立性。它一方面强调人本质上是自由的，人是目的，而不是工具，不是意识形态的跟风者，也不仅仅是生活的忠实记录员；另一方面强调人的理性思考，强调精神的独创性和创造性，以及感情的介入和心灵的渗透，等等。因此，一个散文作家如果具备了这种高层次和强大的主体意识，他就有可能"视通万里，思接千载"，使外宇宙与内宇宙相接，让第一自然与第二自然融通，并通过主体的全身心介入，使散文产生超越性的、质的飞跃。《七城书》正是这样的作品，它充分体现出了周闻道强烈的主体意识。表面看来，它有点像卡夫卡的《城堡》，然而事实上，周闻道不似《城堡》中的土地测量员那样永远进入不了城堡。他不仅进入了七座不同的城——"介入"中国当下特定的城市文化语境中，而且他还试图去除日常生活中的遮蔽，从现代人生存的困境与荒谬中，寻求生活的本真，从混乱无序中发现存在的意义。显然，周闻道首先是受到现实的启发，而后对现实进行细致的观察、体验，由表及里，由浅到深，抓住"生命中不能承受之宽""空心的城市""灵魂的丢失""欲望化图像"等生活场景、生存世相和精神特质进行全方位描绘。因此，《七城书》的创作主体是强大的、独立的。它不仅从身体，而且从精神、情感和心灵上深度介入了现实。这样，周闻道的散文自然而然地便是在场的。

《七城书》实际上是周闻道对于城市的一种想象性解读。周闻道在"在场主义"散文结集《稻草人的信仰》的"代序"中提出这样一个散文理念：散文要"追求审美空间的无限宽广"。而在《七城书》中，因有了想象性的书写，于是，《七城书》的存在之思的审美空间是无限宽广的。它一方面具有了强烈的介入性和精神性倾向；另一方面超越了个人性和经验性。它既是自为的，又是自在的；既有多变性，又有丰富性和复杂性；既有鲜活的生命体验，又有独特的发现与创造。于是，从每一个看似虚幻的叙事中，都可找到现实的影子；不同的人、不同的时间，从不同的角度去解读，都会有不同的发现。正是这种写作的多种可能性，使《七城书》告别了意义单一的浅薄和陈词滥调，呈现出一种开阔大气、本真敞亮的澄明境界。

跨过《七城书》，把眼光投向整个周闻道散文，我们会发现，存在之思不仅已成为周闻道散文的个性风格，而且在其存在之思的写作中，往往是丰厚复杂的存在内涵与闪烁性灵的诗性光芒交相辉映，形成在场、思想、诗意、发现水乳交融的在场写作文本。

如众所知，散文创作有它的独特性。它不同于自然科学的具体、客观和明确，也有别于哲学的逻辑推理。因此，真正优秀的、能让读者的心灵受到震动同时获得审美愉悦的散文，在我看来还应在"存在"的后面加上"诗性"两字。这个"诗性"，我在这里解读为散文之所以为散文的一种品格和美质，也可以用在场主义同仁提出的"散文性"来概括。它直逼事物的本源，强调生命的投入，偏重想象、联想，叙述的灵动多变，语言的张力、活力、穿透力，以及节奏、色彩和韵味。周闻道深谙散文创作之真谛，他一方面执着于存在的追问，注重散文内涵的坚实；另一方面从"散文性"的身份归属出发，讲究散文的语言、叙述和文本创新，追求散文对存在的诗性表达。

诚如上述，周闻道是一个对社会人生有着深刻洞察的作家，同时也是一个生活的思考者和智者。他一直用一种怀疑和批判的眼光打量世界，也一直在思考现实的荒谬、个体的苦难和人类的困境等精神问题。这种创作倾向决定了他作品的质地是坚实的，但同时也是沉重晦涩，甚至是令人望而生畏的。难能可贵的是，周闻道的散文竟然能将"存在"和"诗性"如此完美地融汇于一炉。请看《庄园里的距离》中的散文《智慧，一个痛苦的分娩》《快乐，但不要惊扰灵魂》《追寻德里达的流云》《漂泊，或在理性中享受宁静》《躺在床上，让思想如此缠绵》《轻轻拨动叔本华的钟摆》《走进柏格森的时空隧道》《仰望天空，我无法找到标题》……单看题目，就富于诗性，令人眼前一亮。而当你进入周闻道的文本世界，你更是随处都可以捡拾到一串串的诗性珍珠。如《追寻德里达的流云》中：

> 我在某个不经意的瞬间，仰望天空，双目所见，是如此生动。那一朵朵流动的云，德里达的流云，就这样飘进了我的灵魂，令我产生一种相见恨晚的惊喜。静些，再静些，不忙解构，不要粗糙，让精神贴近宁静致远……
>
> 肉体渐渐从消解中淡出，世界沉入无边的淡静，天地间只有我一颗轻飘飘的心，在起舞弄清影。云是月，心儿是追月的嫦娥，追寻，是一个生命的契约。轻轻地，我就随德里达投入到了云的深处。不是惊扰，不是破碎，而是曲径通幽。（《追寻德里达的流云》）

就如"德里达的流云"，周闻道的文字是流动的、舒缓的，它既有诗的意象、意境和节奏感，又有散文的自由挥洒，此外还有哲学的思辨色彩。对此，同是散文家的伍立扬先生曾有精辟概括，他说周闻道的散文语言"富有思想性和洞察力，华丽却不媚俗，诗意而不浮华，睿智而不僵硬"。我以为伍立扬先生的评价是中肯的。

不但赋予散文以诗性语言，周闻道存在之思与诗性写作的独创性还表现在这样一些方面：其一，他特别擅长通过一些片段性的场景或细节，以延展性的思维进行诗性描写。如《追寻德里达的流云》抓住"流云"展开联想和诗性描写，既贴切德里达解构哲学的本质，也使德里达的哲学变得灵动可感。其他如《为黑夜的出现点一盏灯》《杏叶纹路里的自由》《仰望天空，我无法找到标题》《轻轻拨动叔本华的钟摆》均是如此。其二，用心灵来感受心灵。这在散文集《庄园里的距离》《边际的红》里那些写西方哲人和诗人的散文中表现得最为突出。在这些散文中，周闻道不论写苏格拉底、柏拉图、亚里士多德、培根、伏尔泰、笛卡尔、尼采、叔本华、海德格尔、萨特、德里达、庞蒂、柏格森、克罗齐，还是惠特曼、华兹华斯、贝多芬，总是尽力用生命去解读这些大师的内心世界，用灵魂去贴近那些伟大的灵魂。在《躺在床上，让思想如此缠绵》中，他这样写道："一个简单的'我思故我在'，又使我回到早晨，回到鸟语花香，回到床上……思维的羽翼以'我'为原点，缓缓张开，并聚焦于自我。不是窗外的世界都因我而存在，比如那些晨鸟，朝露，花草，还有小区里隐隐约约的脚步声。虽然，从经验判断，我也许可以做出多种揣测，他们大概是什么，怎么样，或不是什么。但我却不敢确认。没有任何一种知识，可以保证我的确定无疑。我能够确认的，就是此刻，我躺在床上思考，并因此而确定我的存在。……我尝试着贴近笛卡尔，用心体味世界。清晨的窗外，那些树，那些鸟，那些朝露，以及满院的绿肥红瘦，都澄清了所有的怀疑。"在这里，周闻道不是从抽象到抽象，用理性逻辑去演绎，而是用感性，用心、用生命来感知笛卡儿的"我思故我在。"正因为如此，这些作品才能成为周闻道散文中最华丽的乐章之一，也是我最为欣赏的周闻道的散文创作。其三，哲学、历史与现实互证。周闻道不仅学识广博，有极高的哲学修养和分析能力，而且善于将学术性、思辨性与文学性相融合。这样，他的散文特别是那些思想随笔便显得仪态万方、摇曳多姿，文采飞扬而且血肉丰满。

　　除此之外，周闻道还有一手绝活，他往往从散文性和在场精神的融合出发，力求从哲学、历史与现实之间的穿梭交织中，用现实的人事来解释深奥的哲学道理，让抽象的存在之思具象化。比如分析萨特的存在主义哲学，周闻道先是解读自在、自为和他在三种存在形式，而后以窗外的风景——一位时髦女郎和正在修剪花木的园丁来体验存在的不同样态。这样一来，萨特的存在主义哲学便不再抽象晦涩，而是生气勃勃、活色生香、具体可感了。而像这种从抽象到具象，再用具象印证抽象的写作策略，在周闻道的创作中并不是一个孤例，而是一种常态。

思与诗，思即是诗，诗即是思。这是海德格尔的思路。海德格尔认为"艺术的本性是诗。而诗的本性都是真理的建立"。尽管海氏在这里讲的是"真理"与诗的关系，但他认为思就是诗，诗不是一般意义上的诗歌，以及思应从存在出发，思把我们带向的地方不是对岸，而是一个澄明清澈的境地。所有这些观点，都可以开拓我们的散文视域，促使我们进一步去思考散文创作的难度和深度问题。当然，要真正做到思与诗的深度融合并非易事。我们看到，即便是周闻道这样的散文家，也有思与诗出现裂缝的时候。比如他新近出版的长篇纪实散文《暂住中国》，这部作品的选材很好，在揭示现实生活中底层老百姓的生存境况方面，无疑是十足在场的。特别是对小说元素的引入，注重在场精神和当下介入，追求散文的可读性和叙事完整，不谓不是一次积极的探索。然而作品却忽略了散文本身需要的诗性的柔软，理性过于强大而感悟不足。有翔实的叙事内容，但缺乏丰满的细节，导致心灵与感情的温润有所缺失，这在一定程度上削弱了在场主义所倡导的散文性。因此，从散文的存在与诗性之思的审美高度来要求，我认为《暂住中国》的探索并不是十分成功的。

毫无疑问，作为在场主义散文流派的发起人和领军人物，周闻道的散文创作具有独创性和开拓性的意义。他总是通过对人生社会的洞察和睿智的思考，来探究笔下的人事，并经常上升到精神和诗的高度。于是，那些迂腐狭隘的风花雪月的抒情，那些顾影自怜、鸡零狗碎的生活记录均与他无缘。他的《七城书》用有效的介入推动了散文"在场"的写作，也可视为当代散文深度模式书写的成功样本；而他那些写西方哲人的思想随笔，将深奥的哲学通俗化和生活化，将现实的此岸与理想的彼岸对接，而后将在场性、独特性、发现性与诗性相融合，抵达智性与本真至美的化境。像这样的思想随笔，在当代散文园地中，应该说是极少见到的。即便有相近的题材和主题，也未及周闻道的自由挥洒与丰厚深邃。周闻道其他题材和类型的散文，在在场之思的探索上，也均有可观之处。在我看来，这就是周闻道对当代散文的贡献。

不过，就目前来说，我感到周闻道散文创作的意义和贡献，似乎还没有被散文研究者们充分认识。尽管有不少关于周闻道的散文评论，但总体来看，周闻道还是被低估的。究其原因，一方面在于我们正处在一个缺乏耐心的时代，而周闻道却有太多的疑问；另一方面则是当下散文的泡沫太多，而读者又普遍缺乏一双发现美的眼睛，从而导致大量优秀之作被湮没或忽视。我正是有感于此，写了这样一篇评论，不是友情演出，更不是散文立场的改变，而是确实喜爱周闻道的散文，并希望从中能感悟到一些独特性的东西；另一个原因是希望通过评论周闻道，让更多的人了解在场主义散文。我过去曾批评"在场主义"散文宣言，但近年来通过阅读大量在场主义散文家的创作，特别是通过五届的"在场主义"散文评奖，我认为"在场主义"同仁们并不是哗众取宠，而是切切实实在为中国当代散文做些事情，从而使长期落后、波澜不兴的散文界有一些声响。因此，我期望有更多的散文家和散文研究者拥有存在之思的自觉，并积极参与到"在场"的写作与理论建构中。如此，当代的散文创作才有可能告别老迈、浅薄、苍白和平庸，在存在与诗性之思的实验探索中走向阔大与深邃。这将是散文的大幸。

在场主义散文的思想性和审美性探索

□ 陈泽曼①

2008年，在场主义散文作为"散文史上意义重大的'事件'"②出现在世人面前。2010年5月，周闻道和企业家李玉祥联手设立"在场主义散文奖"，如今已进行六次评奖。在场主义最初发布宣言之时，曾引起了学界的讨论和争鸣，周伦佑先生、陈剑晖先生、孙绍振先生等纷纷撰文，丰富对"在场主义散文"的理解。如今，随着岁月的积淀和评奖作品的纷纷面世，我们不得不思索何谓真正意义上的在场主义散文，在场主义散文应该如何拥有更为宽广的道路。

一、"思与诗"的争辩

在场主义散文一直强调的两个重点为"在场性"和"散文性"。然而，这两者要做到完美协调，却是为之不易。陈剑晖先生在第六届在场主义散文奖颁奖盛典的研讨会上提出，近几届评奖"在散文性和在场精神方面，把握似乎有一定偏颇，或者说在场性做得不够好，有失重之处。这两届评奖，我

---

① 陈泽曼，华南师范大学文学院研究生。

② 孙绍振：《当代散文：流派宣言和学理建构》，《文艺争鸣》2011年第3期，第64页。

们比较注重精神性、介入性和批判性"①。

陈剑晖先生提出的这个问题，实际上是在场主义散文奖评奖以来一直存在的问题。孙绍振先生早在第一次评奖的时候，指出林贤治《旷代的忧伤》"过于追求思想而艺术表现力不足"，从而指出"写作散文时应时刻提醒自己是一个散文家，而不仅是一个思想家"②。范培松先生更是直接撰文讨论在场主义散文的审美问题，他认为"当今散文的散文性问题不仅是个哲学问题，更重要的是审美的问题。哲学不能包打天下，它替代不了审美"③。李思瑾认为"散文要以情动人、以智服人，而好的散文往往让这两点融会在诗性的审美之中"④，这种"情"和"智"的强调，和孙绍振先生的"审美、审丑与审智"的散文理论系统有着异曲同工之妙。

可以说，当前在场主义散文是不乏思想性和在场性的。然而，同样是思想，文学特别是散文的思想，应该和其他学科（如历史学、哲学）有不一样的表达，才能显示自己的"异质化"。这种异质化，恰恰就是坚持散文的审美性。因此，思想如何和审美相结合，或者说如何艺术地表达思想，将思想内化在艺术中，则是当下在场主义散文所应该面对的问题了。

二、"思与诗"的得失

2014年，周闻道先生主编了一套"在场主义散文奖五年"丛书，这套丛书分为书选、文选和理论三个部分，可以说是在场主义散文奖的一个阶段性成果。集中地阅读这套丛书，可以窥见在场主义的理念探索，同时也可以检验其理论和实践之间是否存在着偏差。

在这套丛书中，最备受争议的莫过于林贤治的《旷代的忧伤》和金雁的《倒转"红轮"：俄国知识分子的心路回溯》（下文称《倒转"红轮"》）。对于《旷代的忧伤》，正如前文所说，孙绍振先生始终认为其

---

① 陈剑晖：《没有审美性就不叫散文》，《羊城晚报》2015年9月13日。
② 周闻道主编：《颠覆城堡：理论卷》，广东人民出版社2014年版，第306–307页。
③ 同上书，第153页。
④ 同上书，第201页。

"过于追求思想而艺术表现力不足"①，而《倒转"红轮"》更是引起了丁帆、孙绍振、南帆和陈剑晖等学者的争鸣。那么，这两部散文作品，是否真正存在着思想性和审美性的偏离呢？

《旷代的忧伤》从人类自由精神的角度出发，描绘了中外众多思想者的画像，展现了作者对尊严和自由的呼唤和追求。《倒转"红轮"》从知识分子的社会良知出发，展现了俄国知识分子的心路历程，以深邃的思想书写了知识分子的尊严和价值。这两者明显地体现了在场性和介入精神，两位作者的犀利和深沉，的确丰富了精神在场的内涵和维度。然而，在肯定两部作品的思想性之余，如果从审美性或散文性的角度来评价，这两部作品又能够给我们以什么启发呢？我尝试从以下三个维度，将其他获奖散文和这两部作品进行对读，探究在场主义散文"思与诗"的得失。

1. 主体体验维度

相对于其他的文体而言，散文是最能够突出创作主体的个性和体验的。正如单篇奖得主刘醒龙先生所说："看上去散文是一种广受欢迎的文体，实际上散文又是与读者最不相干的一种文体，其非虚构性决定了它必须是写作者的一种心灵状态。"②所谓写作者的心灵状态，突出的恰恰是"散文作家的人格主体性"③。同时，第五届在场主义散文奖提名奖得主塞壬女士认为"之所以强烈地想要把某个东西写出来，那它一定是具备独特性的、秘密性的"④。因此，人格主体那种独特、秘密的体验，应该是散文的核心所在，它也是散文审美性的组成部分。

在场主义散文奖中，有一部耐人寻味的作品——《巨流河》。在场主义在"散文性"文体特征的阐释上，提出了四个关键词：非主题性、非完整性、非结构性、非体制性。其中，在"非完整性"方面，提倡"对宏大叙

---

① 周闻道主编：《颠覆城堡：理论卷》，广东人民出版社2014年版，第306-307页。
② 周闻道主编：《空谷传响：对话卷》，广东人民出版社2014年版，第286页。
③ 陈剑晖：《诗性想象：百年散文理论体系与文化话语建构》，广东人民出版社2014年版，第82页。
④ 周闻道主编：《空谷传响：对话卷》，广东人民出版社2014年版，第280页。

事和元叙事的拒绝，对全景式和全知全能描写的摒弃"①。齐邦媛的《巨流河》恰恰是对宏大叙事的描写，它诉说的是"家族的命运沧桑、国家与民族的大命题"②。然而在这样的宏大叙事面前，读者感受到浓浓的审美性。在作品中，作者呈现的思考建立在细节化、个人化的基础上，特别是那种细腻的个人体验，让我们感受到一个学生在国破家亡的动荡环境中的所思、所感。在这样的主体体验中，读者自然而然能够感受到作品所传递的思想力量。这样的精神介入，可谓内在化地、艺术地表达了思想。

夏榆的作品也有耐人深思的一面。他的关注点直指最底层的矿工生活，在亲身的体验中，书写了个体如何在暗无天日的生存环境中获得自我拯救的道路。虽然他的书写在某种程度上存在着自我复制的危险，但我们依然能够深深感受到作者所传递出来的能量。因为在所有的书写中，作者的主体体验汇聚成一个鲜明的艺术形象，即在黑暗和无聊的矿区环境中，坚持不懈看书的抗争形象。正是这个由主体体验汇聚而成的艺术形象，读者便在这种审美中感受着他的纠结、奋斗以及与世俗的格格不入。

然而，在《旷代的忧伤》和《倒转"红轮"》中，由于选择了思想者的题材，作者侧重的是思想者本身的经历和思想，他们的书写也能够让我们感受到这些思想者的精神风貌。但是，我们在阅读的过程中，却比较难以感受到作者独特、私密的个人体验，难以看到一个独特的林贤治和金雁。

正如《旷代的忧伤》授奖词所说的，"林贤治的书写源于阅读，他习惯于在阅读中与那些因思想而受难的伟大灵魂对话"③。然而，这些对话的意义更多地体现在思考力度上，而不是原发于个人的独特体验。金雁的《倒转"红轮"》更为明显，在阅读的过程中，我们看不到散文主体"我"的出现，那么也更加看不到属于主体的秘密体验了。在这里，我们可以将金雁的另一部作品与之进行对比。"在场主义散文奖五年"丛书在《倒转"红轮"》之外，还收录了金雁的另一篇散文《从陇西插队到考研》。从思想深

---

① 周闻道主编：《颠覆城堡：理论卷》，广东人民出版社2014年版，第8页。
② 周闻道主编：《时光河：作品卷》，广东人民出版社2014年版，第4页。
③ 周闻道主编：《大忧伤：作品卷》，广东人民出版社2014年版，第5页。

度上看，这篇散文自然比不上《倒转"红轮"》的关怀深度。但是，这篇散文却能够让读者感受到一个活生生的、有血有肉的金雁。实际上，无论是陇西的插队生活经历，还是考研时期的各种有惊无险，都在折射出那个年代的生活背景，折射出处于"文革"时期的那一代人的生存境况。这种生存境况的展现，并不是通过严肃的思想史考证而来的，相反，它是通过金雁这一个独特的个体，从生动的生活细节中渗透出来的。正是散文主体独特体验的存在，我们才能够感受到那种散文的张力。

2．诗性语言维度

什么样的语言才是诗性语言呢？它是一种"建立在人的存在和生命本真的基础之上，同时又吸收了汉语'诗性资质'的散文语言"[1]。

在龙应台的《目送》中，"我慢慢地、慢慢地了解到，所谓父女母子一场，只不过意味着，你和他的缘分就是今生今世不断地在目送他的背影渐行渐远"[2]。这一句话之所以能够广为流传，正因为深邃的思想表达中又带着一种灵性，这种理性和感性的结合，给读者留下无限的想象空间，拓宽了散文的审美力。

在《从莫斯科电报开始》一文中，筱敏仅用一句"说这话的时候他的枕边正搁着一本《地下室手记》，而我在网上订购的《一个大国的崛起与崩溃》正好也送来了"[3]，便形象表达出两代人的阅读代沟。这种代沟是悄无声息的，却又是无以真正消弭的，形象化的语言诉诸理性的思考，留下无言的韵味。

在毕飞宇《父亲的名字》中，结尾一段"父亲在电话的那头再也没有说话。我在等。我们父子俩就那么沉默了。后来我把借来的手机关了。我决定让我的孩子姓毕。其实我不想让孩子姓毕——我还好，我的儿子也还好，可

---

[1] 陈剑晖：《诗性想象：百年散文理论体系与文化话语建构》，广东人民出版社2014年版，第227页。

[2] 周闻道主编：《大忧伤：作品卷》，广东人民出版社2014年版，第157页。

[3] 周闻道主编：《时光河：作品卷》，广东人民出版社2014年版，第241页。

我理解我的父亲，这个姓氏里头有他驱之不尽的屈辱"①。作为小说作家，毕飞宇在驾驭散文语言时，能够将小说的文字表达功力渗透于散文中，从而形成一种难以模仿的味道。一段话中，每个小句独立成句，就那么一个小小的情境，就能够让人感受到"文革"对人的戕害是一种延续性的伤害。这体现的正是毕飞宇散文的语言节制，他在叙述之时能够巧妙地控制叙述场面，形成一种无法抹去的诗意之美。

相对而言，《旷代的忧伤》和《倒转"红轮"》的语言，则侧重于理性的分析，更加偏向于历史和哲学的思考。

在《倒转"红轮"》中，作者的语言主要是建立在严谨和理性的分析上。例如"分裂教派是如此，中国的儒家是否也是如此？古儒反对'秦制'的思想资源，在摆脱专制的近代化过程中应当起作用，但摆脱专制当然不是要回到'周制'，因此索翁面临的悖论或许并非仅仅是俄国现象"②。可以说，短短的两句，足以看出金雁的思考功力，从索尔仁尼琴到中国儒家，从秦制到周制，从中国到俄国，这些复杂的关系自然而然地串联在一起。这样的语言表达，在《倒转"红轮"》中比比皆是，然而这种语言主要是一种学理性的语言，那种长句子的功能，主要是揭示各种事物之间的逻辑关系，它激发的是读者的理性思索而非审美空间。

在《旷代的忧伤》中，林贤治透露出的则是哲人般的思考。例如在《走向大旷野》一文中，他分析了托尔斯泰那种与自己的阶级格格不入的感觉，以及身处上流社会而心存民众的迷乱。作者的语言也如托尔斯泰一般充满着殉道的精神，充斥着一种与世抗争的无畏感。如"他抵抗自己，一如抵抗政府。他剥夺自己，抹杀自己，一如视权力为虚无"③，读者在这样的语言表达中，感受到的是托尔斯泰巨大的精神力量。然而，这种过于哲思性的语言，终究缺乏了一种弹性，缺失了散文应该拥有的味道。

---

① 周闻道主编：《个人史：作品卷》，广东人民出版社2014年版，第240页。
② 周闻道主编：《时光河：作品卷》，广东人民出版社2014年版，第118页。
③ 周闻道主编：《大忧伤：作品卷》，广东人民出版社2014年版，第91页。

3．审美意境维度

陈剑晖先生在《诗性想象：百年散文理论体系与文化话语建构》一书中，将散文的意境和诗歌的意境相区分。他认为散文的意境"偏向于实情实境的叙述，特别是对生活场景和生活细节的描绘"①，称之为"文境"。虽然陈剑晖先生认为"散文意境的有无也不是评判一篇散文优劣的唯一标准"②，然而散文的意境（即"文境"）却是评判散文审美性的一个维度。

齐邦媛的《巨流河》展现的虽然是国家与民族的大命题，然而全书却不乏灵动的文境。虽然有抗战的紧张，但是书中也夹杂着她对中外诗词的阅读以及鲜活的阅读感受。虽然是在流亡的途中，但是也不乏美好和诗意："我独自躺在床上，听着纱窗的扣环在秋风中吱嘎吱嘎的声音，似乎看见石灰漫天洒下：洒在紫金山上中山陵走不完的石阶上，洒在玄武湖水波之间，洒在东昌街公园，洒在傅后岗街家门口的串串槐花上，洒在鼓楼小学的跷跷板上。死亡已经追踪到我的窗外，洒在刚刚扎上竹棚、开满了星星似的茑萝花上。"③在同一段话中，读者一方面感受着刀光剑影的战争氛围，另一方面可以看到那一串串的诗意荡漾在战争的残酷中。松弛结合，让齐邦媛的文字充满着无限的张力。

冯秋子的写作风格也有点类似于齐邦媛，让人印象深刻的是那篇《1962：不一样的人和鼠》，其中最让人触目惊心的莫过于对老鼠自杀的描写。因为老鼠的粮食都被人剜走了，老鼠也面临着被饿死的处境，因此它们只能选择集体自杀："这是1962年秋末冬初。草地里长着分叉的蒿子秆，耗子踩着一块石头、一截木头，爬上了离地一尺高的蒿秆的分叉处，把头往蒿叉里一卡，一跃身，用两条后腿爪将头紧紧抱住，使劲抻自己的头，一直抻到断气为止。"④这种壮观的画面，怕是写到了绝处了吧。隐射着生活艰难

---

① 陈剑晖：《诗性想象：百年散文理论体系与文化话语建构》，广东人民出版社2014年版，第210页。

② 同上书，第221页。

③ 周闻道主编：《时光河：作品卷》，广东人民出版社2014年版，第9页。

④ 周闻道：《黑暗记：作品卷》，广东人民出版社2014年版，第163页。

的场面，有着巨大的审美震撼力。这种意境，能够将老鼠的死亡写得如此惊心动魄，顿时让人心生敬畏，也深深映衬出人类的困难境遇。

相比较而言，由于林贤治和金雁侧重于精神思考和讨论，因此作品也缺乏了一定的审美意境。这种审美意境，并非传统意义上的由意象所构成的审美画面，而是在叙述的过程中构建出让读者想象的空间。这个想象的空间，可以通过一些文学"闲笔"得以实现。正如上文所说的《巨流河》，在战火纷飞中石灰洒下的场地并不需要交代出来，然而正是这种"闲笔"的存在，读者却能够在这一片空间中建构出当时的画面，从而在其中感受作者的思想表达。因此，指向精神向度的散文，虽然不会因为审美意境的缺失而损伤其思想的力度，然而倘若加上审美意境，则能够更加深化散文的精神力量，实现思想性和审美性的完美结合。

三、结语

"在场主义散文"自面世以来，通过各种方式不断壮大。理论的争鸣、散文年选的出现、在场主义散文奖的设立、丛书的出版以及独立刊物《在场》的面世，这一切都在丰富着"在场主义散文"的内涵。多种因素的共同作用，特别是"在场主义散文奖"的设立，实际上会在无形中引领着散文的导向。

正如陈剑晖先生所指出的，近几年来，在场主义散文奖在"在场性"方面有所失重。一旦过于侧重在场性而忽略了审美性的维度，某种意义上，也是一种"遮蔽"，而这恰好是在场主义散文一开始所反对的东西。散文一旦牺牲了审美性的维度，将会走进危险的地带中。那些散文专属的、能够体现散文"异质化"的元素将会迷失，而散文也将失去了唯有散文才能表达和发现的东西。

因此，作为一种面向内在心灵以及私密性的文体，散文在介入现实和表达思想高度的同时，还应该在其中突出主体的体验，同时在表达的过程中增强语言的弹性和审美的意境。只有同时具备散文的思想性和审美性，即在场性和散文性，在场主义散文才能拥有一条更为宽广的道路。

· · · · · · ·

读心

内在生活的探寻者与构筑者

——周闻道散文的思想意蕴及内在局限

□　向宝云[①]

在一个"终结"的时代，文学不可避免地遭遇了"存在"的危机，文学的合法性似乎也成了一个问题，被越来越多的作家、诗人、批评家不断提及和考量。文学不再揭示真理，不再呈现诗意，不再提供快感，日常生活的丰富与精彩反证了文学的单调与贫乏。在匮乏的时代，文学的想象为我们提供了一个意义的场所，文学阅读成为超越有限、获取自由的精神之旅；在盈余的时代，人们总是追求此岸的、现实的满足，作为想象的替代性满足的提供者，文学遭到了人们斩钉截铁的遗忘与抛弃，文学的时代沉沦为文本的时代，拒绝阅读使文学创作变得艰难。

当生活要求变为艺术的时候，文学以其迷人的光芒陶醉我们、丰富我们、提升我们；当艺术要求变为生活的时候，文学成为精神的弃儿，日常生活的审美化无情地贬损和挤压着审美的日常生活化；当最高傲的诗人也要通过裸体颂诗的行为艺术吸引公众注意，当最精粹的诗歌只能以恶搞的方式证明自身存在的时候，文学无可挽回地堕落了。文学中门槛最低的散文似乎更

---

①　向宝云，文学博士，文艺理论家，四川省社会科学院院长。

不可能享有更尊崇、更高贵的命运。

　　但是，周闻道的散文为我们提供了文学存在的理由，唤起了我们对生活新的感觉，为我们提供了一种内在生活的方向和可能性。无论现实怎样丰富，传媒怎样发达，都不应该也不可能替代和消灭文学的存在。那是因为真正的文学可以为我们提供一种内在的生活，此乃文学的内在本质和最高禀赋。只要人类还保有不断超越的意愿，文学必将成为人类高贵精神的目击者和守护神。

　　周闻道的散文让我们深切地感受到作者那一双发现的眼睛和那一颗阅读的心灵。作者既有敏锐的感觉，又有宏阔的视野。面对一条河、一棵树、一朵花，面对大地、青草、春阳，他总是思绪起伏，不能平静，为我们提供一种新鲜的感觉、独特的感受、丰富的感情和深邃的感怀。他总是能够以丰富的联想、超凡的领悟，带领我们走向历史的深处和生活的深处，让我们从凡俗的世界超拔出来。在《一个城市的切片》中，作者将三轮车夫的纯朴与真诚描绘得真实可信，我们读到的不是作者浅薄的同情，而是对于人性最本真的感动。在《就这样与大地窃窃私语》中，作者对阳光、流水、草场的亲近与虔诚，使其"不知不觉，一切尘世间的欲望，功利，烦恼，疲惫，都被它带走。人由此变得纯粹而伟大"。在《与大佛对视，解读一种眼神》中，作者为我们剖析了自己的心路历程，是大佛那双睿智的佛眼，那颗坦然的慧心启示作者，人要"有一颗正直善良的心，淡泊名利，但有时心里也有一些不平衡；厌恶贪婪与自私，但却不能根除内心的私意；乐于助人，也接受过别人的帮助，有时还难免暗中计算一下得失"。在《有些花看起来很美》中，作者不仅为我们提供了有关花的丰富知识，还对鲜花的文化内涵有着自己独到的发现和解读，富有深意地考量了鲜花美丽背后的精神承载："在基督传说中，耶稣被钉在了十字架上，鲜血汩汩流出，滴在地上，浸润了死寂的泥土，滴血之处，便长出了一朵美丽的玫瑰花。"由此作者得出结论："有些花看起来很美，千万不要轻易迷醉。"

　　作者走进山水田园，书写的还是自己心灵的感悟，自然现象与社会现象只是自己感受的投射或载体。在《牧场上的月光曲》中，作者关注的不是牧场经济的发展，而是牧场音乐给自己带来的冲击与震撼："可惜，刚进牧场的凝重与僵硬，让我们对外界的感知变得迟钝，如此大美，竟被我僵硬的心自然屏蔽。""在这样的地方，听见这样的曲子，我的心竟有一种醉醺醺的感觉，忽地弥散着莫名的亲切与唯美。"作者关心的是牧场对自己心灵的震慑和灵魂的浸润，而不是像一般人关心的是牧场的运作模式和经济效益。

周闻道的散文写作形成了"感受+哲理"的模式。在《走，咱们出发吧》中，通过朋友一次没有预约的邀请出游，作者联想到了李清照的"寻寻觅觅"、诗仙李白的"仗剑去国，辞亲远游"，提炼出了率性、随缘的人生意境："没有深思熟虑，没有准备，没有顾虑，充满未知的出发，更能反映生活的本质以及出发的含义。""不要有太多的顾虑，也不要刻意准备，反正，考虑再充分，也会有未知。要等待什么都准备好了，把一切都考虑得四平八稳，妥妥帖帖才出发，也许我们就永远难以成行。"在《总有些风景要被错过》中，作者提炼出了"人生就是这样，最伟大的人，也不可能阅尽人间风景；最卑微的人，也有自己的伊甸园"。在《寻找巴金的家》中，作者发现"巴金的家本就不应以物质形态存在的，它是一种精神，是一种早已幻化为人间美好高尚的精神家园。带着世俗的心，是永远找不到的。可惜，许多人仍像凡俗的我一样，在满世界寻找"。在《诞生在冬天里》中，作者对于生与死、美与丑有着辩证的思考，纠正了自己关于"冬天是冷凝的，萧瑟的，是十恶不赦地摧残生命的恶魔"的偏见与误解，认识到"死亡并不是属于一切生命，往往是有生命在死，有生命却在诞生"，"只要心诚，再漫长的等待也是美丽的"。

作者对自然的关怀与对人类的悲悯，源于其敏感而柔软的心灵世界。在他的散文中，有对"妈妈"的亲切称谓，这是意味深长的。对一个中年作家，尤其是中年男性作家来说，更可能的称谓应该是"母亲"。这似乎可以说明，作者有着明显的走向内心、回归童年的心灵冲动，但也使其悲悯有了一些矫情的成分。如在《牧场上的月光曲》中，"牛以小痛换取大痛，内心留下的是更深的疼痛；挤奶工却以这种肌体的疼痛，换取钞票、小康和内心的幸福。这，也许就是牛与人命运的不同"。这样的思考与悲悯似乎有些走火入魔。在《一个城市的切片》中，作者在烧烤摊上与街头歌手的遭遇说明作者并未能很好地协调美好与功利的关系，献歌的人并不因为其对经济效益的追逐而对音乐的艺术性有任何损害，消费者、欣赏者自可听之，也可拒之，似乎不必"心一下掉进冰窖里，不断地往下沉，越陷越深"。

现在该回过头来说说周闻道的写作身份问题。一个作家的写作身份是十分重要的，甚至是命定的，无论他的写作题材如何变换，总有对身份的坚守。无论是乡村记忆，还是城市经验，都会透露作者身份的秘密。周闻道是一个地方官员，但很显然，周闻道的散文不是一种官员写作。近年我们看到大量的官员散文写作，诸如国外考察、国内取经，表面都是和工作联系、和事业结合，书写和反映的都是经济发展、社会进步、文化繁荣等宏大叙事，但我们从中却读不到知识，读不到思想，读不到灵魂。周闻道称自己的散文是"在场"的写作。何谓"在场"？"在场"就是不缺席，就是不回避现实矛盾，直面人生。一方面，周闻道的散文不是让我们消费的，而是让我们思考的。他在让我们感到深刻的同时，也感到几许沉重；他在真诚地提醒我们，不要浑浑噩噩，不要随波逐流，不要游戏人生。周闻道的散文通过记忆、经验、想象，构筑了一个内在生活的意义世界，让我们恢复了对事物和生活的原初感觉。但是，另一方面，在现实的层面，我们恰恰没有感受到周闻道的"在场"。他没有，或者很少直接地纪实或叙事，反而写的都是自己的业余生活、内心生活，写他对生活和人生的领悟。这里面充斥的是灵魂的拷问，缺乏的是现实的追问；充斥的是对普适价值的认同、敬畏和追求，沉湎于深远的终极关怀，缺乏的是批判与愤怒的现实关怀。摩罗、余杰等的思想散文，是源于现实、针对现实的思考，是关于社会实践的思考；而周闻道的思考，是源于心灵、针对心灵的思考，是关于自我的理论的思考。因此，周闻道是在发现哲理、提炼哲理、创造哲理，他只是在用自己的感悟来证明、证实古圣先贤的思想、智慧，因而其鲜活度、冲击力、创造性稍显不足，还缺乏足够的清澈与透辟。

近代以来，知识分子有着最具道德感召力的崇高形象。原因在于，知识分子多是以受难者的身份出现。而20世纪90年代以后，此种状况大为改观，知识精英与经济精英、权力精英合谋，成为现实中的受益者，生存的焦虑克服了，自我实现的期许遗忘了，启蒙叙事被悬隔了，知识分子的写作已变得轻飘和可疑起来。在周闻道那里，我们读不到知识分子的身份焦虑，尽管在那里有强烈的道德感和内省意识，有深刻的悲悯感和忧患意识，但缺少的是现实批判精神，这也是其散文缺乏震撼力与清晰感的缘由所在。文学艺术应该是对现实的不满和对生活的超越，如果我们在作品中看不到拒绝与愤怒，势必影响作品的理性深度。

法国著名社会学家布尔迪厄说过，知识分子如果批判社会的同时不把自己当做批判和反思的对象，就不会获得关于社会世界的真理性认识，当然也就不会对社会世界有什么作为。在我看来，完整意义的知识分子要坚持思想的信念、发挥知识的效用，必须具有这样三方面的禀赋：反思批判精神，道德正义勇气，专业学术素养。当前，知识分子正高视阔步地走向市场，而不是走向内心。所以，当我们在纷乱迷离的喧嚣与浮躁中阅读了周闻道的自我拷问，及其对一种内在生活的探寻与构筑，便觉弥足珍贵，心存感激了。

洗涤现世尘埃的心灵自救

——从《对岸》看周闻道的散文创作

□ 邓芳①

读完《对岸》，我的第一个感觉是周闻道的散文在当今散文界是一个"例外"。他的散文创作不属于被学院派赞誉的、以艺术的纯正为特质的"艺术散文"，不属于以思想取胜的"人文散文"，也不属于散文界的另类"新散文"。然而文学最多"例外"，也崇尚"例外"，因为"例外"丰富了文学的多样性。周闻道本着自己的个性和生命内在的呼唤从事散文创作，如果仅仅从通常所谓审美价值标准的角度去审视周闻道的创作，将不能充分揭示其价值。我们暂且不论周闻道的散文艺术性如何，而是从另一个角度探讨散文创作对周闻道的人生起了怎样的作用，应该也是一件很有意义的事。

一、自我潜在本性的显现

荣格认为，艺术是人生的梦，是治疗心灵疾病的灵丹妙药。荣格这一文艺思想是为沦为科技、金钱、权力的附庸，以及丧失了鲜活灵魂的现代人摆脱尴尬处境而指明的一条拯救之路。在荣格看来，"创作法"可以促使现

① 邓芳，乐山师范学院中文系副教授。

代人恢复生命朝气。"生命朝气该是他的本性，而不是那个被误为自我的自我；那是他的新自我，因为他的自我现在已经得利于其内在的生命力而开始激励起来。他尽力把内心深处的活力透过笔画表现在纸上，因为他发现到那前所未见、闻所未闻的精神生活之潜在本性。"[1]在这个意义上，我认为周闻道所从事的散文创作及其作品不只是单纯的艺术问题，还包含着比艺术更有价值的东西。

在周闻道的散文作品中，我们很容易发现一个与他在现实生活中政府官员形象不同的抒情主体——农家子弟。他在作品中念念不忘二十四节气和地道的农民父母，并铺展着大量的景物描写。这些内容对于周闻道来说，不仅是抒发即时之情感，也不仅是用以表达对生活的一些浅表感悟，而是实际对应着作者心灵中潜在的本性，以及他生命中根性的东西。"节气""自然""乡土""母亲""父亲""太阳""月亮"等，这些意象潜伏在心灵的深处，从作者带有强烈自叙色彩的笔触中，我们可以感受到作者的精神生活领域，触及一种人类所共有的潜意识。

> 一片嫩绿的原野，长满了许多不知名的树，又像是草……几点细碎的雨珠打在脸上，有丝丝凉意……这该是儿时乡下的白雨了。妈妈曾说过，落白雨，生菌子。赶紧回家带上铁锹或锄头，等雨停后，到后山采斗鸡菇、青冈碗和三踏菌。沿着溪边的小路踯躅而行，雨，越来越大，在微风的鼓动下，手舞足蹈，在周围的树叶和草上撒欢，脚发出有节奏的声响……
>
> 突然，我醒了。原来又是梦，又是一个美丽的梦。（《对岸》）

多年的摸爬滚打，可能失去生命的依据，失去鲜活的灵魂，而自然、乡土、母亲就像立春的小雨，可以洗去现实在作者心灵上留下的尘埃。《空城》就形象地表现了现代城市中人无法确认环境、无法确认自我的虚无情怀

---

① 见［瑞士］C. 荣格：《现代灵魂的自我拯救》，黄奇铭译，工人出版社1987年版。

和无根的精神困境。而农家子弟是有根的，他们根植于乡土，依循节气而生活、行动。二十四节气是农民生活的根本，农村人有了二十四节气，行动便有了规律可循，他们的生活也就有了底气。作者这个曾经的农家子弟，试图抓住自己曾经拥有的根性的东西追寻自我，恢复生命的勃勃生气，淡化现实世界的影响力。

自我的潜在本性，生命中根性的东西，并不是仅凭理性就可以寻觅得到的，可以说是作者创作中的无意识动机，为满足作者的心灵需求而形成了作品。正是这些来自心灵的作品，为创作者的生命带来了"新的平衡作用"。

二、自在的审美心境

在《对岸》一书里，我们可以看见一个"自在"的审美主体。之所以说他是自在的审美主体，是因为散文创作在作者那里似乎是一种生命欲望的表达，一种存在的方式，而不是理性的沉思。作者以审美的态度面对人生和世界，表现出怡然自得的心境。作者似乎在力求摆脱一些世俗的烦恼，包括意义之类的东西，但他恰恰在审美的过程中获得了一种新的意义。"所谓审美现象，实际上就是生活在世界中的人自己绘出的一个意义世界，一个与显示给定的世界截然不同的世界。只有居住在、生活在这个富有意义的审美世界中，人才不至于被愚蠢、疯狂、荒诞置于死地。"[①]作者出于逃避愚蠢、疯狂、荒诞的世界与命运，本能地进入审美的世界，这恰恰是对灵魂最好的救助。

在《就这样与大地窃窃私语》《盘古的眼睛》等作品中，我们可以看到作者作为审美主体因为那种浪漫的审美态度而获得的心灵快乐。作者以审美和浪漫的态度去解读世界和生命的同时，也就是以审美的世界替代了残酷的现实世界。让心灵栖息于这个新的意义世界，这是周闻道获得快慰和幸福的特殊方式。

当人拥有一种审美心境时，也是可以重返灵魂故乡的时候。因为此时，

---

① 见刘小枫：《诗化哲学》，山东文艺出版社1986年版。

人能超越经验和逻辑的遮蔽，用心灵发现原始意象或神话中民族祖先的灵魂所在，发现人类精神现象的原初整体表征，从而获得一种难以言表的幸福。如在《盘古的眼睛》一文里，作者是这样表达的：

> 当我看见月亮时，我的心灵震撼了。仿佛目睹了开天辟地，混沌初开的震撼，像漂泊多年的游子，受尽了旅途的磨难，终于回到了魂牵梦萦的故乡……
>
> 当我想到盘古时，心里竟悠然地涌起一股无名的激动，像突然见到久别的父母，禁不住泪流满面……
>
> 盘古的眼睛，像一道智慧的祥光，照耀到了我身上。我怎不激动，不感动万分呢。这是一种化神奇为俭约，化枯燥为生动，化抽象为直觉的眼睛啊！……我感到无比的幸福。
>
> 有位大哲说过，这眼神，是献给万物的产床，苍茫，浩渺，混沌；是人类共同的母亲，博大，慈爱，坚定。
>
> 在盘古的眼睛注视下行走，我感到，每一个生命个体，都是伟大的。左眼为日，右眼为月，我们还有什么担心。（《盘古的眼睛》）

这样的审美的心境，远不止是单纯的艺术问题，而是一种内在情感，一种生活方式。这种相信神话、拥抱原始意象的生活方式是基于同情、善意、温柔这样的意志人格之上的。《盘古的眼睛》闪现出真正诗意的东西——安慰的、温馨的、幸福的东西。作者用诗意为自己，也为读者营造了一个与残酷的现实世界截然不同的感觉世界，这个世界可以终结人类因异化而造成的精神分裂苦痛，可以在这个世界里重新寻觅到自己的灵魂。

三、分裂的艺术

在《对岸》中，来自作者心灵的作品具有令人感动的艺术感染力，因为这样的作品包含了人类共有的无意识心灵内容，总能触及甚至唤醒读者心灵中沉睡的精神，让读者陷入深深的思索之中。然而在《对岸》中，这样的作品并非它的全部，自我潜在本性在一些作品中只是一闪而过，一些象征自我内在本质的动人意象没有得到深入的发掘，最后却被知识性的联想淡化了，甚至消解了。作者自己也许还未真正意识到追寻自我潜在本性的重要性，未意识到自我的潜在本性是获得生气与自信的根本。在《对岸》中，许多作品出自满足意识理性的生命意志，即渴望文学声名的意志力而创作，如《轻轻拨动叔本华的钟摆》《在伏尔泰的极乐庄园散步》《尼采发现的死亡》等所谓哲学思想式散文。这些散文文字飘浮，抽象的哲学思想与作者的生命相疏离。本来哲学的沉思对于作者发掘自我并不是毫无益处，但真正于作者的自我有益的思想必须是从个人生命体验中升腾而起的思想。

所以，整部《对岸》似乎给人一种分裂的感觉。一方面是"创作法"带来的生命的沉潜，作者在创作中追寻着自我潜在本性，追寻着灵魂的故乡；另一方面是作者并不以追寻自我本性为最终目标，而试图通过创作获得生命的世俗价值——名声，并由这种意志鼓舞着疯狂的妄想，精神活动中的自救动机被遮蔽起来，自我的潜在本性再度处于心灵的黑暗角落。这种分裂的状况不利于作者心理的健康。按荣格的心理学观点，一个缺乏社会适应力、毫无成就可言的年轻人才应以培养意志为上策，以适应社会；对于那些年纪已经到了人生后段的人，便不需再去培养自我意识和意志力了，而应该学习去了解他自己的内在本质，利用其创造力为自己谋福利，以恢复生命的底气、产生自信，并摆脱以依赖他人来确定自己、确立自信的病态方法。

如果作者能清醒地意识到自我潜在本性的重要性，真正成为自己的主人，忠于自我而行为，那他才能成为真正生活的艺术家；如果作者能将意识与无意识相交通，并居住在自己的心灵中，那他才能成为真正幸福的人。这样的生命状态也将成就真正的散文艺术，结束分裂的状态，印证那句"艺术创作拯救人的心灵，被拯救的心灵成就辉煌的艺术"的格言。

四、散文是自我的文学

所谓散文，即"创作主体以第一人称的'独白'写法，真实、自由的'个性'笔墨，用来抒发感情、裸露心灵、表现生命体验的艺术性散体篇章"①。我们可以从散文的概念明了散文有着与小说、戏剧等叙事文学不同的文体特征与审美规范，明确它作为抒情文学的艺术思维方式和耕耘的"地盘"。

无疑，"自我"是散文审美的重心，创作主体的内心世界是散文表现的对象。散文这种"向内"文体的艺术魅力在于作者情感的真实和情感强烈的程度，更在于对创作主体内心世界挖掘的深度。对心灵世界挖掘越深，散文越深邃动人，但一般的散文作者往往浅尝辄止。散文"向内"的文体特点和"真实"的审美特征，决定了散文是勇敢者的文学。散文的魅力在于作者心灵世界的曝光，人性的勇敢裸露，其文体威慑力也在于此。许多作者在散文创作上半途而废，或者徘徊不前，散文难以走向辉煌的原因也在于此。

周闻道的《对岸》，"自我性"较突出，每篇散文都是由"我"出发，抒发内心情感，表达对生活的感悟。我们可以看到曾经的农家子弟对生命中一些根性东西的触摸，可以看到一位公务员奔走在世界各地时的所见、所闻、所感。作者的文体意识清醒，所以作品具有个性之美。但《对岸》对心灵世界的挖掘较为浅表。周闻道的散文创作以表现知识宽广度的自由联想见长，而心灵中还有大片未耕耘的处女地。只有心灵世界敞开了，才能发现真正的自我，所谓的精神的家园、灵魂的故乡才会清晰显现。就散文艺术而言，也只有对心灵世界进行深度挖掘，散文的情感震撼力、思想独创性才成为可能。只有对心灵世界进行深度挖掘，散文创作才能自救，也能救人。

---

① 见刘锡庆：《散文新思维》，河北教育出版社1998年版。

在诗意中展示个性思考

——周闻道《点击心灵》序言

□ 傅恒[①]

　　没有思想的文学作品是画在纸上的树，能够看见树的形状，看见画画的人折腾在上面的色彩，却感受不到树的生命。

　　用别人的思想装点出的文学作品，会引人走进种满向日葵的大田，眼里全是一模一样的向日葵，连花的朝向都是同一个方面。这样的景象，或许会凭借其花哨，让人看第一眼时心里颤抖一下，接下来，便再也不愿意往深处前进，因为得不到新的、独特的感受。

　　真正的文学作品离不开独到的思考和见解。读这样的文章会像痛饮正宗的而不是假冒伪劣的酒，总要情不自禁发出由衷感叹——感叹什么不重要，重要的是情不自禁。

　　这是我读周闻道这本散文集想到的。有朋友向我推荐了他这本《点击心灵》，读过之后，便生出这番感慨。

　　周闻道泉涌般的诗化语言铺天盖地，这种豪情随处可见。单看他写黎明就弄满了"一条街"。他认定黎明外在的美就是静——"静静的楼房，静

---

① 傅恒，四川省作家协会副主席，党组副书记，著名作家。

静的庭院，静静的花草叶瓣上静静的露珠"，把静的黎明写意表达得淋漓尽致，甚至静得有点让人发怵。

别以为这就结束了，文章中，诗化黎明的静才刚刚开始。接着他"仰望天空，清朗的天空不仅没有四川盆地河谷地区冬季常有的浓雾，甚至没有寒风没有浮云，空旷得可以一眼望到底。尽管几颗不服气的星星使劲地眨巴着小眼，希望为黎明的宁静制造一点喧哗，却适得其反，倒令人想起'蝉鸣山更幽'的诗句。一轮缺边的月亮已倦容满面地沉入西边的地平线，等待与太阳交接班的时间。月中的桂树好像掉光了叶，令守望的吴刚失望地离去，留下个'琼楼玉宇，高处不胜寒'的感觉……"

这还只是上了路，离尽头的距离尚远。我当然不准备再"转载"，因为我找到了比他更豪情的感觉——我很得意没有被他华丽的文字外表弄糊涂，我迅速被他随处可见的独特思维所吸引。

他固执地认定黎明的真正含义是光明击退黑暗。守望黎明，可以在守望中参加太阳与月亮的交接仪式，目睹黑夜怎样败北，阳光怎样来临。而黄昏在他的心中是消极的，黄昏是将光明让给黑暗。尽管这话有点与哲学过不去（因为哲学说黑暗的后面永远是光明），但文学如果不冒犯其他学问，文学就早已被其他学科取代，早就不存在了。

作家的思考注定要同其他学科一样，必须注重个性化。作家如果没有独立见解，作家的思维也就一文不值。

周闻道最吸引读者的，就在于他的思维不是别人的复印件。

故乡的河永远是文学艺术家瞄准的点，这方面的作品多得无法统计。周闻道同样没有放弃这个写作点，不同的是，他写得与别人有着明显的区别。面对故乡的河，他没有"啊"，没有"呀"，也没有"唱歌"。尽管他也认为蜀南的水泰然自若，沉稳含蓄，一副大家闺秀气派，但他没有纠缠于事物表象，更多的是关注这条多少辈以前就从自家门前流过的河，为什么会取个名字叫"思蒙"。别人答不出来，他就自己去悟：思，是思想、思考、思索；蒙，含有遮蔽、隐藏、未知之意。他由此认定，造物主安排一条美丽的河流横躺在自家门前，把大地分离出此岸和彼岸两片天地两个世界，不就是要让我们一代又一代不息地对大千世界中许多遮蔽、隐藏、未知的东西去探索、去发现吗？

找到这番依据，周闻道于是理直气壮地把思索看作自己的使命。正是靠着这种意识，他的文章自然就不容易淹没在别人的文章里。

他"走近城市"，在别人认为繁华的城市里，他看到了孤独，看到都市生活中的人群面临的巨大被动与无奈。浸泡在如林的楼群中，他反复揣摩，虽然没有来得及考证楼房诞生的背景，但他断定楼房的起始不是为了节约土地，而是传统世俗的一部分，是标榜与昭示。这种世俗拉开了人与人之间的等级，等级又拉大了人群与社会的距离，楼房的主人远离了大众，最终是孤立了自己。包括用以标榜和昭示的楼房，实际上也是属于这个城市，而不是属于一再自我炫耀的楼房主人。

周闻道要说的当然不仅仅是楼房，也不仅仅是楼房的主人。

有了这种心态，周闻道便一再表现出对大自然的偏爱。说偏爱绝无贬义，没有爱好的人大多有异化痕迹，作家如果没有个性化的视点，便很难写出打动人心的文章。周闻道"走过四季"的感受可谓丰富多彩，他的泉涌般的诗化语言在万千景象前得到充分的张扬。可喜的是，他没有酸溜溜地一味描绘风景，也没有落入借景抒情言志的俗套，他把自己的心绪同景象结合得浑然一体，让读者在阅读中平添许多有趣有益的观感。

他对夏季始终赞赏有加，他说夏天是一个伟大的季节，是生命力最旺盛的季节，也是一个将生命之美展示得最生动的季节。在夏天，世间万物都显得真诚而自然，显得生机勃勃。由于夏天的伟力，人和自然都无私地呈现出生命本源的意义，到处是生命的灵气，到处是生命本色的美。即使是夕阳西斜时，林盘里袅袅升起的炊烟，也表达着一种生命节律的跃动。走进夏天，才蓦然发现，什么叫生命之美的自然主义经典，在这里，连世界级的文学大师都相形见绌。看得出，周闻道是借颂扬没有粉饰和包装的美，呼唤人类，呼唤社会坦诚。

周闻道豪情喷洒，但"走向自己"时，却让人在阅读中读到他思绪中的 *丝丝伤感*。

他觉得期盼是一种美丽，却带着几分苦涩。每当母亲知道他和妻子要回家，会早早来到古井旁，站到最高处，带着幽幽的眼神翘首企盼。母亲经常站立期盼的地方，竟隐约留下两个浅浅的脚印！仔细辨认，禁不住泪流满面。

高中毕业参加工作，应该是一大喜事。但当他背负简单的行囊，踏上村口弯弯曲曲的小路，把生养他的老家放在身后时，偶一回首，大喜的心态竟然也升起一缕莫名的惆怅。

秋收时的一次偶然，家里笼养的鸡鸭鹅冲破牢笼，在田埂上误食了毒饵，家禽全军覆没。看着母亲含着眼泪收拾横七竖八的死鸡、死鸭、死鹅，他流血的心在颤抖，这幅凄惨的家禽覆没图，从此成了心灵深处永远抹不去的阴影……

周闻道借助他的诗意文字，把一丝丝的伤感带给了读者，使人感同身受。

翻阅这本集子，让人感到有力度的厚重文章中，《走过凯旋门》应该算一篇，倒不是因为此文篇幅长，如果与中篇小说和长篇小说相比，此文的文字量只相当于零头。但文章包容的思想，绝对不是以文字的多少来衡量的，而是来自作者思考的新颖度和深度。

周闻道崇尚胜利，崇尚英雄，同时也觉得不要忘了英雄功成名就背后的故事。他评说"凯旋文化"，更多的是忧虑衣锦还乡后，随之而来的享乐、腐败、倾轧、独裁……我不想在这里评介这篇文章，我怕歪曲或削弱了文章的旨意和分量。

我只想说，文学创作就这样，尽量从个人的视点去切入生活，以此构成与别人不一样的思考角度，对生活做出具有个性特征的判断，然后再用特定的语言形成表达出来。否则与文学无关。

飞翔的寻梦者

——《点击心灵》读后

□ 黎正光[①]

四川历来人杰地灵，眉山更是浸孕着传统文化之地。周仲明（周闻道本名）由于工作生活都地处眉山，在为人、为事、为官之道上，深受苏东坡的影响是显而易见的。

几年前，初识仲明的散文作品，是在汉语文学网站上，当时对他的作品并不觉得有什么特别之处，只认为他仅是一名业余作家而已。事隔不久，他便开始大量地投稿。由于我在网站工作，他的许多稿件一写完便发过来，我相信，我是较早读到他的新作的读者之一。

几年过去了，现在仲明的散文创作已发生了巨大变化。这种变化来源于他的勤奋，来源于他对人生、对生活、对散文本体的深切思考，来源于他作品数量与质量的提高。《点击心灵》散文集的出版，便是仲明这几年散文创作丰收的见证。

捧读《点击心灵》这本散文集时，我不禁非常感慨：这些作品这几年中我几乎全部读过，而且许多篇章记忆犹新……

---

① 黎正光，先锋诗人，汉语文学网站站长。

一、在都市中感受并发现着生活的真谛

并不是每一个现代人都能在喧哗中深切地感受到孤独的。仲明却能从"小区的诱惑""小区的误会""小区的背影"中，从"繁华的超市，夜间闪烁的霓虹，莺歌燕舞的娱乐城，豪华的星级酒店，发达的交通通信……"里感受到"物欲横流的异化观念，体制扭曲下的多重人格"。他情不自禁地感叹："城市成了一个令人捉摸不透的怪物，人的灵魂越来越游离于城市之外，变得越来越孤独。""与其说是自己在主宰这个物质世界，不如说是这个物质的世界在冥冥之中主宰着自己。"

商品经济改变着从农业社会发展而来的观念与生活中的一切，田园诗般的童话生活被残酷的现代文明所取代。这是历史的必然。然而，只有对生活有独特思考并有独自感受的人，才能用犀利的笔尖，挑破现代文明那温情脉脉的面纱，将它那真实而残酷的一面展现给读者，以便引起更多生命对生活流变的思考。

此外，仲明还从《理性的湖滨》中，通过一座小岛旁的湖滨，感悟到这样的人生哲理："理性是成熟的标志，是创造的动力，又是创造的结果。"当他在春夜漫步时，他感到"无形的夜色和灯光的混合物，填充了同样无形的空间，融合成一个完整的树的影子"。通过对人影、树影、山影的思考，他还感到"人的思想动机行为也有某种影子"，"而这种影子的最大特点就是把人的本质和真相深深地掩盖或隐藏，留给你一个模糊的不可捉摸而又可以从不同角度解读的抽象的人"。这既是他的感受，也是他的发现。这样有一定思想深度、独特感受的散文比那些内容空泛、空洞无物的散文更令人喜爱。

二、用生命的激情抒发着对大自然的挚爱。

仲明是个性情中人。他热爱生活，真诚待人。然而，从本质意义上来讲，他又是一个钟情山水的文化人。面对春风、秋月，面对鲜花、绿树、小草和那些小鸟与蜂蝶……他都本能地热爱并喜欢着它们，他笔底下涌出的赞

美源自他生命最真实的感受。

面对春天，历代中外名人不知写下多少名篇佳句。然而，仲明却常感到"春至无痕"，"我看山，山不显春"，"我望水，水不露春"，"春至无痕，春去无声。当你还没有注意到春的来临时，其实春早已来到你的身边"……谁不为身处纯粹自然之美的春天发出令人神往、令人留恋的感慨呢！然而，仲明的感叹却充满青春和哲人的气息："只有心中有春的人，才能拥有春意永驻的人生。"

仲明出身农村，童年的生活对他一生都产生着巨大的影响。他热爱生活，熟悉农事与多种节令。他对麦收时节的体悟是最具代表性的："收麦的心情，是一种本源意义上的收获的心情，成功的心情。……当你看到入仓的麦子为耕耘了一年、盼望了一年的农人带来的微笑，你会由衷地感到，奉献与收获竟是如此完整地联系在一起的。"

无论是《雾散的日子》后看到的《破土的叶芽》，还是《猜想杜鹃》之后的酷夏，无论是《酒醉的月亮》还是《感受冬季》，或是他心中《珍藏的秋影》——这些作品都无不呈现出一个生命对大自然的热爱。"四季是大自然的奇妙节拍，不同的人，对每一个节拍都能品出不同的韵味。"仲明正是一个能品出四季不同韵味的人。

三、对人类社会与历史文化的自觉反思

假如我们仅仅认为仲明只是一个热爱生活、热爱大自然的人，那是远远不够的。我们衡量一位艺术家的思想境界、他的胸怀与远见卓识，靠什么呢？当然也还是要靠阅读他的作品，尤其是他的代表作。

仲明在写作中没有拘泥于他身边的凡人俗事。他的思绪在飞翔，他的目光在拓展，他的笔触在延伸……他可以坐在通往峨眉山金顶的缆车上浮想联翩，可以"激扬情怀"地"整个身心都在悄悄消融，幻化成秀山云海间一只纷飞的蝴蝶，一朵盛开的杜鹃……"他可以想到"一种相思，两处闲愁"时的李清照，更能感受在山河破碎、饱尝国忧家难之后要"生当作人杰，死亦为鬼雄"的李清照。

特别值得一提的是《到达精神的彼岸》与《走过凯旋门》两篇散文。我个人认为这两篇散文是《点击心灵》这部散文集中的优秀篇目。人活在世上，总得有点理想，庸庸碌碌地昏活一世，那跟动物有什么区别？试想，102名清教徒在历经65天艰难困苦的航行之后，见到新大陆却不急于上岸，而是议论与思考怎样面对这片新土地……《五月花号公约》的诞生，不仅是一部宪法，也是对独立、平等、民主、自由、和平的向往与追求。我们人类现在依然需要新的《五月花号公约》。

《走过凯旋门》是一篇分量颇重的散文，仲明站在巴黎的凯旋门前，思绪纵横驰骋中外，联想到无数的英雄们。无论是统一中国的秦始皇，还是汉高祖刘邦与西楚霸王项羽；无论是曹操还是洪秀全……

崇拜英雄也是人类的优秀品质之一，不崇拜英雄的民族肯定是一个没落的民族。问题的关键在于，仲明能从历史人物中剖析英雄的含义，给予我们以新的启迪。纵览中外历史，为什么美国的弗农山庄像一颗耀眼的明珠，闪烁在人类历史的长河中？因为她有像华盛顿这样具有优秀精神品格的英雄存在。弗农山庄，"它以如此鲜明、独特、光华夺目的魅力吸引着历史、吸引着世人，像航标灯照亮了人类凯旋文化精神圣殿"。

四、对生命充满人性的关爱

从许多散文中可以看出，仲明是个至情至性的人。他对花鸟虫鱼的关爱，对露珠、小草，对友人、家人，对身边的人和事，都用心关爱着。从某种意义上讲，说他是一位生活中的博爱主义者也不过分。

无论是在紧张的工作中还是在闲暇的休憩里，他都用充满温情的目光注视着"晓晓为爱私奔的过程"，思索着"被误读的夏收作物"的缘由，关爱着那些"罗湾娘儿"的今与昔，担忧着不语的岷江……无论他是在"雾散的日子"里讴歌春天，还是用"夏天的标点"诠释生命的意义，还是怀着人文的关怀"走进秋天的梧桐"，或是真切地去"感受冬季"……

我们常谈生命的意义、生活的目的、人生的价值……当你读完《点击心灵》这本散文集时，你就会慢慢回味和体悟到书中的许多人生哲理，感受到作者对自然和生命那真诚执着的人文主义关怀。这正是作者做人做事的真情所在，也是永远闪烁在书中的思想光芒。

仲明的散文，无论是抒情叙事还是议论或是描写，他都有一种从容不迫、娓娓道来的自若状态。他用生命中最真切的真情对待人与事，对待大自然中的一草一木，他涉及的题材极为广泛也很平常。在他那清新、朴素且具有文化底蕴的笔下流淌着的，还有对文学的真情，他的语境是透明而率真的；他的内心涌动着生命的激情；他的散文无论是在构思立意还是审美的价值取向上，都已逐渐开始形成自己的艺术风格。同时，也愿他今后的作品能关注更多的国际国内大题材，融入更多的形而上思考，艺术感觉的笔触再细微精妙些。真诚祝愿他成为艺术天空中一名飞翔着的寻梦者。

浓浓乡土情　沉沉思索意

——周闻道散文集《点击心灵》读后

□　沈阳①

也许，在中国散文写作界，四川作家周闻道算不上鼎鼎大名的散文家。然而，在众多散文作家之中，要论对乡土的关怀，对现实的反思，对人性的思索，周闻道的散文却一定是出类拔萃的。读过四川出版集团天地出版社2005年1月推出的周闻道散文集《点击心灵》，我对其散文透露出的这种印象就更加深刻了。

周闻道的散文，涉猎题材十分宽泛。举凡家乡的河水山川，龟裂的泥土大地，异国他乡的独特风情，乡村深处倚门守望的孤独老人，城市边沿行色匆匆的年轻游子，小到一草一木，大至社会动态、人伦情怀、时尚风气，都能使我们从其文章中得到种种品味；洋溢其间的浓浓乡土之情和沉沉思索之意，不是缓缓流露，就是怦然迸发，总能让人灵魂为之震颤，思想受之感染。

毋庸置疑，周闻道散文也从大散文和传统散文中吸取了长处与精华，他博纳了其中的智慧，丰富了自己的写作手法。但是，他并未受传统散文之

桎梏，而是突破传统散文之掣肘，取其先进的价值观，结合自己对现实的思索，对人生的感悟，对生命的关注，对自然的瞩目，把一个思想者的思索，用优美的散文笔触，交还给读者，让读者去细细品味，去慢慢掂量，从而达成与读者的互动，启发人们共同注视社会、人生与自然，这可是中国众多散文作家目前最缺少的胸怀，而这样一种胸怀，正是一个人文气息浓厚的散文作家所必不可少的修养。

更值得称道的是，周闻道散文中透露出来的浓浓乡土之情，是作家通过对大自然、对家乡、对人居环境的细心观察和潜心思索而得出的思想性结论。透过众多现象看本质，显而易见，它已经上升成为作家的一种强烈的生态意识，体现出的正是作家对自然性生态环境和社会性"生态环境"的关注。而这，起码目前还是不少停留在吟风弄月、描山画水的散文作家们并未涉及的题材。也许由于功力不够，也许由于思想麻痹，总之对自然生态与社会生态缺少关怀的散文作家大有人在，这也使得周闻道的散文在众多散文中鹤立鸡群、独树一帜。

其实，周闻道并非只钟情散文。多年来，他已经习惯于在散文、杂文、报告文学、文学评论等领域耕耘跋涉，所获成果也颇为丰厚，出版有《夏天的感觉》《悲剧，本可以避免》《主权回归前的香港》等各类题材的作品6部，这本散文集《点击心灵》是他的第7部作品。但从过去到现在，可以明显感觉到的是，随着时间的推移，周闻道——这位平凡生活的精神守望者，他的眼睛愈来愈尖锐，思想越来越敏锐，观念也更加新锐。但愿散文界多些这样的思想者，去"点击心灵"，感染读者的思想……

精神的高蹈或者突围

——关于周闻道《点击心灵》等系列散文的思想性和独语性

□　沈荣均[①]

一

关于思想散文，首先于我们的印象是高深莫测，一副不食人间烟火的面孔。当然，这种感觉源于一种经验性阅读误区。不可否认，当下思想散文写作的确存在这样一种现象：先入为主、排斥大众化的个性写作、主体在场感的严重缺失等。于是，有作家认为"散文不应当负载得太多"，提倡纯审美写作——净化文本，表现在写作实践上对思想和意义的消解。有人把优秀散文划分为三个层面：充满文采的语言、浓郁的情感、崇高的思想。这种划分虽然偏颇，但也埋下了伏笔：选择创作具有思想意义的散文，无疑是一个作家必须面对的写作挑战。思想决定着作品的深度、厚度和宏大。对人文精神、道德命运的深层关注，这是重大的、深刻的。重大的使命赋予散文这样一种"以小见长"的形式，为"温柔敦厚的思想散文"创作实践提供了可能。

周闻道先生正是这样一个身体力行的写作者。周先生一边为政，一边创

---

①　沈荣均，就职于洪雅县教育局，散文家。

作。他在香港工作的时候，创作了大量的时事评论，以一个观察家的身份，就一些问题作了有建设性意义的讨论，集结为《主权回归前的香港》一书，鲜明的政治色彩是其主要特点。随后的"夏天的感觉"系列，开始有一个重大的变化——主体"我"的引入。大视野的审察视觉转向审察身边人、物、事，有感而发，抒写性灵，思想的小火花随手拈来，显现强烈的个人性。形式是唯一的存在，除去形式，个人无所栖居。周先生的思想倾向，以内在的审美形式，外化为生命中可感的内容。从这些小品中，我们真切地触摸到了思想的肌理。

尤其应该提到的是，近几年来周闻道先生创作了大量直面生活现场、思维灵动的散文，集中收录在《点击心灵》一书里。这段时间，周先生已经调到眉山工作，负责一个重要的政府部门。为政的忙碌、世事的纷扰并没有消磨掉作家的创作激情和意志，相反大量庸常的日常生活，为其调整视觉转而审察生命、人生、灵魂等一些终极命题提供了切近的平台。从周先生的政论散文到生活小品再到《点击心灵》，可以看出作家考察世界的目光是由远及近、向下收敛并折向内心的，这是一个散文作家风格趋于成熟的标志。

二

散文是应该无"大""小"之分的。如果一个作家不是让自己的灵魂变得丰满，即便鸿篇巨制，也只是虚张声势。所谓灵魂的丰满，最为可贵的是抒写真诚、表达自然。《点击心灵》等散文，因其强烈的主体参与性、生活现场感和独语性质，具备了优秀散文的诚实品质。特别是"小区""季节"等系列散文，视野小，选材实，但是因为大胆采用修辞手段和叙述手法，生命的体验和感悟通过词语得以栖身，加深了文章的气势和厚度，显得浑厚质朴、沉稳大气、扑朔迷离。一贯以写作思想散文见长的作家林贤治先生说过这样一句话："在一个思想匮乏的时代，不容易出现明亮的火光。所以，重要的是寻找某种易燃性的物质。"那么，周闻道先生散文的"易燃性物质"又是什么呢？仔细观察周先生近来的一系列作品，不难看出作家一直在试图努力地寻找这样的物质——灼亮生活、映照心灵。

在《点击心灵》一书里，作家凭借充满传奇色彩的构思，为我们再现了寻找这种精神光芒物质的情景：潇潇冬夜，一个愉快而不安分的灵魂在一个虚拟的世界里飘游，突破陷阱的包围，艰难地寻找人类共同拥有的崇高而神圣的精神圣殿。灵魂首先找到的是高山。高山是功利、欲望的精神性束缚的象征，上面刻满了傲慢者、嫉妒者、易怒者、怠惰者、贪名者、贪食者和好色者的灵魂地址。我们的灵魂不得不赶紧退出。荷马、柏拉图、亚里士多德等手持烛火者是这一过程的见证者。然后，灵魂来到河流边。这是一个充满物欲和浮躁的物质性束缚的"鬼地方"。在这里，灵魂目睹了工业文明之下的社会人生百态，叔本华、尼采、卡夫卡等智者是其见证者。最后，黑夜里独自游走的灵魂穿过"黑夜的隧道"终于抵达精神的彼岸，寻找到了文明的天国，那正是作为作家精心建构于心灵深处的精神花园。很显然，这不是现实的，但这是作家突破生活现场中种种偏见、假象以及现实的物质性束缚后的精神写照，是踏破艰辛终于寻找到心灵慰藉和精神支柱后的精神释放。我们能想见，黑夜里我们的作家穿过漫漫心灵隧道后的心情是多么的愉悦。

周闻道先生在以《感受冬季》为代表的一系列关于季节的文字里，更是不惜笔墨，大段大段地挥洒带有鲜明主题色彩的精神独白，反复咏叹生命、智慧、收获等一系列重大的命题，具有强大的心灵感染力和撞击力，荡气回肠。作家的心灵拷问过程就是寻找思想光芒的过程。作者在文章的最后再次提到但丁、尼采、马克思、苏东坡等名字。这不是在伪装思想，作者每一次念叨这些名字，肯定被那一群智者的光芒穿透一次、映照一次。

周先生的季节系列，表现的是重大命题，选择的是却是一些小载体作为思想的"燃性物质"。如《平原上的秋天》一文，以"收获"这样宏大的主题为命题对象；《秋问》一文，以"美丽"为命题对象；《被误读的夏收作物》《岁月》《行走在深秋的细节》《破土的叶芽》等文，呈现生命的艰苦历程，诠释生命的原始激情及本质意义。作者解构季节的时候，身份既是对话者，也是突围者。而季节，则站在对话者和突围者的对立面。对峙的结果，自然是精神的无穷穿透力得以彰显——"思想的火花放射出暖人的温和热"。

三

散文的意义，既是深层生命意志的语言显形，又是坚卓的、可验证性的、有背景的生命过程的缓缓展开。它不能蛊惑和回避，而是通过冷酷无情的穿透以及一无依恃的犀利，进入生命的核心，维护精神性的光芒。即所谓主张个性化，克服主体性的危机，恢复个人的独异性。

时下独语性的散文写作实践，有两点值得注意。第一，以改造的细节元素为对话对象。将大量现实生活的真实细节，凭借修辞手段，精心提炼加工，"生命的细节"摇身一变，成为"文化的细节"，混淆生活真实与审美幻觉的界线。生命体验被一种美学化的陈腐意识形态所垄断，远离生活现场。结果是，人们对这种符号化的细节极度不信任。对话的对象也是可疑的，本质是一种灵魂"向外"的逃避。第二，以异化的"自身"为对话对象。孤独、彷徨、无病呻吟，典型的后现代梦呓患者和抑郁症患者。对现实怀有极大不满，不是去进行积极向上的精神建设，而是假设一个并不存在的"假我"对话，以自言自语的方式获得发泄。对话对象同样是可疑的，本质上是一种"向内"的逃避。

很显然，周先生的散文有别于这两种。其文章极少有情节的陈诉，而是创造一个想象的、内聚的、自由的内心世界来作为对话的对象，有着鲜明的独语性质。在《影子》一文里，作家说"一种物像的影子凭借另一种物像的影子表现出来，而它们都不是直接的真实的本我，只是一种异化的存在"。作为细节的影子，既是作者对话和关照自身的对象，也是作家立场和思想外化形象，于是孤独也具有了美学范畴的意义。如《走向阳台》：我们可以把阳台看作作家与精神世界对话的平台，把那一片阳光灿烂看作作家从现实生活中成功突围后的一片精神碧空。如《对岸》：我们也可以把对岸看作作家与未知世界对话的平台。突破眼前假象以及身边利益的重重包围，抵达对岸，就是把握未知世界，抵达精神彼岸，获得"一种无边的宽广，无拘无束的释放"的精神体验。又如《一转身发现上帝》：在这篇文章里，作者精心设计了一次孤独的心灵远游。上帝——精神世界的最高代言人；灵魂——作者用以反观自身的对话对象。二者都是抽象的，因为"借助人的梦境"这一独特审美体验，作家自己与心灵的对话便不再陌生，思想的隔膜也顿然淡去。

周先生的这些作品，无论是抒写日常生活小感悟的小区系列、季节系列，还是以黑夜作为背景的虚构系列，都有着强烈的在场感，没有人能怀疑其文学元素的真实性。思想附丽于形象，但不拘泥于细节，而是抽象出来，给读者一种哲学高度的审美。不是对细节的漠视和麻木不仁，而是精神的高蹈，是灵魂的突围。灵魂的突围是不讲究形而下的一招一式的，愈是抽象，愈是难以表达。这正是作家有意为自己设置的写作难度，意味着散文创作实践及可读性方面的某种冒险。从这个意义上讲，周先生的散文应是高蹈的、渐渐向上的。另外，周先生的独语散文，总是从日常生活的小处着眼，比如秋叶，比如菜花，比如阳台的花朵，比如雾。一叶知秋，见微知著，选择与心灵对话。从这个意义讲，周先生的散文又是低姿态的、渐渐向下的。

周闻道和他的散文

□ 周伦佑

　　第一次知道周闻道这个名字，是通过报社的好友李银昭的转述。大约是2003年的秋天，李银昭到眉山采写一篇新闻，回成都后告诉我，他在眉山认识了一位写散文的朋友，人好，文章也写得好。做新闻记者的李银昭创作和发表过很优秀的小说，他对散文有着强烈的热爱和基于审美感性的鉴赏热情。在他的激情渲染和赤子情怀的推荐下，我和周闻道有了最初的见面；以后，断断续续开始了以文会友的交往，或在成都，或在眉山，在素茶与啤酒交替的碰撞中，一群朋友聊天的话题总离不开文学。也许是受到三苏故里人文传统的浸润吧，周闻道虽在市政府的经济部门担任领导要职，但身上却很少官气，多的是书生气、文人气。在平时的交流中，对我主张的"介入当下现实，深入骨头与制度"，坚持独立、自由的"体制外写作"等观点，周闻道并不完全赞同，认为也不必践行，但我从感觉中知道，他对我的观点是理解和兼容的。他文思敏捷、下笔快，因而高产。隔一段时间，便能读到他的一批散文新作。周闻道选择文学作为他精神高地的价值之旗，并对散文写作倾注了极大的热情，这是令我由衷感动和敬佩的。也正是这一点，构建了我们交流的基础。

　　在这本书之前，周闻道已出版过两本散文集、一本报告文学集、一本时评集和三本财经评论了。承蒙闻道的信任，前两本书出版时，他曾希望我为他的散文集写序，一者因为我没有给朋友作序的习惯和先例，二者因为时间不合适，便没有答应。这次，百花文艺出版社要出版周闻道的散文选集《对岸》，闻道又请朋友把打印成册的书稿带给我，要我为他写一篇序。盛情难却，我就谈点不成熟的读后感吧。

我对中国当代散文缺少研究，读得也不多。在我有限的阅读经验中，当前散文写作的基本轮廓，从大的方向上看，最突出的一种以林贤治主编的《散文与人》《人文随笔》为代表，具有"人文散文"走向。这种散文注重自由感，强调思想性和精神性，主张对现实的反思与批判，一句话：重质，也重文。另一种是以祝勇主编的《布老虎散文》为代表，具有所谓"新散文"倾向。这种散文重文体而轻思想，表面上洋洋洒洒，其实是以华丽的文体掩饰对现实的逃避。也可用一句话来概括：重文而不重质。在以上两种散文写作中，我个人是倾向以邵燕祥、林贤治、余杰、摩罗、筱敏等人为代表的"人文散文"的。闻道的散文似乎与当前这两种不同方向的散文写作缺少关联性，而更多是他个人感受的随感式表达，这使他的创作不容易受到普遍的关注。毫无疑问，文学是个体经验的独特表达，越是个性的越是文学的。但任何个体经验的表达都必须通过某种独特的文体和风格，才能确立写作者的文学自我。而每一篇作品的"个人性"，又必须与人类的某种普遍经验达成共感，才能使该作品上升到一个大的精神层面来进行解读。这里面提示了千百年来令中外作家困惑试图解决的两个相互独立而又紧密相关的问题，即：一，如何在写作中找到并确立属于写作者自己的某种独特的文体和风格；二，如何在写作中使个人的经验上升为人类的普遍经验。只有解决了这两个问题，才能使个人的感性表达升华为普遍的艺术形式，一个作家的写作，才能从"个人的自语"变成"一个时代的话语"，而得到普遍和长久的倾听。

中国当代文学中的任何文学体式都是有其源头的。中国散文的源头最早可上溯到春秋战国的诸子论说。当代散文随笔的写作，其文体的借鉴大约来自两个方面，一是"五四"新文学中的散文和杂文（鲁迅、周作人、林语堂等），二是用现代汉语翻译的欧美散文（蒙田、帕斯卡尔等）。周闻道的散文写作，从文体形式的借鉴关系看，受欧美翻译体散文的影响较少，受"五四"新文学——特别是中华人民共和国成立以后的主流散文家秦牧、杨朔、刘白羽等人的影响更多一些。这使其散文的行文运思多了一些范文的规矩，而少了一些放诞和不拘。和那些怀着强烈的现实功利目的，希望通过文学换取名利的写作者不同，周闻道的散文写作完全基于他对文学的热爱——这种热爱源于他对生活的热爱。这构成了他散文写作的主要动力，并由此而形成了他散文写作的某种基调。对生活的热爱在他的散文中具体表现为对自然和乡土的热爱。对养育自己的那片故土的眷恋和感恩之情，在《乡下的寒露》《对一口古井的探视》《风水是一条河》《高庙之高》等篇目中得到了真实的表现。乡土是一个人的精神之根，是难以割舍的情怀。正因为如此，周闻道的散文中虽然有异国的神游，也有与先哲的对话，还有从一片秋叶与落花的坠落中得到的哲学启迪，但只有故乡的思蒙河和家乡那口深深的古井，才给他的散文带来了某种温润而绵远的韵致。再就是对生命意义的追问。在《与大佛对视》中，作者选取了一个独特的角度，通过凝神不动的大佛与在红尘中追逐名利的人群的观察对比，表达了他对永恒与瞬间、伟大与渺小等诸种关系的思考，其间也包含着作者对现世利益的难以割舍。在《轻飘飘的春天景象》中，作者在繁忙、琐碎的现实生活的沉重之外，意外地发现了一种"轻飘飘"的美，如作者在文章中描写的"一棵桃树走近春天"的那种轻飘飘的感觉。这是灵魂摆脱物欲羁绊之后的感觉！这是精神与自然之美瞬间交会的感觉！作者进而将这种"轻飘飘"的发现推向极致，认为"轻飘飘是一种思想的、哲学的境界"。这表现了作者在某一个瞬间想逃离"现实生活之重"的愿望，也在某种程度上体现了作者的审美追求。

至此，我的阅读都是在平静的心境中进行的，没有太多的跌宕起伏。直到我伸手推开那一道《空城》，一道陌生的、奇异的光芒，顿时刷新了我的阅读。

《空城》显示了周闻道散文写作的一个飞跃式的进步。如果说这之前周闻道的大多数散文都带有某种"即事"写作的特点（即从一景、一物、一事的记述开始，最后引申出某种人生哲理），《空城》则明显地带有了寓言性的特征：细节是具体而明晰的，主题却是抽象的、象征的。这座"没有地址""没有过去""也没有未来"的"空城"喻指什么，作者没有告诉我们，读者却能根据各自不同的"前理解"经验而得出自己的理解。这种"飞跃"既是周闻道从"即事性写作"向"象征性写作"的飞跃，又是周闻道从"随感式写作"向"建构性写作"的飞跃。突破自己的写作困局和围城，周闻道已迈出决定性的一步——从《空城》开始，向更高的散文境界迈进！

据我的观察，周闻道不属于那种潜思默想的学者型作家，而是个静不下来的"行为主义者"。超常的精力和过于敏捷的才思，再加上职务履行中的那些频繁的开会、考察、参观、旅游……使他的写作带有某种"行为写作"的特点。由此带来的附带结果便是：一些文章的主题展开不够，或挖掘不够深入；一些文章的结构重复，显得比较单一。真正的写作其实就是与自己为敌。周闻道如果能写得少一点，慢一点，在落笔前多一点时间思考，在写作中多一点时间挖掘、展开，在完稿后多一点耐心推敲、修改，如是，我们则一定能读到更多具有再读意味的、能满足我们阅读期待的"周闻道散文"。

一个人的风雨彩虹

——读周闻道《国企变法录》①

□ 邓芳

可以说，周闻道的《国企变法录》是一个时代的记忆。通过文字还原，既深刻呈现过去，又观照当下、启示未来，是一次难得的在场书写。

中国国企改革，作为经济体制从计划向市场变革的必然步骤，自20世纪80年代便拉开了帷幕，至今仍然处在不断深化的进程中。而在20世纪末的最后几年，一般竞争性领域的国企改革，掀起了一次高潮。其时，市场体制日趋成熟，老国企与新体制的矛盾已经水火不容，积弊重重的国企已经无路可走，此前尝试过的各种改良办法——扩大企业自主权、减税让利、厂长负责制、全员劳动合同制、清理"三角债"，甚至合并、分立、剥离、转让、兼并等，也都无法让它再苟延残喘，继而到了破釜沉舟、置之死地而后生、不脱胎换骨只有一条死路的艰难时期。这一时期的国企改革，被称为"攻坚破难"。攻什么坚，当然是体制、机制和人。体制的核心是所有制，即产权制度，纠结多年，最终以"公有制实现形式可以多样化"解决问题。公有制实现形式多样化的有效形式，当然是股份制，途径是资产重组。于是，在中

---

① 载《剑南文学》2014年12月（上半月刊）。有改动。

央"三年脱困建制"的宏大战略下，一场优化资本结构的大战在国企打响，旨在通过对国企的资产和负债进行重整，通过改组、改造、破产、债转股等形式，建立现代企业产权制度和公司治理结构，使企业成为真正的市场主体，在市场竞争中去争取生存与发展。当然，最关键的还是人，解决国企职工身份问题，曾经成为改革的最大难点，最终仍以"提前退休"或"离岗待退""买断工龄""身份赎买""产权换身份"等举措使其得到有效解决。事到如今，日趋完善市场经济体制倒逼国企改革，要形成与市场经济体制相适应、能够对市场导向作出灵活反应的市场主体，只有建立起产权明晰、政企分离、有充分自主权、自负盈亏的现代企业。而不通过所有制的改革，不可能建立这样的现代企业，除此以外，其他换汤不换药式的改革，都只能治标不能治本。

无疑，这是一场没有硝烟的战争，既艰难曲折，又旷日持久。从20世纪80年代拉开国企改革帷幕，到如今，工业和商业国企的产权制度改革基本完成，但被政策性保护下来的基础资源性或"关系国家安全"行业的改革，几乎仍然是换汤不换药；更深层次的改革更是没有止境。因此，拿周闻道的话说，大规模的国企改革可能是一个过去的话题，却不是一个过时的话题，"往事并不如烟，纠结就在当前"。全面深化改革是党的十八届三中全会的主题，也是《国企变法录》出版的现实意义。当然，书中关于改革的深度书写，意义远不仅于此。

这要从周闻道的特殊身份和写作视角说起。

我与周闻道认识多年，相互有较深的了解。他集政府官员，经济专家和作家，国企改革的亲历者、研究者和操作者于一身；他在县级政府工作11年，市级政府工业综合主管部门工作24年，其中，担任地级市经贸委主任8年、发改委主任6年、外经贸副主任2年、外派香港从事政府窗口并任国际贸易公司经理2年；他长期担任香港《信报》财经专栏作家，发表了大量的研究成果，特别是关于国企改革的许多观点被海内外知名媒体大量转载；他不仅经历了中国国企改革的全过程，而且对以国企改革为核心的城市经济体制改革有深入的研究，还实际主导操作了大量市区县国企改制工作。作为作家，他出版了十多部文学作品，创立了汉语写作第一个自觉的散文流派——在场主义，其核心的文学主张，是强调作家介入现实，关注当下，体察国家、民族、人民的关切。这种多重身份、多重视角、深入认知和强烈的时代关怀意识，体现在《国企变法录》中，赋予了不同寻常的文本意义。这是该书出版后引起广泛关注的深刻原因。

周闻道所工作的四川省眉山市，于1997年从原乐山市分立设眉山地区，是国家101个优化资本结构试点城市之一，周闻道任市经贸委主任期间，正赶上国企改革大潮。周闻道的工作是艰难的，此时国企改革触及核心问题，制度设计看起来很美，但这也从根本上撼动了曾经养尊处优的国企职工的利益，矛盾异常尖锐，阻力巨大，有时甚至演变成流血冲突。作为政府工业主管部门的主要官员，身处改革前沿，必须殚精竭虑寻找突破口，还必须直面各种矛盾，甚至是身体冲突，可以说是一日不得安宁。周闻道也是幸运的，时代把他推到了风口浪尖上，既然别无选择，就只能做弄潮的勇者，也因此成全了一位在场主义作家的人生大梦。眉山国企改革的事实，证明他是一个胜利者；他没有辜负时代的重托，助力一个个积重难返的国企走向发展的新征程。

了解当年这场中国国企改革的人们应该还记得，改革一旦触及所有制，必然会牵动社会的敏感神经，牵出制度设计层的纠结。其他领域的改革，不管结果如何，似乎总还能够找到避开所有制问题的方式，而国企作为最直接的市场主体，无法绕过这道坎。1999年，国家有关部门专门发过一个文件《关于出售国有小型企业中若干问题意见的通知》，文件针对当时国企改革普遍采取资产出让的现象，强调改革不能"一卖了之"。其内容是规范国企出售行为，规定了诸如审核权限、债权处理、出售程序等。周闻道凭借自己多年从政经历所形成的敏锐，胸有成竹地踏上了自己的风雨征程。

十多年过去了，经济发展的步伐走得很快，那一段风云际会的国企改革史，恍如隔世。但是历史不会忘记，现实也不可逃避，特别是在一个人的经历中，曾经沧海终将沉淀，成为生命的财富。财富的保存不仅仅靠记忆，更靠文字。周闻道是一个热爱文字、勤于写作的人，那一段经历遂成了他的写作资源。他回忆着工作中的点点滴滴，记录下自己的思索和奋斗，其情其景，生动地映现出国企在改革的道路上负重前行的阵痛和纠结。周闻道将他所经手的一个地方的国企改革，置于中国经济体制改革的大背景之上，为他的这一段经历构建了一个叙事框架，但又落笔在一个国企改革的个案中。因此，《国企变法录》虽然是一个人的回忆录，但它有一种宏观视野，是时代的印记。

周闻道的叙事从赴俄罗斯考察起笔，用《三套车：一个体制的挽歌》开篇，廓清了他对国企改革的深刻认识。在"东欧剧变"前，匈牙利和南斯拉夫的改革都失败了，匈牙利的改革就侧重在运行机制上面，所有制的改革没有迈出实质性步伐，结果未能成功；南斯拉夫最早否定计划经济，实行"市场社会主义"，虽然改革了所有制，但"社会所有制的企业"仍然不能构成市场经济的微观基础，也只能以失败告终；苏联的改革来得最彻底也最痛彻，以国家解体告终。周闻道的回忆从这里开端，可以看出他面对自己即将投入的改革事业，思想上已经酝酿出了为之奋斗的路径和方向。

《国企变法录》采取了完全个人化的视角。写作上的视角，首先是一种观察角度。周闻道作为他所在的地方国企改革的操盘手，直接参与了改革的全过程。从方案的制定到每一步实施，台前幕后都少不了他的作为，这为他的观察提供了便捷条件。当回首往事，他自然从国企改革的内部来审视这一场改革，来回味这一段人生经历，这样的视角能够展现出现象背面那些鲜为人知的改革细节。国企改革是一个系统工程，涉及社会的各个方面，从政府层面上说，政府各部门或是对改革的理解存在差异，或是利益分割上存在分歧，内部的矛盾与冲突不可避免。再看被改革者的一方，情况更为复杂，这里面有作为国企管理层的群体和产业工人群体，不同的人群对改革有不同的期望，他们之间的利益诉求纷繁复杂，思想和感情上千差万别，他们有痛楚，也有用自己的方式所进行的对抗。周闻道从改革的内部观察这场改革，能够将其中各种盘根错节、交织纠缠的利益关系和一场又一场的较量和盘托出，较为生动地记录改革的复杂与艰难，这是那些从外部观察和书写这场改革的文学作品难以做到的。

写作上的视角也是一种态度和立场。从《国企变法录》中可以读得出来，周闻道不是一个平庸的官员，他有很强的责任心和使命感，对于自己肩负的改革工作，他进行了悉心研究和潜心思考，对中国经济体制改革的必然趋势和国企改革的必然选择有着深入的思索和正确的认识，这形成了他的态度和立场，他的改革实践，也就带上了他个人的铭印，在文章中也处处流露出他的个性。在写作上，他虽然是从内部在观察这场改革，展现改革的过程，但他的立意并不是要呈现改革的全貌，而是要表现自己在改革中所体验到的人生价值。国企改革是当时的时代大潮，势不可挡，但是每一场改革都得靠人来推动。作为改革的弄潮儿，周闻道躬身于改革实践的深处，他的决策、他对一个个具体问题的处理、他在矛盾与冲突的漩涡中所经历的奋斗，所有这些经历，都成了他自我实现的方式，不仅是他从政生涯所收获的成绩，也是他生命中的一笔宝贵财富。而今，那一场惊心动魄的国企改革已经淡出人们的视线，但是对于周闻道而言，它将永远留在自己的生命里。时过境迁，当回首起那些年所经历的改革风雨，他看到了人生的彩虹。我们应该能够理解一个人在回顾自己走过的一段人生路时，看到自我价值实现的成果，所体会到的自豪感与满足感。

周闻道的话语方式和叙述姿态让人眼前一亮。以前许多书写国企改革这样宏大叙事的书，大都是站在宏观角度，以高高在上的姿态进行，微观事例不过是宏大叙事的佐证。这样的话语方式，再贴近也让人有一种距离感。周闻道却反其道而行之，以微观叙事为基点，紧接地气，在一个个具体生动的个案中，映照宏观背景，宏观背景与微观案例无缝对接，彰显了在场叙事的巨大力量。这种平等的叙述姿态，让这本书具有了优秀纪录片的一些风格。在这里我们会感受到，场景是有思想的，细节是有力量的，书写的意义在于呈现，既不是"揭示"，也不是"为了"，而是让叙事本身说话。在这点上，周闻道为读者提供了一个返回历史现场的共振点。我们都是以个人的方式回到历史，我们最终也是以个人的方式面对现实。这一个往回看的过程，但不是模糊的背影，而是一连串清晰的画面。这些画面，会让我们以某种形式重返现实，引起我们的思考和质疑。

　　个人化的视角是一种主观视角，观察和理解都带着极强的主观性，主观与客观融通一致，往往能够赋予文字以生命力，使文章生动而感人。但是，一旦在行文中掌握失控，出现视角僭越的情况，就容易造成唯个人意志独尊的现象，给文章印上个人英雄主义的标记。尽管在回忆录中，有些个人倾向也无可厚非，毕竟一个人在对待一段自己倾注了心血、难以割舍的人生经历时，出现放大现象也是一种普遍的心理机制，只是如果行文时失去觉察和掌控，会在一定程度上影响阅读中的共鸣。

　　其实，作为文学的创造，写作上的个人化视角并不排除我们在观察和思考时进行多角度审视和多维度思考。如果从改革者与被改革者，从改革所触动的不同利益群体的立场进行些思索，借以加深对自我的反思，或许可以将改革的过程呈现得更加完整丰盈，也更能表现自我的自省和自信，同时让文章更加充实勃郁、气韵饱满。

　　写作也是文字的艺术，遣词造句贵在朴实自然。周闻道在文字上，似乎在有意追求某种新奇。他的行文中，有时候会突然冒出哲人名家，比如"官本位已经沉淀为一种弗洛伊德式的集体无意识"，类似的情况不少，且不说弗洛伊德是潜意识理论的发明人，荣格才是集体无意识理论的创立者，这里本来无须植入"弗洛伊德式"，就很流畅直白，加上了反而成了行文的梗阻。文章中的引用，应该是用于帮助表情达意，起画龙点睛的功效，引用不当往往适得其反。指出这些问题，已经有点吹毛求疵了，不过出于对周闻道的文学热情的敬佩，期望他在文字表达上能够更上一层楼。

换个角度理解周闻道

□　周强[①]

　　我与周闻道交往已有十多年。当时，我们同在苏东坡慨叹"但愿身为汉嘉守，载酒时作凌云游"的嘉州古城工作，他在政府某机关主持办公室工作，主持办了一本刊物，叫《厂长与秘书》。我们认识后，他邀我参与编辑工作，这就有了最初的共事。在交往中，我逐渐感受到了他对朋友诚挚的情谊和对文学的深情，与文学界的朋友相处，他总是情绪激越，内心的欢乐溢于言表。

　　十多年了，他对文学的那份痴爱，总让我感动不已。他爱文学，是爱到骨子里了，文学简直就是他生命的一种存在方式。他爱文学，甚至也爱与文学有关的人。写作的时候，他是亢奋的；与文友相处，他是快乐的。

　　有人不理解，说他写文章，出手快，有时周周出新作，有时一段时间里甚至天天在网上发新帖。于是，就说他对作品缺乏必要的斟酌，造成了某些作品不尽如人意。我认为，写得快是事实，因为快就影响了作品质量的判断却不能成立。优秀的文学作品，其实不少是灵感来时一气呵成的。

　　写作之于周闻道，我认为是一种内在的精神需要，他的精神生活与文学，具体说与他矢志追求的散文是一体的，不可分割，说他枕着散文入眠也

---

①　周强，眉山市政府三产办主任，文学评论家。

不过分。有这样亲密的关系，他的写作，已经不是一般意义上的写作，简直就是精神活动本身。精神一动，加上有他勤奋的写作训练而练就的汹涌流畅的表达能力，散文就成为其精神活动最合适的物化形式，也是最让他迷恋的精神痕迹。精神时时都要运动，而且是围绕着散文在运动，文章自然就高产。从这种源于天性、本乎内心的写作行为中，他的精神找到了最好的归宿，他从中获取的最大收获不是捧出了多少作品，而是写作带给他的强烈的精神快感。如果你要他把高速运转的精神活动放慢节拍，停下来对作品做些打磨，我不敢肯定我们一定能读到他更上乘的作品，但可以肯定的是他从写作中得到的精神愉悦却要大打折扣。

上面这段话，我只想表达我对他的写作活动的内在性、自在性的理解。其中涉及了其作品的水准问题，为了避免断章取义的误会，还有必要专门就此问题表明我的看法。

尽管写作是他自在自娱的精神活动，但由于其精神与文学相亲相拥，因此也相得益彰，不断进步。十多年里，周闻道在写作上的进步是很大的。我读过他最初的作品，都收录在其散文集《夏天的感觉》中，那些作品总体上说率真自然，情感饱满，有清爽之气，但不足在境界上还没有达到人所期待，也是他当时能够达到的高度。我记得曾针对他的这些作品，跟他聊过，我说当时流行的散文模式，是杨朔、刘白羽一辈建立起来的，冲破一切旧框框，是散文发展的必由之路，也是散文文体自由本质的必然表现。周闻道是很能接受批评意见的人，也是很能消化、吸收批评意见而在写作中向前探索的聪明人，只是他在具体做法上有他内在而隐秘的方式。此后他的写作，诸如《美丽的玉屏》《岷江不语》《到田野散步》《沉寂的戏台》等，确实更加开阔大度，自由舒展，而且激情之外，也更多智性的沉思，作品的厚重感显然有助于境界的提升。后来更多的作品，确实不乏堪称上乘的优秀之作，多数作品中都有些光鲜明亮的字句或段落。我觉得，一个以文学为魂的作者，不仅用写作充实了自己，还用写作证明了自己不断追求、持续进步的能力，这应该足以受用。

周闻道的写作激情高昂，一发不收，是在他发现"散文天下"这块舞台之后。我不清楚他怎样寻得这一场所，只记得某一天他邀约了一帮文友，向大家极力推荐这个地方，并激动地提出了借此平台打造眉山散文舰队的想法。他是个很单纯的人，他的这个想法起于一时的冲动，起于他对文学的热爱和向往；他又是个不安分的人，他那与生俱来的充沛能量，决定了他无论做什么，都一定要弄出声响来。他的想法天然纯洁，而无任何其他秘而不宣的深虑远谋。他的想法为识者共许，眉山散文舰队开动用他的热情为驱力的轮机，挂着他那颗热心的风帆在"散文天下"登台亮相。最初的一批同仁，基本包括了眉山有一定名气的散文作者，影响所及，更多的散文爱好者纷纷加盟，还吸引了各地一批热心朋友关切的眼眸。

我想，他需要一个这样的舞台，期盼如此效果。周闻道对人对事心怀赤诚，他与外界的接触，是用他那火热的赤子之心去与它热切地相拥相碰。他不会把网络社会看成供人嬉玩的地方，就像他对待所有的事情都十分认真一样，他很投入地把自己的很大部分文学梦想寄托在了这里。

人都需要认同。周闻道内在地迷文学爱散文，也不免会在乎外在的肯定。从肯定中他寻获成就感，也可以借此确认他与散文的亲疏远近。他的帖子一开始就赢得了阵阵喝彩，他的文学梦想在这激励氛围中茁壮成长，写作的激情也澎湃鼓胀，并保持着持续而浓烈的兴奋。

记得他在贴出后来收入散文集《家的前世今生》的几篇文章时，一天晚上突然电话告诉我那几篇文章的反响。他的情绪感染了我，我也很激动地在电话里说，家的选题非常好，迄今（当时）为止，没有人用散文成体系地言说过家，家是可以没完没了地写下去的题材。电话里的激动到电话结束为止，但周闻道从自己独特的题材发现中产生的写作冲动，同他那超常的执着与耐力一起迅速弥漫、持久扩散。又一年左右时间，《家的前世今生》问世，当然同期的作品还有《对岸》。支撑这两部集子的，当然有他内蕴的写作激情和文学积蓄，但我觉得还离不开他从"散文天下"所找到的某种凭依。

网络给他提供了安身的空间，在这里，他同文学、同散文更加热烈地相拥，同欣赏和支持他的文友更加热切地相处。作为朋友，我为他感到高兴，因为他在这里收获了巨大的快乐。

到这个地步，他已在不经意之中，把自己的写作变成了网络写作。网络写作与传统写作有什么不同？我说不清楚，只是有几点零散的想法。

网络写作有一种紧迫性。网络社区有些像现实中一方有各种表演的热闹广场，你的表演一旦被众生关注，你就成了广场中的一个角色，就有一种幻化出来的期待眼神常在心里晃动。期待给人鼓舞，让人有些按捺不住。如果放弃，你就很快被冷落，乃至遗忘。因此，你只要不愿意放弃已经赢取的角色地位，就得迫不及待地把自己的表演进行下去。周闻道凭自己的本领，在天涯社区的散文天下版块赢得了名望。他是一个勇于应对一切挑战，绝不轻言放弃的人。网络写作的紧迫性又暗合他性格中的快节奏。于是，他在写作上更加用力，一篇接着一篇贴出文章，作为对网上的热情反应的回馈。再说《家的前世今生》，因为有了一个空间巨大的题材领域，他可以信手拈来，任意发挥。题材上的发现，为他适应网络写作紧迫性的需要提供了方便，正如高虹女士所言，"在他那里似乎什么都可以纳入笔下的题材——与这个世界的任何接触，都能引发周闻道式的感悟"。那一段时间，在我的印象中，是他写作中前所未有的、出手最快的时期。他在"家"的题材里快速地释放自己，他对于散文"在场、思想、诗意"的理念和追求，在这段时间里得以比较充分地展示。不管周闻道如何诠释这六个汉字，也不必去评判六个字是否企及散文写作的核心，写作从散漫过渡到向某种方向凝聚，也可以说是一种文的自觉，是一种进步，一种提升。所以周闻道在快速释放自己的同时也在逐渐提升自己。

对于"家"这样的题材，可以有许多方向和维度做深入开拓。举个例子来说，新德国电影的发起人之一埃德加·莱茨，以故乡为题材，为世界电影史奉献了整整三十部，长达50小时46分钟的史诗电影《故乡》。他以故乡为人物命运的起点，在故乡的"私自性"和人物创建个人生活的"公开性"这样两个支点之间探寻命运之神的掌印，在展现人物的生存状态中传递着与作者个人生活体验和阅历相关、与怀旧和乡愁相关的情感，从沉没的历史底层把人生的真相挖了出来。他对题材做了全景图式的俯瞰。用这个例子，我想说明，一个作者，对自己所选择的题材开拓的深度等于他俯瞰的高度。站得愈高，开拓愈深，作品也愈有力量。周闻道对他的"家"的题材的表现，采取了他自己的方式，也用高虹的话说，"周闻道习惯以激情的名义征集各色词汇。很多时候，大概是因为思索的激烈或情绪的勃发，或者因为各种意象或见解源源不断，纷至沓来，我想这时候周闻道的写作状态有点类似于'跳大神'，他会驱使着成排成串的副词、动词、形容词前来为自己效劳"。周闻道在急切的写作心境下，着力发挥着自己所长，却没有像他对某些事情的执着与专注那样，沿着某种方向把自己沉潜下去。因此，尽管有不少耐读的佳作，而整体上的震撼力就受限了。

网络写作有一种公众性。公众性不等于公开性，我说的公众性同热闹是近义词。从我印象式的了解，"散文天下"恐怕是散文社区中人气最旺、最为热闹的所在。网络虽然是虚拟的，但它传递的情感却是实在的。周闻道多情好动，易受感染，真情来袭，他有理由沉浸在轰轰烈烈的欢情中。周闻道珍视友情，置身于众网友的热情包围中，他倾其全力，宣泄着被激发起来的情意。就是这样的感悟，就是这样的思考，就是这样的文风，就像飞翔的鸟，不在乎飞多高，只要扇动着翅膀；也像流淌的河水，不必管还有多远才是目标，只要此刻涌起的波浪。他本乎天性，自觉或不自觉地借助于散文，把自己坦诚地展现在朋友们面前。

如此状态中的写作，也给他带来一定的好处，就是其作品任性自然，带着闻道式的坦诚。专注于写作，让他更留意所经历的人事，他特有的敏感得以较充分的发挥，对于出现在他视野中的一切，他都用写作的眼光去审视，用发现的眼光去打量，只要心有所感，情有所动，思有所悟，手中的笔墨便蹁跹起舞。什么是闻道式的坦诚？以他所追求的思想性为例。尽管我不同意"思想散文"的提法，理由是优秀的散文没有哪一篇没有思想，而且"思想性"这个词汇在很长时期被用以指称散文中用议论抒发的感想。但我尊重作者的选择，且前面已说了，用一个目标来给写作定位，也是一种文的自觉，也可以获得某种提升，作者对思想性的理解，完全可能在实践中得以深化并触及于文学的终极关怀。他的思想性，是他同题材对象相遇时的顿悟，是他独到的思考和发现。他的思考，有时候确实达到了相当的深度，读他《家的前世今生》中的一些作品，确实能够引发"四方天井，两扇门楣，一角楼檐，半节戏台。弥漫过来的不只是水。褪去的不仅是光芒。白驹过隙，尘埃落定，世事纷纭，物是人非"（沈荣均语）的感慨。另有一些作品，思想上的发现还经不起咀嚼，但他仍然得意地拱手捧到你的眼前。这就是周闻道，任何时候，他都无所保留、心怀坦荡地挺立人前。

换个角度理解周闻道。很多人说过，写作是一种寂寞的事业。我觉得，这个说法不准确。作家把自己的心灵沉入他的艺术世界，与写作对象同悲泣共欢乐，就算没有世间繁华，却有更真实的生活相陪伴，怎能说是一种寂寞呢？但是，写作注定是孤独的事业。孤独与寂寞不同，寂寞可以让热闹消减，而孤独却是即便周围人声鼎沸，你的心仍在别处。身在此地人在场，而灵魂在对岸、在异乡。我读大师的作品，总能感受到他们那种弃绝尘寰的孤独，那种感觉就像诺贝尔文学奖得主、德国作家托马斯·曼所描写的，"屋子里一片寂静，只能听见扫过小巷的风声，以及打在窗子上的雨声。所有的人都熟睡了……只有他一个人孤独地醒着，站在那冰凉的炉子旁边，痛苦地看着他的作品"。能够承受孤独，就能从生活的琐碎中收拢心魂，而用完整的心灵去关怀笔端的人事，为写作奠定沉稳的根基。

说到这里，又想到了托马斯·曼，他的《沉重的时刻》中有一段情节："六角形的屋子里空荡、简陋、不舒服。天花板是刷白了的，烟草的雾气在上面飘荡着。糊着斜纹格子纸的墙上，挂着一幅装在椭圆镜框里的侧面像。屋里还有四五件细腿的桌椅。在书桌上，在稿纸前面，点了两支蜡烛，屋子里充满了蜡烛的光。红色的窗帘挂在窗框的上部，像旗子一样。窗帘只是对称地折在一起的棉布，但它们是红色的，看上去很温暖，鲜艳。他爱这窗帘，永远也不想离开它。因为它们把丰满、充沛、洋溢着生命力的东西带到他的寒碜得可笑的屋子里来了。"这也算是家的物质构成吧？我无意拿它与周闻道的"家的物质构成"做比较，用它凛冽的寒意来对照周闻道火热的激情，毕竟每个人的路都在自己脚下，不必以他人为标尺，要从源头取水，不是在别人的罐子里讨水喝。但优秀的作品能够启迪现在，影响未来。作家对物件的铺排从容镇定，在那种浸透骨髓的凉意中暗涌着生命的激越。在他的面前，你被一剑击穿，优秀的作品总有这种不可抵挡的力量。写作有了沉稳的根基，作品才有摄人心魂的力量。世界级大师的散文中，写门、窗，甚至钥匙孔这些家的物质构成的有很多，其中也许有一些启示，会令人豁然开朗。

周闻道对散文有着自己的追求。网络给了他一个平台，他借助这个平台搜寻散文的知音，希望在互动交流中有所收获。这样的想法单纯质朴，带着他性情中固有的天真成分。从某种意义上说，他成功了。他差不多成了散文天下版块的一个焦点，每文一出，人气汇聚，风头正劲。在这样的互动中，我想他可能有所收获，前面说过他写作更勤，这算收获之一吧。还有，他在写作上也更加热衷于直白地说出些有奇思妙想或哲理警句式的句段，因为这是大家所顶、所赞的"文眼"。这样的追求，其好处是可以磨炼作者的思维，有利于增强散文的思想性。

然而，很多时候利弊得失并非不同的事物，而是同一事物的不同方面。譬如，他对哲理警句的追求，在构思上有时成了游离于散文表面的漂浮物，写作有时候显得就是直接奔向这些句子的，一切材料都匆忙地奔赴一个方向，甚至为了一个句子，他会运用自己的奇思把那些挨不着边的人事也组织成一只赶路的队伍。如《风后》中突然跑出的"舞蹈的叶子"，《雾后》中遇上的"婆婆大娘"，他们顶多只是可以让人联想的网名，或是看不出与主题有何关系的人群，在文中的意义也就只是让作者可以借此说出自己的感慨。他们在文中的出现，不仅没有给散文增加什么，反而有损于文章的整体性，本来好好的氛围就给毁了，读起来有些别扭。

武陵闻道

□ 綦国瑞[①]

　　真是意想不到，中国散文学会的重庆会议，成为我得识散文"在场主义"创始人周闻道的机缘；而武陵山中的峡谷小道，竟成为我当面向他讨教"在场主义"真谛、得闻其道的地方。

　　7月21日下午，我提前进入会场，桌子上都已安放好了座席签，隔着我一位的坐席上，"周闻道"三个字赫然在目。我眼睛一亮，心中大喜过望。

　　这些年，在中国散文界、文学界，周闻道成了如雷贯耳的名字。他创立的在场主义散文，颠覆了传统的散文理论，引发了强震，形成巨大的冲击波。在这面旗帜下集合了众多当代优秀的作家，改变着当下散文写作的版图和格局。现在更是有了跨界的影响力。

　　总想同周闻道见面，得闻其道，终无机缘。今无意间得见，真是天赐良缘！

　　开会前，推门走进了一位高大的汉子，魁梧的身材，红中微黑的脸庞，高大的额头下一双明亮的眼睛，步履轻捷，有一点超凡脱俗的气度。入会的人大都是熟人，他是为数不多未曾谋面的人，我猜度这个人应是周闻道。果不然，他就坐在了那个座席签旁。

---

　　① 綦国瑞，作家，烟台市政府副秘书长。

发言依次进行，当把麦克风推到他面前时，会议室里立刻响起了带着浓重四川口音的普通话。舒缓有力的发言里，有着严密的逻辑构架，闪烁着理论的迷人色彩。他勇敢又高屋建瓴般地指出当下散文写作中的弊端是滥情、滥文、滥智。他旗帜鲜明又斩钉截铁地亮剑："在场"的真谛，就是存在意义的显现，或显现的存在。在场主义的核心观点，包括散文性和在场精神，前者的文体特征，主要有非体制性、非结构性、非完整性、非主题性；后者则包括了介入性、精神性、当下性、发现性、自由性。在场的唯一途径是介入，要在场就必须去掉主观、客观和语言的遮蔽，做到敞亮、本真，抵达真相或澄澈之境。

最后他充满深情地表示，坚信自己永远没有获得全部的答案，永远是未知多过已知，要张开宽广的胸怀拥抱世界，探索在场写作的多种可能。在场主义永远在路上，包容一切，倾听不同的声音。这正是中国散文不断前进所应有的精神向度。

我用足了全部的气力，细听他的发言，并连飞带跑地快速记录着，生怕漏掉一句话、一个观点。那些带着理论劲力的话语，那些陌生又充满张力的句子，就像大水流进了干裂的土地发出脆利的声响，又如同一声声春雷炸裂在将雨未雨的天空，真的有一种久未遇到的痛快感、惊醒感。我被他对散文理论探索的执着和取得的成就打动了，对他的敬意和愿意交好的情感油然而生。

他发言后，我给他递过去一张条子，上面写了：周会长，您的这些见解，在哪些文章里可查得到？因为我已在他之前发了言，想必是我的讲话也引起了他的注意，虽然素未谋面，他看了看条子，很快在下边写下了这样几行字：1.《散文，在场主义宣言》；2.《在场的旗帜是介入》；3.《散文性与在场精神》；4.《在场主义与中国现代散文的转型》。下边还端端正正地写上自己的名字和联系方式。我接到返回的条子，感激地向他点点头，他也把脸转过来，对我微笑。我知道我们感情和精神的桥搭建起来了。这是心有灵犀还是同道相惜，说不清。感情的事就是说不清，有的人一见如故，有的人长久相处，却陌似路人。

入夜，在下榻的涪陵马武镇的山村宾馆里，我从电脑里找出那几篇文章仔细阅读，如饮甘泉，如沐清风，对在场主义又多了几分了解。关闭电脑，望窗外皓月当空，远山近树，月光之下都凝固成不动的青墨，已完全没有了骄日炙烤下热气腾腾、虚无缥缈的样子。一轮明月透过落地长窗，把银光铺满了房间，如我此时的心情，开阔又明净。

第二天，入会者一起参观武陵山大峡谷。到了才知十公里的峡谷全要步行，有的人想打道回馆，我却暗自庆幸有了同闻道兄交流的机会。从上车时我就同闻道兄坐在一起，下车又相傍前行。我只机械地沿着上上下下的台阶行走，也没太留意路边的风景，心思只放在借机同闻道兄探讨在场主义上。

他告诉我：八年前他就开始了在场主义的探讨和研究。他组织了几个志同道合者，购买了从先秦到当代所有能买到的散文著作，也不断翻阅、领会、吸收外国哲学、文学的精华。从古至今，沿着散文流变史，从东到西地比较、研究、探索，寒暑几易，终于有了在场主义。

就在武陵弯弯曲曲的山路上，我向闻道兄请教如何去主观遮蔽，如何去客观遮蔽，如何去语言遮蔽，不知不觉就走完了十公里的峡谷山路。

这时，一道天下绝景出现在眼前，一座高山中出现了一道裂缝，上下高数百米，宽度不过数米，阳光从裂缝的顶端照射下来。两边峭壁上的花花草草都如涂了油漆般明亮耀眼，还不时有瀑布飞溅，阳光下似颗颗银珠滚下。同行的人才真正兴奋起来，惊呼它的美丽。此时，我们的交谈也已入佳境。

事实与理论的结合阐释，终于让我走近了在场主义的内核。这不正像是眼前从裂缝照射下来的明丽的阳光，让一切变得景鲜物明吗？

晚上回来，主人招待大家在长江边的酒店里吃火锅。三伏天，三十九度的高温吃火锅，真是让我大跌眼镜。桌子中央一锅红汤翻滚着波浪，周围摆满各色菜蔬肉类，服务员又送来一包明晃晃的黄色的油，我望而生畏，根本不想打开。坐在我旁边的闻道兄笑着说："打开，打开，这是调料，别看是油，是调制过的，它有清热的作用。"

在他的鼓励下，我也开始下箸，虽然吃得汗流浸浸，却也渐有兴味。乘兴，我邀请他来烟台讲学，多培养在场主义的"信徒"，他哈哈地笑着答应下来。

　　我多次在公开和私下讲过，烟台散文的突破关键不是文字的高低，最重要的是题材的开掘，是对当下的介入和意义的发现。散文不是"小摆饰"，要有所担当，关心当下、关心社会、关心民众。而要做到这一点正需要在场主义的启迪。闻道兄，烟台期待你的早日到来，来广撒在场主义的种子，让它在胶东这片散文的热土上生根发芽。让我们共同在场。

理想主义者周闻道和他的在场主义

□ 张生全[①]

　　在场主义，现在应该是散文界绕不开的一个话题。在场主义的一些主张也越来越多地获得文学主流的认可，同时越来越多的写作者，在写作中自觉地追求在场的表达。

　　在场写作是一种文学主张，是一个团队的行为，是一个有目标的行动，是一种在推倒和批判中构建起来的图景。无论其文学观念，还是行为模式，在一开始就引起了极大的争论。而这种争论最后衍变成越来越多人共同奔赴的集体阵图，这其中不能不说到这个团队的领军人物周闻道。

　　周闻道搞在场主义的时候，还是一名政府官员。他是两个市级大部门——眉山市发改委和眉山铝硅产业园区的一把手。除了睡觉，他每一分钟的时间，几乎都是在忙忙碌碌中度过的。他每次打电话给部下布置任务，一打开电话就是他在说。如果你没听清楚，想再问的时候，他已经挂了。再打过去，他的电话就处于占线中。他到一个部门以后，所有人的节奏都跟着他快起来，连副职也都是跑着去向他汇报工作。而这样忙碌的他，居然能够雷打不动地在星期六的上午写出一篇文章来，发在天涯社区一个叫做"散文天

---

　　① 张生全，作家，在场主义发起人之一，著有长篇小说《宋末大变局》《重返蜀山》等。

下"的版块里。

在一般人的眼中，这样的写作应该是这样一位忙人生活的调剂，是他在紧迫生活中的一种放松和休闲。但是如果你这样理解就错了。文学在周闻道那里，从来就不是调剂、休闲，而是一种理想。周闻道是一个对文学怀有巨大热情的理想主义者，文学就像他的工作一样，是一定要出成绩的一项事业。

这种文学与工作契合的事例，不仅体现在日常行政工作中，也体现在"写"本身中。周闻道十九岁给县委书记当秘书，二十九岁当县政府办公室主任，三十岁当市计经委办公室主任兼副市长秘书，在办公室系统一干就是二十二年。这个角色的最大特点，就是跟文字打交道，当然不是感性的文学，而是理性的机关公文。

二十多年的办公室历练，周闻道的公文水平怎样？我曾听市发改委的朋友讲过一个关于公文写作的细节。市发改委是市政府的第一大部门，负责全市宏观经济的规划、协调、统筹。大到经济社会发展长远规划、年度计划、党委政府经济工作谋划、产业政策，小到市级各类项目立项、招投标、监管、融资融券等，发改委都是主要决策参谋部门和执行监督部门。整个发改委机关机器的运转，都离不开公文；从某种程度来说，发改委机关的运转，就是靠公文来推动的。长期从事办公室工作的周闻道，在公文写作上可谓高手。一般的公文，他把部下找到办公室，三言两语，主旨、观点、政策、结构、重点，交代得清清楚楚，部下只需装进素材数据，就是一份漂亮的公文，报上去一路畅通。重要公文，他则往往亲自操刀，拿他的话说，别人弄也许他花在修改上的时间比自己写还多。他嫌自己一分钟几十个字的输入赶不上思维的速度，专门找办公室从外面挖了一位电脑输入高手，以每分钟180多个字的速度，记录他的口授。一个三五千字的公文，常常个把小时就搞定，而且绝对质量上乘。全市经济社会发展中的许多重大决策，都与周闻道有密切关系。由于工作出色，在2008年，周闻道还被市委、市政府评为二等功公务员，全市一万多名公务员只评了12名。

不仅自己写公文，周闻道还曾致力于探索公文写作规律，指导更多同仁提高公文写作质量。他在市计经委办公室主任期间创办的《厂长与秘书》，曾一度与中共中央办公厅主编的《秘书工作》并列全国八大秘书刊物，受到业内普遍好评。

当然，这里说了半天公文，并不是要说公文，而是文学。朋友说，周闻道即便晚上加班写了公文，满脑子被体制性语言和枯燥的理论、政策、法律纠缠半天，回家后马上就进入了感性思维的王国。一起加班的同事一觉醒来，却发现他在天涯社区的"闻道创作室"里，又更新了一篇优美的散文。同事们惊奇地问他，脑子怎么切换得那么快？周闻道总是呵呵一笑，好像什么事也没有发生。

周闻道常用行为科学里的一个观点解释自己对文学的投入：热爱是最大的动力。在场主义，就是在周闻道巨大的文学热情，以及作为政府官员强烈的事业心的双重背景下干起来的。

谈到自己的文学梦，周闻道总会提到读高中时的一堂课。

1971年，周闻道作为"文革""停课闹革命"后，"旧的教育路线回潮"时期的第一届高中生，以优异成绩考入四川青神县中学。这所发端于清朝青江书院的古老学府，秉承"崇蚕尚本、励学笃行"的办学理念，学习风气非常浓厚。在求知欲加好奇心驱使下，周闻道与几个怀着同样求知若渴的同学，常常偷偷翻窗入户，进学校废弃的图书室，偷出了一些文学杂志和"禁书"私下传阅。在如饥似渴地阅读了《青春之歌》《红岩》《林海雪原》《钢铁是怎样炼成的》，及中国古典四大名著等书后，周闻道发觉，自己再也离不开文学了。那些语言艺术的精品，带给他的不仅是对语文的敏感和润物细无声的变化，更是对语言无法割舍的热爱和如醉如痴的渴求。特别是在入学第二年，他的作文《放水》，被老师作为范文，在课堂上讲了整整半堂课后，周闻道的文学梦更是被彻底点燃了，上升为一种人生理想。

文学创作是一个特殊的精神活动，有其自身的规律。长期以来，文学道路上非常拥挤，但出头者寥寥。一般说来，文学的成功，需要天赋、勤奋和环境等因素。眉山是散文的故乡，散文氛围独特而丰厚。西晋眉山李密的《陈情表》，谱写了孝道文化绝唱。唐宋散文八大家，眉山的苏轼、苏洵、苏辙就占了三家，他们掀起的古文运动，让宋代的散文耳目一新，"辞人咳唾，皆成珠玉"。清代眉山丹棱彭端叔的《为学》，至今仍是励志箴言。现在活跃在中国文坛的眉山散文写作者，更逾百人之众。作为一位从乡村走进城市，天生热爱散文，同样经历了不少艰难困苦的业余作者，周闻道对文学人才有一种天然的爱；把给他们创造更好的写作环境，视为自己义不容辞的职责。正是基于这样的文学情怀，他主动把眉山几位文学人才调到了市里；尽量给他们发表、出版作品创造条件；把零散的力量整合起来，以团队的力量冲锋；经常组织一些文学创作交流活动，互相促进提高；在机关倡扬尊重文学、尊重文学人才的文化氛围；甚至以老大哥姿态，帮他们协调解决工作、生活和家庭中的一些矛盾纠纷等。别人的业余时间，大都在官场穿梭，周闻道却常常邀约一帮文学发烧友搞文学沙龙，清茶一杯，海阔天空侃文学。有人问，为什么要这样做？他回答自己也说不清，也许是爱，对散文的爱，就是唯一理由。因此，他对散文作家的扶持、帮助，实质上是对散文和散文人才的尊重。

也是对文学的爱、散文的爱，促使他在天天写、经常侃。不断探索中，周闻道和他的文友们逐渐发现了散文的问题：作为最古老的文体之一，散文是文学"四分法"中唯一没有自觉流派的。明代湖北的"公安派"，虽然提出了"独抒性灵，不拘格套"，倡导清新活泼、自然率真的书写，但他们的散文多局限于抒写闲情逸致，并没有反映那个时代最本质的真实。清代安徽的"桐城派"，继承归有光的"唐宋派"古文传统，提出"义法"，主张文章应言有物，即要有内容；言有序，即要有条理和形式技巧；要"雅洁"，但同样忽略了散文的时代担当。两个所谓的流派，散文思想大都停留于片段经验，没有形成系统的文学观念，更没有建立起属于自己的散文哲学本体论、文体本体论和写作方法论。因此，它们离真正意义上的文学流派尚有距离。

深入分析他们进一步发现，由于散文性的缺失，散文的真实身份在普遍的暧昧中被遮蔽，许多人写散文、读散文、研究散文，而不知散文为何物。

周闻道从自身实践中，这方面的感触更是明显。他当时从事散文创作已有三十多年，但长期以来，写作姿态基本上都是在朦胧状态下进行的，根本没有去思考究竟什么是散文，什么是比较好和比较差的散文。零星的感性认识，大都来自教科书上的各种说法，或对感觉中的一些所谓好散文的模仿借鉴，没有独立鲜明的散文意识。这种凭某种朦胧感觉下的自发偶然式写作，有时也许也会写出好作品，但显然，我们不能把追求寄托于偶然当中。

问题是责任，问题也是导向。周闻道和他的同事们强烈地感到，只有廓清散文的天空，给自己喜爱的散文一个独立真实的身份，才对得起散文。

周闻道是搞经济的，还是经济专家。20世纪90年代初，在香港工作的他，就是香港《信报》《商报》《经济日报》等主流媒体的财经专栏作家。这时，MBA教程上的"枪打出头鸟"市场理论，让他一下就找到了革新散文的准入点：他们把目光聚焦于当时如火如荼的"出头鸟""新散文"，并于2005年11月4日至6日，在眉山举办了以"中国新散文批判"为主题的散文论坛，《文学界》《十月》《美文》《四川文学》《当代文坛》《散文》（海外版）、天涯社区、《成都晚报》《四川日报》和《南方人物周刊》等媒体及专家学者齐聚一堂，以新散文为触媒，探讨中国散文特别是白话散文发展近百年来的状况。周闻道一针见血地指出，从现在的散文创作倾向看，那些标榜为所谓新散文的散文，大致追求创作自由，语言的修饰、雕琢与诗意化，个人情绪的宣泄与表达等。但它们往往把传统散文的美德丢了，新的东西又软弱无力。其表现为：自由过余，严谨不够；唯美过余，发现不够；表现过余，体验不够。华丽的语言与诗意，掩饰了思想内容的空泛苍白。

热闹的论坛散场了，周闻道的心却没有平静下来，理想的火燃得更旺。

周闻道的内心非常清楚，新散文是否站得住脚，不在于批得狠不狠、准不准，而在于它自身；更重要的还在于，说新散文不行，那你行不行，怎样才行？换句话说，对新散文的批判只是破，而不是立，也不意味着必然立。能不能立，怎样立，关键还看自己。因此，周闻道和他的同仁们没有停留于解构，而是把目光转向了建构。他们成立专门工作室，请来著名文艺理论家周伦佑加盟，购买了所有能购买到的关于散文流变史的书，开始了廓清散文天空的艰难跋涉。经过两年多的关门反复研究、梳理、比较，一个崭新的散文观念——在场主义，终于迎着新世纪的霞光，应运而生了。2008年3月8日，周闻道、周伦佑、周强、张生全、沈荣均、宋奔、李云等全国18位散文同仁，以亮剑的姿态，在天涯社区的散文天下版块隆重推出《散文：在场主义宣言》，把在场主义主张昭示于天下，标志着中国散文史上第一个自觉的散文写作流派的正式诞生。

在场主义以"在场性"的在场，作为散文的哲学本体论；以"散文性"的在场，作为散文的文体本体论；以"介入——然后在场"，作为散文的写作方法论。

在场主义视"在场"为显现的存在，或存在意义的显现；主张"面向事物本身"，强调经验的直接性、无遮蔽性和敞开性。认为散文写作"在场"的唯一路径是介入，介入就是"去蔽""揭示"和"展现"。"在场散文"所主张的介入包括：对作家主体的介入，对当下现实的介入，对人类个体生存处境的介入。认为只有通过对以上三个方面的介入，才能去除那些自称为真理的谎言，去除那些制度化语言、意识形态用语、公众意见对作家心灵的遮蔽、对人类个体生存处境的遮蔽、对当下现实的"真实"与"真相"的遮蔽，使散文之笔直接进入事物内部，与世界的原初经验接触，并通过本真语言呈现出来。在此意义上可以确认："在场"就是去蔽，就是敞亮，就是本真；"在场主义散文"就是无遮蔽的散文，就是敞亮的散文，就是本真的散文。

在场主义有两个核心词：散文性和在场精神。散文性就是散文的纯粹性，或本质规定性，是散文区别于其他文体的身份识别标志；"散文性"的文体特征，主要表现为"非主题性""非完整性""非结构性""非体制性"。在场精神包括"精神性""介入性""当下性""发现性"和"自由性"五个维度，核心是介入。其主张：散文作家要注意散文的纯粹性；强调介入现实，观照当下，勇于担当，把关注的重点，放在国家、民族、人民的当下疾苦中，注重揭示存在的真相和终极价值，并以之作为作家必须坚守的存在底线；把散文性与在场精神的完美融合，视为散文追求的艺术高线。

在场主义的产生似乎有某种必然。我们每个生活在现实中的人，每天都要亲历许多生活；这些生活，都是一种客观存在。不同的人，以不同的形式，反映或呈现生活的意义；散文作家则以散文的形式呈现生活。世界存在的意义具有多维性、复杂性、遮蔽性，作家主体也会受观念、知识、方法、经验等局限，造成去蔽的能力有限，且个体之间差异也很大，并不是每个人对生活的呈现，都能充分反映生活的本真，都是客观的、真实的、深刻的、有意义的，都真正做到了在场。在在场主义之前，由于散文性——这一具有散文身份确认性质特征的隐匿，许多人并没有认识到这一点，更谈不上有自觉的、正确的努力方向。人们对散文的认知，在一种背离散文本质的混沌状态下进行。

当然，在场主义的创立，只能算是事情的起点，要持续地推动下去，并且做成一项真正的事业，靠一时的热情是不行的。在周闻道的身上，还有许多人不具备的两样东西：巨大的亲和力和特别的坚持力。

亲和力来自尊重、宽容和包容，因此他的身边能够迅速地聚集起很多文学同道。这些同道有眉山的，也有外地的。外地的文友总是持续不断地到眉山来，一方面是羡慕眉山的文学氛围，另一方面也是被周闻道这位好客的理想主义者所感动。这种聚拢的人气和粉丝，也成为在场主义团队的基础。

而周闻道特别的坚持力一开始就体现了出来。虽然周闻道聚集了很多的人气，有一个活动团队，但是团队人物和周闻道对这个问题的理解，其实还是有很大差距的。有人不同意文学以团队的形式存在，有人不同意文学集体发声。就比如在场主义的"主义"两个字，大家的思维也都不在一块儿。有人觉得"主义"这个词，具有太多的政治色彩，与周闻道的官员话语背景有关。又有人觉得这是在场主义团队的另外一位主将周伦佑曾经搞过的"非非主义"的惯性延续。但是最终周闻道坚持了下来，周闻道的解释是这样："主义"就是终极价值，比如，马克思主义，是以马克思、恩格斯揭示的科学社会主义为终极价值，而资本主义则以追求资本的剩余价值最大化为终极价值。如果"在场"代表文学主张，"主义"就是一种文学理想。当然他的这个解释并没有说服所有人，反对的依然反对着。而周闻道的坚持就体现在，尽管你反对着，但是下次，他仍然又把它作为一个议题提出来。如此反复，最后大家慢慢地似乎也接受了。听他的，也不仅仅因为他是领导、是官员，还在于他反复提议、反复讲述、反复坚持，你最后不得不被他的预言风暴、被他的热情、被他的韧性所淹没。

周闻道的坚持还体现在他的战斗力。自从《散文：在场主义宣言》在"散文天下"发表后，在场主义就承受了来自全国各地的质疑，甚至是讽刺、挖苦。质疑的原因有多方面：一是周闻道作为官员的背景以及集体发声的方式；二是过于靠近政治的"主义"一词的使用；三是试图从哲学中寻找依据的、过于艰深的在场主义理论；四是推倒中国古典散文、推倒"五四"白话文、推倒20世纪90年代新散文的树敌太多的行为模式。

质疑首先在在场主义团队里产生了不安，个别外地的发起者，退出署名。眉山本地的发起者则选择沉默；在场主义的核心成员也都显出了很大的摇摆和不自信。而作为两个政府部门一把手的周闻道的部下，也对周闻道这种显得有些"不务正业"的文学热情表示了担忧。不过，这一切都在两个人的强劲力量下挺了过来，一个是具有巨大热情和坚定意志的领导者周闻道，另一个是具有深厚学养和雄辩能力的理论家周伦佑。有人把他俩称作"二周"。他们如同一对天然的完美组合。面对各种惊叹、质疑，甚至攻击，他们笑傲江湖，处变不惊，从容而自信地说，如果能被骂倒，那一定不是骂的人，而是我们自身的观念和理论体系有问题。作为有敏锐思维和丰富经验的周闻道，更是牢牢地把控着局势发展的主动权。

在外界还对在场主义吵翻天的时候，周闻道已经迅速进入了文本实验。

当然，这是一个艰难的过程。历史上很多文学流派，理论往往都是落后于文本的，是在文本成功以后的总结和提升，并在此基础上产生很多后文本，似乎没有在文艺理论指导下的文学写作搞得很成功的例子。而在场主义则是先从理论出发再回到文本的，再加上在场主义理论有着中国古典散文和西方现代、后现代主义的双重逼仄，因此在场主义的追随者和创作者们，没有可靠的参考，每个人都在凭着自己的理解，产生不同的试验品。当这些试验品不被当下的文学期刊所认可的时候，他们的心中再一次产生了摇摆。

头脑灵活的周闻道找到了突破口。他创办了《在场》杂志，编写了年度选本。这两种方式其实都有一个共同目的：在全国寻找理想的在场主义散文文本。这种方式显然是一个很好的捷径，它不依赖于在场主义核心团队的新文本，而是在既有文本基础上的概括。同时这种概括又和新创作构成相互呼应。

接着，周闻道又找到了第二个突破口，就是编辑出版"在场主义散文丛书"。丛书前后出了三套，共二十六部，选入丛书的人，有在场主义的核心成员，也有符合在场主义写作的其他作家。如果说编年选和办杂志，是从面上来确认在场主义的话，那么编丛书则是从点上给在场主义树立标杆。

这两个动作给文学界带来的影响是很大的，它让人清楚地看到了在场主义从天空降落到人间后，比较清晰的图景，给媒体、给研究者找到了话题的着力点和正确的方向。媒体和研究者因为有了清晰的图景，他们变得严肃认真，不但深入分析评判，而且试图从散文流变史上寻找在场主义出现的答案。许多散文研究专家都郑重其事地把在场主义列入了他们的专著之中。

文化的穿透力，往往要超越本身的界域。

在场主义正是这样。在场主义作为一种文学观念，诞生于眉山，发轫于散文，但它巨大的文化影响力，正在迅速突破原有的地域界域，成为影响整个中国乃至世界文化发展的新锐元素，并已正式进入大学教材。

从在场主义观念出发，山东泰安一中在语文教研中提出了教育在场，标榜为"在场——一种语文教育的存在论立场"。某金融机构在员工培训中，"根据对在场主义的定义认识"，引申出"银行服务的第三只眼"的话题。北京某房地产开发商，提出了"空间在场主义"理念，主张应站在住户立场，从人性化的情感贴近出发，设计布局房屋空间。在广播领域，有人利用在场性原理，探讨广播有声语言"虚境化"下表达的美学特征。2012年10月17日，深圳市某街道办事处的20多名公务员，集中学习当代先进文化——在场主义两小时。2014年秋举办的深圳首个文学季，主题便是：探讨文学在场的表达方式。

当然，在场主义能够到达主流的视野，还不仅仅在于办刊物、编年选、出丛书和评奖，还在于周闻道和在场主义团队对在场主义理论的简化与现实化。如果说最初在场主义理论的高蹈给散文界带来困惑、争论及无所适从的话，那么这种简化与现实化，则引起了一大帮文学大众的热捧。这种简化和现实化，就是在"散文性"和"在场精神"旗帜下，抓住了"关注当下""介入现实"，以及体察国家的、民族的、人民的关切这个重点。而在场主义又能够很明确地找到它和批判现实主义的区别，就是在场主义的批判是真实的、建构的、善意的，它不但要批判和解构，还要介入建构，以善意的姿态与世界相处。

"不经历风雨怎么见彩虹，没有人能随随便便成功。"周华健的《真心英雄》，也许能说明周闻道与在场主义走过的路。

在"二周"及团队的接阵战斗下，所有的质疑都被批驳了回去，所有的讽刺、挖苦，最后只剩下酸葡萄心态和不良动机；而上千万字的实验文本，则为在场主义树立起了看得见、摸得着的文本标尺。

特别是在一次次客观、公正、权威的评奖推动下，在场主义作为一个特立独行的文学现象，不得不为人刮目相看的时候；当越来越多的报刊争相刊发在场作家作品的时候；当一个个有眼光的出版社大手笔推出在场主义散文系列丛书，并行销于市的时候；当大学、中学教材都以重要的当代文学现象，入选在场主义作家作品的时候；大家才逐渐感到，在中国当代文学、当代散文中，在场主义已是一个绕不开的话题了。

理想的天空有多大，理想的翅膀就可以飞多远。

周闻道坚称，在场写作有多种可能，永远不可能获得全部的答案，永远在路上。在场主义团队还会一直走下去，走出他们的天空和大地。

闻道和闻道散文

□ 赵佳昌[①]

　　9月11日下午，我带着神往的心情去赴著名作家周闻道先生之约。前一天上午屈瑛华阿姨的一条信息跨越千里跃然在我的手机屏幕上："周闻道老师要见你。"我为眼前的这条信息所激动，与激动相伴而来的是一个陌生的电话。电话那头一个声音说："请问你是赵佳昌？"那人操着四川口音，正是我仰慕已久的周闻道先生。

　　真实说是去拜访可能不准确，因为我俩将要到达的地方并不是事先熟悉的。他要从川西平原飞到长春去开全国各地市发改委领导会议，而我在这之前也从未到过长春。天空飘起了细雨，绵长地梳理着我的心情。绵绵的微雨落在我的伞上，在头顶上绽放出一朵朵轻柔的水花，心醉于轻声柔密里。汽车在长吉高速上奔行，雨滴用声音装点着周围的世界，车窗外的庄稼已近成熟，在即将盼来丰收的时节里用这样一场雨再次将其浸润，它就惬意或者温馨地醉在田野的怀抱中。温馨的不光是沃野中的庄稼，我也沉浸其中。此去长春虽是首次，因有周闻道先生之约便多了目的性，也为初到此地少了一些迷茫与不知所措。还有吉林省作家协会和长春市作家协会的朋友，一个沉稳厚重、情真义重，一个爽朗酣畅、古道热肠，便更多了一些美好的希冀。

---

　　① 赵佳倡，内蒙古青年作家。

冥冥之中这就是缘分，路漫漫却若比邻，此去长春不如说是去赴一场命定之约。

就像我在《熟悉的陌生地》中所说的那样，此地给我的感觉只有熟悉没有陌生。我要去见周闻道先生，披着一身的弥红向宾馆走去。在电梯将要关上的一瞬，电梯内的一个人将我的视线点亮。就是他，我准确无误地认出了电梯中的这个人——周闻道先生。

茶的好处在于品味中悟出真知，淡雅中可觅顺畅，自是一个倾心相谈的好东西，若谈论的话题是诗词文章则更多了怡然之中的心灵所归。我与周闻道先生邻位而坐。一壶飘着清香的铁观音放在桌上，我们谈论的是散文，这样的谈话无异于一次温润之旅。准确点说我们谈论的是"在场主义散文"，周闻道先生是这个被誉为"中国第一个自觉散文流派"的创始人。在工作中，他身负一方经济建设的重任，可是身居要职却不见任何官场上的俗气。在文学中，他的作品广为读者喜爱，佳作频出，又是"在场主义散文"的奠基人，可谓大家。想到这，一时间竟有一种恍若梦境的感觉。可现实就是现实，此刻他就坐在我的邻位，我心中也多了一些亲切感。他早已名震文坛却不见其以某某自居，始终和蔼平易，不禁暗暗竖起大拇指，正因为如此我才得以畅游在茶味相佐的谈话中。

对于很多作者来说，"在场主义散文"并不陌生，在三苏故里、彭祖之乡的眉山由周闻道率先发起。在场主义旗帜鲜明地提出了汉语的回归论，追求汉语本真表达的极致之美。在市场经济的大潮中，外来物建设市场的同时又不可避免地带来一些阴霾。这种舶来品也附加在散文的身上。当前出现的网络用语等非主流词语、体制性用语，以及只有在特定环境条件下才有意义的俗语被散文家庸常地揉进了散文中，读来失味，就像蛋糕上厚厚的奶油煎熬着我们的味蕾，蛋糕因此少了一些原有的味道。浓重的阴霾笼罩在散文的上空，使语言失去了亲切感。为还散文一片纯净的天空，周闻道等一批作家率先提出了散文写作要去蔽、敞亮、本真，去除散文身上的种种附加，使被包裹的散文回归为真正的散文。回归到原初的散文是亲切的，是发自内心的呼唤。

周闻道的散文作品中无不体现着这一点，在真情自然的流露中随性地用文字记录着本真的情感。读他的文章你会感觉到他似乎在随性地说出自己的内心想法，那是不加修饰的、最本真的内心世界，你还会为他的独特的发现力所叹服。文如其人或者说人如其文，关于对他的印象，与其谈话之外读他的文章也是必不可少的。手拿一本《遁迹水云间》，这是他的签名赠书。寻着他的文字开始探寻文字中蕴含的真我。

在场写作首先提出的是去除遮蔽，追求敞亮和本真表达，使语言回归零度，还散文以真正的散文。这是在场主义自始至终追求的目标。周闻道先生的文风实在，不虚浮，自然地亲近读者，于随性的写作中贴近语言的本初之美，《遁迹水云间》中的文章无不体现着这一点。读其文章仿佛与其相对而坐、倾心交谈，又仿佛是在听他内心的独白。没有距离感也没有屏障，一切遮蔽都是阻挡，都是伪装，都是与自己和读者疏离。他从内心深处呼喊，对这种疏离说不。"于是，越过河流的分离阻隔，到达对岸、了解对岸、破解对岸之谜、领略对岸风光、欣赏对岸神秘成了我长久地向往神圣的渴望冥冥之中的使命。"（《对岸》）此时横亘在眼前的河流就是阻隔，他的使命便是冲破这种阻隔去亲近对岸，使他与对岸不再疏离。这样期盼介入对岸，是对对岸的追寻。生活中的态度就是写作的态度，语言去蔽，渴望回归到本真，与向往对岸的渴望无异。

用心去贴近对象，然后介入其中，才会听见它的话语。作家们是靠文字来说话的。周闻道先生和我谈论着介入的问题，用心观察，然后敲响物象的意义。意义的呈现是靠作家们独特的视角解读出来的。然而，事情的复杂性还在于，物体的呈现方式具有多维性，同一个物象在不同人的眼中显现出的是不同的形态，怎样呼唤出内心深处的意向呢？这就得靠发现。发现并解密是拨云见日的途径。就像周闻道先生所说的那样，一个物体被很多层面纱遮盖，发现就是揭开面纱的过程，揭开的层数越多越接近本真。多维的体现就像数层面纱，往往最靠近物体表面的面纱最接近它的本真。我们看到同一物体的意义不同，就是揭开面纱的层数不同。独特的发现可以使我们的目光更深刻地介入，物体的意义就相对深刻了。用散文的语言书写出内心的真情实感，文字就会在心弦上跳跃出美妙的音符。你听，那搏动着的音符奏响的是一曲曲心灵物语，就像《……后》。"并不是一切后都表示方位和时序，有时它还是一种心灵物语。"（《……后》）周闻道先生深层次地表达着雨后、风后、云后、雪后、屋后、花后、雾后所呈现出的意义，从中悟出真知。他为我们展现出"后"的发现之美。发现的好处还能叫我们颠覆阴霾，"可是，我很快发现我错了。颠覆我思维定式的，是那些风干了的树叶根处正在萌发的新芽。它不仅引发了我对那树再次认真观察的兴趣，而且让我发现有时最伟大的颠覆，也许就在一些很不起眼的微小里"（《那些风干了的树叶想要发芽》）。在一片萧瑟之中能细心地发现树叶根部的一点浅绿，然后用心去贴近，萧瑟便被这个发现瞬间颠覆。哪怕只有一点浅绿，都向自己和读者传递着发现之美。发现可说成解读，真正发现的时候就是解读的时候。比如周闻道在《稻田，生命的涅槃或者分娩》《对视》等文章中解读生命和眼神那样，或发现顽强生命的欣喜，或与那个孩童对视的震撼。

周闻道提出在场主义是因为有一种责任感，倡导自觉地写作。这是单纯从写作特点来谈的。除去这些，你还会在文章中了解到周闻道先生的内心世界，于是一个活生生的心灵独白就展开在你的眼前。他用散文将内心世界剖析出来，说出心声。说出就是对生活最好的慰藉。

与周闻道先生品茶聊天的时间虽然只有一个多小时，却难以忘怀，不仅在于交谈中他的和蔼、平和，还在于散文中的他留给我深刻的印象。周先生是热爱生活的，真情洋溢其中，比如《天涯，天涯，好一朵真情的花》对萍水相逢之美的讴歌；《透过父亲的泪光回望如烟来路》对父亲的别样怀念；《心存感恩陶醉于一种莫名的幸福里》在悠然的生活中湿润出温馨之感……好一个真情男人。他对光明与温暖偏爱至深，比如《这阳光砸碎了城市的忧郁》中，阳光的出现照亮的不光是城市还有阴云密布的心灵；在《阳光是生命前世的眼神》中将生命与阳光的关系紧密连在一起；在《吹皱的阳光把我包裹》中，阳光把自己包裹在一种厚重的爱中。

我与周闻道虽只见过一次面，但他的文章我是早就熟悉的。我每天都有读书的习惯，捧起《遁迹水云间》，跨越千里，解读川西平原三苏故里、彭祖之乡中那个叫周闻道的人的巅峰笔意和思想之美。原来，每当我读这本书的时候，他就坐在我面前向我讲述着"在场主义"的精髓和他真实的内心世界。经过一个多月的时间，我才将《遁迹水云间》读完。慢慢地合上书，今天是传统佳节中秋，阳光洒下一地的祥瑞，我们一起期盼今夜的明月，这将是22年来亮度时间最长的一次。我拿起手机给周闻道老师发了个信息，送上一句祝福，祝他在今晚的中秋之夜可以享受皎月的爱抚，淡淡地浸润，沉醉在幸福中，就像遁入水云间。

周闻道和他的在场主义

□ 秦兵吟[①]

如果说北宋三苏父子以及幽静典雅的三苏祠是属于眉山远古的人文符号，那么周闻道和他的在场主义散文，绝对应该算是现代眉山崭新的文化标签。

实际从传统意义上说，眉山一直伫立在诗歌与宋词缝隙，以自身独有的宁静内敛，在傲视红尘。在这个秀丽的所在，得益于青山秀水的烘托，勤劳质朴的人民，千百年来为我们构筑着一个精神意义上的世外桃源，继而成为仕途厌倦者归隐的天堂。谁知时至2008年的某一天，就在这个眉山小城，一个名叫周闻道的寻道者，突然在此登高一呼，于是一场名为"在场主义"的散文流派从发轫到成立，继而在中国文坛蓬勃兴起。最终拉开了自中华人民共和国成立以来，中国民间最大的群体性散文写作实验的大幕。

如果说我有幸目睹在场主义流派成为中国文坛异军突起的新军，那么我和这个流派"寨主"和"军师"的交往，或许更值得倍加珍惜。仔细算来，我与周闻道相识在前，在场主义则紧随其后，这也许就是佛家所说的缘分吧。尤其最近几年来，因为时间与机缘，当在场主义理念横空出世、蔚然成风时，我不仅目睹了这场散文革命的与众不同，更见证了它蓬勃发展的辉煌

---

① 秦兵吟，陕西青年作家。

历程。当然，最重要的是，只有你真正走近周闻道，亲身感受到他的为人，或者仔细聆听他的心音，你才能真正领悟在场主义散文所提倡的现实人文内涵，继而不自觉成为其写作理念的同道。当然，今天走近周闻道，我不仅会让读者直接领略到在场主义蓬勃发展的辉煌，还将给你解读创始人周闻道柔韧而坚强的内心，以便读者了解到：一个胸中无"我"的智者，如何饱受现实的摧残与同化，如何在清醒和痛苦中摇摆。更为重要的是，他有着怎么样的心理斗争；又是什么原因促使他冲破世俗的无耻围剿，最终心甘情愿俯身成为一位戴着枷锁、扛着大旗、在鲜花与冷箭中勇敢前行的文坛勇士。

实际这是很久以前的事了，那年我刚好要去四川探亲。

记得应是在除夕前后，那时我正坐在一辆从成都开往乐山的大巴上。其时车窗外，山峦青翠欲滴，远眺麦田，油菜随风摇摆。偶遇小溪从道边流过，枯叶青苔，清洌可鉴。佛云"境由心造"，此情此景，令我怦然心动。其时恰逢车过眉山，恍惚间，我忽然想起这里应是苏东坡故居。有心下车转转，却生怕人生地不熟迷路。几番心念急转，我便贸然给周闻道发了个短信。谁知他很快回信，并诚邀我下车一游。车至眉山岔道，周闻道已驱车于高速路口相候，并在寒暄后直至宾馆。稍事休息，在周闻道的招呼下，作家张生全、沈荣均、李云及几位眉山文友，纷纷翩然到场，他们以极大的热情，给了我旅途的安乐。在大家纷杂的闲聊中，我得知周闻道不仅自己酷爱文学，还广邀同道，多求友声，在眉山地区单位内部多次组织了"文学沙龙""文艺沙龙""体育沙龙"等活动，延揽国内著名作家、贤达之士，定期开展诗歌散文朗诵等多种形式的文化交流活动。大家组团结队，或清议漫谈，或野外采风，使往昔呆板沉闷之风悄然消遁，洋溢出一派沁人心脾的书香来。除此之外，周闻道还是个乐于帮扶后学的儒雅前辈，只要在郊县里遇见好学有才的文学苗子，他不但在治学上倾心相助，生活上处处关心，甚至稍遇机遇，便向市里的大单位推荐，继而使其人尽其才，报国有门，使传统文化在眉山地区得以发扬光大。

那天，听着众人七嘴八舌的介绍，我不由抬头多看了周闻道几眼，试图解读出我对他的种种迷惑。而他则浑然不觉，依旧优雅地和身边某个文友讨论着什么。

哦，这是怎样的一个人呢？我问自己。

说实话，或许是出于偏见和无知，我当时不仅无法把"官员、作家、经济专家、忠厚长者、文学硕士"这几个关键词，在内心深处和谐有序地排列起来，更别说探询出其间必然的联系。于是只能在宴饮后带着无尽迷惑，回房休息。谁知第二天清晨，当"砰砰"的敲门声在耳边奏响，周闻道儒雅温厚地邀约我同进早餐时，我才在刹那间开始理解了人文精神的真正内涵。需要说明的是，在我驻留的几天里，周闻道先生不管多忙，总要巧事公务，适时地陪我共进早餐、午餐，以便在餐叙中彼此坦率真诚地沟通交流。也就是在那几次交流中，我大体知道了周闻道先生简单的文化轨迹。

周闻道，本名周仲明，出生于四川青神县一个普通农家。一没显赫的背景支撑，二没丰裕的家世傍身，全凭一颗赤子求知之心，在社会上摸爬滚打。最终靠着对文学的痴迷，对文字的热爱，广收博纳，中外兼蓄，笔耕不辍，继而在心灵上不断完善自己，最终一步一个脚印走到了今天的高度。

记得那次分别之时，闻道送了我好几本书。其中有报告文学集《悲剧，本可以避免》，散文、杂文集《夏天的感觉》，散文集《家的今世前生》《点击心灵》《对岸》《遁迹水云间》等。待我认真读完，我竟蓦然发觉，在周闻道心中，文学真就不再是只具有消遣性、赏玩性、审美性、艺术性的冰冷文字游戏，相反已然进化为一种近乎于信仰的精神传感。也就是在那次送书的过程中，周闻道初次对我谈起，创建在场主义散文流派的真实构想。那天，在寂寥无人的会客大厅，他一直温和平静地注视着我的眼睛，继而以一种低沉而温暖的语调告诉我：散文真的应该有自己的身份，该有另一种写法，它应该与时代在场，着眼于有显现的存在，或存在意义的显现；它应该是去遮蔽的，呈现敞亮的，展示本真的，应当具有鲜明的散文性。而作为初次聆听者，我自然无法一下子全部明晰他所讲述的理论。故而对他所发起的这场散文革命在心理上还颇有抵触，故而鲜见回应。不过，作为一个久在文坛厮混的文学同路人，我自然深知当今文坛的风气与现状，对他所发倡议的在场主义散文初衷，内心难以拒绝。不过认同归认同，我还是觉得他这次的动作似乎有点大，担心那种眼花缭乱的眼球效应，一下子刺痛某些人的眼睛，继而为他无端引来一些不必要的非议，而倍感担忧。可他似乎并不在意我的担忧，或者说他对于世情的冷暖、文人相轻，早就了然于胸。依旧在那里坚决而得体地痛斥当今文坛某种颓靡之风，倡议大家自觉走出那种空荡无味的"无物之阵"，去赋予文字原有的生命律动，还原一个真实的、有血有肉的生活。实际在那一刻，我尽管不清楚他最终想要什么，但我确实看到了他为之奋斗的目标，并为之鼓舞。而在这个目标的背后，一个由善良心灵发下的宏愿，不仅超越了文学的界限，还超越或涵盖了作家生命或生活的本身。

我们依依话别的时候到了，闻道非要开车送我去车站。看着他忙碌的背影，我内心不知为什么一下子竟然浮现出苏子清削的面容来。于是我不由冲着他的背影感慨万千：如果说残酷现实充当了扼杀梦想和浪漫的黑手，那么文学自然会成为所有胸怀大志者的逃避天堂。而对于传统文人的这点共性或暗合，不仅北宋的苏东坡苦吟半生，即便达观开朗的周闻道也概莫能外呀！

严谨说来，周闻道和苏东坡不仅隔朝隔代，年谱家族也毫无瓜葛，如此相类诚有关公比秦琼之嫌。盖因苏东坡鸿儒大贤，长茛垂胸，庙堂上知机怀谋，闲咏时藻耀高翔，根根胡须阅阒词。而周闻道则属于苦吟发断的谦谦君子，虽与苏子同为眉州中人，白天上班在衙门谋断经世；夜晚归来泡书斋择章雕句。他不仅在经济领域运筹帷幄，且在当今残酷的人文生态下，还要致力去做一件与自己职业不相符的"傻事"。更为可叹的是，经过无数次的艰难与磨折，周闻道不仅没有浅尝辄止，相反愈挫愈勇，竟然把这种"傻事"无怨无悔地做到了令人动容的地步！于是在我看来，尽管周闻道幸蒙盛世，未尝苏子贬谪之苦，但他却目睹中国文学之现状，深思改良之法，聚啸才俊，集思广益，最终勇敢地成为中国当代第一位创立文学流派的政府官员，并成为其所创散文流派"在场主义"的代表作家，其爱国重民的担当风骨，倒也不辱没苏子门楣。更为重要的是，目前有证据显示，在场主义散文流派所提倡的"去蔽""揭示"和"展现"的散文写作理念，不仅在中国文学界引起了巨大的轰动效应，还以其直刺人心的质问，以及"在场、介入、担当"的人文精神，成为当今社会文化担当者、文化引领者，反思当今社会文学现状的强烈心理观照。有位思想家说，理论是灰色的，生活之树常青。周闻道是作家、散文家，他眼中的生活，便是散文的世界，便是具有鲜明散文性的在场主义。这种看似简单却十分充实的生活，使官员、生活与散文等诸多元素在周闻道身上开始水乳交融地汇合。当然，汇合不是目的，目的是说出。而这种说出不是一般的唠唠叨叨，而是"说出就是照亮"。或者说，照亮什么，怎么照亮？以追求真相的勇气，照亮人类前进的旅程。这或许才是在场主义应有的使命。

大量事实佐证：为了完成这种神圣的使命，周闻道确实做到了忍常人所不忍之事，容常人所不容之人，苦心孤诣，欲玉其成。以豪迈的志向、谦逊的举止、悲悯的胸怀，在丛生荆棘的道路上，逐渐拓展出一条通往人文圣殿的文学新路。

2010年5月5日，由在场主义创始人、散文家周闻道和新生代企业家李玉祥联手发起，在场主义散文奖在北京宣告设立。该奖以其年度单部作品奖30万元、总奖额50万元的高额奖金，创下当时中国文学界民间文学奖的最高纪录。在场主义散文奖开宗明义，要"重构文学价值，捍卫文学尊严，引领21世纪散文创作"，奖项评委会聘请当下中国汉语文学界最著名的作家、评论家、学者、散文编辑家、鉴赏家组成评审团队。丁帆、孙绍振、陈思和、南帆、彭吉象、刘亮程、周伦佑、范培松、陈剑晖、康震为评审委员。评审委员会原则上实行固定制，并以集体名义及专家个人名义，共同对评奖结果承担责任。至今已连评三届，好评如潮，成为中国文学界唯一以鲜明文学观念为价值尺度，公信力最高的民间文学大奖。

读完以上的信息，不知读者们会作何感想。你是否会为一个草民具有如此担当和勇气而动容，还是在沉思与琢磨在场主义理念应有的思想内核？

当然，你也可以有不同看法，因为按照在场主义无遮蔽、敞亮、本真的行文原则，你也可以坦率地告诉我。不管豪放派诗词，还是在场主义理念；也不管是苏东坡还是周闻道，这些已经发生或者正在演变的壮举，都将被岁月悄无声息地风干，最终成为人类精神世界中若隐若现的人文标本。不过，我也得告诉你，即便如此又如何？因为所有的文化最终都像那些古代遗留下来的物件一样，面无表情地躺卧在时间的缝隙，任凭我们后人站在某个角落评头论足。

如此足也！夫复何求？

周闻道的散文野心

□ 张生全

    让我们先来看一个本源性的问题。什么是散文？《现代汉语词典》上的解释是："散文是除诗歌、戏剧、小说外的文学作品。"这个解释让人大惑不解，就像是塞给正哭闹的小孩的一块糖果，可以明显地看到其中的应付成分。它没有对散文的美学内涵做任何有建设性的界定。我们打一个比喻，比如文学是一个圆圆的蛋糕，诗歌挖走了其中一块，戏剧又挖走了一块，小说又挖走了一块，剩下的就是散文了。这么说，散文就成了其他文学体裁之外的一种边角料。

    不过我们也可以换一个角度来看这个问题。换一个角度是解决问题最好的办法。诗歌、戏剧、小说挖去的那块蛋糕是有形、有定质的部分，剩下的部分是无形、无定质的。也就是说，文学的蛋糕能做到多大，散文就有多大。文学有多少可能性，散文就有多少可能性。

    散文有多少可能性？这是一个硕大的问题，也是一个让人心旌荡漾、倍觉美妙的问题。它硕大美妙得就像一个大海，任何有志于散文创作的人都会被这大海迷住，忍不住要把两只脚伸进去试一试水的深浅。而周闻道正是这样一个对散文的可能性十分着迷，并且在散文的大海中长时间潜水泅渡，立志想测量一下的那种人。

    周闻道最想测量的是散文的阔度。什么是散文的阔度？这又是一个大问题，也不是三言两语能够说清楚的。我们也来打个比喻。比方在一座房屋的建筑中，木匠干的自然是木工活，泥水匠干的自然是泥工活。他们各有分工，互不干涉。而周闻道散文展示给我们的气象是这位散文家忽略了角色的分工，他在自己的想象的空间里经营着整座房子的建构。

尼采、康德、叔本华、柏格森、海德格尔、萨特，任何一个名字都会让我们心生敬畏而又头痛不已。我们敬畏的是他们庞大深奥的哲学体系，而让我们头痛的也正在于此。而周闻道似乎完全没有这样的感觉，他非常轻松就走进了他们的领地，他对他们设置的迷宫视若无睹，他对那里的熟悉程度和采用的姿势就像他是主人一样。很多人喜欢把哲学援引到散文中来，却又极力遮藏。他们这样做的目的很明确，就是为了增加散文的力度和说服力。不过他们往往手段拙劣、生硬，就像一个想把别人的东西移植到自己花园里据为己有，同时还向别人炫耀这是他的宝贝的人一样，说话的底气永远是不硬实的。在我看来，散文里是可以有哲学的，但所谓的哲学，并不是说出来的，而是自然表现在文章里的。苏东坡没有说过他散文里有什么哲学，梭罗也没有说过他散文有什么哲学，不过我们却不能不承认他们散文里哲学的宏大。不过周闻道和前面的两种情况都不一样，他走的是另一条路。他几乎是出于一种纯粹的喜爱，他对哲学和哲学家的解读体现出他广博的知识层面和积极健康的心态。

他不但对哲学有浓厚的兴趣，对自然科学也一样。一篇《平原要远行》，他散文中的时间轴从远古洪荒延伸到现在，写尽了各种各样在平原上留下过脚印的事物，尤其是那些曾经轰轰烈烈繁盛过却最终归于寂灭的生物。这几乎就是一篇关于生物进化的学术报告。他还对社会学有浓厚的兴趣，比如对构成社会的最基本的元素——"家"的问题研究。这大约应该是社会学家的事情吧，但文学也可以关注。就我看来，《安娜·卡列尼娜》《简·爱》《红楼梦》等一些文学作品里都曾对"家"做了很深入的研究。但这些作品都是小说，像周闻道这样，专以散文的形式，以一整本散文集来研究的，就我的阅读范围，似乎还没有见过。而且，他还给"家"下了一个定义，说"家"是放"心"的地方！这倒是比很多社会学专著来得透彻。最近他又在集中写一系列名叫"官场词语"的散文，专门研究官场里的各种病态和畸形现象。不管是散文的文学形式，还是官场中人的身份，这两样对周闻道来说，都是极大的挑战。

我这样说，或许会给人带来一种感觉：周闻道这叫做"不务正业"，写散文就写散文，搞学术研究就搞学术研究，以散文的方式搞学术研究，那不相当于努力培养一只鸡生出"鸭蛋"吗？这话表面看起来有些道理，其实是外行，是根本就没有搞明白散文这一文体的审美内涵。散文的审美内涵是什么？这和"散文是什么"一样，没有多少人能够搞清楚。事实上也不可能搞得很清楚。任何一种文体，一旦给予了界定，这种文体离死亡之日也就不远了。旧体诗词、舞台剧，莫不如此。不过也不能因为不可界定就不去界定，艺术的魅力也正在于界定与不可界定之间。就我看来，"阔度"应该是散文一个重要的元素。周闻道对散文阔度的追求，体现了他敏锐的洞察力。

周闻道想要测量的第二个是散文的修辞。有评论家认为，周闻道散文最大的特点是他在散文上表现出来的思想性，或者说是对志趣的津津乐道和孜孜以求。其实我倒觉得这在他并不是主要的，主要的是他的激情、他的抒情性。这种抒情性甚至时不时地消解他散文中的思想。周闻道是一个精力充沛、活力四射、激情洋溢的人，而从来就不是一个冥思苦想的、苦行僧似的人。表现在散文中，就是他对修辞的偏爱。

周晓枫女士曾认为，散文已经从"白描时代"进入"修辞时代"。"修辞"是不是散文的一个元素，我不敢肯定。与这种观念相反的是，散文应该回到本源，回到"原生态"。这种说法是不是有道理，我也有些疑惑。因为所谓"原"，也仅仅是一个形而上的问题。而且，"原生态"这个词，本身就是一种修辞。不过有一点是肯定的，不管是"修辞"，还是"原生态"，都增加了散文的可能性。

关于这个问题，我没有在任何地方看到过周闻道表示的态度，也从来没听他讲过。周闻道对散文倒是有着非常鲜明的观点的，这个观点是："在场、思想、诗意"。他说的"诗意"是不是"修辞"，我也不敢肯定，但我实实在在地在他的散文里看到了他对修辞的狂热和努力。

这种修辞的狂热集中体现在他散文的语言上。傅恒先生曾说，周闻道散文"泉涌般的诗化语言铺天盖地展示在文章里，誓把诗意拥挤得像都市里的汽车似的……"高虹女士也说："大概是因为思想的激烈或情绪的勃发，或者因为各种意象或见解源源不断，纷至沓来，我想这时周闻道的写作状态有点儿类似于'跳大神'，他会驱使着成排成串的副词、动词、形容词前来为自己卖命效劳……"两位作家都说到了周闻道的语言特征，即"语言的风暴"。具体而言，我发现他有几个偏好：对排比句的偏好，对形容词、副词的偏好，对长句子的偏好，对长段落的偏好，对分号的偏好。这种修辞的语言一方面来自他的天性，另一方面，也是因为他对福克纳、乔伊斯等意识流小说家的喜爱。不知道他是不是想在散文中复活那些现代派大师的艺术理想？如果是，那可真有些让人吃惊！

周闻道第三个想要测量的是散文的结构。其实准确地说，周闻道的散文是解构的，而不是结构的。或者说，总体是结构的，而分散到每篇散文则是解构的。总体上我们一眼就能看出，这就是周闻道的散文。他正在为他的散文王国建立一种秩序。但是分开来看每一篇，我们却有些迷茫，我们看不出他为散文的结构做过什么努力。修一座房子，应该先打地基，再砌墙，然后盖瓦。当然，写文章不是修房子，文章是要求创新的，如果写文章都和修房子一样是千篇一律的格式，那文章也就没有价值了。但是，不管写文章是不是修房子，都应该有一个它的经营构想，我们在这种构想中能够看出作者的良苦用心。《孔雀东南飞》中，我们知道对罗敷外貌的描写、对旁人在看到罗敷时的形容举止、对罗敷对她"夫君"刻意的"显摆"，都是有目的的，那就是作者的经营，就是结构。而周闻道在这个问题上考虑得显然很少，他天马行空，纵横开阖，想象到哪里，文字就到哪里；思想到哪里，文字就到哪里。有时候像散步，有时候像遛马，绝没有刻意的痕迹，他似乎也没有刻意的打算。

我这样说，并没有褒贬的意思。就散文的写作而言，是结构还是解构，真还没有孰优孰劣。在散文创作上，我曾经推崇结构，但是现在我却厌弃了结构，我喜欢散文具有一种"召唤性"。后面的文字是由前面的文字召唤出来的。就像拽一根藤，它会为我牵出瓜，牵出叶，牵出别样的风景。当然，这或许还是一种结构，"成竹在胸"是一种结构，"召唤性"也是一种结构。解构呢？它是用不着这样的，或许解构就像在车上看窗外的风景。不过在车上看风景也不是解构的，车的行走成了一条线索。或许就像做梦。但做梦也不是解构的，因为做梦就是一种形式了。从这个意义上看，周闻道的散文又还是结构的，只是他不刻意去结构罢了。周闻道"天马行空，纵横开阖"的方式就更能抵达散文的核心。周强先生说："读周闻道的散文，你不必像品味一道珍馐佳肴，点点滴滴仔细咀嚼；应当像是吃一桌'思想'的'盛筵'，取其大而略其微，狼吞虎咽。一句话，要作为一个整体，充分去体会作者人格智慧的光辉。"这话正好可以佐证我对周闻道散文结构的判断。

周闻道第四个想要测量的是散文的想象力。想象力之于散文，很多人是不赞同的，理由是散文应该是写实的，写生活中真实发生过的那些事情，虚构是小说的特征。这里至少有两个问题需要厘清：第一，散文一定是写实的吗？第二，想象力和虚构是一回事吗？第一个问题先荡开，说第二个问题。我以为，想象力和虚构是不完全一致的，前者更宽泛一些，也更本质一些，它涉及一个作品的每一个方面，包括主题、内容、语言。而且对于任何文体的写作，想象力都是不可或缺的。散文也不例外。在周闻道的散文中，我们可以很清楚地看到他在这方面的努力。他的很多作品，他写的是一事一景，但是他从来不拘泥于一事一景，他的思维到达了他想到的地方。他也不拘泥于传统散文的情景交融、卒章显志、形散神聚之类的手法。他总是秉着他的性情和喜好，能到哪里就到哪里。在有些篇章中，他甚至把这种想象力发挥到极致。他写过一篇《空城》的文章，周伦佑先生给予了充分的肯定，"《空城》显示了周闻道散文写作的一个飞跃式的进步。如果说这之前周闻道的大多数散文都带有某种'即事'写作的特点，《空城》则明显地带有了寓言性的特征，细节是具体而明晰的，主题却是抽象的、象征的。这座'没有地址''没有过去''也没有未来'的'空城'喻指什么？作者没有告诉我们，读者却能根据各自不同的'前理解'经验而得出自己的理解。这种

'飞跃'既是周闻道从'即事性写作'向'象征性写作'的飞跃，也是周闻道从'随感式写作'向'建构性写作'的飞跃……"我以为周闻道能够有这样一篇文章的出现，绝不是偶然的，正在于他在散文里对想象力的孜孜不倦的追求。

我这篇文章的题目叫做《周闻道的散文野心》。我在这里说的"野心"有两层意思：一是他对散文有自觉的艺术追求，尤其是对散文艺术可能性领域的自觉开拓；二是他的这种开拓更多带有一种方向性的意味，并不表明他因此就取得了多么大的成功。之所以想到要写这篇文章，又是基于三点原因：一是很多评论家在谈到周闻道散文的时候，似乎以为他是一个随性而为的作家，而对他在散文中体现出来的"苦心"和"野心"看得并不是很充分。二是周闻道对散文可能性的开拓带来了正反两方面的意义。比如，关于对"阔度"的追求，这本身就是他为自己设置的一个写作难度。一个真正意义上的作家，如果不给自己设置写作难度，那么这样的作家就是投机的，不纯粹的。不过给自己设置了难度，同时也给自己带来了冒险。这时候，作家的心态和意志力就显得至关重要。好在从周闻道对文学的态度来看，他是做好了这样的准备的。再比如，对修辞的过度热情，如果缺乏适当的节制，我们很容易对他的语言产生审美疲劳。我们是读者，在这个问题上，我们是有发言权的。三是周闻道繁重的公务和可怜的写作时间，以及他那激情洋溢的气质特征使得他即便有自觉的想法，也没能达到一种长久的关注。在我看来，文学写作既需要洞察力、激情，又需要耐心，需要对它长时间地、目不转睛地、单相思似的关注和把握，只有这样，可能性才会变成现实性。周闻道具备了所有把散文的可能性变成现实性的条件，他也正一步步地把这种条件变成现实。我们现在需要的就是等待。如果我们有耐心，他也有耐心，我们一定能够等来一个更宏大的周闻道散文气象！

红尘里的哲思

□ 朴素①

近十年来，网络文学大兴，类型化作品浮出水面，争奇斗艳。奇幻穿越、历史盗墓、神魔仙侠、言情宫斗、官场悬疑、谍战青春，种种小白文招摇过市，让无数少男少女为之疯狂，为之沉迷。正是在小白文大行其道的时候，一些坚守文字品质的作者，默默耕耘，张扬贴近现实、贴近人生、贴近地气的在场写作，为网络文学赢得尊严。

眉山周闻道先生，一直执掌天涯社区的散文天下版块，提倡散文写作介入生活、关注当下，去蔽、敞亮、本真，关怀终极价值，并与同仁创立了在场主义散文流派，影响深远。这一石破天惊的散文观念的革命，赋予了散文与其他文学样式比肩的独立神圣的社会担当，给平庸乏味的散文界带来了一股新鲜的空气。周闻道先生身体力行，他既是发起者、倡导者，又是这场革命的代表作品书写者。

他的《七城书》即是在场主义散文的标志性写作，展现了在场写作的实绩。《玻璃城》写的是极权的控制无所不在，人的隐私及人格的尊严荡然无存；《危城》表面看是写尘世的灾难无可逃避，实则指向的是更大、更深刻的社会体制危机；《欲城》写的是欲望的极度泛滥、人性的泯灭及道德的沦

---

① 朴素，作家，天涯社区文学主编。

丧；《皇城》写的是传统皇权意识的顽化及其流毒的危害；《蛊城》巧借湘西民间放蛊的传说，引申到长期的愚化教育对人的扭曲，如此等等。作者深入其中，或以虚构方式，或以魔幻变形的超现实手法，揭示了我们的时代之病，让我们通过这样的写作，对现实有了重新的认识。

周闻道先生的散文新作《红尘距离》即将出版时，他嘱我作序。关于散文，我正好有话要说，借此机会，重温文字的原初意义。以《红尘距离》为标本，对当下散文进行一番解剖。因为法国作家拉罗什福科说过："沉默是缺乏自信的人最稳当的选择。"我不愿沉默，尽管我们的言说，随时随地随风而去，但，我们又不能不言说。发为心声，听者如鱼饮水，冷暖自知。

《红尘距离》的内容分为五部分，乃是"读人无数""精神简史""城市幻象""一方水土""山河追问"。周闻道先生锁定了一些高难度的人生逼问，把自己抛入一片片古老的文字战场，关于生命的意义，关于精神的可能，关于道德与事功，关于幸福与死亡，关于终极关怀与人生的可能性。由这种不懈的追问，抵达根性的真实，从而把握世界的本真。

周闻道在《读你：没有眼泪的人是可怕的》里如是写道："没有雨水的大地会枯裂，没有云彩的天空会孤寂，没有眼泪的人是可怕的。"他的关注凝聚在人心的柔软处。没有眼泪的人是可怕的，为什么可怕，可怕在何处，不得不引起我们对人性的追问。读人的过程，亦在读心，读这个世界。无论行走还是静思，我们都要以一颗敏感的心观照大千世界、芸芸众生，留下细微的体验和深切的启悟。

中国散文一直有抒情与言志的两类传统，恰如宋词的婉约与豪放。自近现代以来，周氏兄弟分别领衔，鲁迅以攻击性的杂文取胜，知堂以枯淡的随笔见长。当然，两人文字风格惊才绝世而不能被定义所拘，往往旁枝横溢，别见佳处。

世纪末，纯文学终于面临衰竭的颓势，哀鸿之声遍野。反而是网络文学借势崛起，蔚为大观。在这样的文化环境之下，周闻道先生提出了"在场、去蔽、敞亮、本真、散文性"的散文写作理念，风吹死水，激起无数涟漪。

在场主义所倡导的创作理念，其实是基于目前散文创作所呈现的困境而发出的呐喊。写作，始终要接地气。正如周闻道先生在《黄昏，在一种没有意义的状态中悠走》一文里所写的那样："悠走，就是我此刻的全部目的和意义。"在《就这样与大地窃窃私语》中，透射出同样的大地气息。同立一个大地，相同的阳光下呼吸，不是每一个人都能够总结自己的一生；或者说，不是谁都能获得自然的赐予，在一颗饱满的泪水中探寻生命的隐秘与悠走的乐趣。能够在精神的高度上反省自身，亦能在世俗的烟火里审视人生。"城市幻象"一组的文字，便把目光锁定在街头巷尾。"不要辜负了一种长久的守望，不要辜负了市声，不要辜负了街头。"（《街头》）"我相信，每一个脚印，都珍藏着一个人过去的生命；每一条巷尾，都蕴涵着一个城市深刻的记忆。"（《巷尾》）这样的散文，写得风流倜傥，留下满纸烟火气息。而流淌于心的，乃是诗的精魄、人的静好、阅世阅人的大地审美清流。

前人梁实秋论散文有云：散文的美妙多端，然而最高的理想也不过是"简单"二字。简单就是经过选择删芟以后的完美状态。不过"简单"两字并不简单，若想达到此种境界，既关才气，也须苦功夫。周闻道先生浸润散文之道已久，深知散文之不易，故其下笔，能够扬长避短，别出新意。他的取材，几乎毫无选择的困难，风土人情、山河景色、街头巷尾皆能走入其笔触，写下无尽的哲思。

"停留却是暂时的，是前行的另一种姿势，他不仅富有生命的质感，而且内涵更加丰富，会令人去想他的过去现在和将来。"（《停留的河》）作者知道停留只是中场的一次暂停，我的生活如市井，但我的思考如上帝。这些欲说还休，犹豫彷徨的文字，展现了非凡的感悟，独具的发现，深深地穿透了事物的表面，是对事物内质的剖析。在深入黑暗的写作中到达词语的内核，真正实现词语的狂欢。

散文是语言的艺术，然大巧若拙，朴实平淡或许才是最高的境界。年复一年，日复一日，看山山高，看水水低，看天地也就宽了；再看周闻道先生笔下的精神拷问与世俗烟火的关切，我们明白，好散文是心灵的呐喊，灵魂的浸润。我从中阅读到作者流淌全书的诗人气质：一种对事物极度的感觉，一种对感受特别深入的意识，一种自我拆解的锐利智慧，一种用梦幻愉悦自己的非凡才气。

红尘之中有哲思。面对当下浮躁的现实境遇，众人对待的方式有所不同。有的人出逃，有的人麻木，有的人反抗，有的人沉湎于寂寞；而周闻道先生安于孤独，安于诗书，以"苦"为乐。孤独时他的想象力更加汪洋恣肆，加上细致入微的观察力，以及思想上严格自省的态度，弥补了他对事物理解上客观存在的有限性，扩张了他的精神界域。"好在，根，是最大的黏合剂，总是把对立连接在一起，让其若即若离，相生相克，争而不夺，灭而不亡。"——在《纸上的根河》中，周闻道先生如是说。

文学就是寻根。任何好的文字，其实就是说出了个体面对时代的脆弱。而安于寂寞的写作者，只能守护文字，在文字的世界里，展开自己的无限之思。在《沿额尔古纳走近蒙古》中，一次地理上的接近，何尝不是内心的接近，接近一方水土，一个民族。正如作者所写："沿着额尔古纳，我们不仅走近了蒙古，还走近了自己。"古希腊哲人有言，认识你自己。在文字里走进自己，这怕也是一种艰难的跋涉吧。

周闻道先生执着于文字，昔时杜甫有诗云："庾信文章老更成。"周闻道文字或可当此也。繁华经眼皆如梦，唯有平淡才能持久。他的散文从文首的自然切入，到文末的戛然而止，句与段落，简约与绵密的纠缠，硬朗与幽默的共谐，干净的短句式，意象化的修辞，贯通如一的哲思，有惊无险的峰回路转，织成他的散文空间，形成独特的变幻之美。然而，写作者并没有目的地可以抵达，写作者永远漂泊在对文字的拷问之中。所谓春风无限潇湘意，红尘距离有所思。

家的书笺

□ 王京儿[1]

北方的城市起雾，我滞留在白云国际机场，拖着行李箱走进一家小小的书店，想找一两本书打发等待的时间，赫然看见一本厚厚的散文集，名曰：《家的前世今生》。

近年来有不少文学、电影、艺术作品，纷纷以"前世今生"标记着各种主题的时间变迁，于时空迷茫中充满絮叨的前因后果。然而对于像我这么一个行旅之人，单单一个"家"字便已隐中心事。

昔年郑玄为《诗经》作笺，王琦给太白诗文写注，大概凡是美丽深邃的作品都需要有注释的文字，才不枉我们对这世界多情的眼眸。在这大千世界里，最美丽朴实的字眼里必定有"家"的位置，所以，家总是与神话传说结缘，史书上才有原始的描摹，诗人高歌诗意地栖居，心理学家也纷纷为它作理性的缕析。世间最大的悲剧发生在家里，参孙在家中熟睡时被他所深爱的妻子剪去那使他力大无穷的头发，成为敌人的阶下囚；李尔王在家宴上武断地赶走忠诚的女儿，便也失去自己的家，自己的国；曹禺先生笔下的家是莫测人性引发的一场大雷雨，冷酷背弃的是真爱，青春迷失带来了乱伦，意外死亡不过是家难以庇护的结局；巴老毅然走出那个家，多少年没有回头，却

---

① 王京儿，广东作家。

不承想近一个世纪以来他的读者所痴想的依然是那个依稀模糊的家，永远的《家》与消失的家早就铭刻成他无法拒绝的记忆。

家，是让多情的人平添伤感的地方。

作者周闻道想来也是这么一个多情的人，才会如珍惜一草一木那样细细密密地写作一篇篇散文，作为家的注释。书中看得出的，他曾是那样一个纯朴的乡下孩子，多少年来求学工作饱经世事，才有了舒坦的生活底子。但是当他惬意于自己舒适的家时，却没有被物质所俘获，对世界的热情，让他走出了自己的家。廉租屋里，"我"羞涩地留给一位老人100元；有七口人的超生家庭里，"我"为那五个稚气未脱的女孩担忧未来；命运之神不眷顾的山腰，"我"为一个乡民忧伤喟叹：这个善良普通的鳏夫，居然就在春节前死在大家为他盖起的新家里！是的，这世间，即便贩夫走卒也有一个家，然而多少年前，"天生腐儒骑瘦马"的杜甫曾经呼喊"安得广厦千万间，大庇天下寒士俱欢颜"。而今天，当读者随作者的视线走进一个又一个的家时，那卑微、无奈的叹息依然，命运中不可承受之重依然。这是散文的现实意义之一，却也因散文作者的心肠而各有取舍。一位热爱散文的作者，感情与写作必然是真实地同行，于是读到这书中一些淡然自若的句子，就挖一下，每每在这样的质朴里，蕴含着汩汩的泉，在心神交会的阅读瞬间喷薄而出。

家很小，世界却很大。作者显然也是一个四处行走的人，或兴奋或疲惫的旅途是对"家"去反复琢磨仔细品味的原因。写作便由他自己的家开始，从人类祖先的洞穴，到奢华的翡翠岛别墅；从磁极一样牵引的故乡，到太阳神的神庙；从自家那小小的厨房，到优伶一般演绎着酸甜苦辣的各家各院；于是，当作者清晨站在阳台上开始观望和阅读时，一页又一页的文字，就使得心与世界贴得很近。在忙碌的机关工作中，依然坚持的阅读与思考，让这个体悟着世界的作者为"家"所作的注释里流转出俊逸和大气。在那些人类历史上唯有惊艳可以形容的"家"，散文的品位不仅仅是脉脉的温情，穿越时间的思考还会启迪智慧，升华思想的境界。

我们有一个俗世中的家，也有一个灵魂深处的家。捧起这本《家的前世今生》，犹如携起了一个个隐秘的灵魂和许多座默然的家园。它不是虚妄时空的抒情，不是文人学者的浪漫，它是一个有着家庭责任也要追求事业的认真生活的男人，走在这个既厚重又浮华、既冷寂又喧闹、既温情又残酷的世界中，怀着诚实与热情，写下的家的笺注。

　　每一个家都是一个世界，每一个家都有一段故事。读者若是看不够这家的笺注，就请去阅读"家"这部经书的原典，幸福的、痛苦的、清浅的、深邃的，便也冷暖自知了。

驰骋于红尘背后的精神旷野

——读周闻道散文集《红尘距离》

□ 李伯勇[①]

一

在我的印象中，以《暂住中国》《国企变法录》和新近创作的《重装突围》为代表作，周闻道是一位高举在场主义旗帜，对当下现实进行"在场、去蔽、敞亮、本真"地深入勘探，扮演着巴尔扎克式的"社会书记"角色，有着自己创作特色的作家。这几部长篇社会纪实作品，在揭示生活真相的同时，也衍展着社会意义上的个人心灵纪实，既具有社会生活的广度，也有着个人心灵的深度，超过了一般的纪实文学，毫无疑问也是在场主义的重量级代表作。周闻道这类作品的一个鲜明艺术特征，就是作家对各个社会层面、各色人等的叙写，包括作家自己的精神状态，挥洒着"理解性笔触"而涉指各种生活场景、人的生存性等在场性状态，"在场、去蔽、敞亮、本真"水乳交融地呈现，他践行并开辟了一条在场主义散文写作的星光大道（时下流行的所谓"理解性叙写"却往往导致不在场、遮蔽、浑浊和扭曲——与严峻现实合谋的轻飘、轻浮、作秀性精神抚慰。因而，"在场性"成了周闻道散

---

① 李伯勇，作家，评论家，江西省2001年文艺十佳人物。

文不可或缺的思想和艺术元素）。

在连续接触周闻道上述社会纪实的厚重之作后，我感觉它们的光焰已经覆盖了他此前出版的诸如《七城书》《对岸》《遁迹水云间》等散文，他的写作由一般量级趋向重量级，或者说他在社会纪实的写作中，凝聚"在场写作"的气场与魄力，同时扩大写作疆域，相应的写作舞台为之敞开。他率先在社会纪实类创作飙进，并找到了一条属于自己的在场写作之路，也是站立文坛之路，接下来他可以策马前奔，或者拿时下的流行语说他可以乘势而上"做大做强"了。这是我一度对他写作的展望。

然而，生活没有止境，"在场写作"也没有止境，他的在场散文新作《红尘距离》又让我集中地领略了他散文的另一精神面相，或者说他散文写作潜能——延续着《七城书》等散文书写——的一次定向爆发。此书使人赏心悦目，在精神层面抉剔入微，深入与深邃，于红尘尽头不经意展示一个博大的精神旷野，与我的阅读愿景相符，击中我的神经，超出了我的阅读期待。

《红尘距离》分为"读人无数""精神简史""城市幻象""一方水土""山河追问"等若干辑，那些有一定篇幅、沉静从容却步步深入的文章，令人相信，它们不是周闻道写"重量级"社会纪实时陶情冶性即放松心情的絮语，不是"清风徐来水波不兴"的心语或"心雨"，更不是那种具有一定精神层次却属小制作的"心灵鸡汤"，亦与时下盛行的以浅层次"人文关怀""形而上冥思"碎片（片段）绝缘（我以为碎片化心灵鸡汤，是当下文坛流行的两种心灵鸡汤之一种）。

"片段经验"是散文性的重要形式。无疑，在场与片段相连，在场由一个接一个片段组成或显现。但是在场主义是以对社会、现实和人类整体性了解和勘探为基础——这也是周闻道的在场主义或周闻道在场书写的基础。我们看到，当下感情零度、削平深度的所谓后现代的碎片化写作正在泛滥，它不能与贺拉斯·恩格道尔对碎片写作的严肃的学术研究同日而语（参看恩格道尔：《有关碎片写作的笔记》），而是凸显了相关作者无法整体性地把握生活与存在的写作格局，不过我从这篇"笔记"得到了启发。恩格道尔眼中的碎片化作品，"在标点处，在长的破折号处或者那种留白空隙处的沉默都是真正时间的印记，可以再次见证和体验作者与思想的抗争"。也就是"于无声处"听惊雷，此地无声胜有声。我们一些碎片化心灵鸡汤式作品所缺乏的这种内质，倒在周闻道的在场散文中有丰沛体现。以《红尘距离》为例，对象世界尽管是片段性出现，被写者却是整体性而不是碎片性存活于周闻道的视野中，由此显现作者的思想抗争和介入体验。因而，思想抗争和介入体验，构成了《红尘距离》的显著特征，当然也是周闻道在场书写的显著特征。

我们也就看到，同是散文写作，周闻道与时下盛行的流水线产生的"心灵鸡汤"是背向而行的。他继续以饱满的热情、遒劲的心力，以熟练的"在场笔触"，融入生命情性的"在场精神"，在红尘背后垦殖出令人惊叹的、富有现实生活质感和人生质感的、富有层次的"距离"，并对这些"距离"的在场性辨识进行思想抗争和体验，由此组成宏阔的精神旷野。这样的精神旷野与红尘紧密相连，却是独立的存在。在周闻道那里，精神旷野并不臣服和自我矮化于红尘，而是映照红尘，化红尘之腐朽为神奇，浇铸清洁的精神峰峦。

凭着这部《红尘距离》，周闻道抵达了他在场散文写作的高度，也应该视为在场写作的一个高度，展示了在场散文写作的无边疆域与可能性。

二

朴素先生的代序《红尘里的哲思》有段介绍性话语："《红尘距离》乃是人生的距离、情感的距离、精神的距离……周闻道先生以诗意的文字和睿智哲思，锁定了一些高难度的生命命题。他把自己抛入一个个古老的文字战场，关于生命的意义，关于精神的可能，关于道德与事功，关于幸福与死亡，关于终极关怀与人生的可能性，关于读人的有数和无数，都在红尘距离中命名。由这种不懈的追问，抵达根性的真实，从而把握世界的本真。"

应该说，朴素文章的文眼是准确的。如果不仅仅是出于书名的提示，朴素已注意到书中文章所展现的开阔时空；所谓人生、情感、精神的距离，其实都是红尘背后的真相，它们组成了错落有致的精神视野：一方面与红尘保持距离，另一方面它们之间又拉开距离，让"在场书写"恣肆地展开，思想抗争和体验即思想奔突并感知。《红尘距离》拓展了这样的精神旷野，或叫文字战场。

然而，从这篇代序，我又发现，朴素所指人生、情感、精神的距离，仍以一般意义的人文关怀、形而上冥思为旨归。这是因为，尽管代序涉及周氏的在场书写（如对《七城书》进行在场主义的分析），但是，代序对该书作品的解读，就缺乏"在场精神"的辨识性贯穿。因而，代序对该书的辨识，仍只是单向度的，也就必然把本书的价值视为一般意义上的人文关怀的佳作——在场主义创始人周闻道的代表作。须知，我们之所以把周闻道这部《红尘距离》与在场主义挂钩，并不因为他是在场主义创始人，而是基于这部作品具有的在场主义性质。因而，我愿意以"在场精神"对《红尘距离》作出自己的辨识。

三

当我按顺序读到第三辑"城市幻象"时，我就深深感到"红尘距离"做书名实在太贴切、太好了。读完全书，我觉得周闻道取如此书名，俨然天造地设，其实是有他的一系列文章做铺垫——他经过了一系列的写作历练，才曲径通向此"题"，就是说，"保持距离"即有距离感的叙事加"在场书写"是他训练有素的思想艺术方法，他也就在红尘背后或虚空茫然或逼仄一线之处，开拓出波澜起伏、生机盎然的精神旷野。

整部《红尘距离》不是横空出世的在场主义散文作品，从五辑五十一篇文章倒着追溯，我能辨识其由重量级的人文精神探寻到重量级的在场主义自持的心路，尤其是排在前三辑的文章最能昭示精神旷野被"在场书写"烛照的宽广性、层次性和深刻性；我倒是在最后一辑的长篇散文《寻找自己：青藏万里行》里看到了作者在抛开社会现实、仄入大自然现实而提升人生层面——回归天地的人文关怀，此为基本气场或超脱性情怀基础，锻冶了他"红尘距离"的在场书写的介入意义和精神气质。

《青藏万里行》展示远离尘嚣又充满崎岖艰难、不可测的大自然，此次"万里"之遥的驾车旅途构成了"在场之域"，驾车者从中"寻找自己"。但是这数个驾车者并不是与尘世无染的"冰山来客"，而是带着红尘现实浸染的身躯。驾车者在红尘的浸泡中担心失去自我，"寻找自己"的缘起和动机都来自红尘，或者说，他在滚滚红尘中明察了自己的精神使命，要通过"青藏万里行"进行意志和境界的修炼（"天堂的隔壁是西藏／再不去就老了"）。离开尘嚣（现实）而踏上寻找自己的万里天路，这偌大的距离，不正是"红尘距离"的演绎和象征？大作家的写作其实都是在红尘距离中顽强跋涉。肉身来自尘世（人寰现实），万里途程中仍不由自主地与尘世相比照，正是"在场"情怀的临场，如"这不期而坠落的飞石，是没长眼睛的；即使长了眼，它又不是我的儿子，不会有李刚式的霸气赐予的安全"。虽在与世无涉的雪域，红尘依然形影相随。更何况，几个驾车者闯入出世之地，这一路即成小小的红尘之路。

周闻道的在场书写，其实脐连着世界人文主义的精神源流，如《青藏万里行·陷入泥潭》所说的"绷紧的神经刚刚放缓，危险便一个接着一个，先是自然的，环境的；然后是人的……"这既是物象意义的，也是艺术的，形上的，当然也是"在场"的：回到拉萨／回到布达拉……／根本不用担心更多的问题／他会叫你找到你自己。回到出发地，"大脑一片宁静，没有欲望和功利，我得以重新回看自己……我拿定主意，不再寻找，守住自己，过简单日子"。这就是在场的生命昭示，这种"在场"却指向红尘。"过简单日子"意味着他聚精会神向着在场写作顽强跋涉。

这是周闻道于2015年底写的作品，此时他的"在场主义"书写训练有素，离开雪域（物象）的在场，"守住自己"是精神顿悟，开启了精神在场；回到尘世，是一次在场的生命之旅。精神在场对抗着尘世的挤压，这就是思想的抗争和体验。而生活（行动）的现场纪实，不仅是介入历史的通道，更是现实的投影，面对红尘返朴归简——新的精神持守——这就是《青藏万里行》在场的层次呈现。

我是按顺序读全书的，可我的思考却是一篇篇倒着回到前面。尽管大篇

幅的《青藏万里行》展示了宏阔而奇崛的旷野——物象"距离"，我更愿意
仄进前面一些文章所呈现的"距离"——正是"红尘"相伴，"距离"及其
书写才峰回路转、气象万千。

相对于《青藏万里行》，《红尘里给我一段距离》是这种在场书写的
袖珍版，物象更为集中，就是重掂月亮种种美丽的传说，"击碎梦幻与美丽
的，是一种走近""走近自然，走近社会，走近生命，走近表面，走近灵
魂，似乎成了我们孜孜不倦的追求"，各种对立的情感都发生在走近途中。
"选择一个高处，躺下或者平视，目光都指向了遥远"，这就是距离，"消
解一切距离，让我的身和心与远处贴近"。这篇文章详细地书写了坐飞机
"走近天宫"：飞机钻进了云的身体里，两者的距离为负，那遥远中梦幻般
飘逸的云，却原来不过是我们在地面习以为常，见惯不惊的烟，或者说是
雾。"我首先失望了，"作者立刻联想，"离开了大地，离开了村庄和江
河，那烟和雾，就断了生长的根。"红尘实在让我们爱恨交加，却是须臾不
能离开啊！

《仰望天空，我无法找到标题》，作者对天的仰望，对天的进入、再进
入，"从一个城市的高处开始""我的寻找从阳光开始""我把目光转向了
云""天云合一"。天外天，"我并没有发现天庭""没有就没有吧，就珍
藏这份虚静"。人处红尘当拥虚静，人来自虚静，却往往无视虚静是人的精
神要素。

作者总是从富有距离的天象、物象切入，在场笔触挥斥方遒。

作者不止于这样的人生之悟，而是笔锋指向现实，"地上的遥远梦幻，
是被进城打碎的"。数不清的林盘、一片片菜花玉米稻谷地以及清新静谧被
城市"消灭"，但人们当初如何心切地追求梦幻般地追求城市，又被各种如
喧嚣繁华、汽车尾气、尔虞我诈、冷漠疏离、钩心斗角的"城市病"所侵袭
腐蚀。这是鲜明的"在场"之笔。作者接着在此基础上，书写人生顿悟：
"真正美丽的梦境，原来是在出发处。可是，曾经以为的距离，已被追求消
解；而本不存在的距离，却在消解中铸就，再难消解。"人因权势金钱形成
的生活层级和精神等级就是一道道难以消失的距离。"意义，意义，这个形

而上的词，便像一个神圣的咒语，常常被人在我们的耳际念起。""放弃寻找，放弃意义，给心灵一点留白的空间……给生命一些舒缓。"人不要被"意义"异化。所以，"在这充满梦幻与魅惑的红尘中，最好保留一些距离。"这又是人的充满浩然正气的距离。

此文结束时，作者提醒，上述笔触的层层推进，"不是说理，只是陈述一种现实"。就是说，这些述说，不是一种纯粹的人文主义张扬，而是"红尘中的庄重选择"——现实的陈述。

现实是人类追求并参与的结果，人类被自己的追求所异化，人寰就是现实，与红尘没有距离，人寰乃红尘，但人类能够执守距离从而精神自持、自我净化，这种人类自我拯救的本真力量——同样构成了现实，在本书中还构成了作者的思想和精神现实。

过有距离的红尘生活，也过有距离的精神生活。"在场"书写既是当下局部的、细节的、形下的，也是整体的、悠远的、形上的。

四

一只麻雀飞到电线杆上，此景够微观了，但同题文章却展示了大气象。

一个麻雀落户城市，它们一旦选择了城市这一栖息之地，就会筑巢安家，繁衍后代，不过它把那电线当成了树的秃枝。树才是电线杆。电线杆是城市和强者的标志，而麻雀是弱势的乡土进城者的化身或象征，它与山川河流、树木茅屋——人类童年的世界相连，但与城市互为他者。在栖息城市过程中，麻雀见识了城里的一切，博士、工商、董事长、总经理、小姐、表格文件、办事程序，还发现了"城市的街头路边，站满了公安、城管、税务、环卫，他们以鹰鹫般的眼，觑视着城市的角落。看见大盖帽，就想起'除四害'时的举国追杀"。它不寒而栗，发出"既生我何生城市"的哀嚎。作品没有回避如此鲜活的中国城市现实。

由于年龄和阅历等原因，如今许多人会忽略"除四害"的历史蕴含，而这三字含藏了一段历史的时空和内容，意即20世纪50年代"大跃进"的荒谬。这表明在非城市化的昨天，麻雀同样有过灭顶之灾的遭遇。如此

"时代之重"不应忘却，真是"丈量不尽红尘距离/世间太多的承载/需慢慢装卸"。

当今乡村挽歌此起彼落，《一个村庄的沉没史》这一沉甸甸的大题目，却是从城市的一方菜花讲起，引出与城市的强劲扩张相关的在场性描述。"对一个村庄的发现，哪怕是一块残片，会是在城里，在田园破碎，楼群林立的一块狭小空间，与一方菜花有关。"作者发现并咀嚼菜花与楼群（城市）的距离，菜花——村庄残片——发现村庄，也是距离，这个距离见证了一个村庄的沉没。所以作者登上城市的头顶，"不仅没有看清这个城市，反而不小心走进了一个村庄的沉没历史。"所谓"走进"，也就是"现场感受"——在场主义高扬，作者可以无视身边的城市物象，而拉开精神距离走进一个村庄的今生前世。

这里，那方油菜花跟城市里的麻雀一样，是脆弱的。作者以自己十多岁从这个村庄走到另一个村庄的经历，与外国作家如哈代、肖洛霍夫笔下的村庄相连。他没有直接叙写村庄"空壳化、空心化"中的凋敝，而是在场地记录村庄的零乱和挣扎，割断的稻秧、放干的鱼塘、折断的大树、碾碎的田园、残留的猪圈断墙，处处都留下人为的痕迹。他仔细地记录了村庄里的大树被铲车挖起并被肢解的过程，目睹挖树桩翻起的土石，倾倒于旁边的井内，一条垂死的鱼儿，正在随井水最后的一层残水挣扎。树死了，井死了，村庄正在沉没。这是城市化司空见惯的场景，作者感叹的不是村庄消失，而是村庄在沉没，"距离感"油然显现。沉没不仅是消失，更是情愫的断档，更让人感受到情感的重量。谁能拯救村庄的沉没？

但开发商和拆迁的村民却是喜悦的。数十年我们的一些充满正能量的报道里总是表现村民"顾大局识大体"，作者"理解式"叙写中却不避批判的锋芒："那时的村民，没有更多的企望和道理，只要政府做的事，就是国家建设，就该无条件支持。……真正眼前的开发商利益，反而被隐藏在了背后，被人们遗忘了。"又过了好几年，因为权利意识觉醒，这样的真相也必定浮现，"钉子户"也就出现了，结局当然是"钉子户"落败。

文章以"俯视着那一方村庄残留的碎片和碎片上长出的菜花"作结。字里行间，真是步步、处处"红尘"，步步、处处"距离"突显，让人领略到"思想"的强劲呼吸。

这类文章时空开阔，走笔自如，是源自作者鲜明而自觉的历史意识和在场意识。

五

具有历史意识自然具有"距离感"，而历史意识与现实意识——现实精神相连，其两者之间充斥着距离，任何时候都不会重合；饱满的在场精神成了周闻道"现实精神"的重要组成，也是通向历史意识的可靠之路。

《一片杏叶的奋斗史》也是从几可忽略的微物（叶子）切入，从容缜密地叙写杏叶的前世，以及它的治疗和审美（实用和精神）价值。而且把杏叶托为知己，呈现恬淡——杏叶的内在品质："走进杏叶的生命历程，我发现，所谓使命，所谓奋斗，并不是杏叶天生的追求，也不是功利与欲望的驱使。"杏叶不能挣脱它强大的基因（传统）而受制于传统，"可是身不由己，那奋斗，压根儿就是被逼出来的"。其实这是作者借杏叶表达的人生感悟和自我期许，还揭示变革源于社会倒逼这一红尘真相。

一片小小的杏叶，一旦与命运史关联，"距离"——时空就开阔了。作者没有停留于一己之人生感悟，而是关注杏叶的现实命运："在成熟的杏叶迎秋盼秋的时候，城里来了一伙人，由乡长、村长①或书记带着，要挖掉杏树。说是市领导学了国外，爱上杏树，下了死命令，花了大价值，统统拔掉城里现有的树，要换成杏树，改变城市的风景；而专家说，秋天里的杏树，正好移栽……"脆弱的杏树能抵挡吗？它本该顺从既定的命运，偏偏又横遭此祸（与世无争的杏叶不能抵抗），根子却在红尘——长官意志与专家、秀才们这些奉承、迎合、配合的精致利己主义者合谋。由专家、秀才的专业性语言出面表演（宣讲）而实现长官的意图，这是现实中的普遍现象；《一片

---

① 根据有关规定，"村民委员会主任"简称"村主任"，不得称"村长"。这里未作改动，以保持原貌。——编者注

杏叶的奋斗史》文末加上如此"在场"一笔而更显分量，也区别于那些见物感怀但不见"现实"的高级心灵鸡汤。由此类文章结成的"精神简史"才真正承接地气。

《停留的河》的历史意识，首先体现为大自然原生状态的河的停留："停留却是暂时的，是前行的另一种姿势，它不仅富有生命的质感，而且内涵更加丰富，会令人去想它的过去、现在和将来。"这种停留能积极地启示人生，礼赞它是自然的。接着回溯停留前的姿态："几乎所有的江河，在它发源于高山雪域之时，都是站着行走的。""由站着行走，到匍地而行"，再就是"由不断行走，到现在的停留"。但进入城市化的今天，这种"停留"产生了变奏，城市化抻直河道，把旧河道那一弯静水放在一边，于是停留的河由静水变成死水。河本真停留的正当性被否定，其结果河水不是更快、更能自净，而是成了湖水、死水。作者亮出在场之光："无论是行走的河，还是停留的河，一旦沾上城市，变成了湖，就是噩梦的开始。路途还远，水却不再纯洁。"因而，强力意志践行的后果，往往是废弃了具有生命创造价值的停留，而让富有生机的事物成为死水、腐水。在这里，历史意识又接通了在场意识和现实意识。

六

以上辨识的几乎是群像——群像中的个人，现在终于得剖析个人意义上的"红尘距离"了。正如周闻道自己所说："在场在本质上应该是亲历的，在叙事方式上最好是第一人称，即便写历史题材或间接获取素材的写作，也应该尽量以亲历姿态，但亲历并非身体在场。"[①]此书第一辑"读人无数"的八篇作品就有着鲜明的亲历姿态，或者说贯穿着亲历性，侧重与时代、与生活相连的个人发现和个人情怀，贴着个人的思绪，更有着个人心灵的深度，自我检视、自我更新皆在其中。因此个人心灵的深度就是人类心灵的深度，读无数人就是无数遍读自己。

---

① 见周闻道：《在场写作的审美本位》，载《四川散文》2017年第3期。

　　且不说"亲历并非身体在场"隐含着"距离意识";就是亲历,周闻道也时时拉开距离,这既表现为文本意义上的审美结构和审美叙事,又是他日常生活中的思想方式——他的存在(包括思想抗争)姿态。因而,在场——在场主义于他不是刻意地强加和模仿,而是出自本真的生命情怀,与人生融为一体,成为不可遏制的心灵呐喊。当然这样的呐喊于他只不过披露随手拈来的现实。

　　精神旷野与个人、与内心相连,才绵厚、宽广、深邃、深刻,才生机勃发,气象万千。

　　开篇《没看清路上那个人》就表明从身边日常的人与事"取景","路上"即红尘,"那个人"是个跟"我"无关、匆匆赶路的人,因隔着大雾,看清或没看清更显示了"距离"。于是亚当与夏娃、黄帝、柏拉图、帕斯卡尔《思想录》、思想的芦苇……纷至沓来,最后,"痴痴地站在阳台,想把他看清楚,结果却一无所获。我只知道他是一个人,与你,与我一样,正行走于途中"。沐着阳光,却迷茫,对人对己的迷茫,跃然纸上。这表明,漫天红尘之中,要看清一个人(上文剖析了社会原因)和了解自我定位是多么困难;也表明,作者待人处世,千方百计拉开距离,让"在场精神"飞扬起来;而在场的精神内核,就是自觉把自己摆进去(并非身体在场),先梳理自己。精神的自我必须在场,思想抗争的精神之流才得以流淌。

　　伴随哲思而寻思"路上那个人",呈现了"在场"进入了微观层面。

　　《回眸》记叙了回眸的两次际遇及内心波澜。一次作者出于同情和热心给了讨要的小孩三百元,随即发现被欺骗了——这是现实中诸多骗局中之一种,作者特别在意,这种"感情的伤害,甚至让人对这个社会的一切都产生怀疑",但立马自我检视,"隐隐觉得,这是一种危险的心理"。他的想法在第二次回眸中很快得到应验,当他以蔑视与愤怒果断拒绝另一个小孩的求助的同时,发现小孩是在为一个身患绝症的同学募捐,"还发现了一种焦虑、委屈、愤怒的眼神……一个回眸,我卸下了自己由内至外的蔑视与愤怒,却又拾起了一个由外至内的愤怒"。由此作者经历一场自我的思想斗争,也再次检视了"回眸"的人性内涵、存在内涵、现实内涵。作者笔力一转，想起小时家道艰涩，母亲的回眸从"悠悠的甜""显得非常坚强与冷静"到"母亲在夜里偷偷地哭泣"，母亲到城里向亲人借钱用作孩子的学费，"就在要到家的时候，母亲一个回眸，随即又转过头，虽然什么也没有说，我还是发现了她眼睛里溢满的晶莹"。又在联系"蒙娜丽莎的微笑"之后，作者得出"警惕街头的回眸，我宁愿永远停留在母亲的回眸"的感叹。

我认为有关"蒙娜丽莎的微笑"的一大段文字显得累赘多余，因为中国母亲（女性）的情感内涵和表达与蒙娜丽莎的情感内涵不相同，而且这一段文字冲淡了前后文强烈的中国式在场性比较，影响了文章的既定节奏和辨识的深入，全文的审美效果受到损害。实际上，《红尘距离》中的一些文章在行文上或轻或重都有这样的症候，也许作者的思情滔滔不可抑止，想把更多的联想和奇想纳入其中，固然平添了丰富的意象，但也阻滞了奔湍的文意，弱化了思想奔突和表达。

《红尘距离》是沉静之书，也是精神激越之书。沉静者方能书写激越和缜密，方能驰骋并抵达红尘背后的精神旷野。读者来自红尘，在阅读中感受沉静之气，开启自己的精神之旅。

红尘上距离有多远

□ 迟凤君[1]

　　眉山周闻道先生把他新出版的散文集《红尘·距离》千里迢迢寄给我，让我享受了一顿精神的美餐，痛快和愉悦之余，又有承载不了的饱满。积而成思，姑妄言之。

一

　　《红尘·距离》分"读人无数""精神简史""城市幻象""一方水土""山河追问"五个部分。从这几个分标题就不难看出，从人的本体到人的精神，从城市到一方水土，从见闻到追问，闻道先生简直就是打开了思想的四面窗户，招八面来风，或者是登上高峰，一览众山。但只要你读上几行文字，就不难看出，闻道先生的立或坐，行或卧，姿态都是沉稳而庄重的，情感都是真挚而热烈的，在不断自省的同时眼光却是冷峻的。

　　闻道童年的"家里很破乱，房屋的壁和楼，都是篱笆编制的，稀疏而脆弱。深夜，常常有风，从篱笆缝隙进入，带着一些轻柔的沙沙之声，抚慰父母劳累的梦境"。当然，这样的一种童年境遇并非闻道先生所独有，根据一些有类似经历的人的发展情况看，这种艰难的环境最容易造就一种愚氓之民

---

① 迟凤君，内蒙古作家、评论家。

和一种奋发之士。闻道先生就属于后一种。他不仅要努力，而且他"相信阳光不是太阳的照射，而是被上帝召唤来的"，所以才"浩大，明丽，透彻于天地之间"。他有时竟然觉得自己"是天堂里的游客，或者说是主人"，是"坐在上帝的花园看这世界"。这与其说是一种浪漫和一种奇思，不如说是一种幼稚的幻想。这是最简单，也是最纯洁、最美丽的。他看见一个不知从哪里来又到哪里去的人在阳光下行走就觉得很幸福。然而，现实是无情的、残酷的，它像秋霜一样，顷刻就摧毁了大地上的一切绿色，而且往往在不声不响之中。那么，这个怀揣一腔良好心愿的周闻道接下来看见了什么？他看见了满嘴谎言的讨钱女，一次次，让他最后分不出真假，以致一位少年为身患绝症的同学募捐时，他也给以坚决的蔑视和拒绝，少年回应他、逼视他的那种焦急、委屈和愤怒的眼神，"仿佛要把我虚伪的包裹一层层剥去，直抵我的灵魂，让我不敢正视，无法回避，也没有退路"。

他又看见一位父亲含辛茹苦把儿子送到了大学，这位"优秀"的儿子大学毕业后，却无法在城里正常生活，有了房租就没饭钱，有了饭钱又没有穿衣的。父亲为了让儿子在城里坚持下去，只好卖血。

他看见一位打工的农民，一年的血汗钱在车站被抢走。民警赶来，各种询问排查，最终也理不出头绪。

他看见被医生草率诊断的患者，不经同意就被做了活检，之后，下体流血不止。医生不认错，医院也不认错，主管的卫生局也不管。推来拖去，让人无可奈何。

他还看见了"汽车的尾气代替了袅袅的炊烟，尔虞我诈、钩心斗角替代了质朴纯真，冷漠疏离取代了率性亲情，村庄里的鲜活生气，遁迹于僵硬的水泥钢筋里"。他还看见了"大楼里的世界与大楼外的世界一样，也有千差万别也有卑微高低，也有自己的游戏规则，有许多的是，也有更多的不、不是、并不是"。更有甚者，他还看见了一种别样的心机，叫做"揣摩"。这"揣摩"不是田野上揣摩庄稼，不是在村庄里揣摩炊烟，也不是在超市揣摩物品的价值，而是，已经是，存在于更高一层的地方，这地方往往是左右着人民生活和掌握着政策的所在，是各级头人聚集的地方。

在这里你看不到透明，看不到标准，看不到明确的理论和制度，甚至看不到法律。这个场所的人简直就像游魂一样，"揣摩"着行走内外。更让人可怕的是，这种风气和习惯浸染到生活的方方面面，使正常的人完全丧失了自我。"揣摩"，使人变成了鬼。

面对这一件又一件、一种又一种、一个又一个的尖锐现实，无奈出现一种最基本的状态，就是顺乎其流、事不关己、自扫门前雪。而一个有良知的人，有思想深度和高度的人，怎能不投下冷峻的目光？本书的作者就是如此。尽管闻道先生说他这本书是抒情性的，但我还是看出他的介入和担当。即便在一个很平常的语句之中，也渗透着他对"红尘"深度的思考以及对现实的批判。

二

闻道先生的情感是热烈的。

他相信"只要有人走过，就有脚印；循着那脚印，就可以到达起点"。他从天空到大地，从现实到梦幻，在"冷眼向洋看世界"的同时也在不断地反省和审视着自己的内心。甚至从一根芦苇、一片树叶或是一只麻雀的身上，都会发现和人性、和生命相同的本质。在一个微笑的面前他会想到这微笑"包含了许多对我的嘲笑和蔑视"。然后他把世俗、慵懒、浅薄、自以为是、一事无成、不谙世故这些锋利的刀刃对向了自己。而他自己也深刻认识到"欲望、满足、欣慰、痛苦，都是我们自己找的，我们以一种人为的设定折磨自己。我们在演绎自己创造的概念时，却让生命的绵延被掐断，让大道的根本与真实背离，使生命失去本来的意义"。

这应该就是"人本"的觉醒和自省。有哲学家说，自公元前5世纪苏格拉底受德尔斐神庙金顶铭文启发，进一步提出"认识你自己"，直到18世纪后期德国哲学家康德的"三大批判"，即"我能够知道什么？我应该做什么？我希望什么？"问世，才使关于"人"的命题经过高度概括后被学界广泛认同。也就是"人是什么"的问题。但是，康德以后200多年来，这个"人是什么"也一直悬而未决。中国的民本思想起源很早，自有史书以来就有民本思想的记载。但是，"民"一直受制于王，普天之下莫非王土，率土之滨莫非王臣。人或民，根本不知道自己是谁，更可能是没有或找不到自己。闻道先生在《读不懂自我那张笑脸》中写道："我们往往忽视自我。不仅是冬游，在生活的许多时候，都是这样。或许可以说，自我是自我存在的意义，可是，有多少人能真正说清楚，那意义又是什么？"闻道先生的生命的觉醒与自省，严格说来就是人的觉醒与自省。是人本思想的一种解读与说明，在物欲横流的现实中，极具开蒙之意义。只有具备情感的、真挚而又热烈的作家才会有这些深入的思考，他以对美好的向往和追求，提出"尼采可以怀疑上帝，我们为什么不可以怀疑生活"？他要以这种态度，"更鲜活，更真实，更丰润"地去感受世界全部的美好，这也是人类的方向和追求。

三

闻道先生似乎有满腹谈兴，遇山聊山，过水说水。一片云、一缕风、一根芦苇、一片树叶、帆影、阳光、大门、小窗、地震、村庄，他都要对之倾诉，他都要打开记忆，捧出事实，牵出话题，引出哲思，理出头绪，去伪存真，察强弱，辨巨微，知无不言，言无不尽。但是，他没有牢骚，没有油滑，没有调侃，没有懈怠，没有颓废，没有消极，没有随意。他是沉稳而庄重的。

当他看见家门前不知来路的人渐行渐远，想看清却没有看清，知道他是一个人行走于路上，心中不免"浸渍着一种痛苦"。作为读者的我们，谁都会从这痛苦中读出他心里理性和善意的阳光。

当他由一个似懂非懂、梦幻般的儿童成长为知人事的成年人的时候，他越来越不能"带着一个明明白白，清清爽爽的自我，从容地面对世界"。他越来越感到，"这世界是认知越多，怀疑越大"。"我的防线坍塌了"，"我听见那坍塌的声音，离我很远，又似乎很近，杂乱，破碎，短暂，难以收拾"。但是，他还是"放弃不下的寻找"。

当他面对红尘的乱象，美丽的梦幻破碎。在走近自然、走近社会、走近生命的过程中，遇到的并不都是一件件好事，他的心灵没有退却，而是重新产生希望，力图"消解一切距离，让我的身体和心与远处贴近"。然而，当这种"曾经以为的距离，已被追求消解；而本不存在的距离，却在消解中铸就，再难消解"。于是，他得出了这样的结论："真正美丽的梦境，原来在出发处。"于是，他告诫读者也告诫自己："在这充满梦幻与魅惑的红尘之中，最好保持一些距离。恰如其分，不远不近，不疏不密，不深不浅。"这是与"君子之交淡如水"绝不相同的理论，是一种发现，也是一句哲理名言。

这完全可以应用到我们生活的各个层面。人生有这样一次发现就值得骄傲。

文学说到底是与人有关系的，假如人类不存在了，想必，文学艺术就会同时消失。一个作家，无论有怎样的艺术技能，也不能脱离开人的生存和情感，这需要责任和担当。闻道先生的艺术触角在伸向人生和自然各个层面时，让我们首先看到的是他的精神和立场，他以沉稳、庄重的姿态对待他的所见、所闻，以清醒的意识进行着思考和辨析，不流俗，不离群，站在生命和人心灵的高度，一览众山，审策万物，挥情水土，追问山河，其文深意长，可谓宏观之壮哉！

四

《红尘·距离》可以真正成为摹本，你读过之后，一定会改变以往对散文的认识。"原来散文可以这样写"，"原来散文可以写这些"。

首先是选材十分广泛，从天空到大地，从现实到梦幻，从一片杏叶、一棵大树，到街头巷尾、车站高楼；从一只小麻雀，到一扇窗、一座门、一次大地震；再从东方到西方，从外部到心灵，简直是凡作者接触到的，无不可以取来作为书写的对象。在我们以为没有油、没有水的干涸的、贫瘠的土壤上，闻道先生就会轻松地给你挖出水、探出油。这可以从另一个方面提示我们，不是没什么可写，是我们能力不够。如果有能力，黄土变成金。怎样变，只有学习，只有让自己丰富起来，让自己有，才能脱开无；不是世所有无，而是看你自己有还是无。

他脱开"1加1等于2"的逻辑，进行着跳跃式的思考。当你以为会出现什么的时候，往往不是。作者会突然抛开陈述的对象，一下子把你带进另一个领域。"真正的柳暗花明又一村。"而且，当作家带着你走出来的时候，你的思想和认识已经发生了超越。

作者虽然称该文集是抒情性的，但作者却不是刻意地抒情。他的情感或扬或抑，都与具体的内容紧紧联系在一起。让读者在接受文本的同时也将自己的情感化入其中，或喜或怒，或思或忧，或外观，或内省，此时读者与作者已合为一体。这样，也只有这样，文学的艺术效果才能真正得以体现。

总之，我读《红尘·距离》，就像进行了一次滋补，从听觉到视觉，从心灵到艺术。我似乎学到了一种看事物的新方式，同时又进一步体会到了事物与事物、心灵与心灵、生命与生命的连带关系。距离也许本来没有，但只要人为的分割，就会无限遥远；距离也许本来就有，只要人去消解它，或许就紧密无间。新的距离或无间照样像太阳和月亮一样升起又落下，那可能是一种规律，因为，我们都在红尘之上。

现实此岸与理想彼岸的哲思

——周闻道《对岸》的人生感悟

□ 干天全[①]

    散文作家周闻道近几年连续出版了他的散文集，在文坛上引起了人们的关注。年初，他又出版了《对岸》，这本散文集里的作品汇聚着他的生命体验和人生感悟。全书几十篇散文并无以《对岸》为题的篇名，为何书名为"对岸"，想必是人在此岸而心向彼岸吧。人在世上，不外乎是活在两个层面：一是现实，二是理想。当然，两者很难截然分开。从本书的思想内容来看，周闻道是将现实当做了此岸，将理想当做了彼岸。此岸与彼岸是有距离的，正如钱锺书的《围城》所揭示的一样，现实与理想之间永远有一道不可逾越的鸿沟。现实中人可以向往理想，并为之付出一切，但是真正想要到达理想的彼岸，就只有像李白吟着"蜀道难，难于上青天"那样前行。

    周闻道所处的"此岸"要比其他人复杂一些，他有常人的七情六欲，又有宦海沉浮的忧患；他有崇尚自由、追求自在的天性与热爱文学、勤于写作的雅兴，又受到体制的约束。这样的生存状态，在他的生命河流里划分出"此岸"和"彼岸"，我们不难理解周闻道身在此岸而书写彼岸的态度。

---

    ① 干天全，四川大学文学与新闻学院教授。

这本书里，周闻道似乎有两个形象，一个是食人间烟火、喜怒哀乐自然流露的感性形象，这在那些写日常生活感受的性灵文章里不难看到；一个是超凡脱俗、冥思苦想刻意立言的理性形象，这在那些追随哲人脚步的思考文章里时时可见。这两个形象的精神向度都是一致的，都鲜明地表现出周闻道热爱生活、追求自由和真理、建设理想精神家园的美好心愿。

在《就这样与大地窃窃私语》等散文里，我们看到了周闻道随和、亲切的感性形象。他也喜欢在暖融融的冬阳下，躺在草地上感受阳光的温暖，将耳朵贴近大地，感受"在场"生活的真实，用心去与自然交流，无遮无拦地想象，领悟各种生命的存在状态，在"真正的心灵的散步"中物我两忘，从而使"一切尘世间的欲望，功利，烦恼，疲惫，都被它带走"。在《轻飘飘的春天景象》里，周闻道写出了生命能够承受之轻。这轻，就是他感悟的"轻飘飘"，是大地解冻，万物复苏，"一种从内心深处悠然而起的情绪，一种怡然、舒畅、飘逸、柔软、温馨的感觉"。他一直寻找着产生这种感觉的原因，从轻飘飘的春水、轻飘飘的春风和轻飘飘的春光所带来的启迪中，终于感悟出了"其实，轻飘飘的状态，是一种境界，一种思想的、哲学的境界。人只有当摒弃一切杂念，让身心得到净化，物我两忘，融入一种大美，在心旷神怡的状态之下，才能达到这种境界，领略这种境界之美"。说周闻道是普通人，他又与其他普通人不同。其他普通人对司空见惯的日常生活现象往往视而不见，而周闻道却喜欢由此及彼，浮想联翩。一束阳光射进他的书房，室内光线变化的明暗，会使他发现万事万物的反差："其实一切事物，都以反差为存在的根据。山与水，阴与晴，晴与雨，富裕与贫穷，快乐与痛苦，喜悦与悲伤，男人与女人。于是，我坚信，窗前的这一缕不速之客，正是当年李白经历的床前明月光的时空位移。在这种位移中，虽然时空都已经发生了变化，但反差仍在，生命和灵魂就永存。"（《撷一片阳光攥在手里》）阳光是美好的，阳光是普照的，但不一定每个人都拥有阳光。能够将阳光攥在手里的人，眼睛和心都会一样亮堂，就能发现"对世间尽美的东西，只可神遇，不可独占啊。攥住阳光，不能靠世俗的手，而应用美丽的心灵。否则，再伟大或者贪婪的手，都有攥着黑暗的时候"。

现实就是现实，周闻道可以将阳光攥在手里，可现实中的阴霾还是挥之不去。千百来年，文人悲秋，大都重复地哼着"断肠人在天涯"的老调；也有的豪迈高歌，赞美秋色"不是春光胜似春光"。周闻道悲秋，悲的是秋天里没有收获的劳苦民众。面对阴雨连绵、灰暗压抑的秋天，他从农民的水稻减产联想到"梅州兴宁黄槐镇大兴煤矿矿难，一百二十三名矿工蒙难；蔓延数省的猪球病，人畜皆难幸免，已死亡数十人；湖南临界湘市原领导受贿案的纷争……"他知道他手里攥着那点阳光是无能为力的，所以他无奈地感叹："我知秋天为何充满忧郁，但不知如何去慰藉。"现实的此岸就是如此，此岸的土地生长快乐，也生长痛苦，而人的天性只需要快乐，这种快乐只能在"对岸"的理想土地上生长。

在《轻轻拨动叔本华的钟摆》等随笔里，我们看到了周闻道冥思苦想的理性形象。天堂就是他人生河流的对岸，那里住着他推崇的一个个先哲圣贤。尽管站立在现实的此岸，他仍然用心灵虔诚地聆听他们的智语并思考。叔本华曾说：人生像钟摆，总是在痛苦与无聊之间来回摆动；而这种痛苦与无聊，又产生于人的意志。天赋人欲，天赋人权，人人都应该有自己的意志，而现实的此岸中人，有多少有自己的意志，有多少能体现自己的意志，走向生命的本我领域？强权让人们失去许多自然、自由的天性，成为被愚弄、奴役和驱使的没有个人意志的人。于是，"尘世中有许多不同或差别，永远不可能有真正的绝对的平等，伟人与常人，幸福与不幸，快乐与痛苦，富有与贫穷，高贵与低贱；但是，也有平等的，那就是梦境。不管什么人，什么境遇，进入梦境的姿势都是相同的。由此我相信，人类真正的平等，应当属于梦境，而不是现实"。梦境属于对岸，但并不等于天堂，梦境与现实之间不可超越的距离让人感到悲观。叔本华有良方改变这样的悲观吗？在周闻道的眼里是有的，那就是"叔本华的钟摆"。这钟摆"承载得起唤起世界的使命"，有"撼天动地的能量"。这样的憧憬和乐观真像是"情人眼里出西施"，叔本华关于人生最终会痛苦与无聊的论断不仅没有让周闻道悲观，反倒是从他乐观的眼光里看到悲观的叔本华变得乐观，甚至抱着感恩之心赞美叔本华具有"真正的乐观主义胸怀"。在《轻轻拨动叔本华的钟摆》里，我们不难看到向往"对岸"的周闻道理想得有些天真。

在《在伏尔泰的极乐庄园散步》里，他又一次走进了"对岸"，被伏尔泰的睿智所折服。他听到"这世界就充满了哀怨，一切生命都为苦难与死亡而生"的箴言，并从中感悟出悲观者无法理解的人生态度："如果你正经受命运的煎熬，也不要悲观，应坦然面对。"他站在现实的此岸，去看彼岸的极乐世界，"从《梅罗普》《俄狄浦斯王》《英国书简》，到《老实人》《百科全书》《哲学辞典》，在这个极乐庄园里，伏尔泰曲径通幽，循序渐进，把我们领入了一个由反叛到建立，由解构到建构的精神世界"。在这里没有真正的上帝，上帝就是人自己，包括你我他，周闻道认为"这才是极乐的境界"。自然，周闻道心目中的伏尔泰是"对岸"又一个具有"真正崇高壮丽的乐观之美"的先哲。

宣布"上帝死了"的尼采，更是周闻道推崇的先哲。周闻道赞美尼采对伪道德、伪科学和上帝的反叛，从《悲剧的诞生》里看到了"悲观精神意味着颓废，乐观精神意味着肤浅，只有悲剧式的乐观精神，才是强者的境界"。但他并没有满足于这样的答案，继续思考着悲剧诞生的根源，提出"上帝死了，悲剧的根源又该何处寻找，该怎样重估这世界的一切价值"的深刻疑问。看来，理想的"对岸"和现实的"此岸"存在的问题一样复杂，一样难以回答，难怪周闻道会困惑地问："上帝死了，尼采也死了，而我们还活着，该怎么个活法？"

向往"对岸"的周闻道自然不会停止思考，想象丰富的他，又写下了《持一份护照去柏拉图的理想国》。在这里，他看到了柏拉图构建的唯美的精神家园，听到了道德公正的辩论、理想教育的宣讲和精神恋爱的奇谈。不过这些东西给追求理想的周闻道并没有带来大彻大悟，他在柏拉图的理想国悠游完后，依然感到迷惘："什么是真正的理想？为什么我走了一程又一程，对理想国的国情，仍然不甚了了？联想到几十年目睹的风雨人生，心里竟忽地涌起几许唏嘘慨叹。都怪自己啊，手持着一份几千年的护照！"周闻道的迷惘难道不是现实中人的迷惘？人们在"此岸"缺失的理想难道"对岸"就有吗？周闻道在不少散文里书写了关于"理想"的思考，特别是对西方哲人的信仰、人生追求和价值观念作了理性的阐释和演绎，似乎都没有找到救治"此岸"痛苦的良方，不知这是不是因为西方哲人有太多的智慧，那些智慧让人越思考越痛苦。

直到周闻道在"对岸"的天堂里遇到中国人巴金，他似乎才对天堂有了顿悟，最重要的收获是他知道了智慧给人类带来的痛苦，为此写下《天堂里不需要智慧》。他认为天堂里的巴金和其他人是脱离原罪的、纯净的人，"他们没有偷食伊甸园中智慧之树的果子，没有智慧，也不需要智慧，没有欲望，痛苦和烦恼"。而不能进入"对岸"天堂的人，"痛苦与智慧，总是如影相随，几乎是智慧有多高，痛苦就有多大"。他认为智慧的巴金思考了一生，便痛苦了一生。由此及彼，他对"对岸"那些智慧的哲人们进行了反思，笔下不见了以往那些推崇和礼赞，我们读到的是"在智慧的领空，哲学家们似乎充满了自豪、自信，甚至自负……面对真实的世界，他们才发现，自己那些形而上的概念，什么物质、精神、思维、自在之物，不过是一根根华丽的绞索，牢牢地套在自己的脖子上。而自己，却把它当成了绅士的领带，舍不得放弃，甚至噎得喘不过气来，也不愿松一松那紧紧的结。于是，他们整天被一些所谓智慧的选题纠缠，原因和结果，偶然和必然，相对与绝对，有限与无限，此岸与彼岸。它们之间似乎紧密相连，又好像永远横亘着一条不可逾越的鸿沟，弄得哲学家们苦不堪言"。

这些看法是否可以印证"人类一思考，上帝就发笑"的名言？应该说是的。卢梭曾认为，哪里崇尚哲学，哪里道德就败坏；自从有了学者，老实人就绝迹了。一直爱思考的周闻道未在"天堂"里见到巴金们时，一直对充满智慧的哲人顶礼膜拜；当他在"天堂"里神游之后，就对天堂有了新的认识："天堂里之所以美丽，就在于天堂里没有智慧，也就没有因智慧催生的种种欲望，以及由欲望引发的烦恼、迷惘、痛苦。"周闻道似乎由此感悟到了上帝为什么要发笑，他认为上帝笑的是人类总喜欢用智慧自寻烦恼，让自己钻进充满悖论的理性主义王国，制造欲望折磨自己，陷入一种无法自拔的痛苦渊薮。然而，面对上帝的笑，周闻道并没有真正地拒绝。他在《天堂里不需要智慧》这篇文章中，反映出思考的矛盾。他在此岸赞美彼岸的天堂因没有智慧而美好，诉说智慧带来的痛苦，但从对岸的"天堂"回到现实的此岸，又看到宇宙仍在运转，仍然需要许多智者，他请我们相信米兰·昆德拉的忠告："不必担心上帝的笑声，他的笑声中包含着理解与信任。"在《智慧，一个痛苦的分娩》里，他继续表达着对智慧的兴趣和赞美："有思维而没有智慧，就像一个现代人，有强烈的欲望，而没有实现欲望的本领。"现实与理想有着无法避免的矛盾，周闻道对待智慧的矛盾态度也就可以理解了，这更能真实地反映出他内心世界的困惑与寻求真理的渴望。

　　《对岸》这部散文集里的作品，一部分属于抒发性情的美文，一部分属于言志说理的随感。就个人的兴趣而言，我更喜欢那些美文，读起来轻松愉悦。那些演绎圣哲们玄言的议论文字，读起来眼睛就有点发胀。散文这种体裁可以包括多种内容、多种样式及多种风格，写什么、怎么写，都是作家的自由。若要充分地展现人的性灵、生命的感悟和独具个性的创作风格，我以为"非理性"的美文比理性的议论文字具有更大的魅力。这不是指两者所含意义的大小，而是指审美作用上的优劣。周闻道既要忙于工作，又要勤于写作，他的时间和精力难以兼顾，忙里偷闲地快速行文，连续出版，难免在书中留下一些遗憾。周伦佑对周闻道的《对岸》所作的批评是友善和中肯的："他的写作带有某种'行为写作'的特点。由此带来的附带结果便是：一些文章的主题展开不够，或挖掘不够深入；一些文章的结构重复，显得比较单一。"（《周闻道和他的散文》）除此以外，理性色彩过重，观念大于形象，缺少表现生命与生活的具体与细节，这些问题也是《对岸》的美中不足。苏东坡论自己的散文时说："吾文如万斛泉源，不择地而出，在平地滔滔汨汨，虽一日千里无难，及其山石曲折，随物赋形，而不可知也。所可知者，常行于所当行，常止于不可不止，如是而已矣。"（《自评文》）当行则行，当止则止，这不仅是写散文需要借鉴的经验之谈，也是人生在此岸与彼岸的距离中需要思考的问题。

当文学遇上现实

——试论周闻道的非虚构写作

□ 陈泽曼

　　自2010年以来，"非虚构写作"开始浮出水面并且形成一股潮流。周闻道的《国企变法录》和《暂住中国》，恰好是这一过程的产物。如周闻道所言，他"关注国家的、人民的当下的痛"[①]。一个是国企改革，一个是暂住人口，的确都在牵动着中国人的神经。对于周闻道来说，这一切并不是可供观看的历史，而是他真真切切在感受甚至参与的存在。作为经济学家、政府工作人员和作家，周闻道灵活地进行身份转换，充分利用自身的经历，深入国企改革的复杂过程以及暂住人员的生存处境，最终为读者贡献上这两本书。倘若放在文学发展的语境中，它们恰恰切中了当下两个热门的词语："非虚构"和"在场"。

一、作为时代的在场者

　　从当初的计经委，到后来的经贸委，作为长期工作在经贸战线的一员，周闻道对国企改革可谓有着刻骨铭心的感受。对于很多人而言，"改革"也

[①] 周闻道：《暂住中国》，广东人民出版社2014年版，第1页。

许只是一个抽象的概念，然而在周闻道那里，却意味着一个个鲜活的生命和一道道切实的难题。正因如此，《国企变法录》深入那段纠结的历史，将视线聚焦在当事人身上，通过切换镜头的方式，以一系列的故事和生动细节，呈现不同的人在这场变革中的际遇。

围绕着"国企改革"这个关键词，作者从政策研究者、厂长书记、政策执行者、企业员工、国企老总等人物身上，发现了他们的喜怒哀乐。因此，在《国企变法录》中，既有理论家"王克思"面对中央三部委文件的难以阐释，又有功臣"左耳书记"对当前政策的恍然大悟；既有厂长老王在江边的偷偷哭泣，又有芒硝厂厂长对政策的"聪明"利用；既有指挥部在紧急情况下指示钻狗洞的可气可笑，又有"我"在危难关头顶住压力、运用聪慧过关斩将的可亲可敬。这种多维度的书写，使得"国企改革"不再是一个扁平的历史概念，而是一个富有时代感、立体感的、个体疼痛感的真实存在。正是因为这些人物以及丰富的细节，读者在阅读的过程中宛如跟在作者身后，"亲历"了国企改革的过程，跟随着事件中的人物时而忧愁、时而释然、时而深思、时而痛苦。

纵观《国企变法录》，"变"可谓整个问题的核心。它所展现的那批人，在过去的历史长河中恰恰是生活和政策的强者，是享有荣誉和铁饭碗的社会资源占有者。然而，在政策变动的现实跟前，一声令下，他们便要跌入另一种生存境况中。这种生存境况的剧烈变化，也使得整个改革的过程充斥着扑朔迷离的气息，每个事件都可能经历跌宕起伏的曲线，这样便将宏大叙事和个体的人生体验紧密地结合在一起。

如果说《国企变法录》是周闻道亲历改革现场后为读者献上的文本盛宴，那么《暂住中国》便是从他者的视角展示全方位的疼痛。

在《暂住中国》中，作者呈现的是对家园之痛的思考。这种家园之思，同样体现在周闻道的另一本书《家的前世今生》之中。两本书的互文关系，实际上更好地说明了《暂住中国》采用非虚构写作的可贵之处。

与《国企变法录》不同，在《暂住中国》中，作者并不是第一亲历者，书中所叙述的对象，要么是自己的亲人，要么是采访的对象。这样一来，作者作为"暂住"的他者，便可以获得更加客观的观察视角，从而更加全方位地感受暂住中的疼痛感。在《暂住中国》中，"暂住"就像一个挥不去的幽魂，困扰着那一群被贴上了"暂住"标签的人。他们的生存权利、创业努力、选举权利、医疗保障、教育权利以及尊严、理想、亲情、爱情，都通通夭折在"暂住"这个标签上。如同国企改革一样，当读者还没有走近时，都以为这只是一个普通的、抽象的概念。然而，当周闻道先生逐渐撕开了现实的面纱时，读者便会被其中那种残酷的疼痛，猝不及防地全面击中。

这样一种"非虚构"到底有何意义呢？在《暂住中国》中，现实的荒诞感和无助感时常充盈在文本中。例如黄兵作为中国的公民，却难以拥有一个公民身份，这种难甚至让有心帮助她的人感觉到爱莫能助。那么，黄兵到底该怎么办？这一切，没有答案，没有结局。这也许就是非虚构写作的魅力，它将现实生活的困惑活生生地抛在了生活面前。它不仅仅反映了比小说更为荒诞的现实，更重要的是，它的背后是强大的现实存在，而不是拥有控制权的作者。在现实存在中，你永远也不知道下一秒会发生什么事情，你也无法完全预知接下来事情会有怎样的进展。在这样的意义上，非虚构写作实际上是和读者一起感受并期待着现实的可能性。就像在《国企变法录》中，面对国企改革这个庞大的事件，谁都无法完全想象出其中会包含怎样丰富的细节，你只能跟随着作者来感受整个事情的走向。因此，非虚构写作本身便是一种开放性的存在，它在创作和现实间保留着许多的弹性。

除了展现现实的强大逻辑外，周闻道还善于从生活的真实中，挖掘出背后的文化语境和文化根源，从而将看得见的事实和看不见的逻辑相联系。例如由国企改革联系国家的经济发展，从暂住现象延伸到中国的人口大潮。这种"事件在场"和"精神在场"的方式，既展现了现实的面貌又开拓出更为广阔的视野。

二、"非虚构"的文学在场

"非虚构"写作建立在现实生活的基础上，但又不仅仅只是现实真实。在《国企变法录》和《暂住中国》中，我们能够感受到作者波动的情感，这种情感使作品变成有血有肉的、活生生的存在，成为独特的"那一个"。它所展现的不是世界本身，而是"我眼中的世界"①。在这样的非虚构写作中，读者不仅能够跟随着作者走进生活现场，也能感受到文学的在场，即那种包含着作家特质的创造力。这种创造力主要体现在三个方面：惊心动魄的场景描写、想象丰富的细节刻画、善于把握叙事节奏。

周闻道善于在现实的基础上，调配其中的各项要素，制造出令人触目惊心的场景。在《国企变法录》中，"我们"在实施破产议案时突遭工人围攻，此时，作者将指挥部让"我们"钻狗洞的滑稽指示以及"我"的刚性坚守摆放在一起，将事件的紧张氛围推动到了极点。读者在其中可以真实感受到决策层的面目，同时也在紧张的氛围中同叙述者共进退。各种惊心动魄的场景散落在《国企变法录》的各个角落里："我"和律师的对决、引入通威来对战金锣双汇的博弈、通过民事判决书的"漏洞"实现绝路逢生等，让读者犹如走在悬崖边上，但又是那么津津有味。

周闻道的非虚构写作还包含着大量的细节想象。这种细节想象，实际上是最考验写作者的功夫和水平的，也是非虚构的魅力所在。在王安忆的《我爱比尔》中，比尔曾说"手摸得着的是我们人的本来，想象的是上帝的本来"。在《暂住中国》中，叙述者并没有亲自见证堂侄的北京之旅，然而他却细腻地写出了堂侄的慌张、忐忑、彷徨和痛苦。第七章中，描写到佳佳父亲登机时所出的"洋相"，那种细致宛如叙述者就坐在他的身边。正是这些丰富的细节想象，书中的人物才变得那么"接地气"，人物的生存境况才更加接近"上帝的本来"。

另外，作者在叙述的过程中善于把握叙事节奏，常常希望和绝望相伴，通过制造落差，让读者在跌宕起伏中感受现实的冷暖，从而充分调动读者的情绪。

在《国企变法录》中，作者时常在紧张的改革气氛中添加一些生动活

---

① 张莉：《非虚构女性写作：一种新的女性叙事范式的生成》，载《南方文坛》2012年5月。

泼的生活细节，从而使得整体的叙事有张有弛。在讨论国家政策的严肃场合中，夹杂了政治部主任的笑话，使之趣味盎然。另外，当众人纷纷对改革的政策表示迷惑时，作者引入了一个有关官本位的故事，即企业书记退休后，需要老婆以请示的方式，来延续他对权力的掌握感，令人哭笑不得，又引人深思。在叙述猪肉厂的破产时，作者插入了父亲当年在"文革"时期私宰生猪的情境，这一个插曲活跃了文本的气氛，又将现实和历史勾连起来。

在《暂住中国》中，这种跌宕起伏的叙事节奏更为明显。当堂侸在警察面前恢复了自信，利用自己的专业抛出质问时，却迎来了致命一击。在黄兵的事件中，她貌似看到了希望，能够有尊严地工作，并且计划好如何使用自己赚到的第一笔钱。在这样的计划中，读者也跟着她一起快乐起来。没有想到，接下来居然就上演了悲惨的一幕：黄兵因为没有身份证和暂住证，一切计划只能泡汤。一个人，在社会上想要自食其力也不行，这是何等的悲哀？

或许，这种有张有弛的叙事节奏恰好是现实真实的最好说明。不是一味的甜，也不是一味的苦，这才是真正的现实。

三、结语

作为在场主义散文的发起者，周闻道深谙"在场"的意蕴。他在《国企变法录》和《暂住中国》中的非虚构书写，可以说是一种自觉的实践。时代和历史的真实在场，加上文学笔法的娴熟运用，两者相得益彰，实现了存在真实和文学想象的双重叠合。

对于周闻道而言，这样的非虚构写作也许意味着历史的记录，意味着自我的审视，以及自己对整个社会的责任。国家对国企改革的深度推进及暂住制度的终结，即说明了两部书基本时代的不可复制性。《国企变法录》体现的是历史参与感，《暂住中国》体现的是时代使命感。在这样的语境中，非虚构呈现的正是知识分子的担当精神，拿在场主义的观点说，就是作家的在场精神。这种担当，恰好可以回应近年来社会对知识分子的质疑。从某种意义上讲，非虚构对于作家来说是一种恰如其分的方式，可以充分地发挥作家知识分子的社会价值。用这样一种开放性和交流性的方式，作家知识分子既能够让更多的读者进入当下的社会语境，又能够保护自己以更好地介入社会现实。

从当下非虚构写作的现状来看，作家们紧紧抓住的是所谓的"中国经验""在场精神""行动"以及"群众动员"，这些关键词正好体现了作家们写作的问题意识。唯有这种问题意识，才真正体现了文学的实质和尊严。

多年后，当历史的年表只剩下一堆大数据和空洞的概念时，非虚构文本依然能够通过存在真实和文学在场，展现历史进程个体的喜怒哀乐。这，也许就是非虚构所不能磨灭的价值。

是别人，是我们自己

——读周闻道《暂住中国》

□　第广龙[①]

　　和周闻道相识多年，觉得他是一个对散文有功德的人，总在行动着，做得都踏实，也有拿得出手的东西。这些，我是敬佩的。在散文的实践中，除了掠影式的、即兴的，他大都有心，愿意探索，也敢于突破自己，是一种大气的路子，宽阔的营造。周闻道的散文，自然能和在场联系，这是他这些年努力倡导的，争议也大，影响也大。我认为具体到周闻道个人的散文写作，还有更超脱的意味，并没有完全限制住。有一句话是"理论是灰色的"，而理论的形成，也有许多因素的交织，有一个完善的过程。理论的提出，有时候，起到的是推动的作用，有时候也会产生反向力，我觉得周闻道已经意识到了这一点。

　　这本《暂住中国》，分量是自带的，与题材有关，也是作者灌注的，与心底的温度有关，贯穿了悲悯的情怀，潜隐在自然的文字中，关注的是当下，却能够站在高处予以把握。虽然文本的生成有归拢的痕迹，但整体上是结实的，也是流动的、动态的，意思上的创新，见识上的触及，都非轻易能

---

　　① 第广龙，陕西作家、诗人。

够做到。我已经阅读了10多万字，从中看出了功夫，也感到了震撼，我觉得周闻道成就了一部力作。抬头吆喝，埋头写作，周闻道两不误，肩上是沉甸甸的硬柴火。

虽然许多人都有这样的共识：固化的社会，注定是僵死的，流动才产生活力。可是，我们都没有随意迁徙的自由，不是想到哪里，就能到那里，也不是想待多久，就能待多久。多少年了，一直这样，不习惯的人都习惯了。这在中国，成为每一个出走的人的焦虑。我自己也有过这样的体验。

按说，中国人不太愿意挪动，在一个地方，活上一辈子，视之为福气。谁都愿意安居乐业，闯了一回世界的人，也盼着叶落归根。可是，在这个剧烈变动的时代，为了生存，却不得不奔走，不得不离开故土。随着乡村的毁坏，进城成为无奈的选择。一年里，我总是看到拉着大树的卡车，往豪华小区行进，也停在城市的主干道旁。这些大树，在乡下、在山野都待不下去，都被人连根挖出来，都运送到城里来安身了，人要不往外出走，没有饭吃，日子过不下去。可是，暂居的划分，让人有了类别和高下，有了束缚和局限，这是很酸楚的事情。周闻道的《暂住中国》，写了几个人的故事，有熟悉的人，有自己的亲戚。这样的故事，本身就值得关注，却长久被忽略，周闻道的呈现，是充分的，也是深入的。这需要勇气，也需要时间。我以前读周闻道的散文，发现他喜欢活泼的语言，有少年的激情，曾感到不以为然；这次读《暂住中国》，又如此素朴，换了一幅笔墨一般。两相对照，我又觉得，正是周闻道的少年心的留存，使得他减弱甚至消除了世故语言的磨损，在面对描写对象时，能把自己放进来，能说真话、人话，也能把别人的难受，当成自己的难受。周闻道有效地，或者说自觉地介入到了生活的场景中，参与到了事实的发展变化过程中。生活的颜色，逼退了诗意，还原了语言的真，也许这才是诗意本身。这是许多作者没有意识到的、没有做到的，周闻道做到了，而且做得到位、自然。我就想起，几天前，才听说，蒜苗、蒜薹、大蒜，是同一样东西长出来的。以前我不知道，以为各是各的；也知道如果先收了蒜苗，就收不成蒜薹和大蒜了，如果收了蒜薹，还能随后收大蒜，只是就收不成蒜苗了。以此来比方周闻道的散文，我感觉，有时候周闻道收上些蒜苗，口感好，也鲜活，但更多的，留下收蒜薹，再收大蒜，而且收的是红皮蒜，是独头蒜。我认为，《暂住中国》就能归到这个收成里去。

人一辈子，都是灵魂暂居于肉身，一生暂居于人间，这是另一层的意思了。人还是愿意安定的。不论谁，都不愿意一直折腾，一直居无定所。回家知道朝哪个方向走，能在万家灯火里辨认出属于自己的那一盏，幸福才有了依靠，也有了根源。人一辈子，两头弯曲——出生前和死后，头和脚挨着，中间这一段，要舒展，梦想是一回事，现实是一回事，哪能做梦娶媳妇，醒来见活人呢，于是就有了冲突、挫折，有了肉体和精神上的伤疤。《暂住中国》里的人物，是别人，也是我们自己，共性的东西，我们躲不过去，我们同样在承受着。正因为如此，我觉得《暂住中国》的意义，不限于暂居的这几个人，他们的身上，有我们的影子，他们不是我们的过去，却可能成为我们的将来。这是我们要引起对这个问题重视的一个原因，这也是《暂住中国》显得既普通又特别的必然。

如今的社会，纷乱，多变，地标上的参照物都不长久。有盖了楼的工程队要工程款，几年要不来，结果盖的楼都拆了，还要不来。谁都盼稳定，谁也不愿意在自己的祖国是一个面孔模糊的人。城市里居住着多少这样的人。平时人们忽略他们，只有在过年期间，吃不上早点、垃圾山没有人搬运、娃找不到保姆时，才想起来谁提供了这些保障。可是，这些人就该干这些营生么，难道不能有别的命运安排？可是，即使这样的生存，都艰难，都随时会失去，而且很少有人为他们着想。周闻道选取这个作为切入点，复杂，内容多，有痛感的东西，能展开说，也可以集中用力，这不光是眼光的问题，这也是另一种方式的及物，及人和及情。这是周闻道的视角的可贵处，因此，我愿意对这样的文字，表达我的敬重。

周闻道《对岸》《家的前世今生》作品研讨会观点综述

周闻道先生的散文集《对岸》《家的前世今生》于2006年12月和2007年5月分别由百花文艺出版社和四川出版集团天地出版社出版。2007年7月28日至29日，在眉山举行的周闻道散文作品研讨会上，与会作家、评论家围绕周闻道先生散文创作的题材取向、思想内容、艺术特色、语言风格和不足等方面进行了认真深入的研讨和交流；在有些方面展开了热烈的争论，无论是赞赏的还是批评的，一致的还是分歧的，都表现出了一种坦率的真诚和善意。现将本次研讨会的观点综述于下，以飨读者。

一、周闻道的散文特色

（一）关于思想蕴涵与意义消解。刘雁认为，闻道先生经常站在一定的高度，一定的距离之外，对事物做总体的观照和把握，对思想蕴涵的追求贯穿到他散文所有的篇章中。在后现代主义传入中国，写作普遍消解意义的背景和趋势下，他始终如一的追求和坚守显得意义十分重大。曾绍义认为，现在很多人对"文以载道"不仅不认同，还进行讽刺挖苦，这是相当片面的。我们今天不但需要"道"，还要高扬"道"的旗帜。因为我们这个社会不但需要"道"，做人也需要"道"。唐小林认为，周闻道的散文体现出一种超越常人的思辨能力，他始终坚持"文以载道"的传统，而且他的"道"中有身，有心，有魂，是一种非常周全的思考。

（二）关于写作在场与生活在场。唐小林认为，周闻道是把做文、做人、做事结合得很好的作家，这使得他的文章真实可信。高虹认为，周闻道的散文创作和文学组织，使得他在眉山散文界起到了旗手的作用。边走亦边看（网名）认为，周闻道的散文贴近生活，贴近自然，贴近社会，贴近心灵。西门佳公子（网名）认为，周闻道是个性情中人，无论为人为文都真率热情，他的散文写作贯穿着他的在场思想。张生全认为，写作的在场不等于生活的在场，但是没有生活的在场，就没有写作的在场。周闻道是一个把生活在场和写作在场结合得很好的作家。沈荣均认为，把生活当成写作的一部分，把日常写作当成生命的一部分，抵制美化，还原生活的本来面目，周闻道的散文写作深刻地诠释了他"在场"的思想。

（三）关于写作道德。周伦佑认为，闻道的身份，对他的写作可能是一种限制，给他造成了某些局限。但在写作道德上却是无可非议的，他的情感道德和艺术道德都是非常好的。刘雁认为，写作道德确实是现在的作家需要首先关注的问题，一些作家写作道德的缺失，是他身上奴性的体现。李银昭说，周闻道是一个性情中人，一个充满人文关怀的作家。他可以在公开场合，为一个不幸的人掉泪，他也经常在散文中为生活的苦难掉泪。曾绍义说，周闻道虽然是官场中人，但是他很好地继承了巴金散文和余秋雨散文的传统，敢于说真话，说正话，体现出他作为作家的良知和正义感。

（四）关于话语方式。朴素（网名）认为，闻道文章用字非常讲究，体现出他的散文之美。奔哥认为，闻道的语言是开放的，它时而汪洋恣肆，时而清丽流动，时而纵横开阖，时而洒脱通透，不拘一格，收放自如。傅恒认为，周闻道散文有泉涌般的诗化语言。张生全认为，周闻道语言是一种"语言的风暴"，包括他对排比句的偏爱，对形容词、副词的偏好，对长句子的偏好，对段落的偏好，对分号的偏好。他对结构考虑得很少，没有刻意的痕迹，也没有刻意的打算。沈荣均认为，闻道的散文极少情节的陈诉，而是创作了一个想象的、内聚的、自由的内心世界，作为对话的对象，有着鲜明的独语性质。

（五）关于写作难度和散文野心。张生全认为，一个作家不给自己构置写作难度是不纯粹的，投机的。周闻道散文里对散文阔度、修辞、结构、想象力的追求，体现出他的散文野心。高虹认为，周闻道对"家"的研究让人大吃一惊，在这个题材上的开拓和思考，弥补了我们目前所习见的题材的不足，取得了很大的突破。李银昭认为，周闻道在文学创作上是有野心的，这个野心潜伏得很深，他有着良好的状态，别人以为他需要用十年时间才能完成的创作，三五年内他就实现了一个质的飞跃，李银昭为闻道的这种野心感到高兴。

二、周闻道散文创作争论的焦点问题

（一）关于贵族化倾向。曾绍义认为，周闻道的散文应该走向平民化，他散文中雍容华贵的东西多了一些。这不仅仅是闻道散文的缺陷，也是我们当前散文创作应该注意的一个问题。周伦佑认为，周闻道的散文是缺了一些东西，缺什么还没想清楚，但绝对不是缺少平民化，他有强烈的悲悯意识。

（二）关于二元对立与触摸苦难。唐小林认为，苦难是一个散文写作非常重要的东西，触摸苦难，追问苦难，承担苦难，应该是周闻道散文今后的文学追求。朴素则认为，触摸苦难，是一个很好的写作方向，但是大家都去触摸苦难的话就成了一种触摸苦难的模式。周闻道一直坚持自己的风格，坚持走自己的路线，没有受到舆论的影响，这于他是难能可贵的。周伦佑反对朴素的看法，他认为，触摸苦难是一个作家良知的体现，不粉饰生活、关注底层是一个作家重要的精神品质。周闻道应该更多地关注底层。唐小林认为，闻道能写到这样已经很不容易了，他因自己的身份而有很多顾虑，游走在作家和官员之间，他是很痛苦的，这是一种内心的、更深沉的苦难，而且不一定为人所知、所理解。周闻道没有收录这两本书的"官场词语"系列散文，已经明显而深刻地表达了他对这种苦难的诠释。干天全认为，周闻道是一位有良心、有良知、有担当的作家，同时又是很有使命感的政府要员，在他的写作中，不可能不在心灵上产生困惑和矛盾，所以在这个意义上，闻道不管做多大的努力，他的忌讳很难用他的努力来避免。但从目前他的创作来看，他体现出一种高品位的追求，并不是通常意义的官场作家，为附庸风雅而写作，而是为体现自己的人生价值，体现自己的情趣和所爱而写作，这是非常可贵的。

（三）关于阅读与创作。周伦佑认为，阅读对创作至关重要，他可以提高作家的修为，周闻道应该多读一些中外散文著作和一些好的出版物。唐小林也认为，要解决散文中的见识、胸怀、远见问题，就是要阅读大书。很多作家曾指出闻道散文中的不足之处，要他多读一些书，朴素则认为这是散文创作的一种局限。真正的散文写作是来自心灵、来自生活的，而不是掉书袋。散文写作应该和见识、学历、对人生的体悟以及对世界的看法有关，而不仅仅是读书能够解决问题的。沈荣均认为，文学应该回到文学的本源，回到原生态，而不是回到书本。周伦佑反对朴素和沈荣均的意见，他认为，读书有两种，一种是实用主义的抄书本，而真正的读书不应该是实用主义的读书，而是熄灭创作冲动的读书。当你真的有了新发现，是古人没写过，没有表达过的，这个时候你才会有真正的创造。这才是真正的读书，不是抄书本。

（四）关于写作背景与写作取向。周伦佑认为，闻道的写作背景是局限的，他的官员背景使得他的写作不可能有更大的突破，他的努力只是让他的写作初见端倪，真正的写作应该在他退休之后。张生全认为，一个人的写作背景常常不是由自己选择的，但这并不能成为一个作家为自己开脱的理由。周闻道的散文写作态势是向前的，而不是向后的，他不可能也不应该等到退休以后。关于苦难，关于生活，关于人类，事实上，周闻道早已在用心灵去体验、琢磨。

（五）关于写作自由与创作规范。邓芳认为，散文的"散"就是自由，对散文的写作不能进行规范，不能规定写什么不写什么，周闻道的散文写作体现出一种自由之美。朴素认为，写作应当是自由的，不应当受所谓的规范约束，而应当给作家更多自由的空间。周伦佑对此持反对意见，他认为，散文应该有一定范式，就算是解构主义，也有起承转合，也有规范。闻道应该适当地规范自己的写作。

三、周闻道的散文观

周闻道的散文观可概括为八个字：在场，思想，诗意，发现。在场，是一种哲学范畴的存在方式，是散文创作的一种姿态，而不是理性思维的时空概念，不是作家对对象的物理走近。所谓在场，就是作家在创作散文时，要最大限度地用心灵贴近自然，贴近社会，贴近生命，贴近灵魂，它体现的是散文的时代美。思想，是散文的灵魂。任何文学作品，包括散文，没有思想就没有灵魂。散文的思想，是一个广义的词，不是简单的政治承载，它反映的是作家对整个自然、社会、生命、灵魂等方面本质的认识，体现的是散文的内涵美。诗意，是指散文的结构、语言、叙述方式等，要有诗一般的意韵，体现的是散文的艺术美。诗意更侧重的是散文的表现形式，给人以美的享受。有了好的思想作为内涵，再有好的形式来表达，就做到了内容和形式的完美统一，就是好散文。发现，就是指散文写作是一种创作，而不是走老路、炒陈饭、发旧叹。任何一种本质意义上的创作，都是一次发现，包括对自然、社会、人生、灵魂，对生命本质的独特的发现。

读文

面对采风，散文如何在场

——周闻道散文集《只为卿云》给组织化作家们的启示

□ 唐小林

读到周闻道新近出版的散文集《只为卿云》，我首先读出的是写作者的苦衷。当然，这种苦衷是我的猜想，并非其中的文字给我的感觉。

收在这部集子中的28篇散文，绝大部分源自采风。采风是华夏固有的传统，自周秦至"五四"，这一传统源远流长。《汉书·食货志》记载的采风场景蔚为壮观，令人心仪，"孟春之月，群居者将散，行人振木铎徇于路，以采诗，献之大师，比其音律，以闻于天子"①。制度化的采风活动，是当此之时"江湖"通往"庙堂"、"庶民"联结"天子"的一条道路。这条道路所承载的政治伦理，所具有的风俗感召，往往让骚人墨客心向往之。《华阳国志》就有过这样的叙述："'考八方之风雅，通九州之异同，主海内之音韵，使人主居高堂知天下风俗也。'扬雄闻而师之，因此作《方言》。"②西汉扬雄即是受采风之俗的感染，甘愿作"辎轩使者"，而后有了中国方言学史上第一部"悬诸日月而不刊"的著作。不唯《方言》，《诗

---

① ［汉］班固撰、［唐］颜师古注：《汉书》，中华书局2000年版，第947页。
② ［晋］常璩：《华阳国志译注》，汪启明、赵静译注，四川大学出版社2007年版，第404页。

经》《乐府》《山海经》等等一大串典籍都是采风成果，或者离不开采风的工作。

当然，当代采风与传统采风虽属同一条川流不息的河流，流向却未必完全相同。古之采诗、献诗是为了"王者"能够"观风俗、知得失，自考正"[①]，使"上以风化下，下以风刺上，主文而谲谏"[②]，换句话说，就是"谲谏"，妙也妙在"谲谏"。今日采风，恐怕与此无关，意图更加复杂多样。有的是为了宣传地方发展；有的可能是项目开发商为正在开发建设的某个旅游点或楼盘之类提前打打"软广告"；有的是企业老板为了亲近文人，附庸风雅；有的不过是让作家接受一次教育。如此等等，不一而足。

但有一点是共通的，采风多是以"任务"的名义下达作家，并有"主题"要求，且以集体活动的方式进行。周闻道置身"组织"之中，既是主渠道官员，深处体制的腹心地带；又是知名作家，被网织进文联、作协的层级关系之中。他在面对采风活动时，就不得不比其他作家更多了一种"身份"之囿，也更加"严肃"。

然而，周闻道又是在场主义旗手，追求散文的"在场性""介入性""当下性"，要在"去蔽""敞亮"中寻求"本真"。"苦衷"或许就源于这里：面对采风和领受的"任务"与既定的"主题"，处于多重"组织""身份"的迷局和语境之中，周闻道你如何"在场""介入"和"当下"？吃人嘴软，人家迎来送往，是想你笔下生花，立德立功，你这个老江湖，不会不懂这个人情世故吧？如何处理好个人的"文学理想"与你面临的"时局"，恐怕周闻道你不"苦衷"都不行。

这正是我对这本散文集感兴趣的地方。

说起来有点小心眼，可往大处想，周闻道面临的写作处境和问题，其实是中国现当代作家面临的共同处境和问题。我以为解决这个难题非常不易，不是靠"打太极""和稀泥"就能搞定。从各个方面去推断，它都是一个

---

① ［汉］班固撰、［唐］颜师古注：《汉书》，中华书局2000年版，第1355页。

② 《毛诗序》，载郭绍虞主编：《中国历代文论选》第一册，上海古籍出版社2001年版，第63页。

"悖论"。可读完这本散文集，我被周闻道解决问题的能力"震惊"："苦衷"在他那里根本不是"苦衷"，而是逼迫散文走出新路的契机与动力，仿佛"受虐狂"，这个难题让他欣喜，他又有机会在散文写作的荆棘丛中去发现"金蔷薇"。这又触及写作的信条和在场主义的追求，有难度的写作是好的，每一次在场发现都是向极限的挑战。

重构现实是他的绝招。其实，采风的对象已经事先给出了一个"现实"——一个精心打扮的现实，有的甚至给出了关于这个现实的"文本"和"叙述"。但周闻道不上这个套，他或许认为"反映现实"的更高境界是"重构现实"，是在向极限挑战中发现。"重构"意味着给采风对象以新的时间和空间、新的内容和形式、新的人物和事物、新的行动和事件，尤其是新的视角、发现与讲述。而给出这些"新"东西的方式和过程，不就是实现其在场主义主张的方式和过程？重构现实不就是在"创世"，创出一个新世界，即"去蔽"和"本真"的世界？而这个世界的创出难道不是最大的"重构"？我认为周闻道在采风活动中所遭遇的个人文学"理想"与面临"时局"的矛盾，正是在"重构现实"这一散文写作实践中达成和解。

重构的现实还是现实，是采风任务要求的现实。这不仅是一个"政治正确"的问题，更是一个散文写作技术的问题。散文叙述的世界，是一个有别于"采风对象"这个"实在世界"的"可能世界"。莱布尼茨说，我们居住的这个世界是上帝认为最好的世界。其实作家创制的那个"可能世界"，又何尝不是作家认为最好的世界？这样说至少基于两点：一方面这是作家按照理想的方式塑造的世界，另一方面这是作家按照对这个世界的愿景营造的世界。在这个世界，不管是针脚细密还是泼墨写意，一切都是合情合理的，一切都是符合这个世界的逻辑的，一切都显得如此圆满、天衣无缝。以至于读者说，对，就是这个世界，就是这个真实的世界！天才作家D.H.劳伦斯说，"在小说自己的时间、地点、环境中，一切都是真实的"[①]，其实散文又何

---

① ［英］D.H.劳伦斯：《道德和小说》，载［英］拉曼·塞尔登编：《文学批评理论——从柏拉图到现在》，刘象愚、陈永国等译，北京大学出版社2000年版，第552页。

尝不是如此。周闻道散文重构现实给出的世界就是一个完整的世界。

这个完整世界的构造，表现出周闻道散文写作的匠心。他每到一个采风地点，总能从采风对象身上找到一个切入点，而这个切入点构成这篇散文统领一切的灵魂。它像一束犀利的光，照彻散文的血脉肌理，使每一粒文字呈现的"这一个"对象世界，既有了生命、体温，并持续散发出感性的活力，又有了个人愿景的光芒。整篇文字由此将理想与现实、"任务"与"创作"，熔铸成一个有机的整体。也就是说，面对形形色色的"任务"采风，周闻道总是能够找到进入可能世界的秘密入口和通道；一旦进入，便阳光普照，海阔天高，散文自由的天地就被次第打开。而这种进入的方式，就是一种"介入"式的"在场"。比如他在呼伦贝尔冬季冰雪那达慕节找到的是"冰火"背后的生命意义，在中国山海关和德国柏林找到的都是"墙"及其隐喻，在雅安天全找到的是"天性"的秘密，而在眉山远景楼找到的是"远"和"近"的辩证，在马武找到的是"树"的根与魂，在丽江木府那里找到的是从"木"到"府"的修炼与蜕变，在泸州找到的是由名酒1573读出的"数"的玄机，在古城阆中找到的是"天心直理"的大道之理，在大梁江找到的却是"石头记"的时代故事……

这样的例子篇篇都有。这些"切入点"好似珍珠，散落在整部散文集里，交相辉映，光彩照人。有了可能世界的"灵魂"，剩下的就是"血肉"了，是鲜活的生命组织。

周闻道"找"的办法，是把每个"切入口"作为"深井"，不断地开掘下去，直到竭尽所能，见人之未见，发人之未发。这时周闻道的个性暴露无遗，他的阅历、阅读与勤奋，他的博闻强识、见多识广，他作为经济学家和体制官员的视角格局、明察秋毫、明思善辩，他作为作家的多愁善感、悲天悯人，他作为"新时代"四十余年的参与者、见证者和基层的推动者所养成的仰天俯地、高屋建瓴，都使他的思绪和笔触穿行于历史与现实，神话与传说，人文与地理，庙堂与民间，物候与气候，田野与文献，科学、哲学与宗教，种族、族群、民族与国家等等之间，极尽纵横捭阖之势，可谓上穷碧落下黄泉，搜尽奇峰打草稿，不达完美不罢休。同时他又遵循理性，尊重每一粒文字，讲究用词的精准，力求不偏不倚，客观公正，把汹涌奔流的感性规范在可以把握的范围内。宏富的质料、自由不羁的想象，以及严整的形式，使他的散文早已越出他所面对的那个采风对象，活脱脱蹦出一个新世界。

这个新世界的"出场"，即是散文的"在场"。

何以如此？我所理解的海德格尔的"在场"，乃是存在者的"去蔽"。在周闻道的采风散文那里，就是那个"重构现实"——新世界的"产出"或"显露"。它依赖于三个要素：一是那纵贯古今、跨越中外、突破学科、顺手拈来的丰富材料，构成那个可能世界的质地。二是作家对这些材料的深度拥入，包括选取、处理和再造。这种深度拥入，是作家主体意向对这些材料的强力介入，其结果是形成散文文本的"意向性结构"：一种主体与客体遇合，此在与物或周遭世界照面的形态。正是在这种"遇合"与"照面"之中，材料所具有的"指引性"和写作主体的"意向性"相遇[①]，并被全部纳入和整合到为实现"重构现实"这一目的性写作活动，从而生成第三个要素即"有意味的形式"：一个有着统一时间向度和意义向度的文本，一个完整的可能世界。这个可能世界，虽然是从采风对象所在的那个"实在世界"选择一个"入口"出发，但又早已不是那个世界的模仿、反映甚至镜像；而是作家周闻道的重构、再造和形塑，隐含着深层的发现和创造。这个发现和创造，经历了从外在的"真实"走向内在的"本真"，又将内在的"本真"经由文字和叙述媒介化为"应然"的"真实"：那些曾经以"实然"方式存在的蔽障被解除了。我认为，从"实然"到"应然"，从"事实"到"价值"，从"真实的现实"到"本真的现实"，是周闻道散文"在场"的秘密所在。

有必要尝鼎一脔，举一个例子说明。比如《山海为关》。山海关在采风者周闻道眼里呈现为"墙"，而非莽莽苍苍的"长城"。于是，"墙"就成为叙述者进入山海关这一实在世界的入口和通道，也成为叙述者"重构

---

① ［德］海德格尔：《存在与时间》，陈嘉映、王庆节译，熊伟校，生活·读书·新知三联书店2000年版，第261页。

现实"的出发点和着力开掘的"深井"。接下来，散文的全部元素都围绕"墙"聚合而来，一点一滴构筑起"新世界"的饱满细节和坚实质地。先是叙述中学地理课给"我"留下的山海关印象离"墙"的距离是多么的遥远，以至于"我"对它一知半解，亟须文化启蒙。这是欲扬先抑的老手法。其次是，据说宇航员在太空中看到的两个人类文明遗产之中就有长城，不过长城在叙述者眼里只是"铜墙铁壁"，与"农家防盗防抢的院墙"在功能上没有两样。由此关于"墙"的材料被"激发"，它们穿越时空纷至沓来：从"围在老家院坝"四周的"墙"到"城墙"即城中之"墙"，再到修筑"万里长城"即国防之"墙"的意图、选址与工程的浩大艰难；从孟姜女哭长城的凄美传说到明王朝、清王朝外族入侵时"墙"的不堪一击；从第一次、第二次鸦片战争到中日甲午战争中"墙"的名存实亡，再到第一次、第二次世界大战对"墙"的无视和践踏，最后是好莱坞大片《拯救大兵瑞恩》中的无"墙"胜有"墙"对"拯救"民族国家的启示。所有这些涉"墙"的元素，无不具有同一个"指引性"——阻隔，而"阻隔"又恰是叙述者投向这些材料的"意向"，两者融合便达成一种"意向性结构"，生成文本的"意蕴"："山海为关，原来阻隔了自己"，这样的"拯救是徒劳的"。"心防"胜于"物防"，没有"心防"，"物防"形同虚设。认识到这一点，华夏民族用了差不多整整两千年的时间，吃尽了苦头，流够了血泪，历尽了沧桑，犹如叙述者"从围墙到长城，并没有距离"，可是他"一走竟走了几十年"。

到此，山海"雄关"一度让瞻仰者自豪、骄傲的那些"蔽障"荡然无存，一个在人、物与周遭世界关系中诞生的"可能世界"，"露出"了它血淋淋的真相，足以让后来者警醒。山海关因"去蔽"而"在场"。

采风散文写到如此地步，依然"合法"，并大受好评，得力于周闻道的两个不二"法门"。第一个是他始终基于人、人性、人道、生命说话。收进这本集子里的28篇作品，没有哪一篇不是最后落脚到普遍的"人"的身上。还以《山海为关》为例，这篇散文的旨归是"民心""民智"，是民心已去，国家必亡，是"世界流行着和平主义的声音，柔软、和美而动听"。

就连写雅安天全这样的散文，说的也是人的"天性"如何保全。即便写到古村的"雨"、米易的"阳光"、木府的"树"、大梁江的"石头"等自然物事，也总是关涉人类，关涉"命运共同体"这个紧迫的话题。有了这样一种"大人文观"，周闻道的采风散文就不由得不携带某些"普遍价值"，搭起通向更高境界的阶梯，越出了"庸常"。第二个是他总是立于现代民族国家的建构思考问题，而这一思考又总是从两个关切点展开：一是政治认同，二是文化认同，并在两个认同的互动中寻求新的精神秩序和伦理秩序，有兴趣的读者可以仔细品读《柏林墙的影子》等作品。正是这两个不二"法门"，使周闻道的采风散文，行走在一个更大的"政治正确"的空间，而又非政治标签。这一写作经验是可以为"组织化"的作家们所借镜的。

上面已经提到了"思考"，但这个词还不足以概括周闻道采风散文的整体特征。应该说，收在这本散文集中的绝大多数作品是"思辨言志"散文。"思辨"的特征太过明显了，你想想，围绕一个"切口"做文章，盯住一"点"打深井，进行"精神钻探"，依靠的只能是发散式思维。如何"发散"？怎样"思维"？最有效的办法是把正、反、合的材料，以"思"的不同方式联系、组织起来，"辨"就是随之而来的文体形态了。

《感谢世间那些恶》在这个集子中有些例外。这篇散文放在"开篇"的位置，把其"思辨"的特征表现得淋漓尽致。看看这些"题首语"，一切都明白了："是恶唤醒了混沌中的阳光""恶是人性的重要基因""没有恶的世界是最深重的恶""恶是法治的酵母""恶是自由的保姆""恶是恶的墓志铭"。再看看"结语"："诸恶莫作，诸善奉行，自净其意，是明白人。"这结语大概就是"正""反"以后的"合"了，虽入"佛"近"禅"，意图还是明了的。

周闻道采风散文的"言志"有点特殊，与《毛诗序》的"诗言志"有些不同。我是受到周作人在《〈中国新文学大系·散文一集〉导言》中一个说法的启发。他说"言他人之志即是载道，载自己的道亦是言志"，周闻道采风散文正是在这个意义上"言志"的。作为在场主义创始人，周闻道把"在场""介入"与"发现"视为散文写作的最高目标，不管他身体力行的效果如何，在这本集子的散文中，他都力图说出"自己的话"，载"自己之道"。

周闻道的采风散文和他的其他散文一样，已经具有了较高的"辨识度"。这是一个成熟作家的标志，但又有可能成为其"桎梏"。这部散文集中的作品单篇看，很让人惊喜甚至震惊，但合起来看，在写作上就难免有同质之感，容易让人产生审美疲劳，虽不伤大雅，但仍是一个提醒："优秀"作家通往"杰出"和"伟大"作家的路，或许只有一条，那就是不断挑战自己，走出自己加之于自己的阴影，冲破自己所构筑的窠臼，不断走向新境地。周闻道采风散文中叙述者的理性过分强大，说理的声音太过硬朗，也容易吓退那些思想自由者、意志脆弱者或缺乏足够耐心的读者。这样的"文调"或"腔调"，虽无可厚非，但也少了点梁实秋所说的散文的那种"温和弛缓""情致缠绵""委婉流利""简练雅洁"；少了点散文的"气象万千""美妙多端"。的确，诚如梁实秋先生所说的那样，"散文的美，美在适当"①。

---

① 俞元桂主编：《中国现代散文理论》，广西人民出版社1984年版，第37页。

艺术发现之美

——周闻道散文浅谈

□ 曾绍义[①]

从根本上说，艺术创作就是不断创美的活动，从艺术构思到艺术表现无一不是为了创造艺术之美。倘若再追根溯源，我们则可以发现整个创作过程的源头还在艺术的"发现"，因为任何艺术作品都是有思想、有意义的，也只有有思想、有意义的作品才可能具有审美价值。而这种直接支撑作品、关乎作品审美价值的思想和意义又必须是独特的、深刻的——使创作最终成为"创美"活动的，就是对这种思想和意义的艺术发现。

散文创作尤其如此。所以出版过《夏天的感觉》（1995）、《点击心灵》（2005）、《对岸》（2006）、《家的前世今生》（2007）等多部散文集的周闻道在他写给《中国散文百家谭（续编）》的创作经验中说："散文写作既是一种创作，就不能走老路，炒陈饭，发旧叹。任何一种本质意义上的创作，都是一次新发现，包括对自然、社会、人生、灵魂，对生命本质的独特的发现。"（《散文的在场、思想、诗意和发现》）总观他的散文，这种"独特的发现"的确值得重视，它既表现了作者的艺术敏感，又体现了作

---

① 曾绍义：文艺理论家，四川大学中文系教授。

者的审美理想和艺术人格。

首先是对特殊事物的敏锐捕捉。大千世界无奇不有，新奇之事总是惹人注目的，一旦写入艺术作品也容易激人思考。如《一种忧思两处囚》中那对已服刑但"不能算坏人"的情侣，作者不只是写出了他们犯罪原委之"奇"，关键还在于写出了这种"真爱"的延续：在同一监狱服刑的"她"手持"他们初次相恋时，他送给她的爱情信物"即"红色丝巾"，每天一早一晚去窗口向"他"张望："她把手伸出窗口，使劲地舞动，舞动，舞动。终于，他发现了她，也是一样的激动，欣喜。""他从窗口探出头，夸张地挥舞着手，大声呼唤着她的名字……她深情地一声声回答，奔涌的泪，早已模糊了她的视野，直到管教干警干预，他们才依依告别……"直到"两年多前的某一日"，"他"因矿井透水同其他35人一起被埋井下，"她"也没有停止："人们发现，那个女囚，仍然在一早一晚的那个时候，在那里倚窗张望……张望，已成为她心灵深处的一种慰藉！"很显然，没有后面这种包含在"张望"之中的切切实实的"真爱"，前面的所谓"真爱"便毫无意义。这里与法律无关，是对特殊人性的挖掘。

其次是对一般事物的"特殊性"的哲学思考。特殊事物总是少数，对于占绝大多数的一般事物，作家的艺术发现则是"透过现象看本质"——不仅要看到初级本质，还要看到二级、三级本质"以至于无穷"（列宁：《哲学笔记》），最终"发现"事物的规律。应该说，周闻道的散文在这类"发现"方面是出色的。对于家家户户都有的厨房，该是我们再熟悉不过的了，或因太熟悉而使我们"熟视无睹"，没有从中去悟出什么道道了。但周闻道却在《厨房》一文中横说竖说，从耕耘到食用，从历史到现实，把"我家的厨房"说得功大无比又饶有趣味，通过层层深入的"发现"逐步指向哲理的最高层：第一步是对火的"发现"，即"从钻石取火到柴薪取食，再到今天的现代化气炉电炉，火伴随了人类文明的全过程"；"然后是锅碗瓢盆等"，都"不是改变，而是丰富与充实着厨房的内涵"——这些都是"人类进步的痕迹"啊！第二步是对厨房使食物成为"转折"的发现。作者认为"进入厨房的食物由生到熟"，"完成的是一个生命的涅槃，但不是毁灭，是跨越，是自然、社会的大道的循环与平衡"，"这种涅槃成全了人，也成全了植物，是一种自然的悲壮之美"！第三步也是最重要的一步，是对"佐料"的发现。作者采用拟人手法，充满谐趣地说："值得注意的是佐料，它们原本都很单纯，酸甜苦辣麻咸，都有自己鲜明的个性，可是一进入厨房，它们都希望将自己的个性强加于人。殊不知，在个性的无度张扬中，触犯了"强自取折，柔自取束"的古训。结果，它们既否定了自己，又改变了食物，受益最大的是渔人，即把食物、佐料添加在一起，奉行中庸之道的人、厨房的主人。"这完全可以当做一段哲学小品来欣赏，有情有趣，哲理闪闪发光且具现实意义："世间有很多意外，一旦步入某种游戏规则，往往是身不由己，最后是中庸取胜。"中庸者，中和之美也，这不仅是中国古典哲学中的美好境界，也是我们的祖先自古以来立身处世、管理国家的基本原则，所以通过"小小厨房"指向"大大的社会"，再指向"中庸"大德，确实值得我们"注意"和深思的。

艺术敏感和哲学思考对于艺术发现的作用显而易见，但作为艺术才能的综合表现，核心还在于作家的艺术人格。散文是最直接、最真实展示作家人格的艺术，"文如其人"便成了评价散文的重要依据。周闻道之所以被有的评论家誉为"思索着的智者"，即因其"思辨的核心乃在于对普世价值的认同"，"本着良知的冲动，看到社会种种梗阻之事，忍不住要放言，要鸡鸣不已……"（伍立杨：《周闻道思辨美学的散文撞击》）其近作《一转身发现上帝》就是这样的"放言"。作品以帝（神）与人的"灵魂"的"交流"方式，运用"黑色幽默"的方法直斥人间的"苦难"与"罪孽"。比如某"艺术大师"好不容易才由"出身寒门，母亲为佣，父亲打工"的境地"平步青云"成为国家级"最具影响力的电视台的总编总导"，结果"却被一纸拘捕令带到了这里"，"拘捕书上四个字格外刺眼：巨额受贿"；又比如某"县长"深感"在享受权力之甜时，总是时时咀嚼权力之苦"，因为"再大的官，也不得不看上级脸色行事"，不得不遭受"说违心话做违心事"的"痛苦折磨"，等等。这些现象既典型又事关重大，着实"令上帝大失所望……人类竟如此不听自己苦口婆心的忠告，不仅没有收敛和遏制罪孽的蔓延，反而让它泛滥成灾，无孔不入，高雅圣洁的艺术殿堂也未能幸免"。最终"上帝语重心长地"说出的一番话再一次令我们反思不已："你们人类由于原罪，稍有不慎就会走错路……""不信，你们看看自己走过的路……"毫无疑问，作者通过"上帝"之口毫无讳忌地吐露心声，也是周闻道勇敢"发现"的结果。歌德说："在每一个艺术家身上都有一颗勇敢的种子，没有它，就不能设想会有才能。"（《歌德的格言和感想集》第93页），周闻道自己也说："散文创作必须有在场的姿态……如果一个作家要么高高在上，脱离物象，要么蜻蜓点水，若即若离，要么心猿意马，貌合神离，是很难写出有深刻社会现实意义的作品的。"（《散文的在场、思想、诗意与发现》）

总之，"胸中正，则眸子瞭焉"（《孟子·离娄上》）。散文创作的价值固然首先依靠敏锐的观察和进入哲学层次的思考，但观察的重点、思考的指向都应该是关乎社会发展、人类进步，关乎民富国强、民族兴旺的大事，从而敢于针砭时弊，直抒胸襟，通过增强散文的批判意识从另一方面提高散文艺术创美的层次和魅力。周闻道的散文已开了好头，我们便有理由看到他更好的创作前景！

追寻川南风物的灵魂

——周闻道散文散论

□ 张叹凤[①]

　　我不认识周闻道，但我粗识川南风物。说"粗识"，意思是并不透彻了解。凡几番旅游，一段小驻，绝对说不上透彻了解。斯蒂芬·欧文（宇文所安）在探讨中国文学的那部专著《追忆》中指出，追忆往往是"与生俱来的知识"，"过去楔入现实时，是完整的，未被分割的"，"追忆的这种衔接构成了一部贯穿古今的文明史"。[②]换句话说，真正的了解是建立于自己的生命过程中。我是川西北人，对川南的了解更多从文本而来。例如想到文豪就自然想到苏氏父子，而年前在高丽登山北望，也是由衷想到东坡的"我家江水初发源，宦游直送江入海……试登绝顶望乡国，江南江北青山多"（《游金山寺》）。如果说江南是神州的秀媚，川南则是川中的秀媚，三川居其间，峨眉天下秀。我曾在课堂上戏出上联"彭山、眉山、乐山"，学生对属各有趣味，如"老苏、大苏、小苏"，又"种稻、割稻、打稻"，再如"听江、看江、枕江""观佛、礼佛、成佛"等不一而足。我自对"寿者、智者、仁者"。这正是：外行看热闹，内行看门道。川南有太多的信息与话

---

① 张叹凤：著名作家，四川大学文学与新闻学院教授。

② ［美］斯蒂芬·欧文：《追忆》，郑学勤译，上海古籍出版社1990年版，第9页。

题，周闻道的《对岸》和《家的前世今生》两本散文集即"内行看门道"，是作为川南人"与生俱来的知识"，仅仅从书名上看都是川南的烟水气。川南的风物情趣，在这两本集子里俯拾即是。

> 不过，来这里做客的人，主要还是冲着这里的鱼火锅，而不是江楼与风景。火锅的功夫在汁料与菜肴，鱼火锅也不例外，汁液的熬制十分讲究，川菜中的主打佐料，如红油、辣椒、花椒、生姜、胡椒、八角、三奈、生葱、大蒜、豆瓣之类自是不可少的。主人的拿手之招，是在普通火锅汁液的基础上，勾兑了某些独特的佐料，如峨眉山的木姜、瓦屋山的藤椒、龙泉山的小山椒等，红味白味，清淡咸辣，全在勾兑配方之间。当然，既然是鱼火锅，鱼仍是主体。那些人工饲养的鲤鱼、鲫鱼、鲢鱼、草鱼，往往很少端上岷江渔家的桌面，鱼要野生，几乎是所有来客的首要声明。时间长了，主人便建立起了一条畅通的供货渠道，什么岷江的黄辣丁、西藏的雪鱼、金沙江的江团、青衣江的岩扁子、球溪河的鲢鱼、大渡河的青鲅，都是随叫随到。独特的鱼，煮入独特的汁液，岷江渔家的独特魅力，就远近闻名了。每每来到这里，品尝起味美鲜嫩的火锅鱼，总是令人耳目一新，荡气回肠；你就会体会到什么是只此一家，别无分号。于是，许多人无论宴客，还是朋友相邀，抑或家人聚会，都会首先想到岷江渔家。（《岷江渔家》）

这段热闹在生态资源渐趋枯竭需要保护的今天，兴许导向值得商榷。不过，文学并不是道德的标尺，也不是理性的祭器。伯特兰·罗素有段陈述："当社会为了保护受残害的动物而请求教皇的支持时，教皇拒绝了。其理由是：人类对低级动物没有任何义务，因而伤害动物无甚罪孽，这是因为，动物没有灵魂。"[①]这段话相当辛辣，不过显然于今（后工业化的今天）已不大合时宜。在吃的方面有尺度，苏东坡擅烹饪，烹的是猪肉，倘若他焚琴煮

---

① ［英］伯特兰·罗素：《不得人心文集》，见［美］赫伯特·马尔库塞：《审美之维》，李小兵译，广西师范大学出版社2001年版，第92页。

鹤，或如今人啖青蛙嗜益鸟，必遭唾弃。周闻道津津乐道野生鱼，那是千百年来川南江上的一道风景，是脍炙人口的风味饮食，是他"追忆"中不可分割的部分，尚属美的范畴，故而给人的读感是愉悦的，畅快尽兴的。

更多篇幅，周闻道追求的是一种宁静，甚至这就是他创作所表现出的基调，如海德格尔的名言："人，诗意地栖居。"他的视角，总是投向那一江宁静，一树葱绿，一隅沉寂。如《沉寂的戏台》结尾：

> 世间没有不散的戏，一百多年过去了，几十年也过去了，无论是当初的"天子门生""门生天子"，还是轰轰烈烈修建这座曾家大院的曾艺澄，都难逃凡夫俗子的宿命。曾家大院往日的辉煌已不复存在，往日喧哗的戏台早已沉寂，只有戏台前那几株守望的红豆杉、龙眼、柳杉在那里静静地伫立着，不知是在追念这往日戏台上的热闹，还是在思考它今日的沉寂。（《沉寂的戏台》）

类如这样访幽探奇，拾情文趣，陷入哲人的沉思，是他散文的总体风貌。《江口吊脚楼》《深山茅屋》《野渡人家》《峨眉春梦》《董宋大本堂》《七个人，六根柱，一间房》等篇，他把川南的人文风光有序组织，笔锋深入堂奥，予以详细表述。因为一草一木，皆取自他的故乡，取自他"不可分割"的"追忆"，所以他的笔墨，有时是阻止不住地流泻，在生命的述说里，文采有依附，有深植，在粗放中自显其华丽。我颇喜欢他对家乡农村的描写：

> 装载了我最多梦幻的，是屋后的竹林。竹林与茅屋水乳交融，关系暧昧。茅屋以它的阳刚之脊，伸入竹林的石榴裙下；竹林则以它的纤纤玉手，在屋脊上妙曼轻抚。当然，它们的力度主要来自龙泉山脉。竹林与茅屋，都长在山脉的头部。屋后的竹林、山脉，就形成了一个梯级，一种动感，宛若横空出世的蛟龙。或者说，它们原本就是山脉的构成部分，没有它们，山脉就不完整。不信，你站到屋前的思蒙河对岸的高处看看。山脉浩浩荡荡，逶迤而来，带给竹林非凡的气势；竹林围绕着

屋子的三方生长，郁郁葱葱，形成一把浓郁的交椅；端坐于交椅上的房屋，便增添了不少安全舒适。据父亲讲，选择这个地方做屋基，先人们是很有一番考究的。当年湖广填四川，祖先们千里迢迢，从湖北麻城孝感乡迁徙而来，来到这蛮荒之地。"蚕丛及鱼凫，开国何茫然！"人单势薄，环境生疏，能一代一代繁衍下来，不能不说在很大程度上，是靠了这屋后的竹林和一脉青山壮胆。（《屋后》）

这样的笔墨，兴许还嫌过于粗放，但你不能否认其气势，其如山涛怒吼一般的深情，以及对家乡风物灵魂的情感。

在主要表现作者故乡哲思的《对岸》封背上印着这样一段文字："这是一本洋溢生趣的书。理想主义的信念，乐观主义的态度，浪漫主义的情怀，在后工业时代坚守着灵魂的操守。"这段文字准确地勾画出了作者于书中展现的思想情怀。作者能于喧嚣的现世工余静下心来思考，享受哲思与人类智慧积成的快乐，从柏拉图、伏尔泰到叔本华、柏格森、尼采，将川南的人文风光景物与中外古今无缝对接，使散文文体优势发挥特长，篇章更具阅读的内在张力与知识性。这不仅是作者写作的习惯，更是一种追求、一种境界、一种人文的生存方式。有些行文，虽是白描，却写得那么自然、清新、活泼，历历如现：

我看见，苏格拉底身上裹着那件陈旧、布满皱褶、宽大的长袍，不顾四周的起哄、喧哗、敌视，从容地穿过古希腊的公民大会会场。（《智慧，一个痛苦的分娩》）

声音是会撩拨人的。我不知道立志报国的祖逖和刘琨，当年在晨曦微露、雾霭缭绕的寅卯之际，听见远处飘来的公鸡的司晨，心里是怎么想的，我只从书里知道，每当这时，他们就会挣脱美梦的挽留，手执长剑，翩翩起舞。（《三江听潮》）

写川南倘若没有这文化的精神与思想者的底蕴，川南也只会是一盘散沙或表面。周闻道散文的鲜明特征，在于追求与寻找川南的灵魂，也即他散文结构的"诗眼"。马尔库塞在《审美之维》中说："哪里有灵魂的呼声,哪里就超越着人在社会进程中的偶然境地和价值。""灵魂不顾所有社会的艰难险阻,在个体的领域里发展着。那些最狭小的环境,也足以为灵魂拓展一个无限广阔的空间。肯定的文化在其古典时期,就是以这种方式,不断赋予灵魂以诗意。"①周闻道正是在散文这个看似狭小的空间里,继续弘扬与肯定着自古典时期以来的川南所特有的灵魂的诗意与魅力。看得出来,他在写作中舒张自己的个性,享受心灵的自由,同时超越作为社会人以及一名经济行政工作者所不得不面对的喧嚣、被动亦即"艰难险阻"。他在散文亦即他"个体的领域里发展着",且发展得很写意,很自如,很珍爱。

高虹在《家的前世今生》的序中说得好："自然,我们可以习惯他那种密集和铺张的话语,也能够适应那些冗繁而稠密的意象,但作为文人毕竟还有一个愿景,那就是看到语言在一个写作者那里不仅是他得心应手的工具,还应是他的骨血,心性和气质。"这是对周闻道散文的希冀,也是委婉道出的一种遗憾。从两本散文集来看,周闻道文思泉涌,却有些过于"不择地而出",显得文与文之间的"陌生化"不够,"形式主义"的追求不够,虽然可以文气一以贯之解释,但这使其散文难免有"熟张子"(套路)的遗憾,容易令读者产生审美疲劳。我想究其原因,除了激情充沛以外,还是因为业余创作,时间紧迫,珍惜光阴,唯恐无出,加之文章多先在网络发表,并没有编审一关,过度的自由不免导致过度的消耗,散文创作的"含金量"不免受到稀释。海德格尔在《通向语言的途中》指出:"纯粹的散文绝不是'平淡乏味'的。纯粹的散文与诗歌一样地富有诗意,因而也一样的稀罕。"②周闻道的散文不是"平淡乏味"的,是有意味、有表现力的。只是作为读者,感觉如果他的创作"稀罕"一些,更多赋予灵魂以诗意甚至拷问,精心准备,谨严示人,当更好,也更精彩。

---

① [美]赫伯特·马尔库塞:《审美之维》,李小兵译,广西师范大学出版社2001年版,第20—21页。

② [德]马丁·海德格尔:《在通向语言的途中》,孙周兴译,商务印书馆2004年版,第24—25页。

世界的尽头是隐喻

——论周闻道城市随笔的意义

□ 朴素

以前有人说过："想知道一个城市的文明，去看看这个城市的厕所吧！"同样，想知道一个城市的文明，也可以体验一下这个城市的空间，透过这种空间我们可以看到更多的城市风景，了解更多的城市内幕。在一个人越来越多的城市里，空间成为我们生存的必需。了解空间，犹如了解我们自身的肉体所在。城市的空间不仅仅包括绿草如茵的休闲地带和各种别具特色的建筑群，它更指向一种人文意义上的精神空间，而这种意义对城市更为重要。记得一位朋友跟我讲过的一个情景：在上海楼、院、场、馆的斜式电梯上，右边常会空出来。朋友解释说，那是给那些有急事抢时间的人留下的。这个细节每每让我感动许久。故而我对关于城市的写作有很大的兴趣。

小说家、戏剧家和诗人多半在城市聚集。他们深居简出闭门写作，他们敏锐而神经质的慧眼四处扫射、兜捕素材。周闻道先生面对城市，以个人的感悟与体验，写下了多篇关于城市的小说或随笔，譬如我看到的《玻璃城》《危城》《欲城》《皇城》。之所以说是小说或随笔，在我看来，《玻璃城》《危城》《欲城》其实是一种哲理性的小说，它隐喻了这个世界的复杂与多角度的一面，而不仅仅只是抒情或感伤。在这座由水泥、钢铁和玻璃组成的现代神话城堡中，作者看到的是人的异化和文明的异化。事实上，城市正是人间君王所建立的伪天堂的一种替代品。然而思想家早已说过：天堂是彻底的幻想。人越靠近城市，城市就越不真实。城市是一个无数本来彼此疏远的陌生过客匆匆邂逅和聚散的舞台，人只是其中的演员，无论好坏，戏一场场地开来散去。

在《玻璃城》里，作者初次踏入这个城市，感觉到："那些以怪异的表情注意我的人，也在诧异地打量自己，他（她）们的慌乱甚至更胜于我。显然，大家都意识到了自己此刻境况的不妙，却又找不到原因。每个人都陷入了从未有过的尴尬处境中。"正是这种怀疑，让作者寻找到"未来镜"。在"未来镜"的眼里，世界"连人的思想活动、灵魂的形状、每日的争斗算计、记忆中的一切，甚至最隐秘的动机，都宛若光碟中存储的影像，可以任意点播，让人一览无余"。这种发现，是一个"城市里的波西米亚人"震惊之后的真相呈现。作者的写法很具特色，几乎是以小说的方式逐步勘察到事实的真相；但一切的表象只是浮云，它隐喻着人在这个世界的无处可逃，无处可避。"每一个人（包括一切物象），都被预先置于一个透明的容器中，既身不由己地透视别人，也毫无保留地被别人透视。"

然而还有另一种城市——危城。这座危城并非炮火燃烧的巨变，而是一块巨石的缓慢压迫。"有人发现，那块悬石似乎向下移动了一点……"，但就在城市居民盼望"京城一位著名的考古专家即将来到现场，对那块悬石的文物价值做出鉴定，然后尽快拿出排险方案"的时候，传来了京城著名考古专家在路上发生车祸、头负重伤双目失明的惨淡消息。此时此刻，"高悬在城市上空的那块巨石也又向下滑动了一点点……"。这个书写无疑是一个寓言，城市的毁灭一点一点地迫近，所有的拯救努力最后被证明为徒劳无功。一切都四散了，再也保不住中心。在这里，作者不是简单地反对城市文明或人性的黑暗，而是揭示拯救的无可能，把一个关于城市的寓言化写作上升到哲学高度。高明的写作，意味着高明的感觉、高明的思考和高明的表达。它能够勘探到内心的深处，把世界的本质告诉我们。

《欲城》是另一种方式的写作，在展现城市的欲望无所不在的同时，把危城的毁灭定义为欲望的无穷尽，正是欲望的无穷尽导致了城市的灭亡。罗马皇帝马可·奥勒留说过一段话："谁看见了现在，谁就看见了一切：深不可测的过去发生的一切事和将来发生的一切事。"作者在城市的漫游之中，敏感地发现了欲望这个大词，"很自然的一个仰头，视野里竟出现了一根硕大的烟囱，那烟囱高高地耸立在一片平整的厂房之上，正对着乌蒙蒙的天空吞云吐雾。这情景，令人想起一根膨胀得近乎充血的阳具，对着一床洁净的被褥，不停地喷射……"再一次隐喻，再一次暴露出城市的原形。貌似《欲城》没有给出答案，但无穷尽的欲望"充血"只能导致城市的毁灭与人心的腐烂。城市只是作者的一面镜子，城市并非只是城市，正如桑塔格所说的那样："色情想象虽然形式可能是堕落的，而且时常让人难以辨认，但这种人类想象的极为晦涩的形式，仍然有其揭示真理的独特途径。"欲望同样如此，它揭示真理的另一面，如是而已。

《皇城》与《玻璃城》《危城》《欲城》不同，它抛离了前面三座城市的情节叙事，在思辨的氛围里探讨皇权在人心深处的沉淀，"两峰夹持，一把龙椅的形状在视野里清晰地出现，空荡荡的两峰之间，落日正从第三峰的肩部一点点下坠，就像一个人，在一把巨大的龙椅上慢慢入座"。在皇权的潜移默化里，自然风景同样展现的还是皇权的象征。无处不在的皇权意识已经把自然风景内化为意识形态，何论人的行为、思想。"那阴冷从古城遗址残损的廊柱，从新修的仿古建筑群，从四周村民一家一户的围墙中渗透出来，变成空气，慢慢渗入我们的肉体和思想。"其实，皇城又何尝不是当下现实的一种折射呢？写作，从本质上来说就是对现实的反抗，无论采取的是何种的题材与方式。就像金庸借武侠小说这种"古典形式"，其实是当代境遇、现代心态的重新书写。

四座虚构的城市，构成了周闻道先生的写作视角。他对城市的不同形态的书写，强调的是思辨色彩与批判精神。《玻璃城》写的是极权的控制无所不在，《危城》写的是尘世的灾难无可逃避，《欲城》写的是欲望的极度泛滥，《皇城》写的是传统流毒的潜意识。作者深入其中，或以虚构的方式，或以变形的写实手法，展现了我们的时代之病。

　　周闻道先生在《玻璃城》《危城》《欲城》《皇城》的书写里，不再停留于事物的表象，不再津津乐道城市的繁华或文明的进步，这其实是许多城市写作者的通病。周闻道先生是将触觉伸展到世界的尽头，借城市来说事，毕竟，城市乃文明的象征。在他的这几篇小说或随笔里，我们看到了对传统经验秩序的强而有力的质询。在他的笔下，城市是一片字词之林，我在其中找寻勾引我的东西，等待着会使我感兴趣、并为我确定其意义的片段。可以说《玻璃城》《危城》《欲城》《皇城》的写作根源于个人的经验，以苦心孤诣构造的叙事方式，以想入非非的隐喻之流，以无所顾忌的诗性祈祷，为我们这个时代提供了最尖锐的、勘探真相的表现方式。这种书写，突破了周闻道先生以往的写作风格，他那非凡的感悟，深深地穿透了事物的表面，是对事物内质的剖析。世界的尽头是隐喻，这或许就是周闻道这组城市小说或随笔的价值所在吧。

周闻道思辨美学的散文撞击

□　伍立杨[1]

　　周闻道先生的散文创作，有其深不可测的地方，以至读者生发恍惚，以为他那思辨的特性，仿佛是与生俱来。

　　他首先是一位经济学家，但他对散文境界的开拓，几乎与经济学术普及文章同时开始致力。后来网络大兴，他的文章率先在大型网站成为文体开拓和思辨的旗帜。

　　他的创作的特殊价值在于，将对社会人生的认识和态度，以及文化、历史、自然、社会……熔于一炉，这认识和推究在热忱与冷峻、迷惘与追问、愿尝与难求之间。就概貌而言，他的作品与大文化散文有相似的地方，一旦深入其作品内里，就发现他所做的乃是另一种形式的拓展，生成一种强大而有吸附力的美学变量。这样的周氏思辨，造成全新面目的思辨散文文体，将散文从现实性和前瞻性方面推向了新的高度。

　　但这还不是他最为独有的地方。他的思辨的核心乃在于对普世价值的认同，在这样的基础上表达对生命的敬畏，对社会现实的梳理和拷问，对人的尊严及其相关价值的认同，它表明了文化发展的趋势。由己及人、推而广之，也就是一种开放、平等的价值观。人对自身本质最深刻的领悟，与深藏

---

　　①　伍立杨，著名作家，四川省作家协会副主席。

于人类本性的要求相一致。周闻道早在香港驻站期间，繁忙公务之暇即不断奉献新作并迭现光彩。他在经济学普及文章中深化对时代大潮的密切关注，光怪陆离的世象处处都展现着哲理，深沉感叹中弥漫着理性的光泽。他看到了日常生活的平静的外衣下掩藏的希望、失败、辛酸与痛苦，就个体而言，人的进退、荣辱、生死等哲学命题汇入其中；就群体而论，人与人、人与社会、社会自身的发展甚至人与自然均蕴涵他辩证的思绪，从而引发深化多维的思考。

知识分子本着良知的搏动，看到社会、政经的种种梗阻之事，忍不住要放言，要"鸡鸣不已"，这才是"人生识字忧患始"的真正根源。他的老乡苏东坡是"自由"化身的传统知识人，有"一肚皮不合时宜"，荡漾开去嬉笑怒骂皆成文章。何况他又生在"士以天下为己任"的宋代，那是范仲淹所谓"宁鸣而死，不默而生"的时代。而闻道所处，乃是地球村的时代，啸聚到他笔下的分量可想而知。

思辨色彩，作为他思想的深化渠道，寄托着他的深刻与宏富。思辨的深邃、独特和感觉的敏锐，使他建立细腻见长、别树一帜、立体综合的思维体系。从中感受到深邃思想连续撞击的震撼力量。他的观察深入自然的骨髓，他轻而易举将西方哲学史打进草地上的阳光，或者岷江的足音，书名《浅水区，深水区》其形象性与暗示不言而喻，《就这样与大地窃窃私语》《撷一片阳光攥在手里》《轻轻拨动叔本华的钟摆》，城市、森林、宗教……是如此紧密地联系在一起，归隐于一种似乎是硕大无边的诡秘。

"这阳光的光临过程。当我发现它的存在时，它已来到我的跟前，静静地伫立一旁，充当我的陪读。照射进来的光线很强，室内光线相对较弱，全凭光亮的反差，才让我触摸到它柔软的身影。我再一次确认，便十分坚定，对，很清楚，就是反差！"

"不只是眼前的光亮反差，其实一切事物，都以反差为存在的根据。"自然、社会、哲学、民族、家国……人间的艰难时世，一切生命流动的状态，交织灵魂打通的厚度。这厚度，来自悲悯、终极关怀，甚至扼腕的痛愤。

周闻道不但使我们对大自然如闻如见，更有本事使我们对思想的梳理身临其境！这在当今的散文家中，可谓微乎其微。

思辨的深刻往往源于对生活细节的发现。闻道的思辨与抒情，是复杂的、多边的、立体的，体现着辩证法重量的象征。文化多样性，在闻道看来是人类共同的财富和资源，在细节里面，他又密集地考量世界上多种文化之间的差异性，使之充实丰满他的细节，从而使这些细节变为文化生命细胞，进而使他的文本整合为长盛不衰的文化活体。他从文化中展开思辨，审视世界，求得更深的体悟，打造出新的美学等级。历史也是生发思辨的最佳场所，它往往和现实有着某种对应关系。闻道时而机智，时而幽默，时而冷峻，纵观历史和社会，剖析人生，纵横捭阖，既深刻又气度非凡。在此基础上，实施"对一口古井的探视"，而"撷取阳光也是如此容易"，知识和经验纵横捭阖，找出每一个问题真正的原因和规律。"冥冥之中，有一种力量，缘起法则决定的力量，在决定着事物的演变和走向。我们所要做的，就是从容地面对一切。"

闻道关注美的极致，也在他笔下造设极致的美。他的散文美学建设，同时提供了多元的智慧资源。并以电喷般多头点火、万舸争发的立体思绪，漾开，且扩展，为欣赏者拓出深郁新境和思想悬念。

他在深山的大自然中还牵记社会的苦难，在慰问企业那样世俗事务性的一个瞬间他却致意篱落幽微的花草精神。此不特有第六觉，更有所谓第三只眼。

他也是另一形式的——也即文字的——考古学家、建筑家、哲人、诗人。

在他散文化综合妥帖、深沉的叙述中，甚至完成了对哲学重点、难点的全新解读，譬如为叔本华体系、尼采思想延伸了另一通衢；也对历史纵深和横切面奉献了可供衡量的新支点。因了他的叙述，这一切变得如此巩固，如此雄厚，如此的深入人心。相反，我们也在文坛上看到一些批量生产的所谓散文，硬着头皮看去，要想寻找到一点思想和文采，但那种空洞和浮泛的文章，恐怕用电子显微镜也看不出什么端倪来呢！

他的散文也预示着思考的深度和高度。

深而透，婉转而畅达，幽微而透朗，博大精深而美妙传神，直指全新思想洞天，拥有深奥神奇的内涵。他的神完气足的段落，蕴含丰富博大的信息，将远远近近的社会发展状况、经济活动、文化思潮等，融入他的表达述说之中，处处葆有思想的刺激，确乎让人流连不已。无怪乎读者对于周氏散文有"一篇文章就是一个博物馆"之叹！

入妙文章本平淡

□ 朴素

　　前年在风景秀丽的四川眉山，我结识了一位朋友——周闻道先生。他的身边聚集了眉山一批散文作家，把眉山的散文发展得风生水起，热热闹闹。在一个娱乐至死的时代里，写散文是一种难得的奢侈，偏偏周闻道写得一手好散文。久读之后，渐有想法，于是推窗望月，写下"读周闻道散文札记"。

　　散文这东西，与围棋仿佛，易学难精。散文门槛低，几乎谁都可以写，或闲赋或游记，或唱歌或感怀，或愤怒或喜悦，或叙事或抒情，只是好与坏的差别。但何谓好文章，何谓坏文章，争议较多，众口难调，有点"此法微妙，难以文字语言宣说"的意味。我喜欢散文，觉得散文自由，不虚构，无伪饰，流露出个人性情。我看周闻道的散文，就是性情文章，就像他的一篇文章标题《带一本书去江边》，在自然之中还有书卷的气息。仿佛隐于大市的哲人，带着慧眼观照芸芸众生。

　　虽说散文好坏标准不一，但最基本的文字好坏还是可以区分的。散文讲究文字的锻造与锤炼，譬如周氏兄弟的散文，一个奇崛，一个枯淡，各有独特之风味，令人百读不厌。周闻道的散文对文字颇为讲究，如《一汪水能隐藏多少秘密》写古镇上里："要想了解上里，对这里的水，你却不得不去理会；或者说，你想回避也回避不了，就像要揭开宝玉的身世，你无法回避石

173

头记。可以说，这里的全部秘密，都隐藏在一汪水里，回避了水，就等于回避了上里。"文风清丽流动，深得上里之水气的熏染。

古人云："入妙文章本平淡，等闲言语变瑰奇。"散文就是在平易的文字里见出真性情，性情而至有趣，散文才进入新的境界。好的散文作者一旦开始在行文中追求趣味，一种幽默、睿智、简洁、直接的文风就慢慢地在他们身上形成。这已经构成一股足以和传统散文抗衡的力量，因为这种轻松和幽默，不是一般意义上的插科打诨，而是他们在识破生活真相之后发出的会心微笑。"其实，一月，一年，一生，又何尝不是这样；人生，就是一曲充满变数的猜调，看你怎么去弹。"（《一个似曾相识的早晨》）正所谓"花枝春满，天心月圆"。

周闻道漫游于散文的花径之中，无论旅行还是静坐，都以一颗敏感的心观照大千世界。《月夜跨海，一次灵魂的旅行》写灵魂的出游："一个人，当拂去尘世间的功利与俗气，真正进入一种内心的超越，灵魂回归于淡静，就会由渺小而变得伟大。比如，凡俗的我，在这个月夜的灵魂旅行。"《在一座虚构的城堡里穿行》写想象的城堡："这是一座唯美的城堡，宽阔的街道，迷幻般的华灯，巍峨的城楼，以及古希腊的城堡，卡纳克神庙，俄国沙皇的夏宫，风情万种的哥特式小楼，英格兰古典建筑风格的帕拉第奥桥。"

至于《官场词语》诸篇，在政治性极强的话语里挖掘有趣的深层韵味，不乏奇思妙想。譬如谈"请示"一文，周闻道闲闲而说："问题在于，规则是人制定的，明朗的，而官场往往有许多混沌。静水流深，明朗的规则怎管得了不明朗的事情。就像再先进的电脑也超不过人脑，红尘中人管不了牛鬼蛇神；何况，还有许多潜规则在发挥作用。它们就像民间传说中的鬼打墙，看似无影无踪，却又无处不在，谁敢越雷池半步，便会叫你鼻青脸肿而不知来头。"官场玄机，处世艺术，尽在其中。

散文必须介入生活，但这里所说的"介入"与萨特所说的"介入"还有所不同。萨特认为小说更适合"介入"而诗歌不便"介入"，而且萨特的"介入"说明显带有强烈的政治性。我所说的"介入"是对生活有一种批判性，有所爱，也有所恨；有所宽容，也有所憎恶。散文家不是纸人，他必须对生活有所发现，以散文的方式对生活发言。

周闻道先生执着于散文的书写，在艰苦的文字跋涉之中建立了个人的写作经验，无论是旅游行走，还是故乡回首，无论是哲理情思，还是心灵呐喊，皆有自己的发现，皆有对生活的一份热爱。事实上，只有生活才给予我们无穷的可能，但在文学表现中轻视日常生活的现象依然存在。周闻道先生完全拒绝这种无视日常生活的文学写作，身体力行地书写日常生活和人情物理，在宏大叙事之外走出了一条属于自己的文学之径。

散文的品质

——读周闻道散文集《对岸》

□ 杨献平[1]

　　我看散文，或者说分辨散文优劣高下的标准有三个。一是是否有着健康的品质。所谓健康的品质，就是眼下这些散文是不是自由的、科学的、理性的和诗性的，是不是体现了汉语的优雅、丰富和纯净；二是是否将个体经验上升为具有普遍意义的情绪和精神要求；三是文章的"气度"和"方向"。所谓气度，就是文章的包容性和扩张性；所谓方向，就是文章是不是凝结了一种自觉的、健康的品质和沉静坚韧的精神要求。

　　以此来观察当下的散文写作，有上述特点的是极少的，这也是衡量是否为真正的好散文、作者是否为优秀写作者的必要因素。在我看来，散文首先要散发着个人的一种气息，它们与作者自身的灵魂和生活、思想和精神紧密相关，互为辉映，气息弥漫。骨肉分离、貌合神离、装腔作势、怨天尤人等，都是散文的大忌。我们当下散文的写作状况，病态的多，健康的少；投机取巧的多，大智若愚的少；虚张声势的多，沉静优雅的少。

　　在此环境下，我们来观察周闻道先生的散文作品，必定会有一个较为强

---

　　① 杨献平，作家，诗人，《四川文学》副主编。

烈的印象。一是周闻道的散文品质是健康的，这种健康源自作者本人心理、精神乃至生活和灵魂的典雅、温和和健康。这方面，我觉得，第一，周闻道的现实生活是优裕的，知足而乐，不骄狂，也不低郁，不奢欲，不强求；第二，他的心理没有被光怪陆离的现实生活抑或官场文化所熏染、所套牢，一切顺其自然，安详平和；第三，周闻道在精神要求和思想意识上是健康的，他知道，但又懂得自觉地规避和疏远；他在场，而却能够由此及彼，从文学、哲学和艺术的角度，发现和书写他自己于尘世抑或梦想之间观察和发现，情绪和思想。

这种品质和素质，应当是历代中国文人所要求的，也符合孟子"贫贱不能移，富贵不能淫，威武不能屈"的传统精神品格。这在很大程度上，是周闻道散文品质健康的因素。相比以往的《点击心灵》，此次由百花文艺出版社出版的《对岸》一书，仅从题目上看，就是一种趋向成熟的标志。对岸的多义性，更好地概括和体现了周闻道先生近几年来的散文创作成绩及其自觉的艺术追求。其中的不少篇章，可以说是周闻道散文创作不断走向成熟、形成自己风格的典型之作。这本书的出版，对周闻道而言，应当是一个总结，也是标高；是一个展示，也是崭新的起点。

如本书第一辑当中的《就这样与大地窃窃私语》《该怎么去慰藉这秋天的忧郁》《流动》等文章，朴素自然，以个人与大地物事的形神相交，以轻灵且包含哲思的语言，娓娓道来，营造出一种天人合一的淡泊境界。从这些篇章中，我觉得周闻道先生非常善于从本真的现实存在当中，发现动人的灵性的诗意；从平凡的物事之中，以优雅细致、纵横开阖的文笔，揭示事物最为深刻和动人的一面。

在这些文章之中，我最喜欢《就这样与大地窃窃私语》一文，这篇文章很好地体现了周闻道散文一贯的书写风格，即：从一点到达更多的点，从我到物，物我相融，有一种妙和天然的和谐感。从这篇文章当中，我觉得，周闻道是宠辱不惊的，有着"看惯长风流云，我自岿然不动"的极强忍耐力，也有着淡薄处事、深谙世事的智慧性。这些在他的《天堂里不需要智慧》《浅水区，深水区》《总有一些风景要被错过》等文章当中，表现得淋漓尽致。使我不由得想起了《红楼梦》里的那副对联"世事洞明皆学问，人情练达即文章"。

另外，周闻道的散文具有很强的思辨色彩，这大概与其练达的人生智慧有关系，当然，思辨也是散文写作当中必要的因素之一。在《轻轻拨动叔本华的钟摆》《持一份护照去柏拉图的理想国》《尼采发现的死亡》等文章当中，我觉得周闻道散文的思辨是极其强烈的，每一句追问都有来由，并有所指，使得文章题旨更加深厚和广阔。但是，人类的每一句询问似乎都不会有明确的答案和结果。在这里，周闻道的固执显得可爱且有沉重的忧郁感和悲伤之气，但其能很快地峰回路转，将文章境界引到开朗之地。

我格外看重周闻道的《空城》一文，字数不多，但是形式和题材在周闻道散文当中算是异类。他用恍惚而真切的笔触和情感，记叙了梦中的一座与人间城市并无多大区别的城市，并在梦中看到一些人间物事，遇到一些人。这种迷离的色彩在他的书写当中，彰显出一种优雅而又怯弱、清晰却又混沌的精神状态。这篇文章的整体氛围犹如梦境，但又不完全是梦境。毕竟，梦境也是人的梦境，必定会包含了作家本人的一些情感。或者说，这篇文章于周闻道先生本人而言是大有意且有趣味的。

可以说，周闻道的这本书是一本品质健康的散文著作，是一个写作者个人精神乃至思想、灵魂的一次真切袒露。它涉及的，都是亲切、可靠和令人心感温暖的。我觉得，周闻道先生的散文写作坚持并弘扬了文学根本之道。这本书中的作品，无一处以窥秘或者猎奇的方式取胜，也无一处炫耀和夸饰。周闻道的散文是本分的，也是向内的，有一种内在的力量。

这种力量正是健康的品质所给我们的印象和影响，读完这本书，感觉是在云中行走一般，有一种轻盈、亲切的智慧和融洽感。但仍旧要说的是：散文乃至其他文学体裁的写作，最不宜形成套路，不宜以一种书写方式统领全部的写作。我的建议是，可以尝试以另一些方式和角度、思维和语言，进一步地开拓和丰富自己的散文创作。我想，以周闻道先生目前的实力，这一点是不难的。为此，我们有理由对周闻道先生今后的散文写作报以热切的期待。

周闻道散文赏读之关键词

□ 沈荣均

"意义"：周闻道散文的写作态度

散文写作具有鲜明的个性。如果散文沦陷于公共话语体制，那么它已离集体功利的坟场不远——立场在瓦解。"在场主义散文"写作者们一直主张自觉写作，提出要警惕公众化，标榜特立独行的写作态度、过程，比文本结果更为重要。自觉写作即所谓"召唤性"——被散文召唤。立场决定态度。作家是有态度的，无论什么时候。这不仅是叙述道德的问题，而是作家内心的真正自由——除了汉语表达本身的召唤，无任何来自其外的约束。

近来，闻道先生创作了大量随性、色彩浓郁的文字，如《黄昏，在一种没有意义的状态下悠走》《吹皱的阳光把我包裹》等文，就具有典型的"自觉写作"意义。

《吹皱的阳光把我包裹》，文字柔和散淡，非集中，无主题，一由兴之所至。忽而，田野、山川、河流；忽而，天空、阳光、微风；忽而，乡村、童年、母亲；忽而，爱情、温柔、幸福……"阳光有意义吗？是吹皱，还是包裹？阳光有年轮吗？刚从乡下回城，把一路的阳光踩碎，人仿佛钻进了阳光的肚里，还是对阳光的意义理解不深。""我的情绪被午后的夏阳牵引，在一种热烈而压抑的包裹中踟蹰而行，轻轻触摸这个世界的迷离。我不知道我邂逅的那些事物的感触怎样，只是这些重叠的意象令我发现，当一种包裹太厚，就成了一种负重，常常的不安，会悄悄地溜进了你的行囊。""我只知道，这一吹，这一皱，世界便变得生动。不仅是那激滟的水波，还有那晃动的树影，飘忽的流云。"（《吹皱的阳光把我包裹》）全部的名词和修辞手段，一如夏日陆离的光斑，自上而下、自外而内摇曳披拂，缠绕你、包裹你。无须套上面具，假以一副"散文的面孔"，远远地，我们看见色彩在流淌，看见词语肌肤一般的光泽，以及自觉叙述的意义。

杰姆逊说："现代主义的必然趋势是象征性，一方面涉及某一具体的情形，另一方面又通过象征来反映更广泛的意义。"象征手法的意象是持续、稳固的，它的运用将开阔散文的空间。散文就是要通过放大"小"的力量，去精心谋划（象征）某种"大"或者"本质"。这与杰姆逊所说的以某一具体情形，反映更广泛的意义是一致的。散文要呈现的那些"意义"，其实已散布于四处，是以"小"的形式呈现的"宏大"。波德莱尔认为，现代性就是"过渡、短暂和偶然"。我的理解表现在散文的写作意义上，散文的"小"就是极度彰显个体生命体验。说到意义，想到一个词"自恋"——闻道式的自恋：对于人性的探询，以一种个性的创造形式而存在的审美创造，是散文突破精神桎梏蝉蜕而出，将"我之小个体"对于生命的审视、存在的体验、审美的理想，率真地浸淫于散文，将观照人生、观照历史与观照自身的心灵进一步结合起来。于是，我所说的闻道式的自恋也有了意义。这样说，闻道先生怕不会满意。"就像这个周末的黄昏，在一种没有意义的状态下悠走。"显然，闻道先生的"意义"，是消解和后退的，理解成"放弃"或"无意义"更为准确。"当意识到自己寻找的可笑的时候，我便果断地尝试着放弃。放弃寻找，放弃目的，放弃意义，给心灵一点留白的空间。"（《黄昏，在一种没有意义的状态下悠走》）闻道是不善于"宏大叙事"的，他一直选择"小"（个体生命体验），而放弃"大"（无意义），"在一种没有意义的状态下悠走"，这样就不会去考虑文字本身及文字以外的更多的束缚，得以前所未有的释放，变得没有功利性，变得信马由缰起来。与其说散文是一种手段，不如说散文是一种过程、一种态度更为恰当。放弃目的，其写作本身便有了终极的意义。所以说，过程和态度比结果更具有意义。悠走，心无旁骛；什么也没有，永远在路上；一向的进行式，把散文进行到底。

"独语"：周闻道散文的话语方式

"在场主义散文"作家们率先提出了"散文性"的命题。什么是"文"？传达出肌肤质感，牵连毛孔、血管和疼的"纹理"，就是"文"。它是一个叙述过程、传达状态的动词。它在时间上，是不完整的片段，保存了作家的记忆。这有点像绘画和摄影。从艺术的根源和归宿来说，散文是与绘画、摄影一致的。绘画和摄影是缓慢的"文"——那种在视觉上呈现的叙述——它一直很缓慢，甚至有时候缓慢得需要让目光停驻下来，令人窒息。在散文里，它的特征就是缓慢地"看见"。散文预示生活，而生活尤为欠缺形式。这个形式就是隐藏在日常生活经验当中的某种秘而不宣的形式、符号和镜像（画面感、流动性、记忆片段、毫无拘泥的梦境、时空转换，以及那种陌生的、奇特的，甚至是想象力也难以触及的世界，等等），只不过我们没有"看见"罢了，散文的目的就是把它呈现出来。这又说到"散"。散文的"散"，本质上并非我们曾经所理解的"形散"那样的一种结构形式。在周闻道看来，"散"就是心灵的肆意自由，是一个人的喃喃自语，就是徐徐呈现形式、符号和镜像——叙述的缓慢流动，好像说话、做事时那种漫不经心的气质。

《大漠之语》《大山之语》《大江之语》《大地之语》《黄龙溪是一段呓语》，无疑就是一组用心灵写作、借外物说话、漫不经心的文字。

大漠会说话吗？"天空非常开阔而遥远，根本无法断定它有没有边。云只是一些淡静的浮物，渲染着一种存在的虚实不定。也许是经年的大风长期搬迁的缘故，飞沙走石便在地面停留，堆积，守候。堆积较少的，便在地面铺就了一道道浅浅的沙棱子，线条优雅，舒缓，散漫，起伏不定，仿佛是依着某种节律，书写于大漠之上的五线谱，给人一种闻鸡起舞的内在鼓动。""好在生命并没有绝迹。就在沙丘的脚跟处，或沙棱的沟壑间，一些绿茵茵的草正在生长；间或，还有一些小花，艳红的，幽蓝的，粉白的，星星点点，点缀在小草间。方寸之间，金黄与绿茵，死亡与生长，就这样巧妙地在这里融合，表达着大漠的生命哲学。"（《大漠之语》）大漠是会说话的，只不过它的话语方式是"五线谱"和绘画语言。"我相信，这是大漠独特的叙述方式"，更是闻道式的内心独白——"极少情节的陈诉，而是创造一个想象的、内聚的、自由的内心世界，作为对话的对象，有着鲜明的独语性质。"（沈荣均：《精神的高蹈或者突围》）。

大山会说话吗？"我看见一只庞大的怪兽，眼冒金星，口吐火龙，风卷残云，浓烟奔流。""与其说这是一种喷发，安杜若火山的喷发，不如说这是一种声音，被压抑的大山的怒吼。"（《大山之语》）大山往往是沉默的，当它一旦摆开说话的姿势，定是最需要表达的时候。闻道笔下的大山之语，不是低语，是大山之吼，是一种"久久压抑或沉睡后的暴发"。愤怒，激昂，不发不足以表明自己的态度，一发便煌煌不可收拾——这便是具有诗人气质的闻道式的世纪末诳语。

大江会说话吗？"我在思蒙河边放牛，牛儿顺着河岸悠然地觅食，把满地青草风卷残云般尽收胃底，丰硕的身子倒映在河里，河水轻柔地为牛儿梳理；弯弯的河岸，长满了葱郁的竹，此时正与路过的风交头接耳；清冽的河水，撩拨着肥美的水草，鱼儿在河游来游去，播下一河的风情万种。突然，有一个什么声音，和风般飘至我的耳际，柔柔的，缓缓的。我不知道那声音从哪里来，想飘向哪里；我只知道它若丝弦轻弹，似呓语谆谆，又如流水汩汩。我的四周，顿然弥漫着一种天籁般的曼妙，那妙曼不断地围绕我浸润，很快渗透了我的身和心。然后，又幻化成一缕轻柔的地块之气，把我轻轻托起，越来越高，我便有了一种飞翔的感觉。"（《大江之语》）如泣如诉，叙述在一种时间的慢里实现。"至今我仍弄不明白，那晚飘入我梦中的声音，究竟是大江之语，还是母亲的呼喊。"江流是柔软、缓慢的，水至柔则刚，它的流淌甚至最后把骨头——男人最坚强的一面穿过。"思蒙河的絮叨，是与母亲的呼喊一起进入我梦里的。"象征、修辞、细节与词语的江流之源，一旦被打开，就有了绵延的力量。绅士一样温文尔雅，娓娓道来。似乎又有些絮絮叨叨，仿佛母亲和妻女在一旁呼唤你，在向你低声倾诉。

这就是闻道式的絮叨——"一种另类的，承载着生命、呐喊与呼唤的深层表达"。

大地会说话吗？"天空很高，清新而湿润，没有南去的雁阵，没有悬浮的苍鹰，甚至没有飞鸟。太阳刚冒出地平线，爬了一竹竿高，还在不停地攀升。刚收割过油菜和小麦，地面显得有点落寞与荒凉。田埂上的杂草，有的已追随小麦油菜足迹，留下一些枯瘦的凋零；有的仍保持着浓郁的绿，可是那绿已被收割的脚跟踏碎。耕牛拖着弯弓似的犁，把胡子拉碴的麦桩翻开，压在地下；油菜田里那几堆灰烬，也一一被犁铧卷起的泥浪吞噬。"（《大地之语》）大地本无语，是作家本人在自说自话："一切依附于大地的作物，都在重新洗牌，只有方式，没有有无。它们似乎在遵循同一道口令，踩着相同的节拍。""难道这就是哲学家们所说的，存在就是被感知？那么这生长万物，养育精灵的地母，究竟有什么想要问我，或向我们表达呢？我知道，这是大地的又一次真正涅槃，痛苦与快乐，死亡与新生，都是它的主题。""我相信，这大地是有话要说的，村庄也是有话要说的。""以一种清新优雅的淡静之美，吐露着大地的心声；它以梯田，稼禾，农舍，炊烟，溪涧为自己的叙述方式。""那就是大地之语了，一种生命本原的言说方式。"（《大地之语》）万事万物是会说话的，只不过我们太浮躁，缺少聆听下去并与之对话的耐心。"我坚信，不仅大地，任何事物都有自己的话语权和言说方式。只是，它们不为我们注意，或被我们轻易忽视。它们或用声，或用形，或用色彩与姿势，表露自己的心迹。我们须用心，才能与它们对话，沟通一种灵魂。但是，我们往往显得浮躁，缺乏一种平等的姿态，缺乏聆听物语的安静之心，缺乏真诚；我们的毛病，就在于高高在上，一切以我为中心，只在乎，只注意，只重视我们自己的表达。"（《大地之语》）作家往往在尘世中是孤独的。承受孤独需要耐心。周闻道就有这样的耐心：在某个晨曦、午后或者傍晚，不经意把自己忙碌的脚步和眼睛停驻下来，打量身边的一事一物，聆听、记录、交流彼此的心迹——这便是闻道式的对话。

内心独白也好，世纪诳语也好，唠唠叨叨也好，窃窃私语也好，我们听见的都不是什么洪大的声音，是细小而又坚韧的低语。闻道渴望叙述，而且只有在叙述才更能彰显文字挣脱束缚、陈述自由的精神品质。这样的表达究竟有多大的力量？周闻道有太多的疑问。"失真的黄龙溪还有那么迷人吗？""面对黄龙溪，我不得不相信一个史实，一种文字传承下来的真实迷幻。不然，为什么《水经注》和《荔鼎录》都同时记载，有黄龙见此水九日方去呢？""难道这黄龙溪，也有什么魔力，让历史的各类活跃元素，都在这里汇集、生根、颠覆？"（《黄龙溪是一段呓语》）因为划不清楚现实和梦幻的界限，因为心中有太多的疑问，便只有不断地追问，不断地自说自话，不断地似真似幻、如痴如醉地呓语下去——"我弄不清它究竟是适宜于书写，还是在梦呓中去表达？""比如我，比如此刻，便弄不清是在现实，还是在梦呓？"（《黄龙溪是一段呓语》）

把日常生活当成写作的一部分，把日常追问当做生命的一部分。抵制美化，还原生活的本来面貌，以一种乐观幽默、充满智慧的进入方式，最难，也最感疼痛。

"介入"：周闻道散文的在场切入

有人说文学就是记忆。不同的经验构成个性的文本，但一贯的记忆性写作往往容易重复个性经验，使经验走向公共模式——经验的雷同。周闻道先生的散文大致也属于经验写作一类。不过，他的文字里丰富的细节，并非仅来自记忆，而是不断地切近现实的斑斓所获得的新鲜体验积累——当下的体验，具有现实疼痛的真实，甚至仿佛发生在读者的周围。所以，闻道的散文对于我们大多数读者而言，是不陌生的。

现实与作家之间往往是有距离、关系紧张的。当下和现实，对于作家的表达具有永恒的意义。"我坚信是那些小的、琐屑的、没有什么意义可言的，倒可以追随一生。"（朱以撒：《底层的微粒》）消除距离和紧张感，强调在场、非主观意志，以"介入"的姿态，毫无畏惧地切近现实，回归到城市和乡村生活的本来面目，让细节本身说话，让汉语本身说话——本真言说，一直是闻道先生的散文致力的方向。

邂逅或者行走，你只是匆匆一过客。这是考察现实的第一阶段。仅是草草的考量，也不乏"发现"的收获："我与这些人的邂逅，并不是一般意义上的路过或者巧合，时空的隧道没有那么悠长；而是一种精神的交往。""他们已在不同城市中行走，已经经历了进入的过程；他们的感触与发现竟是如此不同。"（《对一座城市的进入》）

"介入"现实，更需要欲望和勇气。本身就置身于现实，再谈"介入"，是不是有些忸怩作态？不是现实抛弃了我们，是我们忽略了现实。不是世界离我们远去，而是我们自己在制造隔绝，在渐渐背离当下。闻道说，面对此种状况时，往往情不自禁"跃跃欲试"："我一面对着城市张望，跃跃欲试，一面思考着这些人。""我也是凡夫俗子，也有形形色色的欲望与企求，也渴望真正能够进入自己的理想之城。不要问我这样刻意进入的目的，我心里只有欲望，没有具体的目的，进入就是唯一的目的。""可是，我很快发现，自己是多么的天真。世界上的许多事，也许冥冥之中早已有某种设定，并不是自己想简单就可以简单，想率性就可以率性，想随意就可以随意的。"（《对一座城市的进入》）闻道先生的"介入"，发现了生活的陌生，获得了奇异感。于是，这样的叙述过程与生活本身一样，都具有同等重要的意义。

现实并非平铺直叙，叙述的手段，不是纠偏和规范，更不是抹杀和提纯。叙述的力量就是尊重"场"或者"场的档案"，因为它——不可"毁灭"。强调日常写作的"在场"，抒写亲历和经验，重提散文品格的诚实，并不是狭隘所指的真人真事写作。采用第一人称，只是为呈现生活的本来面目提供方便——将外物投射于内心，获得视觉的奇异感。"一上街，我的眼前就总是晃动着两个字：欲望。那么迷离，刺眼，怪诞，又总是挥之不去。好像是梦境，又好像不是。我的灵魂被一种似是而非的魔力驱使，行走，不过是一种形式。"（《欲望街五号》）迷离，刺眼，怪诞，梦境，魔力……欲望无以复加，满目都是陷阱。这些都投射于内心，构成了作家种种的奇异感。此时，闻道所说的行走，是一种另类的"介入"——穿梭于现实和梦幻之间，把灵魂和肉身划分出来，游离与超然的姿势，一半交予当下，一半交予梦境。显然，除了勇气，这样的"介入"更需要智慧。"于是，我沿用了当年凭感觉的方法，选择了一条自己感觉似乎正确的路。其实，生活中许多时候我们不正是这样么，凭着一种感觉在做着一个一个的选择，真正理性地吃准了，拿稳了的事有几件？我喜欢简单、率性与随意。就这样，我在这个城市的某一条街道上行走，凭一时的感觉选择的道路，与熙来攘往的人流车流共同行走，像一条游走于城市之河的鱼，不知道前面是湖泊大海，还是张着大口的渔网。仿佛只要置身于这个城市，任何行走，都是进入的一种方式，都是对这个城市的走近。"（《对一座城市的进入》）

也许你会说我们的主人公逃避现实，没有立场："我心里正揣摩着，人却不知不觉地走进了一个喧哗的街口。没有判断，没有询问，没有具体的目的，也没有考虑过进入后的结果，只是冲着那里的喧哗，被一种冥冥之中的力量所驱使。这很像我们很多人在日常生活中的状态。"甚至，你会说我们的主人公卑微渺小："他出身那么卑微，又处于那个物欲横流，认权认钱不认人的年代，却能够那么成功地利用名人效应，巧妙地依附于鲁迅和赵太爷，创造了精神胜利法，不仅让自己名垂青史，还奠定了我们超市独特企业文化的根基。"（《欲望街五号》）

但是，我们看到作家并非情愿这样，他在现实的面前同样是困惑而又疼痛的："毒热的阳光像熊熊燃烧的火焰，把这个城市烤得处处冒烟，进入便是一种烘烤，不管你愿不愿意。小车在城里蜗行，被街道牵着鼻子，令人眼花缭乱地拐来拐去。空调机呼呼地喘着粗气，仍排解不开四周烘烘的逼人暑气。这令我想到的并不是行走，而是一个馅儿包着的烙饼，或者羊腿，为了满足是别人的某种欲望，身不由己，被人放入炉子，翻来覆去地烤。烦躁，难耐，又心怀某种希冀，这多像我昨夜梦中的状态。"（《欲望街五号》）

表现也好，象征也好，"介入"也好，严格意义上讲，任何形式的体验性写作，都不可能实现"在场"——体验总是滞后。反过来，任何预设的写作也于"事"（生活）无补。以周闻道为代表的"在场主义散文"作家，就散文写作提出了更严肃的要求，强调写作过程的身体行为，以及对于散文所坚持的基本立场和态度。他们坚持体验，并执着于体验中的发现、自己独特的发现，把发现作为在场的姿势。也就是说，提倡在场写作，与提倡体验写作，本质是一致的。

然而，当下的散文写作，更多地不是凭借体验，而是先验的、经验的。现代化是很可怕的，物质化日趋激烈地摧毁着我们的意愿。恐惧感源于我们一直"生活在别处"，散文作家首先应该具有的良知，就是对全球化可能制造"无差别境界"的担忧。写作的良知，敦促我们需随时保持对"物质欲"和"幸福感"的警惕，以及对未来命运的忧虑。对正在发生的一切，我们可以渺小，可以叹息，但唯不可以选择一个人离场，或曰"缺席"——逃避、妥协或者洁身自好。因为，那本身就是另一种在场，悲剧性的在场。

发现与告诉

——读周闻道散文《山海为关》

□ 李银昭[①]

　　面对梁上君子，最好的办法就是筑道围墙；面对国贼列强，最好的举措就是筑牢长城关隘。这就是中国几千年的封建围墙文化发现的秘密，或者说告诉我们的安全定律。

　　站在千年古长城下，周闻道也在发现，也在告诉。可是，他不是在对中国千年的围墙文化进行重述，而是颠覆——这就是《山海为关》发现与告诉我们的。

　　《山海为关》是周闻道的在场散文新作。什么是在场散文？相信读者并不陌生。在场写作强调介绍现实，关注当下，显现存在的意义。围墙与长城，一个护家，一个守国，背后都是安全意识，以自然物质条件为根本的，一路坚守下来。"可是，这靠得住吗？"（《山海为关》语）是的，这个跟随了我们几千年的围墙文化，却越来越多地面临着拷问，进而质疑。这种拷问是直指心骨的，这种质疑是振聋发聩的，不能不让我们沉睡了几千年的大梦幡然猛醒。其实，不论是围墙还是长城，那都是"一个块垒"，家的"块

---

　　① 李银昭，作家，《四川经济日报》社长、总编辑。

垒"，国的"块垒"，民族的"块垒"。这个块垒是在长期的忧患中郁积而成的，不仅郁积于山海关隘，还郁积在这个国家、这个民族的心中。

《山海为关》无疑属于宏大叙事的范畴。在这篇散文里，山海关，已不仅仅是一个地名、一个具象、一处文物古迹，而是一个意象，或曰文化符号。矗立在北方大地上的山海关，虽然已经失去当年的风采和价值，可通过它残败的遗迹，穿越历史的烟云，我们看见的是一个文化的山海关，精神的山海关，一个承载着民族心路历程，又连接着当下之忧的山海关——既然自然的、物质的人造工事已靠不住，我们的国之安危，系之于何？

发现性，是在场写作的重要追求。什么是发现？这不由得令人想起在场主义的另外几个关键词：去蔽，敞亮，本真。去蔽，显然是去除历史的遮蔽，文化的遮蔽，利益格局的遮蔽；敞亮是去蔽的要求，即达到澄澈之境；而本真则是最终目的，即抵达真相的彼岸。因此，每一次发现，都是一次向极限的挑战。

读当下周闻道的散文，读到的不仅仅是他早期作品中的戏台、老屋、小街、河流、田野，不是简单的抒情叙事，更多的是肩负着历史人文之重、当下现实之痛、国家民族之忧的大器之作。《山海为关》正是这样。它以在场叙事姿态，再现了丰富的历史人文事实。不仅使我们沿着民族的历史往深里走，还让我们面朝大海往宽广里究。从山海关、古长城，到"一战"、"二战"，从阿尔卑斯山、地中海、波罗的海、荷兰湾，到"大西洋壁垒"、诺曼底登陆，没有一道关隘，是坚不可摧的。这就是周闻道以其独特的发现，告诉我们的历史真相。是的，当我们翻开历史，没有一道天堑不是被铁蹄踏破，被炮火夷平的；没有哪一个国家，哪一个民族，可以凭借一道山海、几道关隘、一道长城，就可以国泰民安，可以高枕无忧的。"山海为关，原来阻隔的是自己"。

在这里，我们不仅看到了在场叙事的力量，还感受到了在场叙事的魅力。

那么，真正的铁壁铜墙、固若金汤是什么呢？

不是山海长城，不是险道雄关，不是导弹或导弹拦截系统，不是一切物质形态的障碍。"再坚固的长城，也敌不过柔软的民心"。真正的长城，是制度与文化，及其形成的以民心为灵魂的拒绝。这就是我们需要的"拯救大兵"的文化意义。

《山海为关》无疑是一篇在场写作杰作，也是华语散文的年度可喜收获。周闻道的发现不仅有意义，也有力量。在他之前，还没有哪位作家赋予山海关如此的内涵、如此的思想。他把几百年、上千年的历史文化和民族心态，如此概括在一个山海关里，从中可以看出作者深厚的学养和艺术家的魄力。

读企

国企改革的在场再现

——读周闻道《国企变法录》

□　汪茜[①]

　　"经济大转型的阵痛录，在场关注国家当下纠结"。这是周闻道长篇散文《国企变法录》的封面文字，也是该书的主调。这部由孙绍振、陈思和、丁帆、国世平联袂推荐的书，面世之后，受到广泛关注，好评不断，最终过关斩将，入围年度中国影响力图书。

　　国企改革是国家基本生产关系的调整，是中国经济市场化过程中一个绕不过去的话题，也是整个城市经济体制改革的重心，既涉及体制、机制，又关切个人的切身利益，是真正意义上的国家变革。即使在当下，这也是一个焦点话题。作者周闻道以财经专栏作家的深入研究和理论积淀、二十多年的企业主管部门工作经历、八年的经贸委主任任期，及亲自参与所辖众多国企转型"重生"实战，以强烈的当下介入意识，贴近深入的在场叙事姿态，丰富生动的个性细节，来呼应当初的思考、行动与激情，让长达三十年的国企改革在场再现。

　　书名是著作的姓氏和身份识别标志。谓之"变法"，既是对这场宏大改

---

　　①　汪茜，四川大学文学与新闻学院研究生。

革的敬重，甚至敬畏，又是思考的沉淀和理性升华。《国企变法录》中的许多个案，都是以眉山企业改革为叙事对象的。由于作者的多重身份，既悉知上情，又拥有理论，更热爱企业和职工；同时，作为在场主义散文流派创始人，追求在场写作，因此这部以散文体裁来叙述企业改革的作品，更多了一种大开大阖的气概和逼近历史的通透感，为我们提供了一个改革时代难得的集体记忆。

为了突破传统的小品、美文和抒情叙事散文过度关注自我的"向内"局限，展现一种面向现实、关注当下、体察疼痛的"向外"宏大思绪，作者以第一人称进行叙述，并用案例串联的讲述方法，将亟待改革的国企所牵连的各关联方，推向了时代的手术台。作者没有局限于单线叙事，而是站在一个不断诘问的反思者立场，以冷静的笔触，把各个维度的视角激活，再现了整个时代改革的宏阔样貌。为了呈现时代的纵深感，作者借用大量的笔墨，详细地叙述了大型军工电子厂、建川机械厂、星华仪器厂、芒硝厂、肉联厂、棉纺厂等国企的改革之路，以多维的角度，再现了当时各个群体的不同情况，从不同侧面勾勒出这场变革中动荡的人和事。在叙述中，"市场"与"计划"的现实碰撞，多次引起作者情绪的震颤，在保护下的国有企业本该焕发出生机勃勃，却走到破产改制的边缘。这不是人的错，也不是时代的错，而是我们的企业制度设计的错。在这里，作者以饱满而内敛的情绪，传递出一种历史在场的震撼力量。

如果只是写一场20世纪80年代就开始的改革，作者似乎已经完成了这样一场叙述。但是，作为一次难得的在场书写，《国企变法录》出版的现实意义还在于：通过书写让叙述本身说话，既还原过去，又关照当下。抛开诸如"转型""阵痛""纠结"这些关键词，我们有必要从整部散文的大标题里，把那个醒目的"变"字扒出来。

从第一节标题《三套车：一个体制的挽歌》开始，作者以对刚结束苏联时期的俄罗斯的考察起笔，概述了该国计划经济时期一家国企——克林斯基化纤公司的改革。"冷清、散漫、漫不经心"，是这个刚完成变法的公司给人的第一印象，也是整个俄罗斯留给考察团的第一感受。将整个国家体制置之死地而后生的变革，却在许多方面仍然残留着昔日的痕迹，原本想要借鉴俄罗斯的改革方法，考察的结果却是让人提前体味到改革的"伤筋动骨"和步履维艰。这是一场没有硝烟的战争，面对这场革命，作者几次援引在伏尔加湖畔俄罗斯女子所唱的那首《三套车》："冰雪覆盖着伏尔加河/冰河上跑着三套车/有人在唱着忧郁的歌/……你看那可怜的老马/今后苦难在等着他"。"苦难""阵痛""纠结""迷茫"，这些灰色的词语，在开篇就为全文定下了沉重的基调：如何"改革"，如何让生产、经营、管理、流通走上市场化正轨，成为作者思索的主线；如何"求变""深化改革"，成为全书直指当下的中心。

复杂可以制造难度，也可以剥露人性。国有企业的负债累累、市场经济的无情冲击、时代的风云变化，都是"变"的窗口，是时代的演场。为了再现求"变"的全过程，展现国企改革背后那些鲜为人知的"复杂"，作者巧妙地将诸多的"变"，穿插在对不同人物的塑造中。以所在地国企改革操盘手为叙述切入口，以人的书写带动叙述的发展，将改制方案的制订到计划的实施过程中，不同利益方盘根错节的关系，抽丝剥茧般层层摊开。在作者笔下，各色人等在"变"中登场。比如：担心改革可能动摇党在国企领导地位的老书记"左耳"、为机械厂解困改制呕心沥血的黄永亮、坚守已经山穷水尽老厂的厂长陈可夫。对于这一类人，作者以饱满的情绪，对他们的贡献进行了深切的怀念。

同样是人，在这场历史的巨"变"中，也展现出了不同的人性。如：找关系拿计划指标买"三材"的高中同学，为谋私利将自己老婆安放在推销肥缺、东窗事发后逃逸的厂长、面对铁饭碗砸了而又丧失工作能力的四五十岁的职工，及不明所以聚众闹事的情绪化职工……

正是对不同层次人物的真实接触和细致描写，改革的每一个步骤所引发的蝴蝶效应，都成为作者的在场叙事认证。

值得一提的是作者第一人称的叙事姿态。作者独特的参与者身份和第一人称的叙述方式，让这部以内部视角来书写的国企改革，有了其他同类题材书写所不具备的质素。"我"作为时代见证者与参与者，在"变"中与各类人接触、合作或对抗，理解、支持或设卡、添乱，都是利益驱使的结果和人性的折射。正是这些，共同构筑了一场大变动之下的生动图景。当作者以历史沉淀之后的眼光，来重新审视这段经历，他将这场改革所引发的一场又一场的较量和千差万别的裂变全方位地呈现了出来，不管是哪一代表方阵，人已被抽象，"变"才是根本，固守必然惨遭淘汰。当初如此，现下更是应该惊醒。

不管是过去还是现在，改革随时都在进行。变法"录"是对过去的总结，变法之"路"才是作者隐喻的核心。借用作者的话来说，"大规模的国企改革可能是一个过去的话题，却不是一个过时的话题"，"往事并不如烟，纠结就在当下"。国企作为推进国家现代化的重要力量，作为人民共同利益的重要保证，只有走在改革之路上，才能满足经济、社会、时代发展的要求。

但是，如何填补从还原过去的书写到启示现在改革之路的距离？从文中我们还不能完全找到令人满意的答案。比如：国企的分类，及现代企业制度的完善，如何使国企真正成为独立市场主体，如何以资本管理为主加强国资监管。中央新近出台的《关于深化国有企业改革的指导意见》，无疑指出了方向。

发展没有止境，改革也没有止境，许多问题还需要探索。面对一场"伤筋动骨"的革命，要解决社会前进中重大的体制、机制问题，文学似乎显得苍白无力。但正如作者所倡导的"在场写作"那样，我们没有理由心安理得地缺席。不断缩小文学与现实差距，在在场中"批判与唤醒"，呈现真实，并坚持"真实、善意、建构"的在场批判精神，问题总会解决。

这也正是《国企变法录》书写的价值意义。

国企变法的在场性推衍

——评周闻道《国企变法录》

□ 李伯勇

一

在阅读周闻道写国企改制（改革）的《国企变法录》的时候，我不由自主地把它与作者近年来的一些在场主义代表作联系起来，而且通过与这位在场主义散文流派创始人的散文观，比如在场的旗帜是介入——介入是在场的唯一途径，包括写作主体介入，当下现实介入，指向精神层面的介入，语言的介入。介入具有鲜明的意义指向，"它是对存在于特定的社会背景下的综合价值判断，具有公义性、积极性、普适性和鲜活性特点"（《"在场散文"书系·总序》）——相映照。这是我进入这部书的最初推力与路径。

实际上，周闻道在喧哗文坛亮出"在场主义散文"旗帜，他的散文写作（如《七城书》《庄园的距离》等），就践行着他所倡导的"在场、介入"精神。不过他的一些田园式、情境式、近似情感贴片式的散文，只是偏重于在场精神的某个角度或侧面，因而我把他的在场理论看做一种追求，也是对众多在场散文的一种理论归纳。一般说来，提出某种文艺流派新观点的作家，是以自己一定的创作实践做基础，同时也注意同类作品（文本）所呈现的思想价值取向及艺术特征，同气相投，群策群力，某种文艺流派于是坐大成型。

因而我对《国企变法录》有着特别的期待。一是能够在这部宏观着眼、细部入手的作品所体现"在场"有更深入的体认；二是满足对以国企改革为主题的客观深刻作品的阅读；三是此作不以国企"改革"而是以国企"变法"书写所呈现的思想之光，流淌着属于周闻道自己的精神气息——在场性血性体温，展示了在场散文的艺术形态与境界的可能性。

二

在20世纪80年代改革开放精神（简述为"80年代精神"）激发下，宏观地表现拨乱反正、激浊扬清的报告文学和小说有两种基本的精神向度：一是歌颂式，如《哥德巴赫猜想》（歌颂中批判）；一是鞭挞式，如《人妖之间》《乔厂长上任记》（鞭挞中张扬）。但作者都以时代书记员、历史审判官的姿态出现，以历史正义自许，这种报告文学不需要作者介入作品主人公的生活和工作场域，因而作者置之度外。虽把"80年代精神"融入作品，但作者及其社会的呼吁总是外在于作品，总是突显对某种公共话题的呼应。这是此类报告文学的天然设限。而近年兴起的在场散文，可以个人方式介入现实和现场，在书写重大题材、社会重要精神现象上，在时代社会的广度和人的精神深度上，展现了新的艺术维度，这方面《国企变法录》做了富有价值的探索。

与其说周闻道另辟蹊径，不如说他秉承"80年代精神"，秉承在场散文意旨，以在场散文形式，得心应手地介入并表现了国企改革这一重大题材。他不是以一个外在的作家角色，而是以一个基层国企改革的参与者、领导者即践行者身份，一场接一场、一个接一个介入特定的国企改革，而且以他个人（包括农村家庭、小县城生活和担任市经贸委主任等工作经历）"善于包容与换位思考"，来推动和落实国企改制，"在经贸委干了8年主任，完成了企业改制，启动了投资拉动的新发展，实现了农业经济向工业强市的战略转移"。这些使得他对国企改制有着整体性认识和"国企三年脱困建制，要改革，清理旧摊子，许多企业早已停产摆起；还要加快发展，摆脱贫穷，推进工业化，解决新问题"的切身认知。他不是作为一介"钦差大臣"，在完成上级下达的改制任务而忙一阵子后，就不管因仓促处理而留下不利职工也不利政府形象甚至不利于社会发展的消极后果，而是以融入全球化、市场经济的视野和魄力（这正是"80年代精神"的有机延续），吃透国家改革精神，一心一意办事，维护政府利益，替职工着想，千方百计为地方国企改制、建设现代企业打基础。这使得国企老书记由衷感叹："我愿意与你们，特别是周主任交朋友，永久的朋友。"我们的企业需要这样的"朋友"。

如果只停留这一层面，《国企变法录》不过是20世纪80年代报告文学的翻版，与"在场"精神交臂而过，或者说它只是浮于也止于"在场"的表层；正是此书不是以"改制"而是以"变法"为文眼，周闻道超越国企变法的思想家思考——在场精神才得以饱满地呈现。

三

《国企变法录》以富有个人化（作者、某国企厂长）的视角、细密画般展示了"变法"的在场性推衍。

从改革到"变法"，不仅是从具象到抽象，更是从小象到大象——一种象征着国家、历史、全局的时代大变迁。在历史上，能称为"变法"的改革莫不如此。现代、先进的改革理念和举措，在践行过程中都会化学反应般出现新的思想，同时也会暴露出基于原有社会病灶的种种弊端。何况，中国原有的计划经济模式，是长期学苏联模式形成的，而从政府到企业、从厂长到职工，利益取向千差万别，种种"变法"（应对），既令人诧异，又觉得正常。因此，变法即变通。

作品多处以"南橘北枳"说明"改革"在实行中就成了"变法"。这种"变法"有积极和消极的意义积极方面，如真正把上级的相关政策"用活吃够"，给快享受完兼并红利的棉纺厂，带来新的希望和争取空间。消极方面，让一个盈利企业的厂长出于个人贪欲，利用职工情绪抵制改革，把国有资产流向自己的口袋。"这个企业享受了7年的政策扶持，各级政府输送了近亿元的拯救血液，还如此惨不忍睹。"而这个棉纺厂又碰上国家改制政策的调整，新的利益显现。"企业追求利益的功夫可以不在生产经营中，可以在生产经营之外尽情演绎。""全国哪个地方、哪个企业没有挖空心思在争。"国企一把手"书记似乎并不关心执行情况，只关心程序的批示本身"。"盲目的优越感与自信，正转化成他们反对外力，捍卫现状的功能。而且，能量与盲目、优越、自信成正比。"一个观念先进、踩住时代节拍的好厂，却因厂长把不住自己"能干多久"，厂子也成为千帆之旅的相同沉舟。谁真正能站在国家角度，认真审查把关，防止把优良资产债转股？"我们费尽心血的改革，最终获利的，究竟是这些私人股东，还是社会……""财富在不知不觉中蒸发得无影无踪。没有蒸发的是国企改制政绩。"这些质疑、担忧和感慨不是空泛的，而是有着坚硬的事实与现实为支撑。全书插播崔健的摇滚歌曲《一无所有》，任何一个具有现实感的国人看了都会感到苍凉。

作者强调政府在国企"变法"中的作用是对的。这正是知识分子不仅要敢尽言责，还要善尽言责，这是知识分子道德责任的体现（参看托马斯·索维尔：《知识分子与社会》）。在任何一个经济社会，政府的作用不可或缺，这种作用通过人（干部）体现。人的行动代表公平正义，政府的作用就是正面的，反之政府的作用会受到消解和扭曲。把这种反差联系在一起的，"正是体制和人"。作者用在场散文笔触，把审美、审丑与审智融入（孙绍振：《在场主义与世纪视野中的当代散文》）一个场景，比如电子厂破产重组，在职代会上通过破产议案，工作组却被工人堵住，指挥部决定钻狗洞撤退，而被作者拒绝，他说："为了迎合领导，就钻狗洞、装病，我现在做不到，将来也做不到。"对这次职工围堵事件的成功处置，有的领导自我庆功，可作者觉得："这不是胜利的喜悦，而是没有钻狗洞的从容。"这就昭示了一般行政官员与思想者、事业家不同的精神境界。

由于作者身心在场、思想在场，对国企"变法"有更多的发现和感悟。国企改制的纠结就是国家当下的纠结。作者写的是经济，思考的却是整个时代。如"关心国家当下的纠结，先要为改革正名"，"企业的绑，远比想象的要多得多，复杂得多，松了手还有足，松了身还有心……还有外部生长环境——旧有体制机制和规则潜规则惯性，牵一发而动全身啊"，"这次革命的'敌人'是咱自己"。

这些"睿见"在20世纪80年代的报告文学和小说里不可能呈现，这有着"现实"尚未到位的原因，也有着文体上的原因。20世纪90年代迄今，现实到了这一步，而已有的文体却表现乏力（即使有表现改革的报告文学、小说和长篇散文，因表现不到位而得不到读者认可）。但作家追逐功利世俗、刻意回避涉入社会敏感领域是更重要的原因。换言之，是作家放弃了思想的追求（有的作家之思想则表现于形而上徜徉）。而在《国企变法录》中，富有思想的作者始终在场，作者参与国企"变法"，所激活的思想如星辰闪耀。

四

诚如丁帆所说："作为一个经历了30年中国国企改革的见证者和书写者，周闻道从一名歌者到一个思想者的心路历程，便可以看出其写作基因的突变——由于'在场主义'散文观念的不断深入，他不再是用对个别现象来书写国企改革了，而是将改革置于时代的大背景下，用更加犀利的批判眼光来思考其得失了。于是，一个思想者的书写便呈现在读者面前。"就是说，作为国企改革的见证者，在场即介入，他观察当代中国就有了一个最具体而生动的基本面，所产生的思考和思想就不再空洞和空泛，而是具有丰富而鲜活的现实感。作为中国国企改革的书写者，他在书写中——也在作品内容及内涵的呈现中，不断深化的、活的思想也不时脱颖而出，于是，"变法"就更加富有"在场"的思想意味。作为过程的参与者，他的观察和发现也更具有在场的况味。

《国企变法录》是思想者写的书，它以思想深刻弥补了叙述上的节制所带来言犹未尽的缺憾，应该是周闻道的代表作，也应该是在场主义散文的代表作。

国企变革的文学书写

——读周闻道《国企变法录》

□ 杨献平[①]

    文学最重要的一个功能就是发现和呈现"此时我在"这一宿命式的命题。因为，历史无从复原，后人的所有书写都是想当然；未来不可预料，至少在现实主义这条道路上难以精确地描绘未来的人类生活情境。"此时我在"的意思是，深刻而自由地书写当代，对作家来说不仅是一种"使命"，也是一种能力。以我国改革开放30多年的国企改革为例，就是一个宏大而牵涉甚广甚深的问题。可以说，国企改革是适应市场经济并与世界经济接轨的一个关键所在，也是推动国家经济建设的重要内容。周闻道《国企变法录》可谓是近年来深入关注国企改革，且富有文学品位的一本重要作品。

    周闻道以其国家干部的身份，全程参与30多年国企改革，他以一个地区的国企改革历程和主要厂家（公司）和具体人为例，首次用纪实文学的方式，深刻细致地呈现了这一壮丽而艰难，奇诡而又富有时代特征的"国家经验"和"全民记忆"。这是难能可贵的，也从纪实文学甚至散文写作的角

---

① 杨献平，河北沙河人，中国作协会员。已出版著作有《中国的匈奴》《梦想的边疆——隋唐五代丝绸之路》《沙漠之书》《生死故乡》《匈奴秘史》等。

度，对"阵痛"般的、由计划经济向市场经济转变的国企改革进行了一次全景式的文学观照。

具体来说，这本书的价值在于，一是用经济发展和适应经济发展的眼光拓展了文学的厚度和视野。国企改革，说到底是摆脱计划经济时代的按需产供、政府计划的商品配给方式，进而使得企业更好地依靠自身能力，融入市场这个无限"疆域"中，并且以市场自身规律来进行调节。周闻道多年目击并直接参与国企改革，又是经济学专家，后来又成为一个地区的国企改革主要负责人，正因为他具备了这样的一种优势，再加上多年来致力于经济学研究，在驾驭这样的宏大的题材上，不仅游刃有余，还能文理兼通，出神入化。如他在《你看这匹老马》《红旗下的蛋》等篇章中的诸多观察和论述，去俄罗斯寻找和借鉴经验时的发现和思虑；又对我国国企改革的总体式的回顾，特别是关于对国企进行"全新改造"的意义和艰巨性的论述，既联系个人经验，又融入高层决策和国企现状，使人从更多的角度，立体地感受到了国企改革之初那种"纠结""矛盾"与"不得不为"。这样的一种姿态，视野是宏大的，为"结构"的文学书写增添了厚度。宏大不仅是指这本书的题材，而是一种胸襟。文学的厚度不只是一些形而上的理论，而是一种精神的畅达与文学对于重要事件的艺术化把握。

二是呼之欲出的在场感。《国企变法录》不只是一种过程罗列和简单的表述，而是环环相扣、抽丝剥茧、层层推进。如书中写"我"到市经贸委报到之后发生的事情，关于一个农机厂技术改造问题。尽管斯时的农村改革已经取得成功，但在城镇尤其是国企当中，一些人的思维和观念还停留在计划经济时代。再加上当时的"投机倒把"活动猖獗，因为身在政府有关部门，一些熟人便开始找上门请托"批条子"，弄紧俏的设备和物资。"我"当然拒绝了。这一细节当中，包含的信息量是非常庞大的。首先，新旧观念的交锋。时代在特定时期的乱象或者说必然现象，人和人之间的关系微妙而带有计划的"物化"迹象，如此等等，都带有鲜明的时代特征和历史在场感。《国企变法录》第三章中，如《改革改到书记头上》《这个问题难倒了王克思》等篇章，直接写人，特别是人在命运攸关时候的种种困惑；且用实例，对官本位观念及其现实表现做了入木三分的刻画。当然，这不能责怪某一些人的固执守旧，在历史潮流面前，每个人都是从自我角度出发的。也深刻说明，每一场改革的成败，其决定因素首先来自人的思想观念。《"左耳书记"的忧虑》也是一个典型例子，党政分开，厂长由"二把手"到"一把手"、书记从"一把手"到"二把手"的角色转换，表面看起来是顺应市场经济时代的要求，落实到个人，就是权力和尊荣的失落。周闻道以个人亲历性和现场感，将这一新旧交替时刻的个人表现乃至人性表现得深刻而又形象。

三是自由清亮的文学气质。可以说，这是一本读完之后才可以长出一口气的书，也是一本文学气质十足的纪实文学作品。周闻道对于语言的把握是精到、朴素、深切的，是一种严肃的生动，自由的清亮。最好的文学语言就是精准。因为这样的题材，周闻道自觉摒弃了诗意的表达、浪漫化乃至纯文学式的呈现，而是用一种短促有力的语言方式，把一场时代风云纳入笔下，呈于世人。关于这两点，在《突围战》和《破与被破》《用活吃够》《未完赌局》《国企老总》等篇章中显现得淋漓尽致。

《国企变法录》在紧张抓人的叙述当中，使人体验到的是一场不见硝烟的"战火纷飞的战场情境"，也是一种"人性大展台"和"新旧成败全景记录"。可以肯定地说，这本书必定会成为一种留存，一种文学的建构。国企改革，是一个时代的主要特征，也是一个典型性的全民记忆。可以说，国企改革的路子很长，到现在都还没有真正实现。作为一个根深蒂固的、"政企"特色浓郁的经济产物，国企可谓一个深水区。周闻道却能够娓娓道来，且以一种自信的态度，上下统揽，左右辐射，使得这一题材在他笔下鲜亮通透，一目了然，可谓是一个时代的"经济发展路线图"和"国企改革微缩景观"。更为难能可贵的是，周闻道还在矛盾交织、多方博弈、情况复杂的"攻坚战""赌局"和"破立"中，对眉山这一风景秀丽之地的历史渊源和自然人文如数家珍，使得这本书的文学品质更为独立和鲜明。

心系社稷的热血书写

——周闻道《重装突围》的文本价值与艺术特征

□ 蒋涌[①]

    细观当代文坛，周闻道的可贵之处在于，率先在新时期继承和发扬了关注文运、国运的精神，以时代在场的独特姿态，倡导和引领散文书写变革，为处于大转型、大变革、大复兴的祖国奋笔疾书。作为在场主义散文舞台的介入主角和文化精英，周闻道以博学多识的深厚内功驱驰笔力，与当下作家部落的"名人"或"鸣人"们以一艺哗众、一绝封王的独门功夫迥异。他涉足多学科，从业多门类，驭文多体裁，走笔多套路，身影出入政坛、商圈、文化等诸界，笔锋游刃于政治、经济、思想、文化、哲学、历史等广泛领域，洋洋洒洒出手时论、政论、策论、文论、公文、散文、杂文等，尤以文学和经济学见长，堪称多才多艺，多见多闻，多思多虑，多建多树。

    在创作取向上，周闻道以独立苍茫的拓荒精神和承载道义的在场意识，形成自己鲜明的在场书写方式。他所奉献的随笔散文、时评、财经评论和纪实文学等17部作品，以及由他主编出版的30多部在场主义散文年选、选本

---

① 蒋涌，四川省富顺县人，作家、评论家，资深传媒工作者，著有长篇小说《穿云鸟》（由凤凰网向全球连载推荐）、散文集《清流》等。

等，品质不俗、分量不轻，不乏传世文本，已为读者勾勒出了一个独行侠式热血潮汐的弘毅襟抱，奠定了他在中国文坛所占据的牢固地位。

一、高难动作铸就高度敬意

2008年3月8日，周闻道与周伦佑、周强、张生全、沈荣均、宋奔、李云等全国18位散文同道，会盟"散文天下"，正视散文书写走势衰微的严峻现实，昭示文胆，齐亮笔剑，高调推出令世人瞠目惊异的《散文：在场主义宣言》，引发"一石激起千层浪"的文坛波澜。毫无疑问，周闻道通过自创流派，不仅彰显了自己的文学主张，还不遗余力地推波助澜，为拓展中国白话散文领地和创意空间，做出了极富拓展性和启迪性的特殊贡献。

周闻道念念不忘的在场主义散文，其蕴涵是独特的、丰富的：视"在场"为显现的存在，或存在意义的显现；主张"面向事物本身"，强调经验的直接性、无遮蔽性和敞开性。认为散文写作"在场"的唯一路径是介入，介入就是"去蔽""揭示"和"展现"。"在场散文"所主张的介入包括：对作家主体的介入，对当下现实的介入，对人类个体生存处境的介入，对语言的介入。强调观照当下，勇于担当，把关注的重点放在国家紧迫的需求、民族面临的忧患、人民切身的疾苦中，注重揭示存在的真相和终极价值，并以之作为作家必须坚守的道德底线；把散文性与在场精神的完美融合，视为作家追求的艺术高线。这就为他撰写长篇纪实文学《重装突围》，种下了一个伺时介入的因缘，埋下一个主动请缨的伏笔。

但凡翻阅过《重装突围》的读者，都会产生某种相应的直感：这一部时代大书，是作者关于国企改革的非虚构专著《国企变法录》的续篇。由于本书聚焦于进行中的国企顶层改革，决定了它的写作者必定是一位已经实现自身观念、思维方式、工作方法和个人素质"转型升级"的现代"新人"。它的恢弘构建，必须借助一种更宏大的视野，以及敏锐观察、缜密分析、得心应手的非凡功力，否则难以驾驭难度系数如此高的鸿篇巨制。

显然，这得益于周闻道特殊的知识积淀和人生历练。

人情练达即文章。周闻道在校学业优良，横跨经济、文学两个专业，且长期辅佐党政领导，得"近水楼台"之便，置身地方政务和经济建设主战场，又为改革开放初期被委派香港工作的"赶海"人，享有比一般人更快捷、更优质的政治、经济、文化和社会信息资源。同时，在20世纪90年代初，他还曾在政府香港窗口任职，既历练市场经济知识，又从事国际贸易，还担任香港《信报》《商报》等财经专栏作家，重点研究中国经济体制改革。这样，从理论到实践、从内地到香港的改革历练，养成了他善于观测、判断国际风云，追逐文化思潮前沿的习惯和优势。这便决定了他比一般作家多开了一只"天眼"，多开了一片创作"飞地"。2009年，周闻道发起一批全国知名作家、学者、评论家，以在场理念为指向，洞观散文当下状况，远望21世纪发展趋向，让重构散文价值谱系的浩大工程扎实夯进。他针对中国散文创作在社会转型期出现"玩文学"失重、失衡、失体的混乱现象，及其所必然导致的文学品质泛化、劣化、蜕化的社会弊端，通过借鉴和消化世界文化思潮的优秀成果，以"闻道"精神探索"文道"，先行一步地关注散文创作的时代精神、思想品相、审美价值、社会责任和道义担当，立志要做一个与时代脉搏同振的行吟歌手。至《国企变法录》荣获2014年度"中国影响力图书"，他迈出了从关注文运到关注国运的重要一步，也为他的在场写作添上一个带有热情和情温的极佳诠释。

《重装突围》的创作，受到《国企变法录》获奖的影响。中国机械集团公司（国机）与中国第二重型机械集团公司（二重）两个堪称"巨无霸"的国企重组，带有一串令周闻道无比亢奋的"关键词"：一个是"国"，一个是"重"，一个是"脊梁"，一个是"长子"。这正是他梦寐以求的看点、重点和兴奋点。于是，他参与选题主创公开竞聘，最终依靠诸多优势赢得一个"报国在场"的珍贵机缘，为自己"十年磨一剑"的"现场主义"文学主张赢得一次实践与验证的难得机会。

《重装突围》属于一般俗眼望而却步、俗手无从企及的高难系数的纪实文学。难在何处？我以为：其一，写作对象是中国国企改革最难啃的一大块硬骨头，需要作者坐拥"千钧笔力"；其二，作家须进行在场跟踪，甚至不乏与改革实施者同步介入，需要有"快速反应"的过人识见；其三，这一次

"重装突围"的国企改革决策层和操盘手，都是央企出类拔萃的行业精英，本身就站在国企顶层及国内乃至全球前沿，每一次搏击，都被友善或敌意的目光紧盯着；其四，要解读好中国国企改革的一个经典，需要写作者精力高度集中，使出浑身解数，尽数施展自己的全部看家本领；其五，这是一次足见高度、深度、广度、力度、精度和难度，跋涉于文学、政治学、经济学、管理学、社会学等交叉领域的在场历险，非常规文体的多维度视角，与辐射状的立体书写交织，是一种文坛罕遇的破"体"鸿篇，写作的复杂与改革的复杂，如此绝妙地两相勾连，超越文本的难度远远大于文本本身的难度；其六，这部书不仅是写作难、解读难，要挺得住岁月漶漫、社会的考验，读者阅读也并非走马观花那么轻松。也许，要细列，还有许多一言难尽的难。但是，正是这些难中难、难上难，才更凸现出这一文本的珍贵价值。

当改革大潮澎湃而来之时，肩负国家使命的央企高管需要不容懈怠地抓住宝贵机遇，趁势而动，倾力而为，抓改革的关键。这是一张必须应答的历史试卷，是一支时代奏响的主旋律，也正是本书作者充分表达的时代主题。

《重装突围》与其他同类作品不同的是，它解决了文在心不在、意不在，笔到神不到、意不到，文彰事不彰的俗纪实、泛纪实、伪纪实隔靴搔痒式的缺席；它不是那类文事相左、貌合神离、顾左右而言他的不入题、不合题、不破题的泛泛空论。它紧扣主题、笔触精准、事理清晰、笔到意到、力透纸背，言之有据、思路缜密、逻辑契合、文辞恳切、情感充沛、才思飞扬。这一切，都彰显出闻道式的在场叙事特征：以经济的行话去说经济，以管理的章法去说管理，以改革的精神去说改革，以报国的立场去书写时代大潮。无疑，周闻道为在场主义添加了一幅"改革有我"的公民画像，表现出一派气象高旷的"改革在场、忧患在场、道义在场、责任在场、担当在场"的侠者风范。

正如书序所言，周闻道的《重装突围》从题材而言，书写的是世界第二大经济体在经济大转型下的国企改革，涉及一系列经济概念，比如中产危机、中等收入陷阱、供给侧、需求侧、流创新、源创新、产融结合、产服结合、微笑曲线等；从书写对象而言，是国机与二重两个中央级的高端企业的重组，它们每一个都具有牵动"国家神经"的分量。它们作为中国高端国企的"改革蓝本"，几乎囊括了国企概念的"全部故事"。从文本风格而言，它展示出周闻道作为在场主义创始人的文学创见；文本所承载的事件和叙述的文笔，已构成好奇者期待先睹为快的两大看点。

因叙事对象及语境的特殊性，《重装突围》没有把书写时代风云人物作为主线；而是以叙事为主，人物都是在叙事"过程"中因事而现。这既是文学叙事的创新，又是挑战。尽管如此，透过周闻道这部纵观时代风云、名动四方的时代大书，读者眼际仍鲜活浮现出以任洪斌为代表的"业界精英"和"社会栋梁"的生动面庞，耳畔萦绕他们高歌猛进的诚笃步音。这一批叱咤风云的弄潮儿，把忠实国家意志、实现国家使命视作比自己生命更重要的终极目的，以大智、大勇、大能投入一场别无选择的关乎国运兴衰、国脉续存、改革成败的滚滚洪流。可以说，这是一场牵一发而动全身的大棋局，是一场胜负难料又志在必得的背水之战。任洪斌等挺立于中国制造业改革风口浪尖的企业巨子，所呈现出来的是真的猛士直视严峻现实的笃信与沉雄，乘势而动的机智与敏锐，以及忠诚不渝的坚毅与担当。他们为实现国家利益的最大化、奋斗目标的极致化，尽显百折不挠的傲骨和屡仆屡起的血性。他们"挽狂澜于既倒，扶大厦之将倾"，在非常状态的困境乃至绝境中，奇迹般地打开一个豁然开朗的突破口，为威名赫赫的中国国企拼出了一条"王者归来"的光荣之路。

读罢《重装突围》，我联想到鲁迅的《中国人失掉自信力了吗？》一文中的一段至理名言："我们从古以来，就有埋头苦干的人，有拼命硬干的人，有为民请命的人，有舍身求法的人……虽是等于为帝王将相作家谱的所谓'正史'，也往往掩不住他们的光耀。这就是中国的脊梁。"我掩卷之时，难免心潮起落，良久沉思，对任洪斌等殚精竭虑、推动着中国制造业改革振兴的中坚人物，不禁肃然起敬。

二、阅读文本记取改革流年

《重装突围》的创作意图，通过文本已清晰浮现：紧扣党的十八以来深化改革的主旋律，为国企改革勾勒一幅可资借鉴的路径图，为中国企业树立一个值得效仿的榜样，为企业家提供一部具有实用价值的参考书。这是一次让文学由虚化实的介入尝试，是一次让文学家由无为转向有为的在场宣言，也是一次在场主义理论付诸实践检验的严格测试，是传统"文以载道"的时代样本。为创作这一部书，作者动笔前后访谈过十余位国务院部委级领导以及几十位身处国企顶层的企业高管和经济学家。国家栋梁、思想精英、行业翘楚和一线员工云集于一书，仅凭此，其场景恢弘、专业水准和写作难度已不言而喻。

《重装突围》总计十二章，首章即是"国家任务"。保持央企考核A级地位、稳居中国机械工业企业百强榜首地位的国机集团掌门任洪斌，所率的能征善战功勋团队已经闯入世界企业五百强，正在谋求新的战略性突破。一个突如其来的选择降临他的头上：国资委领导当他约谈国机二重重组的任务。两家都是央企，一个业绩好个头小，一个业绩差个头大。二者在规模、业绩、心态等方面都处于非对称状态。多重因素导致抉择两难，重组成与败尚是未知数，留下一片供读者想象的巨大空间。然而，形势和时势则不允许任洪斌长久彷徨。在《重装突围》中，周闻道以渊博学识与雄健笔力，引用了一系列世界级经济学家和管理大师的著名原理、定律和观点，把话题引入了"企业巨人"的重症、小扶大的不易、中产危机、中等收入陷阱、老年社会、国际潮流、国内环境、凯恩斯主义和哈罗-多马增长模式、经典理论与意外尴尬、理性思维与感性认知等一组组矛盾交织的宽泛范畴，让读者以多维智性视角，去理解任洪斌身处人生道路和事业发展的"拐点"与"亮点"的困难，对他最终以国事为重知"难"而进，产生一份由衷钦敬。

接下来的第二章"'脊梁'之殇"，周闻道先是列举大量事实，生动阐释二重党委书记、总经理石柯所言，"中国二重用行动证明，在国家和社会遭遇重大自然灾害和危机时，二重靠得住，信得过，拉得出，打得胜，能够发挥重工业'脊梁'的作用，不愧为共和国的'长子'……从无到有，从小到大，创造了许多中国第一"；继而佐证了二重董事长孙德润所言，"二重秉承两个关系（关系国家安全和国民经济命脉），致力于重大装备制造……

为中国工业化和现代化建设发挥了不可替代的作用"。奋笔疾书的周闻道，情难自已地发出感慨：我看见二重这段负重图强、辉煌与艰难并行的时代宣言，也禁不住闻鸡起舞。处于国际重装前沿的二重，不但一再填补了"中国空白"、制造了"中国首台"、刷新了"中国第一"，还挺进"国际先进"，牢牢吸引了"海外目光"……

周闻道以洋洋洒洒的鸿篇，检索并诠释二重"史典"的核心词：一个是"国"，一个是"重"，一个是"脊梁"，一个是"长子"，令读者掂量出其间的分量。二重能否重振雄风并与时俱进，不仅是经济问题，也是政治问题，它是中华民族走向伟大复兴不可忽略的"晴雨表"和"盛衰符号"，"不能放弃"二重，不仅仅是挽救一个企业，更是带有某种历史必然性的重大担当。

有了前两章的成功铺垫，周闻道从第三章到第十一章用了整整九章的文字，直切主题、环环相连、丝丝入扣地书写了一首荡气回肠的重装重组突围的震撼史诗。透过"中国式问题""路在何方""沉重的*ST""挥泪削冗""沉没成本""大单谁埋""守护名片""扭亏攻坚""要素魔方"，便知这一场变革有多少山重水复、云障雾遮、风雨交加、变幻莫测，其间纠缠始终的是主观与客观、可预料与不可预料、可掌控与不可掌控的常数异数。任洪斌团队实施突围的危难程度，不亚于唐僧西天取经的"九九归真八十一难"，其百折不挠的坚韧、矢志不渝的忠贞、痛而不言的承受、不计"小我"的奉献——凭借周闻道的才气文笔，展示得栩栩如生，有可触质感、可视色彩、可闻音响，极具叩击心扉的文字劲道。

在"中国式问题"一章中，国机与二重的重组面临中国特色的重重纠葛。那就是除却体量不对等、效能不对等矛盾外，还须寻求事理、习惯、心理等方面的综合平衡。可以说以哪一方为主实施重组都是七拱八翘的跷跷板，为解乱麻，双方经过几个回合的磋商，听取方方面面的诉求与民主程序，最终采取了一个让双方都心理平衡的联合重组。在周闻道的笔下，重组牵头人任洪斌、原国家机械工业部8位健在的老部长、国机总会计师、国资委委派到国机的董事刘高倬等当事人，他们都以体现国家意志、实现国家利益为重，但是各自的阅历、学识、思维和视角又各有差异，让这种分歧具有了"同向不同道"的特点，也让难题的破解更加复杂艰难。这样的碰撞和磨合，对主要领导人的智慧、素质、胸襟、魄力俱是一场严厉考验。

在这一章和以后的诸章中，任洪斌给读者留下了一个难忘的印象，概括起来就是：坚持原则持定一个"理"字，多谋善判显露一个"智"字，化解矛盾重视一个"和"字，工作方法讲究一个"活"字，平息风波不失一个"定"字，关心职工不缺一个"情"字。值得特别一提的是，周闻道写情的笔触格外动人，富于"走心"的真切与细腻。这场重组大戏中，担责改革主角的都不是脸谱式的"高大上"，而是有血有肉的国企领导、员工等生命之躯，无论国资委领导对减员安置政策原则性与灵活性巧妙结合的刚柔相济，还是任洪斌铁血情怀的处变不乱、石柯的一次次动情演讲，从政府、银行到员工的利益博弈，再到大局意识，无不折射出现代领导者的足智多谋和现代人性美。书中两次写到任洪斌流泪——一次面对新疆困难企业职工，一次面对精疲力竭的二重总经理杨建辉，以及对待擦电梯的小女孩、打扫卫生的清洁工、冻得跺脚的门卫，甚至为路边淋雨陌生人掷送雨伞，都让我们看到一位侠骨柔肠、外冷内热、扶危济困的现代企业家形象。周闻道不尚空口无凭的清议，一切都寓于叙事流中，用一串例子和故事呈现出来，避免了陷入概念写作的窠臼，生动可信地刻画出了一位血肉丰满的改革者形象。

周闻道驾驭这样宏大叙事的功力，在"沉重的*ST""挥泪削冗""沉没成本"三章中，得到淋漓尽致的发挥。这些篇章，真实再现了重装突围所落入的最低谷，所遭逢的危急存亡之秋，他却以举重若轻与举轻若重兼而有之的特色书写，由表及里地娓娓道来，放牧文字，理性亦感性，既纵横捭阖又细致入微。作品用浩衍篇幅，书写任洪斌等带领的团队，"力尽关山未解围"的重重困扰与精诚搏击、"泰山崩于前而色不变，猛虎趋于后而心不惊"的英雄本色。他们绝不草率行事，大事难事敢决断、敢担当却绝不盲目拍板，从不忽略牵扯全盘大局、影响变革进程的每一个关键环节乃至每一细末；他们调动一切积极因素实现国家利益的最大化，尽量化解一切消极因素，减少改革造成的摩擦；他们谙熟"慈不掌兵"的治企之道，亦不失"仁者不忍"的以人为本炽热情怀,在大是大非面前绝不逾越雷池半步和坚守做人的道德底线;他们既大胆解放思想,避免头脑僵化,又懂得从混乱中捕捉稍纵即逝的、走向"新秩序"的天赐良机,做到不乱规矩、不乱章法、不容懈怠地正道直行。在工作方式方法上则善于灵活处置与迂回包抄。他们的精神动力,无疑来自对国家的无比忠诚、对人民群众的高度负责、对企业的情感皈依。如此,他们不懈于内,忘身于外,不惜突破体力、智力、心力的极限,一次次变不可能为可能,使命脉悬于一线的"摘牌"企业重获新生,让不理解而情绪对立的职工不仅消除了芥蒂,而且对领导收拾残局的承担、企业大劫过后的浴火重生,无不情动于衷,点赞多多。

周闻道酣畅淋漓地奋笔疾书,文势有气贯长虹的高朗爽慨,其间不乏烛照世路的真知灼见。在接踵而来的"沉没成本""大单谁埋""守护名片""扭亏攻坚""要素魔方"五连章,每个篇章都回荡着一股夺谷溪流般的激越情思。"沉没成本"一章中,二重这个功勋企业令人揪心地下坠,从质量的沉没到市场的沉没、从资本的沉没到企业的沉没,从局部的沉没到整体的沉没。任洪斌等人如同甘愿与泰坦尼克号生死与共的船长、船员,专注于企业尚存一线生机就不终止救亡图存的奋力拼搏。再读"大单谁埋"一章,处理好债务链,犹如抓住企业的救生绳,或是解开束缚绳,况且在群雄逐鹿的博弈中,为企业争利等同于为国家争利。任洪斌等企业精英有勇、有谋、有顾大局的定力,能忍耐、能等待、能出击,饱经攻守易位、易势、易局的反复盘旋,终于将一局残棋博弈成了一局好棋。"守护名片"与"扭亏攻坚"两章,是任洪斌主掌的企业挺过"兵败如山倒"的落魄之苦过后,重振旗鼓展开的闯关夺隘的反攻。他们像历史上的"岳家军",向世界高扬"还我河山"的猎猎旗帜,视企业信誉和产品质量为生存本钱,砥砺奋发,舒展出一幅扭亏为盈的壮丽宏图。"要素魔方"则是关于企业恢复元气之后,从昔日履险蹈危的小心翼翼,到睥睨四野的大展身手,企业在精心运筹与倾力运作下获得恢复性增长,以及刷新纪录的骄人业绩。任洪斌带领二重再现江湖,成为国际市场博弈中一头万丈雄心的猛狮。

尾章"浴火重生",如同一只涅槃凤凰亮翅高翔于霞光万道的无际天宇，给人带来喜悦，带来振奋。试看今日二重，还是雄踞东方；它以炯炯目光射向远方，演绎了一个个"敢为天下先"的传奇故事，打出了一系列身手利落、姿态优雅、劲道空前的组合拳，向全球制造业亮出了精准猛击的"中国拳头"，从而使这一场改革成为经得起实践检验的"国家经验"，瞩目于世界，闪亮于东方，奉献于父母之邦。

三、"在场"风格足以示范来者

作为在场主义散文的符号人物，周闻道的创作动向历来备受读者关注。那么，他倾情倾力完成的新作《重装突围》透露出什么样的信息呢？

周闻道以"鲁迅粉丝"自许，并引以为荣。他亦经历过"寂寞新文苑，平安旧战场，两间余一卒，荷戟独彷徨"的莫名孤独，最终发出了回荡空谷的文坛"呐喊"。有人曾经高度评价周闻道、周伦佑掀起在场主义散文波澜，并把它放在"百年时空"来观照，认为它是中国白话散文继周树人、周作人兄弟卷起的"第一峰值"之后的"第二峰值"。我无意涉足这一场笔墨之争。不过，我以为拿此"二周"与彼"二周"对白话散文的影响做一番比较，并无不妥。周树人、周作人兄弟在20世纪初发端的新文化运动中，以白话向封建阵营做了优雅的亦是断然决然的告别；周闻道、周伦佑首倡的在场主义，是在郁达夫、周作人等"五四"时期开启的以"小"（小品文）、"美"（美文）为特征的抒情叙事散文，在经历百年艰难跋涉，步入"滥情"（抒情散文）、"滥文"（文化散文）、"滥智"（哲思散文）的死胡同之后，中国白话散文的一次伟大转型——由身份不明转向身份确认、由关注个人内心转向关注当下现实、由"小品"转向"大品"。在场主义昭示阔步走出因袭的文化阴影的决心与信心，勇敢地向作家群落发出了一个助推与时俱进的散文新潮的信号。

熟悉周闻道、周伦佑在场主义观点的人不难发现，在过去与未来之间，他们选择了现在；此在与彼在中间，他们重视此在。他们主张的在场精神，核心是"介入"，本质是关注现实，关注当下，体察苦难。坚守一个公民应有的社会责任和个人担当，不回避、不放弃、不粉饰、不对立，在"真实、善意、建构"的在场批判原则下，实现与时代的深度契合，与社会的和解。很明显，在场主义绝非出世、厌世、抗世，而是主张入世、济世、益世。此外，它孤傲地背向具有依附性、阿谀性和排他性的、阻碍时代进程的旧文化，划出了一条不屑与之为伍的分界线。主张一个本色作家必须肩负起一份义不容辞的社会责任，具有自觉、自在、自立、自为的书写意识，从而在保持书写尊严的前提下，追求书写的境界和实现文本的价值。在周闻道的推动下，在场主义响应者逐渐增多，它预示着与现代社会进程同步的"公民文学"已如春风中萌芽喷绿的原上草，开始呈现出一派蓬勃向上的艺术生机。在场主义也关注现实，但它在关注中，把重点指向存在的真相、意义和终极价值，从而实现了对传统现实主义的超越；在场主义也追求诗意的栖居，但它认为诗意的最高境界，是在身体与灵魂的在场中，对真相的探秘与获得，从而实现了对传统浪漫主义的超越；在场主义强调关注当下，是主张用当下关怀的眼光去看待世界，指向永久的启蒙和生命呵护，而不是拒绝历史和未来，从而实现了对现代主义和后现代主义的超越。所有的超越，都是为了获得真相。

回过头来看文本。

《重装突围》的书写意义和文本价值何在？那就是拒绝文学颓废、人格沉沦、担当缺席的书写，实现作家在场的精神救赎和文本革新。诚然，文以载道、文以明道、文以济世未必是无可挑剔的创作立场，但相对于泛滥成灾的垃圾文学，这样的在场书写更是一种精神层面的自惜、自爱、自尊和文学品质的提升与超越。更何况《重装突围》把目光投向了一批致力于实干兴邦的企业家和工人，他们主动承担了中国企业顶层改革的"国家经验"的书写责任，展示了久违的"天下兴亡，匹夫有责"的书生正义的高贵回归，是对商品经济大潮中泛滥成灾的文学乱象的拨乱反正，是让文学赢得读者尊重、找回自我尊严的精诚尝试。它不仅是"在场主义"的精彩注脚，亦以自身表率示范着勿忘"爱国在场""报国在场"的文学承担，而每一个作家只有凭借无愧于时代的高品质文本，才能博得社会层面的由衷敬重，进而取得传世载史的一席地位。

所幸，周闻道在创作《重装突围》同时，亦率先完成一次文学突围，率先实施了"自我超越"，他的文本具有远远大于文本自身的社会意义，给中国文坛带来发人深省的启迪：那就是要写出高、精、尖的作品，不单是倚仗修辞来炫耀自己天马行空的才情，不能仅仅自满于农耕文明时代的观念和手法，一个作家自身的素质绝不能落伍于时代，绝不能滞后于社会发展的历史进程。相反，一个合格的现代作家必须提升个人素质，必须站在时代的制高点，站在国际潮流的前沿，以真诚的目光去看取世道人心，去表现最应该表现的人和事。否则，他何从提升自己的书写意义和文本价值呢？又怎样胜任属于每一个真正意义的文学家所应当肩负的重担？

《重装突围》是一部名副其实的时代大书，周闻道挥汗如雨的辛勤笔耕，完成了这部非虚构文本的拓荒书写。它既是高端访谈亦是瞩目中国文坛的文学远征，为值得敬重的改革者竖起了一座直插苍穹的纪念碑，其深远影响与重大价值必将随时间推移得到彰显。

论《国企变法录》当代性的多层意蕴

□ 张金城①

　　周闻道的《国企变法录》是一本关于国企改革的纪实散文集，出版于党的十八届三中全会提出"全面深化改革"这一政治背景下，意义重大不言而喻，引起广泛关注。《领导决策信息》就以"为领导干部荐书"为题推介《国企变法录》，认为该书"是迄今为止最具有理性刻度、最具有感性温度、最血肉丰满、最细腻、最全方位展现和回顾一个地方国企的改革历程的书"②。该书甚至成为一些地方官员、干部人手一册的案头书、枕边书。

　　《国企变法录》何以产生如此重大影响？我们如果单从内容来看，该书的篇章布局并不复杂：第一章以到苏联考察为开端，从时代的高度、世界的广度起兴，来谈国企改革的势在必行。第二章叙述"我"与这一重大历史事件的交集，开始角色代入。从第三章到第九章，作者运用大量的细节，分别叙述了电子厂、芒硝厂、肉联厂、棉纺厂、机械厂等几个国企改制的案例。最末章写的是对几位国企老总，既有对他们个人的悼念缅怀，又是那一代国企领导人悲情人生的缩影映照。纵观作为主体部分的多个案例，"变法"过程其实也有着基本的相似性，甚至可以说存在相当程度上的雷同。

　　① 　张金城，华南师范大学中文系博士生，广东机电职业技术学院讲师，主要从事中国语言文学的教学研究工作，研究领域为中国现当代文学。

　　② 　《领导决策信息》2014年6月第22期，第10页。

那么，《国企变法录》的可读性从何而来？其广泛影响又缘何而生？我们认为，主要来源于它的当代性所派生的多层意蕴，即文体创新、作家个性、诗性情怀。

一、文体创新

《国企变法录》的成功，首先在于它"在场写作"的当代文体创新。

散文在中国文学史上是一个有着绵长历史传统的文类。2008年，周闻道带头发起了"在场主义"，倡导"去蔽""敞亮""本真"的散文写作，率先对传统的散文理论及创作模式发起挑战。在该书自序中，周闻道以"往事并不如烟"为题来谈中国的改革，认为从经济体制改革到政治体制改革，从现实改革到思想观念改革，中国的改革是进行时，是未完成时，指出"在场写作关注当下，关注国家的、人民的、社会的痛"，明言"回顾过去，观照当下，启示未来，正是《国企变法录》的写作主旨和目的"[①]。而作家正是从个人亲历与体验的角度，通过大量生活细节的展示，表现了国企改革演进的过程。这是在"在场主义"理论引领下所进行的自觉实践。周闻道以他的文本实验表明，在场主义散文不仅仅是对传统散文的一次理论颠覆，更是一种创制模式革新。

化大而小，以形象呈现抽象，是这种创制模式革新的重要体现。国家大政方针在一般人的记忆中，不过是一些抽象的时代口号，而在周闻道的笔下，却是鲜活的生活体验。比如，"发展才是硬道理""非公有制经济是社会主义市场经济的重要组成部分"，又比如"买断工龄""产权换身份"等。这些具有鲜明理性化和抽象性的改革概念，在书中反复出现，以一种毋庸置疑的生活实感展示自身，表明国企改制不仅事关国计，更在民生，是牵一发而动全身的社会律动——在国家政策主导下，从公务员到企业管理者，到职工个人，甚至每一个人，都被卷入这场浩大的时代和历史洪流中。它昭示出这样的意义：在宏大叙事背后，被隐没、遮蔽的，其实是无数个体那变

---

① 周闻道：《国企变法录·自序》，人民文学出版社2014年版。

幻莫测的喜怒悲欢、跌宕起伏的人生际遇、捉摸不定的荣辱曲折，传统的历史、时代的建构方式，恰恰是以牺牲个人记忆为前提的。而《国企变法录》则是力图以在场再现姿态，带领读者回到国企改制的历史现场，挖掘细节，赋予历史的骨架以血肉脉络，使之丰满、鲜活、可信。这样的历史还原，虽然无法避免作家的合理想象和某种程度上的虚构，但是因为作者本身的"在场"与身份介入，确保了作者与书写对象的高度契合，从而葆有了艺术真实。这与文学的审美功能是完全相通的。因而我们看到，周闻道以书写自我的方式，来获得了书写他者和书写时代的合理性——时代意义与文本意义在这里得到有机融合。这种以个性映照共性的历史建构观念，可以说是在场主义散文给中国文学带来的新创造，也是其文体当代性的鲜明体现。

在场主义强调经验的直接性、无遮蔽性和敞开性。经验从何而来，在于作家主体的三个"介入"：对当下现实和个体生存处境的介入，对作家主体的介入，对语言和叙述方式的介入。《国企变法录》忠实地记录了在经济转型过程中，社会多方位的冲突、纠结与痛苦，很好地践行了"对当下现实的介入"这一理论；而后以作为在场者的第一人称叙事姿态，将其他两个"介入"融合，使得作品具有浓郁的个人色彩和诗性情怀。

二、作家个性

作家个性的突出，是《国企变法录》特点的第二个体现。

周闻道集政府官员、经济专家、作家的多重身份于一身，他曾在市经贸委任主任多年，多次身兼国企破产改制工作组组长，既是国企改制决策团队重要角色，又是具体操刀人，代表地方政府行使改革权力，在某种程度上，甚至可以说是国企"生杀予夺"的大权在握——我们也在文字叙述中感受到作者权力的存在。例如甫一进计经委，便有高中同学来批钢材指标；坐公交车时一说是计经委的，陌生人马上尊敬有加，让座；而在操刀改制的工作中，各路人马极尽巴结之能事。但是面对官职带来的便利，作者不仅没有滥用权力，合法有度地为民服务，而且对于官场上的不正之风，从骨子里透出鄙夷和抗拒，保持着自己正直廉洁的个性与孤高狷介的风骨。

虽然国企改制工作有模式化的程序可循，他却做到以人为本，灵机应变，因地制宜。在实施肉联厂的破产改制时，作者坚信"诚实守信，仗义坦荡，便是世间最大的道"，而后不惜奔波周折，带领一众下属与来并购的企业反复周旋，巧唱双簧，不过是利用商业技巧，让破产财产卖个好价钱，以减少国家损失。在机械厂破产重组中，对省高院判词瑕疵的发现，及资产重组、主体分离的机智突围；在棉纺厂兼并重组中，与债权方律师的斗智斗谋、对战群雄，成功掌控局面等，都彰显了周闻道作为政府官员的睿智为公、殚精竭虑的一面。可以说，从书中可以读出，周闻道不是一个得过且过的懒官、庸官。"他有很强的责任心和使命感，对于自己肩负的改革工作，他进行了悉心研究和潜心思考，对中国经济体制改革的必然趋势和国企改革的必然选择，有着深入的思索和正确的认识，这形成了他的态度立场，他的改革实践，也就带上了他个人的烙印，在书中处处都显现出他的个性。"[1]

此外，作者作为一个普通人，在个性上还有坦荡旷达的一面。如在电子厂改制中，由政府17个部门领导组成的破产改制工作组，在厂内被职工围困了三天。后方指挥部为了息事宁人，获得稳定，指示工作组"装病"撤退，或者从后墙钻狗洞逃离。周闻道作为工作组组长，首先想到的却不是个人安危，而是政府形象和下一步工作的主动。他一反服从安排的作风和文化人的斯文，以近似"失态"的激动愤然大骂："奶奶的，老子没病，你才有病哩。钻狗洞出去？这不是老子的脾气，谁想钻，就自己钻去吧。"怎么进来的，就得怎么出去，其刚正洒脱的禀性溢于言表。在工作遭遇挫折时，他又自我宽慰："老天见我这个笨拙的改革者，苦行僧式地在国企改革的长路上跋涉，已经10多年。"面对纪检部门的检查，他自认为："不贪食的鱼，再诱人的诱饵，也会沉没为泥。"遭遇挫折，便背山面海，俯仰天地："阳光和空气，还有这三江之流，多么柔和而从容；伟岸大佛，美丽东方佛都，睿智而清醒。"从这些文字中，我们都能看到作者心胸廓落、坦荡自许的形象。

---

① 邓芳：《一个人的风雨彩虹——读周闻道〈国企变法录〉》，《剑南文学》2014年12月（上半月刊），第47页。

在《国企变法录》中，作为官员的作者，是在践行国家方针政策的工作中，成就自身为时代的弄潮儿。行文中作者并不讳言其工作成绩，字里行间也透露出自得。这样家国天下的责任担当，可以说与中国自古以来的儒官传统不谋而合。周闻道而外，其属下也有着鲜明的个性。得力干将周强面对检察官时的理直气壮，李伟忠与并购企业多方周旋斗智斗勇，还有多位国企领导，或为企业奔走任劳任怨，或为职工谋利积劳成疾，或为改制尽瘁死而后已——这些公职人员形象，不再是居高临下的"父母官"，也并非仙风道骨的"人民公仆"，而是有着鲜明个性的平凡人。他们比以往的官员形象，具有更深厚的现实感和当代性内涵。从这个角度看，周闻道为中国文学贡献了全新的当代官员形象。

三、诗性情怀

《国企变法录》的当代性，还体现在它的诗性元素设置上。

我们阅读中不难发现，《国企变法录》其实是一部诗性洋溢的散文作品。甫一开篇就以悲凉的俄罗斯民歌《三套车》，来隐喻国企变革的痛，并认为这是"一个体制的挽歌"。接下来多处引用崔健的歌，来寄寓时代的特色。"红旗下的蛋"隐喻国企的痼疾，"身体还软"预示改革将至，"这世界变化快""不是我不明白"，描述了改革到来的猝不及防，"总是笑我一无所有"，呈现了国企今非昔比的悲凉——用歌曲寓意时代的氛围，为写作创设了一种独特的情景框架，也造就了文气的潜流，加强了全书的逻辑性诗意。

同时，大量的景色描写，为作品增添了浓厚的情致。写到考察俄罗斯，"飞机从我国新疆出境，一直向西北而行。越过广袤的黑土地，把静美的山川河流，还有一片片无边的白桦林抛在身后"，接着"先后到了莫斯科，圣彼得堡，经过沙皇夏宫的流连，荷兰湾的望海，阿芙乐尔巡洋舰上的睹物神伤，在瞻仰了莫斯科红场的圣火，感受了列宁墓的苍凉后，此刻，我们正漫步于美丽的伏尔加河畔……明媚温暖的阳光，把天空装扮得清爽而亮丽，云被高高托起，飘逸或聚集，都悠闲自在，引领着我们的心情"。这样的景物描写，不仅旖旎迷人，还有深刻的隐喻，不禁令人想到当初的苏联模式，从"美"到"衰"、由"热"到"凉"的必然颓势，暗示国企改革的必然。而在改制工作进行时，"那是个阳光灿烂的盛夏天，天上无云，稻子正在灌浆。进厂的公路宽阔平展，以一种不容拒绝的姿势，铺陈在蓝天下"。写到厂房旁边的环境："一带江水，划分了大地的身份，此岸平畴万顷，彼岸山脉纵横。"读者很难不被这些美丽的描写吸引而神游物外，产生审美愉悦，瞬时忘却日常工作中烦琐的人事纠葛，而投身于天人合一的诗情画意中。

再者，对诗文名句的化用也是《国企变法录》的一大亮点。如写及国企今非昔比是"流水落花，天上人间"；国企破产"仿佛又一场红楼剧变，哗啦啦似大厦倾"；感叹改革的机遇难能可贵，"是滚滚长江东流水，此路一去不复还"。感慨时光催人，"季节不老，梨花谢了，春红太匆匆，脚步是唯一的印痕"，渴望"抱着一颗远离尘嚣，远离是非，归隐宁静淡泊之心，躲进小楼成一统，不管春夏与秋冬"。这些句子文法杂糅，讲的虽是政治与经济改革，却处处夹杂诗词章句和轶事典故，造出一种博古通今的气质，很容易让我们联想到文字背后绵延数千年的中国文化，从而感应出一种文人治国、家国天下的情怀。

"就散文创作来看，强化散文创作的文化意识，可以丰富作家的创作主体，增加作品的历史内涵和人生内涵，从而提高作品的文化品位和审美价值。"[①]尤其对于像《国企变法录》这种有着宏大的叙事主题的纪实性散文创作，更应该在行文中以文化气质来化解"实录"倾向导致的对文学诗性本质的异化。总之，《国企变法录》诗性情怀要素的设置，引发了读者的审美趣味，极大地增强了可读性，同时也增加了文章的内涵和厚度。

四、结语

综上所述，周闻道的《国企变法录》，以其在场写叙事的文风特质、鲜

---

① 陈剑晖：《诗性想象：百年散文理论体系与文化话语建构》，广东人民出版社2014年版，第144页。

明的作家个性和深厚的诗性情怀，成就了非虚构写作的突破与进步。周闻道是位善于把握时代脉搏的作家，从国家宏观层面的政策调控，到国企市场的经营变迁，再到职工个体的心情悲欢——散文的视域可谓宏大。在官员、个体与文人的三重视角中，我们能感知作者的不同形象：作为官员，他为民奔劳、敢做敢当，让我们在某种程度上修正对官员刻板的印象；作为个体，他爱憎分明、旷达豪爽；作为文人，他又富于诗性气质与人文情怀——这个复合型的作者形象，有着丰满真实的当代感，也体现了包括在场主义在内的非虚构散文所追求的"当代性"特征。

学者王雷雷指出："相对虚构性的文学写作，非虚构写作，实际是以纪实的手法，通过非虚构的作品来达到对现实社会的'拟真'。非虚构写作有这样的特征：它既是对先行事件、真人真事的客观记录，又超越了简单的'纪实'的限制；它继承了文学的'诗性'特征，并将诗性的建立立足在每一个细节的叙述上。它是记录，但不是文献，它可以传播信息、事实和知识，更可以在此基础上传播思想、价值观、精神力量及审美享受。"[①]《国企变法录》让我们领略到：文字不仅存在于自然美景中，存在于世态人情中，也同样存在于时代主题、国家方略和人事工作中。以细节来还原历史，以文学的方式言说当代，这是周闻道和在场主义散文对中国文学作出的独特贡献。

---

① 王雷雷：《非虚构与散文》，《雨花》2015年08期，第93页。

裂岸有惊涛：在场写作的可能性

——评周闻道长篇报告文学《重装突围》

□ 李伯勇

一

在连续推出在场主义厚重之作《国企变法录》《暂住中国》之后，周闻道马不停蹄，又写出了更为厚重的在场新著《重装突围》。这不但是一部在新时代直面中国国有企业变法的扛鼎大书，也是一部在场主义写作（简称"在场写作"）重要文本。

基于周闻道是学经济专业的，又长期在地方政府的经济部门工作，有搞国企改革的切身体会，他所在的四川又是央企、国企林立之地，有机会目睹国企改革的历程。他作为在场主义散文创始人，其《国企变法录》《暂住中国》等在场力作，就富有在场主义"介入"的鲜明特征。他自觉践行着"在场、去蔽、敞亮、本真"的写作宗旨，同时在写作中又强化并深化在场写作的"精神性、介入性、当下性、自由性、发现性"。于是他在叙写国企改革方面呈现着别人难以企及的层次性、深入性与独特性，进而在这个领域的写作上形成了独特的优势，当然也转化成写作实力。

借此可隐隐约约地感觉，周氏在场写作正临"天将降大任于是人也"的态势，一个激浪汹涌、暗涛回环的"改革攻坚"新天地，已然在作者创作视域呈现，他这位特殊的参与者、书写者，进入了新时代改革大潮的场域。他乘势而上，全身心投入，不负使命，写出了这部被称为"产业转型的鲜活经验""供给侧结构性改革典型蓝本""中等收入陷阱的重装突围""央企深化改革的巅峰之战"的时代大书。可以说，二重（中国第二重型机械集团公司）重组的成功，非国机（中国机械工业集团公司）和任洪斌莫属；《重装突围》这种高层次大视野，涉及经济学、社会学、文学、法律等系统性，极富历史感、现实在场性和挑战性的文学书写，非周闻道莫属。

正如周闻道的夫子自道——他在该书的引子说，他的长篇纪实文学《国企变法录》受到广泛的关注，他"有点意外，甚至惆怅"。不过他清醒地意识到了，"这个成功不属于技艺与文字，而属于内容与题材——国企改革。它让我的庸常（应该称为在场）写作，因与一个伟大的时代命题相遇而富有了强大的生命力，文本承载的意义超越了文本本身"。

在该书的引子中周闻道就直言，在场主义创作出"思想大于艺术的作品"。他坚守"介入现实、关注当下、体察苦难"这一在场精神中"作家追求的存在底线"，这与企业家任洪斌进行的国机与二重战略重组所遭逢的"思想观念、产业布局、市场定位、经营管理、技术创新，体制、机制和人"的存在底线，"不期相遇，一拍即合"。从这个意义上说，《重装突围》也就超过了一般意义上的报告文学，具有了文学史上所说的"超文本意义"。

这样的"现实"，在作品里体现为透过国机与二重重组——国企改革的现实、时代和社会的现实、企业家和职工——人的生存、生活与精神现实等层次丰富的现实。书写现实的作品不等于就具有现实感，但由于周闻道的在场笔触，《重装突围》富有沉雄、博大、滚烫、脉动、细腻、深邃的现实感。

如果说国机、二重重组是一部时代大书，每一位参与者都是书写者，周闻道则是一位"书写者"的碑刻者。他本来上网找《国企变法录》获奖的相关消息，却阴差阳错撞上了国机与二重重组的相关气场，于是他的"神经再一次被激活"。2015年3月20日，在北京，"在简单的寒暄、问候、自我介绍中，国机主要领导就完成了我的'面试'程序"，他庆幸地"获得了进场的入场券"。

对于周闻道，这更似乎具有某种宿命的意味。在政府企业主管部门工作了30多年的周闻道，从1985年到2015年，每一个国企改革的履痕，与其说深深留在他的记忆里，不如说都融入他的血液。他经受了多少国企攻坚破难的风风雨雨，完全不是一般意义上了解国企改革，而是本身就是其中一员；在进入高端央企改革的新时代，他又在更高、更深的层次，有了新的发现和顿悟。这意味着又是一次全新的写作，一次与时代命题相遇又不乏难度的写作。他不"轻言放弃"，勇敢承接，倾情投入，认真叙写，展开了"一次富有挑战的在场叙事"，也拓展了在场写作的可能性。虽"只是记录者，不是叙事主体"，但在场的力量坚如磐石。

二

比照20世纪七八十年代开始推行的"厂长负责制"等改革，及蒋子龙《乔厂长上任记》中的改革，国机与二重的战略重组无疑要复杂得多、艰难得多。《乔厂长上任记》张扬的"铁腕管理（改革）"，与改革开放30多年后的国机二重重组相比，显然是物是人非。"铁腕治企"一路凯歌行进的时代已一去不返，也不合时宜，于现实无济，且无力无效。这等于说，企业和改革的生活已经敞开了各种层面（或曰情境），小说或一般报告文学的手法和结构已然失灵，必须以新的思想艺术来"拿捏"这样的题材。

在今天看来，乔光朴式的"强人改革"过于乐观，过于一厢情愿，讴歌式或鞭挞式书写已失之于轻飘，但不等于国企变法——我们的改革不需要贤能和强者。伟大时代必然产生贤能和强者，关键在于贤能和强者能否抓住时代给予的舞台（机遇），而且以自己的才识情怀带领团队作坚毅卓绝的一搏。

这就意味着，当时（2001年8月底）以新任董事长身份赴任国机的任洪斌，面对"沿袭过去那套行政管理模式，没有经营，没有收入，没有明确主力，靠收取公司管理费过日子，没有生气，缺少人气"的国机现状，如何向着市场突围，如何"脱困建制"，带领团队，探索培育企业软实力，扭亏为盈，书写了"国机神话"——这些，又化作任洪斌的阅历、"武功"和底气。他又于2012年11月担当起实施国机二重重组的重任。此时的二重，从十年前"国家队中的国家队，二重领导与省市行政领导并列"的大象万千、不同凡响的兴旺与气势，竟跌入十年后的"实现营业收入50亿元，利润-28.89亿元，二重重装占了亏损的90%"，厂区寂静复寂静，"枯黄的叶在迷蒙的天空飘得有精无神"，"开门师傅……真诚的微笑背后，有一席隐隐的尴尬与茫然"（第一章第二节）。二重的窘迫惨淡已在一定程度上昭示过去某些国企"改革"的真相，及新一轮国企特别是央企改革的挑战，当然也作为"在场书写"的切入，或者叫在场书写的展开。

周闻道没有落入写作窠臼。他的在场情怀、在场视角、在场笔触，磨砺了他敏锐的神经——"在场思想艺术"派上了用场。于是，他另辟蹊径，写出了本书——一种文学与现实书写的"重装突围"。比如在第三章第六节写道，2003年，分管工业的副省长到二重开企业交流会，他就注意到会议主持人"请×××发言"和"请×××讲话"的不同表达，而发现并见证二重人在"国家队中的国家队"身份背景下，以国家核心成员自许（第一章第二节）的现实。他一开始就捕捉到了那种深入二重人骨髓的思想意识之包袱：不是负债和市场，而是那种根深蒂固的"脊梁""长子"意识和优越感。他们长期沉湎于过去的辉煌行业的地位中，总认为二重缺不了，死不了，总会有人来救的观念。

"国家队中的国家队"、共和国的"脊梁""长子"意识，在二重，在许多国企里，借助体制积淀成的"集体无意识"，消弭了危机意识、市场意识、忧患意识，其负面效应在市场化、全球化情境中越来越明显，成了国企面对市场和走出去的沉重桎梏，同时也成了像任洪斌那样勇敢承接"一个伟大的时代命题"的新时代企业家所必须正视并克服的精神难题。当然也形成了我们社会经年的阵痛。

《重装突围》避易就难的最成功之处，就在于全书并非在理念上居高临下地批判国企中存在已久的"脊梁""长子"意识，而且将理念贯穿全书，且在围绕重组中若干重点工作展开的"重复叙事"的背景下，作者仍然从容地、有条不紊地揭示"脊梁""长子"意识浸润下的各个场域、各个层次的企业本相，让"在场体验"不断地爆发出人性、情感和思想的火花，让读者身临其境并且引发自己的在场感受。我在阅读中确实觉得有些章节内容重复，但细读下去，又觉得作者是做某种场域的必要铺垫，且重而不复，各为其用，真实地彰显国机重组过程中各种思想意识、现实矛盾、错综关系，乃至社会冲突的不可避免。我一方面更加体会国机重组、国企改革的积重难返、艰苦卓绝，另一方面更加体会任洪斌和他的团队的义无反顾和勇敢担当，体会任洪斌主动把握"伟大的时代命题"的精神，以及国机重组的必要性和迫切性。

与周闻道在《暂住中国》所着重揭示的"暂住"人口所遭遇的种种"无物之阵"相比，《重装突围》着重叙写的则是国企改革所碰到的种种"有物之阵"。过时的思想观念、体制机制的惯性作用、团体和个人的现实利益、规则和潜规则的冲突，法律、政策、规定等，都是"有物"的存在，构成了国机二重重组的硬环境。重组后的新国机以及旗下的二重，都必须以硬实力——新的硬环境出现。因而，全书所传导的时代脚步、人的情感心灵是真切的，可触碰的。

捧读全书，我心里涌现苏东坡《念奴娇·赤壁怀古》中的"乱石崩云，惊涛裂岸，卷起千堆雪"意象。这"惊涛"是改革、重组、突围之惊涛，震裂的是看得见和看不见的困阻之岸，也是作者"在场书写"直抵现实和人心的惊涛。

三

全书展示国机二重重组中的观念冲突、思想分歧、心理矛盾、社会反响、利益博弈，不但涉及国机二重干部层、国资委等上级部门领导和一般员工，还把国企改革——国企发展由高峰而低谷，主动或被动转型的演变，交由读者（社会）重新检视。何止长期浸淫于国企的局中人，受体制文化影响的国民也可得启迪。

可以分析得更细密一些。

"国机二重重组，不只是一项国家任务，不只是二重脱困的需要，也是国机在新形势、新挑战下，自身持续快速发展的需要。"是任洪斌"发现了《中国制造2025》规划的秘密。规划重点发展的10大领域……几乎个个与国机相关。关键是怎样因势而为，把握大局，谋求改革突围"。前文已点明，任洪斌在国机的改革已见成效，施展宏图具有基础和经验（即底气）后，并没有被暂时的成功所迷惑。他看出了"中国制造业面临的最大问题是产业突围"（第一章第四节）。因此，他所看中了被誉为中国重工业"脊梁"、共和国工业"长子"的二重的战略地位、战略前景和基础实力，当然也看出了二重深陷困厄不可拔。在二重，虽经"漫长的改革，无论是公司制尝试，还是建立企业制度，无论是下放上收，还是集团、子公司、母公司、事业部制、上市公司，变来变去，大都是形式，而忽视的恰是更关键、更重要的部分——市场和核心竞争力"（第二章第四节）。忽视的就是欠缺的，就是二重的短板。因而，"国机与二重，都有自身的内在需要和动力"。于是国机与二重，在2012年实现战略交汇，将重组摆上了议事日程。主导方是国机，主导人是任洪斌。

当然，更高层次的统摄者，是中央实施的国企深化改革、供给侧结构性改革和由"两个一百年"奋斗目标及中国发展大势决定的全国性产业转型升级。

仅以此为主线，渲染对国机二重重组的"反对、质疑、担心到理解、支持、赞赏"，就可构思一篇突破各种阻力、气势磅礴凯歌行进的报告文学了。但是，全书叙述并没有以此为主轴，对在重组中起主导作用的国机，并没有以救世主姿态出现，甚至没有过多着墨；就是在对重组的定语上，也采用的是"联合""强强"之类平等的词。比如，当国机与二重重组的消息不胫而走，"最初一段时间，许多人并不看好这出重组大戏，质疑与反对声，几乎占了主流""国机发展好好的，何必要去趟二重这潭浑水""二重亏损那么大，不要把国机拖进去了啊""二重是央管53户，以小吃大，国机行吗？""是不是任洪斌疯了，想捞政治资本？"（第三章第一节），这些非议，不仅在国机二重，在社会也时有发出的。尤其是后两句质疑，是习惯思维的产物，有着一定的社会心理基础，也构成了任洪斌重组的阻力。他内心深处同样存在这样的自我质疑，但本书对这些只是点到为止，笔触对准的是重组及重组后的矛盾纠结。

可以看得出来，周闻道将目光锁定身隔困境的二重，出自他一以贯之的对国企改革追踪的情怀和在场书写的使命。二重成了他笔下最适当的一个解剖标本，如此动态的解剖或展示，构成了本书的主体内容。在重组中二重发生的一切，许多出乎他的意料，这些更促成他要写这本"文学的时代报告"。

可以说，只要市场在，国企的改革就永远在路上，对国企改革的书写就具有当代性和正当性，而国机二重重组，正是高端国企改革的一个难得标本。

《重装突围》对二重的彷徨突围做了多层次的描摹，剥笋般揭示二重的涅槃之路。宣布国机二重重组，只是二重命运转折的一道"成年礼"，并不等于二重就步入了顺境。多年沉疴铸就的"重装加身"，现实中市场的严峻挑战，各种症候顺此爆发出来。二重人的失重感、失落感、覆灭感，会化作生产和生活中一幕幕悲情画面，给重组后的新国机、给坚定走重组之路的任洪斌、给陷入"脊梁""长子""实力"惯性思维不能自拔的二重人，何止是阵痛，简直是难以忍受的惨痛。"习惯演变成一种劣性文化，比质量问题理可怕"（第九章第一节）。周闻道在铺陈二重在重组后的反复和"事变"时，总会把二重的历史串联起来（这就造成叙述上的重复），让读者以他所传导的现实感、历史感来思量正在进行中的国企改革（这也是本书主题的一种表达路径）。

二重有过实实在在的辉煌，在以市场为导向的国企改革中，却遭遇穷途末路、"泥牛入海"。但虎死威不倒，它仍有幸地被国家列为"关系国家安全和国民经济命脉"的重要企业。因为先天的差异，国机同它在重组模式、新企业命名、甚至先后顺序等方面都分外小心。所谓合作，就是兼并重组，"简单而明了的问题，因体制而变得微妙复杂"。谁都明白"不在形式在实际","可一接触到具体问题，又不得不面对形式背后双方的许多思维差距"。不讲兼并重组，就讲强强联合的联合重组，不是我吃掉你，也不是你吃掉我。可重组方案进行了四轮磋商修改，却难以跨越这些"简单"的问题。

观念相异带来的思维差距，正是国企、也是中国现代转型冲突的根源和普遍事实，是诸多意识和行动冲突的深层原因。

在现实层面，虽然国机资产总量是二重的10多倍，二者利润更是天壤之别。但作为"央企中的央企"，二重不仅在政治规格上却比国机"高一级"，而且还拥有"重装"（重型装备）的王牌。纯粹按市场理念理解，这似乎不可思议，在中国却很管用。因此，在所有"简单"问题的背后并不那么简单，堂面上"要"的也不一定就是真的，"仍是谁吃掉谁，谁是主体，谁是附属的思维影子。影子是更深刻的真实"。隐藏在二重人心灵深处的"脊梁""长子"意识，支撑着自尊和虚幻。于是，重组中一些看似"简单"的谈判一次次陷入僵局。

当年鲁迅曾叹息，在中国"即使搬动一张桌子……几乎也要血"，今天要确立"搬动一张桌子"的思想和思维都万般艰辛。更为艰难的还在联合重组的后头。

当经过一系列艰难而曲折的纷争，国机二重终于走上重组的道路，短兵相接的改革却接踵而来。即使挥泪，也要削冗。这本身就是一次艰难的抉择，可这时二重的部分职工却表达了不满。国机董事长任洪斌时在国外，果断派了精明的刘敬桢出面处理，由于国资委、各级党委政府及各方面高度重视，齐心协力，老职工坚守岗位，特别是充分尊重和解决了职工的合理诉求，事件终于平稳着落，减员目标仍如期实现。虽然一些骨干对现状失去信心而选择离开，任洪斌相信也欢迎他们在企业好转后回来。

生活依然敞开希望的大门，二重的阵痛却在继续。

四

"二重重装"二重这一上市公司的王牌，由于内囊虚空而岌岌可危。二重的希望正受到生命威胁。如此危情，自然成了新国机全力以赴解决的一件大事。

"沉重的*ST""沉没成本"和"大单谁埋"是全书举足轻重的三章。它展示了二重人与"脊梁""长子"意识相连的另一个自豪和信心的依仗：拥有主板上市公司这一王牌。不是大国企就可以上市的；二重重装作为二重唯一的主板上市公司，涵盖了企业的主要业务资产、核心竞争力和家底，也是二重通过学习资本市场，实现未来发展大梦，重振"脊梁"雄风的唯一资源平台，是二重的生死成败之关键。何况，有过二重上市融资成功的辉煌。虽然当时国机有四家主板上市公司，对此也是非常看重的。可是，当时，二重重装因为已连续两年巨额亏损，按上市规则要保上市公司之壳情况已是十万火急。二重对保壳自然看得很重，也很迫切，这也是二重与国机重组的重要动因。（第六章第一节）"与国机重组后，交易市场转向了企业内部。""保壳"成了新国机上下一致的心愿。"国机已被绑上了一种难以逃避的语境定势。"（第六章第三节）

这一章昭示了全球化情境下国企现代化进程的新面貌，关涉国企改革与市场化进程中一系列复杂问题，大到顶层设计的体制、机制、法治、政策等，中到企业制度、财税金融、社保体系，小到国企几十年积累下来的种种痼疾。这是二重国机重组所必须面对的，是检验和考验任洪斌等领导智慧和决策能力的新场域。因此，二重重装的保壳之仗，又是重组和二重改革脱困的一场硬仗。当然也是周闻道"在场书写"的新天地，展示了国企与现代金融纠结之一角。

全球化的今天，尤其是国企改革，是离不开市场和金融的。世界各国基于本国的国情，对全球化的理解与接受有着自己的偏重，但在客观意义上，全球化是推动世界进步的一条大道，而市场、金融、证券及科技，不仅是全球化进程中的核心要素，也是市场经济向高端、深化演进中涉及的关键问题。这构成"重装突围"不可或缺的内容，也平添了本书的分量。显然，仅仅有文学或经济学的积淀，是很难承担这样的书写的。可以说，它就是一部最鲜活现实的市场经济百科全书，没有现成答案，答案靠自己寻找。

因此，这三章更让人感受到"黑云压城""惊涛裂岸"的冲击。

国机董事会于2013年12月13日作出决定，不同意ST二重"资本运作"方案中提出的四项资产交易，这成为了重组以来最大、最艰难、最痛苦的决策。更重要的是，此事不仅前无古人、复杂交错，还有"观念和文化的差异，让正常的重组思路调整变得复杂"。在复杂的心理下，二重对国机的良苦用心似不理解，甚至认为国机违约，自己遭了国机算计。此外，上交所领导找上了门，不愿意ST二重退市。在这种复杂局面下，国机倒看到了变被动为主动的可能，选择了"先退后进"——主动退市方案。被动的主动，不临渊羡鱼，选择"退而结网"。

"二重的巨额债务包袱，很大程度上是体制造成的。包括整个国家的投融资体制和对国企的管理体制。当然，二重自身的决策和经营管理，也是重要原因。""本无责任的国机，却被推到了最前面。""重组无实质性突破，减债谈判陷入胶着，减员矛盾重重。质疑担心之声再起，甚至有人向巡视组举报任洪斌。"后来任洪斌为最大限度保护生产力，不得不重提破产。他找国资委求助。而这时"国资委内部，已在开始酝酿整个央企的突围"。最后，重返司法重整，绝处逢生，"不是重复，而螺旋式上升；不是债权、债务人对立，而是携手共进"。其实，"真正的埋单者，仍是国家、国机和二重，及社会债权人"。重要的是，"在这场堪称共和国国企改革经典的大戏中，风险和摊牌，利益和希望，都在重组中打捆……更重要的是，大家都赢得了未来牌局"。

超常的挑战，也是价值规律，获得了超常的价值。用业内人士的说法，这次重整创造了三个"最"：一是进入司法程序后的时间最短，只70天；二是标的规模大，债权人通过率最高；三是中小股民最稳定，满意度最高。在中国资本市场，这必将是载入史册的经典案例。

五

重组的成果，就是新国机的诞生。

在国机2012年年会上，任洪斌曾提出把"有质量的增长"摆在更加突出的位置。2016年初发布的42项国机二重联动重点工作，有34项完成。为迎接新机遇、新挑战，任洪斌在国机2016年年会上提出深度重组新战略。到2016年，新国机内部实施资产重组的企业达50家，新国机在"十二五"期间清理减少各层级企业147家、低效无效参股投资205项，构成了国机深化企业改革发展史的重要篇章。海内外主流媒体对此进行了广泛报道。

实施深度重组新战略当然离不开二重。新国机旗下的二重突围了，"二重以坚实的实力和杰出的答卷再次证明，自己不仅拥有卓越的重装极限制造实力，而且产品质量正常稳定回归"。度过关键的2015年，"到2016年7月，也就是国资委批准重组刚3年时间，二重当年已实现营业收入44.44亿元，同比增长78.1%；完成进出口额3.39亿美元，增长173.6%；利润1.94亿元，扭亏7.25亿元；EVA1.14亿元，增长2.98亿元。"二重扭亏初战告捷。

无疑，这是最坚实的答案。从重组议题的提出、决策到实施过程中的种种说法、纷争、举报、质疑、观望、担心等，都可以从上述成果中找到答案。

正像《重装突围》所赞叹的：中国机械工业那一系列之"最"和世界一流，谁能担当？唯有国机——与二重成功重组后的新国机。走创新发展之路，不断占领制高点，不仅是企业传统意义的原型创新、二次创新和流程创新，更是更高境界的创新——源创新。在改革发展的一次次裂岸的惊涛中，新国机携手二重跳过了"龙门"。这一"跳"，搏击"惊涛骇浪"，意蕴深长。

面对未来市场挑战，任洪斌引入了服务文明这一新概念，在狩猎文明、农耕文明和工业文明之后，就是服务文明。"服务业的崛起，服务文明时代的到来，是本次产业转型的必然方向……任洪斌不仅洞察到这一点，而且早已在带领自己的这艘央企旗舰，适应这个国转变。"于是有了产融结合、产服结合这些在工业化、城镇化后期，在现代化转型中的新型产业业态，进入任洪斌视野。

既然是一部纪实文学，刻画主要人物是必要的创作手段，但这毕竟不是一部把任洪斌塑造成乔光朴式国企改革家的纪实作品，而是在场地描摹"央企深化改革巅峰之战"的宏构之作，相关方面也希望后者是全书的重心。可是，在内容展开、笔触放开、惊涛屡现之下，周闻道需要给任洪斌一定篇幅，让他担承国机和二重重组及新国机绝处逢生、浴火重生过程中的关键角色。

由于体制、语境、题材、主要人物背景等特殊原因，明显看出周闻道在写作时，更侧重于叙事，而不是写人。因此，在写到任洪斌时，作者往往表现出明显的节制；有些地方还刻意安排了一些"平衡"式书写，比如以其他班子成员，甚至中层干部来平衡任洪斌的角色，等等。于文学，这似并非必须；于特殊语境，却显然高明。这不仅仅是周闻道基于自己的国企改革见识和自己的人生经验，也基于自己的写作经验。

在压力承受及作出对策上，还可以写得更在场一些。

一部蕴含时代中国的大书

——《重装突围》序

□ 李炳银[①]

　　中国机械工业集团有限公司（简称"国机"）与中国第二重型机械集团公司（简称"二重"）联合重组，是近年来国家持续推进改革，由中央部署、国家层面实施的一个关注度最高、影响最大、最具代表性的央企重组案例，是中国特色社会主义新时代背景下，应对纷繁复杂的国际、国内形势，推动供给侧结构性改革以及产业转型升级的伟大实践。以报告文学的形式，完整、形象地呈现这场气势磅礴、波澜壮阔的改革，既是报告文学的神圣使命，也是报告文学的莫大荣幸。这是中国改革迈出的坚定步伐，也是鲜活的中国故事。因此，当周闻道先生把《重装突围》书稿送到我面前时，我很高兴，也乐意为此说几句话。

　　一部蕴含时代中国的大书。这是《重装突围》给人的强烈印象。

　　这里的大，不仅包括题材——它书写的是改革，世界第二大经济体在经济大转型背景下的国企改革。它涉及的内容非常广泛，也带有很强的变革

---

　　① 李炳银，中国报告文学学会常务副会长、《中国报告文学》杂志主编，著名文学评论家。

性、专业性。对许多人来说，一些也许陌生晦涩的宏观经济学概念，比如中产阶级危机、中等收入陷阱、供给侧、需求侧、源创新、流创新、鱼骨图、产融结合、产服结合、微笑曲线等，作者周闻道却都能以鲜活而个性化的人物故事和经验解读给予生动清晰的诠释。

国机和二重，两家央企重组，每一个触角都牵动着"国家神经"。我曾说，二重搞好了，没有搞不好的企业。的确，二重是一个难得的国企蓝本，几乎包括了国企的全部故事：政治经济、历史现实、政府企业、体制机制、宏观微观、企业职工、辉煌、困难等等。文学面对如此内容丰富和关系复杂的对象，缺少鸟瞰全局的视角和很好的把控能力是难以表达的。

周闻道在进行这次阅读时代的大书写时，或许会有多种渠道和选择，可以从多个角度切入。可他却在这里化繁为简，从国企改革和国企叙事两个角度，或者说是国企改革和国企改革包含的文学元素两个维度，与大家一道分享《重装突围》承载的时代意义和文学精神。这样既使国企改革过程中的文学元素得到很好的传达，也使文学的个性叙述具备了宏大的时代背景与坚实的言说基础。

中国改革开放已经进行了整整40周年。其中，现代大规模的国企改革，大体经历了33年，分为两个阶段。改革方向上没有大的失误，就是坚持市场化改革的大方向，并始终保持了政策的连续性。这是国企改革取得成功的重要因素之一。其间，虽艰险处处，却步步为进，并逐步由浅水区步入深水区。这个渐进深入的过程，表现了国家坚决和稳妥的思想态度，也使得改革在突破与开拓中不断行进，很好地成就了中国经验。

第一轮国企改革，主要在面上进行，涉及200万家国有和集体企业，职工人数1.1亿。这么多企业、这么多职工，要从计划经济转到市场经济、从计划运行转到市场运行，难度和风险都非常之大。改革解决的突出问题是体制、机制和人（干部能上能下、职工能进能出、工资能升能降）。没有前车可鉴，其间不乏艰难曲折：利润留成、利改税、厂长负责制、承包制、抓大放小、扩大企业自主权、"两降一集中"（国有经济在国民经济中的比重下降、国有企业数量下降，国有资本不断向大型企业集中），以及股份制和现代企业制度等。特别是20世纪末强力实施的以兼并、破产、债转股为重点的"三年脱困建制",涉及问题之多、矛盾之尖锐、面之广前所未有,可谓一场没有硝烟的改革大战。其间的纷攘、纠结和决断,非常多样和丰富。

中共中央、国务院于2015年8月24日出台《关于深化国有企业改革的指导意见》,标志着新一轮国企改革的全面启动和深入推进。

如果说,第一轮国企改革主要解决了地方中小型国企的"三大问题",实现了在一般竞争性行业的国退民进;那么这新一轮改革面对的问题,显然要更为复杂:除了对省及以上大型国企深层次痼疾的攻坚克难,实现真正的市场化,还涉及如何应对世界性中产阶级危机及中国的"中等收入陷阱",让国家战略性生产力的布局更加合理、结构性效应持续提高等。在美国《财富》杂志公布的2018年世界500强企业中,中国有115家企业榜上有名,其中10家首次上榜,这正是中国企业快速发展的佐证。这或许也是深化经济改革的一种成果显示,是中国经济坚持自主健康发展的表现。

实体经济,始终是一个国家经济的基本面。

二重的问题不是孤立的,固有其自身决策和经营管理方面的原因,但资源的"先天不足"是根本原因。因此,二重的问题,实际上是中国实体经济特别是制造业面临的共同问题:发展方式粗放、产品结构不合理、低水平重复产能过剩、经营管理模式落后等。作为一个制造业大国,这些问题令人担忧。要有效地解决这些问题,归根结底还是要靠改革,系统性地深化改革。二重和国机联合重组,是我国装备制造行业调整转型的重大实践,中央装备制造企业的布局结构调整持续推动和深化,也是中央企业布局结构调整的一件大事。重组目标不只是扭亏脱困,更在改革振兴,要把联合重组后的国机集团,建设成具有世界水平的一流装备制造企业,承担起大国重器的使命。

习近平总书记高度重视推动供给侧结构性改革,对这一重大举措多次进行深刻阐述。新一轮国企改革,必须围绕中央确定的正确方向进行。

火热的时代,始终是文学鲜活的源泉。改革开放40年来,报告文学以在场的姿态,积极介入现实,关注当下,与时代激情互动,涌现出了一大批华章丽著。不少优秀的报告文学,着眼于国家民族的改革复兴,落笔于新时代火热的生活，摒弃建立在虚构和浅表抒情立场上，与现实脱节，过度关心个人内心世界，缺少担当精神的贵族化、颓废化的文学倾向，成为时代的黄钟大吕。

《重装突围》真实记述了国机、二重联合重组的创新实践，深入透析，剥茧整合，以事显人，人在事先，起伏跌宕，玄机重重，百折不回，如大河奔流，给人的启示是多方面的。比如，庞大的央企团队如何更有效地进行结构调整和资源整合，形成强有力的"国家拳头"，以适应国际竞争的需要；中国制造业如何应对世界及中国的产业转型升级，做好自身的转型升级；产业资本如何更好地与金融资金联姻，实现产融结合，增强参与市场竞争的能力；中国制造业如何与服务业有效结合，跨越"世界工厂"模式，以提供综合解决方案赢得更多市场订单和利润空间；如何以源创新占领创新的制高点？在这里，企业在复杂的现实面前，大胆面对各种矛盾，其中不乏戏剧化的解决方法。同时，在这个过程中，从中央到各级企业中的许多领导干部表现出的无畏、智慧和进取精神，以及饱含国家使命、敢于承担的坚定性格、无私大义的付出等等，都让人非常感动和备受感染。

不能说国机和二重联合重组把这些问题全部解决了，但至少给我们提供了一种较好的解决方法和可资借鉴的现实经验蓝本。从这个重组个案中，我们不仅看到了国企改革的艰难、复杂、曲折，还看到了表象背后的国家意志和现代国企精神。可以说，该联合重组中的主动退市、司法重整、债务重组、减员增效、增强造血功能、争取重返资本市场的过程，都是国企调整转型的成功实践。

国企改革是一个永恒的课题。只要国企在，改革就不会停止，文学就不应缺席。在2016年7月4日召开的国有企业改革座谈会上，习近平总书记强调，国有企业是壮大国家综合实力、保障人民共同利益的重要力量，必须理直气壮做强做优做大，不断增强活力、影响力、抗风险能力，实现国有资产保值增值。这既坚定了我们搞好国企的决心，也坚定了我们坚持改革求进，创新发展的信心。新的一轮国企改革才刚刚开始，还有许多关口要过。国机倡扬的"丹棱精神"——不畏艰难，务实行动，争取胜利，不能不说增强了我们的改革自信。

　　40年来，报告文学创作一直伴随和助力中国的改革开放，是在改革开放的道路上激情呐喊和表达最为努力、最富有成果的文学体裁。可是，在众多涉及改革题材的作品中，似乎很少有像周闻道的《重装突围》这样面对国家企业重大改革，深入观察研究并文学地呈现其艰难曲折、突围发展历程的作品。这样的书写，深入涉及改革的前沿和深层，对传统经济学、现代经济学、西方经济学理论在中国经济改革中的实践，及关于改革的文学写作实践，都很有参照借鉴意义。同时，这样紧密地结合着国家经济体制改革进程的书写，是一种很好的"史志"性真实记录，其无疑极具历史文献价值，对于社会经济变革史和文学史，也是一种很好的丰富与增补。因此，周闻道和他的《重装突围》，是颇富个性价值的报告文学，十分令人看重。

铸就中国国企改革的精神丰碑

——读周闻道长篇报告文学《重装突围》

□　蔡先进[①]

四川省著名作家、第七届冰心散文奖得主周闻道先生发来微信，称其长篇报告文学《重装突围》即将出版，希望我有时间写篇评论"批评"一下，言辞恳切而谦逊。《重装突围》是周闻道长篇报告文学《国企变法录》（获"2014年度中国影响力图书奖"）的姊妹篇，两本书都是以国企改革为书写对象的在场写作文本。《国企变法录》反映20世纪80年代以来国企改革以及中国经济制度转型的挣扎、痛苦、揪心的历程，而《重装突围》"书写现在正在进行的第二轮国企改革；以国企改革的个性经验，呈现国企改革的艰难历程和波澜壮阔"（见该书《后记》）。当翻开这部沉甸厚重的书稿，我被周闻道先生"介入现实"的强烈的社会担当意识、灵活多变的文学语言，以及文本所迸发的扣人心弦、催人奋进的艺术魅力深深打动。

作为"在场散文"写作掌舵人，周闻道深谙在场写作必须"介入现实，关注当下"。长篇报告文学《重装突围》体现了作者一贯的"介入现实"的敏锐眼光和社会担当意识。国机和二重的重组，是中国国企改革的一项重要

---

① 蔡先进，中国文艺评论家协会会员，武汉作协第十一届签约作家。

内容。周闻道先生凭着丰富的企业改革工作经验，直觉这次重组将是中国机械行业国企改革史上的重大篇章，对于推动国企体制改革具有鲜明的时代特色和划时代的意义。周闻道通过长期采访，多方搜集素材，浓墨重彩地描摹了这段史无前例的体制改革的艰难历程。在我看来，国企改革是大背景，而塑造体制改革先锋、国机董事长任洪斌正是本书的核心所在。周闻道作为"在场"写作人的敏锐犀利眼光，以及"介入现实"的主人翁责任感令人肃然起敬。

通过多元并存的互文式写作，显示作者娴熟高超的写作技艺。著名报告文学作家黄传会说过："报告文学有三难，选材难、采访难、'文学笔法'难。"①在上面一段，我简要介绍了作者通过敏锐的眼光突破"选材难"的困境。而"采访难"体现在总体框架的精心布局和搜集整理提炼素材的艰辛困苦。写过短篇报告文学的人都知道，仅仅是四五千字的报告文学，从采访、搜集素材、酝酿到落笔成文，起码得花10天或半月的周期，才能完成一篇还算像样的作品。何况像《重装突围》这样一部30万字左右的长篇作品，得耗费多少心血和汗水，用呕心沥血来形容一点也不过分吧！

"文章要写好，腿脚要多跑。"这是关于作家创作能否成功的重要条件之一，我认为这对报告文学创作尤为重要。因此，落笔前的采访与搜集素材这项工序是报告文学的基础工程，它关乎剪裁细节和故事精当与否、报告文学人物形象塑造得丰满与否、文本思想深厚与否，以及作品是否具有震撼人心的艺术感染力等元素。正所谓"巧妇难为无米之炊"，报告文学写作前期的采访与搜集素材工作就好比寻找"下锅米"的过程，"米"质量的粗糙与精良，以及"米"的总量的多少都关乎一顿饭的丰富与舒适爽口与否。因此，要写好一部报告文学，前期的采访和素材的搜集显得相当重要。为了完成这部报告文学，作者进行了长期扎实的采访，先后采访了300余人次，一对一采访了50多人次，包括国机、二重领导任洪斌、石柯，原机械工业部几

---

① 摘自黄传会：《报告文学创作是桩苦差事》，见《文艺报》2015年9月18日第七版。

位老部长，二重分公司、有关业务部门负责人，劳动模范、技术骨干，老领导、老工人和一线工人等；仅采访录音就超过48小时，整理出的采访资料近30万字。为了熟悉机械领域专业知识，客观真实打造中国国企改革的"史诗"，作者进行了大量的阅读积淀。他认真阅读了国机及二重提供的近百万字的关于重组的各类文件、简报、方案、会议纪要、专题汇报、工作报告和领导讲话，还有《中国二重五十年》和多本《中国二重年鉴》等。作者在完成了深入采访和搜集素材两个过程后，顺利进入到斟酌酝酿打腹稿的程序。在落笔之前，报告文学对作者驾驭文本的水平提出了很高的要求，它需要精湛而深厚的文学语言功底。

周闻道先生进行报告文学创作时所展示的文学功底让人心悦诚服。《重装突围》夹叙夹议，白描、抒情与议论交替使用，散文、诗歌、小说和戏剧等手法兼收并蓄，通过运用排比、比拟、诗歌、民歌、歌词等手法或文体对经济概念进行了生动活泼的诗意解读，文本涵盖了古典诗词、政治学、经济和中医等行当，既开创了一种多元并存的互文写作样式，又使文本具有丰厚的思想意蕴；既充分展现了文学的摇曳多姿，又体现了多元广博的社会内涵；既让读者增长了见识，又得到愉悦身心的享受。《重装突围》素材积累充足，通过丰富多彩的细节刻画、此起彼伏的矛盾冲突与悬念设置来凸显人物形象，读来险象环生、扣人心弦，具有较强的可读性和文学感染力。

我认为，《重装突围》的内核是塑造了多谋善断、敢为人先的任洪斌这个人物形象。曾经飞黄腾达的央企骄子"二重集团"，因盲目资产投资、经营管理失控、产品质量下滑、产能过剩、传统的"工厂式"生产制造结构等一系列症候，导致产品与市场严重脱节，二重集团由高峰跌至山谷，形成负债累累的、面临破产的困窘局面。正是在这种国企体制改革的宏大背景下，国资委对国机董事长任洪斌委以重任，重组二重，让二重再展雄风。

其实，当时接下二重这个乱摊子，任洪斌心中也没有十足的必胜把握，诚如著名报告文学家李炳银所言："二重的问题不是孤立的，既有其自身决策和经营管理方面的原因，但资源的'先天不足'是根本原因。因此，二重的问题，实际上是中国实体经济，特别是制造业面临的共同问题：发展方式粗放、产品结构不合理、低水平重复产能过剩、经营管理模式落后等。作为一个制造业大国，这些问题令人担忧。要有效解决这些问题，归根结底还是要靠改革，系统性地深化改革。"（见《重装突围》序言）为破解"二重"这道难题，任洪斌沉着镇定，高屋建瓴、运筹帷幄、力挽狂澜，他从破解化解难题入手，从减员增效、降本增效、债务重组、以股抵债到非公开招标采购等阶段逐步入手，重拳出击，狠抓生产质量，提高产品合格率，通过减员、减债、破产重整、债务冻结、增强造血功能，实现了二重长久而根本上的振兴。经过任洪斌和新二重人的艰苦奋斗和锐意改革，转变了思想观念，在经营模式、体制保障、经营管理和治理文化等方面发生了翻天覆地的变化，迎来了二重的第二次春天：中国一重集团董事长刘明忠带队前来学习经验。二重的精神又回来了！

在任洪斌的领导下，新国机实施"一体两翼"（以工程承包为主体，以国内外贸易、高新技术产品开发与生产为两翼）、三大主业（机械装备研发与制造、工程承包、贸易与服务）和"再造国机"三大工程，二重全面实现脱困，终于重拾昨日的辉煌。新的局面打开了：国机兼并中国一拖集团有限公司，中国进口汽车贸易有限公司与鼎盛天工集团成功重组，国机重组中国恒天集团。重装出击，瞄准长线产品，核电设备开发实现重大突破，大型模锻件重整雄风，开拓源创新新领域，进军航空和核电领地，实现了产业资本和金融资本的最佳融合。

匠心打磨成就精品。据我了解，为了打造精品，书稿于2016年3月形成初稿后，周闻道分别征求了国机、二重有关领导及相关部门负责人，以及一些著名作家、评论家意见，并在持续征求意见过程中，不断补充采访、不断丰富完善；2017年5月，国机党群部将书稿印50余份，分别送国机和二重有关领导、部门审阅，提出了近200条修改意见。从初稿形成到目前，前后进行了11次拉通系统的大修改，20余次局部小修改，数10次的文字技术修改。书稿修改完毕后，得到国内著名作家贾平凹、蒋子龙、阿来、李炳银和著名经济学家国世平等人的高度肯定。所以，没有经过一番刻骨铭心的打磨，没有经过浴火重生的千锤百炼，便没有眼前的这部精品力作《重装突围》。

值得褒奖的是，本书前半部分内容丰满，细节充沛，凸显出较强的文学性，整部书稿具有昂扬向上、催人奋进的艺术感染力。掩卷沉思，主人公任洪斌的形象逐渐变得生动鲜活、高大伟岸：他运筹帷幄、决胜千里之外，体恤民情、平易近人、多谋善断、敢为天下先。为破解二重难题，任洪斌殚精竭虑，高瞻远瞩，不遗余力陪同二重人登门拜访中石油、中石化、中广核、航天科技等集团首脑，赢得了石柯书记及新二重人的拥戴。还有三个人物值得一提，一个是国机副总经理刘敬桢，他大义凛然，灵活机智潜入聚众场所了解上访人员实况，成功化解二重"5·11"群体事件；另外一个是二重总经理孙德润深明大义，晓之以理、动之以情解答聚众二重工人的疑问，不卑不亢、镇定自若；全国劳模肖业刚在关键时刻挺身而出、坚守岗位，发挥了老党员的先锋模范作用。当然，还有成千上万对二重怀着深厚感情、永不言弃的国机人、二重人，正是千千万万"任洪斌"，铸就了中国国企改革的精神丰碑！